南岡 李昇薰

南岡 李昇薰

金基錫 著

한국학술정보(주)

復 刊 辭

西隱 金基錫 교수는 50대 후반에 『南岡 李昇薰』을 집필하였다.
1964년 9월에 세상에 펴냈다. 傳記를 著述하기는 처음이요, 나중이
었다.

著者는 본래 英文學을 專攻하고 다시 哲學을 專攻하였다. 그래
서 文章이 秀麗하고 端雅하다.

그는 南岡의 直弟子로 엄청난 사랑을 받은 사람 중에 한 사람이
다. 이런 의미에서 西隱 金基錫 교수가 『南岡 李昇薰』의 傳記를
쓴 것은 당연한 道理라고 여겨진다.

이 傳記는 하나의 作品의 性格을 띠고 있다. 또 著者도 渾身을
다하여 執筆하였다.

이제 21세기 새로운 世紀를 맞아 새롭게 자라나는 靑少年들에게
南岡의 人格을 다시금 再照明할 필요성이 있어서 『南岡 李昇薰』
을 다시 펴내기로 하였다.

가능한대로 著者의 肉筆의 雰圍氣를 살리면서 部分的으로 補完
하기로 하였다. 특히 縱書를 橫書로 바꾸어 再編하였다.

讀者들의 新鮮한 感性의 交流를 느끼는 만남의 마당이 되었으면
한다.

2005. 7.
東方精神文化硏究所 代表 金善陽

南岡先生

獨立宣言事件의 一人으로 收監되어 獄苦를 치르다가 最終으로 出獄되었을 때의 신문보도. (1922.7.22.東亞日報)

三一運動당시 民族代表의 一人이었던 南岡先生이 公判廷에 섰을 때의 신문 보도 一部(一九二〇·七·一五·東亞日報)

己未年(1919) 火災前의 五山學校 全景

大理想鄕 建設의 雄圖가 펼쳐진 帝釋山 기슭의 五山 全景
〔왼편이 帝釋山 줄기이며, 오른편이 五山學校 校舍, 앞에 京義線 鐵路가 보인다.〕

南岡 先生의 銅像〈一九三〇年 五月 三日 除幕〉

一八九九年 前茶奉當時(三五歲)의
南岡先生

序

1860年代 以後는 우리에게 가장 艱苦한 기간이었다. 南岡은 이 기간에 나서 몸소 겨레의 苦難을 지고 싸우다가 敵이 太平洋戰爭을 준비할 때 세상을 떠났다.

내가 南岡을 모시고 있은 것은 선생이 百五人 事件으로 獄에 들어갔다가 나온 뒤였다. 그 때 나는 학생으로 寄宿舍에 있었는데 내게는 남강선생이 나라를 생각하는 불덩어리로 感觸되었다. 내가 졸업하고 上海로 갈 말씀을 드렸더니 해외가 실효가 적으니 그만두고 國內에 남아 있으라고 하였다. 나는 상해로 가서 그 뒤 30년 동안 풍찬노숙, 中國 四百餘州를 쏘다녔는데 해방 후 돌아 올 때는 역시 빈 가슴을 안고 돌아왔다.

1910년 나라의 運命이 결정되자 많은 애국자 志士들이 안에 있지 않고 밖으로 나갔다. 南岡만이 남아 심한 迫害와 苦難 속에서 國內 鬪爭을 지도하였다. 敵의 箝制 아래서 벌어진 허다한 抗拒와 운동이 南岡과 관계되지 않음이 없었다.

이제 祖國은 光復되었건만 나라의 앞길에는 어려움이 산더미같이 놓여 있다. 이것을 헤치고 나가는 데는 南岡이 국내에서 싸운 經歷과 그 不屈의 精神이 오직 하나의 燈臺가 된다. 南岡의 傳記는 그의 一生의 記錄으로서 뿐 뜻이 있는 것이 아니고, 그 속에 겨레의 고난이 아로새겨있고 또 우렁찬 혼이 우리를 깨워 일으킴으로 하여 우리 겨레가 간직해야 하는 영원한 精神의 遺産이 되는 것이다.

나는 南岡의 傳記가 이것을 읽는 靑年男女 속에 많은 感奮을 불러 일으켜 民族의 참된 榮光을 保障하는 防波堤가 쌓여지기를 바란다.

西紀 1964年 9月

五山同窓會長　金　弘　一

序　文

　　西力東漸의 비바람이 1860年代에 들어서면서 한층 더 사납게 韓半島에 몰려들었다. 前世紀 末에서 現世紀에 이르는 우리의 境遇는 이 고된 歷史의 회초리 아래서 韓國이 영광된 나라로 일어나려다가 쓰러진 이야기에 지나지 않는다.

　　南岡은 이 기간에 나서 歷史의 비바람과 함께 불리면서 또 그것을 용하게 이끌어 韓半島에서 시작될 새로운 歷史의 礎石을 놓았다. 한 나라는 그 땅의 아름다움과 그 文化의 빛남으로만 남에게 자랑할 수 있는 것이 아니다. 그 지는 苦難의 무거움과 또 이것을 지고 나가는 魂의 우렁참으로 넉넉히 자랑을 삼을 수 있다. 南岡은 名君賢主도 아니고 領議政도 아니고 學者도 아니고 軍指揮官도 아니었다. 그는 어떤 作品이나 學說이나 武功을 남긴 것이 아니었다. 그는 가난한 家庭에 태어나 글도 변변히 읽지 못했고 가진 艱難과 辛苦를 맛보면서 자기를 成功한 商人의 자리에 끌어올렸다. 그러나 南岡의 一生을 支配한 것은 謙虛하고 맑은 庶民精神이었다. 이 庶民精神이 그를 이 땅과 이 백성에 대한 사랑에 이끌었고 이 사랑이 그를 獻身에 이끌었고 그것이 다시 新民會, 五山學校, 濟州島 流配, 百五人 事件, 新敎 信仰, 獨立宣言으로 이끌어 不滅의 像을 歷史위에 아로새겼다.

　　南岡을 페스탈로치에 비기는 분이 있거니와 南岡은 페스탈로치의 일면도 있고 마치니의 일면도 있고 오우엔의 일면도 있고 엘리아의 일면도 있다. 南岡을 우리 역사에 나타난 이에 비기면 그에게는 栗谷의 일면도 있고 忠武公의 일면도 있고 어떻게 보면 崔瑩의 일면도 있고 洪景來의 일면과 崔水雲의 일면도 있다. 그러나 南岡은 역시 19世紀의 新文明과 侵略主義 아래 눌리어 있는 韓半島의 民族運動者 開化主義者였다. 같은 時代의 사람으로는 南岡은 徐載弼・데발레라・간디·孫文에 가깝다고 할 수 있다. 그러나 저들이 한결같이 被壓迫民族의 解放에 이끌린 데 反하여 南岡은 侵略主義·強權主義 아래 눌리어 있는 어두운 백성을 이끌어내는 것뿐이 아니고 저들 한사람 한 사람을 덕스럽고 밝고 힘 있는 백성으로 만들려는 데 그의 남다른 歷史的 地位가 있었다. 南岡은 자기를 民族主義者라고 부른 일이 더러 있었거니와 南岡의 民族主義는 예사로운 民族主義가 아니고 民族의 質과 型을 높이는 主義로서 그가 島山과 함께 세운 新民會의 이름에 따라 이것을 新民主義라고 부를 수 있을 것이다.

南岡의 新民主義는 祖國이 光復되었다는 오늘 날에도 끝난 것이 아니다. 1945년 民族解放의 종소리가 울려 퍼질 때 우리들은 南岡이 이것을 보지 못한 것이 恨이었는데, 나라가 艱重한 고비에 들어, 갈 수록 어두운 구름이 가시지 않는 것을 볼 때 우리들은 이 어지러운 國土를 南岡에게 보라고 할 수는 없는 것이다.

우리들은 解放도 보았고 美蘇共委도 보았고 政府樹立도 보았고 6·25戰亂도 보았고 4·19와 5·16 두 차례의 革命도 보았다. 그런데 이것들을 보고 나서 우리의 병이 制度나 指導者나 政綱 政策에 있는 것이 아니고 훨씬 더 밑바닥에 있음을 알았다. 백성 한 사람 한 사람이 덕스럽고 밝고 힘 있는 사람이 되기 전에 참된 영광이 올 수 없다고 한 南岡의 말이 맞은 것이었다. 南岡은 民族의 光復만을 바란 것이 아니고 民族性의 光復을 원하였다. 이제 우리들이 南岡의 남긴 교훈을 받들어 나 스스로 새 백성으로 거듭날 때가 돌아 왔다.

南岡은 그 한 事業이나 싸운 鬪爭보다도 그의 人格과 志操와 熱과 作風이 蒼空 위에 푸른 山脈을 아로새겼다. 우리가 산으로 金剛山을 자랑하거니와 南岡의 혼은 金剛山과 對照되는 다른 하나의 山脈을 한국의 하늘에 그어 나갔다. 이 변변치 못한 책은 한국의 苦難속에서 배고 자라고 뻗어나간 南岡의 精神을 그것이 遍歷한 事件과 아울러 더듬어 본 것이다. 筆者가 南岡을 모시고 있은 기간이 길지 못했고 또 아득하게 솟아있는 혼을 바라보는 눈이 미치지 못하여 정정한 喬

木을 키낮은 나무로 밖에 더 비춰지 못한 허물이 많을 것이다. 그러나 그런 대로 南岡의 精神과 事業의 일면을 傳하여 이것이 다음 世代에 물려주는 精神의 遺産이 된다고 하면 南岡의 가장 못난 弟子요 또 이 傳記의 著者인 筆者에게는 다시없는 榮光이 될 것이다.

西紀 1964年 9月

著　　者　識

차 례

『백성 한사람 한사람이 덕스럽고 밝고 힘 있는 백성이 되어야 나라가 흥한다.』

*

『선생을 굶기면서 나 혼자만 밥 먹을 수는 없다. 남은 세간을 팔어 학교에 부치고 우리는 학교 곁에 가 학생들 밥이나 해주면 되지 않느냐.』

*

『와석종신할 줄만 알었더니 인제 죽을 자리를 얻었구나…… 자경아, 독립 운동에는 돈이 드니 남은 땅을 마저 팔어야겠다. 독립만 되면 오산학교야 돈 없어 못 하겠니.』

*

『순서가 무슨 순서야. 이거 죽는 순서야. 죽는 순서. 아무를 먼저 쓰면 어때. 손병희를 먼저 써……』

*

『이거 무엇들이냐. 죽을 줄 알고 한 게 아니냐. 목숨을 따로 두고 독립운동을 하기로 한 것이냐.』

*

『감옥이란 이상한 덴 걸. 강철 같이 강해서 나오는 사람도 있고 썩은 겨릅 대 같이 푹 약해서 나오는 사람도 있거든. 감옥이란 이상한 덴 걸.』

*

『나는 하느님을 믿는 것을 가장 큰 영광으로 생각한다. 내가 후진이나 동포를 위해서 한 일이 있다고 하면 그것은 내가 한 것이 아니고 하느님이 나를 그렇게 시킨 것이다.』

I. 謙虛한 出發

1. 가난한 家庭

1811년 정주성에는 홍경래난이 있었는데 한 때 폐허로 남아 있다가 차츰 인가들이 모여들어 10년 후에는 다시 옛 성읍의 모습을 회복하기 시작하였다. 哲宗 3년 임자년 가을에 선천에서 驪州 李氏 한 가난한 가정이 정주성의 조그만 집에 이사 왔는데, 삼십이 좀 넘은 젊은 내외가 홀어머니를 모시고 새로 생계를 세워 보려고 여기에 온 것이었다.

남강은 1864년 2월 28일(양 3월 25일) 이 가난한 가정에 태어났다. 아버지는 驪州 李碩柱요 어머니는 洪州 金氏인데 남강은 그 둘째 아들이었다. 남강의 가문은 淸北에서 사는 많은 가문들의 경우가 그랬던 것 마냥 이조 초에 변란 그밖에 무슨 사정이 있어 낙향하여 청북에 들어왔던 모양이다. 남강의 4·5대조 때는 의주에 살았는데, 할아버지 때에 선천 노하에 살다가 남강이 나기 한 7년 전에 정주읍에 옮겨 왔다.

정주는 본래 關西의 雄州로서 고구려 때에는 益州, 고려 때에는 遂州 또는 遂川, 이조 때에 定遠이라고도 하고 定州라고도 했는데, 홍경래난 이후 한때 定原이라고 부르다가 다시 定州로 불렀다.

정주성으로 말하면 옛날부터 관서의 중요한 곳으로, 변천·병화가 거듭 일어나던 곳이었다. 고려 때에는 거란(契丹)에게 빼앗긴 때도 있었으며 한참동안은 몽고의 영토로 되었던 일도 있었다. 고려 말년에는 李成桂가 八道都統使 崔瑩의 명령을 어기고 부하 장병을 선동

시켜 威化島에서 군사를 돌릴 때 역시 여기를 통과하였다. 그 후 이조가 선 뒤에는 서울에서 의주까지 통하는 큰 길에 격하여 역마의 왕래며 사신 행차의 치다꺼리가 중요한 시중이었다. 성의 남문 문루의 이름은 廷薰樓였는데 거기는 연회하는 장소로 쓰여지고 성안의 定遠館은 숙소로 사용되었다. 읍의 북쪽에는 獨將山이라는 웅대한 산이 솟아 있고 그 산의 남은 맥이 벋어 읍의 鎭山이 되었으며 제일 높은 곳을 北將台라고 한다. 이 대를 기점 삼아 읍의 성을 쌓았는데 북쪽은 높고 남쪽으로 갈수록 얕다. 북쪽 높은 곳에는 사람들이 별로 살지 않고 남쪽 낮은 곳에 저자가 생겼다. 남문 밖을 오리장거리라고 이르며 그 오리장거리에는 길 좌우에 버드나무와 오리나무가 무성하였으며 그것이 끝나는 곳에는 멀리 독장산이나 구성 등지에서 흘러내리는 달래강(撻川江)이 굽이굽이 돌아 흐른다. 임진란 때 宣祖께서도 이 달래강을 건너 정원관에서 쉬시면서 정훈루에 올라 모인 백성들에게 나라 일에 힘을 모아 나서기를 부탁한 일이 있었다.

남강의 이름은 寅煥, 字는 昇薰이었는데 어렸을 때 이름은 昇日이었다. 남강이 세상에 나기 약 50년 전인 신미년에 홍경래난이 있었는데 홍경래가 博川 송림동 싸움에서 관군에게 패하여 정주성에 들어온 것이 그해 섣달로서 이듬해 임신년 4월에 정주성은 마침내 함락되고 亂이 진정되었다. 정주성안은 이 난리가 있은 후에 쓸쓸한 어둠의 거리로 화하였던 것이 그 뒤 차츰 한 집 두 집 늘어 남강의 어린 시절에는 그래도 제법 한 성읍으로서의 면목을 유지하게 되었다.

남강이 1864년에 났는데 1860년대의 우리나라의 형세로 말하면 英祖이래로 오랜 동안 노론이 정권을 잡고 천하를 호령하였기 때문에 그들의 권세는 누가 감히 꺾을 수가 없었다. 哲宗이 돌아가고 興宣君 李昰應이 자기의 둘째 아들을 왕위에 오르게 하기 위하여 가진 수단을 다하여 간신히 성공한지도 며칠 되지 않았으나 자기가 임금의 아버지로 어린 임금을 도와 정권을 차지하고 장차 커다란 개혁을 이루려고 벼르던 때였다.

남강이 세상에 났을 때 이 조그만 가정에는 심한 가난이 휩쓸었다.
아버지는 조촐한 가정에서 자라나기는 했으나 어려서 경서를 읽었고
글씨도 깨끗이 썼다. 그는 성읍 언저리의 조그만 초가집에 살았는데
남의 글이나 써주고 집에 붙은 텃밭을 가꾸는 외에 별로 하는 일이
없었고 아내가 품팔이를 해서 살아갔다. 서울서는 대원군이 경복궁을
짓노라고 當五와 當百錢을 새로 지워 쓰기 때문에 물가가 폭등하여
백성들의 생활이 이를 데 없이 비참했는데 어린 승일의 가정에도 그
영향이 닥쳐와 다섯 밖에 안 되는 많지 않은 식구를 가지고도 끼니가
어려운 때가 한두 번이 아니었다. 이집의 가장인 이석주는 다시 가족
을 데리고 성읍 아닌 아주 촌으로 가 땅을 얻어 농사를 지어 볼까도
생각하였다. 그러나 어디 별로 부유한 친척을 갖고 있지 못한 그는
여기를 거변거변이 떠날 수도 없는 형편이었다. 이 가난한 가정의 살
림은 좀처럼 피일 길이 보이지 않았다. 처 김씨는 산후의 심한 부조
리와 힘에 비치는 노역 때문에 어린 승일을 낳은 지 여덟 달밖에 되
지 못하여 병으로 세상을 떠났다. 이 가정은 자기를 받치던 기둥을
잃었고 승일 형제는 할머니 송씨 손에서 자라나게 되었다.

남강은 어머니의 젖을 열 달도 먹어보지 못하였다. 그리고 어머니
품에 안긴 것도 어머니의 얼굴을 쳐다본 것도 열 달이 못 넘는다. 그
위에 심한 가난이 그를 기다리고 있었고 호되게 그를 휘갈겼다. 그런
데 남강은 나중에 모든 어려운 환경을 거쳐 마침내 성공한 실업가가
되어 국내의 경제를 한손에 주름잡은 일이 있었다. 이것은 그의 천성
의 총혜롭고 강직함이 그 밑천이 되었으려니와, 한편 그의 어린 시절
의 가난이 그를 정련된 강철마냥 닦아 세운 때문이기도 할 것이다.

한 살도 못된 승일이는 할머니 손에서 길리었다. 암죽도 할머니에
게서 받어 먹었고 업히기도 할머니에게 업혔고 자기도 할머니와 같
이 잤다. 자라서 제 발로 걸으면서도 언제나 할머니를 따라 다녔고
할머니와 함께 있었다. 남강의 술회에 의하면, 할머니는 부드러우면
서도 엄하고 일에 무척 정성을 드리는 분이었다. 그는 어려서는 할머

니 등에서, 조금 자라서는 할머니를 따라 다니면서 많은 사람과 많은 일들을 보았는데, 할머니 등에 업혀 오면서 소나기를 맞던 일과 할머니 일하시는 곁에서 벌레 소리를 듣던 일은 좀처럼 잊어지지 않는다고 하였다.

할머니는 유서 있는 가문에 태어났던 모양이고 또 천성이 명민하여 옛날이야기와 인정의 기미에 부딪치는 일을 많이 알고 있었다. 콩쥐팥쥐, 장화홍련, 사씨남정기, 홍경래난 같은 이야기들을 모두 할머니에게서 들었다. 남강이 어려서 어른들 사이에 끼어 할머니에게서 들은 홍경래난 이야기는 대개 아래와 같았다.

순조 때에 용강사람 홍경래가 가산 다복동에서 난리를 일으켰는데 그 때 수령방백들이 가렴주구가 심하여 백성들이 살아갈 수가 없었다. 거기에 세사까지 잘 되지 않아 인심이 흉흉했는데 이 틈을 타서 난리를 일으켜 한때는 성난 파도처럼 청북의 여러 고을을 휩쓸어 정주와 곽산을 손에 넣었다. 관군이 서울서 내려오고 또 다른 고을에서도 힘을 내어 난군을 쳤기 때문에 정주성에 난군이 오래 웅거하다가 관군이 북장산 밑을 터치고 들어오는 바람에 성 안 수많은 사람이 죽고 집이 불타고 난군은 싸우다가 모두 죽어 버렸다.

할머니는 이야기를 마치고 난을 짓는 것은 백성된 도리가 아니거니와 수령방백들이 백성을 못살게 굴고 나라에서 백성을 돌보지 않는 것은 좋은 일이 아닐 것이라고 하였다.

남강이 여섯 살 되던 해에 아버지는 할머니와 두 어린 아들 승모와 승일을 데리고 정주읍에서 동으로 얼마 떨어져 있는 納淸亭으로 이거했다. 정주읍에서는 살길이 막연하고 자기 나이도 가고 어린 것들도 자라고 하니 새로운 운을 바라보자는 생각에서였다.

납청정이라는 곳은 서울서 의주에 통하는 가도의 중요한 곳으로 그 당시는 교통의 중심지가 되어 상당히 발전되었으며 더욱이 이곳은 그 때 지방의 공업지로 널리 알려졌는데 경기도의 安城과 같이 유기 제조업의 중심지였다. 납청정은 정주성에서 동쪽 사십리, 북쪽에는 牧牛山, 서북에는 延峯과 猫頭山이 있어 거기서 흘러내리는 냇물이 거리의 중앙을 꿰뚫어 흐르므로 그야말로 山紫水麗의 별천지를 이루었다. 납청정의 유기는 평안도에서는 물론이요 황해・함경도에까지 판로를 가지게 되어서 북도 사람의 가정에는 반드시 납청정 유기로 빛을 내게 하였다. 납청정이라는 이름은, 이곳 사람들이 경치 좋은 곳에 세운 정자 이름에서 온 것인데, 이 정자에 오르면 淸이 淸을 부르기 때문에 衆淸이 한곳에 모여 하늘과 구름 사이에 한 점의 속됨도 들어나지 않을뿐더러, 정자 밖에 있는 淸이 모두 이 정자에 納來하게 된다는 뜻이라고 전한다.

여섯 살 된 남강은 아버지를 따라 속된 정주 성시를 떠나 이 산 높고 물 맑은 곳으로 이사 왔다. 여기서 아버지는 아는 이가 산속에서 하는 조그만 藥圃도 맡아 하고 유기를 공장에서 맡아 내다가 팔고 하면서 어린 두 아들을 공부를 시켜 장차 장래를 바라보자는 생각이었다.

남강은 여기 온지 1년 후에 글방에 들어가 다른 아이들과 같이 글을 읽기 시작하였다. 천자는 집에서 다 떼었기 때문에 거기 들어가서는 [史略] 초권을 배우기 시작하여 [無題詩]・[童蒙先習] 같은 책들을 읽었다. 어린 승일이는 재주가 남보다 훨씬 나았기 때문에 배우는 것은 히니도 어김없이 잘 외우고 그 뜻도 곤잘 알았다. 그러나 집이 가난하여, 책과 종이가 없었기 때문에 책은 옆에 있는 동접의 책을 얻어 보고 글씨는 洲板이라고 하여 글자쓰기를 배우는 아이들이 부드러운 모래를 넣어 글자를 쓰고 흔들어 지운 뒤에 다시 다른 글자를 쓰는 그릇이 있었는데, 줄곧 이것을 사용했다. 승일은 매우 영리하고 얼굴이 매우 예쁘게 생겼기 때문에 글방 훈장의 사랑은 물론 이려니와, 동접들까지도 무척 귀여워하였다. 이 까닭에 訓料(월사금)를 내지 못하거나 별음전(무슨 일이 있을 때 학동들에게서 얼마씩 거두는 돈)을 못 내더라도 그대로 두었다. 그 때의 공부라는 것은 순연히 한문

만을 가르치고 배우는 것인데, 성시의 글방, 즉 큰 서당에는 그 인근
에서 經書에 밝고 덕망이 있는 이를 모셔다가 훈장으로 앉혔는데, 그
가 의관을 정제하고 아랫목에 앉고 그다음으로 나이도 들고 공부도
잘하는 아이를 접장이라고 하여 그를 돕게 하였다. 한 글방에 글 읽
는 아이들이 30명이나 40명이 있었는데, 그 아이들은 훈장이 혼자서
가르쳐 주는 것이 아니고, 훈장은 접장만 가르쳐 주고 그다음 차례차
례로 아래로 내려가게 되어, 이렇게 하여 여러 아이들이 글을 배웠다.
그런데, 아침에는 그 전날 배운 글을 훈장이나 접장 또는 동접 앞에
외어 바쳐야하였다. 기억력이 좋고 부지런히 읽는 아이는 잘 외어 바
치지마는 그렇지 못한 아이는 전날 배운 것을 외일 수가 없어 딴소리
를 하고 땅만 들여다보는 아이도 있었다. 그럴 때면 훈장은 종아리채
를 들고 대님을 끌어 걷어 올리게 하고 종아리를 후려 갈겼다. 승일
이는 한번도 접장이나 동접의 눈초리를 받거나 종아리를 맞은 일이
없었다. 하나를 가르치면 셋을 알고 셋을 가르치면 열 스물을 알 정
도로 총명이 뛰어났는데, 승일은 글만 잘 깨치는 것이 아니고 앉고
서고하는 行住坐臥와 말하는 어음이 분명하고 태도가 단정하였다. 훈
장은 여러 아이들 앞에서 승일이는 문벌 있는 집 아이라고 칭찬하면
서 저 애를 배우라고 하는 것이었다.

어린 승일이는 글방에서 뿐 아니라 어디서나 앉고 서고 걷고 하는
데 자세가 발랐다. 조금이라도 몸을 기대거나 비틀거나 하는 법이 없
었다. 이것은 할머니가 무척 자상하고 엄격하여 어려서부터 일러주신
탓도 되려니와 남강의 타고난 총혜로운 성품이 스스로의 습성을 닦
은 것이 될 것 이다.

아침 암송을 講이라고도 하고 글을 외어 바친다고도 한다. 여러 아
이들의 아침 강이 끝나면 새로 그날 읽을 것을 배우게 된다. 그리고
나면 아침을 먹을 때가 되는데 그 때 비로소 집으로 돌려보내는데 약
한 시간가량 밖에 더 안 걸린다. 조반 후에 모여오면 그 때에는 여러
아이들이 아침에 배운 것을 외우기 시작한다. 제각기 높은 소리를 내

어 배운 글을 머리를 앞뒤 혹은 좌우로 흔들며 외우는데 그 소리는
집이 떠나가는 듯 하였다. 훈장은 아랫목에 초달을 들고 앉아서 어느
아이가 잘 읽나 어느 아이가 장난을 하나 하는 것을 살피고 있다가
만일 글도 읽지 않고 장난만하는 말썽꾸러기가 있으면 종아리채로
머리나 허리나 닥치는 대로 후려 갈겼다. 이렇게 그날 해가 질 때까
지 배운 것을 읽어 책을 보지 않고도 잘 읽을 수 있도록 여러 번 되
풀이하다가 해가 저서야 저녁 먹으러 가라는 훈장의 명령이 내린다.
그것이 또 한 시간가량의 여유밖에 안 된다. 저녁을 먹고 모여오면
아직 불도 켜지 않고 캄캄한 방에서 그날 외운 것을 한번 읽어보아
부족한 대목을 발견한다. 그다음에는 불을 켜고 책을 보고 읽든가 따
로 외우든가 한다. 이렇게 자정이 넘도록 훈장은 아랫목에서 졸기도
하고 책도 보며 아이들을 감독하다가 새로 두시나 되어야 인제 그만
읽고 자라는 지시가 떨어진다.

　남강은 아이들 틈에 끼어서 글방에서 열심히 글을 읽었다. 봄에는
산에 올라 글짓기 하는 데도 따라가 보았고 여름에는 다른 아이들이
쓰다만 종이 위에 정성들여 글씨를 누볐다. 다른 아이들이 한 여름에
장지를 다섯 권 여섯 권 썼는데 승일이는 온 여름을 낮은 창호지 종
이 몇 장을 갖고 쓰고 또 쓰고 하여 통 글자 획이 보이지 않았다. 다
른 아이들은 먹을 삐뚜로 갈고 방바닥에 엎지르고 종이와 붓을 마구
구석에 밀어놓고 했으나 승일이는 머을 똑 바로 갈고 글 쓰던 종이나
붓을 정돈하여 두고 하기 때문에 훈장은 언제나 승일이를 자기 옆에
있게 했고 접장더러도 책망하는 일이 있고 하여 도리어 어려운 때가
있었다.

　남강이 그래도 글방에 다니면서 글을 읽은 것은 할머니의 덕이었
다. 할머니는 손수 뒷산에 올라 섶가지를 따고 도토리를 주워 살림을
보태시면서도 어린 승일이는 글방에 보내야 한다고 하였다. 그리고
승일이 더러 글을 잘 읽어라, 글을 잘 읽어야 과거에 장원도 하고 큰
사람이 된다고 하였다. 이 때의 어린 승일에게 이 할머니의 말씀을

통하여 듣는 글·과거·장원·큰 사람은, 무엇인지는 모르나 같은 것을 의미하는 것으로 들렸다. 나도 글을 잘 읽어 과거에 장원을 하여 큰사람이 되리라― 이 생각이 어린 승일의 가슴에서 떠나지 않았고 그러자면 몸가짐이나 말이 다른 아이들과는 달라야 한다고 하였다. 걸음을 바로 걷고 몸을 기대지 않고 물건을 조심스럽게 다뤘는데 이 것이 모두 남과 다른 사람이 된다는 생각에서였다. 그리고 이 습성은 배우지 않고 깨쳐서 안 습성으로서 나중에 남강이 큰 무역상이 되고 오산학교 설립자가 되고 독립운동의 지도자가 된 때에도 한층 더 빛을 놓았다.

남강은 할머니를 따라 가끔 德遠 趙氏나 古州 盧氏나 新里 李氏나 齋宮골 金氏네 촌중을 지날 때 큰 기와집 앞에 솟대나무가 서 있는 것을 보았다. 처음에는 솟대나무가 무엇인지를 몰랐는데 할머니에게 들어서 대강 알게 되었다. 솟대나무라는 것은 과거에 급제한 사람의 집 앞에 크고 높은 나무를 세우고 그 높은 나무위에 가로 나무 한 개를 붙들어 매 놓는데 그 한쪽 끝은 서울로 향하게 하는 것이니, 이것이 있는 집에는 급제한 사람이 있다는 것을 알리는 것이라 하였다. 이 앞을 지나는 사람은 공손한 마음으로 기침 소리도 크게 못하고 그를 부러워하고 경모해 마지않았다. 글방에서 글 읽는 여러 사람들의 가슴에는 자기도 장차 자기 집 앞에 저 솟대나무를 세워 보겠다는 생각이 부풀어 올랐다. 어린 승일이도 이 솟대나무 이야기를 들은 뒤부터는 가끔 큰 마을을 지날 때마다 한 가닥 희망이 가슴에 어림을 느꼈다.

납청정에 이사 온 뒤로 집의 가세는 한때 피이는 듯 했으나 아버지의 하는 일이 잘 되지 않고 유기 공장에서 기명 몇 가지를 맡아 내어다가 팔아 보았으나 거리의 큰 유기점에 눌리어 뜻대로 되지 않았다. 아버지는 여러 사람들이 중년 과수라도 맞아오라고 권했으나 살림도 존절하고 어린 아이들을 위하는 생각도 있어 종시 듣지 않았다. 어린 승일에게는 이 납청정이 여러 가지로 잊을 수 없는 곳이 되었다. 정주성시보다는 납청정이 산이 높고 물이 맑아 아침저녁 쇄락했고 여기서 글방에 다녀 [史略]·[無題詩]·[小學]·[孟子]·[古文眞寶後集]도 배웠고, 그리고 할머니로부터 많은 옛날이야기와 큰 사람이 되라는 부탁도 들었다. 유기 공장에서 벌겋게 놋물을 녹여 놋그릇을 만드는 것과 이것을 깎고 두드리고 하는 여러 가지 공정도 보았는데, 이 산속에 이런 공장이 있는 것이 산을 더럽히는 것 같기도 하고, 빛내는 것으로 생각되기도 하였다.

2. 어린 방사환

남강의 어린 머리 속에는 자기가 열심히 글을 읽어 과거에 급제하여 집 앞에 솟대나무를 세우고 남들이 우러러 보는 떨치는 집안이 되게 하리라는 생각이 별로 떠난 적이 없었다. 그런데 집안 형편은 날이 갈수록 간곤할 뿐이었다. 할머니는 연로하시기 때문에 인제는 산에 올라가 섶도 해 오실 수 없게 되었고 아버님이 혼자서 홀몸으로 두 아들의 장래를 바라보면서 여러 모양으로 애를 썼으나 좀처럼 가세가 트이지 않았다.

납청정으로 이사 온지 5년 뒤 남강이 열 살 나던 해에 이 집에는 크나큰 불행이 닥쳐오게 되었다. 먼저 아버지가 앓고 일어나고 뒤이어 할머니가 눕더니 열흘이 못가서 세상을 떠나시고, 두 달 뒤 아버지가 다시 자리에 누워 마침내 일어나지 못하고 그만 돌아갔다. 가난한 집은 인제 가장 불행한 가정이 되었다. 열 살과 열다섯 살 난 승모·승일이 형제만 남고 이 집은 누구 하나 돌아보아줄 사람 없는 아득한 가정이 되었다. 가정이 아니라 망망한 바다위에 떠있는 두 가랑잎이었다. 형 승모는 닥치는 대로 남의 심부름도 하고 놋그릇을 공장에서 받아 내어 팔러 돌아다니기도 했는데 동생 승일이는 나이도 어리고 하여 글방만 그만두고 아직 아무 일도 못하고 있었다. 글방을 그만둘 때 승일의 재주를 아끼던 훈장과 같이 배우던 접장 그밖에 아이들은 승일이가 불쌍하다고 하여 모두들 떠나는 소년을 붙잡고 울었다. 승일은 눈이 부어서 집에 돌아왔다. 이제 글을 읽어 과거에 급제할 꿈은 깨어지고 말았다. 그러나 어떻겐가 해서 큰사람이 될 길이 남아 있는 것만 같고 날이 가면 갈수록 할머니에게서 듣던 여러 가지 이야기가 잊혀지지 않았다.

그러자 불행한 소년 승일은 어떤 사람의 소개로 林逸權이라는 큰 부잣집에 잔심부름 하는 방사환으로 들어가게 되었다.

임일권은 그 때 돈 있는 사람들이 하던 대로 돈으로 직임을 사서 박천군수의 借啣을 가졌기 때문에 사람들은 그를 林博川이라고 불렀다. 임박천은 이 납청정 거리에서 제일가는 부자요 유기 제조 공장을 몇 개 가지고 있고 또 그 제품을 직접 자기 집 사랑에서 도산매하는 공·상업을 겸해 하는 큰 상점도 가지고 있었다. 그는 성품이 매우 온후하고 마음이 너그러워 누구에게든지 큰소리 한번 하는 일이 없는 寬厚長者였다. 그가 공장과 상점을 겸해서 경영하고 많은 사람을 썼는데 그 앞에서 일하는 사람은 그의 인격에 감복되어 그를 속이거나 물건을 훔쳐내는 일이 없었기 때문에 감독을 두거나 직접 책망하는 일이 없어도 그의 사업은 여러 사람의 협력으로 저절로 잘 진전되었다. 남강이 나중에 국내의 유수한 실업가로 큰 사업을 경영했는데 이것을 이끌어 가는 분위기에는 임박천의 영향이 컸다. 임박천집 방사환으로 있으면서도 이 명철한 소년은 거기서 자기 스스로 자라날 수 있는 푸른 목장을 발견하였다. 남강의 주위에는 어려서부터 많은 고난과 편력을 거쳐 민족의 領袖가 되고 뒤에 지상을 떠나는 순간까지 아득하게 펼쳐지는 교육의 장소가 전개되는 것이었다. 할머니를 여의고 글방을 그만둔 소년은 인제 어린 방사환으로 大攝理가 그를 위해 제3의 교육의 場을 마련함을 어렴풋이 느꼈다.

그런데 남강은 임박천의 집 방사환으로 들어가서 借啣이 무엇인 것을 알게 되었다. 그 당시 우리 정부에서는 부패가 심하여 대원군이 집정하고 있을 때에도 賣官賣爵이 있었지만은 그가 물러가고 명성왕

비가 정권을 잡자 민씨 일당이 專橫하기 시작한 후로 매관매작을 능사로 하여 감사 한 자리에 얼마, 군수 한 자리에 얼마, 이렇게 값이 붙어 있을 정도로 나라의 중직을 팔아먹는 습성이 생겼다. 이것을 산 사람들은 나라를 위하는 생각은 털끝만치도 없고 부임한 날부터 부지런히 백성을 두들기고 속이고 하여 돈 긁어모으기에 여념이 없었다. 그런 중에도 차함이라는 것은 돈으로 벼슬을 사서 실제로 그 직임을 맡아보는 것이 아니고 그 벼슬의 칭호만을 사는 것이니, 이 칭호만을 사는 데도 힘이 들고 돈이 많이 들었다. 이 칭호만을 사더라도 실제 부임하는 사람과 같이 先塋에 봉고제를 드리고 잔치도 굉장하게 하고 탕건을 쓰고 옥관자를 부치고 죽은 후에는 명전에 將仕郎이니 通德郎이니 하는 것을 쓰고 나중에 묘소의 석물에도 같은 존칭을 쓰고 축을 읽을 때도 관직의 존칭을 쓰게 되는 것이니, 이것이 큰 영광이라 하여 서로 다투어 돈을 들여가면서 사려 하였다.

남강은 방사환으로 있으면서 나라의 이런 내막을 알고 이 같은 어지러운 풍조 속에서 과거를 하건 돈을 내고 사건 벼슬을 한다는 것이 얼마나 어리석은 일이라는 것을 알았다.

임박천도 이 차함 한자리 사기에 자기 재산이 반이나 들어갔다. 그래도 그는 공·상업을 경영하니까 그것을 사고도 끄떡없이 여전히 버티어 갔지마는 보통사람 같으면 벌써 가산을 탕진하고 빈곤에 빠졌을 것이다. 그는 한번 칭호를 얻는 데 돈을 던져보고는 생각하기를 나라에서 매관매작을 하다 못하여 차함까지 팔아먹는 나라의 정세야 누구를 원망하랴, 모두 백성들의 자각이 없는 때문이라고 하여 인제부터 자기는 공·상 두 가지 업을 남이야 천하다거나 말거나 그것을 천직으로 알아 힘과 정성을 여기에 붓기로 하였다. 그러자 정주읍에서 이사 온 이석주가 죽고 아들 형제가 나이 어리고 살아갈 도리가 없다는 말을 듣고 그리 필요도 없는 일이지만은 자기 사랑에 와서 잔심부름이나 하고 몇 해 지나면 행상 할 밑천이라도 도와줄 터이니 오라는 허락이 나게 되었다.

이렇게 하여 열한 살 난 승일이는 이 집 방사환으로 들어오게 되었다. 잠은 그 사랑 윗목에서 자고 그 집에서 먹고 일이라고는 주인 영감의 타구 요강 버려오기, 방 쓸고 걸레질, 손님 오면 재떨이 · 화로 가져다 놓는 일이 매일 하는 일과였다. 처음에는 그 사랑에 있노라면 같이 글방에 다니던 아이들이 글방에서 아침 먹으러 가는 것, 저녁 먹고 가는 것을 바라볼 때 자기도 그들과 같이 글방에 다니지 못하는 것이 한 되고 부러운 생각에 자연 남모르는 동안에 눈물이 흘러내림을 금치 못하였다. 어린 생각에도 인제 자기는 그만 상놈이 된 듯하고 다시는 양반 노릇을 못해 볼 것 같은 비애를 느끼게 되었다.

처음에는 글방 동무들을 대하기가 부끄럽고 남이 자기가 남의 집 사환이 되었다는 것을 알까 보아 사랑 한구석에서 주인의 심부름이나 하고 어디든지 나가기를 싫어하였다. 그러나 날이 가고 달이 갈수록 그런 생각은 차츰 차츰 어느덧 머릿속에서 사라져 버리고 글 읽은 사람만이 사는 것이 아니라는 생각이 들었다. "과거한 사람만이 사는 것이 아니다" 이런 생각이 가끔 일어나는 것이었다. 나만 늠름하면 어디서든지 살 수 있고 글방에서만 공부하는 것도 아니라는 것을 깨닫게 되었다.

어린 소년의 태도에는 심상치 않은 결심이 있는 것이 엿보였다. 혹 심부름을 하다가 한가한 때가 있으면 책도 들여다보고 글씨도 써보고 하였다. 주인 영감의 책상에는 언제든지 종이와 붓과 먹이 놓여있었다. 그러나 그것을 털끝만치도 건드려서는 안 되리라 하여 방을 치우고 먼지를 떨 때에도 그것만은 매우 조심스럽게 놓았던 대로 제자리에 두기를 잊지 않았다. 주인이나 손님들이 버리라고 하는 붓과 종이조각 같은 것들이 있었다. 소년은 이것을 대견하게 건사해 두었다가 남이 보지 않는 틈을 타서 글씨를 썼다. 종이가 까맣게 되도록 몇 십 벌이고 쓰고 또 쓰고 하여 나중에는 위에 쓴 글자 획을 알아볼 수 없게 되어야 비로소 그쳤다. 이렇게 무슨 종이조각만 보면 그대로 버리지 않고 그 위에 한자라도 쓰고야 버리는 것이 한 습성이 되었다.

손님들은 이 소년의 기특한 습성을 알게 되었다. 그 사랑에 많이 다니는 사람들 사이에는 이런 이야기가 있었다.

『아, 그 승일이라는 애는 종이조각만 보면 주워서 글을 쓰거든. 아마 그 애 앞에는 흰 나비도 지나갈 수 없을 거야. 그것도 종이조각으로 알고 글을 쓸테니……』

나중에는 주인 영감까지도 알게 되어 하루는 주인이 조용히 불러 앉히더니 종이와 붓과 먹을 내어 주면서 이렇게 말하였다.

『네가 글씨 쓰기를 좋아한다지. 이것쯤은 얼마든지 뒤를 대어
줄 테니 네 마음껏 써 보아라. 그래 사람은 무엇을 해도 행문이
깨끗해야 하거든』

이 일이 있은 이후로 승일은 손님이 없는 낮이나 방이 비인 저녁에는 한편구석에 단정히 구부리고 앉아 글씨를 쓰는 것이었다.

주인 임박천은 승일의 재주를 알아 틈만 나면 글도 읽으라고 하고 편지 쓰는 법도 가르쳐 주었다. 이렇게 하여 남강은 이 집에 사환으로 있으면서 한편 글방에 못지않게 공부할 기회를 스스로 만들었다. 글방에서는 한 사람의 훈장 밑에서 글을 외우고 글씨를 썼지만은 여기서는 주인 임박천을 위시하여 여러 손님들로부터 여러 가지 세상 이야기를 들었다. 장사하는 이야기, 누구네 가문이야기, 서울 이야기, 나라형편 이야기… 이 사랑에 오는 손님들이 여러 사람인대로 이 사랑은 이를테면 일종의 지방 향청의 작용을 하였다. 남강이 만일 글방에서 경서만 읽었으면 한사람의 유학자가 되었을지는 모르지만은 이렇게 어려서 생동하는 실사회의 견문에 접했기 때문에 나중에 개화주의에 투신하게 된 실마리가 여기서 열렸다.

주인이 경영하는 유기 공장은 사랑에서 조금 떨어져 있는 곳에 있는데 거기에는 주인의 명령이나 혹은 손님의 부탁으로 하루에도 몇 차례씩 가게 되었다. 처음에는 공장에 가면 요란한 소리가 나고 사람

들이 돌아갈 뿐 무에무엔지 몰랐으나 차츰 거기서 하는 일의 종류와 그 공정을 알게 되었다. 매사에 심상치 않은 관찰력을 가진 어린 소년은 틈만 있으면 공장 안에서 되어가는 일의 하나하나에 자세히 주시하기 시작하였다. 공장에서는 주석과 구리를 섞어 녹여가지고 놋쇠그릇과 퉁쇠그릇 두 가지를 만들었다. 놋쇠 그릇은 놋쇠를 뚜들겨 만들고 퉁쇠그릇은 먼저 고운 흙으로 본(모형)을 만들고 퉁쇠를 뜨거운 불에 녹여 물이 되게 한 후에 그 쇳물로 본에 부어 만든다. 부어 만든 것은 그 겉에 있는 본을 깨고 보면 모양은 그릇이 되었으나 빛이 검고 우툴두툴한 데가 많음으로 그 그릇의 안과 밖을 기계로 깎아야 한다. 깎아내면 비로소 빛도 반짝반짝하고 평탄하여 완전한 그릇이 된다. 뚜들겨 만드는 것은 그릇 한 개에 몇 냥중이 든다는 것을 저울에 달아가지고 그것을 철주로 뚜들겨 평평하게 하고 늘여서 그릇모양을 만든다. 뚜들겨 만드는 그릇은 쇠가 좋아야 한다. 만일 쇠가 나쁘면 뚜들길 때 깨어지거나 부러지거나 한다. 이 공장에서 만들어지는 수많은 유기그릇들이 도매상과 행상을 거쳐 전국 각지에 퍼져 나갔다.

남강은 이 공장 안의 일을 보면서 두 가지 일을 생각했다. 하나는 쇠들이 모여 여러 가지 工程을 거쳐 새로운 그릇으로 되어 나오는 일이고, 하나는 이 공장 속에서 햇볕도 변변히 못보고 새까만 옷을 걸치고 귀신모양이 되어 일하는 사람들에 관한 일이었다. 하나는 물건을 만드는데 정성을 들여야 한다는 생각이었고, 하나는 사람이 사람을 차별하는 것이 옳지 못하다는 생각이었다. 남강이 나중에 민족의 광복과 그것을 위한 교육에 헌신했는데 교육에 대한 관심과 눌리는 자에 대한 관심이 어렴풋이 올라오기는 이 때부터였다.

임박천집에 온지도 이미 4년이란 세월이 흘렀다. 임씨도 인제는 이승일이라는 소년이 매우 똑똑하고 얌전하고 속일 줄 모르는 가장 정직한 소년임을 믿게 되자 집안의 모든 일과 다른 사람과의 돈거래 관계까지도 맡겨 돈을 받아 오는 수금원의 일도 시키게 되었다. 임박천은 가끔 자기 친구나 거래하는 사람을 대하게 되면 승일이 칭찬을 잊지 않았다. 그는 오는 손님에게 이 애는 집에 온지가 4년이 넘었지만은 책망해본 일이 없고, 저 할 일은 누가 시키기 전에 하고, 어른들이 시킬만한 것은 먼저 정돈해 놓기 때문에 다시 독촉을 하든가 시킬만한 일이 없어지고 말았다고 하는 것이었다. 남강은 어려서부터 저 할 일은 제가 해야 한다고 생각하였다. 저 할 일을 남을 바라거나 남에게 미루는 일이 없었다. 아무리 어려운 일이 있어도 저 할 일을 않고서는 그대로 있지 못하는 것이 소년 남강의 깔끔한 성미였다.

주인의 신임이 두텁게 되어 어린 사환 아이에게 외무 겸 수금원의 일까지 맡기게 되었다. 한번은 이런 일이 있었다. 선천 가서 유기 값을 받어 오라고 해서 갔다가 돌아오는 길에 잘 아는 노인과 같이 걸어오게 되었는데, 평지원 가까이 오니 노인이 자기가 아는 김 진사댁에 들려 자고 가자고 하였다. 이 집은 부자요 진사요 또 김 진사의 마음이 매우 착하고 후하여 자기 집 앞을 지나가는 사람을 그저 보내는 일이 없었다. 노인이 먼저 들어갔다 나오더니 날씨도 저물고 했으니 같이 들어가자고 가자고 하였다. 소년은 노인이 이끄는 손목을 뿌리치면서 이렇게 말하였다.

『청하지도 않는 집을 무슨 일로 들어갑니까. 저는 저 볼 일로
다니는 데 날이 저물면 숙사에서 잘 것이지 남의 집에 들어가 폐
를 끼치기는 싫습니다.』

이렇게 노인과 소년이 다투는 것을 보고 주인 김 진사가 나와 들어오기를 권했으나 소년은 종시 듣지 않았다. 김 진사는 소년의 행동이 이상하다고는 하면서도 얼굴도 잘 생기고 고집이 센 것을 보니 필경 쓸만한 인물이 될 것이라고 속으로 생각하였다. 이 일이 인연이 되어 뒤에 김 진사의 둘째 아들 金子烈이 남강이 세운 오산학교에서 배웠고 또 남강의 사위가 되었다. 남강은 그 때 일을 다음과 같이 술회하였다.

『선천에 가서 돈은 못 받고 점심도 못 먹고 오다가 아는 노인을
만나 같이 걸어오는데, 아, 글쎄 내 일로 다니면서 부잣집에는 왜
들어가. 그 노인은 서당에 들려 술이 취해 나왔는데 그 노인 누이
집 가난뱅이집에서 쉰 조밥 먹고 자니 속이 얼마나 편할라고……』

비록 남의 방사환으로 돈을 받으러 다니는 어린 차인이었거니와
그의 가슴속에는 부귀와 권세 앞에 굽실거리지 않는 늠늠함이 있었
다. 이 매차고 강직함이 남강이 巨商이 된 때나 島山을 만난 때나 오
산학교를 세우고 독립운동을 지도한 때의 변함없는 기상으로 그의
일생을 통하여 끊어지지 않는 푸른 줄을 그어 내려왔다.

남강은 열한 살에 임박천집 방사환으로 들어가서 처음에는 방을
쓸고 재떨이와 요강을 닦고 하다가 나중에는 외교 겸 수금원이 되었
다. 그는 임박천으로부터 신임을 얻어 편지 쓰는 법도 배우고 장사에
대한 일과 사람부리는 데 대한 여러 가지 이야기도 들었다. 임박천의
사랑방이 그에게는 하나의 생생한 향청이 되었다. 글방에서 배우지
못 할 여러 가지 산 견문을 그는 여기서 얻었다. 그는 자기 할 일을
성실히 했고 털끝만치도 누구를 속이는 일이 없기 때문에 그 태도에
는 언제나 떳떳스러움이 있었다. 이 어린 방사환 앞에서는 주인이나
손님도 말과 태도를 조심하게까지 되었다. 어른들끼리 잡담이나 실없
는 농을 하다가도 이 소년의 정색한 얼굴이 보이면 그들은 이야기를
돌려 선을 행하고 덕을 심는 일이 결국 복을 이끌어오는 길이 된다고
하였다. 사람은 가슴에 참이 있을 때 그 태도가 맑고 행실이 돈독하
여 감히 누를 수 없는 어떤 威儀를 풍긴다. 어린 남강에게는 이 같은
안의 견실함이 있었다. 이 참과 곧음이 그의 성격이 되어 나중에는
일에 임하여 대줄기 같이 벋어나가는 강직함이 되었거니와 곧고 고
매한 기품이 그의 어린 시절부터 안에서 흘러넘치기 시작하여 주위
에 하나의 맑은 바람을 불러 일으켰다.

3. 自立을 위한 遍歷

남강은 임박천집에 4년 넘어 있다가 열다섯 살 되던 해(戊寅)에 李
道濟라는 이가 자기 딸과 청혼하기를 청하여 혼사가 되었다. 그 때
사람들의 혼사는 당사자의 의사를 물어보는 것이 아니고 부형들이
서로 정하는 것이니 정혼한 후 폐백을 보내고 전안례가 끝나고 첫날
저녁에 촛불을 켜놓은 방에서 일생을 같이 살아갈 사람들이 서로 얼
굴을 대하게 되는 것이다. 이렇게 이루어진 연분이 우연히 마음이 맞
고 뜻이 합하는 것은 천행이지만은 대개는 첫날저녁부터 마음에 서
로 들지 않아 일평생을 두고 서로 말도 하지 않는 부부가 적지 않았
다. 남강은 다행히도 서로 뜻이 맞아 가난한 대로 같이 고생할 수 있
는 반려를 만난 것이 되었다.

임 씨 집에 있는 동안에 모인 것도 있고 또 주인 임박천이 걱정도
해주어 조그만 초가집일망정 한 채 사고 새 살림살이를 장만하였다.
인제는 전과 같이 남의 사랑살이도 할 수 없어 스스로 설 수 있는 자
립 생활의 길을 개척하지 않을 수가 없었다. 며칠 생각한 끝에 임박
천에게 그 뜻을 말하고 외상으로 숟가락을 한 짐 걸머지고 유기 산매
행상을 시작하기로 하였다. 처음에 유기그릇이 든 짐을 지고 나설 때
비록 모양은 초라했으나 그 유기 그릇 속에서는 언제나 두 가지 문
제, 본에 부어 그릇을 만드는 문제와 공장에서 일하는 가난한 사람들
의 문제가 무언가 자기에게 속삭이는 것 같았다.

그 때 매매, 즉 물품 거래라는 것은 대개 중요한 곳에 장거리가 있
고 거기에 장이라는 것이 선다. 장날이 되면 사방에서 장사하는 상인
들이 물건을 가지고 오고 물건이 필요하여 사려는 사람들도 그날 장
에 가서 사는데 이것을 장을 본다고 한다. 장거리에는 거기에 상점을
갖고 앉아서 파는 좌상도 있고 장날을 따라다니면서 물건을 갖고 다
니는 행상도 있다. 이 행상들의 벌려놓은 가게란 흡사 서울의 동대문
시장이나 자유 시장 같은 것으로서 필목이면 필목, 잡화면 잡화를 펴

놓고 대개는 좌상보다 싼값으로 판다. 이 행상들은 각 곳의 장날을 따라 이동한다. 가령 정주읍이 하루와 엿새, 고읍이 이틀과 이레, 청정이 사흘과 여드레라면 행상들은 쉴 새 없이 돌아 다녀야 한다. 그리고 대개 장날에는 아침 일찍 날이 새기 전에 매매가 성하므로 거리에 따라서는 그 전날 저녁에 가서 기다려야 할 때도 있고 자정 때에 떠나야 할 때도 있다. 행상들은 쉬는 날이 없이 팔 물건을 걸머지고 밤길 새벽길을 걷게 된다. 남강도 숟가락을 보에 싸서 걸머지고 행상하는 사람들 사이에 끼어 많은 밤길과 새벽길을 걸어야 하였다.

남강은 차츰 이 유기 행상에 익숙해졌다. 어느 장에서는 유기가 많이 나가고 안 나가고, 그것도 자리는 어디가 좋고, 시기는 어느 때가 좋고, 또 사람들은 어느 촌중 사람들이 많이 사고…… 이 밖에도 그는 장사에 관한 견문이 늘었고 세상 형편에 관한 새로운 이야기도 들었다. 달고 쓰고 즐겁고 추한 여러 가지 일을 경험하였다. 이같이 장을 따라 다니는 행상들은 봄과 가을은 서늘하지만은 여름은 덥고 겨울에는 추위와 싸워야 하였다. 겨울에 추울 때는 평안도에는 영하 15, 6도가 보통인데 이 추운 날 새벽길을 떠나는 고통이야 말로 비할 데가 없었다. 이 때는 술을 마시고 몸을 덥게 하는 사람도 있지만은 술만 깨면 도리어 추위가 더하다 하여 좋은 방법이 못된다고 하였다. 그들 사이에는 경험으로 알았다고 하여 비상이 사용되었는데 이 극약을 극히 적은 분량만 먹고 나서면 아무리 추운 날이라도 몸이 후끈후끈하다 하여 비상들을 조금씩 먹고 새벽길을 떠났다.

이 행상군들은 마치 사막의 낙타상들마냥 떼를 지어 다녔는데 남강은 그들 사이에 끼어 짐을 지고 손을 불어 가면서 따라가는 것이었다. 캄캄해서 길이 안 보일 때 떠나 십 리고 이십 리고 가노라면 닭이 울고 동이 텄는데 새벽빛을 받아 펼쳐지는 수풀과 시내는 짐 지고 가는 어린 행상에게 잊어지지 않는 인상을 주었다. 나이 어린 행상인 남강에게는 유기 팔 생각도 생각이려니와 어떻게 하면 이 아름다운 땅위에서 부자와 가난한 자, 양반과 상놈의 구별이 없이 서로 돕고 보살펴 주면서 살아갈 것인가 하는 생각이, 문득 자기를, 같이 가는 이들의 떠드는 소리와는 떠난 세계에 이끄는 것이었다. 일행들 중에는 빨리 걷는 사람도 있었고 처져서 따라오는 사람도 있었다. 납청정에 사는 이용화라는 사람은 키가 크고 기운도 튼튼한데 새벽길을 떠날 때 비상도 같이 먹곤 하였다. 어떻게나 잘 걷는지 사람이 가는 것이 아니라 산이 뒤로 가는 것이라고들 하였다. 남강은 이 사람을 따르노라고 빨리 걷는 습성이 생겼다.

남강은 걸음이 빨랐고 걸음 걷는 자세가 바르다. 남강이 뒤에 오산학교를 세우고 역에서 내려 용동 집에 들르지 않고 바로 학교까지 쏜살같이 걸어오고 했는데 이것은 행상할 시절에 걷던 걸음새였다. 이 걸음에 대해서도 나중에 남강은 독특한 생각을 가지고 있었다. 걸음 걸을 때는 자세를 바로 해야 한다는 것과 걸음 걸을 때 땅을 내려다보거나 딴 생각을 해서는 못쓴다는 것과 양반 체를 내어 느릿느릿 걸어서는 안 된다는 것과 한 걸음 한 걸음 일정한 속도로 한결같이 걸어가야 한다는 것과 가다 도중에서 쓸데없이 지체해서 안 된다는 것과 먼 산을 쳐다보던가 손을 내어 두르던가 콧노래를 해서 안 된다는 것과…… 이 밖에도 걸음에 대한 남강의 철학이 있었다. 그가 학생들을 가르치는데 계속적인 전진이라는 뜻으로 "나음나음" 이라는 말을 썼고 자기 동상 모양을 서 있는 자세로 만들지 말고 걸어가는 자세로 만들라고 한 것이 모두 그의 걸음의 교훈에서 나온 것이었다.

남강은 어떻게 생각하면 배우기 위해서 세상에 나온 사람이었다. 행상들 사이에 끼어 1년 남짓 이 장거리에서 저 장거리로 정주 일대를 돌아다니면서 남강은 여러 가지 세태와 물정을 알았다. 특히 그는 정주라는 한 지방사회의 사회구성을 알게 되었다. 이 때 얻은 지식이 그로 하여금 계급신분 제도의 불합리함을 알게 했고 이것을 두드려 부수는 개화주의 운동으로 그를 이끄는 단서가 되었다. 한번은 이런 일이 있었다.

정주 장날 유기 짐을 풀어 놓고 사러오는 사람을 기다리고 있는데

촌에서 들어온 점잖아 뵈는 선비 서너 사람이 처음 만난 성 싶은 거
의 같은 나이의 성안 사람에게 모두들 반말을 하였다. 다른 고을의
경우를 보면 성안 사람들이 촌에서 들어온 사람들에게 반말을 하는
일은 있을 수 있는 일이었다. 남강은 이 연유를 알만한 사람에게 물
어 보았다. 그랬더니 일러주는 말이, 반말을 하는 사람들은 舊鄕 사
람이고 반말을 듣는 이는 鄕外 사람이니 그렇다고 하였다.

　남강은 그 뒤 정주 지방사회의 세 계급으로서 구향과 신향과 향외
가 있다는 사실을 들어 알았다. 그가 들어서 안 이야기의 내용은 다
음과 같다. 정주는 士大夫鄕으로서 작은 서울(小京)이라고 할 정도로
인물이 많이 났다. 정주에서는 과거에 급제하여 벼슬이 많이 났는데
다른 고을에는 과거를 못해서 官舍에 회벽을 못한 일이 많았다. 정주
에는 龍馬所에 生朝官 여든한 사람이 모여 앉을 정도로 한때 大小科
삼백장이 난 일조차 있었다. 정주의 대성인 林·金·盧 삼씨가 鄕案
을 창안했는데 그 목적은 관기 확립과 유학 진흥이라고 하였다. 향안
이란 향교중심 士林들의 契같은 것으로서 결과로서는 양반과 상인의
계급제도를 확립시켰다. 이 향안에 의하여 그들은 정주 고을의 사람
들을 舊鄕·新鄕·鄕外의 세 계급에 나누었는데 이것은 마치 조정에
서 백성을 양반·중인·천민의 세 계급에 나눈 것 마냥 인도의 階姓
制度를 연상시키는 좋지 못한 일이다. 그런데 작은 서울로 일컬어지
는 정주의 소위 조무래기 양반들은 林·金·盧·李·趙같은 벼슬께
나 한 24대성을 골라 舊鄕, 그 아랫질을 新鄕, 그 나머지 사람들을
묶어 鄕外 또는 校生이라고 하여 천시하였다. 이 구향에 속하는 사람
들이 대개 촌에 자리 잡고 있었고 정주읍에는 아전, 옥리, 장사하는
사람들, 말하자면 향 외에 속하는 사람들이 살았기 때문에 구향에 속
하는 사람들이 읍에 들어오면 으레 혀를 꼬부리고 반말을 하는 것이
었다.

　이 같은 향토적 환경 속에서 자라났으며 그의 타고 난 강직한 성품
위에 혁명적 개혁적인 기질이 가꾸어졌고 나중에 도산의 말을 듣고

민족 전체가 양반이 되기 전에 한 가문만이 양반이 될 수 없음을 알
아 민족운동과 개화주의에 헌신하기를 결심하였다.

남강이 열다섯 살 나던 해에는 나이 어린 유기 행상으로 정주 일경
에 돌아 다녔는데 그 이듬해부터는 새로운 지역을 개척하기 위하여
황해도로 나가게 되었다.

황해도 안악·재령·신천 등지는 땅이 기름지고 곡식이 많이 나는
곡창으로 옛날부터 유명하였다. 이곳의 여러 장날이면 멀리서 나온
나이 어린 행상은 낯선 풍물과 처음 듣는 사투리를 들어가면서 유기
그릇 파는 일을 계속하였다. 정주 납청정 유기라면 이름도 났고 또
이 지방 사람들은 생활도 넉넉하여 팔리는 수요가 날이 갈수록 늘어
갔다. 처음에는 등에 지고 다녔는데 가지고 다니기가 힘도 들고 또
팔리는 수요도 늘고 하여 나귀를 하나 사가지고 싣고 다녔다. 우리나
라에 新敎의 복음이 전해질 때 선교사를 이 나귀 등에 성경과 빵을
싣고 초산과 강계 산골짜기를 다녔다. 실린 물건과 따라가는 사람이
다를망정 나귀를 끌고 가는 자의 가슴속에 동반도의 사명이 맡겨진
것만은 다를 바 없었다.

정주에서 하던 유기 행상에 비하면 여기는 여간 물건이 잘 팔리는
것이 아니었다. 평안도 지방에는 유기 장사들이 샅샅이 돌아다녔기
때문에 오래 다녀 얼굴을 잘 아는 사람이 아니면 좀처럼 사주지 않으
므로 첫 번 가는 사람으로서는 도저히 팔수가 없었다. 그런데 여기는
그렇지가 않아 팔러 다니는 사람도 없고 인심이 매우 순박하고 약속
을 지켜 장사하는 사람에게 편하고 이롭기가 한두 가지가 아니었다.
그뿐 아니라, 여태껏 유기를 그렇게 쓰지 않다가 이것을 처음 쓰게
되어 사려는 사람이 날마다 늘어가고 또 다른 경쟁자가 없어 가는 곳
마다 장사도 잘 되고 사람도 많이 알게 되었다.

그런데 재령 나무리 벌은 벼가 쏟아지는 곳일 뿐더러 그곳 전체가
宮土인 까닭에 소작인들이 대개 도지로 이것을 부쳤다. 다른 사람의
소유보다 도지가 매우 헐한 관계로 열 섬 수확하는 곳에서 한 섬 가

량의 도지를 낼까 말까하는 정도인즉 소작인이 거의 소출의 전부를 가지는 셈이 된다. 이 나무리 벌에 사는 사람들은 유기 장사가 가기만 하면 짐떨이를 하는 일이 가끔 있어 여기를 가려면 미리 여러 가지 구색을 맞추어 많이 가지고 가야 하였다. 다만 불편한 것은 新換浦의 나루 건너기와 재령읍의 음료수가 귀한 것이었다. 나귀 등에 싣고 다니다가 그다음에는 우차에 싣고 다녔다. 이렇게 하여 경험이 늘고 자본이 불었는데 그뿐 아니라 이 동안에 여러 가지 견문이 늘고 나라 형편에 대한 새 소식을 알게 되어 차츰 그 관심이 단순한 장사를 넘어서는 면으로 번져 나갔다.

　남강은 황해도에서 유기 행상을 하면서 여러 곳으로 다녔고 여러 사람들과 사귀었다. 아마 남강이 일생을 통하여 가장 많이 걸어 다닌 곳이 이 황해도 일 것이다. 특히 안악과 재령과 신천은 그가 아니 가본 장거리 아니 가본 촌중이 없었다. 어느 장거리는 어디로 가고, 어느 산은 어떻게 넘고, 어느 강은 어떻게 끼고 돌아가고, 어느 촌중은 어느 길로 들어가고, 어느 동리에 어떻게 생긴 느티나무가 있고, 어디 무슨 산이 있고, 무슨 재가 있고, 어디가 경치가 좋고, 어느 마을이 아담하고, 어디서 무슨 산물이 나고, 어느 개천에는 밀물 썰물이 언제고…… 한국 사람으로서 가장 많이 걸어 다닌 사람 중의 한분이 남강이려니와 이 남강의 발이 가장 많이 머문 곳이 황해도일 것이다. 황해도는 남강에게는 제2의 고향이라고 할 수 있다. 열여섯 살에서 스물네 살까지의 가장 꽃답고 행복했어야 할 청춘 시절을 그는 이곳에 쉴 새 없이 돌아다니는 유기 행상으로 보냈다. 산과 물도 정이들 대로 들고 사람들도 많이 사귀었다. 그가 나중에 독립운동에 헌신하면서 안중근·안명근·김구·노백린·김용제·김홍량 같은 황해도 출신의 애국자·지사들과 많이 알게 된 것도 우연한 일이 아니었다.

　그런데 그는 황해도에서 그의 젊은 시절을 보내면서 그 때 전하는 나라 형편에 대한 여러 가지 소식을 들었다. 그것은 황해도를 포함하는 관서 지방이 비교적 신사조에 먼저 접했다는 것과 남강 자신이 장사하는 사람들 사회에 속하여 세상 소식에 밝은 분위기 속에 있었다는 것이 원인이었을 것이다. 남강이 만일 서울이나 남도의 양반집 막내로 자라났거나 서도에 태어났어도 한 곳에서 농사짓는 농가에서 컸다고 하면 아마 바깥세상 형평이나 나라 소식에 대하여 깜깜하게 어두웠을 것이다.

남강이 황해도에 나온 해 겨울에 그는 안악 어느 사랑방에서 인천 개항 문제로 조정에서 떠든다는 것과 원산진을 이미 개항하기로 했다는 이야기를 들었다. 사람들은 이렇게 되면 외국 세력 때문에 나라가 망하느니 흥하느니 여러 가지로 말이 많았다. 그밖에도 누가 영의정이 되고 누가 각부대신이 되고 하는 이야기가 퍼졌고 조정에는 지금 대원군파와 민비파가 있어서 어떻게 다투느니 하는 소문이 연달어 들려왔다. 남강이 열아홉 살 때 역시 안악 어느 사랑방에서 서울에서 갓 내려온 사람이 전하는 이야기로서 조정에서 미국을 위시하여 영국·독일과 서로 사이좋게 지내자는 조약이 맺어졌다는 말을 들었다. 남강은 개국과 쇄국 두 가지 중에 어느 것이 좋은지는 모르거니와 우리 자신의 힘이 청국이나 일본에 대해서도 부치는 형편에 덮어놓고 나라를 열어 여러 나라의 사람과 물건이 들어오면 장차 어려운 일이 생길 것이라고 생각되었다.

남강이 들은 소식 중에 가장 큰 소식 두 가지가 있었다. 하나는 壬午軍亂 이야기요, 하나는 甲申十月之變 이야기였다.

대원군이 집정한지 10년 만에 자기 며느리 되는 민중전과 세력 다툼으로 그만 밀려나고 민씨 일당이 정권을 잡은 지도 벌써 10년이나 되고 보니 백성의 원성이 날이 갈수록 높아갈 뿐이었다. 민씨네 횡포를 미워하는 편에서 큰 소동을 일으켰다. 이 때 민중전은 변복하고 충주로 亂을 피했는데 그 틈을 타서 난병들이 일본 공사관을 태워버렸기 때문에 일본과의 사이에 제물포 조약이 맺어졌고 청국 군대가 와서 사변을 진압하고 대원군이 시킨 일이라고 하여 붙들어 천진으로 보냈다.

　　황해감사 沈東臣의 포고에 의하면 이번 일은 일인 때문에 일어난
것으로 청국이 간섭하게 되고 일인이 대원군을 무고하여 잡혀가게
한 것이니 나라의 어버이를 빼앗기게 한 원수는 일인들이라고 하였
다. 포고문을 본 황해도 사람들의 분노도 컸지만 이야기를 전해들은
남강은 남의 조정을 마음대로 흔드는 외국의 하는 일이 분하기도 하
려니와 한편 저들에게 맞설 수 있는 힘을 기르는 일이 필요하다고 몇
번이고 되새겼다.

　　이 일이 있는지 二 년 뒤인 갑신년 10월에 金玉均・朴泳孝를 위시
한 개화당의 젊은 개혁자들이 일본의 힘을 빌려 조정의 개혁을 단행
하려고 우정국 낙성식을 빙자하여 변을 일으켰다. 閔泳翊을 위시하여
수많은 수구파의 거두들이 크게 다치고 왕명에 의하여 개화당의 내
각이 성립되었다. 일본의 힘을 빈 것이 개화당의 내각을 꺼꾸러뜨리
는 도화선이 되어 청병이 대궐 안에 들어와 일병을 물리치는데 의하
여 三日天下로써 개혁파의 꿈이 깨어지고 말았다. 김옥균・박영효・
서광범・서재필은 일이 실패에 돌아간 것을 알고 나라 밖으로 빠져
나갔다.

　　이 소식을 전해 듣고 경향 사람들은 소스라쳐 놀라났다. 하나는 이
변이 너무 끔찍끔찍한 피를 흘리게 했기 때문이고, 하나는 이 변으로
하여 조정안에서 청국과 일본의 서로 싸우는 형세가 한층 더 험하여
졌기 때문이다. 남강은 이 변 소식을 듣고 여러 날 밤을 계속해서 생
각하였다. 나라일이 점점 어려운 고비에 들어서고 앞에 무슨 상서롭
지 못한 더 큰 변란이 닥쳐올 징조로만 생각되었다.

　　남강이 황해도에서 유기 행상으로 안악・재령・신천 등지를 걸어
다니던 때는 그에게 장사하는 경험과 경륜을 풍성하게 부어 넣어준
시기였다. 남강은 이를테면 이 시기에 장사를 배우고 돈을 배우고 고
된 수고를 배우고 또 이것을 통하여 인정의 아름다움과 모짐을 배웠
다. 그런데 그는 납청정 공장에서 교육에 대한 관심과 눌리는 자에
대한 관심을 어렴풋이 불러 일으켰던 것 마냥 이 황해도 시절을 통하

여 나라의 운명과 세상에 대한 새 소식에 눈이 뜨이기 시작하였다.
황해도의 산과 들과 사람과 사랑방들은 남강에게는 단순히 그 경치
나 인상으로서만 잊어지지 않는 것이 아니었다. 조정의 소식과 나라
에 대한 걱정을 그는 거기서 들었고 이야기했고 생각하면서 걸어가
고 하였으니, 황해도의 一土 一木은 남강에게는 한없는 정다움과 회
포와 감회를 주는 것이었다.

남강의 계급 혁파에 대한 생각이 정주 계급사회의 풍토에서 싹이
튼 것이라고 하면 그가 나라를 사랑하는 애국심은 황해도의 산과 들
을 걸어 다니는 동안에 얻어진 것이었다. 남강의 애국심은 왕실이나
벼슬과 관계된 것이 아니고 자연과 마을과 눌리는 백성과 가난에 관
련된 것이었다. 그의 일생을 통하여 가장 많이 걸어 다닌 땅이 황해
도였거니와 그가 나중에 독립운동을 하면서 황해도에 가장 많이 동
지를 가졌고 또 거기서 본 자연의 경치나 백성들의 살아가는 정경을
잊지 못한 것이 이 때문이었다.

4. 푸른 꿈

1887년 丁亥년에 남강이 스물네 살이었다. 그는 황해도의 행상을
그만두고 청정에 돌아오기로 하였다. 그것은 어려서 자라나던 납청정
에 역시 임박천처럼 상점과 공장을 차릴 생각에서였다. 이 일을 하기
위해서는 자기 자본만으로는 부족하여 鐵山 吳朔州네 돈을 빌려 오
기로 하고 우선 일을 시작하였다.

때마침 정주에 朴昌燁·朴純一 두 사람이 있었는데 그 두 사람이
모두 어려서 집이 빈한하여 삼십이 넘도록 장가도 못 들은 총각으로
머리를 땋고 다녔다. 그러다가 어찌 어찌하여 돈도 모으고 장가도 들
고 인제는 큰 부자 행세를 하게 되었는데 그들 역시 장사로 성공했고
또한 자금을 철산 오씨네게서 융통하여 사업을 경영하였던 관계로
오씨네집 신임을 받았다. 그런데 자기네가 빈곤한 가정에서 자라난

것 만치 가난과 싸우노라고 애쓰는 이승일도 장래 유망한 실업가가 되겠다는 것을 알고 그 두 사람이 남강을 오씨네 집에 소개해 주고 또 자금 융통에 두 사람이 연명으로 보증도 서 주었다. 그래서 이 자금으로 남강은 납청정에 임박천의 상점보다 지지 않게 대규모의 상점과 공장을 열었다.

남강이 스물한 살 때 딸 淑烈을 낳았는데 청정에 상점을 시작하던 해에 아들 宅魯를 낳아 식구가 넷이 되었다.

남강은 홍경래 이야기를 어려서 할머니에게서 들었다. 그런데 그때 이야기는 홍경래 이야기라고 하기 보다는 차라리 난리 이야기였다. 할머니의 이야기로는 한 50년 전에 큰 난리가 嘉山 다복동에서 일어나 그것이 정주에 들어와 여러 달을 관군과 겨루어 싸웠는데 관군이 北將台 뒤 밑을 터뜨리고 들어오는 바람에 그만 성중에 불이 일고 수많은 사람들이 죽어 핏물이 내처럼 흐르고 난리를 일으킨 홍경래는 어디론가 자취를 감추어 나중에 금강산에 들어가 버렸다는 것이 대략의 줄거리였다.

그런데 남강은 뒤에 임박천의 방사환이 되어 그 사랑에 모이는 사람들로부터 홍경래난에 대한 좀더 자세한 이야기를 들었다.

홍경래는 평남 용강 사람으로 어려서부터 남보다 뛰어난 재주를 가지고 과거에 급제하여 진사까지 되었으나 서울 가서 여러 양반들이 처사하는 것을 보고 크게 실망하였다. 벼슬은 모두 양반이 독차지 하고 중인이나 상인에게는 나라 일의 어떤 것에라도 참여시키지 않을 뿐더러 서북 사람에게는 간혹 재주가 있어 대과에 급제하더라도 文이라야 지평・장령, 武라야 첨사나 만호 이상의 벼슬을 시키지 않았다. 이것을 안 홍경래는 이 불공평한 사회, 불평등한 제도를 그대로 버려 둘 수 없다고 하여 이것을 뜯어 고치기를 결심하였다. 오랜 동안 뜻을 같이하는 인재들을 모으고 가산 다복동을 근거지로 비밀히 군대를 조련시키고 군기를 만들고 군량을 준비 하였다. 순조 11년 신미년 11월 17일에 일을 일으켜 가

산을 점령하고 청천강을 건너 서울로 쳐 올라가기로 했는데 일이
지체되고 관군이 쳐 옴으로 정주성에서 막다가 그만 꺾이고 말았다.

남강은 정주에서 鄕人들이 양반이라고 뽐내고 조정에서 양반들 때
문에 나라가 결딴나는 것을 보면서 다시 한번 홍경래의 일어서던 뜻
을 생각하였다. 그가 비록 패하고 거기 붙었던 많은 사람들이 삼족의
화를 당했으나 불합리한 사회와 썩은 풍조를 뜯어 고치려던 기개는
장한 것이라고 하였다.

남강은 청정에서 큰 상점과 공장을 경영하면서도 정주의 이른바
舊鄕에 속하는 사람들이 新鄕과 鄕外를 차별하고 더욱이 향외 사람
들과는 평교나 통혼은 물론 마주서서 이야기하기조차 꺼리고, 말할
때는 으레 혀를 꼬부리고 반말을 하는 것을 볼 때 그들을 경멸하기까
지 하였다.

남강은 자기가 경영하는 공장에서 일하는 사람들의 처지에 생각이
갔다. 그들은 자기가 어려서 임박천의 방사환으로 있으면서 보던 그
때 유기공장에서 일하던 사람들의 모양 그대로였다. 옷이 새까맣고,
모양이 귀신같고, 불결하고, 일을 되는대로 하고, 희망이 없고, 청승
맞은 노래만 뽑고, 잡담하고. 싸우고, 물건을 훔쳐내고…… 이래서는
안 될 것이다, 이래서는 안 될 것이다고 이 청년기업가는 여러 번 생
각하였다. 그는 우선 돈을 들여 공장의 구조를 햇볕이 많이 들어오도
록 고치고 먼지가 나지 않게 깨끗이 치우게 하고 일할 때 옷과 일 마
친 뒤의 옷을 따로 입게 하고 일정한 쉬는 시간을 주고 노임을 높여
주고 그밖에 그들을 모아놓고 이야기하는 시간을 갖고 하였다. 이 일
이 이를테면 영국의 오웬(Robert Owen)의 한 일마냥 공장 노동 개선
사업이었다. 청정에 있는 다른 공장에서는 젊은 경영자 남강에 대한
비난이 일어났다. 그러나 남강의 성미와 식견과 그 결심으로 보아 남
의 비난 때문에 자기의 옳다고 믿는 바를 굽힐 사람이 아니었다. 남
강이 만일 오산학교를 세우는 대신 이 공장을 계속 경영했다고 하면,

그리고 한국의 산업이 일제에 눌리지 않았다고 하면, 남강은 공장과 노동을 개선하는 사업에 크게 공헌 하였을 것이다.

철산 오씨네는 남강에게 돈을 대어 주기 전에도 청정에 있는 여러 공장에 자본을 대어 주었다. 이 오씨네 돈을 안 쓰는 공장으로는 임박천네 공장 외에 두세 공장이 있을 뿐이었고, 그 외의 대부분의 공장들은 오씨네 자본으로 움직여갔다. 철산 오씨네는 우리나라에서 청국에 보내는 冬至使를 따라다니는 장사로 돈을 모은 가문이었다. 그런데 철산 오씨에 앞서 이 같은 사신행차에 따라다니면서 돈을 벌어 맨 처음으로 전국에 이름난 큰 부자가 된 사람이 임구성이었다. 林龜城은 이름난 거상이요 부호 일뿐만 아니라, 장사하는 규모와 솜씨와 그 지키는 신용과 사람 쓰는 법과 그밖에 그 사람의 충성됨이 당대의 모범이었다. 임구성하면 그 모은 돈도 돈이려니와 스스로 돈 모으는 하나의 올바른 작풍을 이룬 이가 되어 많은 사람들의 존경을 받았다. 장사하는 사람이면 누구나 돈으로나 그 사람으로나 임구성되기를 원치 않는 사람이 없었다.

남강도 장사하는 사람으로서 이 임구성되기를 원하는 사람 중의 하나였다. 그런데 임구성은 돈을 모으고 나서 義州의 산당에 기와집 아흔아홉 간을 지었고 조상의 산소를 능처럼 만들었고 자손들이 땅을 팔아먹지 못하게 하기 위하여 이것을 나라의 宮土로 만들어 나라에 그 관리를 부탁하였다. 남강의 생각에는 자기가 비록 임구성처럼 돈을 모으는 일이 있더라도 임구성이 한 그 빈민구제 사업을 본받을 지언정 호화로운 양객이나 오래갈 子孫計만을 할 것이 아니라고 생각하였다. 나중에 남강이 국내 제일의 거상이 되었어도 큰집을 짓거나 조상의 산소를 꾸미지 않았고 오산학교에 정성을 바쳐 땅을 팔고 기와를 벗겨다 넣은 것이 이 때문이었다.

납청정의 상점과 공장이 순조로이 운영은 되면서도 예의 공장개선 사업으로 많이 머리를 쓰던 때 일이었다. 한번은 이런 일이 있었다.

자기 보증을 서 준 박순일과 함께 오씨에게 돈을 얻어 내려고 오삭

주네 집에 갔다. 그 때는 지금처럼 은행 같은 곳이 없으므로 오씨네
는 돈을 처치하기 위하여 신용할만한 상점이나 공장에 돈을 대어 주
었다. 남강이 박순일을 따라 오삭주네 사랑에서 묵는데 저녁에 주인
오삭주가 나오더니 여러 손님 들으라고 자기 선조 묘소에 石物세운
이야기를 하면서 금년 들어 가장 큰 일을 했노라고 하였다. 거기 모
인 사람들은 주인의 말이 떨어지기가 바쁘게 모두 어려운 일을 한 것
이라고 칭송하기를 마지 않았다. 남강은 그 때 나이도 아래고 하여
아랫방 윗목도 아니고 윗방 윗목에 앉아 듣고 있었는데 여러 사람의
말이 끝나자 앞으로 조금 나앉으면서 이렇게 말하였다.

　　『자기 선조 묘소에 석물해 놓은 것이 무슨 칭송할 일입니까. 젊
　　은 사람 앞에서 안 하실 말씀들입니다.』

이 말을 듣자 주인 오삭주는 못마땅한 안색을 하더니 일어나 안으
로 들어가 버렸다. 거기 모였던 사람들은 이 광경에 그만 놀랐다. 그
중에서도 가장 놀라고 화가 난 것이 같이 간 박순일이었다.

　　『승일이 때문에 그만 내 일도 망쳤다. 아, 돈을 얻으러 와서 비
　　위를 거슬려 놓았으니, 글쎄 그게 무슨 방자한 말이야……』

그날 저녁은 그대로 자고 주인의 노염이 풀리기만 기다렸다. 사흘
후에 나오더니 먼저 『승일이 잘 잤지』라고 말을 붙이면서 노인은 이
야기를 시작하였다.

　　『내 들어가 생각해보니 과연 승일의 말이 옳은 거야. 자기 조상
　　에 자기가 석물 해 놓고 자랑할 것이라고는 없고 또 그것을 잘한
　　일이라고 칭송할 것도 없어 역시 승일이는 생각
　　이 꿋꿋해. 자기 생각대로 말을 하거든……』

이 일이 있은 이후로 오삭주는 먼저 안 박순일보다도 남강을 더 신용하였다. 박순일이 돈을 청할 때는 대개 청하는 액의 절반을 주었으나 남강이 청할 때는 깎는 일이 없이 그 청하는 전액을 내어 주었다. 퍽 뒤의 일이었는데, 역시 오씨네 돈으로 엽전 한배를 싣고 오다가 배가 침몰되는 사건이 발생했는데 이것을 알고 돈을 더 크게 대어 주어 이 때문에 상운을 회복한 일이 있었다.

남강은 그 때 얻어온 돈으로 납청정에 본점을 두고 평양에 지점을 두었다. 나중에 남강이 평양에서 실업가로 이름을 떨쳤고, 평양 마산동 자기회사 사장, 이태리 사람 파마와의 합판회사인 巴馬洋行의 사장을 겸했는데 이것이 모두 평양에 유기회사 지점을 둔 데서 시작된 것이었다.

남강은 장사에 눈이 밝았고 같이 장사할 사람을 얻는 데도 민첩하였다. 평양과 서울을 내왕하면서 그는 경제의 움직임을 곧 알아 내었다. 인천과 진남포를 통하여 석유와 양약이 들어오는 것을 알았고 철도가 부설되고 전신이 가설되는 것을 알아 재빨리 운수사업에도 착안하였다. 이렇게 하여 평양의 지점이 장차 평양의 본점으로 발전할 기회를 보이면서 많은 일들이 이 자세하고도 과감한 청년 실업가를 기다리고 있었다.

그 당시 閔泳駿이가 평양 감사로 있었는데 그 세도는 하늘의 새라도 떨어뜨릴 정도였다. 남강이 장사 일로 청정에서 평양, 평양에서 서울로 바삐 다녔는데 평양에서 서울이나 서울에서 평양에 돈을 보낼 사람들은 이것을 남강에게 부탁하였다. 민영준 감사도 이 일을 남강에게 부탁한 사람의 하나였다. 현금을 평양에서 남강에게 주면 남강은 어음 한 장만 써주어 그 어음이 서울에 가면 남강이 지정한 상사나 점포에서 쓰인 액수대로 돌려주는 것이었다. 민영준은 여러 번 남강의 손을 거쳐서 돈을 서울에 보냈다. 한번은 돈을 받고나서 고맙다는 인사 편지를 보냈는데 끝에 閔泳駿 連拜라고 써서 남강이 그 사람됨의 적음을 나무라고 이것을 면전에서 말한 일이 있었다. 남강은 자기에게 관계된 일이건 아니건 옳지 못한 일은 누구 앞에서나 이것을 말하고 또 본인을 버려두고 다른 사람에게 이야기하는 일이 없었다.

남강이 가장 미워한 것이 거짓이다. 사람들이 남강을 평하여 대줄기 같이 곧은 사람이라고 했는데 이 말이 들어맞는 말이 될 것이다. 흔히들 장사는 속이는 것이 그 근본이라고 하거니와, 그는 그렇게 생각지 않았다. 장사야말로 정직해야 한다. 남에게서 물건을 사다가 이것을 여러 사람에게 파는데 신용이야말로 생명이다. 속이고 거짓말해서 파는 물건은 한두 번은 살지언정 이것을 믿을 사람이 누구냐. 장사처럼 사람과 사람의 관계가 긴밀한 것이 없는데 그 사이에 거짓이 있어서는 안 된다. 사람의 생활이 총히 信義 하나로 꿰어져 있거니와 이것을 밑천으로 하고 물건을 통하여 봉사하는 것이 장사로 성공하는 길이 되는 것이라고 하였다. 남강이 거짓을 경제적 부패 이상의 不德이라고 하여 물리친 데 다음과 같은 이야기가 있다.

민영준이 평양 감사로 있으면서 부호들에게 돈을 많이 긁어모았다. 그 중에서 가장 유명한 것이 李甲이라는 이의 재산을 빼앗던 이야기다. 융희황제가 왕세자로 있을 때 이 왕세자와 같은 해인 甲戌년에 난 경향의 자제들을 모아 특별 과거를 보인 일이 있었다. 그런데 이갑의 부형들은 평안도의 갑부로 자기 아들의 귀여움만 생각하고 한 해 떨어져 난 乙亥생을 갑술생이라고 속여 과거를 보여 진사 급제를 받았다. 이 일을 탐문한 감사는 이갑의 부형을 붙잡아 가두고 나라 임금을 속인 죄라하여 그전 재산을 몰수하였다. 사람들은 이갑의 부형을 나무라는 것보다는 감사를 더 나무랐다. 그런데 남강은 그 보는 바를 달리하였다. 서울 양반들이나 수령방백의 백성에 대한 가렴주구가 나쁘기는 하지만은 이 같은 드러난 행패보다도 더 나쁜 것이 거짓이라고 하였다. 남강의 생각에는 거짓이 모든 악의 근원이었다. 한때의 탐욕이나 완명함은 용서될망정 참에서 떠난 거짓은 용서받을 길이 없다고 하였다. 그가 민 영준 감사보다도 이갑의 부형을 더 나무란 것은 결코 부패를 인정하고 그것과 타협하는 뜻에서가 아니었던 것이다.

어린 남강이 할머니 등에 업혀 많은 이야기를 들었고 그 뒤 글방에서 글을 읽고 임박천의 방사환이 되고 유기 행상으로 정주 일경과 황해도를 돌아다녔고 다시 청정에 돌아와 오씨네 자본으로 큰 상점과 공장을 차리고 장사에 눈이 띄어 이름 높은 실업가로서의 지반을 닦기에 이르렀는데, 이 여러 기간을 통하여 그에게서 잊어지지 않는 인물이 홍경래와 임구성이었다. 남강의 청년시절의 사업은 이 두 사람의 꿈을 이루어 양반과 천민의 구별이 없는 사회, 그리고 모든 사람이 넉넉하게 살 수 있는 세상을 이루자는 데 있었다. 그런데 차츰 나이 들어오면서 저들과 다른 것 두 가지를 생각하였다. 하나는 우리 백성이 다른 나라에 비하여 전체로 천민 또는 가난뱅이라는 것과, 다른 하나는 올바른 세상은 혁명이나 단순한 장사 길로 올 것이 아니고, 유기 공장의 그릇 만드는 공정마냥 사람 자체가 새로운 그릇이 되어야 하는 일이었다. 남강이 사십이 넘어 오랜 동안 해온 장사를 버리고 머리를 깎고 민족운동과 개화주의에 헌신하여 오산학교를 세우고 신민회에 들고 예수를 믿고 독립운동을 지도하고 理想鄕을 계획하고 한 것이 이 때문이었다.

II. 大同江 岸邊

1. 避 難

납청정에 상점 본점을 두고 평양에 그 지점을 둔지도 7년이 넘었다. 남강은 처음에는 청정에 있어 상점과 공장이 기틀이 잡히는 것도 보고 또 공장 개선 사업에 힘써 모범적인 공장을 만들어보려고 했으나 주마등같이 바뀌는 나라의 정세와 거기에 따르는 장사의 새 기맥을 알기 위하여 주로 평양에 나가 있게 되었다. 평양은 그 때 상공업의 중심지면서 아울러 사상·교육·새 문화의 중심지였다. 남강은 채관리 광명서원 윗집 文道元씨 댁에 유숙했는데 이집 사랑에는 많은 생각 있는 인사들이 모였다. 여기서 남강은 尹聖運·金仁梧 같은 이들을 알게 되었고 그들의 자금의 후원을 얻어 사업을 한층 더 확장할 수가 있었다.

남강은 평양에 있으면서 장사에 관계되는 일뿐만 아니고 조정의 소식과 나라 형편에 관련되는 여러 가지 이야기를 들었다. 駐美公使에 朴定陽이 임명되었다는 것과, 영국인 技師 감독 아래 서울·부산간 전선이 가설되고 있다는 것과, 아라사와의 통상장정이 체결되어 慶興이 개방 되었다는 것과, 광양·수원·함창에 민란이 일어났다는 것과, 함경도 탄광이 개광되었다는 것과, 일본 어선이 제주도에 와서 행패하고 우리 어부들을 죽였다는 것과, 일본 동경에서 우리나라와 오지리 사이에 수호조약이 맺어졌다는 것과, 철도를 놓기 위하여 미국에서 기사가 초빙되었다는 것과, 동학교도들이 전라도에서 교조의 신원운동을 일으키고 있다는 것과…… 이것으로 남강은 우리나라도 인제 어쩔 수 없이 개국에 기울어졌음을 알았다. 할 일은 많은데 사람이 있느냐. 잘못하다가는 땅은 내 땅이요 백성은 내 백성이건만 장사도 공장도 철도도 광산도 말끔 남들이 와서 하고 우리들은 쫓겨난 백성이 되어 어둠과 가난 속에서 떨고 있을 것이 걱정되었다.

평양에 있으면서 남강은 장사도 장사려니와 차츰 나라 일이 걱정되었고, 나라 일을 걱정하는 사람들과 서로 알게 되었다. 남강이 나중에 도산이 일으킨 新民會의 중요 간부가 되어 그 중에서 주로 산업의 면을 담당했는데 이것은 나라 일을 걱정하는 실업가로서 미리 알려졌기 때문이었다.

1894년 甲午년에 유명한 東學亂이 일어났고, 연달아 청일 전쟁이 벌어졌다. 조정에서는 淸과 日의 두 세력이 여러 모양으로 오래 다투고 있었는데 동학란을 핑계로 마침내 두 나라의 군대가 牙山灣에서 충돌되어 전쟁에 들어갔다. 남강은 평양에서 이 소식을 먼저 들었다. 그는 초조하게 전황의 경과를 기다렸는데 들리는 소식은 청병이 성환·아산에서 밀려 서울에서 싸우고 있으나 전세는 계속해서 그들에게 불리할 것이라고 하였다.

남강은 거리에서 이 말을 듣고 자기 상점에 돌아와 조카 子卿을 시켜 먼저 들어가 청정으로부터 서둘러 德川으로 피난 가라고 하였다. 조카를 들여보내고 남강은 여러 가지로 생각해 보았다. 이번 전쟁이 단순히 싸우는 척 하다가 말 것이 아니고 淸이 밀리거나 日이 밀리거나 그 전화가 저들의 본토에까지 미칠 것이다. 만일 힘이 비슷하면 우리나라 안에서 이리 밀리고 저리 밀리고 하여 우리에게 큰 화를 가져올 것이다. 그렇지 않고 어느 한편이 결정적으로 이긴다고 하면 우리나라는 그쪽 세력 아래 아주 눌리게 되고 말 것이다. 남강은 일어나 문도원 씨네 사랑방으로 갔는데 거기 여러 사람이 모여서 이야기하기는 했으나 피난 갈 이야기뿐이요 나라의 전도에 대해서는 이렇다고 말하는 이가 없었다. 남강은 며칠 뒤에 청병이 서울 싸움에 져서 밀려온다는 소식을 들었고 馬大人·孫大人이 인솔한 청병이 평양

에 들어와서는 기자능·칠성문 싸움에 역시 견디지 못하고 계속 북
을 향하여 달아나는 것을 멀리서 바라보았다.

평양 싸움에서 밀린 청병들은 흩어져 달아나는데 안주를 거쳐 가
산의 효성령을 넘어 납청정으로 들이 밀렸다. 패잔병들은 밀리는 곳
마다 소 잡아먹고 도야지·닭, 마구 잡아먹으며 사람을 만나면 때리
고 쏘고 여자는 만나기만 하면 욕을 보이기 때문에 사람들이 모두 도
망가 인가는 비고, 들에는 먹을 것이 없게 된 황량한 천지로 화하였
다. 남강의 가족들도 상점과 공장을 그대로 내버리고 덕천 산협으로
피난해 갔다. 남강은 평양에서 얼마 뒤에 청정을 거쳐 상점과 공장의
파락된 양을 보고 덕천에 들어가 가족과 서로 만났다.

전쟁은 모든 것을 휩쓸어 간다. 사나운 태풍마냥 사람과 집과 동리
와 논밭을 모조리 휩쓸어 간다. 평화스럽게 살때 갖고 있던 모든 것
을 쓰러뜨리고 짓밟고 불태우고 빼앗아 간다. 태풍치고는 가장 심한
태풍일 것이다. 남강은 인제 손에 지푸라기 하나 없는 가난뱅이가 되
었다. 31년 동안의 고된 생활이 꿈인 양 그에게는 허망하기만 하였
다. 그러나 이 전란으로 가족만이라도 남아 있는 것이 다행스럽게 생
각되었다. 그는 바로 어제까지 평양에서 실력 있는 실업가로 당당히
떨치던 것을 생각해 보았다. 그런데 현재의 자기 신세는 장사가 잘
안 되어서 물건에 밀져 이렇게 된 것이 아니었다. 이것은 전쟁이라는
태풍 때문이었다. 그런데 이 태풍은 결국 조정에서 양반들이 싸움만
하고 서로 남의 나라 세력을 업어들인데서 시작된 것이라고 남강은
단정하였다.

덕천이란 곳은 대동강 상류에 위치한 곳으로 산악이 중첩하여 인
가가 별로 많지 않았다. 산이 가파르고 땅이 각박하여 곡식이라곤 옥
수수·감자·귀리 같은 것을 돌 틈에 겨우 심었다. 남강은 인제 이
험한 산협에서 가족을 데리고 전쟁이 끝났다는 소식이 들려올 때까
지 있어야 했다. 마침 얼마 떨어진 곳에 몇해 전에 자기 공장에서 일
하다가 어디론가 가버린 대장장이가 살고 있는 것을 알았다. 이 대장

장이는 여기 들어와 농사짓는 농군이 되었는데 그는 여기 생활에 익숙하여 옥수수와 감자도 많이 심었고 또 전년의 것이 밀리기도 하여 농량에는 걱정이 없다고 하였다. 남강의 가족은 이 산협 사람들의 생활을 배우기도 하고 또 그들의 도움을 받기도 하여 청정에 다시 돌아갈 것을 손꼽아 기다리면서 세월이 가기만 기다렸다.

이 덕천 산협에 들어온 지도 벌써 해가 바뀌었다. 들리는 소식으로는 청병이 계속 밀리어 일병이 안뚱을 넘어 구련성과 봉황성을 점령했고 뒤이어 威海衛와 遼東半島를 휩쓸었다고 하였다. 이 소식을 듣고 남강은 이번 싸움에 청국이 졌고 그 때문에 이긴 자의 세력이 놀랍게 우리를 누를 것을 알았다.

청일 전쟁이 일어난 이듬해 5월에 남강은 덕천 산협을 떠나 가족을 데리고 총총히 청정에 돌아왔다. 돌아와 보니 시가가 황폐하고 집도 빈집들이 많고 상점과 공장은 모두 부서지고 뜯어가고 했다. 남은 것은 집터·상점 자리·공장 테두리뿐이었다. 수십 년 동안 쉬지 않고 먹지도 잘 못하고 남에게 좋은 소리 듣지 못하면서 각고면려한 것이 이것인가 라고 생각할 때 그는 가슴이 아팠다. 사람이 들끓던 청정 시가에는 잡초만 우거지고 벌레소리만 구슬퍼 어디 그만 딴 세상에 온 것만 같았다. 그는 상점 일도 일이려니와 나라 소식이 궁금하여 곧 평양으로 갔다. 평양도 역시 그 번화하던 거리가 말이 아니었다. 직접 전란으로 파괴된 것도 파괴였지만은 대개가 산협으로 피난들을 갔기 때문에 평양은 거의 1년 동안이나 도적과 거지의 소굴이 되었다. 지점 일을 맡아보던 사람들도 피난을 갔기 때문에 청정 본점이나 평양 지점이나 파괴되고 물건이 없어진 것은 마찬가지였다.

남강이 어려서 고생한 것은 그만두고 임박천집에서 나와 자력으로 장사를 시작하여 가진 고초를 겪어 가면서 실업계에 발판을 쌓아 올린 것도 옛일이었다. 인제 전란으로 십년 적공이 하루아침에 무너진 것을 눈 앞에 보면서 그는 지나온 일이 한마당의 꿈인 양 허무하기만 하였다.

　　납청정에서 남의 자본으로 사업하던 사람들이 많았었는데 전란으로
모두 허물어져 피난 갔다 와서 그것을 보상할 길이 없어 그만 어디론가
슬슬 빠져버리고 말았다. 남강의 친구 중에 이렇게 말하는 이가 있었다.

　　　　『인제 별 도리 있나. 일은 무얼로 계속하고 빚은 어떻게 갚겠나.
　　　다른 곳으로 숨어 버리는 수밖에 없지. 전란 통에 죽은 줄 알거야.
　　　가세 가, 도망가.』

　　그러나 남강은 생각하였다. 남의 신세를 졌으면 갚아야 한다. 힘이
없어 못 갚을 경우에는 그 연유를 알려라도 주어야 한다. 이렇게 결
심하고 그는 상점이며 공장을 세밀히 조사하여 잔재품을 기입하고
빌려온 자본에 대한 손해액과 이자를 계산하여 자기의 총 부채액이
얼마라는 명세서를 만들어 철산 오 씨댁을 찾아 갔다.

　　오삭주는 남강을 반갑게 맞아 주었다. 남강은 인사를 드리고 덕천
산협으로 피난 갔던 일과, 상점과 공장이 모두 부서진 일과, 보고 겸
인사나 드리려고 왔노라고 하면서 가지고 온 掌記를 내어 놓았다. 오
씨는 장기를 받아 들고 그 기재가 자상한데 놀랐다. 사계문서로 깨끗
이 기입했는데 봉차가 얼마, 입이 얼마, 상이 얼마, 계가 얼마라고 일
목요연하게 적혀 있었다. 그리고 오씨의 자본 얼마에서 이자까지 합해
서 총계 얼마라고 기입해 있었다. 오씨는 장기 책장을 덮고 잠깐 눈을
감고 무엇을 생각하는 모양이더니 다시 눈을 뜨고 이렇게 말했다.

　　　　『내 돈 가져다가 장사하는 사람이 수십 명이 넘는데 이번 난리
　　　후 모두 숨어버리고 그림자도 얼씬하지 않는 거야. 자네는 찾아주
　　　는 것도 고마운데 이렇게 장기까지 소상히 적어 왔으니 장사하는
　　　사람은 이래야 쓰는 법이야. 장사하는 사람일수록 신의를 지키고
　　　마음을 바로 먹어야 하거든.』

　　하인에게 음식을 차려오라고 하면서 인제 다시 상점과 공장을 경

영하려면 자본이 얼마나 들겠느냐고 묻는 것이었다. 남강은 한 동안 생각한 끝에 사업계획과 소용되는 자본을 자세히 설명했다 오씨는 설명을 듣더니 벼루에 먹을 갈아 붓에 먹을 흠뻑 찍어가지고 장기를 펴놓고 부채 조건을 적은 책장에 가로 열십자로 크게 그어버린다. 오씨는 붓을 벼루 집에 넣으며 이것은 이미 지나간 일이니 다시 볼 것 없이 모두 탕감하는 것이라고 하였다.

그는 자본을 돌려 줄 테니 다시 시작해 보라고 하면서 남강의 재주와 경륜만 가졌으면 반드시 크게 성공할 것이라고 하였다. 아직은 청정의 상점과 공장이나 다시 하노라면 자기 자본이 도는 대로 뒤를 보아줄 것이니 임구성에 지지 않는 큰 인물이 되어 보라고 권장하는 것이었다. 남강은 뜻하지 않은 큰 수확을 거두어 가지고 부풀은 가슴을 안고 청정에 돌아왔다. 남강은 청정에 돌아와 상점과 공장을 다시 세우고 전과 같이 평양에 지점을 두었다. 전란의 쓰라린 경험을 겪고 다시 일어난 남강에게는 장사 역시 나라가 흔들려 가지고는 안 된다는 생각아래 산업과 나라를 아울러 일으킬 여러 가지 새로운 포부를 세워 보았다.

2. 國內 第一의 貿易商

청일 전쟁이 일본의 승리로 끝나고 마관조약이 체결되었다. 이 조약으로 청의 간섭이 제거되기는 했으나 그 대신 일본의 세력이 별안간 늘어가게 되었다. 정부는 이에 앞서 官制를 고치고 새로운 제도를 실시하게 되어 金弘集 內閣이 조직되었다. 남강이 철산 오씨의 후원으로 평양에 나와 다시 장사를 차린 것이 바로 이 때였다.

남강은 평양에 나와 장사의 기틀을 다시 차리고 서울을 오르내리면서 조정의 소식과 세상 형편을 자세히 들었다. 역시 그가 생각하던대로 한편이 이기면 이긴 편의 세력이 놀랍게 올라오리라고 한 것이 맞았다. 일본의 세력이 전쟁에 이긴 여세를 몰아 정치상 경제상으로 한반도를 누를 것이 눈에 보였다.

남강이 하루 저녁 상점방에 혼자 누웠는데 그의 눈앞에는 다음과 같은 광경들이 나타났다.

인천과 부산에 일본 군함과 상선이 삼대처럼 들어와 서더니 거기서 군인과 상인들이 기어올랐다. 경인선을 위시하여 경부선과 경의선을 일본 사람들이 부설 관리하고 주요한 광산의 개발, 삼림의 채벌을 일본 사람들이 맡아 했다. 일본의 재벌들이 진출하여 공장을 짓고 상사를 열고 부산과 서울에는 번창한 일본 거리가 줄을 지어 벌어나가는 것이었다.

남강은 소스라쳐 깨어 일어났다. 아마 자기 생각이 눈앞에 떠오른 것이 될 것이라고 하였다. 그러나 그 광경이 너무도 생생한 데 불길한 예감조차 들었다. 이 광경이 나중에 그대로 들어맞는 것은 남강을 위해서나 남강의 조국인 한반도를 위해서나 크게 불행한 일이었다.

남강이 평양에 나와 있는 동안 金仁梧·尹聖運 같은 이들과 깊이 사귀게 되었다. 김인오는 안주의 이름난 부자로 철산 오씨처럼 많은 사람들에게 자본을 대어 주었고 윤성운은 김인오의 자금으로 평양에서 운수업을 위시하여 상계의 새로운 경지를 개척한 재치있는 상인이었다. 남강은 청정 본점은 자기 조카 자경에게 맡겨 버리고 이 두 사람과 같이 평양에 큰 상사를 차렸다. 진남포에는 자기가 믿는 金正民을 지점장 격으로 두고 자기는 서울과 인천에 다니면서 외국에서 들어오는 석유와 양약의 총대리점을 맡았다. 석유와 양약뿐이 아니고 지물·도자기·건축용 재료·면포·일용잡화 무엇이나 취급했는데 아직 외국의 상사는 들어오기 전이고 민족 재벌은 형성되기 전이라서 거의 전국의 물품이 남강의 경영하는 상사의 손을 거쳐 각 곳에 퍼지는 형편이었다. 청년실업가 이승일의 이름이 놀랍게 떨쳤다. 경향 각지에서 이승일의 이름을 모르는 이가 없었고 장사라면 이승일, 이승일이라면 장사라고 할 정도로 신용있고 담 있고 역량있는 젊은 실업가는 단연 상계의 혜성이 되었다.

이렇게 몇 해 계속하는 동안에 남강이 경영하는 평양의 상사는 상계를 거의 혼자 달리다 시피 하여 많은 이익을 거두었다. 몇 해 뒤에는 자본금이 그 때 돈으로 70만 냥이 넘었는데 밭 하루갈이에 서 돈, 소 한필에 한 냥이었던 것을 생각하면 엄청난 돈이었다. 지금 돈으로 하여 6, 7십억 원이 넘을 것이니 그 때 우리나라에서 갑부라고 해도 지나친 것이 아니었다.

그 때 우리나라 상계에서는 이승일의 이름을 모르는 이가 없었고 전국의 중요 물품이 그의 손을 통하여 나가기 때문에 경제권이 그의 수중에 있었다. 정부에서는 억지로 水陵參奉이란 감투를 이 청년 상인에게 씌워 주고 돈을 빼앗아 갔다. 평양 감사 민영철이 평안도 돈을 긁어 보려고 평양에 西宮을 짓기로 임금께 여쭈어 승낙을 받고 그 비용을 백성들로부터 걷기로 했는데 남강의 반대에 부딪쳐 중도폐지가 되었다. 평안도 사람들은 이조 5백 년 동안 조정으로부터 심한 천대를 받아 벼슬이라야 미관말직을 면치 못 했는데 인제 서궁을 짓는데 鄕大夫帖이라는 것을 사면 양반과 같은 대우를 받는다고 하여 백성들에게 팔게 하였다. 오랜 동안 설움을 받아오던 평안도 사람들은 어린 아이들의 옷고름에 매었던 돈까지도 끌러서 첩지를 사려고 하였다. 남강은 그것이 부당한 처사임을 가는 곳마다 이야기하여 마침내 이 일을 훼폐시켰다. 또 이런 일도 있었다. 민영철은 서궁 지으려던 일을 폐했지마는 이 일로 주머니에 상당한 돈이 들어왔다. 평양에 愛蓮堂이라는 유서있는 건물이 있었는데 민영철은 자기가 사랑하는 기생에 집 한채를 지어 주려고 이 건물을 헐어가려고 하였다. 이번에도 남강이 나서서 애련당이 유서있는 고적이요 평양성 중 사람들의 공유물인 이상 아무리 감사라고 해도 마음대로 헐어갈 수 없다고 하여 반대하였다. 감사도 승일 참봉의 말을 꺾을 길이 없어 하려던 일을 슬그머니 그만두고 말았다. 민영철은 그 놀라운 평양 감사의 지위를 가지고도 이를테면 남강에게 두 번 패한 결과가 되었다.

남강이 평양에 나와 장사로 성공한 데는 몇 가지 연유가 있었다. 첫째 장사의 기회를 보는데 민첩했고, 둘째 치밀한 계획을 세웠고, 셋째 동지와의 사이의 정의를 두텁게 했고, 넷째 그 쓰는 사람을 믿고 또 가르친 일이었다. 그러나 이 네 가지 일보다 뛰어나는 한 가지 큰 소원이 있었으니, 장사로써 여러 사람을 이롭게 하고 세상을 두텁게 하려는 생각이었다. 남의 집 방사환으로 있을 때나 황해도로 행상을 다닐 때나 이제 평양에서 거상의 지위에 있을 때나 그의 한결같은 소원은 홍경래와 임구성의 사업을 계승하는 일이었다. 그런데 나라와 조정이 힘이 없어 남의 세력에 흔들리는 것을 보면서 그의 가슴 속에는 차츰 민족운동과 개화주의에 대한 싹이 트기 시작하였다. 남강이 젊어서 평양에 있는 기간은, 나타난 바로는 장사에 종사했으나 속으로는 민족정신이 깨여 일어난 시기였다.

남강이 상계에 이름을 떨치고 있는 동안에 조정에는 여러 가지 일이 있었다.

청일 전쟁에 일본이 이겨 일본세력이 놀랍게 올라 왔는데 三國干涉이 생겨 요동반도를 청국에 돌려주자 다시 일본의 위신이 떨어지게 되었다. 조정에는 일본에 대행하는 친로파의 세력이 조성되었는데 대원군과 민비 두 파가 서로 싸우다가 변이 일어나 난중에 민비가 살해되고 대원군도 고령으로 물러앉게 되었다. 정부에서는 김홍집 내각이 개혁을 단행하여 청국의 年號쓰기를 그만두고 太陽曆을 사용하고, 서울에 네 군데의 소학교를 설립하여 신교육을 실시하고, 어린이에 대한 종두 규칙을 반포하고, 충주·안동·대구·동래 등지에 우편 사무를 개시하였다. 서기 1896년 1월 1일부터 연호를 建陽이라고 할 것을 발표하고 임금은 그 날로 국민에 솔선하여 단발하고 국민에게도 단발하도록 명령을 내렸다. 내무대신은 일반에게 단발할 것과 망건쓰기를 폐지할 것을 권장하였다.

남강은 어려서부터 장삿길로 다녀 여러 가지 물정을 알았기 때문에 정부의 이 같은 개화주의 정책에 반대하지 않았다. 남강은 이렇게 생각하였다. 우리도 문호를 개방하고 남과 같이 섞여서 살아야 한다. 걱정은 우리 자신의 힘으로 철도도 부설하고 광산도 개발하고 항만도 만드는 일이다. 그런데 우리에게는 힘이 부족하다. 양반들은 썩어 빠졌고, 백성들은 어둡고 가난하고, 벼슬만을 높다고 하고, 농사와 장사와 물건 만드는 것을 천하게 알고…… 남강은 산업을 일으키는 일이 나라의 힘을 기르는 기반이 된다고 하였다. 남강은 나라가 개화주의로 기울어지는 것은 좋으나 우리 힘이 자라기 전에 남의 자본과 남의 기술과 남의 상품이 조수처럼 밀려들어올 것이 걱정되었다. 이것을 막을 방략을 생각해 보았는데, 그것이 머릿속에서 아물거리면서 어떤 구체적인 선이 드러나지 않는 대로 얼마를 지냈다.

남강이 평양에서 처음으로 서양사람 선교사들을 보았고, 그들이 학교와 병원을 경영하려고 한다는 이야기를 들으면서 그의 머리에는 교육이 필요하다는 생각이 퍼뜩 지나갔다. 남강이 어렴풋이 교육에 관심을 가진 것은 청정 유기 공장에서 그릇 만들어지는 공정을 볼 때였다. 쇳물을 녹이고, 본을 뜨고, 거기에 쇳물을 붓고, 나중에 그릇 모양이 된 것을 뚜들기거나 깎거나 하곤, 다시 이것을 다듬고 그 뒤 자기가 상점과 공장을 경영하면서 그는 사업을 하는 사람으로서 가장 힘써야 하는 일이 그 쓰는 사람을 가르치는 일임을 알았다. 남강은 거리를 지나가다가도 골목에서 노는 어린이들을 보고는 그 중에서 똑똑한 그릇이 될 아이를 찾아보는 습성이 생겼다. 남강은 장사를 하면서도 물건을 알아보는 것보다도 사람을 알아보는 것이 앞서는 일이라고 하였다. 남강이 평양에 있으면서 자기 주변에서 똑똑해 뵈는 아이들을 많이 찾아내어 도와주고 공부도 시켰다. 정일선이란 소년을 남강이 거두어 숭실학교와 신학교에 보냈는데 이 소년이 나중에 유명한 목사가 되어 평양 산정현 교회를 맡아 보았다. 남강은 한편 젊은이들을 가르치는 데도 게을리 하지 않았다. 평양에 白雲昭라는 유명한 한방의가 있었는데 한번은 남강이 그 집에서 윤성운과 골패를 하고 있었다. 백씨의 아들은 열심히 영어를 배우는 청년이었는데 못마땅하다는 뜻으로 영어로 "깟템"이라고 했다. 남강이 이 말을 듣더니 정색하고 그 청년을 불러 어른들의 잘못을 나무라는 것은 좋으나 못 알아들으리라고 해서 영어를 써서는 못쓴다고 타일렀다. 청년에게 이르고 나서 남강은 윤성운에게 우리 자신 젊은이에게 본을 뵈지 못한 것이 잘못이라고 하였다. 그 뒤부터 사람들은 남강이 골패하는 것을 보지 못했다고 했는데 윤성운의 말에 의하면 남강은 그 일이 있은 뒤 골패뿐 아니라 내기 아닌 놀이로서도 골패나 장기 같은 것을 하는 일이 없었다고 한다.

남강이 국내 제일의 무역상으로 그 솜씨와 재력을 떨칠 때였다. 그때 우리나라에서는 대원군이 當五, 當百 등의 돈을 만들어 쓴 뒤부터 정부에서 돈 지우는 鑄錢所를 두어 「常平通寶」를 많이 만들어 쓰게 하였다. 정부 요로 사람들 역시 정부처럼 돈을 만들어 쓸 생각으로 왕실에 돈을 바치고 사설 주전소를 두어 만들어 내었다. 그런데 그 가격에 있어서 서울과 지방과 차이가 생기게 되어 부산서는 서울에서 쓰는 한 냥을 두 냥으로 쓰게 되고 보니 서울 돈이 부산가면 갑절이 되었다.

그것이 바로 임인년(1902)의 일이었는데, 남강은 서울서 엽전 만 냥을 사가지고 인천까지 운반하여 운송선에 싣고 부산으로 향해 떠났다. 떠난 지 2, 3일 후에 때마침 목포에서 떠나 인천으로 오는 일본 영사관 배와 충돌되어 우리나라 운송선이 침몰된 사고가 일어났다. 이 사고로 많은 손해가 있었는데 남강의 엽전 만 냥도 그만 물속에 가라앉고 말았다. 이것이 부산까지 운반되었으면 배가 되는 2만 냥이 되었을 것인데 뜻하지 않은 사고로 손해를 보게 되었다. 남강은 이 배가 일본 배인 것을 알고 우리 관서에 이것을 연락했으나 아무런 소식이 없어 직접 일본 영사관을 걸어 손해 배상을 청구하는 고소를 제기하였다. 그러나 재판소에서는 사건이 국제적 문제이고 또 일본과의 관계가 미묘하고 하여 이리저리 끌면서 좀처럼 해결하려고 하지 않았다. 오랜 시일이 걸린 뒤에 일본 영사관으로부터 겨우 원가 만냥 배상을 받기는 했으나 이 일로 하여 남강은 장사하는데도 나라 힘이 이것을 뒷받침해 주어야 한다는 사실을 경험하였다.

남강은 경인선을 위시하여 철도의 개통과 장차 외국 상선이 입항할 것을 알아 운송사업을 개시했는데 남강이 평양과 서울에 설치한 운수회사가 우리나라에서 운송사업의 시초였다. 이밖에도 국외에 수출하기 위하여 황해도의 옥수수와 동해에서 나는 명태를 많이 산 일이 있었는데 정국의 전변과 외국 자본의 진출로 계획한 일이 뜻대로 되지 않았다. 그는 대규모로 사업을 확장하면 확장할수록 정국의 안정과 정부의 뒷받침과 남과 대항할 수 있는 민족재벌이 필요함을 알았다. 그런데 이 중에서 첫째 조건과 둘째 조건은 남강의 힘으로 만들 것이 못되었다. 셋째 조건, 민족 재벌을 남강은 구상해 보았다.

하루 저녁은 평양상사 안방에서 김인오·윤성운과 같이 앉아 있었는데 진남포에서 김정민이 올라왔다. 처음에는 이야기가 상계 이야기로 시작하여 어떻게 하면 이 기울어지는 나라를 산업으로 일으킬 것이냐 하는 데까지 이야기가 번져 나갔다. 국왕이 아라사 공사관에 파천된지 1년이 넘었는데 이 동안에 나라의 이권이 많이 아라사의 손에 넘어갔고 다른 나라들도 각각 이권을 얻었다고 하였다. 경인철도 부설권은 미국사람 모리스에게, 함북 慶源·鍾城 광산은 아라사 사람 니시쳰스키에게, 평북 雲山 금광 채굴은 미국 사람 모리스에게, 경의선 부설권은 불란서 사람 구리유르에게, 茂山 압록강 유역 및 울릉도 벌목권은 아라사 사람 뿌리넬에게, 강원도 金城 堂峴 금광 채굴권은 독일 사람 오르다에게, 그밖에 영국 사람 골브란은 서울 전차 부설권을 얻고, 영국 사람 몰간은 평남 殷山 금광권을 얻고, 일본 사람들도 여러 가지 이권을 얻었다고 하였다. 남강은 이 이야기를 듣고만 있었다. 나중으로 그는 입을 열어 전에도 몇 번 이야기한 「關西資門」론을 시작했다. 남강의 관서자문론이란 이러하다. 나라가 문호를 열어 외국의 상사와 상품이 들어오는 이 마당에 우리 편에서도 조그만 자본이 아니고 몇 자본이 한데 합친 대 자본이 있어야 한다. 이 같은 대

자본을 만드는 일로서 먼저 관서 재벌로 철산 오씨네와 안주의 김인
오와 황해도의 김홍량의 자본을 합치는 일이 필요하다. 이 모양으로
관서에서는 관서재벌, 관북에서는 관북재벌, 호남·영남에서는 각각
호남재벌·영남재벌이 결성되어 이 모인 민족 자본의 힘으로 외국의
상사에 대항해야 한다. 이렇게 하여 관서재벌은 이를테면 철도와 항
만, 관북재벌은 광산, 호남·영남재벌은 공장건설, 이 모양으로 각 재
벌이 서로 협동하면서 나라의 새로운 산업 건설을 담당해야 한다는
것이 남강의 관서자문론의 대강이었다. 남강의 이 꿈은 종시 이루어
지지 못했고 일제 때의 호남재벌인 김연수 재벌이 겨우 남강의 꿈의
한 가닥을 이어갈 뿐이었다.

　남강이 마흔한 살 되던 갑진년에 노일 전쟁이 일어났다. 남강은 이
전쟁 역시 우리나라의 전도에 커다란 영향을 끼칠 것을 알았다. 이번
전쟁의 전쟁터는 바다와 만주 벌판이겠는데, 될 수 있으면 이 싸움이
우리나라 밖에서 오래 끌기를 바랬다. 이 전쟁으로 두 나라 국력이
약해져서 우리나라에서 그 세력이 물러가고 우리 자신이 재빨리 일
어서는 일이었다. 그런데 남강의 이 같은 기대는 깨어져 전쟁은 예상
보다 빨리 그것도 일본의 승리로 끝났다. 남강은 이 전쟁이 다시 계
속되리라는 소문과 또 중국 상인과의 약속도 있고 하여 소가죽을 大
連으로 대량 무역하기로 하여 이것을 국내에서 사가지고 배에 싣고
營口로 갔다. 그런데 전쟁은 아주 끝났고 중국 상인이 약속을 어기고
하여 이 무역으로 적지 않은 손해를 보았다. 남강은 무역으로 갔던
길에 동양의 큰 상항인 大連과 석탄으로 유명한 撫順을 돌아보았다.
남강은 이 남북만주가 우리 선인들의 땅임을 알아 좁은 반도에 웅크
리고 있는 나라의 위태로운 형세를 생각하면서 감회가 깊었다. 무순
에 묵으면서 그곳에 있는 동포로부터 이 탄광이 원래는 우리나라 사
람들이 고려 말년부터 그것을 채굴하여 도자기 제조에 사용했다는
이야기를 들었다. 남강이 평양에 도자기 회사를 세우기로 구상한 것
이 바로 이 때였다고 한다. 평양에 돌아온 남강에게는 장사에 관한

관심보다도 교육과 개화주의에 관한 관심이 그의 주의를 끌었다.

한번은 남강이 윤성운에게 자기는 이번 기회에 상계에서 떠나 고향에 돌아가 조용하게 있고 싶다는 말을 했다. 그러나 이 말은 단순히 장사를 그만두고 시골에 돌아간다는 말이 아니고, 나라의 형편이 여러 가지로 어렵게 되었다는 것과 장사만 붙들고 있을 것이 아니고 교육과 개화운동에 의하여 백성을 깨우치는 일이 시급하다는 생각이 거기에 포함되어 있었다. 남강은 혼자서 자기가 먼저 단발할 생각도 해 보았다. 그러나 단발만 할 생각은 없었다. 단발도 하고 술도 끊고 생각도 고치고 하여 생활태도를 근본적으로 바꾸는 일이 필요하였다. 이 같은 커다란 전회를 위해서는 좀더 시간이 필요했고 좀더 새로운 결심이 필요하였다.

3. 조용한 省慮

남강은 1905년 을사년 가을 大連에서 돌아와 고단한 여장을 풀고 피곤한 몸과 마음을 쉴 겸 잠깐 정주 향제에 돌아왔다. 평양 商社에 있으나 시골집에 내려와 있으나 남강의 마음은 편하지가 못하였다. 장사도 장사려니와 나라 일이 한층 더 걱정되기 때문이었다. 조카 子卿이 권하기도 하고 어디 조용한 곳이 그립기도 하여 안악 燃燈寺에서 얼마 동안 쉬기로 하였다. 평양에는 집에서 쉬노라고만 전하고 안악으로 떠났다. 황해도는 남강이 유기 행상으로 그의 꽃다운 청춘 시절을 보낸 땅이었다. 황해도 지경에 접어들 때 그는 고향에 돌아오는 양 산과 물이 반가웠다. 더욱이 안악은 그가 가장 많이 다니던 곳으로 어디 무슨 산이 있고, 어디 무슨 동리가 있고, 어디 무슨 가문이 살고, 어느 집에는 어느 노인이 있는 것을 그는 소상히 기억하고 있다.

그는 이 연등사에서 낮이면 나무사이를 거닐고 밤이면 누워서 벌레소리를 들으면서 벌써 엿새를 보냈다. 마침 대련 거리에서 구한 越南亡國史 한 권이 있어 이 책이 적이 벗이 되는 것이었다. 남강은 생각이 언제나 두 차례의 전쟁에 떠돌았다. 청일 전쟁 때는 서른한 살, 노일 전쟁 때는 마흔한 살이었다. 남강은 10년 사이에 남들이 우리나라 안에서 싸우는 것을 두 번 보았다. 남들이 내 집에 들어와 싸우는 것은 한 집의 경우처럼 내 힘이 약한 연고다. 남강은 남이 우리 땅에 들어와서 싸우는 것이 슬펐다. 청일 전쟁 때의 아산만과 성환도 그랬거니와 俄・日 두 나라의 군함이 충돌한 인천만도 우리 바다고, 일본 육군이 북진한 것도 우리 땅을 거쳤고, 둘이 싸운 정주성도 우리 도성이고, 일군이 건너간 압록강도 우리 강이었다.

남강은 힘이 필요하다는 생각이 났다. 그런데 이 힘을 그는 산업의 힘으로 생각하였다. 철도를 깔고, 항만을 만들고, 공장을 짓고, 물건을 만들어 내고, 이렇게 하여 군함과 대포를 만들고 하면 힘이 생기고, 또 힘을 인정받을 것이라고 하였다. 그런데 지금 밖의 세력들이 우리로 하여 싸운 것이 아니냐. 저들 중의 이긴 자가 우리를 호되게 누르려고 지금 쑤군거리고 있다. 한 가지 기대할 수 있었던 길은 두 세력의 다투는 싸움이 되도록 오래 걸려 힘이 빠질 대로 빠지고 그 사이에 우리가 재빨리 힘을 길러 일어나는 일이었다. 그런데 청일・노일 두 싸움에 일본이 이겼고 英日 同盟으로 노서아의 세력을 견제하고 있는 오늘 우리의 기대는 완전히 깨어지고만 것이다.

남강이 연등사에서 쉰 지 이레째 되는 날 옆방에 새로 사람 하나가 들어왔다. 그는 안중근의 사촌 동생 되는 安明根이었는데 남강은 전부터 안명근과 서로 아는 사이가 되어 여러 가지 이야기를 서로 주고받았다. 안명근은 남강에게 황해도 내의 애국운동에 대한 이야기를 들려주었고, 남강은 그의 산업으로 나라를 일으킬 계획과 관서자문론을 이야기하였다. 안명근은 애국운동을 이야기하면서 일본 세력이 필경 우리나라를 삼키려고 할 것이니 이것을 막는 길은, 하나는 새로 학교를 세워 애국사상을 고취하는 일과, 다른 하나는 비밀 직접행동에 의하여 일본의 힘을 꺾는 일이라고 하였다. 남강은 여기 대하여 그것도 필요 하지만은 우리 산업이 저들을 대항할 정도로 발달되어야 할 것과 그러자면 우선 유력한 재산가들이 한데 모여 큰 자문(재벌)을 만들어 여러 가지 산업을 개척하는 일이 긴요하다는 것을 주장하였다.

남강은 며칠 더 있다가 평양으로 돌아왔다. 평양에서 그는 동지들과 함께 商社에 대한 선후책을 협의하고 사업의 방향을 무역으로부터 공업에 돌리자고 제안하였다. 남강은 하루는 몇 사람을 데리고 평양의 內城과 外城을 돌아보면서 장차 앞으로 평양이 지금보다 몇 배가 되게 늘어나가리라고 하였다. 그는 나라가 여러 나라와 통상 관계를 맺고 철도가 많이 부설되고 항만이 새로 생기고 하면 이 평양이 동양의 유수한 상공업 도시로 발전될 것을 알았다. 그는 보통강과 만경대와 능라도 건너편의 넓은 벌을 가리키면서 삼사십 년 후에는 평양이 놀랄 정도로 변모할 것이라고 하였다. 그런데 이 같은 웅장한 평양은 남의 나라 사람들이 들어와서 만들기 전에 우리 자신의 힘으로 고구려 시대의 강성을 다시 이루어 놓아야 한다고 하였다. 이 일이 있은 지 얼마 뒤에 남강은 실지로 기술자 몇 사람을 데리고, 馬山洞에 나가 거기의 물과 토질을 자세히 조사하고 그 자리에 마산동 자기 회사를 세울 계획을 세웠다. 남강은 우리로서 앞으로 해야 할 일이 공업이고 또 자기로서는 유기 공장을 한 경험이 있고, 우리나라 사람들 사이에 아직도 고려자기 만든 기술이 전해 내려옴을 알기 때문에 자기 회사에 착안한 것이었다. 남강이 석유와 양약의 총판에 착안한 것이라든가 운수회사를 설치한 것 같은 것이 모두 그의 형안을 보인 것이 되거니와 평양 마산동 자기 회사의 설립계획은 확실히 민족산업 근대화의 중요한 시발점을 이루는 것이었다. 남강의 일련의 사업과 그의 관서자문론은 어느 의미에 있어서 산업에 있어서의 독립협회 운동이라고 할 수 있는 것이었다. 서재필 박사의 독립협회 운동은 수구파의 세력에 의하여 깨어졌거니와 남강의 이 같은 신산업 운동은 東洋拓殖會社를 위시한 일본 재벌의 진출에 의하여 눌리고 말았다.

남강은 大連을 다녀온 후로 그가 해온 일에 대해서 다소 회의를 가지게 되었다. 그는 지금까지 양반과 상놈의 차별이 없는 평등하고 넉넉한 사회를 만드는 일이 소원이었다. 그런데, 잠깐 밖에 나가보니 조수물 같이 밀려오는 서양세력이 양반이고, 여기에 눌리는 중국과 한국이 한가지로 차별받는 천민임을 알았다. 우리 조정의 일만 보더라도 領議政이니 각부 대신이니 하는 이들이 양반이 아니고, 그들을 후려치고 부리고 하는 외국 세력이 양반이고, 그들은 평양감사 아래 쩔쩔 매는 약한 백성이나 다를 바 없음을 알았다. 아아 우리 백성이 전체로 상놈이로구나. 나라가 양반이 되기 전에 그 속에서 나 혼자만 양반이 될 수는 없다― 이러한 생각이 그의 머리를 지나갔다. 그는 서울과 평양에 신교육을 하는 학교들이 서는 것도 보았고 연등사에서 안명근에게 들은 말도 있고 또 실상 상점이나 공장의 경험으로 보아 착실한 일군과 기술자가 있어야 하겠다는 생각도 있고 하여 그는 자기도 학교를 세워서 신학문을 가르칠 생각을 하게 되었다. 남강은 학교를 세울 자리로 평양성 교외와 황해도 안악과 정주의 청정 또는 자기가 새로 이사 온 오산을 생각해 보았는데, 역시 오산으로 결정하고 여기에 학교와 공장을 가진 새로운 모범 향촌을 만들기로 하였다. 이렇게 하여 그 뒤 남강의 일생을 지배한 이상촌 운동에 대한 구상과 계획이 여기서 싹이 튼 것이었다.

그는 교육과 이상촌에 대한 어렴풋한, 그러나 어느 정도 분명한 생각을 가지고 정주 향제인 오산 집에 내려왔다. 오산은 정주의 서남쪽에 위치한 아담한 동리인데 남강이 덕천 산협에 피난 갔다 나와 청정이 자제의 교육에 적당치 못하다고 하여 여기로 옮겨왔다. 그 뒤 그는 사처에 흩어진 여주 이씨 가문을 여기에 모아 새로이 한 문중을 만들게 하고 서숙을 설치하여 문중의 자제들에게 글을 가르치게 하였다. 남강은 집에 내려오는 대로 이 오산 일대를 자세히 돌아보고 그의 계획을 실시할 수 있는가를 헤아려 보았다. 그런데 다행한 일은 여기가 고려 때 益州라고 불리우던 고을의 옛터이고 또 經義齋라는 유서 있는 서재가 있어 새로운 모범 향촌을 만들기에 적당한 곳이었다.

남강은 하루는 帝釋山에 올라 오산 일대를 내려다보았다. 익주 고성의 옛 성터가 멀리 내려다보이고 경의재에서는 선비들이 모여서 글 읽는 소리가 들리는 듯하였다. 그는 옛 어른들로부터 이 땅이 고려 때의 익주였다는 이야기와 고려 靖宗때 1천8백 리에 뻗는 긴 성이 쌓여 있었고 성 서쪽은 거란 땅이고, 성 동쪽은 고려로 나라의 경계를 이루었다는 이야기도 들었다. 고려가 패망한지 5백 년, 이제 여기서 고려의 이루지 못한 꿈을 이루어 보자는 것이었다. 그는 여기에 서 있으니 서쪽으로는 서해 바다의 푸른 물결이 멀리 내려다 뵈고 남쪽으로는 펼쳐지는 산과 들을 넘어 평양 대동문이 아련하게 보이는 듯 하였다. 서해 바다 물은 대련 항구에 연달아 서양 기선들의 연기가 보이는 것 같고 남쪽으로 인천과 평양에는 서양과 일본의 장사꾼들이 기구와 물건들을 가지고 기어오르는 광경이 눈앞에 떠올랐다. 인제 자기는 이 유서 깊은 자리에 북쪽과 남쪽에서 몰아오는 어두운 구름장과 비바람을 바라보면서 그것이 한반도를 뒤덮기 전에 새로운 「다복동」을 마련하자는 것이었다.

남강은 산에서 내려와 자기가 세운 서숙에 들렀다. 거기에는 자기가 맞아온 훈장이 아이들을 가르치고 있었고, 여주 이씨 문중 자제들이 글을 읽고 있었는데, 자기가 어려서 청정 글방에서 글 읽던 생각이 났다. 어린애들에게는 천자·동몽선습을 가르쳤고 나이 든 접장들에게는 시와 경서를 가르쳤다. 아이들은 역시 몸을 흔들면서 큰 소리로 글을 읽고 있었고, 훈장은 아랫목에 앉아 이것을 감독하고 있었다. 이들은 서울에 새로 학교가 생겼는지, 나라 형편이 어떻게 바뀌었는지, 선교사들이 와서 교회와 병원을 세웠는지에 대해서는 통 아는 바 없는 양 그저 그전대로 공부나 해서 과거나 할 양으로 글만 읽고 있었다. 남강은 이 서숙과 동네 사람들의 사는 양을 돌아보고서 새로 할 일이 자기를 기다리고 있는 것을 발견하였다. 그런데 새로운 개화주의 운동의 앞장을 서서 이 마을을 새 마을로 만들기 위해서는 우선 자기 자신의 생활부터 바꾸어야 할 것을 알았다. 나라에서 이미 법으로 단발령이 내렸으니 자기도 솔선하여 단발을 해야 한다. 이 단발과 함께 술과 담배를 끊고 신학문을 배우고 양반 행세 하려던 생각을 버리고 독립협회 운동을 일으켰던 청년개화파 사람들을 따라가야 하였다. 이런 생각을 하면서 그가 주위의 사람들을 볼 때 그들과 자기와는 딴 세상에 사는 것처럼 보였다. 그는 그들을 쳐다보면서 자기 자신의 머리와 옷을 생각해 보았다. 저들이나 자기나 나타난 모양에 있어서 다를 바 없었다. 그러나 자기는 인제 이 오래된 껍질에서 벗어나려는 자요 저들은 그 속에 그대로 깃들이려는 자였다. 남강은 자기가 먼저 오래된 응달에서 벗어져 나와 저들을 몰아 밝은 태양광선 아래로 이끌어 내어야 한다고 생각되었다.

Ⅲ. 大轉廻

1. 龍洞新居

1899년 기해년 남강이 서른여섯 살 때 그는 청정으로부터 오산 용동으로 집을 옮겼다. 청정이 산수는 아름다우나 여러 가지 면으로 보아 자제를 기르는 데 적당치 않다는 생각이 들어 상점과 공장은 그대로 두고 여기로 옮겨온 것이었다. 청정에서 남쪽으로 삼십 리 가량 떨어진 곳에 다섯 산이 있고 그 안에 용동이라고 부르는 적은 동리가 있었는데 남강은 여기를 택하여 주위에 땅을 사고 집을 짓고 자기 일가되는 여주 이씨네를 모아다가 새로운 한 문중을 만들었다. 이것은 마치 임구성이 큰 돈을 모아가지고 나중에 퇴촌하여 의주 산당에 집을 짓고 子孫計를 했던 일을 본받은 것인지도 모른다. 남강이 어떻게 해서 여기를 택했는지는 자세히 알 수 없으나 동리로서 아담할 뿐만 아니라 정주의 소위 대성가문들이 사는 덕달이나 新里나 古州같은 촌중과 떨어져 있어 그들에게 눌리지 않고 하나의 새로운 종문을 만들 수 있다고 생각했기 때문일 것이다. 이 동리 남쪽에는 南山이란 기묘한산이 솟아있고 거기서 조금 남서쪽에 天柱山이 있고 서쪽에는 帝釋山이 높이 솟았는데 이 산으로 인하여 서해 바다와 격리가 된 셈이다. 천주산과 제석산과의 사이에 "된생이 고개"라는 높은 고개가 있어, 그리로 바다에 통하는 길이 되어 있으며 제석산 꼭대기에는 "장군 바위"라는 큰 바위가 있어 이 근처 사람들의 쳐다보는 목표가 되었는데 그 바위에 올라서면 평양 대동문이 까마귀 대가리만치 보인다기도 하고, 그 바위에 도야지 피를 바르면 비가 내린다고 하여

가물 때는 定州 牧使가 일부러 올라와 짐승의 피를 바르고 기우제를
지내던 곳이라고 한다. 그 산 중턱에는 帝釋寺라는 작은 절이 있고
북쪽에는 익주 옛성의 뒷산과 黃城山이 있고, 동쪽에는 鷰香山이 있
다. 앞에서 말한 남산・천주・제석・황성・연향산의 다섯 산이 있다
하여 이곳을 오산면이라고 하였는데, 보통 오산이라고 불러왔다. 동
쪽에는 古邑이라는 작은 들을 격하여 舍人山이라는 산이 높이 솟아
있어 매일 그 산봉오리에서 아침 해가 올라오는 것을 바라보게 되었
다. 동리 뒤에는 제석산 줄기의 작은 내가 생기고 앞에는 이 근처에
서 물맛 좋은 청냉하기로 이름이 높은 우물이 있고, 그 옆에는 옛날
이곳까지 조수가 밀려 올 때에 배를 매었다는 몇 백 년이나 되었는지
알 수 없는 큰 들매 나무가 서 있었다.

　이러한 작은 동리를 택하여 남강은 청정의 본점을 조카에게 맡기
고 평양에 나와 상계에서 이름을 떨칠 때 집을 용동으로 옮긴 것이었
다. 남강이 용동에 집을 옮긴 해 서른여섯 살 때 둘째 아들 宅鎬를
낳았고, 이 때 뒤에 둘째 딸 淑卿을 낳았다. 그가 용동에 집을 옮긴
것은 임구성마냥 돈을 모아가지고 퇴촌하여 조상의 先塋도 꾸미고
집도 크게 지어 양객으로 이름을 떨치자는 것이 아니고, 어려운 가문
이 한데 모여 의좋게 한 종문을 만들자는 데 그 뜻이 있었다. 그렇기
때문에 그는 용동에 먼저 자기 집을 위엄있게 지은 것이 아니었다.
자기 집과 자기 백씨의 집을 각각 알맞게 짓고 다른 친척들도 같이
모여 살게 하여 다른 가문마냥 여주 이씨 문중을 만들고 남에게 모범
이 되는 깨끗하고 화목하는 동리를 만들자는 것이었다. 이 같은 생각
에서 이 동리의 共有農地를 만들어 빈부의 차를 없애게 하고 글방을
두어 자제들에게 글과 예절을 가르치게 하였다.

　글방에는 여주 이씨 일가 되는 李東翊이라는 훈장을 모셔놓고 또
같은 동리에 사는 역시 일가 되는 李文汝라는 두 사람에게 자제들의
훈도를 맡겼다. 이동익은 詩文에 능하고 이문여는 經書에 밝았다. 글
방에서 겨울에는 경서를 읽히고, 봄과 가을에는 詩・글짓기, 여름에는

글씨 쓰기를 가르쳤다. 사람들은 여주 이씨 문중에 훌륭한 인물이 나서 본받을 촌중 하나가 생겼다고 하였다. 이 용동에서 등 하나를 넘어서 황성산 밑에 청북에서 선비들이 모여 공부하는 經義齋가 있었다. 청북의 巨儒 朴雲庵의 제자인 白一庵이 여기서 가르쳤기 때문에 그 이름을 여러 고을에 떨쳤다. 남강은 시대가 비록 과거하는 시대는 지나가려고 하고 있었으나 청북 일대의 유수한 교화 기관임을 알아 여러 가지로 이 경의재를 도왔다. 남강이 뒤에 이 자리를 빌려 오산학교를 세웠는데 그것이 오산학교가 일어난 緣起가 되는 것이었다.

남강이 한 달에 한 번이나 두 달에 한 번 평양에서 집에 들어오면 언제나 이 글방의 형편과 경의재의 소식과 그리고 이 동리의 향풍에 많은 관심을 가졌다. 남강은 저녁에 글방에 동리 사람들을 모아놓고 자기가 아는 나라 소식과 세상 형편을 전하였다. 철도니 우편사무니 인천과 원산의 개항이니 외국에서 들어오는 석유와 양약이니 그밖에 여러 가지 새로운 이야기를 들려주었다. 그런데 여러 가지 이야기 중에서 남강이 가장 힘을 주는 것은 예전처럼 아무 일도 안 하고 양반으로 살아가려고 하지 말고 장사도 하고 공업도 하고 하여 힘써 일해야 우리도 남의 나라를 따라갈 수 있다는 말이었다. 처음에는 남자들만이 모여서 들었는데 나중에는 남강이 이야기 한다고 하면 부녀자·노인·어린이들까지 모여 한 달에 한 번 정도 남강의 이야기를 듣는 것이 기다려지는 한 행사가 되다 싶어 하였다. 이 기회를 타서 남강은 그들에게 예사로운 일들 그러면서도 고쳐야 할 일들을 부탁하였다. 부지런해야 할 것, 거짓말을 해서는 안 될 것, 싸우지 말 것, 집 안과 밖을 깨끗이 할 것, 한 달에 한번씩 모여 동리 일을 의논할 것 같은 일들을 부탁하였다. 이 일이 남강이 독립운동이나 학교일보다 못지않게 중요하다고 생각한 동회일의 시초였다.

남강이 대련을 다녀와 장사를 그만두기로 생각하면서 학교를 세우고 새로운 향촌을 일으키려고 했을 때 머리에 떠오른 것이 이 용동과 오산 일대였다. 그전까지는 남강은 용동을 단순히 여주 이씨의 평화

스럽고 넉넉한 종문을 만들 생각이었다. 그런데 노일 전쟁을 겪고 나
라의 어려운 형평과 상계의 간고함을 보면서 그는 여기를 한국의 模
範村으로 만들 생각을 하였다. 그는 이 정주 향제에 돌아와 여러 날
생각한 끝에 마침내 한 단안을 내렸으니, 그것은 평양의 장사를 정리
하고 집에 돌아와 마을 일과 경의재나 도우면서 얼마동안 시국의 變
移를 기다려 다시 상계에 나가든가 개화운동에 투신하든가를 작정하
리라는 생각이었다.

이 같은 작정을 내리고 평양에 나가 이 일을 윤성운과 의논하고 그
는 일을 예정대로 정리하였다. 서울과 인천의 상사는 정리하고 평양
은 윤성운에게 진남포는 김정민에게 넘겨주었다. 그는 평양을 뒤로
두고 용동집에 돌아 왔는데 남들이 보기에는 돈을 모으고 퇴촌한 것
같기도 하고 또는 장사에 손해를 보고 시골에 묻히는 사람 같기도 하
였다. 남강은 용동에 돌아와 집을 새로 늘리고 담을 두르고 하였다.
인제 그는 어려서부터 바삐 돌아다니다가 얼마동안 한가하게 쉴 시
간이 온 것 같았다. 때로 그에게, 나라의 기울어지는 모습을 외면하
고 여기 조용한 시골에서 자연과 함께 늙으리라는 생각이 지나가기
도 하였다. 그러나 그는 일없이 있거나 또 잘못되는 일을 한탄만 하
고 있을 사람으로 태어나지는 않았다. 그는 용동집에 내려와 얼마동
안은 조용히 있었다. 얼마 시일이 지나고 나니 그대로 있을 수가 없
어 볼 일이 별로 없으면서도 며칠에 한번씩은 어디를 돌아 와야 했
다. 그런데 서울이나 평양에서 들려오는 소식은 모두가 어둡고 분하
고 슬픈 소식뿐이었다.

그는 자기가 어려서 별로 글을 못 읽은 것이 한이 되기도 하여 얼
마동안 글방에서 자기도 글을 배우고 또 토론도 하기로 하였다. 남강
이 어려서 청정 글방에서 읽은 정도 높은 글이 小學·孟子·古文眞
寶後集이었는데, 그는 인제 나이 사십이 넘고 세상의 풍상을 겪을 대
로 겪은 지금 이 쉬는 기간에 이문여라는 노인 아래서 경서를 읽게
되었다. 四書와 五經의 중요한 대목들을 배웠는데, 孟子의 王道說과

大學의 三綱領을 그는 유교 사상의 冠冕이라고 하였다. 그는 무슨 일에나 시작한 일에 열중하는 성격이었다. 한해 겨울 거의 밖의 소식에는 문을 닫다 시피 하고 꾸준히 경서와 역사에 관한 책들을 읽었다. 그러던 중 그는 어쩌다가 栗谷의 擊蒙要訣을 읽게 되었다. 그는 이 책을 통하여 율곡의 생각을 알고 서울에 부탁하여 율곡전서를 구하여 주로 經世에 관한 논책과 獻議를 읽었다. 남강이 오산학교를 세우고 선생으로 모셔온 呂準이라는 분에게 梁啓超의 飮氷室文集을 배웠고 나중에 옥중에서 신구약과 天路歷程을 여러 번 읽었다고 하거니와 우리 선인으로서 그 글을 통하여 영향을 받은 것은 율곡이 처음이요 또 나중이었다.

2. 大韓每日申報

남강은 1864년 갑자년에 나서 1930년 경오년에 세상을 떠났다. 19세기 60년대에서 20세기 20년대에 걸쳤다. 이 기간이 우리나라 역사로서는 가장 간중하고 어려운 시기였다. 하늘은 이 시기에 많은 고난한 일을 맡기기 위해서 남강을 우리 사이에 보냈던 것인지도 모른다.

남강이 나던 1864년에는 동학 교조 崔濟愚가 대구 형장에서 처형되었다. 1866년에는 유명한 천주교 박해와 丙寅洋擾가 있었고, 1871년에는 辛未洋擾가 있었고, 1876년에는 일본과의 병자수호조약, 1879년에는 인천 개항 문제로 국론이 비등했고, 1882년에는 한미 수호 조약을 위시하여 한영·한독 수호 조약과 임오군란, 1884년에는 김옥균 일파의 유명한 갑신 시월지변이 있었다. 이것이 남강이 한 살에서 스물한 살까지 사이의 일이었다. 그 뒤의 큰 사건으로는 1894년의 동학란과 청일 전쟁이 있었고, 1896년의 독립협회 운동이 있었고, 1899년의 경인철도 개통, 1904년 노일 전쟁 발발, 1905년 을사보호조약, 1907년 해아밀사사건, 고종의 양위……이렇게 하여 기울어지는 국운은 마침내 1910년 8월의 경술국치에로 줄달음질 쳤다.

　남강이 처음으로 조정의 소식과 나라 형편에 대한 이야기를 들은 것이 임박천집 사환으로 있을 때였다. 그 때나 지금이나 소식을 전하는 이들은 장사꾼들이었다. 임박천집 사랑에는 여러 지방에서 사람들이 모여왔는데 그들은 혹은 황해도 혹은 평양에서 들은 여러 가지 이야기들을 전하는 것이었다. 그 뒤 남강이 황해도에 나가 유기 행상을 했는데 그 때도 역시 남의 사랑방에서 여러 가지 이야기를 들었다. 그런데 남강이 조정의 일과 나라 형편에 대한 올바른 소식을 알았고 또 여기에 대하여 여러 가지로 생각하게 된 것이 서재필 박사가 발간하는 독립신문을 읽으면서부터였다. 독립신문이 창간된 것이 1896년 4월이었는데 남강은 그 때 평양에서 독립협회에 대한 소문을 들었고 그해 8월부터 이 신문을 읽게 되었다. 이 독립협회의 하는 일이 그 때의 남강에게는 너무 革進에 급하고 이상에 편중하는 것으로 보였다. 남강이 생각하기에는 국정을 바로잡기 위하여 모여서 의논하고 조정에 건의하는 것은 좋으나 도를 지나쳐 거리에 나와 떠들고 정부의 실정을 맹렬히 공격하고 하면 반드시 반대 세력이 일어나 그 때문에 국정을 昏迷로 이끌 뿐이라고 하였다. 나중에 수구파와의 충돌이 있어 쌍방에서 많은 사상자를 내는 사태에까지 이른 것을 듣고 남강은 독립협회의 뜻은 좋았으나 그 방법이 그 당시의 민도를 넘어선 것이라고 하였다. 그러나 남강은 독립신문으로 하여 조정의 형편이나 세계의 대세에 대하여 여러 가지를 알았고 또 이 신문이 주장하는 개화운동에 대하여 많은 관심과 동정을 갖게 되었다.

　그런데 지금 남강은 용동 향제에 내려와 글방에서 경서를 읽으면서 한편 나라의 소식이 무척 궁금하였다. 그 무렵 한영 합판으로 대한매일신보가 발간된다는 소문이 전해졌다. 남강은 곧 이 신문을 구독하기로 하여 평양 윤성운에게 연락하여 용동에 들여보내게 하였다. 이 신문은 그 때 영국사람 裵說사장 아래 주필에 朴殷植, 총무에 梁起鐸이 앉아 일본의 한국에 대한 침략 정책을 반대 공격하는 기사를 실어 읽는 사람에게 많은 感奮과 자극을 주었다. 이 때의 신문은 단

순한 신문이 아니고 지금으로 말하면 신문·잡지와 통신·강연회·
방송을 겸한 것 같은 것이었다.

　대한매일신보가 용동 글방에 배달될 때마다 이것을 읽고 모여서 이
야기하고 하는 것이 한 큰 일과가 되었다. 이 대한매일신보에는 여러
가지 소식들이 실렸다 —미국 루즈벨트 대통령 영양 애리스가 그의
약혼자와 함께 내조한다는 것과, 을사오조약이 강제로 맺어졌다는 것
과, 皇城新聞이 「是日也 放聲大哭」이라는 논설을 싣고 폐간 처분을 당
했다는 것과, 閔泳煥卿이 유서를 남기고 자결했다는 것과, 外部를 폐
지하고 일본 통감부를 설치한다는 것과, 각처에서 항일 의병이 일어난
다는 것과, 李甲과 鄭雲復이 西友學會를 만들었다는 것과, 孫秉熙가
동학을 고쳐 천도교로 했다는 것과, 경향 각지에 국채보상운동이 일어
났다는 것과, 박제순 내각이 갈리고 이완용이 참정대신에 임명되었다
는 것과, 해아 만국평화회의에 우리 대표 세 사람이 참가했다가 李儁
이 거기서 분사했다는 것 같은 일들이 소상하게 보도 되었다.

　그런데 이중에서 가장 큰 충격을 준 것이 을사오조약과 민영환 자
해 사건이었다. 대한매일신보는 이 두 사건을 자세히 보도 하였다.

　대한매일신보는 1905년 11월 18일자 제2면에 「勅語嚴正」이란 제목으
로 일본의 제시한 보호조약을 高宗이 거절하였다는 기사를 실었다.

　　『韓國皇帝께옵서는 韓國獨立을 重念하사 正大한 義理로서 拒絶
　　하시고 勅語로 不允하셨더라.』

한편 「殉國意決」이란 제목 밑에

　　『韓圭卨參政이 家人에게 誓死不從하기로 相扶痛哭하고 永訣하였
　　다.』

는 비장한 소식도 보도하였다. 동 19일자 2면 상단에 「新條約成立」이

란 제목으로 조약이 뒤집어 쓰인 경위를 자세히 보도하고, 끝으로

『韓皇帝陛下의 聖意는 該條約을 決不準許하시기로 確定하신대 各
大臣의 황겁으로 聖意를 恐動하여 此境에 至하였는데 韓皇陛下께서
龍淚를 下하시고 宗社生靈을 위하사 上天에 祈禱하셨다더라.』

라는 기사를 실었다. 동 12월 1일자 2면에 「勒約無效」라는 격렬한 논
설 기사를 실었는데 그 속에 다음과 같은 말이 보였다.

勒 約 無 効

韓國政府人民之 如是黑暗은 曾是不意라. 至於 被保護之國하여는
有保護獨立焉하며 有獨立保護焉하며 有獨立焉하며 有半獨立焉이어
늘, 今韓國은 上下人民이 皆謂保護二字로 瞰焉洶焉이라가 及其 條
約成立之日에는 只以移外交于東京이라 하며 置統監于漢城이라 하
되 全昧而不曉云하니, 然則保護二字가 絶無條約上으로 坦然自安而
半獨立은 猶爲維持之意로 信之無疑耶아. 保護之名義如何를 不能曉
解하고 甘心受制하여 俯首심하니 韓國黑暗을 須爲可悶이로다.
此是欺如小兒라. 統監二字之義가 與統督으로 小無異義하니, 置統
監之地는 卽領地也오 非保護也니, 俄之於波蘭에 雖有全呑之慾이나
統監은 不曾置也오 英之埃及과 法之安南에도 統監은 亦未置也니,
今見日本於韓國은 卽 琉球 臺灣 樺太之一般待遇也라, 豈有間然哉
리오마는, 嗷嗷洶於保護二字之韓國人民이 不知一朝爲日本之領地하
니 甚可悶也오 又可憐也로다. ……是以로 此韓日新條約之無信用無
效果無能力을 然可言者니, 非吾一人之私言이라 卽世界之公論也니
라하여 늘 吾聞其談話而姑記于此하여 以證其他日하노라.

일방적으로 강제 체결된 조약은 무효다

(한국정부와 人民이 이렇게 어리석은 줄은 몰랐다. 被保護國이 되

는 경우에 있어서도 保護獨立, 혹은 獨立保護 또는 獨立, 혹은 半獨立 등의 형식이 있는데, 지금 한국은 정부나 국민 모두가 보호라는 두 글자를 가지고 법석을 떨다가 막상 조약이 성립되는 날에는 다만 外交權만을 동경으로 잠시 옮기는 뿐이고, 統監이라는 것을 漢城에 두는 것뿐이라고 말하는 저들의 술책을 캄캄하게 이해하지 못하고 있었다 하니, 그렇다면 보호라는 두 글자가 條約上에 별문제가 없는 것으로 생각하여 탄탄히 믿고 수정도 하지 않은 채半獨立은 오히려 유리된다는 의미를 꼭 믿었었단 말인가? 보호라는 명목의 저의가 무엇인지를 모르고 고분고분 저들의 요구를 들어 머리를 숙이고 말았으니 한국의 어두운 앞날을 생각하면 정말로 괴로울 뿐이다.

이것은 어린아이를 속이는 것과 다를 것이 없다. 統監이라는 두 글자의 뜻은 統督과 조금도 다를 것이 없으니 통감을 두는 곳은 곧 領地요, 保護가 아니다. 러시아가 폴란드를 併呑하려 했을 때에도 통감이라는 것을 일찍이 둔 일이 없으며, 영국이 이집트에 대해서나, 프랑스가 베트남에 대해서도 통감이라는 것을 둔 일이 없다. 지금 일본이 한국에 대해서 하는 처사는 한국을 곧 琉球 臺灣 樺太와 같은 정도로 취급하려는 것이다. 이에 무슨 차이가 있단 말인가? 보호라는 두 글자를 가지고 떠들썩하던 한국인민은 하루아침에 일본의 영지가 되는 것을 알지 못하였으니 참으로 괴롭고, 참으로 가련한 노릇이다.…… 그러므로 이 韓日간의 新條約이 아무 신빙성도, 효과도, 기능력도 없는 것이라는 것을 말하지 않을 수 없으니, 이것은 나 한사람의 私見이 아니요, 곧 世界의 公論이다. 나는 이 이야기(강제조약 내막)을 듣고 우선 여기에 기록해 두어 다음 세대의 증거로 삼고자 한다.)

황성신문도 조약관계를 자상히 보도했는데 11월 20일자 제2면에서 유명한 「是日也 放聲大哭」이란 논설을 실어 보호조약에 서명한 매국 각료를 매도하였다. 이 글은 자연 일반의 회자하는바 되었고 주필 張志淵의 이름이 널리 전국에 알려졌다.

是日也 放聲大哭

曩日伊藤候가 韓國에 來함에, 愚我人民이 逐逐相謂曰 候는 平日
東洋三國의 鼎足是安寧을 自擔周旋하던 人이라 今日來韓함이 必也
我國獨立을 鞏固히 扶植할 方略을 勸告하리라하여 自巷至京에 官
民上下가 歡迎함을 不勝하였더니, 天下事가 難測者 多하도다. 千萬
夢外에 五條約이 何로 自하여 提出하였난고. 此條約은 非但 我韓
이라 東洋三國의 分裂하는 兆漸을 出釀함인즉 伊藤候의 原初主意
가 何에 在한고. 雖然이나 我 大皇帝陛下의 强硬하신 聖意로 拒絶
함을 不己하셨으니, 該約의 不成立함은 想像컨대 伊藤候의 自知自
破할바어늘 噫 彼豚犬不若한 所謂 我政府大臣者가 榮利를 希覬하
고 假嚇을 恇㤼하여 逡巡然觳觫然 賣國의 賊을 甘作하여 四千年
彊土와 五百年 宗社를 他人에게 獻하고 二千萬生靈으로 他人의 奴
隷를 毆作하니, 彼等 豚犬不若한 外大朴齊純 及 各大臣은 足히 深
責할것이 無하거니와, 名爲參政大臣者는 政府의 首揆라 但以否字
로 塞責하여 要名이 資를 圖하였던가. 金淸陰의 裂書哭도 不能하
고 鄭桐溪의 刀割腹도 不能하고 優然生存하여 斯世에 立하니, 何
面目으로 强硬하신 皇上陛下를 更對하며 何面目으로 二千萬同胞를
更對하리오. 嗚呼憤矣라, 我二千萬爲人奴隷之同胞여. 生乎아 死乎
아 檀箕以來 四千年 國民精神이 一夜之間에 捽然滅亡而止乎아 痛
哉痛哉라 同胞아 同胞아.

오늘 목 놓아 통곡한다.
전일 伊藤候가 한국에 올 때, 어리석은 우리 人民들은 서로 말
하기를 이토오후는 평소 동양 삼국의 鼎足相互聯盟의 安寧을 주선
하겠다고 장담하던 사람이라 오늘 來韓해서는 반드시 한국의 독립
을 공고하게 다지는 방법과 계획을 권고하리라 하여 시골, 서울
할 것 없이 人民上下가 사뭇 환영하였는데, 세상 일은 예측할 수
없는 것이 많다. 천만 뜻밖에도 五條約이 누구로부터 나왔던가?
이 조약은 우리 한국뿐만이 아니라 동양 삼국을 분열시키는 조짐
을 만들어 낼 것이라는 사실을 생각할 때, 이토오후의 원래의 底

意는 무엇이었던가를 짐작할 수 있다.

그러나 우리 大皇帝殿下께서는 강경하신 의지로 사뭇 거절하셨으니, 이 조약이 성립될 수 없다는 것은 이토오후가 스스로 알아서 파기할 일인데, 슬프다. 저 개, 돼지만도 못한 소위 우리 정부의 大臣이란 자들은 영화와 이익을 바라고, 위협에 질려 굽실 굽실, 벌벌 떨며 나라를 파는 역적이 되어 四천 년 이어온 이 나라의 강토와 五백 년 宗廟社稷을 저들에게 바치고, 二천 만 백성들을 몰아 저들의 노예로 만들었으니, 저 개, 돼지만도 못한 外部大臣 朴齊純을 위시한 大臣들은 족히 책할 것도 없지만, 소위 參政大臣이란 자는 명색이 정부의 首揆이면서 다만 否자만으로 자기 책임을 회피하고, 그래도 조약에는 반대했다는 명목이나 세우려고 했던가? 淸에의 항복을 반대하여 國書를 찢고 통곡하던 淸隱金尙意의 忠誠과 氣槪도 못 보았고, 桐溪 鄭蘊과 같이 스스로 할복하는 기개도 못 보이고, 뻔뻔스럽게 이 세상에 살아남아 있으니, 무슨 면목으로 강경하신 皇帝殿下를 뵈올 것이며, 무슨 면목으로 二천 만 동포를 다시 대하려는가?

아, 분하다! 남의 노예가 된 우리 二천 만 동포여! 살 것인가, 죽을 것인가!

檀君, 箕子 이래 四천년 국민정신이 하룻밤 사이에 홀연히 멸망하고 말았단 말인가? 원통하고 원통하구나, 동포여, 동포여!

대한매일신보는 동 12월 1일자로 시종무관장 閔泳煥卿이 신 조약에 통분하여 순국한 소식을 제2면에 크게 다루어 비분한 정회가 전지면에 흘러 넘쳤다.

一 人 死 忠

侍徒武官長 閔泳煥卿은, 皇室肺腑之臣으로 公正忠直한 令望이 素有하고 歐美列邦에 遊覽한 識見으로 時務에 通達한지라, 朝野興情이 皆此公의 進退로써 國家의 安危를 卜하더니, 近日 新條約事件에 對하여 大小臣僚로 共히 伏闕上疏하여 大勢를 挽回코저 하더

니, 奸細輩의 軋轢으로 由하여 拘拿懲判之命을 被하니, 於時乎 國
家事가 無復可爲之道라 亘天孤忠이 無地可效일새, 乃引刀自刎하여
死於忠義하였으니 於公에는 可謂無憾이어니와, 噫라 大韓國運이여
此公이 若在政府會議之列이면 所謂新條約이 豈至於此리오 鳴呼痛
哉로다.

(한 사람만이 忠義를 위해 죽었구나)
(侍從武官長 閔泳煥卿은 皇室과 가장 가까운 宗戚大臣으로 公正하
고 忠直하여 본래부터 信望이 있었고, 歐美 여러 나라를 유람한
식견도 있어 오늘날 政務에 밝기 때문에 朝野의 여론이나 생각들
이 모두 공의 행동 태도를 가지고 국가의 安危를 점쳐 왔었다. 그
런데 공은 이번 新條約事件에 있어서는 大小의 臣僚들과 함께 대
궐에 엎드려 상소하여 대세를 만회코자 하였으나, 간신 소인 무리
들과의 軋轢으로 인하여 피검되어 재판을 받게 되었으니, 이제는
국가의 일이 어쩔 수 없게 된 판이라. 하늘을 찌르는 의로운 충정
으로도 어쩔 수 없어 칼을 들어 자결함으로써 충의를 위해 목숨을
바쳤으니 공 자신은 아무 遺恨이 없겠지만 大韓의 國運은 너무 슬
프다. 공이 만약 정부의 內閣會議에 참가하였더라면 소위 신조약
이 어찌 이렇게 締結되었겠는가? 아! 원통하다.)

이처럼 "대한매일신보"는 明治政府의 강압을 물리치고 日益 날
카로운 논진을 펴서 당시 분노와 격분에 찬 겨레의 심정을 그대로 반
영시켰다.

남강은 산란한 심사 속에서 용동 둑을 거닐었다. 그는 나라가 결국
힘이 없어 남에게 눌리는 것이 슬펐다. 그런데 나라에 힘이 없는 것
은 장사와 공업을 천하게 알고 벼슬하는 것만을 높다고 하여 산업이
발단되지 못한 까닭이라고 하였다. 장사와 공업이 발달되어 백성의

살림이 넉넉해지고 새로운 여러 가지 기구와 기계를 만들어 내어 우리 손으로 철도를 놓고 광산을 캐고 항만을 만들고 공장을 짓고 했으면 누가 감히 우리에게 손가락을 댈 것이냐 라고 하였다.

그는 나라가 쓰러져 넘어가는 것이 가슴이 아팠다. 그러나 이것은 단순히 5백 년이나 내려오던 사직이 끊어지는 일 때문은 아니었다. 王朝로 말하면 예로부터 수많은 왕조가 일어났다가 쓰러졌고 쓰러질 때마다 언제나 한 가닥 슬픈 곡조가 들렸다. 남강이 슬퍼한 것은 왕조를 위해서도 아니고 거기 붙어서 벼슬하던 귀족이나 양반들을 위해서도 아니었다. 도리어 조정에서 세도 부리던 귀족들이나 백성을 못살게 굴던 양반들이 넘어가는 것이 통쾌하기조차 하였다. 남강에게는 눈을 감고 아무리 보지 않으려고 해도 자꾸만 눈앞에 떠오르는 광경 하나가 있었다. 그것은 인천 앞바다에 큰 배들이 들어와 서더니 거기서 여러 모양의 사람들이 기구와 물자와 짐들을 들고 기어오르는 것이었다. 이 사람들이 우리나라 전국에 흩어져 깔리고 우리 백성들은 헐벗고 못 먹고 피골이 상접해 가지고 눈물을 흘리면서 쫓겨나는 것이었다.

남강은 집에 들어오지 않고 帝釋山에 올라갔다. 그는 초가집 뒤를 돌아 소나무 사이로 난 길을 걸어 올라가 제석사를 오른 편에 끼고 다시 가파른 산길을 걸어 올랐다. 서로는 서해 바다의 푸른 물결이 내려다보였다. 그리고 동과 남으로는 아름다운 산과 들이 펼쳐져 아득하게 황해도 땅에 연달은 것이 보였다. 남강은 우리 백성들이 이 땅에서 오랜 동안 가난과 곤욕에 시달린 것을 생각하였다. 그러다가 인제 이 오욕의 역사를 씻지 못한 채 남에게 이 땅을 내어주고 나라 없는 백성이 되어 쫓겨날 것을 생각하였다. 그에게는 어려서부터 홍경래와 임구성의 뜻을 펴보려던 생각이 한바탕의 꿈이었다. 그리고 평양에 상사를 차리고 동으로 뛰고 서로 달리면서 산업을 일으켜 외국 상사와 대항해 보려던 생각도 막대로 허공을 치는 일이 되고 말았다. 그는 어떤 한 가지 일을 생각하면서 산에서 내려왔다.

3. 島山 安昌浩

1907년 정미년 남강의 나이 마흔네 살이었는데 을사오조약과 해아 밀사사건으로 나라가 그 때 물 끓듯 하였다. 남강은 용동에서 대한매일신보로 이 소식을 전해 듣고 그대로 있을 수가 없어 그해 7월 평양에 나가보기로 하였다. 평양에는 윤성운이 남강의 하던 상사를 인수하여 가지고 여러 가지를 해보았는데 잘 되지 않는다고 하였다. 평양에 나와 서울 소식과 상계의 형편을 자세히 듣고 마산동 磁器會社 세울 일을 다시 생각하면서 마산동에 나가 보았다. 그의 주위의 사람들은 남강이 다시 상계에 돌아오기를 권하였다. 나라가 위태로우면 위태로울수록 상권을 남의 나라에 빼앗기지 않아야 할 것이 아니냐 라고 하였다. 그러자면 상계의 경력으로 보나 인물로 보나 남강만한 사람이 없으니 다시 나오겠다고만 하면 자기들이 힘을 모아 남강이 주장하던 관서자문을 만들어 적어도 평양의 상권만이라도 지키도록 해야 한다고 하였다. 남강은 그들에게 집에 돌아가 다시 생각해보겠다고 하였다.

그러자 島山이 미국에서 돌아와 연설을 한다고 하였다. 도산은 서재필 박사의 독립협회 운동에 공감하여 열여덟 살 때 평양에서 만민공동회를 열어 유명한 快哉亭 연설로 이름을 떨쳤다. 그 뒤 그는 서울에 올라와 미국 선교사의 사숙에서 얼마동안 공부하다가 독립협회가 깨어진 이듬해인 기해년에 인천에서 미국선에 편승하여 美洲에 건너갔다. 그는 미주에서 대학에 들어가 공부하려던 생각을 버리고 共立協會를 세워 교포의 생활을 지도하였다. 그러다가 을사보호조약이 체결되었다는 소식을 듣고 8년 만에 동경을 거쳐 고국에 돌아온 것이었다.

도산은 평양 사람이고 또 총각으로서 한 快哉亭의 연설로 유명했고 이번에 어떤 새로운 經綸을 가지고 돌아왔을 것이라고 하여 많은 사람들이 이번 연설을 들으려고 모인다고 하였다. 남강도 이 말로만

들던 청년 애국자를 한번 볼 겸 또 세계를 돌아온 그의 견문과 나라에 대한 경륜을 들을 겸 도산의 연설을 듣기로 하였다. 연설하는 곳이 모란봉 밑이었는데 이 소문을 듣고 평양 성중의 남녀가 구름같이 모여 들었다. 연단에 나타난 도산은 삼십세 전후의 청년으로서 양복을 입고 있었다. 남강은 연단에서 그리 먼 곳이 아닌 자리에서 도산의 얼굴과 몸과 음성을 통하여 그의 웅장한 혼이 호소하는 한마디 한마디를 들었다.

그 때 도산의 연설의 내용은 대개 이러하였다.

　　그는 먼저 동양의 대세를 설명하여 西力東漸의 거센 물결 아래 동양 세 나라의 운명이 어떻게 위태롭다는 것을 설명하고 청과 일본이 서구 열강의 침략 정책에 따라가 한국을 괴롭히는 것이 역사를 위하여 옳지 못하다고 단죄하였다. 그런데 여러 나라 세력이 우리나라에 들어와 싸우는 것은 결국 우리 힘이 약하기 때문이라고 하고 청일·노일 두 차례의 전쟁이 우리 땅에서 시작된 것을 우리들은 깊이 생각해야 한다고 하였다.

　　그런데 이 두 차례의 전쟁에 일본이 이김으로 해서 그리고 영일동맹이라고 부르는 호랑이 가죽을 뒤집어씀으로 해서 일본은 한반도에서 하고 싶은 일을 할 수 있는 자리에 있다고 하였다. 그는 동경 日比谷 공원에서 열린 對露 講和條約 성토대회에서 이등박문이 단에 올라가 노서아로부터 배상금을 받지 못하게 된 대신 한국을 일본 국토에 편입시키게 된 것이라고 하여 흥분된 군중을 해산시켜 돌려보낸 일을 자세히 말하였다.

　　도산은 4천년의 명맥이 인제 끊기고 백성들의 쫓겨남이 경각에 달렸으니 뉘 있어 이 망국을 막으랴하고 눈물과 소리가 섞이어 내렸다. …… 도산은 다시 말을 이어 이제라도 정부 당국이 부패하지 않고 백성이 깨어 일어나 힘을 합하여 산업과 교육을 일으키는데 힘쓴다고 하면 넉넉히 이 곤욕을 돌릴 수 있을 것이라고 하였다. 그러나 그렇지 못하고 정부나 백성이 한가지로 어두운 동굴 속에서 기어 나오지 못하고 세력 다툼이나 양반 재세에 기울어져

상투 짜고 관 쓰고 도포 입고 다니는 구습만 끌고 나간다고 하면
우리는 마침내 아주 뒤떨어지고 아주 쓰러지고 아주 사라져 없어
지는 자가 되고 말 것이다. 사람들은 입을 열면 개혁을 말하거니
와 백성이 낡은 대로 있는데 정부의 세력이나 제도를 바꾸었댔자
그것으로써 나라의 기울어짐을 바로 세움이 못된다. 백성 한 사람
한 사람이 덕스럽고 밝고 힘 있는 사람이 되기 전에 이 어둡고 흩
어지는 백성의 떼를 가지고 부강하고 영광된 나라를 만들 수는 없
는 것이다.

남이 자기를 업신여기는 것을 우리들은 분하게 생각하거니와 나
스스로 자기를 업신여긴 연후에 남이 나를 업신여김을 알아야 할
것이다. 우리에게는 오직 한 가지 길이 있으니 그것은 삼천리 방방
곡곡에 새로운 교육을 일으켜 이천만 한 사람 한 사람이 덕과 지
식과 기술을 가진 건전한 인격이 되고 이 같은 새 사람들이 모여
서로 믿고 돕는 성스러운 단결을 이루어 민족의 영광을 회복하는
기초를 닦는 일이 있을 따름이라고 하였다.

이 연설에 남강은 크나큰 감명을 받았다. 도산의 얼굴과 체구와 음
성과 웅변과 그 탁월한 식견이 지도자로서의 품격을 갖추었음을 남
강은 곧 알아차렸거니와 그의 救國經綸은 한마디 한 마디가 남강 자
신의 생각을 옮기는 것 같았다. 연설이 끝나자 남강은 사람을 헤치고
단에 나가 내려오는 도산의 손을 잡고 자기는 이승일이라는 사람으
로서 옳은 말을 들려주었다고 하면서 돌아가 이 말대로 실행하기를
작정하노라고 하였다. 도산도 그가 미국에 있으면서 고국에서 오는
소식으로 듣고 알았노라고 하면서 다시 만나기를 약속하였다.

남강은 도산의 연설을 듣고 돌아온 이튿날로 머리를 깎고 술과 담
배를 끊기로 하였다. 그는 이틀 후에 도산이 보낸 사람을 따라 그의
처소에 갔다. 도산은 남강의 변한 모습에 또 한번 놀라는 모양이었다.
도산은 李甲이라는 청년 장교를 남강에게 소개하였다. 세 사람이 마
주 앉아 이야기한지 몇 시간이 못 되어 세 사람은 서로 믿고 공경하

는 동지가 되었다. 뒤에 도산이 新民會를 만들 이야기를 하고 남강에게 이 운동의 중추가 되어 일해 달라고 부탁한 일이 있었거니와 이 첫 번 만남에서는 그들 사이에 주로 교육과 산업에 대한 이야기가 많았다. 도산의 교육제일 주의는 남강으로 해서 산업으로 보강되었고 남강의 산업 계획은 도산으로 해서 교육의 뒷받침을 받게 되었다. 남강은 나중에 자기가 평양에서 도산의 연설을 듣고 또 도산과 나라 일을 의논하게 된 것이 일생에 잊혀지지 않는 감격 어린 장면이라고 술회하였다. 도산도 평양에서 남강을 안 것이 커다란 수확이라고 하였다. 남강은 失意속에서 평양에 나갔는데 인제 흔들리지 않는 결심과 빛나는 희망을 안고 용동에 돌아왔다.

남강이 집에 돌아오자 그 바뀐 모습에 가족들과 동리 사람들이 놀랐다. 남강은 본래 아침에 일찍 일어나서 집 안과 밖을 정돈하고 깨끗이 쓰는 습관이 있었는데 평양에서 돌아와서부터 한층 더 일찍 일어나고 동리 어구까지 나가 쓸고 풀을 뜯고 길을 넓히고 하였다. 「몸을 깨끗이 하고 집을 깨끗이 하고 마음을 깨끗이 하는 것이 나라를 바로 세우는 길이라」고 한 도산의 말을 생각하였다. 처음에는 동리 사람들이 남강의 하는 일을 이상하게 보았는데 차츰 그 뜻을 알고 여기에 和하여 비를 들고 마당을 쓰는 사람이 많이 늘었고 남강의 뒤를 따라 풀을 뜯고 길을 넓히고 하는 젊은이의 수효가 늘어갔다. 처음에 남강의 斷髮한 것을 흉보던 사람들도 차츰 그의 결심과 심중을 알게 되어 남강의 말을 듣고 그를 따르고 그의 發意에 따라 한데 모여 우물을 치기까지 하였다.

남강은 사람들이 차츰 자기를 이해하고 자기를 따라오는 방향으로 움직이는 것을 알았다. 이 기회를 붙잡아 그는 사람들을 모아놓고 평양에서 들은 도산의 이야기를 전하면서 새로운 개화운동을 일으킬 생각을 하였다. 이것은 남강의 교육자로서의 빼어난 천분이거니와 그는 남을 깨우치고 인도하는데 있어서 기회를 기다리는데 머리를 썼다. 그는 누구를 타이를 때에도 같이 걸어 다니고 이야기하고 하다가 적당한 시간에 가서 극히 자연스럽고 조심성 있게 일러 주었다.

남강은 하루저녁은 글방에 동리 사람들을 모으고 새 소식을 전한다고 하면서 단정한 옷차림으로 여러 사람 앞에 나섰다.

그는 먼저 조정의 소식과 나라 형편을 대강 설명하고 을사오조약이 나라를 남의 손에 넘겨주는 조약이고 일본이 어떻게 이 올가미를 우리에게 뒤집어 씌웠다는 것을 말하였다.

민영환 경이 이 때문에 자결했고 해아 만국평화회의에서 李儁이 분사했는데 오래지 않아 고종의 양위가 있게 되고 군대가 해산될 것이라고 하였다. 의병이 사처에서 일어나고 애국자들이 자결하고 하거니와 이것 가지고도 나라의 곤욕을 막지 못한다고 하였다. 일본이 우리를 누르는 것이 公道로 보아 무서운 죄를 범하는 일이 되거니와 우리에게도 그 책임이 있다고 하였다. 일본은 서양문명을 재빨리 받아들여 제도를 바꾸고 교육과 산업을 일으켜 부강한 나라가 되었는데 우리는 그렇지 못하고 위는 썩고 아래는 어둡고 하여 머리를 끊을지언정 두 발은 끊지 못하고 팔은 잘려도 소매는 자르지 못한다고 하면서 아직도 어두운 잠에서 깨어나지 못하고 있다고 하였다.

자기는 평양에서 미국에서 돌아온 청년 지도자 도산의 연설을 듣고 결심하여 단발하고 술과 담배를 끊고 나라에 몸을 바치기로 했다고 하면서 백성 한 사람 한 사람이 새 사람이 되어 덕스럽고 지식 있고 힘 있는 사람이 되기 전에 나라를 구원할 길이 없음을 알아 이천만이 새로운 결심 아래 일어설 때가 돌아 왔다고 하였다.

남강의 이야기는 모인 사람들에게 큰 감명을 주었다. 도산이 평양 성중 사람들에게 한 것을 자기는 용동 사람들에게 전한 것이라고 생각하였다. 그러면서도 남강은 젊은이들에게 자기를 따라 단발하거나 술 담배를 끊으라고 강권하지는 않았다. 그는 다만 새 백성 새 사람이 되기 위해서는 새 시대의 교육을 받아야 하는데 그렇게 하기 위하여 마을마다 새로운 학교를 세워야 한다고 하였다. 그는 평양에서 들어올 때 도산으로부터 鄕里에 돌아가 학교를 세우는 일이 시급하다는 것과 후진을 가르치고 백성을 깨우치는 일이 하루가 늦어지면 그만큼 남에게 나라를 빼앗긴다는 말을 들었다. 그는 인제 불꽃이 일어나려는 이 조그만 마을에 학교를 세우는 일이 한시가 급한 것을 알았다.

그는 자기가 세웠던 서당을 새로 수리하고 종이도 바르고 회도 발라 새로 단장한 뒤 칠판을 만들어 달고 백묵으로 글을 쓸 수 있도록 하게 만들고 漢學만 가르치던 훈장은 돌려보내고 金德容이란 분을 모셔다가 신식 교육을 시작하였다. 이것이 남강이 평양에서 도산과 만나고 돌아 온지 불과 두 주일 뒤에 생긴 일이었다. 남강은 학교 이름을 講明義塾이라고 부르게 했는데 이것이 도산이 자기 향리에 세웠던 漸進學校처럼 서도에서는 처음 생긴 사립 소학교였다. 이 강명의숙으로 하여 용동은 하루하루 다른 동리로 되어갔다. 남강은 잠을 자면서도 이 용동에서 새로운 불꽃이 올라가 이것이 사방을 비춰어 나가는 것을 보았다.

남강은 새로운 일에 대한 벅찬 기쁨을 안고 도산을 만나러 다시 평양에 나갔다. 그는 자기가 경영하던 상사에 들리기 전에 도산이 유하던 집으로 갔다. 그 때 도산은 마침 서울에 올라가고 李甲만 남아 있었다. 남강은 이갑을 만나 그동안의 이야기를 하고 서울로 올라가 濟衆院(지금의 세브란스병원)에서 유하는 도산을 만났다. 도산은 10년 동안 사귀었던 옛 친구를 맞는 양 이 연상의 동지를 반갑게 맞아 주었다. 도산은 남강이 향리에 돌아가 한 일과 그가 세운 강명의숙에 대하여 깊은 관심과 경의를 표하였다. 남강은 도산에게서 많은 국내외에 관한 이야기와 일에 대한 새로운 방략을 들었다. 그리고 신민회 조직에 대한 도산의 포부와 당시 언론계·관계·젊은 장교·청년 운동자들 사이에 움직이고 있는 구국운동에 대한 여러 가지 이야기도 들었다. 남강은 도산의 식견과 그의 인격에 깊이 감탄하였다. 남강은 이틀을 묵고 서울에서 내려왔는데 그의 결심은 한층 더 굳어가고 그의 앞에는 어떤 환한 빛이 자기를 인도하는 것 같았다. 도산과 만난 둘째 번 회합은 첫 번 회합에 못지않게 남강에게 힘과 용기를 준 것이었다.

이 같은 두 차례의 회합이 있은 후로 남강과 도산 사이에는 깊은 우정이 맺어졌다. 두 사람 사이의 우정은 예사로운 우정이 아니고 민족의 영광된 기초를 닦기 위한 혼과 혼의 호응이었다. 남강은 도산의 경륜과 인격을 우러러 보았고 도산은 남강의 강직함과 실천력을 높이 찬양하였다. 도산은 생각하면서 실천했고 남강은 실천하면서 결심하였다. 도산은 정성스러움이 그 바탕이었고 남강은 그칠 줄 모르는 헌신이 그의 생명이었다. 도산은 웅장했고 남강은 강건하였다. 도산은 고조선의 인자함과 신라의 빼어남을 합쳤고 남강은 신라의 빼어남과 고구려의 강건함을 합쳤다. 도산은 넓게 펼쳐지는 바다요 남강은 사납게 뿜어 오르는 화산이었다.

도산의 일생의 사업은 교육과 산업을 일으켜 백성을 덕스럽고 지식과 기술을 가진 건전 인격을 만들어 이들의 모인 성스러운 단결에 의하여 민족의 영광의 기초를 닦는 일이었다. 이 사업이 그대로 남강의 사업이었다. 그런데 도산의 망명과 함께 그가 세운 신민회와 大成學校와 청년학우회와 태극서관은 그 받치던 기둥을 잃어버렸다. 도산이 남강을 알게 되어 남강에 옮겨진 가지만은 줄곧 푸른빛을 발하여 국내에서 오직 하나 끊어지지 않는 줄기가 되어 뻗어 나간 것이었다.

4. 民族運動과 開化主義

남강은 어려서 남의 집에 방사환으로 있었고 뒤에 장사로 돈을 모았으나 정주의 鄕案에는 들지 못하였다. 그가 나서부터 덕천 산협에 피난 갈 때까지는 홍경래와 임구성의 뜻을 펴보려던 기간이었고, 갑오년에서 을사보호조약이 맺어질 때까지는 나라에 대한 걱정이 그의 가슴에 우러나오던 기간이었고, 평양에서 도산을 만나고 새로운 결심을 한 이후는 민족운동과 개화주의에 몸을 바친 기간이었다. 남강을

혹은 교육자 혹은 독립운동자로 부르거니와 그에게 가장 맞는 것이
민족운동자 또는 개화주의자라는 말이 될 것이다.

우리들은 민족운동에 관련된 사람들의 이름으로서 서재필과 마치
니(Mazzini, Giusppe)와 데벌레라(De Valera, Eamon)와 간디
(Gandhi, Mohandas Karamchand)와 孫文의 이름을 들 수 있을 것이
다. 그런데 저들은 혹은 詩人, 혹은 법률가, 혹은 의사로서 대개가 상
류계급에 속하여 이를 테면 위로부터 민족운동을 일으켰다. 그러나
남강은 그렇지가 않아 가난한 가정에 태어나 가진 어려움과 고난을
몸소 겪고 올라온 데서 저들과의 차이가 있는 것이다. 그 당시 우리
나라 개혁파 사람들 사이에는 「靑年 伊太利」운동이나 「靑年 歐羅巴」
운동이 많이 알려졌다. 이 운동들은 이태리의 민족주의자 마치니의
주장이었는데 그는 역사를 민족주의의 안목으로 보았다. 그의 생각에
는 민족이 각각 神으로부터 그 자신의 사명을 받아 가졌는데 이태리
야말로 로마의 영광을 회복하여 새로운 역사를 이 지상에 이룩할 수
있는 둘째 번 選民으로 생각되었다. 이 같은 「청년 이태리」운동, 「청
년 구라파」운동은 구라파를 위시하여 새로 깨어 일어나는 여러 나라
의 민족운동자들에게 많은 감명을 주었다.

남강의 민족에 대한 獻身은 이 마치니주의의 영향을 받은 것도 아
니었다. 남강의 경우는 이를테면 아래로부터의 민족운동으로서 남강
자신의 생활과 그 때의 우리나라의 현실이 남강으로 하여금 민족운
동에 몸을 바치게 만들었다. 민족을 사랑하고 나라를 근심한다고 해
도 거기에는 여러 가지 동기가 있을 것이다. 자기 민족의 빼어남을
믿기 때문에, 왕실의 후예로서 왕조를 계승해야 하기 때문에, 문화유
산을 아끼기 때문에, 높은 벼슬을 했고 조정의 은의를 졌기 때문에,
나라를 잃어버림으로 해서 잃어버릴 재산이나 명성을 가졌기 때문
에…… 그런데 남강의 경우는 그렇지가 않았다. 남강에게는 백성과
땅이 불쌍하기 때문이었다. 남강이 민족을 위하여 몸을 바치기로 작
정한 데는 다른 까닭이 없었다. 이 땅에서 이 백성이 덕스럽고 넉넉

하게 사는 것이 하늘의 뜻이고 남의 세력 아래 눌리고 짓밟히고 끌리는 것이 公義에 어긋나기 때문이었다.

남강의 민족운동에는 깊은 人道主義 정신이 깃들었다. 민족운동은 단순히 민족의 광복에 그치는 것이 아니고 그 본래의 기상을 회복하여 한사람의 굶주리고 눌리는 자도 없이 덕스럽고 부강한 조국을 이루는 일이었다.

남강에게 처음에는 민족이란 생각이 없었다. 그는 양반과 천민의 구별이 없기를 원하였다. 그리고 굶주리고 헐벗은 사람이 없기를 원하였다. 이로써 보면 남강은 어디까지나 인도주의자 또는 평등주의자였다. 그런데 나라가 남에게 눌리는 것을 보면서 그는 차츰 민족과 민족 사이에도 양반과 천민이 있고 나라와 나라 사이에도 부자와 가난한 자가 있다는 것을 알았다. 그는 조정이 많은 곤욕을 당하고 을사보호조약이 뒤집어 씌어지는 것을 보면서 그대로 있을 수 없다는 생각이 났다. 그러나 나라를 구하기 위하여 몸을 바치기로 결심한 것은 역시 평양에서 도산과 만난 때부터였다. 그 뒤 남강의 생애는 민족운동으로 일관하여 세 번씩이나 감옥에 들어갔는데 제주도 유배, 백오인사건, 오산학교, 3·1운동으로 연닿는 허다한 노고와 풍상이 모두 이 한가지 일 때문이었다. 우리 역사에는 나라를 위해서 자기를 바친 사람들이 많았다. 그런데 그중에는 자세히는 왕조를 붙들기 위해서, 임금에 대한 은의를 위해서, 자기의 믿는 신앙을 위해서, 굽히지 않으려는 지조를 위해서, 자기가 생각하는 경륜이나 뜻을 위해서 자기를 바친 사람이 많았다. 진실로 이 땅과 이 백성의 여윈 모습을 보면서 자기를 바친 자는 아마 忠武公과 남강이 될 것이다.

남강의 민족에 향한 생각은 그의 전신에 배어있는 냄새요 혈맥이었다. 그가 민족을 사랑한 것은 大高句麗主義를 신봉하기 때문이 아니었다. 그가 민족을 사랑한 것은 왕조에 대한 충성 때문이 아니었다. 그가 민족을 사랑한 것은 민족이 이룬 과거의 업적 때문이 아니었다. 그가 민족을 사랑한 것은 자기 눈으로 보는 이 땅 이 백성이 불쌍하

기 때문이었다. 불교에 衆生이 가엾어 원을 세웠노라(衆生無邊誓願
度)는 말이 있거니와 못 살고 못 먹고 남에게 눌리는 백성 한 사람
한 사람이 불쌍해서 남강은 저들을 위하여 자기를 바치기로 한 것이
었다. 이것이 남강의 민족운동의 이를테면 인도주의적인 성격이 될
것이다. 남강은 주권을 회복하는 일 자체가 목적이 아니고, 정부를
세우는 일 자체가 목적이 아니고, 정부를 세우되 자기가 수반이 되는
일 자체가 목적이 아니었다. 남강에게는 백성 한 사람 한 사람이 덕
스럽고 넉넉하게 사는 것이 문제요 나라의 제도나 명목이 문제가 아
니었다. 이런 의미에서 남강의 민족 운동은 민족주의보다는 도리어
인도주의 내지 종교에 가깝다고 할 수 있다.

　그는 산이 메마르고 사람들이 혈색이 없는 것을 탄식하였다. 한번
은 소먹이는 아이가 소를 끌고 그의 앞을 지나간 일이 있었다. 소도
말랐고 끌고 가는 아이도 혈색이 없었다. 그는 이런 말을 하였다.

　　『조선 소는 소까지도 저렇게 말랐구나.』

　이 말에는 그가 이 땅과 이 백성과 이 땅의 짐승과 벌레까지도 불
쌍히 생각하는 깊은 감정이 어리어 있었다. 그가 민족을 사랑한 것은
단순한 내 민족이기 때문이 아니고 민족의 고난 때문이었다. 그는 이
민족의 고난의 좇아오는 근본 원인이 힘이 약한 데 있음을 알았다.
그런데 이 힘을 기르는 일이 교육과 산업인 것을 그는 도산을 만나고
나서 한층 더 분명하게 깨달았다. 남의 힘을 빌거나 총칼만 갖고는
한 때의 승리는 거둘지언정 민족의 참된 힘을 기르는 일이 못 된다.
남강의 민족운동은 백성 한 사람 한 사람을 덕스럽고 밝고 힘차게 만
드는 운동이었다. 그러므로 그의 민족운동은 민족의 광복으로 끝나는
것이 아니고 도리어 그 때부터 시작하는 운동이 되는 것이다.

　남강의 민족운동은 그 개화주의와 관계가 있다. 남강의 민족운동이
그의 생리에서 우러난 것 마냥 그의 개화주의도 그의 생활에서 올라

왔다. 그는 해외에 나가 그의 눈으로 직접 西歐의 문물을 본 것이 아니었다. 兪吉濬의 「西遊見聞」이란 책이 있다는 것을 들어 알았거니와 그의 개화주의는 이 책에서 얻은 것도 아니었다. 남강이 개화주의자가 된 것은 역시 도산을 만난 뒤부터였다. 그런데 그가 개화주의자가 된 데는 몇 가지 연유가 있다. 첫째, 남강은 들리는 가문에 태어난 것이 아니었다. 그 당시 정주에는 舊鄕과 新鄕과 鄕外의 세 계층이 있었는데 남강은 鄕에 들지 못하였다. 둘째, 남강은 가난한 가정에서 자라났다. 그는 양반이 될 수 있는 부잣집 자제가 아니었다. 셋째, 남강은 글을 많이 읽지 못하였다. 그는 經書를 많이 읽어 유교사상이 몸에 밴 것이 아니었다. 넷째, 남강은 어려서부터 장사 길에 나서서 여러 곳을 돌아다녔다. 그는 이 장사로 하여 여러 가지 새로운 견문을 얻었다. 이 몇 가지가 그를 개화주의에 물들게 한 원인이 되는 것이다.

그런데, 그 당시 開化 또는 開明을 주장하는 사람들은 대개는 예수교 신자였다. 새 종교를 믿으면서 그들은 개화에 기울어졌다. 남강은 그렇지가 않아 먼저 개화를 실행했고 나중에 예수를 믿었다. 예수를 믿지 않는 사람으로서는 서양이나 일본을 다녀왔거나 거기서 공부한 사람들이었다. 그러나 남강은 해외를 다녀온 것이 아니었다. 다른 이들의 개화주의가 직접 接木된 개화주의인데 반해서 남강의 개화주의는 우리 땅에서 자라난 土着化된 개화주의라고 할 수 있다. 머리를 깎고 옷을 간편하게 해 입고 긴 담뱃대를 그만두고 모든 거추장스러운 일을 폐한 것이 새 것이 신기스러워서가 아니고 생활이 활기가 있고 일에 능률이 오르기 때문이었다. 남강의 개화주의는 의식상의 개화주의가 아니고 실질상의 개화주의였다. 민족을 번거로운 형식과 길게 늘어만 나는 생활에서 벗어나게 하기 위해서는 이 개화주의가 필요하였다. 이 개화주의는, 첫째 생활의 활기를 가져오고, 둘째 양반과 천민 사이의 구별을 없애 버린다. 어려서부터 계급의 차와 빈부의 차에 크게 반항했던 그가 이것을 없애는 하나의 방편으로 개화주의를 받아들인 것은 지극히 마땅한 일이었다.

남강이 經義齋 자리에 오산학교를 세운 뒤의 일이었는데 옆에 있는 扶陽齋에서도 학교를 세운다고 하였다. 그는 여러 사람들에게 신교육의 필요를 말하기 위해서 거기에 갔다. 학교 세울 의논들을 하기 위해서 많은 사람들이 모여 있었다. 남강은 사람들에게 나라의 위태로운 형편과 신교육이 필요하다는 말을 하였다. 남강은 말을 하다 그만두고 방구석에 세운 노인의 담뱃대를 들고 오더니 조그만 칼을 꺼내어 한 뼘도 못되게 여러 도막에 자르는 것이었다. 그는 자른 것을 손에 쥐고 자리에 앉더니 긴 담뱃대로 피느니 보다 이렇게 짧게 해서 피는 것이 얼마나 편할 것이냐 라고 하였다. 거기 모였던 사람들은 남강의 하는 일에 놀랐는데 짧게 자른 것을 눈앞에 보고 또 남강의 말을 듣고 나니 그 말이 옳다는 생각이 들었다. 이 일이 있은 이후로 부양재에 모이는 사람들 사이에는 긴 담뱃대로 담배를 피우는 일이 없어졌다고 한다.

남강의 개화주의에는 세 가지 면이 있었다. 첫째는, 겉에 나타난 모양을 바꾸는 일이었다. 머리를 깎고 긴 담뱃대를 그만 두는 일이 여기에 속한다. 둘째는, 생활하는 태도를 바꾸는 일이다. 아침에 일찍 일어나고 부지런히 일하는 일이 여기에 속한다. 셋째는, 마음을 새롭게 갖는 일이다. 내 사사 이익을 물리치고 나라를 위하여 몸을 바치는 일이 여기에 속한다. 그러므로 남강의 개화주의는 신기함을 세우고 새것에 취하는 일이 아니고 백성 한 사람 한 사람의 힘과 생명을 불러일으키는 하나의 淸鄕運動이었다. 남강이 오늘에 있었다고 하면 그는 맘보바자나 트위스트 춤에 반대했을 것이다. 남강이 옛것을 버리고 새것을 취한 것은 단순히 신기해서가 아니고 메마른 들을 꿰뚫고 푸른 시냇물이 흘러내리기를 바라기 때문이었다.

남강이 개화를 권장하는데서 우리들은 그의 교육의 일단을 엿볼 수가 있다. 그가 예수를 믿은 뒤였는데 아직도 승일 참봉으로 통하던 때였다. 정주 덕달이 교회에서는 승일 참봉의 설교가 있다고 해서 교

인들이 많이 모였다. 앞자리에 머리를 깎은 아이와 머리를 깎지 않고
길게 땋아 늘인 아이들이 섞여 앉아 있었다. 남강은 개명 이야기를
하다가 단에서 내려오더니 머리 깎은 아이와 깎지 않은 아이 둘을 붙
들어 내어 단 앞에 세워 놓았다. 그리고 두 아이를 비교해 가면서 하
나는 머리를 깎고 얼굴을 씻고 옷이 단정하고, 하나는 그렇지 못한
것을 보여주었다. 두 아이를 비교하여 어느 편이 보기에 좋으냐 라고
하면서 모두 개명의 풍을 따르고 예수를 믿어야 한다고 하였다. 거기
모인 사람들은 남강의 말에 감명을 받아 새 풍조를 따라 생활을 고치
기로 결심들을 하였다.

　그런데 남강의 이 같은 개화운동은 겉에 나타난 모양을 고치는데
그친 것이 아니었다. 머리를 깎고 술·담배를 끊었다고 해도 아무 일
도 하지 않고 게으름만 핀다고 하면 이것은 개명이 못 된다. 한때 안
경을 開化鏡, 신사들의 짚는 지팡이를 開化杖이라고 하여 새로운 차
림을 한 이를 開化派라고 부른 일이 있었다. 그러나 이 같은 겉에 나
타난 개화만으로는 참된 개화가 되지 못한다. 참된 개화는 겉에 나타
난 모양보다도 그 바뀐 생활 기풍에 있고 한걸음 더 나가 마음의 새
로운 자세에 있는 것이었다. 마음의 새로운 자세가 생활의 새로움을
가져오고 생활의 새로운 자세가 겉모양의 새로움을 가져온다. 남강은
겉모양만 달라지고 생활과 마음이 새로운 활기를 띠지 못하는 일은
참 개화가 못 된다고 하였다. 남강이 바란 것은 겉이 달라지는 일이
아니고 겉과 함께 안이 바뀌어 백성 한 사람 한 사람의 가슴 속에 새
로운 힘과 벅찬 희망이 부풀어 올라 그들 자신 덕스럽고 부지런한 새
백성으로 바뀌는 일이었다.

　남강의 민족운동과 개화주의는 둘이 아니고 하나였다. 그는 민족을
낡은 동굴에서 이끌어 내는 것이 개화주의요, 이 개화주의 횃불을 드
는 것이 민족이라고 생각하였다. 개화를 기다려서 민족이 새로워지
고, 민족을 기다려서 개화가 앞으로 나갈 수 있는 것이었다. 남강이
한 사람으로서 민족운동과 개화주의를 겸한 것은 시대의 요청도 되

려니와 남강의 생애가 이것을 위해서 아로 새겨진 조각이 되기도 하
는 것이다. 남강은 겨레와 그 시대가 한가지로 긴중된 시기에 한 몸
으로 이 벅찬 일을 맡기 위해서 우리들 사이에 왔던 것인지도 모른
다. 사람들은 지금 민족 운동과 개화주의를 이미 지나간 낡은 일로
생각하거니와 이 두 가지 黎明을 올바로 치르지 못한데 오늘의 혼란
이 있음을 알아야 하고 또 그 때나 지금이나 이 두 가지 일이 우리의
기본 과업임을 알아야 할 것이다. 민족운동은 민족의 광복이 이루어
진 지금 과연 이미 지나간 낡은 운동일까. 그리고 개화주의는 개화파
의 사람들이 이끌어 들였던 한때의 유행풍조에 지나지 않았던 것일
까……

Ⅳ. 歷史위에 솟아오른 山脈

1. 新民會

남강은 1907년 평양에서 도산을 만나고 돌아와 용동에 강명의숙을 세웠는데 서울에서 두 번째 도산을 만났을 때 신민회에 대한 이야기를 듣고 도산의 동지들과 함께 이 비밀 결사를 조직하였다. 남강은 平北 總官의 책임을 갖고 그 위에 산업부문을 담당하여 마산동 자기회사 사장, 태극서관의 관리자가 되었다. 오산학교도 결국 신민회의 하나의 表現機關이었고, 청년학우회 지회도 오산에 두고 했는데 남강이 나중에 33인의 한사람, 동아일보 사장, 조선교육협회·민립대학 기성회의 간부가 되고 했으나 일생을 통하여 가장 힘쓴 것이 이 신민회였다.

1910년 합방되기 전 도산과 그의 동지들은 나라의 變이 닥칠 것을 알아 捲土重來의 꿈을 안고 해외로 망명해 나갔다. 신민회의 일은 순연히 남강의 어깨에 옮겨졌는데 백오인사건을 위시하여 허다한 고난을 겪으면서 남강은 이 신민회의 사업과 정신을 이끌고 나가는데 그의 정성을 바쳤다.

1896년 서재필 박사가 12년 만에 미국에서 돌아왔다. 그는 돌아오는 길로 독립신문을 간행하여 자유민권과 개화주의를 고취하였다. 뒤이어 독립협회를 만들고 독립문을 세우고 하여 개화파 인사와 청년 개혁자들 사이에 많은 공명을 불러 일으켰다. 남강은 그 때 덕천 산협에서 나와 철산 오씨네 후원으로 다시 장사를 시작하고 청정에서 평양을 드나들던 때였다. 그는 이 독립협회의 소식을 평양에서 들었다. 독립협회는 그 때 만민공동회로 번져 서울과 평양에서 여러 번 집회를 열어 정부를 규탄하던 때였다. 남강이 만일 서울에 있어 이 운동의 핵심 인물들과 접촉했다고 하면 그는 벌써 여기에 공명하고 나섰을 것이다. 그런데 그는 정주에 떨어져 있었고 더러 평양에 나와 새 소식의 전하는 바를 들었으나 지나친 혁진파의 하는 일이라고 생각하였다.

독립협회가 守舊派의 세력과 충돌되어 청년 간부들이 漢城 監獄에 갇혔다는 소식이 전하였다. 남강은 개혁파의 하는 일이 지나치기는 하더라도 다시 수구파의 세력이 일어나는 것은 좋지 않게 생각하였다. 그는 나라가 남의 나라에 대하여 문을 열어 밖의 세력이 사납게 몰려드는 지금 마땅히 법을 바꾸고 힘을 길러 저들에 대항해야 한다는 독립협회의 주장이 옳다고 생각하였다.

1907년 남강이 평양에서 도산을 만나고 들어와 용동에 강명의숙을 세웠다. 남강이 서울에 올라가 도산을 두 번째 만났을 때 도산으로부터 신민회의 조직에 대한 이야기를 들었다. 신민회는 독립협회의 정신과 사업을 이어받는 것이라고 하였다. 도산자신이 독립협회에 참가했고 남강 역시 독립협회 운동으로부터 영향을 받은 데서 그들 사이에는 이야기가 쉽게 풀렸다. 도산은 독립협회 운동이 성공하지 못한 것이 그 방략 때문이란 것을 설명하였다. 독립협회는 독립사상과 개화주의를 고취하기는 했는데 깊이 민중 속에 파고들지 못하였다. 그리고 신문을 발간하고 민중을 몰아 정부를 규탄했는데 이 눈앞의 일만이 아니고 좀 더 먼 장래의 일을 했어야 할 것이었다. 이 먼 장래의 일이 교육과 산업을 일으키는 일이고 무엇보다도 학교를 많이 세워 하루바삐 새로운 인재를 양성하는 일이었다.

도산은 이 새로 조직될 結社의 목적과 사업을 설명하였다. 지금 나라의 운명이 경각에 달렸는데 남의 힘을 빌려 한때를 모면하려는 것은 옳지 못한 생각이라고 하였다. 우리 자신의 힘으로 자주와 독립을 쟁취하지 않으면 안 된다. 이 힘을 기르기 위하여 신민회를 만들어 교육과 산업을 일으켜 민족 전도 대업의 기초를 닦아야한다고 하였다. 남강도 도산의 이 자력주의와 교육주의에 찬성하였다. 뒤에 우리 독립운동자들 사이에 方略에 대한 의견의 차가 있어 도산식 방식을 물리치고 外勢와 연결하고 무력에 의하자는 의견이 높았는데 남강은 도산의 생각이 옳다고 하였다. 도산을 위시하여 많은 지도자들이 庚戌失國을 앞두고 모두 국외로 나갔고 나라가 거꾸러진 뒤에도 계속해서 지사들이 밖으로 나갔거니와 남강이 끝까지 안에 남아 있은 것은 이 신민회의 정신에 의하여 안에서 자력주의와 교육주의를 실행하기 위함이었다.

남강은 도산에게서 나라를 일으킬 새로운 방략을 들었다. 이 방략이 남강 자신의 애국심에 어떤 맥락과 방향을 주는 것으로 느껴졌다. 도산에게서 들은 새로운 방략이란 다음과 같은 것이었다.

1. 애국적 선구자들이 자기 수양에 힘써 역량을 키우고 민중의 모범이 될 것.
2. 그러한 동지들이 굳게 단결하여 힘을 더욱 크게 할 것.
3. 그 힘으로 교육과 산업 진흥에 전력하여 전 민족적 역량을 준비할 것.
4. 그리하여 앞으로 오는 독립의 기회를 놓치지 말고 자주적 역량으로 민족 재생의 큰 사업을 이룩할 것.

남강은 도산의 말을 들으면서 그의 방안 속에 새로운 생각이 깃들인 것을 알았다. 독립협회의 주장이 옳지 않은바 아니었으나 그 방법이 지나치게 급진적이었다. 독립협회는 과연 자기 주위에 새로운 민중을 충분히 묶어세우기 전에 수구파의 반격에 만나 쓰러졌다. 을사오조약이 맺어지자 사람들은 의병을 일으키고 자결로 항의하고 했으나 이것도 효능있는 방법이 되지 못하였다. 개혁파나 수구파나 남강이 보기에는 남의 힘을 업으려고 했고 한편 성과를 서둘렀다. 그런데 남의 힘을 빌려는 것이 낡은 생각이었다. 10년 앓는 병에 7년 묵은 쑥이 약이라는 말이 있거니와 도산의 의견은 언제부터라도 쑥을 묵히자는 것이었다. 독립은 他力으로 될 것이 아니고 자기의 힘으로 쟁취한 것이라야 영구히 지닐 수 있는 독립이 된다. 自力을 발휘하는 길은 국민 각자가 분발 수양하여 덕과 지와 힘에 있어서 새 백성이 되는데 있다. 그러한 개인들이 뭉쳐서 信義를 지키고 협동할 줄 아는 공고한 단결을 이루어야 한다. 이 같은 새로운 생각을 남강은 도산에게서 배웠다. 그리고 이 생각이 남강 자신의 경험과 경력을 통하여 흔들리지 않는 신조로 번져 나갔다.

1907년 2월 도산이 미국으로부터 동경을 거쳐 돌아왔다. 이 때 나라 안에서는 을사오조약, 민영환경의 자결, 의병, 해아밀사사건, 고종의 양위, 정미칠조약으로 왼 국토가 물 끓듯 하였다. 도산을 맞아 국내 청년 지도자들 사이에는 새로운 구국운동을 전개시킬 방안이 모색되었다. 이렇게 하여 1907년 9월 도산과 그의 동지들을 중심으로 비밀결사 신민회가 조직되었다. 그들은 우선 기본 되는 동지들을 구하기 시작하였다. 그들이 기본 되는 동지를 구하는 데는 두 가지 조건이 있었다. 하나는 믿을 만한 사람이요, 하나는 각도에서 골고루 인물을 구하는 것이니, 이것은 본래 여러 가지로 불리한 악습이 된 地方色이란 것을 예방하기 위한 것이었다. 이렇게 하여 모인 동지가 도산을   중심으로   李東寧·李會榮·李始榮·全德基·朱鎭洙·李東輝·李剛·崔光玉·李昇薰·安泰國·金東元·李德煥·盧伯麟·金九·李甲·柳東悅·柳東作·梁起鐸·申采浩·金鴻亮·李鍾浩·曺成煥·金弘叙·林蚩正·金志侃 등이었다.

이러한 동지를 기초로 신민회를 조직했는데 그 목적은,

1. 국민에게 민족의식과 독립 사상을 고취할 것.
2. 동지를 발견하고 단합하여 국민운동의 역량을 축적할 것.
3. 교육기관을 각지에 설치하여 청소년의 교육을 진흥할 것.

   4. 각종 상공업 기관을 만들어 단체의 재정과 국민의 부력을 증진
      할 것 등이었다.

  신민회는 중앙기관으로 총감독(양기탁)·총서기(이동녕)·재무(전덕기) 등을 두었고, 의결기관으로 의사원이 있어 각도 인사를 선임하였다. 지방에는 각도에 총감을 두고, 郡에는 군감을 두되 종으로는 연락이 되나 횡으로는 연락하지 못하게 하여 적의 탐색과 탄압으로부터 보호되는 편제를 만들었다. 신민회 회원은 도산이 마지막 망명의 길에 오를 때까지 3백 명을 넘었다고 한다. 신민회의 비밀은 시종 누설되지 않다가 합방직후에 일본 경찰이 소위 「寺內總督 暗殺陰謀」사건이라 하여 민족운동자 7백여 명을 총검거한 뒤라야 그 사실이 드러나 세상은 신민회라는 것과 누가 그 회원이라는 것을 알았다.

  신민회는 그 자체는 비밀 결사였으나 사업은 공개하였다. 산하의 표현기관으로 가장 드러난 것은 평양 대성학교, 평양 마산동 자기회사, 평양·서울·대구의 태극서관과 여관 등이었다. 신민회는 중부와 남부에는 발달이 안 되고 경기이북, 그중에도 황평 양도에서 가장 많이 회원을 얻었으니, 그것은 그 때에 신사상이 기독교회와 함께 경기이북에 발달이 되고 충청 이남에는 아직 깜깜했던 때문이었다.

  남강은 이 회의 실업부문을 맡았기 때문에 자기회사의 사장이 되었고 평양에 태극서관을 두어 출판 및 서적 판매를 시작했고 서울 안국동에 제2태극서관을 세워 그 관장이 되고 실제의 주무는 안태국에게 맡겼다. 신민회에서는 방계사업으로 청년학우회를 조직하여 청년의 수양을 지도하는 한편 최남선을 시켜 서적 출판 및 잡지 발간을 경영케 하였다. 청년 학우회는 서울을 위시하여 개성·대구·평양·오산·선천·의주 등 중학교가 있는 지역에 생겨 청년 학생들에게 많은 영향을 끼쳤다.

  대한매일신보는 1909년 8월 19일자 2면에 청년학우회에 대하여 다음과 같이 보도하였다.

靑 年 界 嘉 信

韓英書院長 尹致昊 大成學校總敎師 張膺震 少年雜誌主筆 崔南善 養實中學校長 崔光玉 大成學校敎師 張利錫·安泰國·蔡弼近 五山 學校 李昇薫 靑年學院敎師 李東寧 徵新中學校 金道熙 普成中學 校 長 朴重華 攻玉學校長 全德基 諸氏가 發起하여 靑年學友會를 組織 하고 趣旨書를 發佈하였는데 其目的이 正當하고 辭旨가 懇到하여 足히 靑年界의 指南이 될지라 吾儕는 該會前途에 對하여 大히 希 望하고 深히 贊祝하는 바로다.

남강은 신민회의 평북총감을 겸했는데 평양·정주·선천에서 많은 회원들을 가입시켰고 또 실제의 사업을 지도하였다. 1907년 9월에서 3년 동안 신민회 운동이 국내에서 놀라운 불꽃을 올렸는데 이 기간 중 남강은 청년 지사들과 情誼를 돈독히 하면서 신민회 운동에 온갖 정성을 바쳤다. 남강이 특히 깊이 사귄 이가 도산과 이갑·양기탁· 안태국·최광옥 같은 이들이었다. 1910년 4월 도산을 위시하여 신민 회의 간부들이 많이 해외로 빠져 나갔다. 그들은, 민간 지도자를 이 용하여 친일파 내각을 만들려는 일본의 간계를 물리치고 권토중래를 꿈꾸면서 밖으로 나간 것이었다. 도산은 장연군 松川에서 비밀히 威 海衛로 가고 이종호·이갑·유동열 등 동지도 뒤를 이어서 압록강을 건넜다.

서울서 양기탁의 이름으로 비밀회의를 할 터이니 출석하라는 통지 가 왔다. 그 때 양기탁의 집에 모인 사람은 주인 양기탁과 남강 외에 이동녕·안태국·주진수·김구·김도희였다. 이 회의의 결과는 이러 하였다.

왜가 서울에 총독부를 두었으니 우리도 서울에 都督部를 두고 각도에 총감이라는 대표를 두어서 국맥을 이어서 나라를 다스리게 하고 만주에 이민 계획을 세우고 또 무관학교를 창설하여 광복 전 쟁에 쓸 장교를 양성하기로 하고, 각도 대표를 선정하니 황해도에

김구, 평안남도 안태국, 평안북도에 이승훈, 강원도에 주진수, 경
기도에 양기탁이었다. 이 대표들은 급히 맡은 지방으로 돌아가서
황해·평남·평북은 각 15만원, 강원은 10만원, 경기는 20만원을
15일 이내로 판비하기로 결정하였다.

　신민회 운동은 그 간부들의 망명에 따라 국내로부터 해외에 옮겨
지려는 형세에 있었다. 저들은 자력주의·교육주의를 버리고 外勢를
이용하고 손에 총을 쥐기 위해서 나간 것은 아니었다. 신민회의 새로
운 방략이 해외에 옮겨져 신민회 운동의 탐스러운 가지가 상해와 만
주와 露領과 美洲에 뻗어 나갈 것이 기대되었다. 그러나 국내의 운동
에 찬바람이 불어온 것만은 사실이었다. 남강의 3년 동안의 피어린
싸움은 인제 無에 돌아가는 것같이 보였다. 그러나 그는 낙심하지 않
았다. 그는 나라 밖으로 나가는 지사들을 눈물로 보내면서 한 가닥
매운 기운이 가슴에 서리는 것을 느꼈다. 그는 신민회 운동이 이제
원하고 원치 않고 간에 자기 한 몸에 맡겨진 것을 알았다. 오산학교
와 자기회사와 태극서관을 끌고 나가고, 그중에서 모두가 어려우면
오산학교 하나만이라도 끌고 나가 이것으로써 신민회 운동의 불멸의
거점을 만들려는 것이 그의 願이었다.

　남강에게는 신민회 운동이 그대로 그의 민족운동이었다. 그는 오산
학교를 세우고 자기회사 사장이 되고 태극서관을 운영하고 하는 것
이 모두 민족의 영광의 기초를 닦는 일이라고 생각 하였다. 오산학교
를 세우면서 그는 청정 유기공장에서 그릇을 만들 때의 본을 생각하
였다. 오산학교로써 새 학교의 본이 되게 하고 여기서 민족운동의 간
부를 양성하자는 것이었다. 마산동 자기회사도 역시 산업계의 본이
되게 하여 좋은 물건을 만들고 이익을 내기만 하면 전국에 그러한 회
사가 많이 생기리라고 믿었다. 남강은 물건을 만들고 팔고 하는 데도
정성을 들이고 신용을 지키는 일이 소중하다고 하였다. 그는 지금까
지 걸어온 여러 가지 길이 결국 신민회 운동을 위해서 하늘이 자기를

일부러 거기에 둔 것이라고 생각하였다.

1880년대 이후 우리에게 커다란 자취를 남긴 會 셋이 있으니 첫째
가 獨立協會, 그다음이 新民會, 또 그다음이 新幹會일 것이다. 독립협
회는 서재필 박사가 이끌었고, 신민회는 도산이 일으킨 것을 남강이
맡았고, 신간회는 李商在가 회장이었고…… 이 세 會는 한가지로 간
고한 시기에 눌린 한반도를 이끄는 빛나는 성좌였다. 1880년대에서
오늘에 이르는 우리 역사는 사나운 외세 아래 눌린 곤란과 곤욕의 역
사거니와, 이 어려움 속에서 솟아올라 신비스럽고 장엄한 빛을 놓는
것이 이 세 성좌다. 하기는 같은 기간에 애란과 인도와 중국에서도
성좌가 솟아올랐다. 애란에는 Sin Fein운동, 인도에는 국민회의파의
운동, 중국에는 손문의 혁명운동…… 일본의 경우에는 성좌 대신 검
은 구름이 솟아올랐다. 이 검은 구름이 독기를 뿜으면서 동과 서와
남으로 번져나간 일이 있었다. 그런데 우리 세 성좌의 중앙과 주변에
서는 무수한 별들이 빛을 놓고 있다. 이 세 성좌중 제2성좌인 신민회
의 중앙에는 이상한 별 하나가 있어 유달은 푸른빛을 발하면서 우리
를 지켜보고 있다. 이 제2성좌 중앙에서 푸른빛을 발하는 것이 남강
일 것이다. 그가 한때 신민회 일로 열중하여 어디를 갔다 오는데 캄
캄한 밤에 앞에서 한줄기 빛이 자기를 인도하는 것을 보았다고 하였
다. 남강 자신 꺼지지 않는 한줄기 빛이 되어 이제 우리를 인도하고
있는 것이 아닐까. 3·1운동은 우리 역사에서 가장 높은 봉오리가 될
것이다. 그런데 3·1운동 직후 생긴 상해 임시정부 각료 여덟 사람
중에 여섯 사람이 신민회 출신이었다. 3·1운동은 결국 국내와 국외
에서 따로 떨어져 뻗어 나가던 신민회의 정신과 운동이 그 힘을 합하
여 창공 높이 그 불꽃을 올린 것에 지나지 않는다.

2. 講明義塾과 五山學校

남강이 평양에서 도산을 만난 것이 그의 생애의 一大 轉機가 되었
다. 그가 평양에서 돌아와 여러 가지 새로운 일을 시작했는데 그 중
에서 가장 큰 일의 하나가 글방을 고쳐 학교를 세운 일이었다. 그 때
까지 西道에는 학교란 것이 없었고 애나 어른이나 여전히 예전식 글
방이나 서재에서 글을 읽고 있었다. 신교육을 하는 학교가 아직도 설
치되지 않은 것은 그만큼 일반의 민도가 어두워 바깥 형편이 어떻게
된지를 모르고 꿇어 앉아 經書나 읽어 벼슬만 하면 되는 줄로 알기
때문이었다. 이런 때 남강이 글방을 고쳐 학교로 하고 강명의숙이란
현판을 달았다. 옛 한문만 가르치던 훈장은 돌려보내고 김덕용 이라
는 신학문이 있는 선생을 모셔다가 신식 교육을 시작하였다. 학교에
현판을 달던 날 남강은 동리 사람들을 모아놓고 인제 우리도 신식교
육을 할 때가 돌아왔다고 하면서 나라의 운명이 경각에 달렸다는 것
과 각 개인이 덕스럽고 밝고 부지런한 사람이 되는 것이 나라를 구하
는 길이 된다는 것과 신식교육을 받는 것이 하루가 빠르면 빠를수록
그만큼 나라의 힘이 올라온다는 것을 말하였다.

용동글방은 며칠 사이에 신식학교로 바뀌었다. 글방에서 한문만 배
우던 자제들은 크나 작으나 모두 이 소학교의 학생이 되었다. 그들에
게는 벽에 종이를 바르고 칠판을 달고 그 위에 백묵으로 글씨를 쓰는
것이 다시 없이 신기스럽게 보였다. 학생들은 모두 머리를 깎았고 선
생님은 깎은 머리에 탕건을 쓰고 갓을 썼다. 배우는 것도 童蒙先習이
나 史略이나 通鑑이나 文集같은 것이 아니고 산술도 배우고 체조도
배우고 수신・역사・지리 같은 과목들을 배웠다. 어떤 학생은 선생보
다 나이 많은 사람이 있었다. 용동에 신식 학교가 생겼다는 소식이
전하자 완고한 노인들은 부질없는 짓이라 하여 비난하고 이웃 동리
에서는 구경 오는 젊은이들도 있었다. 만일 나라가 을사오조약, 해아
밀사사건으로 물 끓듯하던 때가 아니고 조용한 때에 남강이 이 같은

일을 시작했다고 하면 이 새로운 擧措는 심한 박해를 받았을 것이고 오래지 않아 비방과 방해 속에 무너지고 말았을 것이다. 그러나 남강의 한 일은 바뀌는 시국이 이것을 도왔고 또 남강 자신의 조심스러운 정지 작업이 이것을 성공에 이끌었다.

남강은 학교에 종각을 만들고 종을 달았다. 그리고 아침저녁으로 종을 울려 학생들의 모이고 헤어지는 것을 알렸다. 시간표에 따라 배우게 했고 조그만 손종을 흔들어 시간이 바뀌는 것을 알게 하였다. 과목 중에서 학생이나 동리 사람들이 이상하게 생각한 것이 산술과 체조였다. 산용 숫자라고 하여 칠판 위에 **1. 2. 3. 4**를 쓰고 이것으로 가·감·승·제를 가르칠 때 이 신기한 방법에 사람들은 깜짝 놀랐다. 그리고 체조라고 하여 학생들을 밖에 다리고 나가 줄로 세워놓고 기착, 나란히, 앞으로 갓, 뒤로 돌아, 돌아 우편앞으로 갓, 구보로 라고 호령을 하면 여기에 따라 학생들이 줄서고 걸어가고 달리고 했는데 이것은 하나의 재미있는 구경거리가 아닐 수 없었다. 남강이 한번은 평양에 갔다 오더니 벽에 거는 괘종을 사다가 걸었다. 그리고 학생들에게는 모자를 씌웠다. 삽보라고 하여 검은 테두리에 위에만 붉은 빛이었는데 학생들은 바지저고리에 신을 신고 이 삽보를 썼다. 한 달이 못되어 강명의숙은 안이나 밖이나 완전히 신교육을 실시하는 학교가 되었다. 가르치는 선생이나 배우는 학생들이 모두 자기들을 신시대에 속한 자로 생각했고 또 여기를 신학문을 배워 나라의 소중한 인재가 되는 곳으로 알게 되었다.

남강에게는 강명의숙이 하루하루 신식 학교가 되고 거기서 배우는 아이들의 지식이 날로 늘어가는 것이 다시 없이 대견하였다. 그는 본래 열성있는 성격이어서 한번 시작한 일에 전 정력을 붓거니와 강명의숙은 그가 도산을 만난 뒤의 첫 번 사업이 되어 자나 깨나 耿耿한 생각이 거기에만 있었다. 그는 눈만 뜨면 강명의숙에 나가 밖을 돌아보고 기둥을 쓰러보고 문을 열어보고 방안에 놓인 물건 하나하나를 다시 놓아보고 하였다. 선생과 아이들이 돌아간 뒤에는 손수 방과 밖을 정돈하고 현판을 바로 걸고 하였다. 남강이 뒤에 오산학교를 세우고 거기에 온갖 정성을 바친 것은 널리 알려진 일이거니와 이것은 실상 강명의숙에서 시작된 일이었다. 그는 자기 집보다 학교를 중히 알았다. 그것은 자기 집이 소중하지 않아서가 아니고 겨레의 명맥과 나라의 운명이 고스란히 교육에 매어 있다고 생각했기 때문이었다.

그가 평양이나 서울에 다녀오면 학생들과 동리 사람들을 모아놓고 조정의 소식과 자기가 보고 들고 한 것을 이야기 하였다. 남강의 이야기가 그들의 살과 뼈가 되었다. 그 이야기는 크게는 나라 일에서 적게는 앉고 서고 옷고름 매고 침을 뱉는 하는 데 이르기까지 아니 미치는 것이 없었다. 그런데 이것은 모두 새 백성이 되는 데 필요한 양식들이었다. 남강이 뒤에 예수교에 들어가 이어 여러 사람 앞에서 강설을 했는데 동리 사람들에게 이야기한 것이 그의 강설의 시초였다.

남강에게는 강명의숙에서 배우는 학생들이 다시 없이 귀하게 보였다. 얼마 전까지 이 애들은 글방에서 머리를 땋아 늘이고 글 읽던 애들이고 또 그전에는 마구 싸우고 욕지거리하고 손을 입에 물고 다니던 애들이었다. 그런데 얼마 사이에 이렇게 변하였다. 인제 이 애들은 신학문·신지식을 배우는 학생들이 되었고 나라 일을 걱정할 줄 아는 어린 志士들이 되었다.

강명의숙에서는 아침저녁으로 종이 울렸다. 남강은 이 종소리를 사랑하였다. 아침이나 저녁이나 비가 오거나 눈이 오거나 이 종소리는 일정한 시간에 동리에 울려 퍼졌다. 처음에 동리 사람들에게는 이 종소리가 생소하고 시끄러웠는데 날이 감에 따라 아침저녁 울리는 학교의 종소리는 한없는 그리움을 자아내었다. 종소리에 맞추어 학생들이 단정한 차림으로 학교에 모이고 학교에서 돌아가고 할 때 이 동리에는 새로운 빛이 비취는 것 같았다. 이 종소리는 동리 사람들에게 시간을 알리는 時報가 되기도 하였다. 그리고 그들의 어둠과 게으름을 깨우치는 경종이 되기도 하였다. 어느 때 남강에게는 이 종소리가 멀리 하늘에서 울리는 소리 같이 들리기도 하였다. 아침 종소리를 들

으면서 남강은 새로운 용기를 얻고 저녁 종소리를 들으면서 내일 할
일을 생각하는 것이었다.

1907년은 우리에게는 한없이 간고하고 어려운 해였다. 을사오조약
과 해아밀사사건으로 나라가 물 끓듯 하는 중에 경향각지에서 국채
보상 운동이 일어나고 고종의 양위가 있고 정미칠조약이 발표되고
군대가 해산되고 무장의병이 각지에 일어나고 하였다. 그런데 이 같
은 해가 남강에게 많은 새로운 결심을 가져왔다. 이 해 2월에 평양에
서 장사를 그만두고 용동 향제에 내려왔고, 7월에는 평양에서 도산을
만나 새로운 결심 아래 민족 운동에 헌신하기로 했고, 돌아와 강명의
숙을 세웠고, 다시 도산의 동지들과 함께 비밀 결사 신민회를 발기했
고, 서도에서 처음인 중학교 오산학교를 세우기로 하여 12월 24일 그
개교를 보기에 이르렀다.

남강이 중학교를 세우기로 결심한 것은 강명의숙을 세운 두 달 뒤
였다. 평양에서 도산을 만나 새로운 희망을 안고 용동에 돌아와 강명
의숙을 세웠는데 그 때 남강의 생각에는 학교를 세워 신식 교육을 하
는 것이 적의 침략을 꺾는 전쟁으로 생각되었다. 소학교를 세우는 일
이 한 小隊의 힘이 된다고 하면 중학교를 세우는 일은 한 聯隊의 힘이
되는 것이었다. 일본의 강압에 항거하여 의병을 일으키고 자결하고 하
는 것은 낡은 군대로 적을 막으려는 것밖에 더 안 된다. 적을 무찌를
수 있는 새 군대가 필요하다. 그런데 이 새 군대가 신식 학교일 것이
다. 서도에 중학교 하나를 세우는 일은 적의 침공을 꺾는 강력한 연대
하나를 새로 조직하는 일이 된다. 이렇게 생각할 때 그는 한시라도 시
간을 지체할 수가 없었다. 남강은 지휘관이 적진을 바라보면서 작전을
구상하는 것 마냥 중학교 세울 일을 골똘히 생각하였다.

용동에서 서북으로 한 3마장 떨어진 곳에 昇薦齋라고 부르는 서재
가 있었다. 이 승천재는 일명 經義齋라고도 하여 옛날 고려 때 [益州]
라는 邑治의 향청 자리에 평안 감사 민병석 때 세워졌다. 여기서는
과거법이 철폐된 뒤가 되어 경서를 암송하거나 詩文을 숭상하지 않

고 性理學을 가르쳤다. 청북의 거유 朴雲庵의 의탁을 이어받은 白一庵이 여기서 가르쳤기 때문에 많은 선비들이 그 문하에서 배웠다. 과연 승천재에서는 朴基璿·金昌均·嚴昌燮·李信春·金貞熙·鄭環淳 같은 준재들이 거기서 배출되었다. 그러자 얼마 뒤에 이 승천재에 어떤 조그만 불상사가 있어 자연 폐쇄가 되었는데 노일전쟁 중 경의선 부설 때 일본군대 공사감독의 숙사로 사용된 일도 있었다. 그 뒤 2년 반 동안 그대로 버려두어 누구나 돌아보는 이가 없었기 때문에 집은 비고 뜰에는 풀만 무성해 있었다.

남강은 이 승천재 자리를 중학교 자리로 쓰기로 생각하고 그 설립 재단으로서는 향교 재산을 움직여 보기로 하였다. 정주 鄕校는 여러 고을 중에서 가장 땅도 많거니와 그 밖의 재산도 많았다. 향교에서 응락하기만 하면 중학 아니라 대학도 넉넉히 경영할 수 있었겠는데 儒林들의 관할이 되어 남강의 힘 가지고는 그들의 동의를 얻기가 어려웠다. 그 때 마침 평안북도 관찰사로 박승봉이 새로 부임해 왔다. 그는 남강의 경력과 인물을 들어서 잘 알았고 사재를 기울여 학교를 경영한다는 말을 듣고 한번 만나기를 원하였다. 그러자 영변 도청에서 서로 만나 교육 사업이 시급하다는데 의견의 일치를 보아 남강의 중학교 설립을 후원하기로 하였다. 관찰사는 남강의 중학교 설립 계획을 자세히 듣고 나서 유림들을 권하여 향교 재산의 일부를 남강의 하는 교육 사업에 기부케 하는 일을 자기가 맡기로 하였다. 관찰사는 남강과의 약속대로 정주의 유림들을 불러 시국의 변천과 교육 사업의 긴중함을 말하여 그들로 하여금 남강을 후원하여 승천재 자리에 중학교를 세우는데 협력하게 하였다.

남강은 승천재 자리에 향교 재산으로 빈 집을 수리하고 교장으로 白彝行이란 어른을 모시고 동지 朴基璿으로 교장을 돕게 하고 학생을 모집하고 서울에 가서 신구학문에 조예가 깊은 呂準이란 분과 육군연성학교를 마친 徐進淳이란 이를 선생으로 모셔 왔다. 그가 오산학교를 개교한 것은 예사로운 준비과정을 거친 것이 아니고 일종의

軍의 작전이었다. 도산을 생각하면서 실천하는 사람이라고 하면, 남
강은 실천하면서 결심하는 사람이었다. 남강은 실천하기 위해서 세상
에 나온 사람같이 보였다. 이 같은 그의 견고한 실천이 오산학교 창
립에서도 그 면목을 보였다. 그는 짐을 실으면 실을수록 피곤을 느끼
는 말이 아니고, 도리어 짐이 가중되어 갈수록 끈기 있게 달리는 말
이었다. 그는 오산학교 창설을 위하여 사람을 만나고 돈을 얻어 오고
집을 수리하고 선생을 모셔 오고 학생을 모집하고 책과 칠판과 백묵
과 세계지도와 地球儀를 사오고 하는 일을 혼자서 해냈다.

　1907년 12월 24일 오산학교 개교식 날이 왔다. 새로 단장한 승천
재에는 오산학교라는 새 현판이 달렸다. 오전 열시 남강 자신이 손수
식을 사회했는데 유림대표인 백이행 교장은 자리에 나오지 않았고
서울서 내려온 여준·서진순 두 선생님과 박기선 선생님과 내빈으로
이덕수란 분이 참석하였다. 응모된 학생, 이윤영·이찬제·이중호·
이업·김자열·이인수·김도태 일곱 명이 단정하게 앞줄에 앉아 있
었다. 식은 남강의 개회사를 겸한 식사와 이덕수의 내빈 축사 뒤에
두 분 선생님의 소개가 있고 나중에 대한제국 만세 삼창으로 마쳤다.

　남강은 그 때 이런 말을 하였다.

　　지금 나라가 날로 기울어져 가는데 우리가 그저 앉아 있을 수는
　없다. 이 아름다운 강산, 선인들이 지켜 내려온 강토를 원수인 일
　인들에게 내어맡긴다는 것이야 차마 있어서는 안 된다.……
　　총을 드는 사람 칼을 드는 사람도 있어야할 것이다. 그러나 그
　보다 더 긴중한 일은 백성들이 깨어 일어나는 일이다. 세상이 어
　떻게 돌아가는지를 모르고 있으니 그들을 깨우치는 것이 제일 급
　무다. 우리는 우리를 누르는 자를 나무라기만 해서는 안 된다. 내
　가 못생겼으니 남의 업수임을 받는 것이 아니냐. 옛 성인의 말씀
　에도 人必自侮而後 人侮之라고 하였다. 내가 오늘 이 학교를 세우
　는 것도 후진을 가르쳐 만분의 일이라도 나라에 도움이 되기를 원
　하기 때문이다. 오늘 이 자리에 일곱 명의 학생밖에 없으나 이것

이 차츰 자라나 70명 내지 700명에 이르도록 왕성할 날이 머지않
아 올 것이니 일심협력하여 나라를 남에게 빼앗기지 않는 백성이
되기를 부탁한다.

이 말을 듣고 선생과 학생들의 가슴속에는 어떤 새로운 원이 서리
었다. 그것은 이 새로 마련된 자리에서 신학문을 닦아 나라의 참된
동량이 되어 기울어지는 국운을 쓰러지기 전에 꺾어 돌리자는 것이
었다.

오산학교의 창설과 함께 남강의 애국열과 교육열은 한층 더 불길
이 활활 타올랐다. 학교안의 일은 여준·서진순 두 선생에게 맡기고
학교의 살림과 시설을 위하여 동으로 서로 거의 침식을 잊고 분주히
다녔다. 싸움터에서 적의 포탄아래 있으면서 여유와 휴식을 생각할
수는 없었다. 남강에게는 학교를 한다는 생각이 없었고 전쟁 속에 있
다는 생각뿐이었다. 그는 실상 중요한 전선을 담당하여 이제 적이 뚫
고 들어올 수 없는 견고한 참호를 구축하는 중이었다. 사람들은 남강
을 학교에 미친 사람이라고 하였다. 여준·서진순 두 선생은 그 새로
운 학식과 학생들에 대한 열성있는 지도 때문에 그 소문이 널리 퍼졌
다. 여준 선생은 수신·역사·지리·산술을 위시하여 법제 경제까지
맡았고, 서진순 선생은 체조와 훈련을 담당하여 신식 조련을 시켰다.
학교에는 기숙사가 있어 먼 곳에서 온 학생들을 유숙케 했는데 한방
에 네 사람씩 두어 5, 60명을 수용하였다. 두 선생은 낮에 가르치고
밤에도 학생들을 모아놓고 세계의 대세와 역사·지리에 관한 이야기
를 들려주었다. 선생 역시 기숙사에 유숙하면서 학생들과 같이 자고
아침에 같이 일어나고 같은 자리에서 밥 먹고 같은 뜰에서 시종 학생
들과 만나고 하였다.

남강이 1907년 7월 평양에서 도산을 만나고 돌아와 강명의숙을 세
운 것이 8월 초순이었는데 그해 12월 24일에 오산학교를 세웠다. 남
강의 세운 오산학교는 도산의 대성학교마냥 신민회 정신아래, ① 민

족운동의 인재, ② 국민교육의 師傅를 양성할 목적으로 세워졌다. 지금의 인문 중학교와는 성질을 달리하여 종합훈련학교인 감을 주었다. 학과목도 중등 정도의 수신·역사·지리가 있는가 하면 대학에서 가르치는 국가학·헌법대의도 있어 민족간부 양성의 면목을 띠었다. 소정의 학과과정 외에 민족정신의 고취와 민족성 개조에 더욱 치중했는데 여기에는 남강의 훈화와 직접 훈도가 큰 영향을 미쳤다. 평양대성학교와 정주 오산학교가 이 같은 민족간부 양성 기관으로서 이름이 높았는데 서울의 五星學校, 鏡城의 경성중학, 의주의 養實學校, 안악의 楊山學校가 모두 여기에 따라갔다.

　도산은 남강과 두 번째 만났을 때 신민회의 정신을 구현하는 인재 양성기관으로 평양을 위시하여 전국 주요한 곳에 모범적 교육기관을 두어야 한다고 하였다. 그런데 오산학교가 대성학교보다 그 설립이 한해 앞선 것은 대성학교의 경우는 설립 자금을 얻는데 시간이 걸렸고 오산학교는 남강이 이것을 밀고 나갔기 때문일 것이다. 오산학교는 한해 뒤에 설립된 大成學校와 한가지로 사관학교와 훈련원과 정치학교와 인문중학교와 특수모험자 양성소를 한데 겸한 학교였다. 이 두 학교는 같은 뿌리에서 내어벋은 두 줄기 푸른 가지였다. 하나는 설립자의 망명과 함께 興士團으로 모양을 바뀌었고, 하나는 줄곧 학원으로 남아있어 국내에서 사나운 서리와 비바람을 맞으면서 벋어나간 것이 다를 뿐이었다.

3. 濟州島 流配

　1910년 4월 도산을 위시한 민족진영의 지도자들은 명치정부의 최종의 유혹을 물리치고 해외로 빠져나갔다. 이에 당황한 일본 군벌의 첫 번 사업은 팽창하였던 민족주의 운동을 말살시키는 일이었다. 특히 관서 지방이 기독교의 전파와 함께 신민회 운동의 기반이 되었으므로 그곳의 민족주의 사상과 교육사업을 뿌리 뽑기 위하여 청년지사와 학생들을 대량으로 얽어 들이기 시작하였다. 그중에 중요한 사건이 안악사건(안명근 사건)과, 백오인사건이니 이 두 사건에 검거되어 악형을 받은 자가 천 명에 가깝고, 이로 인하여 도산과 그 동지들이 3년 동안 국내에서 터 닦은 모든 계획이 파괴된 것이었다.

信川 사람 安明根은 안중근 의사의 사촌 동생으로 천주교인이었다. 합방 후 서간도로 이사하여 무관학교를 세울 계획으로 황해도의 부자를 찾아 비밀히 자금을 모집하였는데 이 일이 드러나 안은 평양 정거장에서 1910년 12월에 잡히어 서울로 압송되었다. 이것을 기화로 일본 헌병대는 황해도 일대의 지식층과 재산가를 검거하게 되어 그중에는 金鴻亮·金九·崔明植·李承吉·金庸濟·都寅權 같은 이들이 포함되어 있었다.

이에 앞서 1910년 8월 일본은 예정했던 코스대로 합방조약을 발표하여 한반도를 자기들 주머니 속에 거두어 버렸다. 남강은 해외에 나가지 않고 국내에 남아 있어 신민회 사업을 지키기로 하여 오산학교와 태극서관일로 여전히 평양과 서울로 쉴 사이 없이 다녔다. 1911년 2월 고읍역에서 차를 타고 서울로 가는 도중 차가 수색에 다을 때 일본 헌병 경찰대의 임검을 받는데 남강의 수첩에서 안명근의 명함이 드러났다. 이 명함을 가진 것을 보니 신흥 무관학교 사건의 주모자 안명근과 관련이 있다고 하여 서울역에까지 와서 차에서 내리자마자 결박을 지워가지고 헌병대본부로 끌고 갔다. 남강이 고읍을 떠나면서 서울에 있는 졸업생 노덕찬에게 연락하여 노가 역에 마중 나왔는데 남강의 포박된 모습을 보고 노는 이것을 곧 학교에 알렸다. 남강은 그 때 남산 아래 있던 경무총감부 유치장에 구류되어 고문을 당했는데 거기에는 이미 같은 사건으로 김홍량·김구·최명식·김용제·도인권 같은 이들이 들어와 있었다. 남강은 김용제와 같은 감방에 있었는데 남강은 그들을 전부터 알고 있었다.

서울 경무총감부 구치감에서 남강은 다른 피의자들과 함께 잔인한 고문을 받았다. 「학춤」이라는 고문은 양쪽 팔을 등 뒤로 결박하여 매어 달고 기절하도록 때리는 것이니 그럴 때에 식은땀이 흘러 머리털과 얼굴에 하얗게 서리는 것을 「북성내」라 하였다. 이러한 고문으로 자백을 강요하여, 부호들을 권총으로 협박하였다는 「강도 및 강도 미수죄」와 「내란 미수・모살 미수죄」등으로 안명근 이하 16명을 재판에 회부하였다. 특히 고문을 많이 당한 이가 김홍량・김구・김용제・최명식・도인권이었으며 양산학교 교원 한필호는 매에 못 이겨 병감에서 사망하였다.

1911년 8월에 공판이 열렸는데 검사의 공소장에는 피고들이 재산가들을 죽이고 우편국을 습격할 음모를 했다는 전혀 무근한 공소 사실이 적혀 있었다. 재판은 불과 2회로 끝나 안명근의 종신 징역을 위시하여 김홍량・김구・한순직・이승길・도인권・김용제・최명식을 포함하는 17명에게는 최고 15년에서 5년에 이르는 형이 각각 언도되었다. 이외의 40명은 제주도・울릉도 그 밖의 섬으로 유배되었다. 남강은 다만 안명근의 명함을 가지고 있었을 뿐 그와 직접 연락이 없었고 또 안명근 편에서도 남강과는 연계가 없었다는 것이 증명되어 주동자로서의 혐의는 벗겨졌다. 이 때문에 남강은 섬에 유배되는 사람들 속에 들게 되어 2년 동안의 거주 제한을 받고 제주도로 가게 되었다.

남강이 일본 헌병대의 손에 검거되어 구치감에 들어오기는 이 사건이 처음이었다. 경무총감부라고 하여 남산 아래 있었는데 일본 헌병사령관 육군소장 明石元二郎이 경무총감을 겸하고 있던 때였다. 남강은 김용제와 한방에 있었는데, 김용제는 김홍량의 숙부로서 楊山學校의 설립자요 안악을 중심으로 한 민족운동의 간부였다. 그 때 고문이 일단락 끝난 사람에게는 사식 들이는 일이 허락되었는데 남강은 먼저 끝나 사식이 들어왔다. 남강은 사식을 덜어 김용제에게 주고 여러 가지로 그를 위로하였다. 남강은 감방 안에서도 그 몸가짐이 단정했고 고문 받으러 나가면서도 조금도 근심하는 빛이 없었다. 남강은 합방된 뒤 평양에 나갔다가 산정현 예배당에서 한석진 목사의 설교를 듣고 예수를 믿기로 작정하였다. 이제 이 獄苦로 그의 믿음이 굳

건해지는 시기가 온 것이었다. 김용제는 남강이 깊은 방에 혼자 일어
나 앉아 어둠 속에서 기도 올리는 것을 여러 번 보았다. 김용제의 술
회에 의하면, 자기가 그 때 남강에게서 받은 정신적인 위안이 물질적
위안보다 훨씬 더 큰 것이었다고 하였다.

1911년 4월 남강은 석 달 동안이나 고문을 당했고 또 동지들의 신
음하는 소리를 듣던 총감부 구치감에서 나와 제주도로 향해 떠났다.
서울에서 목포까지는 기차로 갔는데 자기가 갇힐 때와는 달리 산과
들에는 푸른빛이 깔려 있었다. 목포에서 다시 배에 바꾸어 탔다. 서
울에서 목포까지의 들 빛과 목포에서 제주에 이르는 바다는 그에게
많은 감회를 불러 일으켰다. 그는 창밖으로 뵈는 푸른 들과 자기를
띄운 남해 바다 위에 여러 번 눈물을 떨어뜨렸다. 사직을 남에게 빼
앗기고 이제 나라 없는 백성이 되어 외로운 그림자를 안고 남쪽 고도
로 쫓길 때 그의 가슴에는 일만 가지 회포가 서리는 것이었다. 남강
에게는 눈보라 치는 겨울이 지나가고 푸른빛을 놓는 봄이 온 것이 대
견하였다. 그는 이 푸른빛과 신민회를 연결시켜 보았다. 그에게는 이
푸른빛이 오산학교로도 보이고 자기회사로도 보이고 태극서관으로도
보였다.

남강은 남해 바다 위에서 여러 시간이 걸려서야 제주도에 내렸다.
제주도에 내려 그가 먼저 찾아간 곳이 교회였다. 그는 제주도 유배의
판결을 들으면서부터 제주도에 있는 동안 교회에 나가 고단한 영혼
을 쉬고 새로운 嚮導를 받으리라고 생각하였다. 제주교회 김장로의
알선으로 교회당 옆에 있는 조그만 숙사에 유숙하면서 낮에는 가난
한 사람들의 일을 도왔고 밤에는 등잔아래서 성경 공부와 기도로 날
을 보냈다. 남강은 제주의 古老들로부터 제주도의 역사와 지리, 그리
고 거기에 어린 여러 가지 전설도 들었다. 그가 여기 오기 전에 알고
있었던 것은 제주가 耽羅 고국이었다는 것과 한라산이 있다는 것과
三多로 바람과 돌과 여자가 많다는 것과 말이 유명하다는 것과 崔益
鉉이 대원군을 탄핵하다가 정배와 있었다는 것 같은 일들이었다. 그

는 아침 일찍 일어나 뒷산에 올라 동과 북을 바라보았다. 동에는 일본 대마도가 수평선 멀리 감실거렸고 북으로는 구름과 하늘을 격하여 한반도 본토가 대륙에 연달아 누어있는 것이 생각되었다.

제주에 있는 동안 남강의 생각은 역사 민족운동과 개화주의에서 잠시도 떠나지 않았다. 그는 곧 교회와 학교로부터 강설해 달라는 부탁을 받는데 기회 있을 때 마다 용동 동리 사람들에게 하던 것 마냥 민족주의의 고취와 민족성 개조에 대한 이야기를 잊지 않았다. 남강은 아침에 일어나는 대로 손수 비를 들고 안뜰과 거리를 깨끗하게 쓸어 이것이 곧 동리 사람들의 주목을 끌었다. 그는 어린 아이들의 코를 씻어주고 옷고름을 매어 주었다. 이 일로 하여 어린 아이들의 부모와도 알게 되었는데 집을 깨끗이 치우는 것과 자녀를 학교에 보내는 것과 부지런히 일하는 것과 어려운 일이 있을 때 서로 돕는 것이 나라를 위하는 일이 된다고 하였다. 한 달 뒤에는 그는 동리 청년들을 모아가지고 우물을 깨끗이 치기까지 하였다. 이 동리에 남강이 온 이후로 동리는 확실히 깨끗해졌고 싸움이 없어졌고 교회에 나오는 사람의 수효가 늘었다.

제주 식자들 사회에는 이 소식이 곧 전파되었다. 그의 과거의 경력과 현재의 지위가 알려지는데 미처 여러 사람들이 그를 찾았다. 그를 찾는 이들 중에는 특히 교육사업과 개화운동에 뜻을 둔 이들이 많았다. 남강은 그들에게 본토 안의 형편을 자세히 전하고 백성이 새 백성으로 깨어 일어나 교육과 산업으로 민족의 힘을 기르는 것밖에 다른 길이 없다고 하였다. 그 당시 전국 사립학교가 1910년의 1,973교에서 1914년에는 1,242교로 준데 반하여 제주도에서는 이 기간에 11교에서 24교로 는 것은 다른 이유도 있으려니와 남강이 거기 있었던 것도 한 가지 원인이 될 것이다.

남강은 한번은 교회의 저녁 시간에 사람들에게 이런 말을 하였다.

나는 제주도에 와서 산수가 아름답고 기후가 따뜻한 데 놀랐다.

제주도는 탐라고국으로서 한반도의 본이 되게 하기 위하여 하늘이 여기에 둔 것이다. 제주도가 한반도의 본이고 한라산이 산의 본인 것마냥 제주도 사람들은 한국 사람의 본이 되어야 할 것이다. 우리들은 제주도로 하여금 한반도의 본이 되게 하기 위하여 교회와 학교와 공장을 많이 세워야 한다. 제주도는 남해에 솟아있는 섬이 되어 육지에는 목장과 약초재배와 특수농작이 적당하고 해안과 바다에는 어항과 어장을 만들어야 할 것이다.……

나는 얼마 전에 해안선을 돌아보고 한라산 중턱에 올라가 보았는데 제주도야말로 우리 신자성손이 영원히 번영할 수 있는 모범지역이다. 나는 우리들이 여기에 새로운 교육기관을 많이 만들어 힘써 배우고 부지런히 일하면 겨레의 영광을 회복하는 놀라운 광명이 여기로부터 본토에 비칠 것을 믿는다.

남강의 말은 모인 사람들에게 많은 감명을 주었다. 제주도 사람들은 그 때의 남강의 이야기를 제주도 개발 방략이라고 했는데 제주도의 종교계나 교육계의 인사들 사이에는 지금도 그 이야기가 전하고 있다. 남강은 조용할 때는 성경 공부와 기도에 시간을 바쳤다. 그가 즐겨 부른 찬송가는 제267장으로서 그는 이 찬송가를 특히 좋아하였다.

환난과 핍박 중에도
성도는 신앙 지켰네
이 신상 생각할 때에
기쁨이 충만하도다
성도의 신앙 따라서
죽도록 충성 하겠네

오산에서는 남강이 서울 올라오다가 수색에서 검거되어 경무총감부 구치감에 갇힌 것을 졸업생의 연락으로 알았다. 그 뒤 제주도에 유배된 뒤에야 인편으로 이 소식을 듣고 조카 이윤영을 제주도로 보

내어 며칠 묵으면서 그곳 상황을 자세히 알고 돌아오게 하였다. 남강
도 유배된 곳에서 여러 달만에 학교소식을 들었는데 그 때 여준·서
진순·두 선생님은 가고, 이광수·조윤옥·윤기섭·장지영·유영모
등이 있었는데 이광수가 교장 대리로 있었다. 태극서관은 안태국이
전 책임을 지고 끌고 나갔는데 巴馬洋行만은 남강이 아니고는 경영
할 수 없어 본점과 지점은 문을 닫아 버렸다. 이태리 사람 巴馬가 나
중에 와 보았으나 세상이 바뀌어 일본 사람의 세력 아래 자기들의 상
권을 발전시킬 희망이 없고 겸하여 같이 일하기로 한 남강을 만날 길
조차 없어 실의 속에 돌아가고 말았다. 남강은 이 같은 본토의 소식
을 들으면서도 낙심하지 않고 이 떨어져있는 남해의 고도에서 새로
운 작전 계획을 세우기에 바빴다.

그러던 중 그해 가을 본토에서 백오인사건이 일어나 유동열·윤치
호·양기탁·안태국·임치정을 위시한 신민회 간부와 애국지사 6백여
명을 잡아 옥에 가둔 일이 일어났다. 남강은 이 사건의 주모인물이라
고 하여 제주도 경찰서 형사대의 포위로 체포되어 서울에 있는 경무
총감부로 이송되었다. 남강은 유배된 신세에 이제 또 두 손이 묶여 헌
병의 감시 아래 배에 올랐다. 소식을 전해들은 제주의 지사와 청년들
은 멀리 떨어져 부두에 따라 나와 배가 뵈지 않을 때까지 손을 흔들었
다. 남강의 제주도 유배는 섬에 갇혀있기 여섯 달, 이제 다시 그가 첫
번 옥고를 겪은 총감부 구치감으로 옮겨진 것이었다.

4. 百五人 事件

1910년 일본은 동양평화를 위한다는 미명 아래 한국을 자기들 주
머니 속에 거두어 넣었다. 이 일을 저질은 일본 군벌의 첫 번 사업은
팽창했던 민족운동을 말살시키는 일이었다. 그런데 관서지방이 먼저
깬 관계도 있고 하여 신민회 운동의 기반이 되었으므로 안악 사건을
일으켜 황해도 일대의 민족주의 사상과 교육사업의 뿌리를 뽑았고,

이제 또 백오인사건을 조작하여 평안도 일대의 민족운동자와 교육자
와 학생을 얽어 들이기로 하였다. 백오인사건이라는 것은 그 때 형사
피고인으로 검거되어 옥고를 당한이가 105인이었다고 하여 이 사건
을 백오인사건이 라고 불렀다. 이 사건은 그 당시 경무총감으로 있던
明石元二郎이란 자가 꾸며낸 것으로서 애국지사 수백 명을 붙잡아다
가 가진 고문을 행하여 억지로 자백서에 도장을 찍게 하여 없는 사실
을 있었던 것처럼 만들어 내었다.

　백오인사건의 꾸며진 내용은 다음과 같다. ─

　　1910년, 즉 합방되던 해 12월에 압록강 철교 부설공사가 낙성
　되어 寺內正毅가 총독으로 식에 참석하게 되어 있었다. 그런데 이
　기회를 타서 寺內를 암살하기 위하여 서울·평양·진남포에 있는
　민족주의자들과 학생들이 연락하여 중국 안동현에 사람을 보내어
　권총을 사다가 선천 신성학교 교실 천정에 감추어 두었다. 寺內를
　저격할 장소로서는, 차중·선천역·철교 낙성식장을 선정하여 용
　의주도한 계획을 세웠는데 일본 헌병의 경계망을 돌파할 수 없어
　계획이 그만 수포에 돌아가 사내총독 암살 미수 사건에 그쳤다.

　이 사건을 허위 조작하기 위하여 어린 소년들을 시켜 志士들의 비
밀연락이라고 하여 전하게 하고 뒤쫓아 가 체포했는데 주요인물로는
서울의 尹致昊·梁起鐸, 평양의 安泰國·金東元·吉鎭亨·尹聖運, 진
남포의 林蚩正·玉觀彬, 정주의 崔聖柱·李明龍·鮮于赫, 선천의 張
時郁·姜奎燦·金一俊 등이었다. 남강은 제주도 유배 중에 있다가 거
기서 체포되어 서울로 압송되었다.

　그 때 이 사건을 꾸미기 위하여 明石元二郎은 직접 노서아에 출장
하여 노서아 경찰이 波蘭사람들에게 하던 고문법을 배워가지고 오기
까지 하였다. 이 사건 피의자라 하여 붙들려온 사람에게는 사람으로
서 참을 수 없는 잔인한 고문을 했기 때문에 평소에 마음이 단단하
고 거짓말을 하지 않는다는 사람도 거짓 증언을 아니 할 수가 없었

다. 심지어 목사나 장로들까지도 하지 않은 일을 했노라고 자백하도록 그들을 때리고 지지고 하였으니 얼마나 그 고문이 혹독하였던가를 상상할 수 있었다. 이 사건 검거의 시작이 1911년 9월이었고 그 공판이 이듬해 10월이었는데 윤치호를 위시하여 사건의 피의자 105명은 1년이 넘는 동안 남산 아래 있는 총감부 구치감에서 가진 고문을 받았다.ㅡ

　　반듯이 뉘여 놓고 코에 물을 부어 넣어 배가 올라온 것을 발로 걷어차 물이 코로 분수처럼 나가게 하고, 대를 가늘게 쪼개어 적은 못을 만들어 손톱 밑에 마치로 못을 박고, 연필을 손가락 틈에 집어넣고 주리를 틀고, 좌우 팔을 뒤로 돌려 엄지손가락 두개에 노끈을 매어 천정에 전신을 매어달고 몇 시간 내버려두어 엄지손가락 가죽이 벗겨져 뼈만 보이게 하고, 대를 가늘고 길게 쪼개어 그것으로 몸을 후려 갈겨 대줄이 몸에 감기면서 살에 폭 들어 백이게 하고, 벌겋게 단쇠로 다리나 팔을 죽죽 내려 지져 연기가 자욱하게 올라오게 하고, 추운 날 옷을 벗겨 수도꼭지에 몸을 붙들어 매고 찬물을 한없이 끼어 얹은 뒤 몇 층으로 붙들어 맨 나무사이에 여러 시간을 끼어 두고, 달 밝은 밤에 남산으로 끌고 올라가 미리 파놓은 구덩이 속에 들어 세우고 뒤에서 총을 쏘고……

　　평양 태극서관에서 사무 보던 김근현은 고문당하던 끝에 형사를 걷어찬 죄로 맞아 죽었고 정희순이란 청년은 본래 몸이 약한 관계로 고문에 이기지 못하고 유치장에서 죽었다. 길진형은 길선주 목사의 아들로서 머리털을 붙들어 매어 천정에 달았기 때문에 머리털이 빠져 땅에 떨어지면서 머리 가죽이 없어졌다. 이자경은 남강의 조카였는데 고문에 못 이겨 권총을 받아 땅에 묻었다고 하고 순사와 같이 집으로 들어가다가 도망해 버렸다. 이 밖에 수많은 사람들이 심한 고문 때문에 혹은 실명, 혹은 정신병, 혹은 전신불수, 혹은 폐병과 위장병으로 일평생 고치지 못할 불구자가 되었다.

남강은 제주도 경찰의 손에 체포되어 서울로 이송되어온 후로 이 사건의 주모자라 하여 가진 고문을 다 받았다. 그러나 그는 줄곧 함구불언하고 거짓 증언을 하지 않았다. 고문에 못 이겨 거짓 자백을 하는 사람들이 많은 중에서 남강만이 버티어 나간 데는 몇 가지 연유가 있었다. 그 첫째는, 그의 신체력과 담력 때문이었다. 그는 매가 들어오면 들어올수록 눈 하나 깜짝 안하고 이것에 맞서 나갔는데 이것은 마치 부러지는 회초리 아래 있는 반석과 같았다. 둘째는, 거짓말을 해서는 안 된다는 그의 평소의 신념 때문이었다. 천지에 거짓이 없는데 사람에게 거짓이 있어서 쓰느냐 하는 것이 그의 굳은 진조였다. 셋째는, 그의 고매한 품격과 이것을 이끌어 오는 정신력이었다. 경찰이나 刑吏들은 그를 문초하면서도 그의 인격에 눌렸다. 그의 강철 같은 신념과 하늘에서 떨어지는 것 같은 정연한 말에 그들은 그만 머리가 숙었다. 그들은 이 사건의 주요 인물이 모두 인격과 덕이 높은 지사임을 알았거니와 남강의 품격과 태도에서 그들은 감히 누르지 못할 것이 있음을 알았다.

그는 고문에 끌려 나가 피 흘리는 손과 부르튼 몸으로 돌아와서도 단정히 꿇어앉아 기도를 올렸다. 그는 유동열과 같이 일곱 사람이 한 방에 있었는데 방 청소는 혼자 맡아 하였다. 구치감 방 안에서 밥 먹는 시간과 잠자는 시간을 제외하고는 손에 걸레를 들고 방안을 깨끗이 훔쳤다. 선생의 손이 언제나 편할까 라고 묻는 말에 「걸레질하는 마음으로 잊지 말고 겨레를 위해서 일하겠노라」고 대답하였다. 그는 동지를 나무라거나 형리들을 욕하는 일이 없었다. 입을 열면 그는 동지들을 위로했고 이것이 시련이니 참고 이겨야 한다고 하였다. 그는 자기일신이나 자기 가정을 걱정하는 말을 하지 않았다. 그는 곤고를 당하면 당할수록 정신이 한층 더 가라앉고 한층 더 힘을 얻는 것 같이 보였다. 문초하는 형리들이 불쌍해 보이기조차 한다고 하였다. 그리고 여러 들어온 사람들의 받는 고초가 이 나라의 부패한 정치를 대신하여 받는 罰이 될 것이라고 하였다.

그의 품격은 한층 더 높아갔고 그의 신념은 갈수록 굳어갔다. 나중에 문초자들은 이 사람만은 고문이나 유혹으로 자백을 시킬 사람이 아니라고 하여 그대로 사건의 종말을 서두르기까지 하였다.

여기서 받은 심한 고문으로 하여 남강의 몸에는 전신에 성한 곳이 없이 허물이 졌다. 使徒 바울은 몸에 가시와 흔적이 있는 것을 자랑으로 삼았다고 하거니와 남강은 이것을 겨레의 고난에 연결시켜 추연해 하였다.

1911년이 지나가고 1912년 2월이 되었다. 고문과 항거와 거짓 자백과 거듭되는 번복으로 점철되는 괴로운 열 달이 지나갔다. 이 사건은 검사국에 넘어가 다시 사실 심리가 있었는데 피고들은 한가지로 그런 사실이 전혀 없다고 부인하였다. 그러나 검사국에서는 이 부인이 효력이 없다고 하여 재판소에 넘겼고 또 몇 달 서류를 조사한 뒤체포된 지 만 1년이 지난 1912년 10월에 경성지방법원에서 공판이 열리게 되었다. 공판 결과 이승훈·윤치호·양기탁·안태국·임치정·유동열을 이번 사건의 주모자라고 하여 각각 10년 징역을 언도하였다.

이 때 공판에서 안태국이 정확한 기억으로 검사의 기소사실에 반증을 들어 적의 꾸며낸 계교를 폭로한 것은 유명한 이야기다. 선우훈은 그의 수기 「民族의 受難」속에서 다음과 같이 기록하였다.

    ……안태국은 증거 3건을 제시 하였다.
    (1) 김일준의 공술 중에 명치 43년 12월 26일, 내가 평양에서 하룻밤 자고 27일에 정주에서 동지자 60명을 인솔하고 아침 여섯 시 차로 선천으로 들어갔다 했는데, 그 때 나는 서울에 있어 유동열이 서대문 감옥에서 26일 만기 출옥되었으므로 그날 저녁 명월관 지점에서 양기탁·이승훈 등 7명이 위안회를 열고 요리 값으로 27원의 영수증을 받은 일이 있다. 그런 사실이 있는가 없는가 조사할 것.

② 또 이튿날 27일, 이승훈이 평양 마산동 자기회사로 내려가므로 대동문 안에 사는 尹聖運에게 전보하기를「南岡下去出迎泰國」이란 전보를 광화문 우편국에서 내 손으로 타전한 사실이 있으니, 광화문 우편국과 평양 우편국에서 조사하여 전보문을 가져올 것.

③ 정주에서 27일 아침 6시에 60명이 차를 타고 선천으로 갔다 하니, 과연 그 때 그만한 인원이 기차를 탔는가, 철도국 서기를 불러 기차표를 조사할 것.

안태국은 계속 진술하기를,

서울에 있는 안태국이 평양이나 선천에서 지휘했다는 김일준의 공술은 전부가 허구임에 틀림없다. 나는 이재명이 이완용을 살해하려던 사건에 동범자로 몰려 지금 이 붉은 옷을 입고 여기 섰거니와, 그 때 재판장은 누구며, 지금 재판장은 누구냐? 그 때 너는 나를 서울에 있어서 이재명을 지휘하였고 또 서간도에 무관학교를 세우려고 음모했다고 2년의 판결을 내린 자가 아니냐? 그해 그날 그날에 안태국의 몸은 서울에 있었으니 죄요, 오늘에는 그해 그날 그날에 정주와 선천에 있었으니 죄냐? 안태국의 몸이 한날 한때에 어찌 두 곳에 있을 수 있느냐.

……여기 앉은 피고 백여 명이 寺內 한 사람을 죽이기 위하여 권총을 가지고 이틀 동안을 요소요소를 지켰을 뿐 아니라 지휘까지 하였는데, 어찌하여 딱총 소리 한 방도 없었느냐. 너희가 아무리 계교를 써서 우리를 죽이려 해도 하나님이 계시다.

여러 사람은 사건이 허위라는 이유를 들어 경성복심법원에 공소했는데 거기서 지방법원의 판결이 옳다고 하여 기각 판결이 내리게 되어 다시 경성고등법원에 상고하였다. 여기서는 복심법원의 판결이 부당하다고 하여 그것을 파기한다고 선언하고 이 사건을 다시 대구복심법원으로 넘겨 재심리할 것을 명하였다. 대구복심법원에서는 경성지방법원의 판결이 정당하다고 판결이 내려 남강을 위시하여 유죄 언도를 받은 이들은 대구감옥에서 복역하게 되었다. 이에 앞서 먼저 풀려나온 동지들이 돈을 모아 일본 법조계에서 유명하다는 花井卓藏

이라는 변호사를 불러다가 변호를 맡긴 일이 있었다. 花井이 남강을 면회하고 말하던 끝에 新民會를 新附民會라고 하면 무죄가 되지 않겠느냐고 해서 남강이 그를 준절히 나무라고 동지들에게 말하여 그대로 돌려보내게 하였다.

1912년 겨울은 대구 감옥에서 지나고 그 이듬해 봄에 경성감옥(마포형무소)으로 옮겨 1915년 2월 가출옥으로 옥에서 나올 때까지 있었다. 감옥 안에서 남강은 노끈 꼬기, 봉투 부치기 같은 일들을 하였다. 그는 그가 하는 일에 정성을 들였고 감옥 안의 규칙을 잘 지켜 곧 모범 복역자로 소문이 났다. 남강은 적은 일이거나 큰일이거나 그 하는 일에 힘을 붓지 않고는 못 배기는 성격이었다. 어려서 남의 방걸레를 칠 때나 자라서 자력으로 장사를 할 때나 인제 감옥에서 노끈을 꼴 때나 그는 하는 일에 소홀함이 없었다. 남강은 刑이 작정되어 복역하면서부터 도리어 마음의 조용함을 회복하였다. 그는 감옥 안에서 십년이 하루 같은 하루하루를 보내면서도 결코 지루하거나 역겹거나 고생스럽다는 생각이 들지 않았다. 羅富悅 목사가 맨 처음으로 면회를 왔는데 「성경」과 「천로역정」을 들여보내 주었다. 그는 작업에서 돌아와 틈만 있으면 부지런히 성경을 읽었는데 감옥은 그에게 다시없는 수양 기간이었다.

그는 옥중에서 1913년, 1914년 2년 동안을 순연히 신앙생활에 헌신하였다. 성경읽기와 기도가 중요한 일과로서 누구의 감시도 방해도 받음이 없이 조용히 이 생활을 계속할 수가 있었다. 민족운동에 대한 신념은 도산을 만나고 나서 굳어졌거니와 종교 신앙은 감옥 속에서 얻어진 것 이었다. 감옥이 이를테면 남강의 혼의 탄생지였다. 남강이 성경을 여러 번 거듭 읽은 것도 감옥에서였고 울면서 기도를 올린 것도 감옥에서였고 동지들을 위로한 것도 감옥에서였고 창살로 새벽빛이 비칠 때 그리스도의 聖像을 멀리 우러러본 것도 감옥에서였다. 남강이 나중에 술회한 말이거니와, 神이 그리스도의 은혜를 알게 하기 위하여 자기를 감옥에 둔 것이라고 생각하기까지 하였다.

남강의 옥고는 이 백오인사건이 나중이 아니고 뒤에 3·1독립 운동으로 다시 옥고를 겪어 춘원이 쓴 동상문에 보인대로 「옥에 들어가기가 세 번이요 있기가 전후 아홉 해, 선생의 백발이 옥중에서 난 것」이었다. 남강은 뒤에 이 옥고를 회상하면서 이런 말을 하였다.

> 『감옥이란 이상한 곳인 걸, 강철같이 굳어서 나오는 사람도 있고 썩은 겨릅대같이 흩어져서 나오는 사람도 있거든……』

이 말은 남강 자신의 경험의 일단을 보이는 말이 되기도 할 것이다. 여러 차례의 옥고는 남강의 정신과 신념을 정련된 강철마냥 단련시킨 일이 되는 것이다.

하루는 윤치호가 꿈 이야기를 하는데 평상시에 생각지도 않던 독일 황제 카이제르가 수염을 거슬려 쓰다듬으면서 여러 나라 황제들과 매우 불쾌한 표정으로 정쟁하는 것을 보았다고 하였다. 그런지 며칠 후에 세계대전이 벌어졌다는 소식이 감옥 안에 날라 들어왔다. 처음에는 독일이 단독으로 여러 나라를 상대로 싸운다고 했는데 나중 소식으로 세르비아 황태자 암살사건을 계기로 독일을 중심으로 한 동맹국 측과 영국과 불란서 연합국 측 사이에 세계전쟁이 일어난 것을 알게 되었다. 이 한해 동안은 감옥 안에서도 감옥 밖과 마찬가지로 세계대전 이야기로 모두들 들끓었다. 1914년이 지나가고 1915년이 돌아왔다. 감옥 안에서는 이 전쟁으로 하여 우리에게 여러 가지 영향이 올 것이 논의되었다. 일본이 연합국에 가담된 것이 알려지자 낙관론보다는 비관론이 많았는데 남강은 우리 자신의 역량을 기르는 일이 독립을 전취하는 기반이 된다고 하였다.

1914년말에 이번은 남강이 옥중에서 꿈을 꾸었는데 동쪽 하늘에 둥근 달이 올라오는데 그 달 가운데 한일(一)자가 뚜렷이 그려 있는 것이었다. 아마 1월 1일에 출옥할 징조가 아닌가 하고 다른 사람들에게도 이 꿈 이야기를 했으나 그날이 되어 아무런 일이 없으므로 쓸데

없는 꿈이라고 하여 잊어버리고 말았다. 그런데 음력 1월 1일이 되자 백오인사건으로 들어온 여섯 사람을 불러내어 그 동안 옥내의 규칙도 잘 지키고 모범 죄수였기 때문에 특별히 가출옥을 시킨다고 선언하고 각각 집에 돌아가 있되, 어디 출타할 때는 경찰에 연락할 것과 다른 법률에 저촉되는 행동을 하지 말고 무사히 형기를 마치라는 주의를 주고 내어 보냈다. 인제 4년이 넘은 옥고를 치르고 1911년 2월 서울역에서 적의 손에 묶인 지 5년 만에 풀린 것이었다.

안명근 사건으로 붙잡혀 제주도로 귀양 갔고 거기서 다시 백오인사건으로 검거되어 서울로 호송, 서울에서 가진 고초를 받고 대구 감옥에서 복역하다가 다시 경성 감옥에 옮겨 3년의 옥고를 치르고 백발이 옥중에서 나가지고 언제 다시 붙잡힐지도 모르는 신세로 잠깐 놓여나오는 것이었다. 옥문을 나서서 娑婆에 발을 내어 디딜 때 가슴에는 만감이 솟아올랐다. 그는 다시 들어올지도 모르는 감옥을 여러 번 돌아보았다. 우중충한 어두운 건물이 자기를 내려다보는 것이었다.

5. 獻身의 像

남강은 가난한 가정에 태어나 어려서 부모를 여의고 남의 집 방사환에서 시작하여 가진 고난을 겪고 나중에 이름난 실업가가 되었다. 그가 어려서부터 그 하는 일에 정성을 들인 것이라든가 부잣집에 들어가 밥 얻어먹기와 권세 앞에 굽실거리기를 싫어한 것이라든가가 그의 타고 난 맑고 강직한 천성을 보인 것이었다. 남강은 똑바로 앉아서 글 읽는 어린이였고 자기할 일을 미루지 않는 방사환이었고 신의를 지킬 줄 아는 상인이었고 나라 일을 걱정하는 실업인이었다. 그가 가장 싫어한 것은 꾸물꾸물하는 일과 무신의와 거짓과 옳은 줄을 알면서도 내닫지 못하는 일이었다.

이 같은 그의 천성과 그가 살았던 시대 상황이 그를 민족운동과 개화주의에 내어몰았다.

1907년 평양에서 도산을 만나고 남강은 나라를 위하여 자기를 바치기로 작정하였다. 1907년은 진실로 우리로서 다난한 해였다. 경향 각지에서 국채 보상 운동이 일어났고, 을사오조약에 서명한 대신들의 암살계획이 있었고, 이완용이 참정대신, 나중에 총리가 되었고, 해아 밀사사건이 일어났고, 고종의 양위가 있었고, 정미칠조약이 체결되었고, 군대가 강제로 해산되었고, 여기 항거하여 侍衛 第1, 第2 聯隊가 日軍과 교전했고, 전국각지에서 의병이 일어났고, 안창호 · 이갑이 동지들과 함께 신민회를 조직했고…… 남강은 이에 앞서 실업계에서 물러나 조용히 용동 향제에 내려와 쉬고 있었는데 나라를 휩쓰는 회오리 바람 속에서 평양에서 도산을 만나 이 두 그림자는 서로 엉키어 역사위에 솟아오른 像이 되었다.

남강이 나라를 위하는 것은 단순한 나라의 사직이나 朝廷때문이 아니었다. 남강은 왕실에 관계가 있거나 조정에 설 자리가 있는 것이 아니었다. 남강은 조정의 은혜를 입은 조상이 있은 것도 아니고 나라의 보호를 받을 큰 재산이 있는 것도 아니었다. 이 국토에 태어났고 이 나라 백성이 된 것이 남강과 나라를 연결하는 굵은 밧줄이었다. 남강이 나라를 위하는 것은 백성이 불쌍하기 때문이었다. 그는 어려서 유기공장에서 얼굴이 깜 해서 일하는 사람들을 보면서 사람이 마소 이상으로 혹사되어서는 안 된다고 생각했고 정주 사회에 鄕人과 鄕外의 구별이 심한 것을 보면서 班常의 구별이 남아있어서는 안 된다고 생각하였다. 그가 유기행상으로 짐을 지고 새벽길을 걸으면서도 그의 머리에는 이 가난과 반상의 구별이 없는 마을이 언제나 그리웠다. 그가 홍경래와 임구성의 이야기를 듣고 또 그들의 한 일을 알 수 있는 나이가 되면서 남강은 저들의 펴지 못한 뜻을 펴는 것이 자기의 할 일이라고 생각하기까지 하였다. 그랬는데 남강의 이 같은 생각은 차츰 변하기 시작하였다. 우리를 누르는 검은 손이 사처에서 모여 드는 것을 보면서 그는 빈부의 차, 반상의 구별이 나라와 나라사이에 사납게 버려지고 있음을 알았다. 우리 사이의 가난뱅이, 상놈도 견디기 어렵거든 이제 남에게 눌리고 남의 백성에게 멸시받는 여러 나라 사이의 천민이 될 수는 없는 것이었다.

남강은 평양에서 도산을 만나 새로운 결심을 안고 향리에 돌아왔는데 이 시간부터 그는 자기 할 일이 곧은 대줄기 같이 자기 앞에 뻗어 나감을 보았다. 머리를 깎고 담배를 끊고, 동리를 깨끗이 하고, 강명의숙과 오산학교를 세우고, 신민회 일로 분주히 다니고, 제주도 귀양과 백오인사건 관계로 가진 고초와 옥고를 겪고…… 이 모든 일이 이 땅과 이 백성이 불쌍해서 자기를 바치는 耿耿한 한 가지 생각 때문이었다. 남강이 한번은 자기 앞으로 농군이 소를 끌고 지나가는 것을 보고 「조선 소는 소도 수척하다」고 탄식한 일이 있거니와 이 한마디 말이 국토와 백성에 대한 남강의 끝없는 근심을 표시한 말이 되는 것이다.

남강이 평양에서 도산을 만났을 때는 실업계에서 물러나기로 한 뒤였거니와 장사할 자금이나 장사에 대한 경륜이 고갈된 것은 아니었다. 그 때 남강은 자기 鄕里에서 안온하게 살아갈 수 있는 재산이 있었다. 그러나 오랜동안을 실업계와 손을 끊고 또 남은 재산마저 바쳐서 민족운동과 개화주의에 헌신하기로 한 것은 그의 누를 수 없는 한 가지 생각 때문이었다. 그것은 국토가 가엽고 백성이 불쌍하다는 생각이었다. 그런데 국토가 가엾은 것은 국토 때문이 아니고 백성 때문이었다. 백성이 견정치 못하여 국토가 여러 번 병화를 입었고 파리하고 메마른 두던이 되어 버렸다. 하늘은 이 아름다운 땅에서 이 백성이 복되게 살도록 여기를 그들에게 점지했건만 백성이 어둡고 완명하고 약하고 덕스럽지 못하여 마침내 禍가 땅과 사람에게 미친 것이었다. 남강의 가슴에 서리는 한 가지 경경한 생각은 민족의 영광을 회복하는 일이었다. 남강의 생각에는, 4천년 역사를 지닌 이 민족이 오랜동안의 곤욕에서 벗어나 당당한 자주민으로 그 떳떳스러운 생을 영위하는 것은 하늘의 공의조차 되는 것이었다.

그런데 남강의 보는 바에 의하면 민족의 영광을 회복하는 일은 총

칼로 가져올 것도 아니고 외세에 기댐으로 될 것도 아니었다. 백성
한 사람 한 사람이 밝고 덕스럽고 힘 있는 사람이 되는 것 밖에 다른
길이 없었다. 그가 평양에서 도산을 만나고 들어와 오산학교를 세운
것과 신민회의 간부가 되어 꾸준히 그 사업을 지켜간 것이 이 때문이
었다. 그에게는 「민족을 위하여」라는 말이 특별한 뜻을 가졌다. 이
말이 그에게는 곤욕에서 벗어난다는 뜻이었고 새 백성이 된다는 뜻
이었고 역사를 꺾어 돌린다는 뜻이었고 하늘의 공의를 위한다는 뜻
이었다. 이 같은 지극한 원 속에서 남강은 오산학교와 교회를 세웠고
태극서관을 주관했고 마산동 자기회사의 사장이 되었다. 1907년에서
1911년, 적의 손에 붙잡힐 때까지의 남강의 한 일은 한 사람이 이 지
상에서 할 수 있는 일의 분량을 훨씬 넘어섰다. 그는 피곤을 모르는
불사조의 날개가 되어 동으로 날고 서로 떠돌았거니와 그의 가슴 속
에 있는 성스러운 소원이 이 불을 붙여 나가는 하늘의 기름이었다.

　남강은 평양에서 새 결심을 안고 향리에 돌아와 강명의숙과 오산
학교를 세우면서 역사위에 그의 자태를 들어 보이기 시작하였다. 그
때의 남강은 머리를 깎고 중절모를 쓰고 두루마기를 입고 갖진을 신
었다. 이 한복 차림한 개화주의자의 모습이 역사 위에 솟아 오른 새
로운 像이었다. 그런데 이 솟아 오른 상은 그 겉모습 때문이 아니고
안에 깃들인 獻身의 정신 때문에 역사 위의 상이 된 것이었다.

　남강은 경의재를 빌려 오산학교를 세우고 서울에서 선생을 모셔오
고 학생들을 모아오고 기숙사를 짓고 경비를 조달하고 학교 뜰을 쓸
고 학생들에게 올바른 정신을 불어 넣었다. 그는 내가 밥을 먹으면서
선생들을 굶길 수 없다고 하여 쌀독에서 쌀을 퍼내었고 학교에 기와
를 입히기 위하여 자기집 기와를 벗겨 이것을 옮겨다 이었다. 나라가
쓰러지기 전에는 학교를 세우고 새 인재를 길러내는 일이 한시가 빠
르면 빠를수록 나라를 적의 침공에서 막는다고 생각했는데 인제 와
서는 그렇게 하는 것이 빼앗긴 나라를 회복하는 시간을 단축시킨다
고 생각하였다. 그는 학생들에게 변소를 깨끗이 사용하라고 가르쳤는

데 겨울에 학생들의 변소에 대변 무더기가 올라온 것을 도끼를 들고 들어서서 손수 치었다. 1910년 합방된 뒤 예수를 믿기로 작정하고 학생들과 함께 돌과 재목을 날러다가 학교 옆에 교회당을 지었다. 그는 나라를 빼앗긴 서름 속에 있으면서도 실망하지 않고 한층 더 분발하여 학교와 교회에 재산과 노력과 생명을 바쳤다.

1910년 4월 나라의 운명이 결정된 것을 알고 도산과 이갑을 위시하여 신민회 간부들이 해외로 망명해 나가 버렸다. 남강은 국내에 남아 있어 신민회의 사업을 한 몸에 맡아 교육과 산업에 전심했는데 마산동 자기회사와 巴馬洋行을 그는 민족 산업의 발판으로 이끌어 나가려고 하였다. 신흥 무관학교 사건, 백오인사건에 남강이 연좌되지 않았다고 하면 그는 오산학교마냥 이 두 기관을 어떻게든지 해서 살려 나갔을 것이다. 이 두기관은 미처 후계자를 작정하지 못했고 또 재정 기반도 서기 전이기 때문에 남강이 적의 손에 붙잡히자 인해 무너지고 말았다. 남강은 민족의 교육과 함께 민족의 산업이 중요하다고 하여 일생동안 민족의 산업 진흥에 대한 생각을 잊은 일이 없었는데 이 생각이 仁村에게 전하여 자기회사와 파마양행이 없어진 훨씬 뒤에 호남재벌에 의한 조선방직회사의 운영을 보아 민족재벌의 면목을 유지한 일이 있었다.

1911년 남강은 무관학교 사건으로 수색역에서 검거되어 많은 고문을 받고 제주도로 유배되었다. 그해 가을에 백오인사건으로 거기서 다시 검거되어 서울에 압송되어 10년 형을 받고 대구감옥과 경성감옥에서 복역하였다. 이 두 사건은 남강을 한층 더 높은 역사 위에 솟아 오른 像으로 만들었다. 남강은 단순한 개화주의자가 아니고 민족운동의 화신이 되었다. 이 때의 남강은 완전히 민족의 얼과 진리와 생명과 맥박의 通路였다. 그는 옥에 갇히어 몸이 자유롭지 못하였거니와 그의 뜨거운 사랑은 이 땅과 이 백성 위를 잠시도 떠난 적이 없었다. 제주도에서 해변가에 나와 찬송가를 부를 때에도 언제나 불쌍한 형제들을 생각했고, 감방에서 어둠 속에 꿇어앉았을 때에도 한결

같이 고난 속에 있는 겨레를 위하여 경건한 기도를 올렸다. 남강은 옥에서 열흘이 하루 같이 옥고를 치렀고 도리어 이것을 민족 위에 내리는 하늘의 초달로 생각하였다. 그가 나중에 3·1운동으로 고생한 것까지 옥에 들어가기 전후 세 번이요, 9년을 그 속에 있었거니와 이 기인 옥고는 도리어 민족에 대한 그의 사랑과 헌신을 한층 더 정련시킨 것이었다. 그가 나중에 감옥에서 나와, 감옥이란 이상한 곳이라고 하여 사람을 강철같이 만들기도 하고 썩은 겨릅대같이 풀어헤치기도 한다고 했는데 그의 건강한 정신은 이 감옥을 도리어 역사 위에 솟아오른 상의 台石으로 만들었다.

　남강은 1915년 백오인사건의 옥고를 마치고 풀리어 학교에 돌아왔다. 그의 감옥에서 굳어진 신앙과 동포에 대한 줄기찬 사랑은 옥에서 나오자마자 놀라운 불꽃을 창공에 올렸다. 그에게는 애국지사들의 망명해나간 것도 개의될 바 없었고 적의 사나운 총칼도 개의될 바 없었고 동포의 어둡고 완명함도 개의될 바 없었고 심지어 자기 스스로의 하는 일의 성패도 개의될 바 없었다. 그의 앞에는 민족을 위하여 자기를 바치는 헌신의 길이 곧은 대줄기처럼 벋어 나갔다. 그에게는 살아도 이 불쌍한 백성을 위하여 살고 죽어도 이 불쌍한 백성을 위하여 죽는 것 밖에 다른 길이 없었다. 자나 깨나 앉으나 서나 이 한 가지 길이 자기 앞에 벋어 나갈 따름이었다. 그는 완전히 자기를 넘어서는 어떤 큰 힘에 붙잡힌바 되었다. 내가 사는 것이 아니고 그리스도가 내 안에서 산다고 했거니와, 이 때의 남강은 자기가 사는 것이 아니고 사랑과 헌신이 자기 속에서 살고 있는 것이었다.

　다음의 구절은 이 때의 남강 심정을 읊은 노래가 될 것이다.

To give and not to count the cost;
To fight and not to heed the wounds;
To toil and not to seek for rest;
To labour and not to ask for any reward

Save that of knowing that we do Thy Will.

　1919년의 남강은 역사위에 아로새겨진 가장 거대한 헌신의 상이었다. 1918년 12월 선우 혁이 독립운동 차 상해에서 나와 남강을 찾았는데 그 말을 듣자 자기는 인제 죽을 자리를 찾았다고 한 것과, 선우 혁을 평양으로 보내면서 눈 위에서 손을 붙잡고 기도를 올리던 일과, 평양에서 목사들이 뜻의 약함을 보일 때 나라 없는 백성으로서 당신들만 천당에 앉아 있겠느냐고 책망한 일과, 독립선언서에 서명할 순서를 다툴 때 이것이 죽는 순서니 아무나 먼저 쓰라고 한 것 같은 것은 헌신의 정신이 남강을 통하여 쏟아져 나온 것으로서 인류의 역사에 영원히 기록되어야 할 장면들이다. 그 뒤 민립대학 운동·종합 교육 계획·大理想鄕 설계는 한결같이 헌신의 정신이 스스로를 지상에 그은 흔적에 지나지 않는다. 남강은 1930년 5월 3일 동상 제막식에서 자기의 한일은 신이 이끌어 주신 것이라고 했고, 5월 9일 새벽 임종 때 자기 뼈를 학교에 바친다는 유언을 남겼다. 그의 이 마지막 음성은 역사 위에 솟아 오른 헌신의 상이 자기를 창공위에 아로새긴 불멸의 終章이 되는 것이었다.

V. 民族復興과 教育[I]

1. 黎明記

남강이 난 것이 1864년, 덕천 산협으로 피난 간 것이 31세 때인 1894년, 노일 전쟁이 41세 때인 1904년, 그리고 오산학교를 세운 것이 44세 때인 1907년이었다. 그런데 1864년에서 1907년에 이르는 기간은 우리나라의 開化史로 보아 중요한 기간이었다.

1864년 동학 교조 崔水雲의 처형이 있었고, 1882년 한미·한영·한독 수호조약이 체결되었고, 1884년 甲申 十月之變이 있었고, 1885년 미 선교사 언더우드와 아펜젤러 내한, 배재학당이 설립되었고, 1886년 제중원·育英公院·이화학당이 설립되었고, 1887년 경학원·鍊武公院의 설치, 1894년 갑오경장, 1895년 한성 사범학교 관제·소학교령 공포, 1896년 독립신문 발간, 1899년 경성 의학교·상공학교 설립, 1900년 한강교 준공, 경인철도 개통, 1905년 대한매일신보 간행, 보성학원·세브란스醫專 창설, 1906년 휘문의숙·숙명여학교 창설, 학교개혁과 각급 학교령 제정, 1907년 신민회 조직, 오산학교의 창립을 보기에 이른 것이다.

남강은 어려서 남의 집 사환으로 있을 때나 자라서 자력으로 큰 상사를 벌일 때나 자기가 학교를 세울 것을 생각해 본 일이 없었다. 유기 공장에서 그릇 만들어지는 공정을 보면서 사람도 본에 맞추어 단련되어야한다고 생각했고 평양과 서울에서 선교사와 그들의 학교를 보면서 우리도 남과 같이 신학문을 가르치는 기관이 필요하다고 생각하였다. 그러나 막상 자기가 학교를 세우고 학생들을 지도하리라고 생각해 본 일은 없었다. 그러자 용동을 여주 이씨네 새 마을로 만들고 거기에 글방을 두고 했는데 평양에서 도산을 만난 것이 기연이 되어 이것을 고쳐 강명의숙을 만들고 다시 오산학교를 세웠다.

남강이 승천재 자리를 학교로 선정하고 관찰사 박승봉을 움직여 정주 향교 재산을 써서 학교를 세운 것은 앞에서 말하였다. 남강은 도산으로부터 우리가 새 교육기관을 하루라도 빨리 세우면 그만큼 나라를 구하는 일이 빨러진다는 말을 들었다. 실상 도산과 남강을 위시하여 그 당시의 많은 애국자 지사들은 학교를 세우고 산업을 일으키는 일 외에 나라를 건질 길이 없다고 생각하였다. 이렇게 하여 일어난 학교가 오산학교를 위시하여 평양의 대성학교, 의주 양실학교, 안악 양산학교, 서울 보성학교·기호학교·오성학교, 鏡城 경성중학, 강화 보광학교 등이었다. 자살이나 의병으로 항거하는 것도 좋지만은 이것 가지고는 기울어지는 국운을 돌리기 어렵고 남의 힘을 빌려 한쪽을 물리칠 수도 있지만은 이 以夷制夷는 결국 후환을 뒤에 남기는 일이 되는 것이었다. 남강은 옳은 일이라고만 하면 물불을 가리지 않는 성격이었다. 이 오산학교를 세우는 일이 나라를 위하여 자기를 바치는 첫 번 사업이기도 하여 전 심력을 여기에 기울였다. 오산학교는 남강이 설고 낳고 젖 먹여 키운 그의 사랑하는 아들이었다. 그는 뒤에 오산학교를 세우던 일을 술회하면서 이런 말을 하였다.

『내가 오산학교를 세우기로 결심한 것은 불과 사흘 동안이었는데
이 사흘 밤을 한잠도 자지 못하고 그 일만을 골똘히 생각했다.』

고 하였다. 자기 눈앞에는 학생들이 줄을 지어 학교에 들어오고 여기서 知와 德과 體를 닦아 빼어난 민족의 간부로서 이들이 다시 전국 방방곡곡에 퍼져나가는 것이 보이는 듯 하였다. 한 사람이 한 가지 일에 이렇게 심하게 열중하기란 남강의 오산학교 설립과 충무공의 한산 대첩 이외에는 있기 어려울 것이다.

남강이 학교 자리로서 선비들이 모여서 공부하던 승천재를 택했고
운영 기금으로 향교의 재산을 전용하기로 한 것은 앞에서 말하였다.
그러나 이 두 가지 일을 남강은 누구에게서 들은 것이 아니었다. 빈주
먹으로 학교를 세우기를 결심했는데 이 굳건한 결심이 그로 하여금
방법을 고안하게 만든 것이었다. 남강과 도산을 비교할 때 도산은 경
륜이 빼어나고 남강은 실천이 강하였다. 남강이 그 당시 창망한 시기
에 조정의 힘이나 선교회의 힘이 아니고 장사하던 사람의 힘으로 민
족의 간부를 양성하는 신교육 기관을 세운 것은 놀라운 異蹟이었다.

남강은 오산학교를 자기 혼자의 힘으로 세웠고 또 끌고 나갔다.
1907년 10월에서 12월 24일에 이르는 기간은 남강으로서 가장 바쁜
기간이었다. 그는 앉으나 서나 자나 깨나 오산학교 세울 생각 밖에
없었다. 승천재의 비인 집을 우선 수리하기로 하여 목수를 불러오고
일군을 부쳐 깨끗이 단장하게 하였다. 승천재는 지방 書院에서 보는
양식의 건물로 남향한 본건물 강원이 있는데 기둥이 높고 웅장하게
지었고 동과 서와 남에는 선비들의 유숙하는 방들이 연달아 있었다.
오래 비어 퇴락되었던 집을 기와를 수리하고 회벽을 하고 나니 새로
지은 校舍인양 중학교 건물로서 나무랄 데가 없었다. 교장으로 白彛
行, 한문선생 겸 서무로 朴基璿 그밖에 서울에서 呂準・徐進淳 두 분
을 몸소 모셔 왔다. 학생도 자기 종손인 이윤영을 위시하여 임찬제・
이중호・이엽・김자열・이인수・김도태의 일곱 사람을 자기 스스로
선정하였다. 그리고 학교와 칠판과 백묵과 세계지도와 지구의와 괘종
을 사들이는 일, 선생님들에게 드리는 보수, 선생님들의 거처하실 방
과 드실 식사 걱정도 모두 남강이 도맡았다. 이렇게 모든 준비를 마
치고 12월 24일 적의 침공을 물리칠 간부 종합 훈련소인 오산학교가
창립된 것이었다.

오산학교는 처음부터 민족정신과 개화주의가 기름지게 흘러 내렸
다. 여기 들어오는 이는 선생이고 학생이고 동리 사람이고 구경왔던
손님이고 모두 이 웅장한 정신과 기풍이 옷에 묻고 몸에 배는 것이었

다. 그런데 이 같은 놀라운 奔流의 선두에 서 있는 것이 남강이었다. 오산학교에 있어서의 남강의 위치는 진실로 헤아리기 어려운 종합적인 것이었다. 남강은 오산의 설립자요 교사요 실무 책임자요 교장이요 심부름하는 애요 배우는 학생이요 목수요 청소부요 평양 또는 서울과의 연락원이었다. 개교식이 끝난 지 열흘이 못되어 오산학교 소문이 원근에 떨쳐 이듬해 1월 달부터는 이 새로운 기관을 보려고 많은 사람들이 모여들었다. 그런데 오산학교를 이렇게 유명하게 만든데는 서울서 모셔온 여준 선생과 서진순 선생의 공적이 컸다.

여준 선생은 경기도 竹山이 고향이고, 이상설과 공부도 같이 하고 사상도 서로 통하는 바가 있어 가장 친밀히 지냈다. 그의 字는 聖武, 호는 是堂, 이름은 祖鉉이었다. 그는 어려서부터 한문학에 조예가 깊고 시세가 변천됨을 따라 신학문에도 누구에든지 지지 않을 실력을 가졌다. 그는 梁啓超의 飮氷室文集을 애독했는데 세계 대세에 대한 판단이며 한국의 쇠약해진 원인이며 장래의 우리나라는 교육에 있다는 것을 설파하는 의견에 탄복하지 않는 이가 없었다. 학생들에게는 修身・歷史・地理・算術・代數・國家學・法學通論・漢文・憲法大義 같은 과목들을 혼자서 맡아 가르쳤다. 그밖에 손님 접대, 학교의 여러 가지 규율 제정도 맡았다. 그러면서도 한가한 틈에는 불교의 華嚴經과 이상설의 저작한 「헌법대의」를 큰 소리로 읽었다.

서진순은 당시 24세의 청년이었다. 陸軍鍊成學校를 마치고 체조와 훈련을 담당하여 남강・是堂 두 분의 지도 밑에서 꾸준히 일하였다. 전라도 長城이 그의 고향이다. 학생들은 바지저고리에 두루마기를 입고 갓을 쓰기도 했고, 머리를 깎고 모자를 쓰기도 했는데, 이 학생들에게 기착, 우로나라니, 좌로나라니, 우향우, 좌향좌, 앞으로가, 뒤로가, 돌아 우편앞으로가 등을 가르쳐 신식 조련을 시켰다. 여준과 서진순 두 선생은 남강의 애국열과 교육열에 크게 감명되어 가족도 데려오지 않고 홀몸으로 와서 사무실에 유숙하면서 교육에 헌신하였다. 박기선은 승천재에서 백일암의 門弟로 글 읽던 선비로서 남강의 사업에 공감되어 그의 한 동지로 학생들에게 한문을 가르치는 한편 학교의 안살림을 맡아 선생 겸 서무 겸 사감 겸 교장대리 겸 초창기의 학교를 이끌어 나아갔다. 서울서 와 계시는 선생들의 식사도 맡아하고 그들의 이부자리도 꾸며다 드렸다. 학생수가 많아져 기숙사를 더 늘렸는데 이 기숙사를 관리하는 일도 아울러 맡았다.

학생들은 곧잘 신학문을 배우고 세계 대세와 한국의 위치를 알게 되어, 모두가 열심히 몸과 마음을 연마하고 있었다. 그들은 글자 한 자를 배우고 이야기 한마디를 들을 때마다 정신이 강건해졌다. 학교에 들어온 지가 한달밖에 안되었건만 그들은 얼굴빛과 걸음걸이와 사람을 대하는 태도와 그 하는 말이 달랐다. 특히 기숙사가 학생과 선생과의 사이, 학생과 학생과의 사이를 묶어놓는 사랑의 밧줄이 되었다. 학생들은 기상종에 맞추어 자리에서 일어나 열을 지어 구보로 한바퀴 산을 돌고 학교 앞을 흐르는 시내에서 아침 참새들의 지적이는 소리를 들으면서 소금으로 이를 닦고 얼굴을 씻었는데 시냇가에서 올라올 때 그들은 하늘에서 자기들을 부르는 소리가 들리는 것만 같았다. 이 새로운 교육기관 오산학교가 승전재자리에 세워져 서울에서 이름 높은 선생들이 내려와 학생을 지도한다는 소문이 퍼지자 원근에서 많은 사람들이 여기를 보려고 모여왔다. 그들은 이 새로운 제도의 학교와 거기서 배우는 자제들의 늠름한 기상을 보고 인제 우리도 남과 같이 살 때가 왔다고 하여 스스로 결심하고 돌아가는 이들이 많았다.

남강은 학교 안의 일은 세 분 선생에게 맡기고 서울로 평양으로 쉴 사이 없이 돌아다녔다. 그는 어디를 가나 학교 일로 가고 일을 해도 학교를 위하여 말을 해도 학교를 위하여 심지어 꿈을 꾸어도 학교를 위하여 꾸었다. 그는 「우리가 학교를 하루라도 빨리 세우면 그만큼 원수를 막는다」라고 한 도산의 말이 생각났다. 남강이나 도산이 학교를 세우는 데 전 정력을 바친 것은 인간이 내일 수 있는 힘을 훨씬 넘어선 일이거니와 그들은 여기에서뿐 민족의 구원에로 벋어나가는 王道

를 보았기 때문이었다. 남강이 세운 오산학교는 예사로운 교육기관이
아니고 민족간부 종합훈련원이었고 그가 학교를 운영한 것은 훌륭한
하나의 작전이었다. 적이 우리 국토 위에 까맣게 퍼져 삼천리강토를
가로 세로 얽어매는 것을 보면서 적의 앞에서 하는 작전에 몸을 아끼
거나 시간을 늦출 수가 없었다. 315년 전 충무공이 水軍節度使로 있으
면서 한 일을 남강은 인제 오산학교 창설자로 있으면서 하려고 한 것
이었다. 남강은 오산학교를 단순한 학교로 생각지 않았다. 그는 이것
을 적을 물리치는 새로운 참모본부로 생각하였다. 그는 나중에 졸업생
들에게 『너희들은 여기를 나오고 해외로 가지 말고 전국에 흩어져 오
산학교를 본받는 많은 학교를 일으키라』고 하였다. 이렇게 하여 그는
나라가 거꾸러지는 것을 눈앞에 보면서 민족광복의 우렁찬 꿈을 오로
지 올바른 인재의 양성에 부쳤다.

　남강은 오산학교에도 종을 달아 아침저녁으로 이 종을 울리게 하
였다. 그는 어디를 출타하지 않을 때면 학교 기숙사에서 선생들과 같
이 기거하면서 여준 선생에게 글도 배우고 학생들과 같이 교정도 쓸
었다. 오산학교는 남강에게는 완전히 자기 집이요 사랑방이요 글방이
요 작업장이요 야전 지휘소였다. 그는 용동집은 잊어버린 양 여기서
자고 여기서 먹고 여기서 일하고 심지어 어디 갈 때는 여기서 옷을
갈아입기까지 하였다. 남강은 학교의 종소리를 듣기를 좋아하였다.
아침저녁으로 울리는 종소리, 비가 오거나 눈이 오거나 울리는 종소
리를 들으면서 그는 하늘이 자기에게 무엇을 재촉하는 것 같이 느꼈
다. 그는 이 종소리가 2천만을 게으른 잠에서 깨어 일으키는 소리로
도 들렸고 삼천리강토로부터 기어오른 적을 멀리 바다 밖으로 내어
모는 소리로도 들렸다. 남강은 어디를 갔다가도 역에 내려 이 종소리
를 들으면서 곧장 학교로 왔다. 오산학교를 세운 뒤로는 가까운 용동
집을 들리지 않고 바로 학교로 건너오는 것이 남강의 한 습성이 되었
다. 학교로 바로 와서는 선생·학생들과 숙식을 같이 하고 떠나 있으
면서 자기가 생각한 일, 듣고 본 일을 소상히 이야기 했는데 그 말의

내용이 정신을 불러일으키고 나라를 걱정하는 말 아닌 것이 없었다. 남강의 이야기를 들으면서 어떤 때는 그만 울음바다가 되기도 했고 어떤 때는 화기애애한 속에서 웃으면서 자기 방으로 몰려 들어가기도 하였다.

1907년이 지나가고 1908년이 돌아왔다. 오산학교는 개교한지 며칠이 안 되어 제2년을 맞았다. 새해를 당하여 새로운 결심이 있어야 한다고 하여 갓 쓰고 다니던 학생들이 모두 머리를 깎고 모자를 썼다. 승천재가 있는 마을에는 불과 며칠 사이에 커다란 변화가 왔다. 새 학교가 세워지고 새 사람들이 모여서 공부하고 새로운 정기가 골짝에서 피어오르고 ……그런데 남강이 한번은 서울에 다녀오더니 태극기와 애국가를 베껴왔다. 학교에는 교실마다 태극기가 걸리고 학생들의 입에서는 「신자성손 오백년」이란 구절로 시작되는 애국가가 흘러나왔다. 얼마 뒤에 여준 선생의 발의로 교가가 지어졌는데 학생들이 모일 때마다 애국가와 교가가 불리어졌다. 그 때 교가의 첫 절은 이러하였다.

뒷뫼의 솔빛은 항상 푸르러
비에나 눈에나 변함없이
이는 우리 정신 우리 학교로다
사랑하는 학교 오산학교

해가 바뀌는 동안에 서도의 學究들이며 신학문을 배웠다는 사람들은 대개 한 번씩은 오산에 와서 남강을 찾아보고 여준 선생의 이야기를 듣고 돌아갔는데 그 때문에 학교의 소문이 널리 퍼져 1908년 봄에는 사처에서 배우려고 오는 청년 자제들이 앞을 다투어 모여 들었다. 나이는 대개 20세 이상 34, 5세까지였는데 많은 사람을 그대로 한데 넣어 가르칠 수가 없어 시험을 치렀다. 시험의 결과를 가지고 甲乙丙 세 반으로 나누었는데 이것이 즉 1·2·3학년이므로 이 때의 시험은 입학시험이면서 진급시험을 겸한 것이었다. 뒤에 강명의숙을 여기에 합쳐 부설 소학교로 하고 그 자리에는 여학교를 세우기로 했는데 그 때 경향 각지에 교육열이 높아 교원이 부족함으로 반년 내지 1년 年限의 사범과까지 두었다. 이 사범과에는 연령의 제한이 없었으므로 20세이상 40세에 달하는 사람도 있었다.

이렇게 1년 동안이나 나가면서 남강은 쉴 틈이 없었다. 선생을 모셔오고, 관청에 들어가고, 비품과 책상을 만들고, 교실을 늘리고, 돈을 마련하고…… 그러면서도 학교에 돌아오면 종을 쳐 학생들을 모아가지고, 「부지런하라. 나라와 겨레를 사랑하라.」라는 훈화로 밤이 깊는 줄을 몰랐다. 그런데 남강의 이야기는 웅변도 아니고 설교도 아니면서 하나하나 비근한 실례를 들면서 말이 연달아 나갔다. 그는 결코 추상적인 이야기나 허공에 뜬 이야기를 하지 않았다. 그는 사람이 되고 나라를 사랑하는 길은 큰일에만 있는 것이 아니고 극히 예사로운 데서부터 시작해야 한다고 하였다. 아침에 일찍 일어나는 것, 뜰을 쓰는 것, 각각 자기 방을 치우는 것, 교실을 깨끗이 쓸고 정돈하는 것, 심지어 변소를 바로 사용하는 것ー 이 모든 일이 곧 사람이 되고 나라를 사랑하는데 통하는 길이라고 하였다. 그는 이런 말을 말로만 하는 것이 아니고, 이른 아침이면 학생들이 일어나기 전에 손수 비를 들고 뜰을 쓸고 뒷간을 깨끗이 치었다. 학생들은 그대로 있을 수가 없어 뒤를 따라 비를 들고 뜰을 쓸고 변소를 치고 교실의 먼지를 떨었다.

한반도의 서북쪽 제석산 아래는 확실히 새로운 빛이 왔다. 이 빛은 군왕이나 영의정이나 선교사나 군 지휘관에 의해서 온 것이 아니었다. 가난한 가정에 태어나 어려서 남의 방사환을 했고, 자라서 장사로 이름을 얻었다가 인제 거기에서 물러난 외로운 중년 상인에 의해서 이끌어진 것이었다. 人子는 조그만 나귀를 타고 온다는 말이 성서에 보였거니와 역사의 새로운 불꽃은 이 모양으로 겸허한 모습으로 오는 일이 많다. 갑신정변이나 독립협회는 이를테면 개화당의 領袖들에 의해서 이끌렸다. 그런데 저들은 한때 불길을 올렸을 뿐, 이 불길이 결코 역사의 불길로 번져나가지 못하였다. 제석산 아래서 타오르는 불길은 이름 없는 예사로운 서민의 한 사람에 의하여 일으켜졌는데 이 불길은 놀라운 불꽃을 하늘에 올리면서 1908년에서 1909년에 걸쳐 한반도를 적의 침공에서 막기 위하여 용감한 봉화를 서북 한쪽에서 든 것이었다.

2. 精神의 資糧

1907년 남강에 의하여 세워진 오산학교는 淸北에서는 최초의 사립 중학교였다. 창립 당시에는 3년제, 그리고 학과목은 修身·歷史·地理·數學·物理·法學通論·憲法大義, 그리고 體操와 操鍊이었는데 그 정도는 오늘의 고등학교 보다 높아 고등학교와 대학 중간이었고 학생들도 나이 많았기 때문에 그 이해가 빨랐다. 그런데 선교사들이 세운 학교에는 성경과목이 있어 이것이 정신의 양식이 되었는데 오산학교는 민족간부 양성을 목표로 세워진 학교이므로 민족정신이 교육의 소중한 줄기였다. 이 민족정신은 어느 한 과목으로 가르치는 것이 아니고 전 과목이 여기에 돌아왔고 또 학교 자체가 이 정신을 담고 있는 불 도가니였다.

그런데 오산학교에서 가르친 民族精神은 단순한 민족감정이 아니었다. 애국심이라고 하여 한때 흥분하거나 단순한 感傷에 떨어지는 것을 깊이 경계하였다. 오산에서 가르친 민족정신은 어디까지나 민족의 영광을 바라보는 민족정신, 내 자신의 덕과 지혜와 힘을 길러 나라에 봉사하자는 민족정신이었다. 오산학교의 지도정신으로서의 민족정신이 단순한 민족주의인 것 보다는 도리어 인도주의 내지 인격주의에 통하는 것이 이 때문이다. 어떤 영국 학자가 1919년에 발표된 우리 독립선언서를 읽고 이것은 구약 예언자의 목소리를 방불케 하는 어린 아시아의 부르짖음이라고 한 일이 있었다. 오산학교에서 가르친 민족정신은 깊이 도덕과 신앙에 연결된 역사의 음성이었다.

남강은 이 같은 민족정신·민족애의 중심에 서 있었다. 남강은 이 것을 책으로 배운 것이 아니었다. 그의 맑은 천성과 고난 어린 생애와 격동하는 국정과 대한매일신보와 도산에게서 받은 감명과 그가 나중에 들어간 기독교 신앙이 그를 종교적인 고결한 민족정신에 이끌었다. 기독교 학교들이 그리스도의 복음에 이끌리는 것마냥 오산학교는 민족전도 대업의 기초를 닦는 정신에 이끌렸다. 그러므로 남강의 민족정신은 편협한 민족주의가 아니고, 도덕주의·인격주의에 이끌리는 역사의 소리였다. 남강의 이 같은 민족정신은 오산학교의 연면한 전통으로서 직원과 학생이 여기에 젖지 않음이 없었거니와 그 푸른 물줄기는 설립자 남강에게서 시작하여 남강·여준·유영모·조만식에게로 흘러 내렸다.

그런데 창립 당시 학생들에게 큰 감명을 준 것이 여준 선생의 수신·역사 시간과 서진순 선생의 조련 시간이었는데 남강이 출타했다가 돌아와 학생을 모아 이야기할 때 듣는 이들은 그 말 한마디 한마디가 가슴 스며드는 것을 느꼈다. 초기 졸업생들은 남강 선생의 이야기를 듣던 일과 선생과 같이 비로 교정을 쓸던 일과 학생 의회인 동문회에 모여서 선생 앞에서 연설하고 토론하고 하던 일이 일생을 통하여 잊어지지 않는 장면이라고 하였다.

남강은 어려서 글방에서 史略·無題詩·孟子를 읽었고 사십이 넘어 상계에서 은퇴하고 용동에 글방을 세우고 거기서 경서를 배웠다. 이 밖에 장사하면서 伊太利三傑傳·越南亡國史같은 책을 구하여 읽은 일이 있고 신문으로는 독립신문과 대한매일신보를 읽었다. 남강이 오산학교를 세우고 여준 선생에게서 梁啓超의 飮氷室文集을 배웠는데 뒤에 감옥에 들어가 신구약 성경과 天路歷程을 읽은 것을 합해서 남강의 읽은 책은 열권을 좀 넘을까 말까 하였다. 그런데 남강은 이 밖에 커다란 책 두 권을 읽었다. 하나는 자기의 고난 어린 생애고, 다른 하나는 나라의 격동하는 형편이었다. 이 두 권의 책 아닌 책으로부터 남강은 책에서 얻기 힘든 생생한 경험과 깊은 교훈과 생활의 굳건한 信條를 얻어 가졌다.

남강은 학교 일로 평양으로 서울로 다니다가 며칠동안 학교에 있게 될 때는 여준 선생에게서 세계의 형편에 대한 이야기를 들었다. 어떤 때는 교실 안에 학생들 뒤에 앉아 수신 시간·역사 시간을 학생들과 함께 듣기도 하였다. 역사 교재로는 玄采의 "東國史略"과 "萬國史記"가 사용되었다. 남강은 국사를 들으면서 고구려와 신라가 일어나고 쓰러지던 일에 많은 관심을 가졌다. 그리고 조정이 부패하고 귀족들이 정권다툼만 하여 이 때문에 외적에게 쳐들어올 기회를 준 것을 탄식하였다. 그는 충무공에 대한 이야기는 매학기마다 학생들에게 자세히 들려주라고 역사 맡은 선생에게 당부하였다. 남강은 梁啓超의 "飮氷室文集"과 俞吉濬의 "西遊見聞"을 여준 선생의 강설로 들었다. 뒤에 남강이 기독교 신앙에 돌아가 성경에서 받은 영향을 합하면 남강 자신의 정신을 튼튼하게 만든 양식은 역사와 음빙실문집과 서유견문과 성경의 네 가지에 그칠 것이다. 초기에 오산학교에 와 있던 다른 선생들도 모두 이 네 가지 정신의 양식에 傾倒했고 여기서 푸른 물줄기가 번져나가 민족간부를 양성하는 오산학원의 교육의 자량이 되었다.

남강을 위시하여 그 당시 오산학교의 선생과 학생들에게 가장 많은 영향을 준 음빙실문집과 서유견문은 다음과 같은 내용의 책이었다.

梁啓超 飮氷室文集

上編은 通論·政治·時局·宗教·教育에 관한 논문을 모았고, 下編은 學術·學說·歷史·傳記·地理·雜文·論叢을 모았는데, 정치·경제·법률·역사·지리·철학·윤리·교육·종교·수양의 종합 교재로 볼 수 있는 책으로서 저자의 맑고 날카로운 문장이 읽는 사람에게 깊은 감명을 주었다.

新民說 叙論

　國也者. 積民而成 國之有民 猶身之有四肢五臟筋脉血輪也. 未有四
肢己斷 五臟己瘵 筋脉己傷 血輪己涸 而身有能存者. 則亦未有 其民
愚陋怯弱渙散混濁 而國有能立者. 故欲其身之長生久視 則攝生之術
不可不明・故欲其國之安富尊榮 則新民之道 不可不講.

국민성 혁신에 대한 주장

　국가란 국민이 바탕이 되어 성립되는 것이므로 국가에 있어서
국민의 위치와 역할은 마치 사람의 몸뚱이에 있어서 사지와 오장,
힘줄, 맥과 핏줄들의 그것과 같다. 사지가 잘려지고 오장이 병들고
힘줄, 맥에 상처가 나고 핏줄들이 마른 채 몸뚱이가 살아 유지될
수 없는 것과 같이 국민이 어리석고, 미개하고, 나약하고, 정신과
사상이 산만하고 혼란한 채 국가가 존립해 있을 수 없는 것이다.
그러므로 몸뚱이를 튼튼하게 오래 유지하려는 사람은 신체 생명
수양의 방법을 잘 알아야 하며 또 국가의 안녕과 풍요와 국력, 권
위를 유지, 신장하고 도모하려면 국민성 혁신의 길이 무엇인가를
강구하지 않으면 안된다.

論新民爲今日中國第一急務

　吾雖日望有賢君相. 吾尤恐卽有賢君相亦我愛而莫能助也. 何也. 責
望於賢君相者深 則自責望者必淺. 而此責人不責己望人不望己之惡習
卽中國所以不能維新之大原. 我責人人亦責我 我望人人亦望我・是四
萬萬人遂互消於相責相望之中 而國將誰與立也. 新民云者 非新者一
人 而新之者又一人也. 則在吾民之各自新而已. 孟子曰子力行之. 亦
以新子之國 自新之謂也 新民之謂也.

국민성 혁신이 오늘날 중국에 있어서 제일의 급선무라는 것을 주
장한다

　나는 언제나 현명한 군주와 관리가 국가를 다스리기를 바라고
있지만, 그것보다도, 나는 오히려 그런 군주와 관리를 좋아하면서
도 그런 군주와 관리들을 내 자신이 도와주지 못하는 것이 더 걱
정이다. 왜냐하면 현명한 군주와 관리들에게 책임을 맡기고 잘해
주기를 바라는 마음만이 간절하면 오히려 자신을 책망하고 반성하
는 마음이 약하기 때문에 해주기를 요구하면서 자신에게는 누가
무엇을 요구해오지 않기를 바라는 나쁜 습관이 곧 우리 중국의 유
신을 실천하지 못하는 가장 큰 원인이다. 내가 남에게 책임을 물
으면 남은 나에게 책임을 추궁하는 법이며, 내가 남에게 무엇을
요구하면 남도 나에게 무엇을 요구해 오는 법인데. 이렇게 四억의
중국 사람들이 서로 책임만 묻고 서로 요구만 하게 되면 국가는
누구누구와 함께 건설하고 유지해 나가겠는가? 국민성 혁신이란
한 사람은 혁신을 당하고 한 사람은 혁신을 시키고 하는 것이 아
니라 국민 각자가 자신을 혁신시키는 것이다. 맹자가 말하기를 "너
희 자신들의 각자 힘써 자신들을 혁신하여 행동한다면 너희들의
나라는 혁신된다"고 하였다. 이것이 이른바 자신을 혁신하는 것이
요, 또 국민성을 혁신하는 것이다.

就優勝劣敗之理

　在民族主義 立國之今日. 民弱者國弱 民强者國强. 殆如影之隨形響
之應聲 有絲毫不容假借者……非天幸也 其民族之優勝使然也. 然則
吾之所當取法者可知己. 觀彼族之所以衰所以弱 此族之所以興所以强.
而一自省焉. 吾國民之性質 其與彼召衰召弱者異同若何 與此致興致
强者異同若何. 其大體之缺陷在何處 其細故之薄弱在何處. 一一勘之
一一監之 一一改之 一一補之 於是乎新國民可以成.

우수하면 승리하고 열등하면 실패하는 이치
　민족주의로 국가가 성립돼가는 오늘에 민족이 약하면 국가도 약
하고 민족이 강하면 국가도 강하다. 이것도 마치 물체에 따라 그
림자가 생기고 음향진동에 따라 소리가 생기는 것과 같이 털끝만

큼도 원인 없이 결과가 생기는 일은 없다. …… 따라서 국가의 강
성은 결코 천연적으로 저절로 된 것이 아니고 그 나라 민족의 우
수한 점 때문에 된 것이다. 그렇다면 우리가 마땅히 본받아 배워
야 할 것이 무엇인가는 환하게 알 수 있는 것이다. 어떤 민족의
쇠약해진 까닭과 어떤 민족의 강성한 까닭을 잘 관찰해서 스스로
반성해보아야 하는 것이다. 곧 우리 민족의 성질이 저 쇠약해진
민족의 성질과 무엇이 다르고 같은가를 알아보고 또 이 강성해진
민족의 성질과 무엇이 같고 다른가를 알아 볼 것이며 동시에 우리
민족의 대체적인 결함이 어디에 있으며 또 사소한 약점이 어디에
있는가를 일일이 참작하고 대조해보고 고치고 보충해간다면 국민
성의 혁신을 기할 수 있는 것이다.

放其自由之罪

西儒之言曰. 天下第一大罪惡 莫甚於侵人自由 而放棄己之自由者
罪亦如之. 余謂兩者比較 則放棄其自由者 爲罪首 而侵人自由者 乃
其次也. 何以言之. 蓋苟天下無放棄自 由之人 則必無侵人自由之人.
此之所侵者 卽彼之所放棄者 非二物也……故曰 苟無放棄自由者 則
必無侵人自由者. 其罪之大原 自放棄者發之 而侵者因勢利導不得不
強受之. 以春秋例言之 則謂之罪累可也.

자유포기의 죄

서양학자 말에 "천하의 제일 큰 죄악은 다들 사람의 자유를 침해
하는 것이고, 자기의 자유를 포기하는 것도 마찬가지다"고 하였다.
나는 위의 둘을 비교해 볼 때 오히려 자기의 자유를 포기하는 것
이 으뜸가는 죄악이고, 다른 사람이 자유를 저해하는 것은 그 다
음이라고 생각한다. 왜냐하면 이 세상에서 자기 자유를 값지게 생
각하지 않고 함부로 포기해 버리는 그러한 사람이 없다면 남의 자
유를 침해하려는 사람도 절대로 없을 것이기 때문이다. 자유가 침
해되는 것이나 자유를 포기하는 것은 결코 서로 다른 경우가 아니

다.…… 따라서 자신의 자유를 포기하는 사람이 없다면 남의 자유
를 침해하는 사람도 절대로 없는 법이다. 이런 죄악의 근원은 자
유를 포기하는 사람에게서 시작되고, 다른 사람이 자유를 침해하
는 사람은 어떤 사정이나 이익에 유도되어 어쩔 수 없이 그렇게
하는 것이니, 春秋의 예를 가지고 말한다면 이런 것은 이른바 연
루죄라고 말할 수 있겠다.

自由祖國之祖

北亞美利加洲有一族之人民焉. 距今二百七十餘年前 其族之先人百
有一人 苦英苛政 相率辭本國 去而自竄於北美洲 蓬艾藜蒿之地. 櫛風
沐雨千辛萬苦 自立之端緖稍萠芽焉. 其初至之地曰菩利摩士 遺跡至
今猶有存者. 爾後有志之士 接踵以來 避秦而覓桃源者 所在皆是積百
有餘年. 戶口漸繁 財政漸增 至千七百七十五年 旣瀰滿於十三州之地.
遂建義旗脫英羈軛 八年苦戰 幸獲得利 遂爲地球上一大獨立國 卽今
之美國是也. 回憶此一百有一人之先人 於千六百二十年十二月二十二
日 冽風陰雪中舍舟登陸 繭足而立於太平洋岸石上之時 其胸中無限
塊壘抑塞 其身體無限自由自在 其襟懷無限光明俊偉. 殆所謂本來無
一物者 而其一片獨立之精神 遂以胚胎孕育今日之新世界. 天下事固
有種因在千百年以前而結果在千百年以後者. 今之人有欲頂禮華盛頓
者乎 吾欲率之以膜拜此百有一人也.

자유국가 국민의 선포

(북아메리카에 하나의 민족이 살고 있다. 지금부터 270여년 전,
이 민족의 선조 101명이 영국의 학정을 견디지 못하여 조국인 영
국을 버리고 이웃 북아메리카 미개척지에 건너와서 억센 자연조건
들을 겪고 이기면서 천신만고 끝에 자립생활의 터전을 다졌다. 그
들이 처음 북아메리카에 건너와 뼈를 댄 곳이 바로 플리머스이여,
지금도 그 유적이 남아있다. 그 뒤에 뜻을 가진 많은 인사들이 이
북아메리카에 찾아들면서부터 혼란한 세상을 피해 이상세계를 찾

는 사람들이 백여년 동안 자꾸 찾아들었다. 이렇게 해서 인구가 늘고 경제생활이 나아지자 서기 1775년경에는 생활영역이 13개 주로 넓어졌으며 따라서 그 뒤에는 정의의 기지를 내세우고 영국의 지배를 벗어나 8년 동안의 고전 끝에 승리하여 드디어 이 지구상에서 가장 큰 독립국이 됐으니 이것이 오늘의 미국이다. 이 101명의 이주민 선조들이 1620년 12월 22일 찬바람, 눈 속에 배에서 내려 상륙하여 발을 싸맨 채 태평양연안 언덕 위에 섰을 때 그 가슴속에 메우는 무한한 감회와 그 무한한 자유와 그 무한한 광명감과 그 희망이 어떠했겠는가? 그야말로 아무것도 없는 무의 상태에서 다만 한조각의 곧은 독립정신만으로 오늘날의 이 신세계 미국을 탄생시킨 것이다. 세상의 일은 1160여년 전에 원인이 있어 1100년 후에 결과를 낳는 법이니, 웨싱턴을 존경한다는 사람에게 나는 먼저 이 101인의 이주민 선조들을 숭배하라고 말하고 싶다.)

保全支那

　歐人日本人動曰 保全支那. 吾生平最不喜聞此言. 支那而須籍他人之保全也 則必不能保全. 支那而可以保全也 則必不籍他人之保全.
　言保全人者 是謂侵人自由. 望人保全我者 是謂放棄自由.
　或問曰孟子者中國民權之鼻祖也. 敢問孟子所言民政 與今日泰西學者所言民政同乎異乎. 曰異哉異哉. 孟子所言民政者 謂保民也牧民也. 故 曰若保赤子 曰天生民而立之君 使司牧之. 保民者以民爲嬰也 牧民者以民爲畜也 故謂之保赤政體 又謂之牧羊政體. 以保牧民者 比之於暴民者 其手段與用心雖不同 然其爲侵民自由權則一也. 民也者 貴獨立者也重權利者也 非可以干預者也. 惟固亦然 曰保全支那者 何以異之.
조국의 안전을 돌봐 준다는 말

　유럽인들과 일본인들은 걸핏하면 중국의 안전을 돌봐준다고 말하는데, 나는 언제나 이런 말을 듣는 것을 아주 싫어한다. 중국이 모름지기 외국인의 힘을 빌어 안전을 보장하게 된다면 실제로는 중국의 안전이 보장될 수 없다는 말이고, 중국의 안전이 보장될 수 있다는 것은 결코 외국인의 힘을 빌 필요가 없이 안전을 보장할 수 있다는 말이다. 어떤 사람의 안전을 돌봐준다는 것은 곧 그 사람의 자유를 침해하는 행위이고 또 다른 사람에게 자신의 안전을 돌봐주기를 바라는 것은 곧 자유를 포기하는 짓이다. 어떤 사람이 묻기를 "맹자가 중국에 있어서 인권을 주장한 최초의 인물이라고 하는데 맹자가 말한 국민을 위한 정치와 오늘날 서양학자들이 말하는 국민을 위한 정치라는 것은 서로 같습니까? 다릅니까?" 하였다. 나는 이 물음에 대답하였다. "다르다, 다르다, 맹자가 말한 국민을 위한 정치라는 것은 백성의 생활을 돌봐주는 것을 말하며, 따라서 백성을 기른다는 뜻이다. 그러므로 백성을 어린 아이 돌보듯 한다는 말이고, 또 하늘이 백성을 태어나게 한다음 그들을 다스릴 임금을 세워주고 관리를 다스려 백성을 먹여 기른다는 것은 백성을 가축으로 취급하는 것이다. 이런 이유 때문에 이상의 정치체제들을 어린아이 돌보는 정치체제라고 말하여 또 어린 양을 기르는 정치체제라고 말한다. 백성을 돌보거나 기른다는 정치인을 백성에게 포악한 정치를 시행하는 정치인과 비교해 볼 때 그 정치수단이나 마음 씀은 비록 복잡하지 않다고 하더라도 백성의 자유권을 침해한다는 점과 마찬가지다. 백성을 진정으로 위하는 길은 그들의 독립을 보장해 주는 것이며, 그들의 권리를 존중해 주는 것이며, 따라서 그들이 모든 일을 간섭하지 않는 것이다. 그렇다면 중국의 안전을 돌봐준다는 것이 이상의 이치와 무엇이 다를 것이 있겠는가?

天下無 無價之物

　　西諺曰「天謂衆生曰 一切物皆以卑汝 但汝須出其價錢」可謂至言. 任公乃自呵曰 革新天下之偉業也. 汝欲就此偉業 而可以無價得之乎. 糴一斗粟 尚須若干之價值 捕一尾之魚 尚須若干之勞苦. 汝視邦家革

新之大事 其所値 曾一斗粟 一尾魚之 不若乎 嘻.

천하에는 값없는 물건이 없다.

　세상 속담에 "하나님이 인간들에게 말씀하시기를 일체의 만물들을 너희들에게 내려주오니 너희들은 모름지기 그 값을 내라"하였다는 말이 있는데 이 속담은 정말 훌륭한 속담이라고 생각한다. 임공이 자신을 자책하여 말하기를 "일체를 혁신한다는 것은 천하의 가장 큰 사업인데, 임공은 이런 큰 사업을 조그만 대가를 치르지 않고 성과를 거두어들이려 하느냐? 조 한 말을 꾸어 먹는데도 그만한 값을 치러야 하고 물고기 한 마리를 잡는데도 약간의 수고는 해야 하는데, 너는 국가를 혁신하려는 큰 사업의 값어치를 조 한 말, 고기 한 마리의 값어치와 같이 생각하여 참 서글픈 일이다"고 하였다.

兪吉濬 西遊見聞

　유길준이 미국에서 돌아와 급진 분자로 지목을 받아 갇히어 있으면서 쓴 책인데 우리나라에서 최초의 국한문체로 쓴 책으로서 유명하고 내용은 서양의 제도 문물 전반에 걸쳐 저들의 정치・산업・지리・학술문화・교육・재정・병역・교화・자선사업・풍속・도회의 景觀이 소상히 서술되어 있다. 西洋學 또는 서양문명 개요라고 할 수 있는 책이다.

　제1・2장에서는 지구의 내력과 6대주의 구역과 세계의 산과 강・인종・물산을 이야기했고, 제3장에서 9장까지 에서는 인민의 권리・교육・정부형태・세금・화폐・법률・순찰을 말했고, 제11・12장에서는 교양・풍속, 제13장에서는 학술・군제・종교의 내력과 학교의 교과목, 제14장에서는 상업과 개화, 제15・16장에서는 결혼식・衣裳・음식・궁전제도・민속과 오락, 제17장에서는 빈민원・병원・矯正院・박람회・박물관・도서관・강연・신문, 제18장에서는 증기기관·전신전화 상사·백화점, 제19·20장에서는 구주 및 미주의 대도시의 경상을 이야기 하였다.

이 책은 그 당시 견문이 자기 나라나 기껏해야 중국에뿐 국한되었던 사람들에게 놀라운 인상을 주었다. 그 때의 사람들에게는 아마 지금 우리들이 달나라 이야기를 듣는 것과 같은 신기스러움을 주었을 것이다. 한편 그 문체가 국한문 문체였기 때문에 일반 사람들에게 널리 읽혀져 그 당시의 개화운동에 공헌한 바가 컸다.

양계초의 "음빙실문집"과 유길준의 "서유견문"은 오산학교의 교사와 학생들에게 거의 필수이다시피 읽혀졌다. 이 두 책에 의하여 그들은 식견과 견문을 넓혔다. 그다음으로 학생들의 심신을 맑히고 높인 것이 조련시간과 노래였다. 조련시간에 서진순 선생이 학생들을 산과 들로 끌고 다니면서 훈련시켰는데 그들의 팔과 다리에서는 고구려의 기상이 샘솟아 오르는 듯 하였다. 학생들이 학교에서 부른 노래는 학교의 교가와 「신자성손 오백년」이라는 애국가였는데 남강이 서울과 평양을 다니면서 도산의 지은 「한양가」와 「모란봉가」를 전하였다.

漢 陽 歌

1. 한강물은 쉬지 않고 흐른다 한양아
   남산우에 송백들은 사시로 푸르다
   청청한 산림새로 들리는 바람소리
   너 부르는 열성이다 한양아

2. 고별된지 수년일다 한양아
   고초 한소 당한 옛성 한양아
   너를 생각할 때에 양춘 가절 돌아와
   쌓인 氷溪 녹아지듯 한양아

언제 다시 만나보랴 한양아

3. 전일 너와 같이 놀 때 한양아
　수모 한소 당하여도 한양아
　피와 땀을 흘리며 너를 위하여 부른다
　네가 나의 사랑이다 한양아
　나의 수심 없어진다 한양아

모란봉아 모란봉아

1. 금수강산 뭉킨 연기
　반공중에 우뚝 솟아
　모란봉이 되었고나
　활발한 기상을 떨치는듯
(후렴) 모란봉아 모란봉아
　반공중에 우뚝 솟아
　독립한 내 모란봉아
　네가 내 사랑이라

2. 모란봉아 평양성은
　제일강산 명승지라
　일등 낙원 이 아닌가
　쾌활한 흥치가 생기는 듯

3. 모란봉아 언덕 밑에
　흘러가는 대동강물
　거울같이 맑았서라
　더러운 맘이 씻기는 듯

4. 모란봉아 좌우편에
　보통벌과 대동뜰이
　광활하게 터졌고나
　모색한 흉금이 열리는 듯

5. 모란봉아 보통강수
　대동강과 합류하여
　황해수로 흘러간다
　무궁한 희망이 생기는 듯

6. 화려하다 금수강산
　황금인 듯 백옥인 듯
　내 죽으면 바로 죽지
　그대를 놓고 난 못살리라

　오산학교의 교사와 학생들은 庚戌 合邦 이후로 새로운 思潮에 접하였다. 기독교 신앙이 그것이었다. 기독교 개신교는 일찍부터 서북지방에 전하여 평양과 선천에 교회당이 서고 신자의 수효가 늘어갔다. 남강은 합방 직후 평양에서 한석진 목사의 설교를 듣고 예수교 신앙에 돌아가 학교 곁에 교회당을 지었다. 학교에서는 성경이 과목으로 가르쳐쳤고 주일과 수요일 저녁에는 모여서 예배를 보았다. 성경과 찬송가가 교사와 학생들의 새로운 정신의 資糧이 된 것이었다. 아침저녁 학생들의 입에서는 찬송가 구절이 흘러 나왔다. 이렇게 하여 오산학교는 창립 불과 3년 안에 그 속에서 새로운 교육과 신앙과 심신의 단련과 노래와 생활의 협동이 이루어져 민족의 성스러운 원에 이끌리는 생명의 불도가니가 된 것이었다.
　오산학교는 비록 고구려의 고지인 益州 옛 성터에 세워진 한 조그만 학교였거니와, 적의 휩쓰는 폭풍우에 향하여 꿋꿋이 서 있는 조국

광복의 燈臺였다. 여기서는 아침이나 저녁이나 모든 눌리는 자를 대신한 성스러운 誓願과 기도와 소망과 노래가 흘러 퍼졌다. 학교의 직원과 학생들은 마태복음의 산상수훈과 시편을 애독했는데 다음의 구절들을 그들은 외이다 시피 하였다.

山 上 福 音

마음이 가난한 자는 복이 있나니,
천국이 저희 것이요.
애통하는 자는 복이 있나니,
저희가 위로함을 받을 것이요.
온유한 자는 복이 있나니,
저희가 땅을 차지할 것이요.
의 사모하기를 주리고 목마름 같이 하는 자는 복이 있나니,
저희가 배부를 것이요.
자비하는 자는 복이 있나니,
저희가 자비함을 받을 것이요.
마음이 정결한 자는 복이 있나니,
저희가 하나님을 볼 것이요.
화목케 하는 자는 복이 있나니,
저희를 하나님의 아들이라 일컬을 것이요.
의를 위하여 핍박을 받는 자는 복이 있나니,
천국이 저희 것이요.
나를 인하여 너희를 욕하고 핍박하고 모든 악하다는 거짓말로 비방하면 너희에게 복이 있나니,
기뻐하고 즐거워 하라 너희가 하늘에서 상 받을 것이 크도다.
너희 전에 있던 선지자들을 이 같이 핍박하였느니라.

〔마태 5. 3-12〕

목숨을 위하여 무엇을 먹을까 무엇을 마실까 몸을 위하여 무엇을
입을까 염려하지 말라.
목숨이 음식 보다 중하지 아니 하며 몸이 의복 보다 중하지 아
니하냐.
공중에 나는 새를 보라 심지도 않고 거두지도 않고 곡간에 모아
들이지도 아니하되,
천부께서 기르시나니
너희는 새 보다 귀하지 아니 하냐.
너희중에 누가 염려함으로 목숨을 일각이나 더 하겠느냐.
너희가 어찌 의복을 위하여 염려하느냐 들에 백합화가 어떻게
자라나는가를 생각하여 보라.
수고도 길쌈도 아니 하느니라.
그러나 내가 너희에게 말하노니 솔로몬의 지극한 영광으로도
입은 것이 이 꽃 하나만 같지 못하였느니라.

〔마태 6, 25-29〕

사 랑

내가 사람의 방언과 천사의 말을 할지라도,
사랑이 없으면 소리나는 구리와 울리는 꽹과리와 같고,
내가 예언하는 능이 있어 여러 가지 오묘한 뜻과 모든 학술을
통달하고 또 산을 옮길만한 모든 믿음이 있을지라도,
사랑이 없으면 내가 아무것도 아니요.
내가 내게 있는 모든 것으로 구제하고 또 내 몸을 주어 불살을
지라도,
사랑이 없으면 내게 유익함이 없느니라.
사랑은 오래 참고 온유하며,
사랑은 투기하지 아니하며,

사랑은 자랑하지 아니하며,
교만하지 아니하며,
무례히 행치 아니하며 자기의 이익을 구하지 아니하며,
성내지 아니하며 악한 것을 기억하지 아니하며,
의 아닌 것을 기억하지 아니하며,
진리와 함께 기뻐하고,
범사에 참으며 범사에 믿으며 범사에 바라며 범사에 견디느니라.
사랑은 길이 떨어지지 아니하나 예언도 폐하고 방언도 그치고
지식도 폐하리라.
우리 지식도 온전치 못하고 예언도 온전치 못하니,
온전한 것이 올 때에는 온전치 못한 것이 폐하리라.
〔고린도전서 13, 1-10〕

시편 제1편

복 있는 자는 악한 자의 의논대로 행하지 아니하고,
죄인의 길에 서지도 아니하며, 오만한 자의 자리에 앉지도
아니하고, 오직 여호와의 율법을 즐거워하며,
그 율법을 주야로 묵상 하는도다.
이 사람은 비컨대 시냇물가에 심은 나무가 그 시절을 좇아
열매를 맺으며,
그 잎사귀가 마르지 아니함 같으니
무릇 그 행사가 형통 하리로다.
악한 자는 그렇지 아니하니,
바람에 나는 겨와 같도다.
그러므로 악인들이 심판할 때에 서지 못하며,
죄인들이 옳은 자의 회중에 들지 못하리로다.
대개 여호와께서 옳은 자의 길을 아시나니,

오직 악한 자의 길이 망하리로다.

시편 제15편

여호와여, 누가 주의 장막에 머물으며,
누가 거룩한 산에 거하리이까.
이에 정직하게 행하며 공의를 일삼고,
마음에 참 말을 하는 자로다.
그 혀로 참소하지 아니 하며,
그 벗에게 악을 행치 아니 하며, 그 이웃을 훼방치 아니 하는
자로다.
그 눈에는 버린 자를 천히 여기며, 오직 여호와를 두려워하는
자를 존대하는 자요,
맹세한 것은 자기에게 해로울지라도 변치 아니하는 자로다.
제 돈을 중한 변리로 꾸이지 아니 하며,
뇌물을 받고 무죄한 자를 해롭게 아니 하는 자니,
무릇 이런 일을 행하는 자는 영원토록 움직임을 보지 아니 하리
로다.

시편 제23편

여호와께서 나의 목자시니,
내게 부족함이 없으리로다.
나로 하여금 푸른 풀 밭에 눕게 하시며,
잔잔한 물 가로 인도 하시도다.
내 영혼을 소생케 하심이여,
그 이름을 위하여 의의 길로 인도 하시도다.
또한 내가 비록 사망의 음침한 골짜기로 다닐지라도 해받음을

두려워 아니 함은,

주께서 나와 함께 계심이라 주의 막대기와 지팡이가 나를 안위

하시나이다.

주께서 나를 위하사 내 원수 앞에 상을 베푸시고,

기름으로 내 머리에 부으시니 나의 잔이 넘치나이다.

진실로 선함과 인자 하심이 나의 사는 날까지 나를 따르리니,

내가 여호와의 전에 영원토록 거하리로다.

3. 合邦 前後

1905년 일본은 을사 보호조약을 억지로 한국 조정에 뒤집어 씌웠다. 이 거조가 2천만의 거창한 항거에 만났는데 일본은 번번이 이것을 총칼과 간책으로 누르려고 하였다. 을사오조약·통감정치·정미칠조약·군대해산·고종양위·한일합병은 적의 일련의 침공이었고 민영환 경의 자결·의병 봉기·해아밀사사건·이등박문 암살·신민회 조직·원동 회합은 적에 대한 줄기찬 반격이었다. 그런데 이 一陣의 회오리바람이 지나가고 적과 우리와의 싸움이 만주와 상해와 沿海州와 美洲로 옮겨진 뒤 나라 안에 남아있는 오직 하나의 진격 기지는 남강이 세운 오산학교였다.

오산학교는 창립에서 한 해가 지나가는 동안 많은 성과를 거두었다. 경영의 면은 남강이 전담하고 남강의 주도 아래 교육내용은 여준, 학교 살림은 박기선이 각각 담당하여 힘과 정성을 부은 결과 만족의 광복을 위한 불멸의 基地가 우리 사이에 생긴 것이었다. 남강은 오산학교를 위해서 모든 것을 바쳤다. 힘과 노력과 재산과 명예와……그는 학교에 미친 사람이라는 별명을 들었는데 실상은 학교에 미친 것이 아니고 나라에 미친 것이었다. 그가 학교를 위하여 물불을 가리지 않고 돌아다닌 것은 충무공 이후 나라를 위한 가장 위대한 獻身이려니와 이렇게 하는 동안 그는 자기 스스로를 상상조차 못하던 대 교육

자로 만들었다. 오산학교를 세운지 1년이 못 넘어 그는 학교와 떠나서는 살 수 없는 사람이 되고 말았다. 그는 고난에 부딪치면 부딪칠수록 학교를 위하여 자기를 바치겠다는 매운 결심이 가슴에 서리는 것이었다. 교육을 통해 나라를 구원하는 길이 가장 확실한 길이 된다는 것을 남강은 도산으로부터 들었거니와 이 신념을 도산 이상으로 실천에 옮긴 이가 아마 남강일 것이다.

그 때 학교에는 초대 교장 白彝行 뒤에 李鍾聲 교장, 선생으로는 呂準・徐進淳・朴基璿・白南日・尹琦爕 같은 이들이 있었다. 학생은 상급반으로 2학년이 있고, 그 아래 1학년과 예비반이 있고, 따로 단기 사범과 학생들도 있어 가슴마다 성스러운 원을 품은 푸른 참대들이 무성하게 자라나고 있었다. 학교 소문이 평안도뿐이 아니고 널리 전국에 떨쳤다. 함경도・강원도・경상도로부터 학생들이 서울이나 송도를 지나 벽지인 시골을 찾아왔다. 프란시스・승단이나 도이니크스・승단마냥, 여기 모인 젊은이들은 한마음 한뜻 아래 사랑과 봉사의 생활 속에서 푸른 창공에 날개를 떨칠 날을 바라보면서 몸과 마음을 닦고 있었다.

그런데 어려운 한 가지가 일어났다. 학교 운영비를 기부해온 향교로부터 기부한 토지를 다시 돌리든가 그렇지 않으면 학교 경영권을 자기들에게 맡기라는 것이었다. 페스탈로치가 만났던 "Neuhof"와 "Burgdorf"의 어려운 사태가 인제 남강에게 온 것이었다. 이것은 박승봉 관찰사가 갈렸기 때문에 본래부터 불평을 품고 있던 사람들이 여러 가지 구실을 내어세워 남강의 하는 일을 방해하려는 심산에서였다. 향교 측에서는 자기들이 부담하는 경비가 과중하니 학교를 크게 할 필요가 없다고 하여 유림 사람인 盧德日을 교감에 임명하여 학교에 내어 보내었다. 남강은 처음부터 이 일의 귀추를 알아 문제의 향교재산을 돌려주기로 결심하고 동지들과 의논한 끝에 이것을 단행하였다. 페스탈로치 경우의 "Niederer"와 같은 인물이 남강의 동지 중에 없는 것이 다행한 일이었다. 인제 오산학교는 누구하나 그 경영을 시비할 수 없는 남강 책임하의 학교가 된 것이었다. 남강은 향교 재산을 돌려주고 그 뒤 한달이 못 넘어 자기 백씨 땅과 자기 소유 토지를 통틀어 팔아 학교의 기본 재산을 만들었다. 그리고 한쪽으로 평양의 尹聖運, 진남포의 金正民, 청정의 李容華, 덕원의 趙衡均, 모안이의 金順西·金洛容, 오산의 白陽汝 등 몇몇 동지를 규합하여 贊務會를 조직하여 그들의 성금으로 매달 40원의 경상비를 얻어 간신히 현상을 유지해 나갔다. 남강의 오산학교 경영이 줄곧 곤란한 경영 아님이 없었거니와 향교재산을 돌려준 직후처럼 심한 간고에 부딪친 일이 없었다. 선생들을 굶겨서 안 된다고 하여 쌀독에서 쌀을 퍼내고 학교에 비가 샌다고 하면서 기와를 벗겨 옮겨다 이은 것이 이 때의 일일 것이다. 돈을 구하러 곽산 가다가 긴허리에서 눈보라 속에서 길을 잃고 쓰러진 것을 지나가던 사람이 구해내었다는 것도 이 때의 일일 것이다. 얼마 안 되는 땅을 팔아 학교에 부치고 남은 집마저 팔려고 할 때 가족들의 불평에 대답하여 "다 팔아 학교에 부치고 우리는 학교 곁에 건너가 학생들의 밥이라도 해주면 되지 않느냐" 한 것도 이 때의 일일 것이다.

남강은 형식으로는 오산학교의 교장도 아니고 선생도 아니었다. 그는 자기 스스로 교장의 명의를 띄기를 원치 않았고 배운 학문이 없다고 하여 시간에 들어가 학생들을 가르치는 일에 감당치 못한다고 하였다. 이름으로서는 아무것도 아니었으나 내용으로는 학교를 끌고 나가는 대들보였다. 학교를 세우고 선생님을 모셔 오고 경비를 마련하고 물건을 사들이고 학생들을 모아 이야기하고 뜰을 쓸고 변소를 깨끗이 치우고 학생들 뒤에 앉아 배우고 학교에서 자고 학교에서 먹고…… 사람들이 페스탈로치를 가리켜 교육을 위해서 세상에 나온 사람이라고 하거니와 남강이야말로 민족의 힘을 축적하는 오산학원을 위해서 하늘이 이 지상에 보낸 이라고 할 수 있을 것이다.

그런데 남강과 함께 오산학교의 정신의 기둥이 된 이가 呂準 선생이었다. 남강이 여준 선생을 어떻게 알았고 또 누구의 소개로 모셔 왔

는지를 모르거니와 이 여준 선생을 모셔온 것이 오산학교로서는 여간
만 대견한 일이 아니었다. 여준 선생은 호를 是堂이라고 했는데 민족
의 학원으로서의 오산학교의 품격과 교풍은 모두 시당으로부터 우러
나왔다. 학과 편제와 시간표와 교가와 기숙사 생활과 동문회 조직과
학생들의 모여서 서로 토론하는 規制가 시당의 손을 거치지 않음이
없었다. 학교 현판을 손수 오산학교라고 쓰고 그 아래 Five Mountain
School이라고 적게 써서 걸었다. 남강의 호를 남강으로 지어 드린 것
도 시당이고 남강을 받들고 학교를 해나가기로 한 것도 시당이고 학
생들에게 높은 얼을 부어 넣은 것도 시당이고 "단심강"이라고 하여 뜰
가운데 조그만 언덕을 만들고 꽃과 나무를 심고 거기 둘러서서 남강
의 이야기를 듣도록 만든 것도 시당이었다. 남강이 여준 선생을 모셔
다가 오산학교를 세운 뒤 여기에 많은 인물들이 모여 있어 민족의 가
장 간고한 반세기를 통하여 빛나는 綺羅星座를 이루었거니와 이 성좌
의 중심에서 빛나는 별이 언제나 남강과 시당이었다.

　여준 선생과 함께 오산학교의 창립 당시의 교육에 크게 공헌한 이
가 서진순 선생이었다. 여준 선생이 수신과 역사를 통하여 신시대의
사상을 고취했다고 하면 서진순 선생은 조련과 엄격한 규율을 통하
여 강건하고 활달한 기풍을 불러 일으켰다. 박기선 선생의 한문, 백
남일 선생의 지리, 윤기섭 선생의 법제 경제, 그리고 조금 뒤에 온 유
영모 선생의 수학도 학생들에게 깊은 인상을 주었다. 史家 申采浩도
나라 밖으로 나가기 전에 오산에서 교편을 잡았는데 그의 역사에 관
한 이야기는 듣는 이에게 많은 감명을 주었다. 시험 볼 때는 선생이
종이에 시험 문제를 붓으로 써 가지고 들어와서 칠판에 붙이고 나갔
는데 학생들은 단정히 제자리에 앉아 아는 대로 깨끗이 써서 나중 학
생이 답안을 모아 선생님 방에 가져다 드렸다. 학과 시간도 학과 시
간이려니와 토요일 오후나 저녁시간에 갖는 동문회 모임은 학생들의
자치회 또는 議會로서 한편 청년학우회의 모임이 되기도 했는데, 모
이는 시간이 엄수되고 질서 정연하고 보고와 발표가 간명하고 토론

이나 결정이 부드러운 가정적 분위기속에서 진행되고 하여 참석한
이들에게 거기 모였던 보람을 안고 돌아가게 하였다. 회를 열고 마치
고 할 때는 동문회가가 생기기 전이라서 靑年學友會歌가 불리어졌는
데 이 노래가 그들의 모임을 한층 더 즐겁고 인상 깊게 만들어 주는
것이었다.

靑年 學友會歌

무실 역행 등불 밝고 깃발 날리는 곳에
우리들의 나갈 길이 숫돌 같도다
영화로운 우리 역사 복스러운 국토를
빛이 나게 하량으로 힘을 합쳤네

용장하던 조상의 피 우리 속에 흐르니
아무러한 일이라도 겁이 없도다
지성으로 이루랴고 노력하는 정신은
자강 충실 근면 정제 용감이로세

1908년 가을 도산과 이갑이 신민회 일을 의논하기 위하여 오산에
들렀다. 남강이 평양에서 도산의 말을 듣고 돌아와 세운 학교였으나
도산이 여기에 오기는 이번이 처음이었다. 남강은 학생들 앞에 도산
을 소개하였다. 도산은 먼저 자기가 남강의 인격과 사업을 존경한다
는 말을 하고 청년들이 일어날 때가 돌아 왔다는 이야기를 하였다.
먼저 세계의 대세를 말하고 우리나라의 어려운 형편을 이야기 하고
백성 한 사람 한 사람이 밝고 덕스럽고 힘 있는 개인이 되기 전에 나
라를 구할 길이 없다는 것을 말하고 낙심하지 말고 한걸음 한걸음 전
진하는데 겨레의 참된 영광이 온다고 거듭 역설하였다. 듣는 학생들
은 그 말도 말이려니와 도산의 부드러운 얼굴과 우렁찬 목소리와 단

아한 몸자세에 깊은 인상을 받았다. 이미 이 같은 내용의 말을 여러
번 들은 학생들은 그 내용에서 새로운 것을 찾은 것은 아니었다. 그
러나 같은 말이건만 말 한마디 한마디가 깊이 가슴 속에 파고들어 거
기에 맑고 푸른 물결을 일으켰다.

융희 3년 2월(1909년) 이등박문이 한국 황제에게 국내 정세를 시
찰하는 것이 좋겠다고 상주하여 총리대신 이하 여러 각료와 이등박
문을 대동하고 먼저 남쪽을 돌고 이어 西巡하게 되었다. 이 때 황제
는 古邑역을 통과하면서 후진 교도에 힘쓰는 남강을 만나보고 싶다
고 하여 황제의 순행이 국경까지 갔다 돌아오는 길에 정주역에 잠간
머물 때 뵈옵기로 약속하였다.

남강은 황제가 직접 부르고 또 교육공로자로 표창한다는 분부에 직
원과 학생들을 인솔하고 정각전에 정주역에서 기다렸다. 예복을 입고
황제를 뵈워야 한다고들 하여 서양 예복에 실크햇을 썼다. 나라의 쓰
러져 넘어감을 눈앞에 보면서 이제 폭풍우속에 서 있는 국왕을, 그것
도 적의 원흉을 곁에 하고 뵈우려고 할 때 남강의 가슴에는 진실로 천
가지 생각만 가지 회포가 서리는 것이었다. 그 때 환영 나온 사람은
누구나 태극기과 일본의 일장기를 손에 들고 나가게 되었다. 그런데
많은 사람들 중에서 오산학교의 직원과 학생만이 태극기를 들고 일장
기를 들지 않았다. 다른 사람들은 처음에 이상히 생각했다가 그것이
옳은 줄을 알아 들고 섰던 일장기를 땅에 떨어뜨렸다. 황제의 남순과
서순에 많은 사람들이 마중 나왔는데 손에 태극기만 들고 일장기를
들지 않고 나온 것은 평양에서 대성학교 학생들의 경우와 정주에서
오산학교 학생들의 경우뿐이었다. 오전 11시가 되자 신의주에서 떠난
기차가 도착되어 귀빈실에 잠시 쉬게 되었는데 황제는 남강을 불러
보고 민간 후진을 가르치느라고 얼마나 노고가 많았었느냐고 위로하
였다. 학교의 위치며 학생의 수효라든지 직원이 몇이고 매달 얼마의
경비가 드느냐고 자세히 물었다. 그 때 이등박문도 옆에 서 있었는데
얼굴이 넙적하고 긴 수염을 아래로 길게 느렸으며 머리에는 둥근 모

자를 쓰고 어깨에는 금줄을 두르고 있었다.

융희 황제의 서순이 있은 지 얼마 뒤에 하얼빈역에서 이등이 안중근 의사에게 암살당한 사건이 발생되었다. 남강은 자기회사 일로 평양에 나갔다가 이 소식을 듣고 학교로 돌아왔다. 고읍역에 내리자 마중 나온 여준 선생을 보고 새 소식을 전하고 평양에서 이 일 때문에 일본 헌병의 경계가 심하니 오산도 걱정이 된다고 하였다.

저녁이 끝난 다음 강당에 불이 켜지고 뜰에 있는 종이 울렸다. 학생들은 종소리에 따라 교실로 들어가 모여 앉았다. 남강이 단에 올라 첫 말이,

우리나라 사람도 인제 세상에서 살았다는 것을 알게 되었다고 하였다. 남강은 말을 이어 지금까지 우리나라 사람들은 자기를 해치려는 자가 누구인지 모르고 누가 우리를 좀먹는지도 모르고 잠만 자는 사람들이라고 외국 사람이 흉보아 왔다는 것과 오늘 아침 아홉시 하얼빈 역두에서 우리 청년 윤칠안(안중근의 전문오보)이 오랜동안 우리나라를 좀먹던 이등박문을 죽임으로써 한국 사람들도 살아있다는 것을 세계에 알렸다고 하였다. 사람을 죽이는 것이 옳지 않은 일이라고 하겠지만은 한 나라 한 민족을 좀먹는 자는 이것을 때맞게 없애어 더 큰 해독을 막지 않으면 안 된다. 여러 학생들에게 남을 죽이라고 하는 말이 아니라, 제군들이 이 뒤에 사회에 나가 나라를 위하고 민족을 위하여 도움이 되는 일을 하는 것이 곧 不義를 행하는 자를 죽여 없애는 일이 되는 것이니 윤 청년(안중근) 이 자기 몸을 희생하듯이 제군도 몸과 마음을 나라를 위하여 바치기를 바란다고 하였다.

남강이 단에서 내려서자 여준 선생이 단에 올라 이렇게 말하였다.

지금 남강 선생님이 하신 말씀과 같이 우리의 원수 이등은 죽었다. 이등이 죽었다고 우리가 안심해서는 안 된다. 이등을 대신하여

나올 자가 얼마든지 있을 것이니 우리는 제2, 제3의 이등을 몰아
내지 않으면 안 된다. 세상에서는 이등을 동양 3국을 위하는 대정
치가라고 선전하는 자들도 있으나 저들의 모략에 속아서는 안 된
다. 이등이 입을 열면 保全支那, 保全韓國을 말하거니와 중국이나
한국은 중국과 한국사람 자신의 손으로 보존되어야할 것이요 남의
힘으로 보존될 것이 못된다. 일본의 힘으로 보존되었다고 하면 이
것은 일본을 위한 보존이요 중국이나 한국 자체를 위한 보존이 되
지 못하기 때문이다. 이등은 인제 넘어갔다 그러나 이것으로 우리
의 독립이 보장된 것이 못된다.

남강과 시당 두 선생님의 말씀이 끝나자 학생들은 일어설 줄을 모
르고 오래 앉아 있었다. 그들의 가슴 가슴에는 나라를 위하여 자기를
바치려는 푸른 맹세가 이슬처럼 맺히는 것을 느꼈다.

이등박문이 죽고 이완용이 칼에 찔리는 일이 일어나자 그 뒤처리
로 한참동안 잠잠하던 일본 정계는 해가 바뀜에 따라 合倂論이 일
어나기 시작하였다. 일본군벌에서는 李容九ㆍ宋秉晙 일파의 一進會를
시켜 합병청원과 선언문을 발표케 한 후 합병을 단행하기로 내정하
고 寺內正毅를 통감, 明石元二郎을 부감으로 하여 기정 방침을 강행
하려는 기세를 보였다.

남강은 학교의 직원들을 모아 의논하고 시국도 불안하고 하여 8월
에 제1회 졸업식을 거행하려던 계획을 바꾸어 7월 11일에 거행하기
로 작정하였다. 예정했던 졸업식 날이 닥쳐왔다. 날씨가 맑게 개었고
많은 손님들이 식을 보려고 모여 왔다. 학교 안팎이 깨끗하게 단장되
었다. 정각 열시에 애국가로 식이 시작되어 이종성 교장의 증서 수여
가 있은 뒤 남강으로부터 졸업생에게 주는 말이 있었다. 그 말 속에
는 학교가 초창기가 되어 여러 가지 부족한 중에 공부도 변변히 못하
고 떠나보내는 것이 안 되었다는 말과, 지금 우리 형편은 편히 앉아
공부만 하고 있을 때가 못 된다는 말과, 하루라도 빨리 나가 여기서
배운 것만치라도 동포를 깨우쳐 주어야 한다는 말과, 이 거칠고 험악

한 세상에 너희들을 내어 보내는 것이 마치 양떼를 사자 틈바구니에 보내는 심정이라는 말이 있었다. 나중으로 부탁 한 가지는, 어디를 가나 어디 있으나 거짓말을 하지 말고 남을 속이지 말고 자기 맡은 일을 게을리 말고 행하여 민족의 영광을 높이는 훌륭한 인물이 되라고 하였다. 이 식전에 꼭 참석하기로 되어 있는 도산으로부터는 대성학교를 폐교시킨다는 문제로 하여 못 오고 대신 사람을 보냈다. 도산은 자기가 월여 전에 목이 쉬어 충분히 이야기는 못 했어도 그 때 학생들에게 부탁한 바가 있으니 못 간다고 섭섭히 알지 말라고 전하였다. 식은 교가를 끝으로 마쳤다. 이날 졸업한 사람은 11명이었는데 金道泰·金子烈·吳仁錫·李鎭秋·李寅洙·桂熙善·李允榮·李時雄·盧德瓚·李重皓·池光漢 등이었다.

1910년 8월 29일 일본은 합병조약을 발표하면서 韓土를 자기 주머니 속에 거두어 넣었다. 한반도는 통곡의 골짝으로 변하였다. 남강도 처음에는 울었다. 그러나 남강은 눈물을 거두고 새로운 작전을 생각하였다. 여름 방학이 지나가고 9월 신학기가 되었다. 학생들은 방학 동안 집에서 망국의 비보를 알고 학교에 나왔다. 개학하는 첫날 남강은 학생들을 데리고 학교 뒷산으로 올라가 언덕 위에 정렬시키고 동쪽을 향하여 서게 하였다. 학생을 마주 보고 서더니 5분 10분 그대로 서서 말없이 눈물만 흘러 내렸다. 눈물은 뺨을 흘러 옷깃을 적시고 다시 땅에 떨어졌다. 소나무 가지를 스치는 바람 소리와 이따금 새소리가 들릴 뿐 조용한 시간이 흘렀다. 얼마 뒤 남강은 내려가자고 하면서 내려왔다. 학생들의 가슴속에는 그 때의 남강의 모습과 시간이 영원히 아로 새겨져 꺼지지 않는 등불을 그들의 가슴에 켜놓은 것이었다. 이 일이 있은 후로 남강의 학교에 대한 열성은 한층 더 불타오르는 것같이 보였다. 그는 일을 위해서 세상에 나온 사람이거니와 바람이 거셀수록 거셀수록 그의 날개는 피곤을 모르는 불사조의 날개마냥 한층 더 세차게 떨쳤다.

합병조약 한장으로 나라가 망하자 겨레의 독립과 자유를 부르짖던

지사들은 인제 일인 헌병들의 감시와 증오를 받게 되어 나라 안에 백여 있을 수가 없었다. 신민회, 대한자강회, 서북학회, 기호·관동·영남학회 등등의 애국 단체의 간부였던 사람들은 하나 둘 해외로 망명의 길을 떠났다. 오산학교는 한때 해외로 나가는 지사들의 유숙하는 역원 같기도 하였다. 신채호 같은 이도 몇 달을 두고 학교에서 역사 교원이라 하여 국사도 가르치고 서양사도 가르치다가 어느 사이엔가 자취를 감추었다. 도산의 유명한 去國歌는 그 때 청소년들이 아무도 없는 틈이면 사랑해서 부르던 노래였다.

去 國 歌

1. 간다 간다 나는 간다
   잠시 뜻을 얻었노라
   나의 등을 내밀어서
   일로부터 여러 해를
   그동안에 나는 오직
   나 간다고 설어 마라

   너를 두고 나는 간다
   까물대는 이 시운이
   너를 떠나 가게 하니
   너를 보지 못할지나
   너를 위해 일할지니
   나의 사랑 한반도야

2. 간다 간다 나는 간다
   지금 너와 작별한 후
   건널 때도 있을지요
   다닐 때도 있을지나
   어느 곳에 가 있든지
   너도 나를 생각하라

   너를 두고 나는 간다
   태평양과 대서양을
   시베리아 만주 들로
   나의 몸은 부평같이
   너를 생각할 터이니
   나의 사랑 한반도야

3. 간다 간다 나는 간다
   빈주먹을 들고 가나
   기를 들고 올 터이니
   기쁜 환영 되리로다

   지금 이별할 때에는
   이후 성공할 때에는
   눈물 흘린 이 이별이
   악풍 폭우 심한 이 때

부대 부대 잘 있거라   훗날 다시 만나보자
나의 사랑 한반도야

오산학교의 학생들은 이 노래를 많이 불렀다. 해외로 나가는 지사들
의 뒤를 따라 이 노래를 부르면서 강을 건넌 학생들도 많았다. 남강은
가는 이들을 보낼 때 마다 어디를 가나 조국 광복에 힘써 다시 만나
는 날을 기다리자고 하였다. 남강은 나라의 욕됨을 보고 목숨을 끊는
것만이 애국이 아닌 것마냥 해외로 나가는 것만이 조국 광복의 유일
한 길이 아닐 것이라고 하였다. 그러면서도 志士들을 전송하고 나서는
며칠 동안은 허전한 날이 계속되었다. 이 허전함도 그의 용기와 결심
을 끝내 낮추지는 못하였다. 그는 수십 명의 동지를 해외로 보내고 나
서도 자기 할 일을 올바로 보고 북극성같이 빛나는 민족 광복의 목표
를 우러러 보면서 새로운 작전을 세우는데 정성을 기울였다.

1910년 9월 하순 어느 날 남강은 평양에서 한석진 목사의 설교를
들었다. 남강이 예수교에 관심을 가진 것은 오래전부터였고 유영모
선생이 학생들에게 성경을 가르치고 교실에서 예배를 보고 하는 것
도 그대로 두었다. 그리고 평양에서 그전에 선교사나 유명한 목사의
강설을 여러 사람 속에서 들어 보기도 하였다. 그랬는데 이번만은 한
목사의 말 한마디 한마디가 깊은 감명과 인상을 주었다. 남강은 예수
를 믿기로 작정하고 학교에 돌아와 이 뜻을 동지들에게 이야기 하였
다. 남강은 모안이와 용동의 교인들과 의논하고 경의재 뒤에 교회당
을 짓기로 하였다.

오산학교를 세우면서 남강은 경의재를 수리만 했는데 인제 교회를
일으키면서 교회당을 새로 지었다. 이 교회당은 교인들과 선생과 학
생들의 힘으로 지었다. 돌도 날라 오고, 재목도 날라 오고, 경지도 뺐
고, 흙도 바르고…… 야곱이 잠에서 깨어 일어나 돌단을 쌓듯이 남강
은 어느 의미에서 잠에서 깨어 일어난 것이었다. 이 교회를 지을 때

の 일이 하나의 전통이 되어 그 뒤 교사를 지을 때에도 남강은 재목과 돌을 선생·학생들과 함께 손수 날라 왔다. 오산은 이 교회로 하여 민족정신과 복음이 한데 합하여 놀라운 불꽃을 올리면서 불타 올렸다. 나라 잃은 설움 속에서 슬픈 연기에 잠겼던 제석산 기슭에는 새로운 희망과 용기가 돌아왔다. 나라 빼앗긴 설움으로 흘리던 눈물은 주의 은혜를 고마워하는 새로운 눈물로 바뀌었다. 남강은 처음에 신교육의 불길을 가져 왔거니와 다시 여기에 그리스도의 복음의 불길을 가져온 것이었다.

4. 常綠의 地

1907년 남강은 평양에서 도산을 만나고 돌아와 향리에 강명의숙을 세웠다. 신식학교를 세우고 거기서 어린이들을 가르치고 동리 청년들을 깨우치는 것이 남강에게는 크나큰 희망이었다. 남강은 이 새로 세운 학교와 개화운동에 온 정성을 바쳤다. 학교의 교실 한 간을 늘이고 동리 청년 하나를 깨우치면 그만큼 나라가 강해지고 새로워지는 것으로 생각되었다. 남강에게는 동리마다 학교를 세워 인재를 기르고 풍속을 바꾸는 것이 그대로 적과 싸워 이것을 물리치는 일이었다.

그런데, 1907년은 우리에게 다난한 해였다. 나라의 운명은 아침이 다르고 저녁이 달랐다. 나라를 위해서는 한시가 급하다는 도산의 말을 생각하였다. 진실로 한 경각이 급하였다. 강명의숙을 세운지 반년도 못되어 경의재 자리에 다시 오산학교를 세운 것이 이 때문이었다. 남강은 완전히 학교에 미치고 개화주의에 미친 사람이 되었다.

남강은 1908년 가을에 강명의숙을 오산학교에 부쳐 부속 소학교로 만들고 그 자리에는 여학교를 세웠다. 인제 남은 일은 학교를 넓히는 일과 훌륭한 선생을 모셔 오는 일과 학생들을 많이 모아 오는 일과 학교의 재정을 튼튼히 하는 일과 여기서 학생들과 함께 고락을 같이 하는 일이었다. 남강의 새로운 결심 하나로 하여 제석산 아래는 꺼지지 않는 등불이 켜졌다. 남강의 소원은 이 등불을 방방곡곡에 켜자는 것이요 이 불빛에 의하여 한반도를 덕스럽고 부강한 나라로 만들자는 것이었다.

남강은 1907년 10월 경의재를 수리하여 현판을 걸고 칠판을 달고 백묵을 사오고 하였다. 종각도 세우고 운동장도 만들고 기숙사도 지었다. 서울에 올라가 손수 선생들을 모셔 왔다. 남강이 세상을 떠날 때까지 선생을 모셔 오는데 세심한 주의를 했거니와 그가 초창기에 모셔온 선생들 중에는 다음과 같은 이들이 있었다. 呂準·徐進淳·白南日·尹琦燮·柳永模·張志映…… 그리고 학교의 경영을 의논할 동지로서 尹聖運·金正民·趙衡均 같은 이들을 얻었다. 남강이 세운 오산학교는 학교면서 어떻게 보면 종교 교단이었다. 남강을 위시하여 선생과 학생들 사이에는 민족의 영광을 위하여 자기를 바치는 한마음 한뜻 아래 깊은 동지애와 헌신의 감정이 그들을 이끌어 나갔다.

교장으로는 백이행 선생을 모셨는데 그 뒤 이종성 교장으로 바뀌었고 합방된 해 12월 교육 주지를 기독교로 바꾼 뒤로는 羅富悅 목사가 명예 교장으로 있었고 교장의 실무는 박기선 선생이 맡아보다가 나중에 春園이 교장 대리로 있었다.

교사는 경의재 본강당이 중학교 교실이었고 그 동과 서에 각각 두 줄의 기숙사가 있었고 서쪽 뒷줄의 기숙사를 고쳐서 소학교 교실로 썼다. 남쪽에는 들어오는 대문을 가운데 두고 기숙사 방들이 연달아 있었는데 문을 나서면 층계를 내려가 아래가 운동장이었다. 조회 볼 때는 선생들이 대문 밖 층계 위에 섰고 학생들은 그 아래 교정에 줄을 지어 서 있었다. 동쪽 기숙사 뒤에 북으로 당겨서 우물이 있고 서쪽 기숙사 뒤에 변소가 있었는데 남강이 학생들을 데리고 가서 보여주고 손수 깨끗이 치기도 하였다. 경의재에는 본당 외에 선비들이 유숙하면서 공부하던 채가 동과 서에 한 줄씩 있었는데 그 뒤의 채들은 남강이 학교를 열면서 지었다. 종각도 세우고 운동장도 닦았다. 운동장 앞머리에는 포플러를 심었고 그 앞의 시내였는데 아침에는 참새들이 몰려 와서 포플러 위에서 요란 하게 지저거려 학교는 나무와 참새 소리에 둘러싸여 있었다.

학과목으로는 수신·역사·지리·영어·산술·대수·헌법대의·물리·천문학·생물·광물·창가·체조·조련이었는데 교회 학교가 된 뒤로부터는 성경과목이 첨가되었다. 학생들은 소학교를 마치고 들어온 것이 아니고 글방에서 경서를 읽다가 왔기 때문에 시간표에 따라 여러 선생님에게서 배우는 것부터가 신기했거니와 수신에서 시작하여 조련에 이르는 과목들이 모두 처음 배우는 과목들이었다. 그 중에서도 영어 시간과 세계지리 시간은 여간만 재미나는 것이 아니고 역사 시간과 법제 경제 시간도 대견한 시간들이었다. 수학 시간·동식물 시간도 처음 듣는 이야기였는데 체조와 조련 시간도 힘은 들면서도 여간만 즐거운 시간이 아니었다. 1학년에 들어온 학생들은 꿈에 취한 양 선생님과 칠판만 바라보고 앉아 있다가 종소리를 듣고야 제정신에 돌아왔다. 학과 시간 중에서도 여준 선생의 수신 시간과 역사 시간, 박우병 선생의 체조와 조련 시간, 유영모 선생의 수학 시간과 물리 시간, 춘원의 영어 시간과 문학 시간, 조만식 선생(號 古堂)의 법제 시간과 지리 시간은 학생들에게 잊어지지 않는 인상을 주었다. 여준 선생의 飮氷室文集 강독과 춘원의 문학 이야기는 학생들의 가슴 속에 신사조의 물결을 불러 일으켰다.

그런데 이 같은 과목들은 어떤 하나인 중심을 싸고돌았는데 그 중심이 남강에 의해서 불타 오른 나라에 대한 헌신이었다. 오산이 日帝의 폭풍우속에서 반세기가 넘도록 침몰되지 않는 함대로 남아 있는 것은 이 하나인 살아 있는 중심 때문이었다. 오산의 선생과 학생들뿐이 아니고 그 교실과 교정과 현관과 종각조차도 이 살아있는 중심을 싸고도는 아름다운 별들이었다. 오산학교는 창립 때부터 직원과 학생들에게 정신과 인격의 면에서 깊은 영향을 끼친 분이 몇 분 있었다. 남강과 여준과 유영모와 춘원과 고당이었다. 남강은 민족에 대한 지극한 사랑으로, 여준은 고고한 민족주의로, 유영모는 哲人다운 품격

으로, 춘원은 문필과 정서로, 고당은 높은 지조와 예언자다운 풍모로
각각 지어 버려지지 않는 인상을 주었다. 그런데 이중에서 백두산의
天池마냥 푸른 못으로 남아 생명과 물줄기를 지금도 보내고 있는 것
이 남강과 고당일 것이다.

　남강이 학생들에게 미친 영향은 과목을 담당하는 선생들의 영향을
훨씬 넘어섰다. 여준 선생이 교정에 조그만 "단심강"이란 언덕을 만
들고 거기에 화초를 심었다는 말을 앞에서 하였다. 남강은 단심강 위
에 올라서서 서울과 평양에서 들은 이야기와 기차 안에서 본 이야기
들을 들려주었다. 그 내용은 세계의 형편과 조정의 소식으로부터 코
풀고 침배앝는 데 이르기까지 아니 미치는 데가 없었는데 견문을 넓
히고 몸을 닦아 나라의 동량이 되라는 부탁이었다. 듣는 학생들에게
는 남강의 생생한 이야기가 그들의 살이 되고 피가 되었다. 학교에
있을 때는 남강은 쉬는 학생들을 데리고 뜰을 쓸고 변소를 돌아보고
하였다. 변소가 서쪽에 있었는데 남강이 그쪽으로 가면 학생들은 "서
쪽" "서쪽"하면서 웃으면서 따라갔다. 학생들을 데리고 교실의 어지
러운 구석과 변소를 보여주고 나서 함께 쓸고 닦았다. 자기 몸을 깨
끗이 하고 자기 거처를 깨끗이 하는 것이 곧 나라를 깨끗이 하는 일
이 된다고 하였다. 한번은 남강이 밖에서 돌아와 혼자 학교를 돌아보
았다. 추운 겨울이었는데 변소에 대변 무더기가 얼어 올라왔다. 남강
은 도끼를 가지고 들어서서 얼어 올라온 덩이를 까고 있었다. 기숙사
학생들이 보고 뛰어나와 도끼를 빼앗고 선생을 올라오게 하였다. 조
형균 장로가 뒤따라 나와 '선생님 좋은 것 잡수십니다' 하니 웃으면
서 '아무것도 먹으면 좋지' 라고 대답하였다. 남강은 한편 학생의 친
구가 되기도 하였다. 학생들의 얼굴과 이름을 잘 기억했고 학생들과
만나고 이야기하기를 좋아했고 동문회 모임에 참예하여 같이 의견을
발표하였다. 남강은 선생이나 학생 대하기를 정다운 가족으로 대했고
동기와 어버이의 심정으로 그들의 어려움을 보살펴 주었다. 남강의
이 지극한 정성과 사랑이 학생들에게 번져 나가 오산은 높은 소원에

불타오르는 獻身의 불 도가니가 되었다.

여준 선생은 널리 신구학문에 통하여 학생들에게 깊은 영향을 끼쳤는데 進化論과 社會契約說에 대한 이야기는 처음 듣는 신기한 학설이었다. 한번은 飮氷室文集의 "신민설"에 보인 구절을 이끌어 이렇게 말하였다.

나라라고 하는 것은 백성이 모여서 된 것이다. 나라에 백성이 있음은 마치 몸에 사지와 오장과 근육과 혈구가 있는 것과 마찬가지다. 그런데 사지가 끊기고 오장이 흩어지고 근육이 상하고 혈구가 말라 버리고 그 몸을 능히 유지할 자는 없다. 이와 마찬가지로 그 백성이 어둡고 나약하고 흩어지고 혼탁하고서 그 나라가 능히 설 수는 없다. 지금 서양의 여러 나라가 강한 것은 그 백성 한 사람 한 사람이 밝고 견실하기 때문이고 우리나라나 중국이 흔들리는 것은 백성이 어둡고 나약하기 때문이다. 입으로 나라를 위한다고 하면서 낡은 습성 속에 남아 있는 자는 자기 스스로 조국의 가슴에 화살을 쏘는 자가 되는 것이다.……

선생은 말을 마치고 조용히 서 있었다. 학생들도 말없이 앞을 바라보고 앉아 있었다. 그 때 이 말을 들은 졸업생의 한 사람은 50년이 지난 오늘에도 한 구절 한 구절이 귀에 쟁쟁하게 남아 있다고 술회하였다.

여준 선생의 뒤를 이어 학생들에게 정신과 품격의 면에서 영향을 끼친 이가 유영모와 춘원이었다. 유영모선생은 서울에서 경신학교를 마치고 19세 때 총각으로 오산에 내려 왔는데 아버지가 연동교회 장로여서 어려서부터 예수를 믿어 신앙이 두터웠다. 그는 1910년 춘원보다 조금 전에 와 수학과 물리를 가르쳤다. 뒤에 동경 물리학교에 들어갔다가 다시 나와 교장으로도 있었고 3·1운동 후에 온 것까지 합하여 전후 세 차례 오산에서 교편을 잡았다. 그의 근엄한 풍모는 학생들에게 깊은 인상을 주었는데 칼라일(Carlyle, Thomas)의 시와 천문학 이야기를 학생들은 무척 좋아 하였다. 학생들에게 성경을 가르치고 복음을 전했는데, 반대하던 학생들도 한 주일 뒤에는 선생을 따라 머리를 숙이고 기도를 올렸다. 그는 기숙사 자기 방에 둥근 책상을 깔고 그 위에 올라 앉아 靜坐를 했고 음식도 조절하여 奇人이란 말을 남겼다. 머리는 박박 깎고 겨울에는 회색 두루마기를 입고 있었는데 학생들에게는 각각 그 난 날에서부터 며칠 째라는 것을 계산해 주고 매일 아침 이것을 외어야 한다고 하였다.

춘원은 합방되던 해에 열아홉 살의 어린 나이로 동경에서 명치학원을 마치고 교사로 부임하였다. 동경에서 나올 때 책을 한 궤짝 넣어 가지고 나왔는데 이 문학청년은 교단에 서면서 놀라운 회오리바람을 불러 일으켰다. 춘원이 心醉했던 인도주의 문학, 특히 톨스토이의 작품과 타골의 시가 학생들을 휩쓸었다. 춘원의 영향 아래서 岸曙와 素月같은 시인이 나왔는데 학생들은 대개 문학에 경도하여 시를 짓고 소설을 쓰고 하였다. 남강이 감옥에 간 뒤 춘원은 교장 서리로도 있으면서 학생들에게 성경도 가르치고 교회에서 설교도 하였다. 그런데 춘원이 오산에 끼친 공적은 교가를 위시하여 여러 가지 노래를 지어서 이것을 작곡까지 한 일이었다. "네 눈이 밝구나"로 시작하는 새 교가와 창립 기념가와 동문회가와 운동가와 그밖에 스물 몇 절인가 되는 길기로 유명한 오산 경개가가 모두 춘원의 손에서 낳아졌다. 여기에 도산의 지은 애국가, 한양가와 모란봉가 그리고 유명한 거국가까지 불려져 그 때의 오산은 풍성한 노래의 동산이었다. 교회의 찬송가마저 학생들 사이에 퍼져 아침저녁 산에서나 들에서나 노래가 들리지 않는 때가 없었다.

校 歌

1. 네 눈이 밝구나 엑쓰빛 같다
   하늘을 꿰뚫고 땅을 들추어

온가지 진리를 캐고 말련다
네가 참 다섯뫼의 이이로구나

2. 네 손이 솔갑고 힘도 크구나
   불길도 만지고 돌도 주물러
   새로운 누리를 짓고 말련다
   네가 참 다섯뫼의 아이로구나

3. 네 맘이 맑구나 예민도 하다
   하늘과 땅사이 미묘한 것이
   거울에 더 밝게 비치는구나
   네가 참 다섯뫼의 아이로구나

4. 네 인격 높구나 정성과 사랑
   네 손발 가는데 화평이 있고
   무심한 미물도 다 믿는구나
   네가 참 다섯뫼의 아이로구나

同 門 會 歌

1. 세상을 맑힐 샘물 한줄기
   다섯뫼 그늘에 흘러나네
   이물을 마시려 모인 우리
   사랑의 참바로 얽혔도다
   아침 저녁에 생각함은
   언제나 몸세고 배움이뤄
   배달의 모래벌 꽃밭지어
   끝없는 역사를 빛내 볼까

2. 남들이 봄새배 단꿈 꿀제
   새론 종소리에 잠을 깨어
   세상이 모두다 흐렸거늘
   나홀로 맑으려 애쓰도다
   보라 앞길의 흐린 물결
   왼것을 휩쓸어 가려누나
   이물을 맑힐이 그뉘런가
   맘하라 다섯뫼 사람들아

3. 글쓰는 붓대는 너 들어라
   새기는 끌일랑 내 잡으마
   끝없는 바람과 늘 쓰는 힘
   우리게 새이름 주려누나
   아아 다섯뫼 다섯뫼야
   내 너를 잊을 날 없으리라
   어디를 가나 너위해 하고
   너 시킨 일 위해 몸 바치마

춘원이 1910년 봄에 오산에 왔는데 그해에 교육 주지가 기독교로 바뀌어 羅富悅 목사가 교장이 되었고 이듬해 2월에 남강이 경무총감부에 구속되어 제주도에 유배되었다가 인해 백오인사건으로 옥에 갇혔다. 이 기간 동안 춘원은 교장 대리로 있으면서 청춘의 정열을 학교에 부었다. 그런데 그의 문학 사상과 지나친 자유주의 기풍이 당시의 오산학교 교육방침과 어긋나 학교와의 사이에 간격이 생겨 마침내 떠나버렸다.

조만식 선생은 1913년 명치대학을 마치고 평양에 돌아와 있다가 학교의 간청에 못 이겨 한 학기 동안만 있기로 하고 온 것이 전후 9년이나 있었다. 법제 경제와 세계 지리를 가르쳤는데 이중에서 세계

지리는 학생들이 무척 좋아 하였다. 법제 경제 시간에 영국의 憲政史를 가르쳐 주었고 몽테뉴의 三權分離說과 루소의 民約說을 이야기해 주었는데 이것을 통하여 학생들은 크게 서양의 정치와 사회에 눈이 띄었다. 조 선생의 물산장려운동과 유명한 짧은 수목 두루마기는 한국의 간디라는 칭호조차 만들어 내었는데 학생들에 끼친 깊은 영향은 역사를 통하여 스승이 제자에게 끼친 최고의 수준에 도달하였다. 그는 남강이 백오인사건으로 감옥에 있을 때 옥에 있는 남강의 간청으로 왔는데 이지러진 교풍을 곧 바로 잡았다. 교감으로 있다가 뒤에 교장이 되어 3·1운동 때까지 학교를 끌고 나갔고 3·1운동 후 다시 교장으로 와 있은 것을 합하여 전후 9년 동안 가진 풍상을 겪었다. 학교에 있는 동안 남강의 정신을 한층 더 빛냈고 평양에 나가서는 민족진영의 영수로 간고한 기간을 통하여 민족 운동을 이끌었다.

서진순 선생이 초창기에 학생들에게 활달한 기상과 백절불굴의 정신을 가르쳤는데 서진순 선생의 뒤를 이어 박우병 선생이 왔다. 박우병 선생은 한국 군인으로서 성격이 엄했고 그 하는 일에 한계가 분명하였다. 박우병 선생은 학생들을 이렇게 훈련시켰다. 겨울에 눈이 하얗게 오면 기숙사에서 학생들을 불러내어 10분이나 20분 동안 구보를 시켰다. 구보가 끝나고는 정렬시키고 발을 벗으라고 하고 자기도 발을 벗었다. 그리고는 자기가 앞장을 서서 맨발 벗은 학생들을 논과 산으로 다리고 올라가 몰고 다니다가 다시 데리고 내려 왔다. 눈이 바람에 날려 학생들의 뺨에는 눈이 묻어 있었고 벗은 발에서는 김이 올라 왔다. 운동장에 돌아와 서면 전신에서 더운 기운이 발산되어 하얀 숨기운과 함께 뽀얀 수증기가 공중에 피어 올라갔다. 누구나 낙오되거나 불평하는 학생이 없었는데 이 같은 단련이 몸과 정신에 크나큰 힘이 되었다. 학생들이 부르는 운동가에

朔風寒雪 거슬리고 달려 나감은
北氷樓에 우리 기를 세우렴이라

라는 구절이 있었는데 박우병 선생의 훈련은 이 같은 강건한 기상을 기르기 위함이었다.

박우병 선생의 뒤를 이은 이가 조철호 선생이었다. 조철호 선생은 일본 사관학교 출신으로 仙臺에 있다가 현역으로 2년 휴가를 이용하여 오산에 왔다. 키가 크고 몸이 건장하고 연주뺨이 나왔다. 군대식 체조를 가르쳤는데 山操라고 하여 변복하고 산과 산에 복병하여 전투 연습을 시켰다. 연습이 끝나면 운동가를 부르면서 산에서 내려 왔는데 그들의 부른 운동가는 그대로 軍歌이기도 하였다.

運動歌

1. 티벨河畔 주먹같은 칠강 위에서
   萬天下를 호령하든 용장한 그들
   머리에선 지식새암 솰솰 솟건만
   익은 근육 날샌 골격 더욱 용장타
(후렴) 태동의 대륙 큰 벌판 주권 자된 우리 건아야
   우뢰같은 고함소리 천지 지르르
   번개 번적 말을 달려 나아가거라
   영예로운 저 우승기 내것 되도록

2. 조악볕에 구슬땀을 솰솰 흘림은
   南熱海에 우리 힘을 펴려 함이요
   朔風寒雪 거슬리고 달려나감은
   北氷樓에 우리 기를 세우렴이라

3. 白頭山의 상상봉에 깃발이 날고
   두만강의 두언덕에 鐵驥 식식타
   十年같은 날랜 칼이 번적이는데
   근화강산 三千里에 自由鍾 우네

조철호 선생이 뒤에 중앙학교 선생으로 있으면서 朝鮮 少年軍을 창설했는데 오산에서 학생들에게 군대 훈련을 시킨 것이 그 시초였다.

오산학교의 특징은 선생과 학생이 하나인 동지 의식에 이끌린 데 있었다. 그들은 하나인 높은 소원 속에 살았고 그렇기 때문에 서로 보살펴주고 근심해 주는 지극한 사랑이 그들 사이에 있었다. 플라톤의 아카데미가 아마 그랬을 것이다. 원시 기독교 시대의 교회들이 아마 그랬을 것이다. 프란시스·교단과 도미니크스·교단이 아마 그랬을 것이다. 그런데 그들 사이의 사랑은 그들을 하나인 聖家族으로 묶어 세웠다. 교실에 있을 때나 기숙사에 있을 때나 그들은 이 맑은 사랑 속에 있었고 또 거기에 이끌렸다. 높은 소원이 그들 사이에 사랑을 가져왔다. 그들은 사랑 속에서 같이 뛰놀았고 같이 이야기 했고 같이 손잡고 걸었고 같이 교정의 눈을 쓸었고 같이 교실 지을 재목을 날러 왔다. 그들은 경의재 옛터에 입신출세를 위해서 모인 것이 아니고 높은 소원에 이끌려 사랑을 알고 사랑을 배우고 사랑을 행하기 위해서 여기에 뽑혀 모인 것이었다.

춘원은 오산학교 선생으로 있으면서 장가를 들어 용동에 방을 얻고 부인에게 한글을 가르쳐 주었는데 그의 문학 사상이 학생들을 지나치게 낭만주의에 이끌었다. 그의 자유 연애론과 審美主義 생활 기풍이 민족 운동의 인재와 국민 사부의 양성에 어긋나게 되어 그는 실의 속에서 표연히 오산을 떠나 시베리아 방랑의 길에 올랐다.

춘원은 "그의 自敍傳"속에서 그 때 일을 이렇게 기록하였다.

이에 나는 분연히 K학교를 떠나기로 결심하였다. 그러나 나는 오늘 내일 하면서도 차마 학교를 떠나지 못하였다. 그것은 학교와 학생들에게 정이 든 까닭이었다. 인제는 K학교에 온지가 4년이나 되니, 학생은 전부 내 손에 길려난 아들까지는 안 되더라도 동생들과 같았다. 밤낮 그들과 함께 어울려서 나는 내게 있는 정을 모두 학생들에게 쏟아 주었다. 나는 하루도 그들을 대하지 아니하고는 살

수 없도록 그들이 그리웠다. 그들 중에 앓는 이가 있으면 나는 내 건강이 허하는 한에서 지성으로 그들을 간호하였다. 어떤 때엔 장질부사로 고통하는 학생을 꼭 껴안고 밤을 새우기도 하였다. 그들은 내 애인이었다. 그들을 떠난다고 생각하면 나는 모든 것을 잃어버리는 것 같아서 천지가 텅 비인 듯하였다.

때는 늦은 가을이었다. K학교를 에워싼 포플러 잎사귀들이 누렇게 황이 들어서 바람에 펄펄 날리고 있었다. 나는 학교에 와서 직원들과 학생들과 만나는 대로 인사를 하고 산보 가는 모양으로 정거장으로 나갔다.

정거장은 K학교에서 십리나 되었다. 고개하나 넘어서 산모퉁이를 돌아서면 조그마한 K역이다. 나는 고개에 올라서서 학교를 바라보고 낙루하였다. 학교는 내 유일한 집이요 학생들은 내 애인이었다. 나는 이 세상에 이 밖에 정들인 곳이 없는 것이다. 술도 담배도 다 끊고 가정의 향락도 없는 나는 학생들을 바라보고 가르치는 것으로 유일한 낙을 삼았던 것이다. 학교 건물의 어느 기둥에는 내 손이 아니 닿았을까. 저 낙엽 지는 어느 포플러는 내가 그 생일과 자라나는 양을 모르는 것이 있을까. 눈물어린 내 눈에는 학생들이 운동장에서 풋볼을 차고 있는 것이 보였다. 얼굴은 아니 보이지마는 그 동작으로 보아서 어느 것은 누구, 어느 것은 누구라고 일일이 풋볼을 차는 아이들을 지적할 수가 있었다. 그들은 대개 십삼 세적에 만나서 십 칠세까지 길러낸 내 학생들이 아니냐. 나는 그들의 얼굴에 어디 기미가 있고 어디 여드름이 있는 것까지도 아는 터이 아니냐. 그들의 성품이 누구는 누굿하고 누구는 팔팔하고 누구는 혜식고 누구는 다부지고—무엇은 내가 모르는 것이 있느냐. 나는 참지 못하여 눈물을 뿌리면서 정거장 쪽을 향하고 달음질 쳤다. 만일 조금만 마음을 늦구었더면 나는 학교로 달아 들어가고 말았을 것이다. 내 결심은 굳었다.

나는 차를 탔다. 차는 학교를 바라보는 데로 통과하게 되었기 때문에 나는 한 번 더 창자를 끊지 아니할 수 없었다.

첫 정거장에 다달을 때에 나는 여기서 내려서 다시 K학교로 가서 하룻밤만 학교에서 자고 떠난단 말을 한 뒤에 실컷 학생들과 이야기나 하고 떠날까 하는 생각이 간절하였다.

내가 학교와 학생에게서 점점 멀어 가거니 하면 나는 견딜 수가 없었다. 자식 떼어두고 쫓겨나는 어미의 마음이 이러할까. 발자국에 피가 고인 다는 것이 이런 생각을 두고 이른 말일까. 나는 몸과 마음을 둘 곳을 몰랐다.

나는 셋째 정거장에서 내렸다. 여기서 학교까지는 육칠십 리나된다. 그리고 내일 아침이 아니면 K방면으로 가는 차는 없다. 나는 도저히 내일까지 차를 기다릴 수가 없었다. 나는 떡을 사서 들고 걷기를 시작하였다. 때는 석양도 지나고 거의 황혼이었다. 내 발에는 날개가 돋힌 듯이 걸음이 빨랐다. 그 캄캄한 밤길을 다섯 시간 걸어서 자정이 다 되기 전에 K학교에 닿았었다. 기숙사 각방에는 불이 꺼지고 마당에 선 장명등만이 빤하게 켜 있었다.

나는 발자국 소리 안 나게 기숙사 방안 문 앞으로 다니면서 그방속에서 자고 있는 학생들을 생각하였다. 어느 방에는 누구누구, 누구는 아랫목에서, 누구는 웃목에서, 누구는 가운데서 자는 것을 나는 다 안다. 그들을 생각할 때에 나는 그립고 정다운 마음이 북받쳐 오름을 금할 수 없었다.

나는 방방 앞에서 학생의 이름을 하나씩 들어서 정성껏 기도를 올렸다. 그러할수록 그들에게 대한 나의 그리움은 더욱 간절하였다.

나는 방문을 열고 그들의 편안히 잠든 얼굴을 보고 싶었다. 그러나 나는 그 일은 하지 아니하였고, 예전에 날마다 하던 모양으로 방 아궁이(기숙사는 옛날 조선식 건물이어서 방방이 툇마루 밑에 함실아궁이가 있었다)들을 돌아보고 어린 학생들이 벗어 던진 신발들을 바로 놓아 주었다.

찌그러진 학생들의 신발. 나는 그것을 들고 반가움과 귀여움에 떨었다. 그 신발을 코에 댈 때에 나는 냄새, 그것은 내가 사랑하는 아이들의 살의 향기다.

이튿날 나를 만난 직원들과 학생들은 무척 나를 반가워하였다. 내가 마지막으로 한번 만나러 왔다는 말을 듣고 학교에서는 학과를 쉬고 나를 위하여 송별하는 자리를 베풀어 주었다.

나는 4년 동안 아침마다 조회시간에 올라서던 이 연단에 최종으로 올라섰다. 나는 내 가슴에 쌓였던 학교와 학생에게 대한 사랑을 숨김없이 쏟아 놓았다. 내 눈에 눈물이 흐를 때에는 학생 중에는 느껴 우는 사람도 있었다.

눈물판으로 끝을 막은 내 송별회가 끝나자, 나는 더 오래 머물으기를 원치 아니하므로 곧 길을 떠났다. K역에 차가 닿을 시각은 아직 멀었기 때문에 나는 여비도 절약할 겸, 또 떠나는 고향의 풍경을 좀더 볼 겸 다음 정거장까지 걸어가기로 작정하고 뒷고개를 넘었다.

학생들이 많이 따라 나왔다. C라는 학생은 제가 덮던 뻘건 담요를 싸가지고 나오고, Y라는 학생은 어디서 난 것인지 일원짜리 은전 한 푼을 내손에 쥐어주고, 이 모양으로 신행을 주는 이도 있었다. 오리까지 나오는 이, 십리까지 따라오는 이, 사십리 길을 다 걸어서 다음 정거장까지 따라 온 학생도 이 삼인은 되었다. 나는 일생에 이렇게도 아껴주는 전별을 받어 본 일이 없었다. 이렇게도 서럽고도 정다운 이별을 하여 본 일이 없다.

이날은 늦은 가을에 흔히 있는 모양으로 봄날같이 따뜻하였다. 길가에는 서리맞은 야국이 더러 남아 있었다. 먼 산에는 아지랑이까지도 보였다. 어젯밤 서리를 많이 친 탓일는지 모른다.

나는 황량한 압록강 벌판을 바라보고 감개무량 하였다.

> 「내가 가던 날에 　　　　　　 피눈물 난지 만지
> 압록강 내린 물에 　　　　　　 푸른 빛 전혀 없다.」

하신 효종대왕의 노래를 생각하였다. 효종대왕은 청에 잡혀가는 몸으로서 피눈물 흘릴만도 하지마는 나 같은 이름없는 한 서생이 부앙 강개할 것도 없지마는 석양에 방랑의 길을 나선 몸이 압록강 굽어보는 감회는 눈물 없을 수 없었다.

남강은 1910년 9월 평양에서 한석진 목사의 설교를 듣고 들어와 경의재 뒤에 교회당을 지었다. 직원과 학생들은 남강의 뒤를 따라 새로운 신앙에 들어 왔다. 민족운동과 개화주의의 도가니였던 오산학교에서는 이제 새로운 신앙의 불길이 불타올랐다. 성경이 과목으로 가

르쳐지고, 직원과 학생들이 모여서 예배를 보고 마을길과 뒷산에서는
학생들의 부르는 찬송가 소리가 들렸다. 강압자 일본이 武斷政治를
실시하면서 어둠과 고난이 민족 위에 내려 덮이는 대 수난시대가 닥
쳐왔다. 남강은 1911년 2월 붙잡혀 영오의 몸이 되었고 학교는 동지
들에 의하여 천신만고 속에서 명맥을 이어 나갔다. 이 때 선생과 학
생들에게 소망과 위안과 용기를 준 것이 성경이었다. 그들은 구약의
出埃及記와 시편을 즐겨 읽었고 예수가 붙잡혀 십자가에 달리는 대
목에 이르러 흐느껴 울었다. 이스라엘의 고난과 주의 사랑이 그들의
가슴을 되게 흔들었기 때문이었다. 성경을 읽고 기도를 드리고 찬송
가를 부르는 것이 그들의 중요한 일과가 되었는데 이 새로운 신앙은
그들의 민족에 대한 사랑을 종교적인 헌신의 감정에 높였다. 누가 가
르쳤는지도 모르게, 아씨시의 프란시스의 기도가 학생들 사이에 퍼져
그들은 다투어 이것을 외우고 방에 써 부치고 하였다.

성 프란시스의 기도문

오 주여 나로 하여금
당신의 도구로 삼으소서
미움이 있는 곳에 사랑을
범죄가 있는 곳에 용서를
분쟁이 있는 곳에 화해와
잘못이 있는 곳에 진리를
회의가 자욱한 데 믿음을
절망이 덮인 곳에 소망을
어두운 곳 에는 당신의 빛
설음이 싸인 곳에 기쁨을
전하는 사신이 되게 하소서

남강이 敎育主旨를 기독교로 바꾼 뒤부터는 조회 시간이 그대로 기도회 시간이 되었다. 남강은 학생들에게 설교도 하고 기도도 올렸다. 유영모 선생이 학생들에게 처음으로 성경을 가르쳤다는 말을 앞에서 했는데 춘원도 교회에 나가고 모안이 처소에서 설교하면서 요한묵시록 21장 이야기를 하였다. 춘원이 학생들에게 톨스토이의 簡易聖書를 가르치고 浪漫主義를 퍼뜨리면서 기풍이 다소 흐리어졌는데 古堂이 오면서부터 교풍이 엄정해지고 교회에 나오는 학생들의 수효도 늘었다. 초창기에는 학생이 소·중학교 합하여 7, 80명이었는데 학생들은 기숙사에 들어있었다. 기숙사는 여준 선생 방, 유영모 선생 방, 조 교장 선생 방, 이 모양으로 선생님들의 방이 있고, 제1호실·제2호실이 각각 실장의 이름으로 불리었다. 박현환 방, 주기철방, 김홍일 방…… 선생 방은 기숙사 각 채에 한 방씩 갈려 있어 이를테면 사감을 겸하였다.

일년에 한 번씩 봄에 대 운동회를 열었는데 운동장이 없어 넓은 밭을 구하여 하곤 하였다. 5월 단오를 이용한 적이 많았는데 안골·신리·연덕동이·새골·당산이·와우령에서 돌려 가면서 학부형들이 운동할 자리를 닦고 차일을 치고 열었다. 뛰기·줄다리기·이인삼각·마라톤·장거리·뛰어넘기·창던지기·말타기·전투훈련 같은 종목들로 선생과 학생과 졸업생과 학부형이 즐거운 하루를 보내는 것이었다.

개교기념일이 12월 24일이었는데 25일은 크리스마스였다. 교회학교가 된 뒤로는 졸업생들도 와서 24, 25일을 같이 지냈는데 이 양일이 큰 잔치로서 학생들은 저녁에 연극을 했다. 연극은 이태리 건국실화나 성서 이야기에서 가져온 것이었는데 어려운 데서 나라를 일으켜 세우는 것이 그 줄거리였다.

교회당을 지은 뒤로 교인과 학생들 사이가 한층 더 가까워졌다. 그들은 절골에서 같이 돌을 날라다가 교회당을 짓던 일을 생각하였다. 겨울에 눈이 오면 모안이에서 교인들이 학교까지 길을 내고 교정의 눈을 쓸었고 장작 할 나무도 교인들이 산에 가서 찍어 오고 학생들이 잘라서 장작을 만들어 쌓고 하였다. 졸업식 때에는 재학생들이 졸업생들 얼굴에 어리광을 그려 주고 단신강 포플러에 새끼로 동여매고 하는 풍습이 있었다. 졸업생들은 기숙사 뒤에 기념식수를 했는데 제3회 졸업생 徐椿이 거기 있는 큰 바위에 "졸업생 기념식수"라고 새겨 그 돌이 오래도록 나무 사이에 있었다.

오산학교의 교실과 뜰과 뒷산에는 한 마음 한 뜻으로 높은 원에 이끌리는 선생과 학생들의 발자국이 한없이 가로 건너가고 세로 건너갔다. 이 땅은 그 위를 걸어 다니는 사람들의 원으로 하여 성스럽고 빛나는 땅이 되었다. 여기에서 자라나는 어린 보라매들은 창공을 향하여 날러 올라갈 날을 기다리면서 어린 날개로 지면을 날아 보는 것이었다.

5. 出擊하는 部隊

남강은 1911년 1월 안명근 사건(신흥 무관학교 사건)으로 총감부 구치감에 구속되어 제주도에 유배되었다. 제주도에서 다시 백오인사건으로 검거되어 대구와 서울에서 옥고를 치루고 5년 만에 풀리어 1915년 2월 학교에 돌아왔다. 남강이 옥에 있는 동안 학교는 동지들에 의하여 여러 가지 어려운 중에서 명맥이 지탱되었다. 羅富悅 목사가 설립자 겸 교장으로 있었고 춘원이 교장 대리로 한때 실무를 맡아 보았는데 학교의 중심이 잘 잡히지 않았다.

남강이 제1회 졸업생을 내고 옥에 들어갔는데 그동안 학교에서는 이미 제5회 졸업생까지를 내었다. 졸업생 중에서 金道泰와 徐椿은 벌써 모교에서 교편을 잡고 있었고 다른 졸업생들도 혹은 해외 유학, 혹은 국내에서 학교의 교원으로 많이 채용되었다. 1907년에 학교를 세우고 1911년에 잡혀 갔으니 남강이 창립 후 학교에 있은 것이 불과 3년이었다. 이 3년 동안에 남강이 학교의 전통을 세웠고 여준 선생을 위시하여 빼어난 동지들이 모여 있어 지성으로 후진을 지도했기 때문에 민족간부 자격을 갖춘 많은 졸업생들이 나왔다.

한편 그동안의 나라 형세는 異民族 箝制 아래 대 수난시대에 들어섰다. 침략자는 전국 방방곡곡에서 애국지사를 잡아 투옥하기 위하여 안악 사건과 백오인사건을 만들어 내어 7백 명이 넘는 사람을 검거하였다. 저들이 죄 없는 사람들을 잡아다가 문초하고 악형하고 병신을 만들고 죽이고 한 것은 犯罪史上 영원히 지울 수 없는 죄악이 될 것이다. 이 때문에 도산이 지도한 신민회를 위시하여 애국 단체들이 파괴되었고 많은 지사들이 해외로 망명해 나갔는데 그 결과 침략자와의 싸움은 본토로부터 만주와 상해와 연해주와 미주에 옮겨졌다. 1913년 10월 재미 한국인 광복운동 단체로 로스앤젤레스에서 興士團이 조직되었고 1914년 9월 하와이 재류 한국인 기독교 동지회에서 기관지 "한국 태평양"이 창간되었다.

남강이 오산학교를 세운 것은 민족운동의 인재와 국민 師傅의 양성이 그 목적이었다. 그는 새로운 인재가 양성되어 올바로 배치되는 외에 민족의 영광을 회복할 수 있는 다른 길이 없다고 생각하였다. 그런데 남강의 믿는 바에 의하면 새로운 人材란 글만 많이 읽고 태도가 도도하고 손이 하얀 선비가 아니라, 나라를 위하여 헌신할 수 있고 실지로 손에 비 들고 괭이를 잡는 자라야 하였다. 남강은, 학생들에게 신학문 가르치는 일은 선생들에게 맡기려니와 뜰을 쓸고 변소를 깨끗이 하고 하는 일은 자기가 맡아야 할 것으로 생각하였다. 그는 경의재 자리에 학교를 세운 첫날부터 학생들과 함께 쓸고 닦고 하였다. 학과 시간이 없는 반은 자기가 다리고 교정도 쓸고 돌도 줍고 운동장도 넓히고 하는 것이 한 습성이 되었다. 나중에는 이것이 하나의 전통이 되어 남강이 붙잡혀 감옥에 들어간 뒤에도 선생과 학생들이 함께 일하는 광경이 여러 번 보였다.

남강은 감옥에서 나와 학교를 돌아보고 동지와 학생들의 수고를 위로하였다. 그는 자기 집에 졸업생을 모아 놓고 이런 말을 하였다.

내가 감옥에 가있는 동안 여러 선생님들의 애써 지도한 보람이 있어 벌써 5회째나 졸업생을 내었다. 적은 지금 완전히 우리를 누르는 줄로 알고 있고 애국지사들이 많이 해외로 망명해 나갔다. 나는 감옥에 있으면서 잠시도 학교를 잊은 적이 없었다. 추운 감방에서 자면서 꿈에 학교 꿈을 여러 번 꾸었는데 학생들과 선생들의 배우고 가르치고 하는 얼굴들이 떠올랐다. 우리가 할 일은 빼앗긴 나라를 다시 찾는 일이요, 이것을 찾아서 영광스러운 나라로 만드는 일이다. 그런데 이 일을 위해서는 해외에 나가는 일도 필요하고 밖에서 군대를 길러 쳐들어오는 일도 필요하다. 또 세계의 여론을 일으켜 우리에게 유리하도록 이끌어 남의 지원을 받는 일도 필요하다. 그러나 백성 한 사람 한 사람이 깨어 일어나 밝고 덕스럽고 힘 있는 사람이 되기 전에는 이 모든 일이 헛된 수고가 될 것이다. 10년 앓는 병에 7년 묵은 쑥이 약이 된다고 하거니와 그 쑥이 없으면 인제부터라도 묵혀야 할 것이다. 나는 우리 학교 졸업생들이 방방곡곡에 흩어져 백성 속에 들어가 그들을 깨우치고 그들의 힘을 길러 민족 광복의 참된 기틀을 마련하는 자가 되기를 바란다.

남강에게는 졸업생 한 사람 한 사람의 자란 모습이 대견하였다. 몸도 자라고 마음도 자라고 지조도 자라고 식견도 자라고…… 오산학교 1학년에 들어올 때 그들은 어리고 어둡고 촌티가 나고 어릿어릿하였다. 그들에게는 오직 장차 깎고 다듬어서 미끈한 재목이 될 수 있는 질박함과 수수함이 있었다. 그런데 인제 3년 혹은 4년 동안에 그들은 키가 자랐고 눈이 총혜롭고 자세가 바르고 몸에서는 예절과 교양을 풍겼다. 남강은 이 같은 싱싱한 삼대같은 청년들 사이에 둘러싸여 있는 것이 한없이 즐거웠다. 그는 문득 孟子의 "得天下英才而敎育之三樂"이란 구절을 생각하면서 천하의 영재를 찾아내어 이것을 올바로 교육시키기만 하면 잃었던 나라를 찾는 일도 그렇게 어려운 일이 아니라고 단정하였다.

남강은 오산학교를 적에 대한 국내의 進擊基地로 만들기 위해서 두 가지 일이 필요하다고 생각하였다. 하나는 새로 교사를 짓는 일이고, 하나는 선생과 학생들의 정신의 단결을 한층 더 공고하게 하는 일이었다.

그는 동지들과 의논하고 경의재에서 동남으로 조금 올려다가 새 교사를 짓기로 결정하고 곧 착수하였다. 선생과 학생이 재목을 날러 오고 동민과 교인들이 협력하여 얼마 뒤에 아담한 새 교사가 낙성되었다. 아래는 들로 쌓고 벽은 벽돌로 쌓아올려 오다가 흰 회벽을 하고 기와를 입혔다. 교실이 넷, 교장실과 사무실도 그 속에 있었다. 오산에는 이 같은 웅장한 신식 건물이 처음이었다. 남강이 감옥에 들어가기 전에 지은 교회당과 비스듬히 사이좋게 누어있었는데 아래로 한식 건물 경의재가 있고 동과 서로 기숙사들이 두 채씩 줄을 지어 있어 오산은 인제 교사의 체제로서는 완연한 野戰軍의 본부의 인상을 주었다. 이 새 교사를 지으면서 남강은 선생과 학생들이 재목과 돌과 기와를 날러 오게 하였다. 그는 같이 자고 같이 먹고 같이 일하고 하는 일이 오산학교의 특징이 되어야 한다고 하였다. 그리고 민족운동의 인재가 되려면 글만 배워서는 안 되고 함께 땀을 흘려 일하는 作風을 배우는 것이 긴요하다고 하였다. 그는 자기도 손수 선생과 학생들 사이에 끼어 십리가 넘는 개창에서 재목을 어깨에 메고 학교에까지 와서야 내려놓았다. 남강은 교회당을 지을 때부터 선생과 학생을 시켜 재목과 돌을 날라 오게 했는데 이것이 하나의 전통이 되어 오산에서는 교실을 짓거나 운동장을 닦거나 할 때는 언제나 이 협동 작업이 실시되었다. 이것은 남강의 중요한 敎育觀의 일면을 보이는 것으로서 거기에는 몇 가지 뜻이 있었다. 첫째 육체노동의 고귀함과 벅참을 알게 하는 것이고, 둘째 협동과 봉사의 정신을 기르자는 것이고, 셋째 그 이루어진 물건에 대한 정신적인 애착과 그리움을 갖게 하자는 것이고, 넷째 대 자연과의 生의 공감을 체득하게 하자는 것이었다. 그런데 이것 외에 남강으로서는 또 한 가지 뜻이 있었다. 그것

은 적과 싸우는 전선에서 참호와 陣地를 싸우는 자 자신이 쌓아야 한
다는 생각이었다. 남강은 감옥에서 나와서는 언제나 이 같은 건축 또
는 확장 공사를 시작하였다. 이것은 교실도 교실이려니와 이것을 통
하여 선생과 학생들의 정신의 바탕을 높이자는 데 그 본래의 뜻이 있
었다.

둘째로, 교육내용의 쇄신을 위하여 그는 서울에서 새로 선생들을
모셔 오기로 하였다. 桂應祥·沈在德·趙喆鎬·南宮璧 같은 이들이
새로 부임되었다.

오산학교 학생들은 새 교실과 새 정신 아래서 나라에 대한 헌신과,
새로운 학문과, 서로 돕는 사랑과, 고생과 수고를 같이 하는 생활 속
에서 자라났다. 그들은 3년, 4년 닦고 배운 보람이 있어 푸른 창공을
쳐다 보는 어린 매새끼마냥 이제 날개 죽지를 떨치려고 다시 몸을 돌
아보는 것이었다.

남강은 젊어서부터 사람을 보고 사람을 찾아내고 사람을 키워 올
리는 데 비상한 관심을 가졌다. 소크라테스는 자기는 하늘의 별이나
땅의 나무나 시내에는 별로 관심이 없고 사람과 사람의 혼과 사람의
일에만 관심이 있다고 하였다. 남강 역시 이 사람에 관심이 가 누구
하나 소홀히 지나치는 일이 없었다. 남강이 평양에서 정일선이라는
소년을 거두어 숭실학교와 신학교에 보냈다는 말은 앞에서 하였다.
이밖에도 남강은 자기 주변에서 똑똑히 뵈는 아이들을 많이 찾아내
어 도와주고 공부도 시켜 주고 하였다. 도산은 우리 국토가 조각마다
金이라고 했거니와 남강의 눈에는 우리 소년들이 거지 옷을 둘은 왕
자로 보였다. 유영모와 춘원을 나이 어린 대로 오산중학교의 교원으
로 쓰기로 결정한 것도 역시 남강의 사람을 보는 눈 때문이었다. 3회
졸업생 徐椿도 남강이 거두어 공부시킨 소년의 하나였다. 서춘은 어
려서 정주골에서 일본 집 애를 보아주는 심부름하는 애로 있었다. 남
강이 지나가다가 보니 일본 애와 조선 애가 싸움이 붙었는데 어린애
를 보다 말고 소년 하나가 뛰어와 게다짝을 벗어 일본 애를 때렸다.

남강이 가까이 가, "너 공부 안 하겠느냐"고 하니 "돈이 없어 못한다"고 하였다. "내가 공부시켜 줄테니 나가자"고 하여 다려다가 공부를 시켰는데 이 패기 있는 소년이 서춘으로서 학교 심부름을 하며 졸업했고 졸업한 뒤 곧 수학 선생이 되었다.

남강이 학생들을 데리고 뜰도 쓸고 변소도 보여주고 했는데 여기에는 그들과 가까워지고 그 품성과 性向을 알아보려는 뜻도 있었다. 동문회 모임에도 들어가 학생들의 보고와 토의를 통하여 그들의 개성을 알게 되는 것이 다시없이 즐거웠다. 교정이나 길에서 학생과 같이 걸을 때에도 남강은 그 가정 사정, 공부하는 형편, 바로 눈앞에 일어나는 일에 대해서 여러 가지를 물었다. 여름에는 학생들과 같이 덕수터에 가서 몸을 씻었다. 그럴 때에도 남강은 완연히 그들의 친구가 되어 여러 가지를 물어 보고 또 그들로부터 이야기를 들었다. 남강이 다른 선생들 보다 학생 한 사람 한 사람의 個性이나, 사정을 자세히 안 것은 그의 사람을 보는 눈 때문도 되려니와 학생들과 만나고 그들 속에 있는 시간을 많이 만든 데도 있었다. 남강의 졸업생 훈련은 이를테면 1학년에 들어온 때부터 시작되는 것이라고 할 수 있다. 얼굴을 알고, 이름을 기억하고, 그 가정을 알고, 그 공부하는 성적과 사귀는 친구를 알고, 그 하는 말을 듣고, 그 생각을 알아보고…… 괴테는 아름다운 魂에 만나는 것이 커다란 수확이 된다고 했거니와 남강에게는 학생들 중에서 나라의 기둥이 될 인재를 찾아보고 또 여기에 찾아 만나는 것이 다시없는 소중한 수확이었다.

남강의 문하에서 많은 俊材들이 자라나는 동안에 그는 1회에서 7회에 이르는 졸업생을 사회에 내어 보냈다. 1회에서 7회에 이르는 졸업생의 명단은 다음과 같다.

　　第1회: 金道泰・金子烈・吳仁錫・李鎭洙・李寅洙・桂熙善・李允榮
　　　　　李時雄・盧德贊・李重皓・池光漢
　　第2회: 金　薺・金彝烈・金熹熙・金信旭・金興濟・金利觀・韓石濬

　　　　吳大炯・金鼎煥・李奎元・李秉皓・金智煥・康瑞衡・石義
　　　　純・趙　煥・盧輔根
제3회: 尹厚用・金順銓・金公楫・金湧・嚴珍昇・徐椿
　　　　鄭冕朝・田錫燦・趙箕錫・趙炳錫・趙寅錫・康龍泰・鄭彛
　　　　淳・朴賢煥・李箕洙
제4회: 許雲格・金　億・金珽近・金南熙・桂熙敏・李明奎・申禹澈
　　　　朴義柱・李弘燮
제5회: 韓永鎭・金鍾仲・李龜洙・鄭明洙・玄文烈・朴治鍾・兪泰淵
　　　　李敬根
제6회: 黃鳳起・白麟濟・白鳳濟・朴雲昇・李基淳・盧文熙
제7회: 金周恒・金麟燾・金貞行・金季胤・金仁基・金天奎・吳基賢
　　　　朱基瑢・申子均・朴東鎭・李昌健・李基用・朱基徹・李約
　　　　信・李熙喆・劉永錫・李宅鎬・李宏祥・白淳濟

　　제1회 졸업생 11명과 제2회 졸업생 16명이 신교육을 받은 새로운 인재로 사회에 흩어져 나갔다. 3회, 4회, 5회 졸업생이 그 뒤를 이었다. 1회에서 5회까지 그 수효가 70명이 넘지 못했거니와 이 긴중한 새로운 간부가 민족광복 전선에 투입되었다. 그들은 대개 사립학교의 교원이 되었다. 새로 설립된 학교를 맡아가고, 없는 데는 새로 세우고 하여 교육을 통하여 민족운동과 개화주의의 끊어지지 않는 철조망을 삼천리강토 위에 둘러치자는 것이었다. 졸업생들 중에는 더 배우기 위해서 서울로 올라가기도 하고 동경이나 상해로 건너가기도 하였다. 그러나 그들의 소원은 나라에 몸을 바치자는 것이요 결코 자기 일신의 영달을 바란 것이 아니었다. 김도태・김이열・서춘은 벌써 모교의 교원이 되었고 김여제・김지환・정면조・박현환은 동경에 건너가 대학에 다녔다.

　　남강은 졸업생이나 재학생을 용동 집으로 부르는 일이 많았다. 졸업반은 으레히 하루 저녁에 몇 명씩 자기 집으로 불러 졸업 후의 소망도 듣고 나라를 위하여 싸울 작전도 지시하였다. 제7회 졸업생 朱

基徹과 제8회 졸업생 金恒福이 졸업반 때 여러 번 댁으로 불리어가 많은 이야기를 듣고 새로운 결심을 했노라고 하였다. 제10회가 韓景職의 반이었는데 졸업반 때 남강이 집으로 불러 趙震錫・金淳民 그리고 또 하나 해서 세 사람이 갔다. 졸업 후 무엇을 하겠느냐고 물어 조진석은 의사가 되겠다고 하고 다른 둘은 변호사와 목사가 되겠다고 하였다. 남강은 좋다고, 아무쪼록 좋은 인물만 되어 나라에 봉사하라고 하면서, 갑자기 묻기를, 너희들 앞에 젊은 여자가 올 때와 남자가 올 때와 느낌이 어떠냐고 하였다. 다르다거니 같다거니 했는데, 남강은 다를 수가 있느냐고 하면서 그러나 공부하는 것은 다르지 않고 같게 느끼게 되어야 한다고 하였다.

남강이 졸업반 학생을 몇 명씩 집으로 불러 마지막 훈계를 주곤 한 것은 그가 세상을 떠날 때까지 계속되었다. 3・1운동으로 감옥에 있다가 나온 뒤였는데 제14회 李采鎬네 반 졸업반 학생 몇 사람을 저녁에 집으로 불렀다. 李采鎬・崔寅俊 외 몇 학생이 갔는데 남강은 각자의 졸업 후의 소망을 묻고 나서 나라에 공업이 필요하다는 것과 자기가 오산에 大理想鄉 설치 계획을 하는데 절골에 방직공장을 둘 생각이라는 것을 이야기하였다. 이 때 남강의 産業主義論에 크게 감명되어 그날 저녁에 갔던 학생들이 모두 공과를 지망하였다. 李采鎬는 大阪高工 기계과, 李聖道는 早稻田大學 理工學部 전기과, 崔寅俊은 延專 수물과를 마치고 미국으로 건너가기로, 林克濟는 東京大學 冶金科, 金東洙는 東京大學 토목과, 朴炳禧는 水原高農 농과, 이 모양으로 대거 이공 계통에 진학하였다. 남강은 완연히 일선의 지휘관이 되어 졸업반 학생을 훈련하고 지휘하고 그 작전 명령을 준 것이었다.

남강은 졸업생 한 사람 한 사람의 개성을 잘 알았고 또 그들을 배치하는데 힘썼다. 누구는 어느 학교에, 누구는 어느 지방에, 누구는 해외유학에, 누구는 산업에, 누구는 언론에, 누구는 신앙에, 누구는 해외의 독립 전선에…… 남강은 학교를 운영하고 학생들의 생활과 기풍을 지도하는 데도 바빴거니와 졸업생들을 훈련시키고 배치하는데 한층

더 정성을 기울였다. 그 때의 오산학교는 졸업생을 내기만 하면 되는
예사로운 학교가 아니고 어느 의미의 出擊基地로서 졸업생들은 자기
를 적의 진지로 출격하는 출격 부대로 자임하였다. 남강은 이 출격 부
대들을 지휘하는 지휘관이었다. 방학 때가 되면 그들은 마치 나갔던
새들이 다시 둥지에 돌아오는 양 자기들을 길러 내인 옛 보금자리에
돌아왔다. 그들은 각각 나가서 한 일에 대한 보고를 마치고 새로운 출
격 지령을 받았다. 그들의 출격 분야는 교육·산업·해외 유학·종
교·학술·청년 운동·신앙·물산 장려·언론·문학·체육·사회사업
이었는데 직접 담당하는 분야가 다소 다를망정 민족의 광복을 위한
터전을 닦고 자기 스스로 밝고 덕스러운 국민 교육의 사부가 되는데
이르러서는 다를 바 없었다. 남강은 이들 중에 널리 사회에 이름이 드
러난 자보다 소학교나 농촌에 숨어 일하는 자가 나라의 힘을 기르는
데 더욱 필요하고 또 보람있는 일군이 된다고 하였다.

1910년 제1회에서 1919년에 이르는 사이가 시대의 관계도 있고
하여 가장 정예로운 부대였는데 오산에서 배운 이들은 남강에 의하
여 지도된 이 출격 정신을 잠시도 잊은 적이 없었다. 1회 졸업생인
교육자 김도태, 미국에 오래 있었고 도산과 함께 흥사단을 발기한 김
여제, 48인의 한 사람인 김지환, 경제학자 서춘, 흥사단 국내 간부인
박현환, 시인 김억, 외과의사 백인제, 미국에서 농장을 경영한 김주
항, 오산학교 교장 주기용, 고려대학을 설계한 박동진, 평양감옥에서
순교한 목사 주기철, 숭인학교 교장 김항복, 군인 김홍일, 영낙교회
목사 한경직, 조선일보사의 홍종인, 흥사단 간부인 이영학, 종교인 함
석헌, 중앙 공업연구소장으로 있는 이채호, 경도제대 법과를 나온 진
양근 같은 이들은 널리 알려진 이들에 속한다. 그러나 이밖에 혹은
소학교 교사, 혹은 이름 없는 농부로 일생을 남강에게서 받은 훈계
속에서 보낸 이들이 많았다. 남강의 끼친 정성 어린 교훈은 때로는
푸른 산맥이 되어 창공에 솟구쳐 오르고 때로는 맑은 물줄기로 땅속
에 스며들어 한반도의 방방곡곡에 줄기차게 뻗어 나가고 있었다.

오산학교의 졸업생들은 학교에 있을 때나 졸업한 후나 창립 기념
가를 사랑해 불렀고 그 정신을 잊지 않았다. 그들은 국내에 있으나
해외에 있으나 한 곳에 있다가 다른 데로 옮겨 갈 때는 언제나 이 노
래를 불렀다.

創 立 紀 念 歌

1. 도라보라 살진 두던
   황량케 거칠었네
   다시 갈이 그 뉘런고
   어화 이 날이여
   우리 학교 창립한 날
   이날 우리들 난 날
   맘하여라 우리 사명

2. 흙 뒤는 자 흙을 뒤고
   뿌리는 자 뿌리되
   맘과 뜻은 하나로다
   어화 이 날이여
   우리 학교 창립한 날
   이날 우리들 난 날
   끝날까지 한몸되라

3. 비니옵나 어미 학교
   영원히 견디어라
   좋은 자녀 많이 나라
   어화 이날이여
   우리학교 창립한 날

이날 우리들 난 날
잊지마라 어미 학교

남강의 졸업생 지도는 남강의 민족광복운동의 중요한 戰略의 하나
였다. 오산학교 제9회 졸업생인 김홍일 장군은 그 때 일을 이렇게 회
상하였다.

내가 1918년 봄 학교를 졸업하고 香港大學에 가기로 하고 있는
데 남강 선생님이 평양 신학교에 계시면서 전보로 나오라고 부르
셨다. 나가서 뵙고 香港으로 갈 말씀을 드렸더니 선생께서 이런
말씀을 하셨다. 『너 해외로 가지 말라. 해외에 많이들 나가나 해외
가 별로 실효가 없다 황해도 신천 경신학교 교사로 추천 결정했으
니 거기로 가라. 지금 네 생각에 소학교 교사가 미미하나 그렇지
않다. 오산 졸업생은 전국 소학교 교사로 보낼 작정이다. 一心一
起, 우리는 한마음으로 단합해서 일어서야 한다. 내가 예수를 믿는
것도 일어나기 위해서다. 혼자만 잘 되어서는 안 된다. 소학교 교
사가 적은 것이 아니다.』 선생님의 이 말씀에 따라 香港 가기로
한 것을 그만 두고 신천에 나가 한 학기 동안 소학교 교사로 있었
는데 그 뒤 그만 두고 집에 돌아와 있다가 이듬해 봄에 上海로 건
너가 黃浦 軍官學校에 들어갔다. 지금 생각하니 해외 30년의 풍찬
노숙이 별로 실효가 없고 인재 양성에 앞서는 일이 없어 자꾸만
선생님의 말씀이 생각날 따름이다.

남강은 졸업생들을 혹은 학교 교원, 혹은 해외 유학, 혹은 실업 기
관에 배치하는 데만 힘쓴 것이 아니고 집으로 부르고 직장으로 찾아
가고 하여 그들의 이야기를 듣고 그들을 격려하고 서로 앞일을 의논
하고 하였다. 그 때의 오산학교를 국내에 남아 있는 유일한 참모본부
라고 하고 졸업생들을 출격 부대라고 하고 남강은 이것을 지휘하는
지휘관이라고 하면 남강처럼 智謀와 용기에 찬 지휘관은 없었을 것

이다. 남강은 학교를 세우고 이것을 운영하고 학생들을 가르치는 데
도 피곤을 모르는 不死鳥의 날개였거니와 졸업생을 배치하고 돌아보
고 그 작전을 지도하는 데 있어서도 놀라운 열과 정성을 부었다. 북
에서는 義州와 安東縣에서, 남으로는 大邱·金泉·釜山·馬山에 이르
기까지 졸업생 있는 곳에는 남강의 발이 아니 머문 곳이 없었다. 그
는 졸업생과 만나고 그들의 이야기를 듣고 그 하는 일을 보는 것이
다시없이 즐거웠다. 敵이 국토 위에 검은 벌레떼마냥 기어 오른 지금,
남강에게는 안에 남아 있는 최후의 참호인 오산학교, 그리고 여기서
벋어 나가는 참호의 새로운 가지들이 다시없이 대견하였다.

　남강의 이 같은 강한 정신과 인격에 접촉한 졸업생들은 선생의 목
소리와 기침소리를 가슴속에 간직하고 국내에 있으나 해외에 있으나
한가지 생각이 겨레의 영광을 회복하는 일에 있었다. 그런데 오산학
교 졸업생들의 특징은 남의 힘을 빌려 독립을 찾자는 것이 아니고 각
각 나 스스로가 밝고 덕스러운 백성이 되자는 데 있어 어디를 가나
오산에서 배운 참과 헌신의 정신을 펴는데 있었다. 남의 힘을 업고,
큰 소리를 치고, 권모술수를 부리고, 자기가 높은 자리에 앉으려고
하고…… 이런 것은 오산 졸업생들의 알 바가 아니었다. 그들은 이런
일에 크게 반발했고 이것이 나라를 그르치는 장본이 된다고 하였다.
1907년 남강이 오산학교를 세웠고 1910년 제1회 졸업생을 내었는데
1919년 3·1운동이 일어날 때까지 1회에서 10회 졸업생을 내었다.
그들은, 남강을 위시하여 여준·유영모·조만식 같은 빼어난 지휘자
들의 정신을 계승하여 국내와 해외에서 깊숙이 민중 속에 파고 들어
갔는데 이렇게 하여 남강의 뿌린 씨가 올라오고 올라와 마침내 자기
를 1919년 3월에 연결시켰고 다시 푸른 줄기로 뻗어 내려 메마른 강
토 위에 퍼졌다.

Ⅵ. 獨立宣言

1. 前 夜

1915년 2월 남강이 감옥에서 나온 뒤 그는 학교와 교회에 한층 더 정성을 바쳤다. 남강이 예수교 신앙에 들어간 것이 1910년 가을이었는데 나라 잃은 백성을 묶어세우는 데는 그들의 의지할 새로운 정신이 긴요하다고 생각하였다. 1911년 무관학교 사건으로 붙잡히기 전 그는 학교에 교회를 부설하여 교육과 신앙을 연결시켰다. 그런데 남강 자신의 신상은 제주도 유배와 5년 넘는 옥고로 한층 더 굳어졌다. 감옥에서 나오자 세례를 받고 이어 교회 장로에 피임되었다. 그는 자기 스스로 기독교를 올바로 알아야 한다고 하여 平壤 神學校에 입학했는데 그곳을 나와 목사가 될 생각은 아니었다. 이 평양 신학교에서 그 때 자기보다 한 반 아래 있던 咸台永을 알게 되었다. 그러나 줄곧 평양에 나가 있는 것이 아니고 한 달에 몇 번씩 들어오고 했는데 밀리는 학교일 때문에 신학교를 중도에 쉴 수밖에 없었다. 감옥에서 나와 그는 새로 신식 건물로 교사를 지었는데 이 새로 지은 교사와 경의재의 고전식 건물이 잘 대조가 되었다. 인제 여기가 남강에게는 나라의 새로운 터전을 닦는 소중한 작전 지휘소였다.

남강이 감옥에 들어가 있는 동안 나라의 정형이 많이 변하였다. 명치정부는 寺內正毅를 총독으로 내어 보내어 총칼로 우리를 눌렀는데 총독 이하 모두 칼을 차고 심지어 소학교 훈도까지 칼을 차고 글을 가르쳤다. 친일파 부스러기들을 긁어모아 도 참여관·군서기·소학교 교원 같은 것을 시켰는데 일인과의 차별 대우가 여간만 심한 것이 아

니었다. 한편 일인들의 재벌과 기술이 물밀듯 들어와 토지·산림·광
산·생산업이 모조리 빼앗겨 산업이 파멸되고 수많은 농민들이 거지
떼가 되어 남북 만주로 쫓겨 갔다. 나라-안에 남아있는 지식인들은
한때의 시운에 영합하여 이것이 청소년과 일반 민중에 끼치는 영향
이 적지 않았다.

남강은 저녁이면 사무실이나 숙직실에 교직원들을 모아 놓고 여러
가지로 시국에 관한 일을 의논하였다. 여준 선생은 남강이 감옥에서
나오기 전 이미 만주로 가 버렸고 박기선·유영모·조만식·박우
병·오상근 같은 이들의 얼굴이 남강을 둘러싸고 있었다. 사무실에는
밤이 깊도록 불이 켜져 있었고 그들 사이에는 여러 가지 이야기가 오
고 갔다. 상해나 미주의 소식도 나오고 세계 대전에 대한 전망도 나
오고 했는데 우리가 그대로 있을 것이 아니고 무슨 새로운 운동을 일
으켜야 한다는데 의견의 일치를 보았다. 남강은 입을 열었다. 『글쎄,
이 시기에 우리가 할 일이 있어야 하오. 교육도 필요하고 무장 독립
군도 필요한데. 그러면서도 우리 민족 전체의 의사를 발표해야 할 텐
데……』 모인 이들은 무엇이 라고 말은 못하면서도 안으로 민족의 정
기를 불러일으키고 밖으로 세계의 양심에 호소하는 2천만의 목소리
가 필요하다는 것을 느꼈다.

학생들이 사무실 앞을 지나가노라면 남강이 사무실에 앉아 그 풍
채 좋은 수염을 쓰다듬으면서 이렇게 한탄하는 말이 들렸다.

『무슨 일이 없나. 몸을 바쳐야 할 텐데. 이렇게 편해서 어떻게 하
나. 무슨 일이 없나……』

그 때 남강은 백오인사건으로 그 지독한 문초와 오랜 옥고를 치르
고 나온 때였다. 몸에 푸른 자국과 비꼬인 손가락이 그대로 남아있는
데도 이 수난자는 굽히지 않고 몸 바쳐 일할 일거리가 없음을 한탄하
는 것이었다.

한번은 만주에서 청년 하나가 나오다가 오산에 들렀는데 그는 만주
에서 여준과 그 동지들이 독립 선언을 발표했다는 소식을 전하였다.

이해가 戊午년이므로 이 독립 선언을 己未獨立宣言에 대하여 戊午獨
立宣言이라고 부르는데 여준을 비롯하여 39인 대표의 명의로 발표되
었다. 그 중에는 金佐鎭·呂準·柳東悅·金東三·申八均·張元俊·徐
相庸·李相龍·南一湖 같은 이들이 들어있었다. 남강은 이 소식을 전
해 듣고 감옥에 가기 전 시당과 자기가 나라 일로 서로 이야기하던 일
을 생각하였다. 남강은 만주에서 나온 청년을 집에 재우면서 東滿에
있는 우리 독립 운동자들의 움직임을 자세히 전해 들었다. 그 중에 누
구는 이상촌을 세우고, 누구는 무관학교를 경영하고, 누구는 노국 정
부와 합작하고, 누구는 상해·미주 방면과 연락하고…… 그러면서도
급진파와 점진파 사이의 의견이 잘 맞지 않아 걱정이 된다고 하였다.

　남강은 학교 사무실에 늦도록 불을 켜고 앉아서 동지들에게 이 해
외의 보고를 전하였다. 오랜 의논 끝에 국내와 해외에서 힘을 합하여
2천만이 한가지로 일어날 때가 돌아 왔다는데 의견의 일치를 보았다.
그러나 어떻게 일어나고 무엇을 해야 할 것이냐에 대해서는 자세한
실마리가 풀리지 않았다.

　1918년 12월 졸업생 서춘이 동경에서 비밀히 돌아왔다. 서춘은 남
강이 가장 촉망을 부쳤던 학생 중의 한 사람이었다. 그는 1912년 오
산을 마친 뒤 모교에서 수학을 가르쳤는데 그 뒤 만주에 가 있다가
동경으로 건너갔다. 거기서, 다시 학창에 돌아온 옛 스승 춘원을 만
나 서로 뜻이 합하여 동경 유학생들 사이에 하나의 그룹을 만들었다.
이 그룹이 송진우·김성수·이광수·서춘·장덕수가 중심이 된 그룹
이었다. 그들은 자주 회합을 갖고 민족의 광복을 위한 여러 가지 경
륜을 서로 이야기하였다. 남강은 서춘에게서 동경 유학생 사이의 움
직임과 국제 사정을 자세히 들었다. 그리고 남강은 敵의 수도인 동경
에서 한국 유학생 특히 오산 출신들이 어떻게 해야 할 것과 그들을
묶어세우고 그 정신을 불러일으키는데 몸소 앞장을 서야 한다는 자
세한 작전을 지시하였다.

　서춘은 세계 대전이 끝난 뒤의 새로운 정세에 대하여 여러 가지를

이야기해 드렸다.

　　이번 대전을 기회로 세계에는 새로운 국면이 올 것이라고 하였
다. 독일과 오지리가 패하고 노서아에 혁명이 일어난 바람에 세계
지도가 빛깔이 바뀌일 것이고 새로 독립되는 나라들이 많이 생길
것이라고 하였다. 동양 정국도 그 형편이 바뀌어 인도가 독립하게
될 것이고 영국과 일본과의 사이도 종전과는 달라지면서 우리나라
에 대하여 연합국 측의 생각이 일본의 생각과 반드시 일치되지는
않을 것이라고 하였다. 이번 전쟁에 미국의 힘이 크고 미국은 처
음부터 인도주의를 주장하여 식민지주의를 언짢게 생각했으니 전
후의 새로운 국면을 수습하는 데 있어서 미국의 발언권이 크게 작
용할 것이라고 하였다.

　남강은 서춘을 돌려보낸 뒤 용동에 있는 자기 집 안방으로 동지와
졸업생들을 불렀다. 그 자리에는 조만식·박기선·김태등·심재덕·
계응상·조철호·남궁벽·박현환·변붕현 등이 있었다. 그는 동만의
형편과 서춘에게서 들은 동경 유학생의 움직임을 이야기하였다. 그전
날 눈이 내렸고 그날 밤은 바람이 심하여 밖에서는 눈보라가 쳤다.
모인 사람들의 의논의 방향은 이 중대한 시기에 우리 민족이 그대로
있어서는 안 된다는 데로 기울어졌다. 그런데 무슨 일을 어떻게 할
것이냐에 대해서는 정확한 의견을 발표하는 사람이 없었다. 전쟁이
끝난 이 시기에 무력으로 침략자와 맞설 수는 없는 일이고 한편 일본
은 이번 전쟁에 동맹국 측이 아니고 연합국 측에 속해 있었다. 합방
을 전후하여 도산을 위시한 많은 애국자 지사들이 해외로 망명해 나
갔고 그 위에 적은 안악 사건과 백오인사건을 일으켜 국내에 남아있
던 민족주의 진영이 여지없이 파괴되었다. 비록 사립학교와 기독교
교회가 민족정신을 이어 내려오기는 하나 이것 가지고 적과 정면으
로 맞설 수도 없었다. 방안에는 강개한 기운이 떠돌았고 이야기는 자
정이 넘어도 좀처럼 어떤 결론이 나지 않았다.

남강이 나중으로 아래와 같은 내용의 이야기를 하였다.

　이번 기회에 우리가 어떤 방식으로든가 우리 민족의 의사를 발표해야 한다. 우리는 지금 총칼을 들고 적과 싸울 수는 없다. 우리에게 그 준비도 없거니와 때도 그 때가 아니다. 우리는 폭력으로 나가지 말고 평화리에 여러 나라가 보는 면전에서 당당히 우리의 독립 할 의사를 발표해야 한다.
　한일 합병은 명치정부가 저질은 죄악이고 결코 양 민족의 본래의 뜻에서 나온 것이 아니다. 한일 합병은 우리를 위해서 곤욕이거니와 일본을 위해서도 도움이 못됨을 일본이 알아야 한다. 문제는 우리민족의 의사를 국내에서와 해외에서 2천만 한 목소리로 이것을 발표하는 일이다. 우리의 이 발표에 일본이 당장 굽힐 것은 아님을 알아야 한다. 경우에 따라서는 일본은 우리의 평화스러운 無抵抗主義에 대하여 총과 칼로 이것을 분질으려 할지도 모른다. 그러나 침략자의 이 같은 행패를 세계열강은 그대로 보고만 있지 않을 것이고 또 하늘이 이것을 용서치 않을 것이다. 2천만이 단합하여 죽기를 기약하고 통일된 의사를 발표하면 당장 독립이 안 온다고 해도 이것이 씨가 되어 그 열매를 거둘 날이 오고야 말 것이다.

　남강은 민족 의사 발표의 방법으로 동만에서 발표된 戊午獨立宣言마냥 만주와 상해와 동경과 미주에서 각각 독립선언이 발표되어 좋다고 하였다. 독립이 2천만의 한결같은 소망이니 한인이 있는 곳에서는 이 시기에 어느 곳에서나 발표되어서 좋다. 그런데 국내에서만은 이것이 산발적·분산적이 되지 말고 2천만이 한 가지로 일어서 민족의 간절한 소망이 질서 있게 그리고 우렁차게 발표되어 침략자와 우리 자신과 그리고 세계의 양심에 깊숙이 화살을 쏘아야 한다고 하였다.
　일동은 동이 환히 터 창이 밝아올 때에야 자리에서 일어섰다. 이 회합이 있은 후로 남강은 한층 더 용기를 얻었다. 남강에게는 인제 민족의 광복을 위한 영광스러운 날이 하루하루 다가오는 것을 느꼈다. 그에게는 2천만이 손에 손에 태극기를 들고 독립 만세를 부르는 광경이 눈에 보이는 것 같았다. 그는 아침에 일찍 일어나 학교로 건너가면서 양쪽의 논을 쳐다보았다. 거기에는 이른 아침부터 사람들이 나와 일을 하고 있었는데 그들의 얼굴은 여전히 누르스름하게 부었고 옷은 남루한 것을 걸쳤다. 남강은 눈앞에 가난과 어둠을 보는 것이었다. 사람만 가난하고 어두운 것이 아니고 산과 들마저 앙상하고 여위어 보였다. 그런 중에도 남강에게는 오산학교에 있는 자기 동지와 어린 학생들이 이 나라 이 땅의 빛이 될 것을 생각하였다. 그는 가난한 백성과 여윈 국토를 생각할 때 눈앞이 아득하였다. 그러나 오산학교를 생각하고 새로 바뀌는 세계 대세를 생각할 때 그의 앞에는 한줄기 광명이 비춰는 것이었다.

　남강이 자기 집 안방에서 동지들과 나라 일을 의논한 며칠 뒤에 이런 꿈을 꾸었다.

　　어둠이 가시기 전인 새벽이었는데 검은 창공에 북쪽으로 제석산 마루가 드높은 선을 긋고 있었다. 그는 높은 마루턱에 노인 하나가 몸을 구부리고 큰메를 들고 산등성을 쳐 울렸다. 새벽하늘에 이 소리가 울려 퍼지면서 소리와 함께 검붉은 빛이 퍼져 나갔다. 그 노인이 어디서 본 노인이 되었다가 자기 자신이 되었다가 하는 것이었다. 두 번 세 번 커다란 메가 새벽 산등성이를 울렸는데 그 때마다 소리와 새벽빛이 퍼져 나가면서 한없이 청상한 기운이 하늘과 땅에 차는 것이었다.

　남강은 생전 이런 꿈을 꾼 적이 없었다. 그는 이 꿈의 뜻을 종당 풀 길이 없었는데 어떤 무거운 짐이 자기 앞에 닥쳐오는 것을 느꼈다. 남강은 동만과 동경과 상해의 일이 눈앞에 보이는 것 같았다. 그는 자기가 오산학교를 세워 인제 12년이 되었는데 이 일은 큰일 한 가지를 맡기 위한 준비로 생각되었다. 그는 도산이 미주에 있고 그밖에 신민회 간부들이 만주와 상해와 노령과 미주에 흩어져 있음을 생각하였다. 그리고 자기와 함께 오산학교를 창립한 여준이 지금 동만에 있어 독립선언을 발표했음을 생각하였다. 그리고 또 동경에 춘원과 졸업생으로 서춘·김여제·김억 같은 이들이 유학생의 중심인물로 있음을 생각하였다. 그리고 또 오산과 선천과 의주와 평양과 서울에 아직도 자기의 국내 동지가 많이 남아 있음을 생각하였다. 그는 어디서 무슨 소문이 날러올 것 같은 조바심 속에서 밤이 늦도록 학교 뒷뜰을 거닐었다.

1918년 12월 상해에서는 독립 운동을 일으키기 위하여 선우 혁·서병호·여운형 세 사람을 국내에 파견하였다. 선우 혁은 12월 중순 수염을 깎고 한복을 입고 성탄진·압록강을 얼음을 타고 넘어 국내에 들어왔다. 어두워서 남강을 찾아 사랑문을 두드렸는데 남강이 사랑에 있다가 목소리로 알고 문을 열어 주었다. 선우 혁은 남강의 독촉을 받으면서, 이번 기회에 우리도 독립선언을 하기로 하여 그 연락차 왔노라고 하였다. 남강은 『와석종신할 줄 알았더니 인제 죽을 자리가 생겼고나』하면서 기쁨을 감추지 못하였다. 자부를 불러 닭을 잡고 저녁을 지으라고 하고 조카 자경을 불러 자기 형 이름으로 있는 여덟말지기 땅 마저 팔라고 하면서, 『애, 급한 일이 생겼는데 팔아야겠다. 독립운동에 돈이 있어야 하니, 나부터 내야겠다. 독립하면 오산학교 돈 없어 못하겠니……』라고 하였다. 이튿날 선우 혁을 먼저 평양으로 내어보내면서 기독교 청년회 총무 안세환을 만나라고 했는데 남강과 안세환과의 사이에는 벌써부터 의논이 있었고 안세환은 서울에 있는 최남선과 연락이 닿아있었다.

남강은 선우 혁을 내어보낸 이튿날 평양에 나와 남강·안세환·선우 혁 셋이 청년회관 비밀실에서 구체적인 여러 가지 방략을 의논하였다. 이번 운동은 기독교·천도교 연합으로 할 것과 기독교는 남강이 맡고 천도교는 안세환이 최남선·최린을 통하여 교섭할 것을 작정하였다. 남강이 선우 혁을 평양에 내어보낼 때 눈이 휘날려 고읍역에 나가는 길이 눈보라에 묻혔다. 용동에서 철길에 나오는 둑 중간 나무 밑에 왔는데 둘이 눈 위에서 두 손을 붙잡고 남강이 기도를 올렸다.『어떻게 하시렵니까. 이 불쌍한 백성에게 독립을 허하시렵니까. 안 허하시렵니까. 이번 기회에 어떻게 하시렵니까.』이 기도와 함께 눈물이 비 오듯 흘러내려 떨어지는 눈물에 눈이 녹았다. 남강은 선우혁과 같이 안세환을 만나본 뒤에도 여러 번 평양에 나가 안세환과 의논했고 서울에 올라가 함태영과 만났다. 선우 혁은 뒤에 상해에 돌아가, 자기가 남강을 만난 것이 독립운동을 결정적인 방향으로 이끈 수확이 되었다고 하였다.

남강은 1919년 3월 독립선언이 있기 넉 달 전에 동경과 상해 정세를 알았고 또 자기 스스로의 판단 아래 독립선언을 발표하는 것이 그의 신념이 되었다. 남강 스스로의 신념이 굳건했기 때문에 평양에서 목사들을 크게 꾸짖었고 서울에서 여러 파의 의견을 조정하여 선언을 결행하는 데까지 끌고 나갔다. 남강은 이번 기회에 우리들이 일어나는 것은 단순히 外勢를 타는 것이 아니라고 하였다. 애란과 파란과 체코와 인도와 중국이 우리마냥 남에게 눌리어 있었는데 이번 기회는 하늘이 이것을 내리어 주는 것으로 생각되었다. 이번에 우리가 일어나 독립선언을 한다고 해서 독립이 손쉽게 올 것이 못 된다. 그러나 2천만이 죽기를 맹세하고 가슴마다 슬픈 원을 품고 열 번 스무 번 일어나 하늘의 공의를 받드는 데 힘쓴다고 하면 이 일은 반드시 이루어지고야 말 것이었다.

2. 獨 立 宣 言

1919년 1월이 지나가고 2월이 되었다. 1919년 2월은 남강의 일생을 통하여 가장 바쁜 달이었다. 2월 초에 선천 남예배당에 평북 노회가 열리게 되어 남강은 여기에 참석차 선천에 들어갔다. 2월 10일 노회에 참석하고 있는데 학교에서 박현환이 급히 들어와 서울에서 내려온 김도태의 말을 전하였다.

김도태가 오산에 내려가기까지의 경로는 이러하다.

1914년에 일어난 세계 대전은 1918년에 접어들면서 그 고비가 보였다. 1918년 11월 독일의 항복과 함께 전쟁은 인제 끝났고 파리에서 열릴 강화회의에 사람들의 관심이 쏠렸다. 윌슨 미 대통령의 발표한 14개조 평화 방안이 전후의 세계에 대한 새로운 희망을 주었다. 이 전쟁으로 하여 파란이 독립되고 유고와 체코가 독립되고 노서아에 혁명이 일어났고 오스트리아 및 헝가리가 공화국을 선언하였다. 인도도 이번에 영국으로부터 독립되리라는 소문이 퍼졌다.

동경 유학생들 사이에는 우리도 이번에 독립을 선언하고 파리 강화회의에 대표를 보내야 한다는 의견이 일어나 그 결정을 보았다. 그해 12월 겨울 방학을 이용하여 동경 유학생의 결의를 전할 양으로 早稻田大學 재학생인 宋繼白이 이 사명을 띠고 국내에 파견되었다. 송계백은 독립선언서를 모자 속에 넣어 자봉침으로 호아가지고 서울에 내려 자기의 동창이요 선배인 현상윤을 찾아 그 뜻을 전하였다. 현상윤은 중앙 중학교 교원으로 기숙사에 있었는데 현상윤은 그 때 중앙 중학교 교장으로 있던 송진우에게 알리고 한편 자기 모교의 교장인 보성 중학교 교장 최린에게 알렸다. 세 사람은 최남선을 가하여 매일같이 모여 독립선언서에 서명할 민족 대표로 옛날 고관인 朴泳孝·韓圭卨·尹用求에게 교섭해 보았으나 거절당하였다. 천도교 孫秉熙에게 이 뜻을 알려 쾌락을 얻었는데 천도교뿐으로서는 안 된다고 하여 기독교 측 대표로 남강을 선정하고 곧 연락하기로 하였다. 연락책임은 최남선이 맡아 서울에 올라와 있는 졸업생 김도태를 시켜 학교 경영으로 급히 상의 할 일이 있으니 곧 올라오라고 하였다.

김도태는 2월 8일 밤 서울을 떠나 9일 아침 오산에 내렸는데 남강이 마침 선천에 들어가고 부재중이어서 졸업생 박현환이 대신 선천으로 급행하였다. 박현환은 최남선이 시킨 김도태의 말을 전하였다. 남강은 그 말을 듣더니 학교 일이 아닐 것이라고 하면서 알았으니 학교로 나가라고 하였다.

박현환은 이 때 일을 다음과 같이 술회하였다.

김도태가 서울에서 내려와 남강 선생을 찾았다. 그 때 학교에는 조만식 선생님이 교장으로 계셨고, 나는 동경에서 각기 병으로 나와 학교 일을 보라고 해서 선생님들을 모시고 있었다. 남강 선생님은 선천 노회에 참석하셔서 안 계셨다. 남강은 학교에 계실 때, 『무슨 일이 없나』라고 하시면서 한탄 중에 있었다. 김도태 말이 六堂이 오산학교 경영에 관한 일로 선생님을 올라오란다고 하였다. 내가 대신 선천에 들어가 선생님을 뵙고 전했더니 선생님은 『학교 일이 아니야. 되었어. 되었어』라고 하시면서 무척 기뻐하셨다. 『어서 학교로 나가라. 내 다음 차로 서울 올라갈테니. 되었어. 되었어』…… 나는 혹 독립운동 계획에 대한 일이 아닐까 라고 생각하면서 학교로 나왔다.

남강은 박현환을 학교로 내어 보내고 그날 저녁으로 선천을 떠나 11일 아침 서울에 내렸다. 서울 桂洞 김성수 별제에서 송진우와 만났는데 송진우는 동지들의 계획과 준비를 말하고 기독교 측의 참가를 구하고 동지 규합의 일을 부탁하였다. 남강은 즉석에서 이 일을 승낙하고 그날 밤으로 서울을 떠나 이튿날 아침 선천에 돌아왔다. 梁甸伯 목사 집에서 梁甸伯 목사를 위시하여 노회에 모인 李明龍 장로, 劉如大 목사 金秉祚 목사에게 송진우에게서 들은 독립선언 계획을 말하고 그 찬동을 구하였다. 네 사람은 다같이 동지가 될 것을 승낙하고 모든 일을 남강에게 일임하고 필요한 서류에 날인할 인장도 맡겼다. 이렇게 하여 선언서에 서명할 최초의 기독교 측 대표 네 사람을 얻은 것이었다.

남강은 13일 날 밤차로 평양에 내렸다. 평양에서 그날 밤을 사삿집에서 자고 이튿날 아침 복통이 심하여 기홀병원으로 가서 張雲燮의사의 진찰을 받고 입원하였다. 거기서 입원중인 서기풍 전도사를 만나 孫貞道 목사를 만날 수 있느냐고 물었더니 만날 수 있을 것이라고 하면서 申興雨가 내일 아침 여기 온다는 것을 들었다고 하였다. 그이튿날 손정도가 와서 만나보고 서울에서 진행되고 있는 일을 이야기하고 선천에서 양전백·이명룡·유여대·김병조에게 말하여 찬성을 얻었다고 하였다. 손정도 대답이 찬성은 하나 자기는 일간 상해로 가기 때문에 같이 할 수 없을 것이라고 하였다. 그다음날 손정도가 길선주, 신홍식 목사 그밖에 장로 몇 사람과 같이 왔다. 남강이 지금까지의 경과를 이야기하고 찬동하기를 청했더니 그들은 자기들은 종교인이라고 하면서 난색을 보였다. 남강이 성이 나 책상을 치면서,

『나라 없는 놈이 어떻게 천당에 가. 이 백성이 모두 지옥에 있는
데 당신들만 천당에서 내려다보면서 거기 앉아 있을 수 있느냐.』

라고 하였다. 남강의 말이 끝나자 길선주 목사와 신홍식 목사는 이번 일에 동지가 되겠노라고 하면서 서울에서 만나기로 약속하였다. 이틀 동안 병원에 있는 사이에 병도 좀 나았고 또 원체 일이 시각을 다투고 하여 이틀 후에 퇴원하였다. 평양에서 남강은 그의 기대와는 어긋나 선언서에 서명할 대표 두 사람밖에 더 얻지 못하였다.

　남강은 16일 밤차로 아픈 몸을 이끌고 서울에 내렸다. 그는 송진우와의 첫 번 약속대로 선천과 평양에서 기독교 측 대표들을 얻고 올라왔다. 마치 사도 바울이 使徒會議에서 야고보 일파와 한 약속을 지키고 다시 예루살렘에 올라온 것을 상기시켰다. 서울에 올라와 昭格洞 사삿집에 묵으면서 사람을 송진우에게 보냈는데 송진우가 한두 번 찾아오기는 했으나 그 말에 열의가 식은 것 같이 보였다. 남강은 송진우에게 선천과 평양에서 있은 일을 말하고 서울에서는 어느 정도 일이 진행되었느냐고 물었더니 최남선을 만나면 자세히 알게 될 것

이라고만 말하고 돌아갔다. 18일 날 송진우가 다시 와서 구한국 高官들이 움직이지 않아 일이 어려울 것이라고 하였다. 19일 최남선이 왔기에 남강은 다시 선천과 평양에서 있은 일을 말하고 그대들은 어떻게 할 것인가고 물은 바 구한국 대신들이 움직이지 않아 일이 어려울 것이라고 되풀이하였다.

남강은 17일 송진우가 다녀간 뒤 세브란스병원 곁에 있는 咸台永을 찾았다. 함태영과는 오래전부터 가까운 사이였고 2월10일 첫 번 최남선의 연락을 받고 올라왔을 때에도 만나서 자세한 이야기를 하고 이 일에 참가하기를 권한 일이 있었다. 함태영과 만나 일의 경과를 말하고 만일 천도교에서 주저할 경우에는 장로교와 감리교의 연합만 가지고도 일을 거사해야 한다고 하였다. 그 자리에 李甲成도 있었는데 남강의 의견에 찬동하여 같이 일하기를 약속하였다.

남강에게는 최남선·송진우 두 사람의 태도가 마땅치가 않았다. 당초에 최남선이 김도태를 시켜 자기를 올라오라고 하고 그 때 나타나지 않았던 일과 구한국 고관이 응치 않기 때문에 천도교와 기독교가 연합하여 이번 일을 거사하자고 하고 이제 와서 다시 구한국 고관의 응하지 않는 것을 들고 나오는 일이 모두 석연치 않았다. 19일 밤 남강은 자리에 누워 여러 가지로 생각하였다.

　　이제 이 민족적 거사의 직전에 와서 천도교 측도 구한국 고관마냥 꽁무니를 빼는 것이 아닐까. 그렇지 않으면 본래의 발의자인 송진우·최린·현상윤·최남선이 뒤로 주춤하는 것이 아닐까. 만일 천도교 측이 떨어져 나가면 기독교 측만이라도 밀고 나가야 하고 기독교 측에서 감리교 측이 떨어져 나가면 장로교 측만이라도 밀고 나가야 하지 않을까. 동만에서는 작년에 戊午獨立宣言이 있었고 동경에서는 바로 엊그제 2월 8일 독립선언이 발표되어 아직도 그 소리가 울려 퍼지고 있다. 상해는 상해대로 미주는 미주대로 크게 움직이고 있는 오늘 국내에서 가장 세찬 불길이 올라가야 한다. 백두산에서 한라산에 이르는 연연 삼천리가 인제 불꽃을 올리려는 직전에 있는데……

20일 아침 최남선이 다시 찾아왔다. 그는 최린과 만나서 직접 결정 짓는 것이 좋을 것이라고 하면서 같이 가자고 하였다. 남강은 재동에 있는 최린의 집으로 가서 최린을 만나 천도교 측의 태도가 흔들리는 것이 아닌가 라고 하고 기독교 측 단독으로라도 이번 일을 결행할 결심이란 것을 말하였다. 최린은 첫 번 계획대로 양교가 합동해서 해나가야 하고 또 그렇게 하도록 힘쓰겠다고 약속하였다. 남강은 자리에서 일어나면서 운동자금으로 5천 원 정도가 필요하니 천도교에서 조달해달라고 하여 최린이 이것을 승낙하였다.

2일 20일 저녁에 소격동 숙사로 중앙기독교청년회 간사 朴熙道가 찾아왔다. 박희도는, 평양에서 남강을 만나고 올라온 申洪植 목사로부터 남강이 서울에 올라왔다는 말을 들었고 청년회관에서 이명룡을 만나 남강의 주소를 안 것이었다. 남강은 박희도에게 지금까지의 일을 이야기하고 기독교와 천도교가 힘을 합하여 이 민족적 거사를 단행해야 한다고 말하였다. 남강이 감리교 측 사람들과 만나고 싶다고 하자 박희도는 오늘밤 협성실업학교 안에 있는 자기 집에서 감리교 중심인물들을 모이게 할 테니 참석해 달라고 하였다. 그날 밤 7시경 남강이 집회 장소에 갔는데 거기에 朴熙道・申洪植・吳華英・鄭春洙・吳基善이 모여 있었다. 남강은 일의 줄거리를 설명하고 천도교와의 합동 문제에 대해서는 감리교 측과 장로교 측이 합석한 자리에서 협의하는 것이 좋을 것이라고 제안하였다. 다른 이들도 그렇게 하자고 하고 독립운동의 방법에 대해서는 각지에 사람을 보내어 찬성자를 구할 것과 서울에서도 찬성자를 모집할 것을 의논하고 헤여졌다.

남강은 21일 오후 2시 함태영 집에서 咸台永・朴熙道・申洪植・吳基善과 같이 회합을 가지고 그날 밤 7시 李甲成 집에서 다시 모이기로 하였다.

2월 21일 오후 세브란스병원 안에 있는 李甲成 집에서 감리교 측과 장로교 측의 연합회의가 열렸다. 천도교와 합동 추진 문제를 협의하고 독립운동에 대한 구체적 방략을 결정하기 위해서였다. 거기에 모인 사람은 李昇薰·咸台永·朴熙道·安世桓·李甲成·玄楯·吳華英·申洪植·吳基善·金世煥이었다. 남강은 그동안의 일의 경위를 설명하고 바로 이제 최남선과 함께 최린을 만나 천도교 측의 계획에 대하여 들은 내용을 자세히 보고하였다. 밤이 깊도록 여러 가지 의견이 교환된 뒤 다음의 세 가지 일이 결정되었다.

1. 천도교와의 합동 추진 문제는 천도교 측의 운동 방법을 적확히 탐문해본 후 결정한다.
2. 독립청원서에 서명할 대표자를 모집하기 위해 申洪植을 평양에, 吳華英을 개성에, 李甲成을 경상남북도에, 金世煥을 충청남도에 보내고, 구주에 서면을 보내기 위해 玄楯을 상해에 파견한다.
3. 李昇薰·咸台永 두 사람으로 기독교 측을 대표하게 하여 모든 일을 일임한다.

2월 22일 남강은 咸台永과 같이 재동으로 최린을 찾어가 천도교 측의 운동 방법을 자세히 물었다. 여기에 대하여 최린은 천도교에서도 기독교 측의 계획과 같이 동지 다수의 연서를 얻어 청원서를 제출코저 하나 아직 충분치 못하고 독립선언에 대하여는 천도교·기독교의 양교 합동이 필요하다고 하였다. 咸台永은 기독교 측에서는 獨立宣言書보다 獨立請願書를 제출해보자는 의견이 있었다는 말을 전하였다. 최린은 이 말에 대해서 우리와 독립운동은 윌슨 미 대통령의 民族自決主義를 뒷받침하는 것이므로 독립선언서야지 독립청원서만으로는 뜻이 없다고 하였다. 남강도 여기에 찬동하면서 독립선언은 천도교와 기독교 합동으로 하지 않으면 전 민중을 동원시킬 수 없고 따라서 독립운동의 일원화가 절실히 요구된다고 하였다. 남강과 함태영은 동지들과 상의한 후에 회답하기로 약속하고 헤어졌다.

그날 밤 남강은 咸台永집에서 咸台永·朴熙道·安世桓과 다시 모였다. 이 회합에서 독립선언서 발표에 동의하는 것이 어떠냐고 물어 기독교 측의 찬성을 얻어 이것을 최린에게 통고하기로 하였다.

2월 24일 남강은 咸台永과 함께 다시 최린을 만나 독립선언을 위한 양교 합동에 대한 승낙을 정식으로 통고하였다. 이렇게 하여 독립운동에 대하여 천도교와 기독교의 합동이 성립되었고 천도교는 최린을 대표로 하고 기독교는 남강과 함태영을 대표로 하여 앞으로는 3자의 회합에서 구체적인 일을 결정하기로 하였다. 민족의 명의로 독립을 선언할 양교의 합동이 이루어졌고 이제 불교의 참가만을 기다리게 되었다. 이 화합에서 선언서와 청원서의 문건 작성 및 그 인쇄는 천도교측이 담당하고 이것을 해외에 보내는 것은 기독교측이 담당하기로 하였다.

남강은 다시 동지들과 연락을 갖기 위하여 장소를 한강 인도교 아래로 정하고 26일 정오에 모이기로 하였다. 그 때 모인 사람은 李昇薰·咸台永·安世桓·朴熙道·吳華英·崔聖模·李弼柱였다. 인도교가 장소가 번화하여 인도교 근처 일본 사람 음식점으로 자리를 옮겼다. 이 회합에서는 독립선언서에 서명할 사람의 명단과 그밖에 의견 교환이 있었는데 일본 정부에 보낼 천도교 측 林圭와 함께 기독교 측으로 安世桓을 결정하였다. 이튿날 오후 1시 정동 교회 안에 있는 李弼柱 목사 집에서 다시 모이기로 하고 헤어졌다.

남강은 24일에서 26일 정오에 이르는 시간을 이용하여 저녁차를 타고 이튿날 아침 고읍역에 내렸다. 바로 교장실로 들어가 조 교장·박기선·조형균 동지에게 그동안에 있은 일의 경과를 이야기하고 이번에 조 교장만이라도 선언서 서명 대표로 넣으려고 했다가 그만둔 것은 제2차 독립선언을 생각했기 때문이라고 하였다. 남강은 기도를 올리자고 하여 마지막이 될지도 모르는 기도를 올리고 학교를 한바퀴 돌아보고 집으로 건너갔다. 그는 여러날 만에 사랑에 잠간 누어 있다가 26일 정오 회의에 참석하기 위하여 서울에 올라왔다.

2월 27일 오후 1시 정동교회 안에서 모인 회합은 기독교 측으로서
는 최종의 회합이었다. 이 회합에서는 獨立宣言書와 獨立請願書의 문
안을 검토하고 거기에 민족대표로서 서명 날인하고 최종으로 독립선
언에 임하자는 것이었다. 여기 모인 사람은 李昇薰·咸台永·吳華
英·朴熙道·李甲成·申洪植·崔聖模·朴東完·申錫九·金昌俊이었
다. 咸台永은 그날 아침 최린에게서 가져온 독립선언서와 독립청원서
의 초고를 내어놓았다. 이 문안은 최린이 시켜서 최남선이 작성한 것
이었다. 일동은 문안을 돌려보고 그 내용과 취지가 대체로 잘 된 것
이라고 하였다. 그런데 그 때 이런 일이 있었다. 남강이 밖에 나갔다
가 들어와 보니 사람들이 한데 섞여 떠들고 있었다. 선언서에 서명할
서명 순서에 대한 다툼이었다. 남강은 사람들을 헤치고 들어가면서,

『순서가 무슨 순서야. 이거 죽는 순서야. 죽는 순서. 누굴 먼저
쓰면 어때. 손병희를 먼저 써.』

남강의 "순서가 무슨 순서야. 죽는 순서야."라는 말 한마디로 사람들
이 조용해지고 순서 이야기는 끝났다. 독립선언서에는 민족대표로 각
각 이름을 쓰고 일본 정부와 총독부에 제출할 청원서에는 서명 날인
하였다. 咸台永과 安世桓이 빠진 것은 咸台永은 동지들이 잡힌 뒤에
그 가족을 돌보는 일과 상해와의 연락책임을 지기 위해서 일부러 빠
졌고, 安世桓은 일본에 가기 위하여 연서하지 아니 하였다. 서명을
마친 뒤 방안에는 비장한 기운이 떠돌았다. 인제 그들은 민족의 운명
을 위하여 목숨을 바칠 영광된 자리를 찾은 것이었다.
    천도교는 천도교대로 최린이 대표가 되어 孫秉熙를 받들고 權東
鎭·吳世昌같은 중진들과 함께 여러 번 협의하여 독립선언에 임할
준비를 갖추었다. 불교에서도 韓龍雲과 白龍成이 민족대표에 참가하
여 천도교·기독교·불교 3교 연합이 완전히 이루어졌다. 3월 1일 오
후 2시 탑동 공원에서 선언문의 발표와 함께 서울을 위시하여 전국

일제히 평화적인 대 시위에 들어가기로 하고 같은 시각에 구주와 미주에 독립선언서가 발송되고 일본 정부와 총독부에 독립청원서가 제출되기로 되어 있었다. 구주와 미국에 대한 연락으로 玄楯이 23일 상해로 떠났고 일본에는 林圭, 총독부에 서류를 내는 것은 李甲成이 담당하였다. 남녀 학생들은 벌써 전국에 독립선언서를 가지고 떠났고 서울에서는 3월 1일 정오를 기하여 독립선언 장소인 탑동 공원에 태극기를 들고 참집하게 되어 있었다.

2월 28일 독립선언서에 서명한 대표들이 손병희 별채에서 최종적으로 모이기로 하였다. 거기에는 吉善宙·劉如大·金秉祚·鄭春洙外 몇 사람만 오지 못하고는 대부분 모였다. 그것은 한자리에 모여 서로 알기 위해서고 또 독립선언서 발표할 장소를 확정하기 위해서였다. 이 회합에서 예정했던 탑동 공원을 태화관으로 변경하자는 데 의견의 일치를 보고 헤어졌다.

마침내 1919년 3월 1일이 닥쳐왔다. 서울 거리는 高宗의 因山으로 하여 인산인해가 되었는데 서울 시내의 남녀 학생들은 정오를 알리는 시보를 신호로 탑동 공원에 모여 들었다. 독립선언서에 서명한 대표들은 약속된 시간에 태화관에 모였다. 남강은 3월 1일 아침 金智煥을 데리고 咸台永에게로 갔다. 남강은 金智煥을 咸台永에게 소개하고 미국 대통령과 강화회의에 보낼 서면은 김지환에게 주어 安東縣에 가지고 가서 상해에 가있는 현순에게 보내는 것이 좋다고 하였다. 함태영은 이 말에 따라 최린에게서 빌려온 초고를 정서도 못한 채 그대로 독립선언서 3매와 동봉하여 김지환에게 내어 주었다.

남강은 기독교 측의 다른 동지들과 같이 한시가 조금 넘어 태화관에 갔다. 吉善宙·金秉祚·鄭春洙 등 몇 사람만 빠지고 다른 동지들은 다 와있었다. 1시 반이 되어 孫秉熙가 崔麟·權東鎭·吳世昌과 함께 들어왔다. 불교 측에서도 韓龍雲과 白龍成이 시간 전에 와 있었다. 일동 앞에는 獨立宣言書가 놓여 있고 각각 자리에 앉은 뒤 韓龍雲이 일어나 민족의 이름으로 독립을 선포한다고 하면서 "吾等은 玆에 我

朝鮮의 獨立國임과"로 시작하는 獨立宣言書의 낭독을 마치고 일동이
만세를 불렀다. 선언식이 끝나고 축배를 올려 간단한 식사에 들어갈
때 최린은 정무총감에게 전화로 이 일을 통고하였다. 10분이 못되어
경시·경부 이하 수십 명이 달려왔다. 대표들은 묵묵히 일경에 연행
되었다. 이 때 탑동 공원에서는 태화관의 연락아래 수만 군중 속에서
정지용이 팔각정에 올라서서 독립선언서를 낭독하고 학생과 군중은
손에 태극기를 들고 만세를 부르면서 학생대표인 金元璧·康基德을
선두로 대 시위의 물결이 서울 장안을 휩쓸었다.

　3월 1일을 기하여 독립선언과 태극기와 만세소리가 전국 방방곡곡
에 울려 퍼졌다. 동방 피압박 민족의 묶이었던 쇠사슬이 인제 끊어지
고 놀라운 불꽃이 창공에 올라간 것이었다. 3·1절의 노래는 이날의
영광을 다음과 같이 노래하였다.

　　기미년 삼월일일 정오
　　터지자 밋물같은 대한독립만세
　　태극기 곳곳마다 삼천만이 하나로
　　이날은 우리의 의요 생명이요 교훈이다

　　한강물 다시 흐리고
　　백두산 높았다
　　선렬하 이나라를 보소서
　　동포야 이날을 길이 빛내자

　남강은 가장 짧은 기간에 역사에 있어서 가장 위대한 일을 해내었
다. 최남선으로부터 서울 올라오라는 연락을 받은 것이 2월 10일이었
는데 그날에서부터 2월 28일에 이르는 19일 동안에 남강은 24회의
회합을 갖고 많은 사람과 만나고 많은 곳에 갔다. 남강이 이 기간 동
안에 만난 사람과 그 간 장소는 다음과 같다.

사 람

朴賢煥・宋鎭禹・梁甸伯・李明龍・劉如大・金秉祚・白時瓚・孫貞道
吉善宙・申洪植・崔南善・玄相允・金道泰・咸台永・李甲成・鄭魯湜
崔　麟・柳明根・朴熙道・吳華英・鄭春洙・吳基善・安世桓・玄　楯
金世煥・崔聖模・李弼柱・朴東完・申錫九・金昌俊・金智煥・趙衡均
孫秉熙・白龍成・金完圭・權東鎭・權秉悳・羅龍煥・羅仁協・梁漢默
李鍾勳・李鍾一・林禮煥・朴準承・吳世昌・韓龍雲・洪秉箕・洪基兆

장 소

宣川南禮拜堂・金性洙私邸・평양기홀병원・서울昭格洞宿舍・咸台永의
家・朴熙道의 家・崔 麟의 家・普成中學校 校長室・세브란스병원 안
의 李甲成의 방・漢江人道橋・漢江人道橋옆 일본인 음식점・貞洞教
會・孫秉熙私邸・泰和館

　남강은 宣川 남예배당에서 최남선으로부터 올라오라는 연락을 받
고 그날 밤으로 올라와 송진우와 만났다. 송진우를 만나고 독립운동
을 일으킬 결심을 갖고 밤차로 선천에 내려가 梁甸伯 이하 동지 네
사람을 얻었다. 그 길로 평양에 나와 吉善宙와 申洪植을 만나고 다시
서울에 올라왔다. 처음에 10일 밤차로 서울에 올라왔다가 11일 저녁
차로 떠나 12일 아침에 宣川에 내려갔고, 다시 13일 밤차로 평양에
나가 14, 15일은 기홀병원에 있었고 16일 밤차로 떠나 17일 아침에
서울에 내렸다. 남강의 굳은 결심과 그 민첩한 활동이 천도교・기독
교의 연합을 촉진시켜 이것을 성공에 이끌었다. 송진우와 만난 뒤 남
강이 전연 움직이지 않았거나 느리게 움직였으면 3월 1일의 절호의
기회는 놓쳐버렸을 것이다. 남강은 이 일을 위하여 질풍이 몰아치다
싶이 宣川에서 梁甸伯, 평양에서 申洪植, 서울에서 咸台永・朴熙道・
李甲成을 동지로 얻는 일이 성공하여 천도교에서 주저하는 경우 기
독교 단독으로라도 결행할 기세를 보였다. 한편 崔麟과 연계를 갖고
감리교와 장로교의 천도교에 대한 의견을 조정하면서 양교 합동에

이끌어 민족의 총의를 묶어 세우는데 성공하였다. 중앙의 핵심을 묶는데도 힘이 컸거니와 운동자금을 천도교로부터 받아 사람들을 해외와 지방에 보내어 시기를 놓치지 않고 2천만을 단결시킨 것도 남강의 智謀와 용기에 인한 것이었다. 3·1운동을 우리들은 윌슨 美大統領의 민족자결주의 주창이나 孫秉熙의 결단이 없이도 그것이 일어날 수 있다고 상상할 수 있을 것이다. 그러나 남강의 열성과 판단력과 그 민첩한 활동과 의연한 태도 없이 이것이 결행될 수 있었다고 생각할 수는 없는 것이다.

獨立宣言書

吾等은 茲에 我 朝鮮의 獨立國임과 朝鮮人의 自主民임을 宣言하노라. 此로써 世界 萬邦에 告하여 人類 平等의 大義를 克明하며, 此로써 子孫萬代에 誥하여 民族自存의 正權을 永有ᄒ게 하노라.

半萬年 歷史의 權威를 仗하여 此를 宣言함이며, 二千萬 民衆의 誠忠을 合하여 此를 佈明함이며, 民族의 恒久如一한 自由發展을 爲하여 此를 主張함이며, 人類的 良心의 發露에 基因한 世界 改造의 大機運에 順應並進하기 爲하여 此를 提起함이니, 是 天의 明命이며 時代의 大勢이며 全人類 共存同生權의 正當한 發動이라, 天下 何物이든지 此를 沮止 抑制ᄒ지 못할지니라.

舊時代의 遺物인 侵略主義 强權主義의 犧牲을 作하여, 有史以來 累千年에 처음으로 異民族 箝制의 痛苦를 嘗한지 今에 十年을 過한지라, 我生存權의 剝奪됨이 무릇 幾何이며, 心靈上 發展의 障礙됨이 무릇 幾何이며, 民族的 尊榮의 毀損됨이 무릇 幾何이며, 新銳와 獨創으로써 世界文化의 大潮流에 寄與補裨할 機緣을 遺失함이 무릇 幾何이뇨.

噫라! 舊來의 抑鬱을 宣揚하려 하면, 時下의 苦痛을 擺脫하려 하면, 將來의 脅威를 芟除하려 하면, 民族的 良心과 國家的 廉義의 壓縮 銷殘을 興奮伸張하려 하면, 各個 人格의 正當한 發展을 遂하려 하면,

可憐한 子弟에게 羞恥的 財産을 遺與ᄒ지 아니하려 하면, 子子孫孫의 永久 完全한 慶福을 導迎하려 하면, 最大急務가 民族的 獨立을 確實하게 함이니, 二千萬 各個가 人마다 方寸의 刃을 懷하고 人類 通性과 時代 良心이 正義의 軍과 人道의 干戈로써 護援하는 今日, 吾人은 進하여 取하매 何強을 挫ᄒ지 못하랴. 退하여 作하매 何志를 展ᄒ지 못하랴.

丙子 修好條規 以來 時時種種의 金石盟約을 食하였다 하여, 日本의 無信을 罪하려 아니 하노라. 學者는 講壇에서 政治家는 實際에서 我 祖宗世業을 植民地視하고, 我 文化民族을 土昧人遇하여 한갖 征服者의 快를 貪할 뿐이요, 我의 久遠한 社會 基礎와 卓犖한 民族 心理를 無視한다 하여, 日本의 小義함을 責하려 아니 하노라. 自己를 策勵하기에 急한 吾人은 他의 怨尤를 暇ᄒ지 못하노라. 現在를 綢繆하기에 急한 吾人은 宿昔의 懲辨을 暇ᄒ지 못하노라. 今日 吾人의 所任은 다만 自己의 建設이 有할뿐이요, 決코 他의 破壞에 在ᄒ지 아니 하노라. 嚴肅한 良心의 命令으로써 自家의 新運命을 開拓함이요, 決코 舊怨과 一時的 感情으로써 他를 嫉逐排斥함이 아니로다. 舊思想 舊勢力에 羈縻된 日本 爲政家의 功名的 犧牲이 된 不自然 又 不合理한 錯誤狀態를 改善匡正하여 自然 又 合理한 正經大原으로 歸還ᄒ게 함이로다. 當初에 民族的 要求로서 出ᄒ지 아니한 兩國 合倂의 結果가, 畢竟 姑息的 威壓과 差別的 不平과 統計數字上의 虛飾의 下에서, 利害 相反한 兩民族間에 永遠히 和同할 수 없는 怨溝를 去益 深造하는 今來 實績을 觀하라. 勇明果敢으로써 舊誤를 廓正하고, 眞正한 理解와 同情에 基本한 友好的 新局面을 打開함이 彼此間 遠禍召福하는 捷徑임을 明知할 것이 아닌가. 또 二千萬 含憤蓄怨의 民을 威力으로써 拘束함은 다만 東洋의 永久한 平和를 保障하는 所以가 아닐 뿐 아니라, 此로 因하여 東洋安危의 主軸인 四億支那人의 日本에 對한 危懼와 猜疑를 갈수록 濃厚ᄒ게 하여, 그 結果로 東洋 全局이 共倒同亡의 悲運을 招致할 것이 明하니, 今日 吾人의 朝鮮 獨立은 朝鮮人으로 하여금

正當한 生榮을 遂ㅎ게 하는 同時에, 日本으로 하여금 邪路로서 出하여, 東洋 支持者인 重責을 全ㅎ게 하는 것이며, 支那로 하여금 夢寐에도 免하지 못하는 不安 恐怖로서 脫出ㅎ게 하는 것이며, 또 東洋平和로 重要한 一部를 삼는 世界平和, 人類幸福에 必要한 階段이 되게 하는 것이라. 이 어찌 區區한 感情上 問題이리요.

아아, 新天地가 眼前에 展開되도다. 威力의 時代가 去하고 道義의 時代가 來하도다. 過去 全世紀에 鍊磨長養된 人道的 精神이 바야흐로 新文明의 曙光을 人類의 歷史에 投射하기 始하도다. 新春이 世界에 來하여 萬物의 回蘇를 催促하는도다. 凍氷 寒雪에 呼吸을 閉蟄한 것이 彼 一時의 勢이라 하면, 和風暖陽에 氣脈을 振舒함은 此一時의 勢이니, 天地의 復運에 際하고 世界의 變潮를 乘한 吾人은 아모 躊躇할 것 없으며, 아모 忌憚할 것 없도다. 我의 固有한 自由權을 護全하여 生旺의 樂을 飽亨할 것이며, 我의 自足한 獨創力을 發揮하여 春滿한 大界에 民族的 精華를 結紐할지로다.

吾等이 玆에 奮起하도다. 良心이 我와 同存하며, 眞理가 我와 倂進하는도다. 男女老少없이 陰鬱한 古巢로서 活潑히 起來하여, 萬彙 群象으로 더불어 欣快한 復活을 成遂ㅎ게 하도다. 千百世 祖靈이 吾等을 陰佑하며, 全世界 氣運이 吾等을 外護하나니, 着手가 곧 成功이라 다만 前頭의 光明으로 驀進할 따름인저.

公 約 三 章

一. 今日 吾人의 此擧는 正義人道 生存尊榮을 爲하는 民族的 要求이니, 오직 自由的 精神을 發揮할 것이요, 決코 排他的 感情으로 逸走하지 말라.

一. 最後의 一人까지 最後의 一刻까지 民族의 正當한 意思를 快히 發表하라.

一. 一切의 行動은 가장 秩序를 尊重하여 吾人의 主張과 態度로 하

여금 어디까지든지 光明正大하게 하라

朝鮮 建國 四千二百五十二年 三月 一日

朝鮮 民族 代表

孫秉熙 吉善宙 李弼柱 白龍城 金完圭 金秉祚 金昌俊 權東鎭 權秉悳
羅龍煥 羅仁協 梁甸伯 梁漢默 劉如大 李甲成 李明龍 李昇薰 李鍾勳
李鍾一 林禮煥 朴準承 朴熙道 朴東完 申洪植 申錫九 吳世昌 吳華英
鄭春洙 崔聖模 崔　麟 韓龍雲 洪秉箕 洪基兆

3. 豫審과 公判

　1919년 3월 1일 오후 남강은 태화관에서 다른 대표들과 같이 차에
실려 종로 경찰서 유치장에 갔다. 1911년 수색에서 무관학교 사건으
로 검거되어 구치감에 들어갔고 제주도에서 다시 백오인사건으로 검
거되어 서울로 이송되어 두 번째 들어갔고 이제 또 독립선언 사건으
로 세번째 옥에 들어가는 것이었다. 거기에서 문초가 약 한 주일 계
속되었는데 처음부터 마구 때린 것은 아니나 서양인과의 연락, 해외
와의 연락을 물으면서는 심한 매질을 하였다. 李甲成은 선교사와의
관계, 학생과의 연락으로 무진한 매를 맞았고 남강은 상해연락, 선우
혁과의 관계 때문에 고초를 당하였다.
　이번 사건 전체에 대한 것은 최린이 책임을 지고 말하기로 되었는
데 그는 우리가 민족의 대표로 독립을 선언한 이상, 비겁하게 숨길
것이 없다고 하여 사건의 전말을 사실대로 말해버리자고 하였다. 최
린은 동지들과의 첫 번 약속을 바꾸어 이 일의 동기와 계획하던 사실
과 인물들을 하나도 빼지 않고 그대로 이야기하였다. 다른 사람들도
다 같이 사실대로 調書를 꾸몄기 때문에 33인이 한가지로 별로 고문

도 당하지 않고 서류가 작성되는 대로 검사국으로 넘어 가게 되어 서
대문 감옥 미결수 감방에 들어가게 되었다. 여기에 따라 첫 번부터
이 사건에 관계했던 玄相允·宋鎭禹·鄭魯湜·金道泰·咸台永·金世
煥·金智煥·林圭·安世桓·崔南善·朴寅浩·盧憲容·金弘奎   등의
연류자가 추후로 검거되었다.

검사국에서 또다시 사실을 조사한 후에 경성지방법원에 고소를 제
기하였다. 지방법원에서는 사건의 중대함에 비추어 예심에 회부하여
永島雄藏이라는 예심판사가 담당하여 전후 14萬枚에 달하는 조서가
작성되었다. 永島雄藏은 독립선언서를 발표함으로 하여 전국 방방곡
곡에 소동을 일으켰고 심지어 江西·水原·遂安 등지에는 폭동까지
일어났으니 반란을 목적으로 한 것이라고 하여 서울에서 일어난 사
건과 遂安 사건과를 연결시켜 內亂罪에 해당한다고 판결을 내렸다.

遂安 사건의 관계자 李景燮과 韓炳益 두 사람을 가하여 내란죄에
관계된 인물이 48인에 달하므로 이 사건을 48인사건 이라고도 한다.
내란죄라는 것은 일본에서는 大審院에서 한번에 최종판결을 짓는 것
이요 그 때 조선에서는 고등법원에서 판결하게 규정된 까닭에 예심
판사가 내란죄라는 판결을 내리자 곧 고등법원에서 사건을 심리하게
되었다.

巴里 강화회의는 처음에 윌슨 美大統領의 14개조를 기초로 하기로
했으나 실제로 회의를 열고 보니 서로 얽히는 이해관계 때문에 윌슨
의 주창이 실행되지 못하게 되는 점이 많았다. 민족자결주의만 해도
전쟁이 벌어졌던 유럽에만 한해서 실시하게 되어 우리는 실망할 수
밖에 없이 되었다. 우리 편에서는 파리 회의에 진정서도 내고 윌슨
대통령에게 탄원서도 보냈는데 모두 수포에 돌아갔다. 4월 초순 上海
佛租界에 임시정부가 조직되었으나 여러 나라의 승인하는 바가 되지
못하였다. 일본 당국자들은 한인들의 독립운동을 미워하고 악평했으
나 세계의 대세 때문에 주저하고 있었다. 그러다가 민족자결주의가
유럽에만 국한되기로 결정됨에 따라 일본 議會에서는 한인의 반항

사건을 부드럽게 처리하자는 데로 의견이 기울어졌다. 그 때문에 고등법원에서는 이 사건이 내란죄가 아니고 보안법 위반이니 경성지방법원에서 처리하라는 판결을 내렸다.

1920년 7월 12일 오전 9시 정동에 있는 경성지방법원 특별법정에서 공판이 열리게 되었는데 주석 판사에는 立川判事, 배석에는 太宰明, 옆에는 境이라는 檢事가 있었다. 1919년 3월 1일에 검거되어 열여섯 달 열이틀 만에 48인이 한 자리에 모여 앉게 되어 형언하기 어려운 강개한 기운이 자리에 찼다.

법정 피고석은 긴 의자에 세 사람씩 걸터앉게 되었는데 맨 앞 중앙에 의자 하나를 놓고 그다음 줄부터는 의자 셋을 가로 건너 놓고 하나에 세 사람씩 한 줄에 9명, 여섯 줄을 놓아 합하여 48인 앉을 자리가 준비되었다. 정각 8시가 되자 피고들이 자동차에서 내려 법정에 들어오는데 옷은 집에서 들인 옷들을 입고 머리에는 용수를 쓰고 손에는 철갑이 채어졌고 그 위를 굵은 밧줄이 건너갔다. 앞자리에 손병희·최린·권동진이 앉게 되어있고, 남강은 둘째 번 줄 바른 편 첫 의자 셋째 번 자리에 앉아 있었다. 남강 앞이 권병덕, 뒤가 이필주, 재판석에서 보아 왼편 옆이 박희도였다. 피고들은 묵례로 인사를 바꾸고 방청석에 와있는 가족과 친지들과도 같은 묵례로 정을 보냈다.

재판장은 공판을 연다는 것을 선언한 뒤 개인의 주소·성명·직업 등을 묻고 「保安法違反」「出版法違反」범으로 심리를 시작한다고 하였다. 境검사는 일어서서 "이 사건은 고등법원에서 경성지방법원으로 사건을 보내도록 결정한 送致書에 의거하여 공소를 제기하는 것"이라고 말하고 사건의 내용을 설명하였다. 검사의 공소 제기 이유가 끝나자 최진두·大久保 두 변호인은 公訴不受理를 주장하여 재판장이 말한 두 법이 법률상 효력이 없기 때문에 이 사건은 본래 공소를 수리할 것이 아니라고 설명하였다.

제2일인 7월 13일 9시 공판이 속개되었는데 재판장은 먼저 손병희의 의견을 들으려했으나 병으로 나오지 못하여 최린이 대리로 이번에 독립선언을 하게 된 이유를 설명하였다.

　　처음에 일본이 동양의 세 나라 韓·日·淸 3국이 굳게 손을 잡
고 나가야 한다고 하여 우리도 그 말을 믿고 서로 도와 나가기로
약속했고 또 실상 우리는 일본을 도왔다. 그랬는데 그 뒤 일본은
英日同盟의 虎威를 빌어 옛 신의를 저버리고 우리 정부와 백성을
속여 강제로 한일 합방을 단행하였다. 異民族 箝制 아래 눌리기
10년, 2천만이 하나로 일어나 인제 민족의 자유와 세계의 공도를
위하여 침략자의 쇠사슬을 끊기에 이른 것이다.

　　立川 판사도 들으면서 고개를 끄덕 끄덕하였다. 최린은 사실을 거
침없이 진술했는데 재판장은 방청을 금지하고 최린·권동진·오세
창·최남선에 대하여 그 품은바 排日思想과독립운동을 일으키려고
결정한 내력에 대하여 한 시간 반 동안이나 심리를 계속 하였다. 그
뒤 다시 방청을 허락하고 최남선·송진우·현상윤·정노식·김도태
에 대한 심문이 있었다.

　　제3일인 7월 14일 남강의 차례가 왔다. 남강은 단정한 자세로 일
어나 높고 울리는 목소리로 이렇게 말하였다.

　　나는 하느님을 믿는 사람이다. 하느님이 인류를 내실 때 각각
자유를 주었는데 우리는 이 존귀한 자유를 남에게 빼앗겼다. 자유
를 빼앗긴지 10년 동안 심한 고난과 굴욕이 우리를 죽음의 골짝으
로 이끌었다. 일본이 오랜 옛날 한국으로부터 입은 은의를 생각하
라. 은의를 원수로 갚되 이렇게 심할 수 있느냐. 우리는 최후의 1
인 최후의 1각까지 적의 칼 아래 쓰러질지언정 부자유·불평등 속
에서 남에게 끌리는 짐승이 되기를 원치 않노라. 우리의 이번 일
은 제 자유를 지키면서 남의 자유를 존중하라는 하늘의 뜻을 받드
는 일에 지나지 않는다. 한국의 독립은 한국의 영광뿐이 아니고
튼튼한 이웃을 옆에 갖는 일본 자신의 행복조차 되는 것이다.

남강의 말은 듣는 사람들의 가슴속에 어떤 맑고 높은 기운을 불러 일으켰다. 재판장은 남강과 咸台永이 중심이 되어 활동한 내용과 남 강과 최린이 양교 합동을 위하여 힘쓴 일과 선언서와 청원서의 문안 작정 및 배포에 대한 경위를 묻고 남강이 독립운동을 결심하게 된 내 력에 대하여 여러 가지로 물어 보았다. 남강에 이어 함태영·양전 백·이명룡·유여대에 대한 심문이 있었다.

제4일은 박희도·오화영·정춘수·안세환·박인호·김세환·노헌 용·권동진·오세창에 대한 심문이 있었는데 모두 독립의 존귀함을 말하고 한일 합병이 역사 위에 얼마나 큰 죄악을 가져왔는가를 역설 하였다.

제5일인 7월 16일 개정 벽두에 許憲 변호인으로부터 재판장에게 공소 불수리의 신청을 제기하였다. 그 이유는 고등법원판결에 이 사 건은 지방 법원의 관할에 속하는 것이라는 主文이 있을 뿐이고 사건 을 지방 법원으로 송치한다는 말이 없다. 물론 설명서에는 사건을 송 치한다는 말이 씌여있으나 판결 주문에 씌여있지 않은 이상 이 사건 이 아직 고등 법원에 남아 있는 것이요 지방 법원으로 오지 않은 것 이다. 그러면 사건이 송치되지 않은 것을 지방 법원에서 맡아서 처리 할 수가 없는 것인즉, 이 공소를 수리할 이유가 없다는 것이다. 허헌 변호인의 공소 불수리의 설명이 있자, 立川 재판장은 고개를 이리 기 웃 저리 기웃하면서 매우 흥미 있는 듯이 생각하고 있었다. 이 모양 을 살핀 옆에 앉았던 境 검사가 일어나 잠간 재판장에게 주의의 말씀 을 드리거니와 만일 이 사건에 대하여 공소 불수리의 판결을 내린다 면 조선 형사 정책상 큰 영향을 일으킬 터이니 삼가하기를 바란다는 말을 하였다. 이 때 立川의 얼굴이 붉으락푸르락 노기를 띠우더니 이 말이 끝나자 立川은 일어서 이 공소 불수리 문제가 상당한 이유가 있 으므로 잠깐 옆방에서 회의한 후에 다시 진행할 터이니 그 동안 휴정 한다고 선언하고 판검사가 옆방으로 들어갔다. 조금 있더니 옆방에서 언쟁이 벌어져 "빠가야로"하는 소리가 재판정에까지 들려왔다. 얼마 있다가 다시 그들이 돌아와 이 사건은 1주일 동안 연구해 본 후에 판결할 터이니 그 때까지 기다리라고 하고 폐정하였다.

1주일 뒤에 다시 개정하고 立川판사가 일어서서 공소 불수리 신청이 정당하므로 지방 법원에서는 이 사건을 수리하지 않는다는 판결을 내린다. 그 이유는 물론 사건이 아직 지방 법원에 회부되지 않았다는 것이요 境 검사가 재판장에게 주의 준 말에 대하여 행정관으로서 법관에 대하여 주의를 준다는 것은 근대 국가의 삼권 분립을 무시하는 언동이라 하여 공격하는 말을 하고 폐정하였다.

지방 법원에서 공소 불수리 판결이 내린 뒤 검사국에서는 다시 이 사건을 복심 법원에 공소하였다. 거기에서 또 두 달 넘어 걸려 1920년 9월 20일에야 공판이 열리게 되었다.

재판장은 原塚판사였는데 이자는 사람이 몹시 경솔하여 까부는 자였다. 개정되자 許憲 변호인으로부터 또한 공소 불수리 신청을 내었으나 原塚은 공소 불수리가 요사이 유행병으로 전염되는 모양이라고 하면서 그 신청이 부당하다고 일축해 버렸다. 제1일에는 손병희를 위시한 천도교 측 대표들에 대한 심문이 있기로 되어 있었다. 이 때 손병희는 병중이었는데 억지로 출정시켜 독립선언에 대한 의견을 물었다. 손병희는 그 말에는 대답하지 않고 너희 治下에 있지 않는 사람들을 어떻게 너희가 재판할 수 있느냐고 반문하였다. 그러면 이 사건을 일으킨 내력이나 말하라고 한즉 그것은 최린더러 물어 보라고 하고 재판 받기를 거부하는 선언을 하여 塚原도 할 수 없이 병이 심한 모양이니 돌려보내라고 하여 간수장에게 명하여 돌려보냈다. 그다음으로 최린부터 심문하기 시작하였다. 최린은 독립은 세계의 대세라고 말하고 천도교·기독교를 합동시키기에 힘쓴 일과 최남선에게 선언서 기초를 부탁한 전말을 진술하였다.

제2일인 21일 오후가 남강의 차례였는데 조국의 독립과 민족의 번영을 5색 인종 중에서 누가 원치 않으랴 라고 하면서 민족의 독립 노선을 강하게 주장하였다.

재판장…일한 합병에 반대하였다지.

남　강…그렇다. 하느님이 가르치시는 바가 있으니 오색 인종 중 어
　　　　느 누가 조국의 흥왕과 종족의 번영을 바라지 아니하며 더
　　　　욱이 남에게 합병된 자기 나라의 독립을 바라지 아니 하였
　　　　으랴. 일본에 대하여는 처음부터 악감정을 가지지 아니하였
　　　　다. 그러나 일본의 對韓政策이 잘못 나가는 것을 보면서 일
　　　　본을 물리쳐야 하겠다는 생각을 가졌다.

재판장…재작년 10월에 윌슨 미 대통령이 주창한 민족자결주의에 따
　　　　라 아무리 약소국가라도 독립운동을 일으키자는 말을 梁甸
　　　　伯 등에게 말한 일이 있었지.

남　강…그렇다.

재판장…2월 10일경 朴賢煥으로부터 金道泰의 전하는 말이라고 하여
　　　　최남선이 오산학교 일로 급히 올라오란다는 말을 들은 일이
　　　　있나. 또 宋鎭禹를 중앙학교로 찾아간 일이 있었나.

남　강…그렇다. 송진우를 찾으려 함이 아니고 현상윤을 찾으려고 하
　　　　였다.

재판장…그런데 피고가 상경하여 咸台永을 만나 최남선이 오라고 해
　　　　서 온 것이라고 했고 최남선의 대리로 송진우를 찾은 일이
　　　　있었다.

남　강…있었다.

재판장…그 때 송진우를 만나 기독교와 천도교의 합동이 필요하다고
　　　　했고 여러 가지 경과를 말한바 송진우도 피고의 의견에 찬
　　　　동하였지.

남　강…그렇다.

재판장…선천에 가기 전에 咸台永을 다시 만나 송진우와의 회담 결
　　　　과를 말한 일이 있었지.

남　강…그렇다.

재판장…선천에서 양전백·이명룡·김병조·유여대를 동지로 얻었고

2월 14일 평양 기홀병원에서 길선주와 신홍식도 참가케 하
였지.

남　강…그렇다.

재판장…2월 16일 상경하여 최남선과 최린을 만나고 기독교와 천도
교의 의견을 조정하여 나중에 손병희 별제에 모여 선언식과
선언서 배포에 대한 의논을 하였지.

남　강…그렇다.

재판장…2월 27일 정동 예배당에서 咸台永・吳華英・申洪植 등이 모
여 선언서의 서류 초안을 내어놓고 이것을 돌려본 뒤 누가
선언서에 이름을 쓰고 도장을 찍은 것인가.

남　강…다 같이 한 일이다.

남강에 이어 양전백・이명룡・길선주・안세환에 대한 심문이 있었다.

제3일인 9월 22일에는 안세환에서 유여대에 이르는 대표들에 대한
심문으로 공판이 끝났다.

1920년 10월 30일 오전 10시부터 경성복심법원 특별법정에서 塚
原 재판장의 주심으로 개정하고 논고에 이어 판결이 언도되었다.

징역 3년:

　　孫秉熙・李昇薰・崔麟・咸台永・權東鎭・吳世昌・李鍾一・韓龍雲

징역 2년 6개월:

　　李甲成・金昌俊・吳華英・崔南善

징역 2년:

　　林禮煥・羅仁協・洪基兆・金完圭・羅龍煥・李鍾勳・洪秉箕・朴準承
　　權秉悳・梁甸伯・李明龍・朴熙道・崔聖模・申洪植・李弼柱・朴東完
　　申錫九・劉如大・康基德・金元璧

징역 1년 6개월:

　　鄭春洙・白相奎・李景燮

1919년의 3·1운동은 어느 의미에서 다른 하나의 十字架였다. 골고다의 十字架를 개인의 형상에 있어서 온 十字架라고 하면 3·1운동은 민족의 형상에서 온 十字架라고 할 수 있다. 남강은 베드로와 엘리아를 합한 성격에 가깝고, 최남선·송진우의 첫 번 태도는 닭 울기 전 베드로에 통하고, 뒤에 변절한 최린·이광수의 무리는 가롯 유다의 반역에 연결되고, 朴賢淑을 위시한 松竹會 회원들은 막달라 마리아, 明治政府는 빌나도, 塚原재판장은 제사제장, 강서·수원·수안에서 흘린 피는 이스라엘의 피, 도산의 임종은 十字架에서 흘러내리는 핏방울, 그리고 오늘에 이르는 混冥은 오지 않는 復活節 앞에 있는 짙은 어둠이 되는 것이다.

4. 獄中生活과 出獄

1920년 10월 30일 남강은 경성복심법원에서 판결 언도를 받고 상고를 그만두고 복역하기로 하였다. 백오인사건으로 옥고를 치르고 나온 지 5년 7개월에 인제 다시 푸른 囚衣가 몸에 걸쳐지는 것이었다. 남강은 3월 1일 동지들과 함께 종로 경찰서에 구치 되었다가 1주일 후에 서대문 감옥에 옮겨졌다. 그 때 第一翼에는 48인 관계자, 제2익에는 만세를 부른 학생들을 가두었다. 손병희를 위시한 48인 관계자들을 서로 떼어놓기 위하여 한방에 하나씩 가두었는데 남강은 인왕산이 마주 보이는 감방 속에 있었다. 독립선언을 계획할 때부터 이들은 죽음을 각오했지만은 인제 전국이 물 끓듯 하는데 민족대표로서 감옥에 들어와 있으니 천사 만념이 가슴에 서리는 것이었다.

감옥 안에서는 이번 일에 33인 서명자는 내란죄로 사형이 되는데 그중에서도 손병희와 남강과 최린은 면할 길이 없다고 하였다. 최린은 옥에서 死別詩

動靜元來兩是空 如何難放縣崖手
花開葉落不由風 故作生涯寄夢中

를 짓기까지 하여 옥 안에는 비감한 분위기가 감방에서 감방에 전파
되었다.

그러나 남강은 자기 자신의 일은 잊어버린 듯이 매일 감방 안에서
변기 위에 올라서서 학생들에게 커다란 목소리로 격려하는 말을 하
였다. 한번은 공판정에서 돌아와 풀이 죽어 감방에 들어가는 동지들
에게 목소리를 높여,

『우리가 죽을 각오 없이 감옥에 들어온 것이냐.』

라고 하여 사형설로 공포에 쌓여있는 동지들의 게으른 잠을 깨어 주
기도 하였다. 학생들을 격려하는 일이 남강에게는 일과가 되었다. 처
음에 간수들은 이것을 못하게 하려고 남강을 괴롭혔다. 창살 사이로
손을 내어 밀라고 하고 회초리로 후려치기도 하고 손가락 사이에 나
무를 끼고 비틀기도 하였다. 손과 팔목에는 푸른 줄이 건너가고 손가
락 사이에서는 피가 흘렀다. 그러나 간수들이 조금만 자리를 비기만
하면 남강은 여전히 변기 위에 올라서서 학생들을 격려하는 것이었
다. 일인 간수 德田이란 간수가 있었는데 그는 나중에 李寅煥은 할
수 없는 인물이라고 하였다. 안세환은 혼자 독방에서 정신 이상을 일
으켜 발광해 버렸고 양한묵은 옥고에 못 이겨 그 속에서 병이나 옥사
해 버렸다. 지방법원 공판과 복심법원 공판에 나갔다 와서는 모두들
풀이 죽어 의기가 쇠침했는데 유독 남강만은 강철 같은 기개가 꺾이
지 않고 도리어 동지들과 옥중에 있는 다른 이들을 위로하고 격려하
였다.

공판이 끝나 형을 받은 뒤는 서대문 감옥에서 마포 감옥으로 옮겨
졌다. 감옥에서는 아침 7시에 일어나고 밤 9시에 자고 밥은 8시, 12

시, 5시에 주었다. 미결수로 있을 때는 옷과 밥과 침구 차입이 허락
되었으나 정식 복역이 시작되면서부터는 이것이 끊어지고 푸른 수의
를 입고 감옥 밥을 먹어야 하였다. 목욕은 한 주일에 한 번, 그것도
한 5분 동안 물에 몸을 잠갔다가 나오는 정도고 운동이라고는 감방
밖에 한 15분 내어 세우는 일이었는데 복역하면서부터는 공장에 나
가서 일하는 것이 운동이 되기도 하였다. 남강은 함태영·이갑성 그
밖의 동지들과 그리고 만세를 부르다가 형을 받은 노인들과 함께 새
끼 꼬기, 모자 뜨고 봉투붙이기, 짚으로 방석틀기 같은 일을 하였다.

남강은 아침과 저녁으로 기도를 올렸다. 옥중 생활은 그에게 기도
올리는 성스러운 일과를 가르쳤다. 그는 백오인사건으로 옥에 있을
때마냥 걸레로 감방을 깨끗이 훔쳤고 변기는 혼자 맡아서 들어내고
닦고 하였다. 그에게는 옥에 들어와 있는 것이 다 당신의 뜻이고 가르
치고 뉘우치게 하고 하여 장차 크게 쓰시기 위함으로 생각되었다. 몸
과 마음이 고달프고 피곤했거니와 그 대신 주의 은혜 속에 있는 즐거
운 시간이 허락되었다. 그의 입에서는 다음의 찬송가가 흘러 나왔다.

내 주의 지신 십자가
세인은 안 질가
십자가 각기 있으니
내게도 있도다

내몫에 태인 십자가
늘 지고 가리다
그 면류관을 쓰려고
저 천당 가겠네

남강은 감옥에 들어가기 전에 그리스도의 복음에 접했는데 그의
신앙이 굳어진 것은 제주도 유배와 감옥생활을 통해서였다. 기도와
성경 읽는 일이 그의 옥중 생활의 대부분을 차지하였다. 만일 이 같

은 정신적인 양식을 취하지 않았다고 하면 그의 옥중 생활은 그의 건강을 여지없이 파괴했을 것이다. 전후 9년이 넘는 옥고 속에 있으면서도 그 강한 기상이 털끝만치도 휘죽은한 데가 없는 것은 본래의 천품도 천품이려니와 신앙이 이것을 이끌어온 것이었다.

남강의 기도는 불쌍한 이 나라 백성과 여기에 들어와 고생하는 사람들을 위한 것이고 한번도 자기와 자기 가족을 위한 것이 아니었다. 구약을 읽으면서 그는 모세가 이스라엘 백성을 인도하여 애급에서 나오는 대목과 예언자들이 날카로운 목소리로 왕과 백성들의 불의를 꾸짖는 대목을 여러 번 거듭 읽었다. 신약에는 그리스도의 출생과 그의 선교와 함께 그리스도가 예루살렘에 올라와 제자들의 발을 씻어주는 장면과 로마 경병에게 포박되는 장면과 베드로가 모른다고 한 장면과 십자가를 지고 언덕으로 올라가는 장면과 마침내 후욕과 고난 속에서 십자가에 달리는 장면이 자세히 기록되어 있었다. 그는 새벽빛이 감방창살로 들어 쏠 때는 그리스도의 聖像이 멀리 동쪽 하늘에 뵈는 것 같았고 바로 머리 위에서 자기를 위로하는 그리스도의 음성이 들리는 것 같았다.

두 번 공판 때와 서대문 감옥에 들어온 직후 집에서 증손 이윤영과 학교에서 조형군 장로가 올라왔다. 남강은 이들에게 학교 형편을 묻고 자기 집에 대한 이야기를 자세히 묻지 않았다. 3월 5일 정주에서도 만세를 불렀는데 일본 헌병들이 나와서 오산학교 선생과 졸업생들을 잡아 가고 학교와 교회에 휘발유를 뿌리고 불을 놓았다는 이야기를 들었다. 1년 동안은 오산이 폐허가 된 양 사람 그림자 하나 없이 지나갔는데 이듬해 1920년 9월 신학기부터 학교가 다시 개교되어 조만식 교장과 박기선·김기홍·조형균 동지들의 힘으로 계속 운영된다는 보고를 들었다. 남강은 앞으로 학교를 부흥시킬 방안에 대하여 하나하나 구체적인 지침을 지시해서 그들을 내려 보내고 그 실행 경과를 연락하라고 하였다. 그는 아침저녁 기도 올릴 때마다 학교가 다시 일어나기를 기원하는 일을 빼지 않았다.

　마포 감옥에 옮겨와 복역중이었는데 한번은 이런 소문이 들렸다. 이번에 형을 받은 48인을 假出獄을 시키는데 20년 동안 거주 제한과 그밖의 자유를 구속한다고 하였다. 이 요구에 대부분은 응치 않아 젊은이들 측에서 젊은이들은 그대로 있고 노인들은 내어 보내자고 하였다. 이 말을 듣더니 남강 말이 자기도 젊은이와 같이 나가지 않는다고 하였다. 권동진도 안 나간다고 하고 오화영도 안 나간다고 하였다. 그래 모두들 나가지 않기로 하고 1921년 3월이 가까워옴으로 옥중에서 3월 1일을 기념하는 기념 만세를 부르기로 하였다. 남강이 이갑성·오화영과 같이 발의해가지고 이갑성은 동쪽 감방, 오화영은 서쪽 감방을 각각 책임 맡아 알리기로 하였다. 죄수들이 벗고 줄을 서서 작업장에 갈 때 쪽지를 주어 감옥 안 12공장 죄수 1,700여명이 한꺼번에 만세를 부르기로 약속이 되었다. 3월 1일 12시가 되자 감옥 안에서는 난데없이 독립 만세가 고창되었다. 장소가 감옥이요 또 1,700여명 밀집한 사람들이 일제히 불렀기 때문에 만세 소리에 온통 감옥이 떠나가는 것 같았다. 간수들은 어찌된 영문도 모르고 얼마동안 어리둥절해 있다가 비로소 주모자 색출을 시작하였다. 그러나 모두들 제 자리에 천연스럽게 앉아서 작업을 하고 있었기 때문에 좀처럼 알아낼 수가 없었다. 나중에 쪽지의 필적이 들어나 이것을 쓴 이갑성과 오화영이 심한 매를 맞고 벌 받는 방에 갇히어 고생을 하다가 다시 자기 감방에 돌아왔다.

　1921년 6월에 부인이 세상을 떠났다는 소식이 올라왔다. 생후 여덟 달에 어머니를 여위었고 열 살 때 아버님이 돌아가셨는데 이제 또 열다섯 살에 만나 거의 50평생을 고락을 같이한 한 불행한 한국의 아내가 옥중에 있는 남편의 얼굴을 그리면서 세상을 떠난 것이었다.

　서대문 감옥에 있을 때는 아직 형의 언도가 내리기 전이어서 당사자들도 극형이나 무기 징역을 각오했고 정치범으로 들어와 있는 다른 사람들도 그렇게 생각하고 있었다. 그러던 것이 일본 議會의 태도가 변경되어 이 사건을 내란죄가 아니고 보안법 위반과 출판법 위반

으로 다스리게 되어 예상 밖으로 형이 가벼워졌다. 남강은 자기들이
예심 중에 있으면서 특별대우를 받았고 또 3년 이하의 가벼운 형을
언도 받은데 대하여 도리어 다른 정치범들에게 미안하게 생각하였다.
[우리들은 도리어 독립선언의 책임자로 서명했고 저들은 그대로 만세
를 부르다가 잡혀 들어온 이들이 아니냐. 죄로 보면 우리가 더 무겁
고 저들은 가볍다. 독립운동으로 감옥에 들어와서까지 몇몇 사람은
지도층이라고 해서 적으로부터 특전을 받고 나머지 많은 사람들은
도리어 저들을 따라서 만세를 불렀는데 20년 30년 내지 종신 징역을
해야 하는 일처럼 불합리가 없다. 독립운동을 하고 적의 재판을 받고
복역하는데 있어서까지 사람과 사람 사이에 차별이 있을 수 없다.]
남강의 맑은 양심은 감옥안의 차별까지 날카롭게 비춰어 내었다. 이
런 생각이 올라온 후로 남강은 가벼운 형기를 받은 자기의 감옥 생활
이 도리어 괴로웠다.

　그는 공장에 나와 작업하는 동안 여러 사람들의 사정과 형의 量을
알았는데 나라를 위하여 죽기를 맹세하고 독립을 선언한 자기들이
최고 3년 정도의 형을 받고 이제 얼마 안 남은 형기를 앞에 두고 있
는 것이 도적질하는 것 같은 미안하고 거북한 생각이 들었다. 남강은
48인 동지 중에서 한 사람 두 사람 나가는 것을 보면서도 자기는 일
향 나가고 싶지 않았다. 그것은 감옥이 괴롭지 않아서가 아니고 많은
사람들이 만세 부른 죄로 잡히어 들어와 병신이 되고 죽고 종신 징역
을 지고 하는 것을 보면서 자기로서 겨우 3년을 채우고 나가는 것이
괴롭기 때문이었다. 손병희가 먼저 신병으로 보석되어 나가고 그 뒤
최린·권동진·오세창·한용운이 가출옥으로 나갔다. 나중으로 남강
과 이갑성과 오화영 세 사람만 남아 있었다. 그 뒤 이갑성과 오화영
마저 나가고 48인 독립선언 사건으로는 감옥에 자기 혼자만 남았다.
그런데 남강은 조금도 나가고 싶은 생각이 나지 않았다. 도리어 나가
라고 옥문이 열리는 시간이 무섭기까지 하였다.

　남강은 감옥에 있으면서 감옥이 제도상으로 보다도 거기서 일하는

사람들의 무지 때문에 얼마나 非人道的인가를 몸소 체험하였다. 감옥에서 주는 밥이 보리에 콩을 섞었는데 콩이 썩었고 돌이 절반이나 섞여있기 때문에 통 씹을 수가 없었다. 그리고 환자에게 주는 죽은 죽을 쑤어가지고 물을 타기 때문에 죽이랄 수가 없었다. 이 밖에 거처의 불편함이 이를 데 없었는데 이것은 감옥 자체의 제도라기보다 그것을 운영하는 사람의 불성실 때문이라고 하였다. 그가 감옥에서 나오자마자 「監獄에 대한 予의 勸告」라는 글을 동아일보에 발표했는데 이것은 인도주의자로서의 남강의 날카로운 관찰의 일면이었다.

동아일보는 남강 출옥의 광경을 다음과 같이 보도하였다.

獨立宣言事件의 一人
最終으로 李寅煥氏 假出獄

일시 삼천리 산하를 진동하던 독립선언서 사건의 관계 제씨도 거의 다 출옥하고 다만 60평생에 반생을 국사범과 감옥생활에 허비하여 검은 머리가 희여진 이승훈 씨만 재감중이더니 작일 오전 열시에 돌연히 경성감옥으로부터 가출옥이 되었다. 씨는 백발이 성성하나 오히려 추상같은 기개를 띤 얼굴로 말하되,

『다른 사람이 모두 출옥되고 나만 남아 있었는데 나는 실로 조석으로 기도하기를 이와 같이 나오게 되지 말고 하루라도 더 있으면서 우리 형제의 마음을 위로코저 하였소. 지금 경성감옥에 있는 정치범이 수백 명인데 그중에 종신 징역이 22명이요 그 외 10년 이상의 징역을 받은 사람이 수십 명이라. 그들을 불덩이 같이 뜨거운 옥 속에 두고 나오는 생각을 하니 감옥 문에 나서자 더운 눈물이 앞을 가리어 차마 발길이 돌아서지 못하였소.』

라고 하며 목이 메여 말끝을 마치지 못하고 쏟아지는 눈물을 씻고 잠시 동안 묵연히 앉았다가 다시 말을 이어,

『그러한 중에 감옥 안 한인 옥졸의 혹독한 학대는 실로 참을 수 없을 지경이라. 일전에도 그 때문에 죄수들이 할 수 없이 동맹절식을 한 일까지 있었소. 내가 감옥에 들어간 후에 한 일은 2천 7백여 페이지나 되는 구약을 열 번이나 읽었고 신약전서를 40독을 하였으며 그의 기독교에 관한 서적 읽은 것이 7만 페이지는 될 터이니 내가 평생에 처음되는 공부를 하였소. 장래 나의 할 일은 나의 몸을 온전히 하나님에게 바치어 교회를 위하여 일할 터이니 나의 일 할 교회는 일반 세상 목사나 장로들의 교회가 아니라 온전히 하나님이 이제로부터 한 민족에게 복을 내리시려는 그 뜻을 받어 동포의 교육과 산업을 발달시키고저 하오.』

하며 씨는 계동 139번지의 김성수 씨 별제에 2, 3일 동안 유숙하다가 23일 밤에 떠나 정주 향제로 향할 터이라더라.

〈1922. 7. 22. 東亞日報〉

監獄에 대한 予의 勸告

내가 년전 소위 음모사건 때에 여러 해 감옥생활을 하였고 또 그후 독립선언 사건으로 인연하여 4년 동안 다시 감옥에 있다가 이번에 가출옥이 되었으므로 현금의 감옥에 갇혀있는 사람에게 당하여 무엇이 가장 고통이 되며 따라서 감옥제도 중에 가장 긴급히 고칠 것이 무엇인가. 여기에 대한 의견을 베풀라 하는 부탁이 동아일보 기자로부터 있었으나 감옥 개량과 같은 것은 지금에 있어서 말하고 싶지도 아니한 처지이며 또 근본되는 제도에 이르러는 말하여도 별로 큰 효험을 보지 못할 것이라 하야 별로 마음에 희망하는 일이 아니라 생각 하였노라.

그러나 현금 조선의 각처 감옥에는 만 명이 넘는 사람이 갇혀있어 나의 있던 경성감옥에만 보아도 여러 해의 징역 선고를 받은 사람이 이천 명이나 되고 그 중에 정치범으로 말하여도 경성감옥에 이백여

명이나 되고 각처의 감옥을 합치면 또한 수천 명에 이를 것이라 그러므로 이와 같이 다수한 동포 형제가 현재의 감옥제도아래서 날로 밤으로 얼마나 고통에 신음하는지 이것을 생각하면 실로 뼈가 저린 일이며 따라서 어떻게 하든지 약간이라도 그 고통을 감할 수가 있다하면 이 다수한 동포에게는 실로 적지 아니한 행복이 되겠으므로 여기에 대하여 약간의 사식을 베푸는 것도 결단코 소용없는 일은 아니라고 다시 생각하였노라.

위에 말한 바와 같이 내가 지금 의견을 베푼다 하면 그 본의는 다만 현재 감옥에 매여있는 사람의 받는 고통이 약간이라도 감하여지기를 희망하는데 지나지 못하므로 용히 해결되지 못할 문제이면 아무리 중대하다 생각하는 것이라도 이것을 말하고자 하지 아니하며 다만 감옥 관리가 정성으로 힘만 쓰면 개혁하기가 매우 용이하며 옥중에 매어있는 사람에게는 이익이 적지 아니 하리라 생각하는 것을 말하고저 하나니, 어찌한 까닭인가 하면 감옥의 예산이 졸지에 많아지는 일이나 감옥의 법규를 크게 변경한다는 일은 감옥 관리의 희망이 있다 할지라도 용히 될 것이 아닌 까닭이라.

내가 가출옥하던 이튿날 아침에 경성감옥으로 중교 전옥을 방문하고 옥중에 있을 때의 몸으로 경험한 일과 또는 남의 일이라도 눈으로 보고 귀로 들은 일에 대하여 성의로써 내 말을 듣고 장래의 처사에 대하여 매우 참고가 되겠다는 뜻으로 대답하는 말을 들었는데 그 때에 말한 것도 역시 감옥의 근본 제도와 예산에 중대한 관계가 있는 것은 제쳐놓고 전옥 한 사람의 결심으로써 개량할 수 있는 것에 한하였으며 아래에 대강 베풀고저 하는 의견도 당시 전옥에게 말하였던 것을 기초로 삼고저 하노라.

또 한 가지 주의할 것은 현재의 감옥제도 아래에 있어서는 옥중에 한번 들어가는 사람에게는 모든 자유가 구속되고 모든 권리가 박탈되는 고로 감옥에서 아무리 관대하게 대우를 한다 하여도 갇혀있는 사람 자신에 당하여는 언제든지 여러 가지의 고통과 불편이 있을 것은 물론임으로 갇혀있는 사람의 편으로부터 희망과 불평을 말하려면 실로 제한이 없을 것이오, 그 희망을 성취할 길도 없을 것임으로 이 것도 또한 말하여 별로 소용이 없는 바이나 다만, 감옥 관리의 몸이 되어서 생각할 때에도 무리한 일이며 갇힌 사람의 편으로 보아서도 받지 아니하여도 관계치 아니할 고통을 없이 하거나 감하여 달라 함은 크게 필요가 있는 일이라. 이제 이러한 종류의 몇 가지 사실을 들어 약간 의견을 아래에 베풀고저 하노라.

옥중에 매여 있는 사람이 항상 고통과 불편을 당하는 것은 음식이라 먼저 음식을 이러니 저러니 하는 것은 재미없는 일인 듯 하지만은 음식이라는 것이 사람의 생명을 이어 가는 데 가장 중요한 것인 이상에는 아무리 자유가 구속되어 옥중에 있는 사람에게라도 음식이 적당하고 적당치 아니한 것은 역시 다른 사람이나 일반으로 중요한 문제이며 또 음식은 하루에 세 차례씩 반드시 먹어야 하는 것임으로 만일 음식으로 인하여 고통을 받는다고 하면 그 고통은 하루에 세 차례씩 당하게 되어 한 번 두 번으로는 견디기 어려운 고통이 아니라 할지라도 여러 날 여러 달을 계속하게 되면 아마 가장 큰 고통이 될 것이라 하노라.

감옥에서 갇혀있는 사람에게 주는 것이 콩밥이라 함은 감옥을 보지 못한 사람도 모두 들어서 아는 일이라. 그러나 그것은 콩밥이라 하느니보다는 차라리 메주덩이에 가까운 것이며, 반찬이라고 주는 것도 실로 형상하여 말하기 어렵지만은 이러한 것을 변개하는 것은 감옥 전체의 예산에 중대한 관계가 있는 일이오 또 법규로 작정하여 있는 일임으로 졸지에 변통하기는 어려운 일이오 또 旣히 형벌을 받는 몸이 되어 일체의 자유와 권리를 빼앗기고 옥중에 매어있는 몸이 입에 맞는 음식을 요구한다는 것도 안 될 말인 고로 나의 개량을 희망하는 바는 다만 예산과 법규에 관계없는 일에 그치고저 하노라.

맛이 흉하거나 반찬이 흉하거나 감옥에 있는 사람의 입에 들어갈 것이라고는 이것밖에 없음으로 처음에는 먹지 못하던 사람이라도 달

고 치면 맞는다고 배고픈데 못 견디어서 어찌할 수 없이 먹기를 시작
하여 차차 세월이 지나가면 대개는 참고 먹게 되지만은 아무리 견디
려 하여도 견디지 못할 고통은 밥에 돌이 섞여 있는 일이라. 돌이 전
체의 몇 분지 일이나 되느냐, 밥 한술에 돌이 평균 몇 개나 있느냐
하는 것은 조사를 해보지 못하였음으로 단정하여 말할 수 없지만은
대개 감옥의 콩밥이라는 것은 입에 넣은 덩이채로 침을 슬슬 발라서
어름어름 삼켜야 하매 만일 대강이라도 씹으려 하다가는 이를 상할
만한 정도임으로 일반의 불편이 심할 뿐 아니라 위장에 해를 끼치어
더욱이 소화기가 약한 사람이 이로 인하여 병을 얻게 되어 이 고통에
신음하지 아니하는 자는 한 사람도 없는 현상이라.

　밥에 돌이 섞여 있는 것은 콩과 조를 사들일 때 섞여 있는 돌을 고
르지 않고 그대로 밥을 짓는 까닭이오 결단코 감옥에서 일부러 섞는
것은 아니나 이로 인하여 이 밥을 먹는 사람의 고통은 비상히 심할
뿐 아니라 돌을 골라 먹이지 말라는 법령도 있는 것이 아닌 즉 예산
에 큰 관계만 없으면 이러한 폐해를 제거하는 것은 당연한 일이라.
그러면 많은 돈을 들이지 않고 콩과 좁쌀에서 돌을 골라 낼 방법이
무엇인가. 이에 대하여는 상당히 연구만 하면 여러 가지 편리한 방법
이 있겠지만은 내가 옥중에서 생각한 중에도 한 가지 방법이 있노라.

　그 방법은 별것이 아니라 고은 채와 굵은 체의 두 가지 체만 준비
하면 넉넉히 될 것이라. 그리하여 처음에 고은체로 작은 돌을 쳐내어
굵은 돌과 곡식만 남긴 후 그다음에는 굵은 체로 쌀을 쳐내고 체에
남은 굵은 돌을 버리면 돌을 전혀 골을 수는 없지만은 입으로 넣어
대강은 씹을 만 하게 될 것이라 생각하며 이것도 시정에서 하는 일이
면 상당히 품값이 들겠지만 감옥과 같이 사람이 흔하고 품삯이 헐한
곳에 있어서는 이러한 일에 몇 명의 죄수를 쓴다 하여도 그 비용은
실로 얼마 되지 아니 할 것이라.

　감옥에 있는 사람에게 주는 콩밥에 돌이 너무 많이 섞여서 먹는 사
람의 고통이 가장 심하며 그 폐단을 용이하게 그칠 수가 있다 함은

위에 말하였거니와 그다음에 음식으로 또 한 가지 말할 것은 병인에게 주는 죽에 대한 이야기라. 이것은 얼른 생각하기에 그다지 중대한 일 같지 않지만은 건강한 사람과 달라서 병인에게는 특별히 음식에 대하여 주의를 할 필요가 있으며 또 몸에 병이 있을 때에는 신경이 예민하여지기 쉬운 고로 그 음식의 적당치 않고 적당한 것이 먹는 사람의 정신에 미치는 영향도 적지 아니한 고로 결단코 소홀히 생각할 일이 아니라.

감옥에서 밥을 먹을 수 없는 병인에게 주는 것은 흰 죽인데 어떤 때에는 백미를 사용하여 보통 죽과 가까운 것을 주기는 하지만은 그보다도 절미(싸라기)나 현미의 죽을 주는 일이 많은데 절미로 말하면 본래 끈기가 없어서 그것으로 기력을 버틸 수 없을 뿐 아니라 백미에서 골라 낼 때 모래와 함께 섞여 나오는 고로 절미로 쑨 죽에는 돌이 지근지근하여 먹기가 비상히 곤란하며 또 현미죽은 현미에 겨가 많이 섞인 까닭에 현미를 먹어 버릇하지 않은 사람은 죽그릇을 대할 때 벌써 비위를 뒤집는 냄새가 나는 고로 이것도 또한 심한 고통이라.

그러므로 병인에게 이러한 음식을 주면 병인이 이것을 먹기에 곤란할 뿐 아니라 먹기 전에 먼저 이러한 것을 병인에게 준단 말인가 하는 감정이 격앙하여져서 감옥 관리에 대한 불평이 높아가는 고로 병인에게 주는 죽에 대하여는 그다지 분량이 많은 것도 아니므로 될 수 있는 대로 백미의 죽을 쑤어 주기를 바라며 또 한 가지 고통은 간혹 죽을 쑨 후에 맹물을 타서 주는 일이 종종 있어서 거의 먹을 수 없이 구역이 나는 일인데 이것은 감옥 관리가 그렇게 하는 것이 아니고 죽을 쑤는 사람이 그렇게 하는 것이겠지만은 이 일에 대하여도 이후부터는 각별히 신칙하여 그런 일이 없도록 힘써 주기를 바라노라.

그다음으로 감옥에 있는 사람에게 고통을 주는 것은 거처의 문제라. 거처문제라는 것은 감방에 가두는 사람의 수효가 너무 많아서 곤란하다는 일인데 나의 있던 경성 감옥으로 말하면 보통 잡거하는 감방이 변소까지 합하여 겨우 네 평쯤 되는 것에다가 이 염천에 평균

16, 7인의 장정을 수용하는 현상이며 다른 감옥에도 대개 경성 감옥보다 차이가 별로 없다는 말이라. 물론 서대문 감옥의 미결 감옥에는 독립만세 운동 당시에 학생 23명까지 한 방에 수용하였다는 말도 들었으나 이것은 일시의 부득이한 조처라 어찌할 수 없다 하려니와 평시에 있어서 이와 같이 불같은 더위에 창문도 변변히 없이 갑갑한 감방 속에 한 처소에 20명 가까운 사람을 수용하는 것은 실로 곤란한 일이라.

침식이라는 것이 사람의 건강을 유지하여 가는 기초인데 먹는 것이 위에 말한 바와 같이 불편하고 또 거처하는 곳이 이러하여 자기 전에는 숨이 막힐 듯 하고 잠이 들어도 사지를 펼 수 없이 협착하여 종일 고역에 피곤한 몸이 밤중에 편안한 꿈도 볼 수 없는 현상이라. 이로 말미암아 정신의 고통은 다시 말할 것도 없고 건강을 해하는 원인이 실로 여기서 생기나니 이 점에 대하여는 비록 상당한 비용이 들겠지만은 다른 것을 절약하고라도 감방을 약간 확장하여 주기를 특별히 간절하게 희망하노라.

여러 번 말한 바와 같이 사람이 갇히는 몸이 되어 한번 감옥 문안에 들어선 이상에는 권리라는 것은 조금도 인정되지 않고 자유라는 것은 전혀 빼앗기며 그 한편으로 감옥 직원의 권리와 위세라는 것은 絕對라 할 만큼 크고 무서운 것은 법령으로 보아도 분명한 일이라. 그러나 감옥에 있는 이상에는 싫으나 좋으나 이 사람들에게 매여 지낼 수밖에 없으며 이 사람들이 법규에 예정한 대로만 지킨다 하여도 갇혀 있는 사람을 징치하는 감옥의 목적은 도달할 것이다.

법규를 정당히 또한 공평히 준행하는 데 대하여는 비록 갇혀 있는 사람에게 고통이 된다 하여도 이는 어찌할 수 없는 일이라. 불평을 품는 사람이 도리어 생각이 적다고 할 것이며 현대의 감옥 제도와 지금의 시세 형편에 있어서 관후하고 인자한 태도로써 아무쪼록 갇힌 사람의 고통이 적도록 힘써 달라고 주문을 하여도 감옥 관리는 도리어 어리석은 사람이라고 웃을지 알 수 없는 일이지만은 감옥의 직원이 아무리 갇힌 사람에게 대하여 강악한 것을 하든지 탄하여 항거할 수가 없는 것만 다행히 여겨서 법규의 한정을 벗어져서 직권을 남용하여 갇힌 사람을 학대한다 하면 이것은 실로 人道上의 큰 문제이라.

나의 갇혀 있던 경성 감옥으로 말하여도 나의 눈으로 보고 귀로 들은 바에 이러한 전례가 적지 아니하여 그 중에도 심한 몇 가지 전례는 전옥중교씨를 만났을 때 이야기한 일도 있으므로 자세한 사실은 구태어 이제 다시 세상에 발표코저 않거니와 감옥 당국자의 이제부터 가장 힘쓸 것은 이러한 폐단을 급히 교정함에 있다 하노라. 즉 법령의 한도 안에서 갇힌 사람에게 향하여 아무쪼록 친절히 하여줄 일, 또한 갇힌 사람을 대우함에 사사마음을 두지 말고 공평하게 처단할 일, 갇힌 사람에게 향하여 규칙 이외에 차고 때리는 습관을 버릴 일 등이 가장 긴요한 것이라. 이제 이 점에 대하여 사실의 전례를 들지 않고 다만 폐해의 대강을 말하고저 하노라.

감옥 직원에는 전옥 아래에 교회사·과장·간수장·간수 부장·간수 등의 여러 계급이 있는데 대개 볼 것 같으면 아래로 내려가 직접 갇힌 사람에게 접촉할 기회가 많게 될수록 그 처사가 가혹하지 아니한가 하는 혐의가 있는 일이라. 그것은 갇힌 사람이 많이 접촉하여 보는 까닭에 자연 그렇게 생각되는 점도 있을런지 모르나 생각만으로 그런 것이 아니라 사실로도 그러한 일이 있으면 가리지 못할 사실임은 마치 세상에 있는 사람의 눈에 보이는 경찰서장과 순사의 차이는 분명히 있는 것이라. 이것이 지식 정도라든지 기타 여러 가지 관계로 인연하여 졸지에 어찌할 수 없는 일이라 하겠지만은 위에 있는 직원이 아래에 있는 직원을 동독하기에 세밀히 주의하며 자기 몸으로써 실행하여 그 모범을 보이면 그 효험은 실로 적지 아니하리라 하노라.

또 경성 감옥이나 기타 감옥에 있던 사람 중에 혹시 일본인 간수보다도 조선인 간수가 더욱 심하다고 분개히 여기는 말을 들은 일이 있으나 이것은 결코 오해인줄 생각하나니 그것은 사람 나름이라 일본

인이든지 조선인이든지 사람의 성질을 따라서 다른 고로 우연히 그
다지 심하지 아니한 일본인과 혹심한 조선인에게만 단속을 받은 사
람이 자기의 경향으로 판단한 말인지도 알 수 없으며 또 아무리 감옥
직원인 사람이라도 같은 조선 사람이니까 일본 사람 보다는 나으려
니 하다가 사실은 조금도 나은 점이 없어서 실망한데서 나온 것도 있
을 것이라. 그러나 불행히 경성 감옥에서는 정치범의 단속을 맡은 직
원 중에는 과연 일본 사람 보다 심한 조선 사람이 있어서 그 감옥에
한번 매였던 사람으로 하여금 이러한 감상을 특별히 깊게 하였도다.

〈1922. 7. 25. 26. 28. 29. 東亞日報〉

Ⅶ. 民族復興과 教育[Ⅱ]

1. 受難과 復興

1919년 2월 10일 남강은 선천에서 박현환을 먼저 학교로 보낸 뒤에 자기는 그날 밤차로 서울에 올라갔다. 서울서 송진우와 만나고 다시 선천에 내려왔다가 평양으로 직행했기 때문에 이번에도 오산에 들리지 못하였다. 2월 10일에서 2월 28일에 이르는 19일간은 남강의 일생을 통하여 가장 바쁜 시간이었다. 2월 24일 남강은 咸台永과 함께 최린과 만나 기독교와 천도교 양교 합동에 대한 결정을 내린 뒤 그날 밤차로 잠깐 오산에 내려왔다. 그는 차에서 내려 곧 학교로 갔는데 학교에는 조만식·박기선·조형균 그밖의 동지들이 모여 있었다. 남강은 서울에서 결정된 일을 이야기하고 오산에서도 高宗의 국장일을 기하여 일어날 일에 대하여 의논하였다. 남강은 독립선언서 서명자 중에 오산관계자로 조만식 교장을 포함시키려고 했으나 그만 두기로 했다고 하였다. 남강은 이번의 독립선언이 한번으로서 끝나서는 안 되고 또 성공을 기약하기 어려우니 조 교장은 평양을 중심으로 제2차 독립선언을 준비해야 한다고 하였다. 남강은 자기가 없을 때 학교 운영과 제2차 제3차의 독립선언을 계속해서 일으킬 것을 당부하고 총총히 서울로 올라갔다.

2월 25일 밤 오산학교 교장실에는 밤이 늦도록 불이 켜져 있었고 조만식 교장을 중심으로 교직원과 졸업생들이 모여 서울에 호응하여 독립선언서를 읽고 만세 부를 일에 대해서 구체적인 절차를 의논하였다.

1919년 2월이 지나가고 3월이 닥쳤다. 서울에서는 3월 1일 독립이

선언되었고 많은 사람들이 만세를 부르다가 잡혀 갔혔다는 소문이
내려왔다. 학교에서는 미리 졸업생과 교인들에게 연락하고 독립선언
서를 등사하고 태극기를 만들고 하였다. 3월 2일 교정에 교직원·졸
업생·학생·교인들이 정렬해 서고 선언서가 배포되고 이어 만세를
불렀다. 행렬이 역에까지 나갔을 때는 모인 사람이 천이삼백 명이 넘
었는데 그들은 모두 학생들로부터 태극기를 받고 함께 만세를 부르
면서 그 뒤를 따랐다.

정주에서 경찰이 나오고 이튿날에는 평양에서 수비대가 파견되어
학교를 중심으로 오산 일대는 심한 감시 속에 들어갔다. 독립만세 운
동이 전국에 번져 나갔다. 남강이 이 학교를 세웠고 또 이번 독립선
언을 계획했다고 하여 일본 강점자들의 주목은 오산학교에 쏠렸다.
그들은 이번 기회에 독립운동의 震源地를 아주 없애야 한다고 하여 3
월 31일 헌병들이 들어와 학교와 교회 건물에 휘발유를 끼어엊고 불
을 놓았다. 불길과 연기가 밤하늘에 올라갔는데 남은 연기만이 땅위
에 서리다가 얼마 뒤에 아주 꺼지고 말았다. 남강이 1907년 창설했고
가진 고초 속에서 이끌어온 민족간부 양성 기관이 하루아침에 재가
되고 말았다.

이집은 남강이 백오인사건 때 감옥에서 나와 선생과 학생이 같이
재목을 날라다가 지은 집이었다. 돌 하나 기와장 하나에 선생과 학생
들의 손이 아니 닿은 것이 없었다. 남강도 여러 번 재목과 돌을 학생
들 틈에 끼어서 운반하였다. 교회도 마찬가지였다. 돈이나 물자로 지
은 집이 아니고 정성어린 사랑과 사랑이 포개어서 세워진 집인데 이
제 이 정성의 집이 불길 속에 휩싸여 연기로 화한 것이었다.

조만식 교장은 평양에서 구금되었고 박기선·조형균·김태등·조
철호는 학교에서 경찰에 의하여 구속되었다. 괴롭고 어두운 기인 밤
이 오산에 깔렸다. 남강은 민족 대표로 감옥에 들어가고, 조 교장을
위시하여 교직원과 졸업생들이 구금되고, 학교와 교회는 불살려 없어
지고, 순경과 수비대는 밤과 낮으로 오산을 감시하고…… 오산은 하

룻밤 사이에 황량한 폐허로 화하였다. 헌병의 구두 발소리와 번쩍거리는 칼 외에는 들리고 뵈는 것이 없는 죽음의 땅으로 화하고 말았다. 여기가 얼마 전까지는 남강이 학생들 앞에서 나라 일을 걱정하던 곳이었다. 여기가 얼마 전까지는 선생과 학생이 같이 배우고 같이 맹세하던 곳이었다. 남강의 목소리는 영 끊어진 것같이 보였다. 선생들의 정성어린 수고는 헛된 데 돌아간 것같이 보였다. 12년 동안 쌓아놓은 피와 땀의 전통은 이제 끊어진 것으로 보였다. 모교와 졸업생들의 엉킨 사랑은 산산이 풀어지는 것같이 보였다.

이 靜寂속에서도 졸업생들은 여러 번 회합을 가졌다. 김이열·이인수 그밖의 졸업생들은 남강의 종손이요 졸업생인 이윤영 집에 모여 여러 가지 정보를 나누고 학교를 다시 일으킬 의논을 하였다. 그들은 남강의 소식을 졸업생들에게 전하고 학교의 소식을 남강에게 전하였다. 남강이 예심을 마치고 공판에 회부된 것과 3년형의 언도를 받고 마포 감옥에서 복역 중인 것도 알고 있었다. 처음에는 48인 중의 주범인 몇 사람은 남강을 포함하여 내란죄로 극형인 사형의 구형을 받는다고 하였다. 그랬는데 일본 정부의 여러 가지 대외관계 때문에 보안법 위반으로 다스리게 되어 형이 완화된 것이라고 하였다. 그런데 그렇다고 남강이 옥에서 나올 때까지 그대로 있을 수도 없고 또 남강은 오랜 옥고로 도저히 앞으로는 다시 무거운 책임을 맡기 어려울 것으로 생각되었다.

남강은 감옥에서 면회 간 졸업생들을 통하여 조 교장이하 교직원과 졸업생이 구금되었다는 것과 학교와 교회가 불타 없어졌다는 것과 다시 학교 부흥이 어렵다는 이야기를 들었다.

1920년 6월 남강은 면회 간 조형균에게 학교 부흥을 부탁하여 서울에서 이 일로 오산 관계자들과 졸업생들이 한 자리에 모이게 되었다. 그 때 모인 사람은 조형균·조만식·유영모·박우병·장지영·김태등·백봉제·현상윤 등이었다. 그들은 우선 오산의 부흥을 위하여 오산 관계자와 졸업생들이 다시 결속하고 본래부터 남강과 오산에 이해를 가진 인사들을 찾아가 호소하기로 방침을 정하고 서울에서는 현 상윤, 정주에서는 조형균이 각각 연락책임을 맡기로 하였다.

한편 오산에 있는 졸업생들 사이에서는 벌써 폐교가 1년이 넘었는데 그대로 있을 수 없다고 하여 여러 번 회합이 있었다. 여기에서는 김이열·이윤영이 중심이 되었다. 이들의 회합에서 대개 두 가지 일이 의논되었다. 하나는 남강은 내란죄로 사형이나 무기 징역을 받게 될 것이니 다시 돌아오기를 믿어서는 안 된다는 것과 다른 하나는 오산을 다시 일으키기 위해서는 남강의 사업을 이어받는 철저한 민족정신의 소유자가 나와야 한다는 것이었다.

그런데 金彝烈과 李允榮은 자기들의 친구인 金起鴻을 생각하였다. 그는 학교에서 동남으로 한 15리 떨어져 있는 新里라는데 살았는데 그 조부는 여러 천 석 추수하는 부자로 부근에 이름이 높았다. 이 소년은 아버지가 돌아가고 조부 슬하에서 자라났는데 오산소학교에 다니다가 완고한 조부가 그만 두라고 하여 이것마저 마치지 못하고 집에서 경서만 읽었다. 그러다가 3·1운동이 일어났다. 3월 2일 오산학교 학생 졸업생들과 같이 만세를 불렀고 또 일본 헌병들이 학교와 교회 건물에 휘발유를 끼어얹고 불을 놓는 것도 보았다. 그 뒤 그는 여러 번 자기 친구인 이윤영과 만나 나라의 나아갈 길에 대하여 여러 가지 의논을 하였다. 그들 사이에는 48인 독립운동자들의 공판에 대한 이야기도 있었고 남강이 극형을 받으리라는 이야기도 있었고 그렇게 되면 오산학교를 맡아 할 사람이 없어 걱정이라는 이야기도 있었다. 그는 한번은 이윤영과 함께 순경들 없는 사이에 불탄 학교 자리를 돌아보았다. 그러나 그는 자기가 나이도 어리고 또 엄한 조부가 위에 있고 하여 남강이 하던 어려운 일을 자기가 해보리라고 생각해 보지는 않았다.

1919년 가을 김기홍은 나라 일이 걱정이 되고 또 그대로 집에 있을 때도 아니라고 하여 조부의 반대하는 것도 듣지 않고 단신 상해로 건너갔다. 그 때 상해에는 국내와 해외에서 많은 청년들이 모여 들었

다. 上海 臨時政府가 조직되었고 議政院이 있고 獨立新聞이 간행되고
그밖에 여러 당파가 있었다. 얼마동안은 상해와 상해 임시정부가 청
년들에게 많은 희망을 주었다. 그런데 차츰 날이 가는데 따라 열이
식고 파벌 싸움이 벌어지는데 미쳐 청년들은 실망하기 시작하였다.
김기홍 청년도 여기에 크게 실망하였다. 그는 상해 旅舍 찬 방에서
자면서 여러 번 오산학교 일을 꼼꼼히 생각하였다. 이윤영과 함께 불
탄 학교 자리를 돌아보던 광경이 눈에 보였다. 어느 날 새벽이었는데
꿈속에 자기 앞에 오산학교 뒷산인 제석산이 나타났다. 그 산위에 흰
옷을 입은 노인 한 분이 서서 손짓을 하면서 자기를 부르는 것이었
다. 그는 꿈에서 깨었다. 이틀 후에 그는 짐을 싸가지고 고국으로 돌
아올 준비를 하였다.

　김기홍은 돌아와 이윤영과 만나 상해에서 보고 들은 여러 가지 이
야기를 하였다. 거기서 사람들이 公心이 부족한 것과 파벌 싸움으로
날을 보내는 것이 슬프다고 하였다. 그는 결론으로 자기가 결국 상해
에서 실망했다는 것과 독립을 위해서는 교육이 필요하다는 것을 다
시 느꼈노라고 하였다.

　김기홍 청년은 하루는 김이열과 이윤영을 찾아왔다. 그는 자기가
여러 날 밤 생각해 보았는데 인제 와서 남강 선생의 학교에 미쳤던
심정을 적이 알게 되었다고 하였다. 그는 자기가 남강을 본받아 그의
사업을 다시 일으켜 보겠는데 나이 어린 것과 또 조부가 자기 말을
듣지 않을 것이 걱정이 된다고 하였다. 그 뒤 그는 어른으로 조형
균·조만식·박기선, 졸업생으로 김이열·이윤영·현상면·백봉제와
의논하고 기금을 내어놓기로 하여 오산학교 부흥에 착수하였다. 그는
자기 친구 趙始淵·承啓璉과 상의하여 세 사람이 힘을 합하여 오산
을 부흥시키는 데 나서자고 하였다. 조시연과 승계련도 20이 갓 넘은
젊은이들로서 부잣집 자제로 경서만 읽고 있었는데 남강을 대신하여
이 일을 이어 맡는 일을 보람있는 일로 생각하였다.

　김기홍은 그 때 불과 23세의 청년이었는데 남강을 대신하여 헌신

하기로 결심하였다. 그런데 한 가지 걱정은 자기 조부를 이 일을 위하여 설득 시키는 일이었다. 여러 가지로 생각해보았으나 별로 묘방이 없었다. 그는 나중에 집에서 쫓겨날 요량을 하고 조부가 문서를 넣어 둔 궤를 열쇠로 열어가지고 땅 문서를 꺼내었다. 이것을 잡혀 돈을 얻었는데 이 돈을 가지고 학교를 일으켰다. 조부가 이 일을 알고 큰 일이 날줄 알았는데 도리어 손자를 불러 앉히더니 아무쪼록 조심해서 나라를 위하여 일하는 사람이 되라고 부탁하였다. 김기홍은 그 때부터 십년이 하루같이 학교를 위하여 온갖 정성을 기울였다. 신리에서 학교까지 밤낮을 가리지 않고 걸어 다녔고, 선생과 졸업생과 재학생 돌보기를 부형이 자제를 돌보듯이 하였다. 사람들은 이 김기홍 청년을 역시 학교에 미친 사람이라고 했는데 감옥에 들어가 있는 남강의 혼이 옮아와 붙은 것이 라고 하였다.

이에 앞서 1920년 봄에 金爆烈은 곽산에서 나와 먼지 낀 기숙사 방을 손수 수리하고 선생으로 있으면서 인근에서 흩어진 학생들을 모아 글을 가르쳤다. 오산은 1년 안에 새 생명이 돌아온 것이었다. 남강이 감옥에서 나와 지은 학교 건물과 교회는 불타 없어졌기 때문에 교실로 쓸 수 있는 건물이라고는 경의재 자리와 그 옆에 남은 몇 간 기숙사뿐이었다. 선생도 이경근·황봉기 그밖에 몇 사람이 김이열을 도왔다. 이윤영은 서무 겸 재무로 있었다. 그들은 물론 무보수였다. 누가 하라고 시킨 것도 아니건만 이들은 자기 집에서 쌀을 내어오고 이부자리를 가지고 와서 자면서 학생들을 모아 글을 가르쳤다. 남강이 평양에서 도산을 만나고 들어와서 강명의숙을 세우고 오산학교를 시작하던 정신이 이들에게 옮아온 것이었다.

1920년 9월이 되었다. 학교에서는 두 달 전부터 신학기 개학을 위하여 학교를 수리하고 선생님을 모셔 오고 하여 정식으로 학교 열 준비를 하였다. 이 소문을 듣고 각처에서 학생들이 모여 왔는데 그전에 다니던 학생들 외에도 평양고보 학생과 선천 신성학교에 다니던 학생들도 많이 모여와 편입되었다. 9월 4일 부흥 개교식이 있었는데 김이열이 교장 대리로 김기홍을 교감으로 부형들과 학생들에게 소개하였다. 서울에서 향제에 내려와 있던 현상윤도 내빈으로 참석하였다. 그 때 선생으로는 김이열·이경근·노학근·김택제·이택호·김중전·황봉기가 있었고 학생들의 수효는 200명이 넘었다.

학교 마을에는 집이 4, 5호 밖에 없었고 학생들은 기숙사에 있는 학생 외에는 절골과 용동에서 다녔다. 이른 아침 기숙사 학생들이 학교 앞을 흐르는 시냇가에 나와 줄을 지어 앉아서 얼굴을 씻었는데 포플러 나무에는 참새들이 앉아 지저귀고 있었다. 이 포플러 나무와 참새소리가 매우 인상적이었다. 평양과 선천에서 온 학생들은 한적한 시골에 학교가 있는 것이 신기했고 참새 소리를 들으면서 시내에 나와 얼굴을 씻는 것이 무척 즐거웠다.

학교는 조 교장이 평양에서 돌아올 때까지는 金彝烈이 교장대리로 있었고 서무와 회계는 李允榮이 맡아 보았다. 교실로는 경의재와 동쪽에 있는 기숙사 한 채가 사용되었다. 경의재 강실은 간을 막었는데 칠판만 걸고 마루 바닥에 그대로 앉아서 글을 배웠다. 학생들에게 신기하게 생각되는 시간이 조선어 문법이었다. 盧學根 선생이 담당하여 임씨, 대이름씨, 얻씨, 어찌씨하면서 주시경 선생에게서 배운 것을 그대로 가르쳤다. 金彝烈 선생은 화학을 가르쳤는데 일본 사람의 쓴 책을 우리말로 번역해 가면서 가르쳤다. 李宅鎬선생은 남강의 둘째 아들로서 서울 청년학관을 거쳐 동경 立敎大學을 나왔는데 학생들을 마주 보면서 한편 손으로 뒤에 있는 칠판에 영어 초서를 쓰는 것이 퍽 신기하였다. 이 밖에 李敬根 선생의 수학, 金宅濟 선생의 법제 경제가 모두 특색이 있었다. 개학 후 2주일쯤 뒤에 曺晩植 선생이 다시 교장으로 왔고 이듬해 4월에 柳永模 교장과 바뀌었는데 이 두 선생은 그 인격과 지조를 통하여 학생들에게 깊은 영향을 주었다. 金億은 영어와 작문을 담당했는데 과외로 에스페란토도 가르쳤다.

김기홍은 조 교장과 의논하고 전에 교회당이 섰던 자리에 임시 교사를 짓기로 하였다. 이번도 역시 남강이 감옥에서 나와 짓던 때마냥

선생과 학생이 제목과 돌을 날렸다. 돌은 절골에서 가져왔고 재목은
개창에서 물로 끌어 올려 다시 어깨로 매어 학교에까지 날려왔다. 교
실 셋을 붙여 짓고 지붕은 짚으로 이영을 엮어 덮어 짚오라기가 마루
끝에 내려왔다. 조 교장은 이 새로 지은 교실 앞에 학생들을 모아놓
고 불란서 책은 일부러 도전을 하지 않는다고 하면서 이 집이 불란서
식을 본받은 최신식 건물이 된다고 하였다. 오산에는 학생들이 날로
늘어갔다. 학생들만 느는 것이 아니고 부형들이 오산으로 이사 오는
이들도 많았다.

김기홍은 조형균 장로와 의논하고 본교사를 새로 지을 생각을 하
였다. 그러기 위해서는 재단을 확충시키는 일이 필요하였다. 한편으
로는 그는 자기 사재를 기울여 본교사 400평 교실의 건축에 착수하
면서 한편으로는 조형균 장로가 선두에 나서 재단 확충에 노력하였
다. 조형균 장로는 기독교계의 장로요 또 남강의 오랜 동지기 때문에
清北 인사들은 그의 말이면 신청하지 않는 이가 없었다. 조형균 장로
는 밤낮을 가리지 않고 소 갈데 말 갈데 없이 청천강을 중심으로 찾
아갈 사람은 다 찾아갔다. 이 노고가 헛되지 않아 마침내 수확을 거
두어 1922년 봄에는 불탄 교사의 약 4배가 되는 새 교사가 건축되고
운동장을 닦고 소학교를 증축하고 하여 학교의 면목을 일신하였다.
조 교장이 인준이 나지 않아 교장직에서 떠났는데 학교에서는 서울
에서 유영모 선생을 교장으로 다시 모셔왔다. 이렇게 하여 여준·조
만식·유영모로 이어받은 오산의 정신적인 기둥이 연달아 섰고 선생
과 학생과 졸업생이 한가지로 민족광복에 불타올라 오산은 또 한번
한반도를 비추는 등대가 되었다. 선생으로는 조만식·유영모 양대 교
장 아래, 김이열·노학근·김중전·이경근·김택제·이상정·김석홍
·염상섭·이택호·변봉현·김병하·이윤주·최등만·김억 같은 이
들이 있었고, 학생은 멀리 경상도·전라도·함경도에서까지 모여 왔
다.

학생들은 남강이 세운 오산학교에서 배우는 것을 영광으로 생각하

였다. 도시에서 온 학생들을 오산의 흙냄새와 개구리소리가 한없이 정다웠다. 그들은 토요일 오후와 일요일에는 제석산과 모안이와 아이포와 쑥섬으로 갔다. 제석산에 올라 서쪽 바다를 굽어보고 멀리 북과 남을 바라볼 때 그들에게는 고구려의 융창과 신라의 은성이 눈에 보이는 것 같았다. 학생들은 오산이 노래의 동산임을 알았다. 그들의 입에서는 교가·창립기념가·동문회가·운동가·오산경가의 구절들이 흘러 나왔다. 그들은 도산의 지은 거국가·한양가·모란봉가도 불렀다. 찬송가도 많이 불리어졌다. 누가 부르기 시작했는지 모르나 "깊은 데 숨은 장미화야"로 시작되는 장미가도 학생들 사이에 퍼졌다. 이른 새벽에서 저녁까지 오산의 뒷산과 언덕길에서는 학생들의 부르는 노래 소리가 들리지 않는 때가 없었다. 혼자도 부르고 여럿이도 부르고 슬퍼도 부르고 기뻐도 불렀다. 그들이 즐겨 부른 오산경가 몇 절은 다음과 같다.

五山景歌

1. 舍人山에 올려솟은 아침 해빛을
   담쑥 받어 반공중에 솟아 오를듯
   八字 풀어 고이지은 크나큰 저집
   젊은 우리 자라나는 어미학교라

2. 南西東에 주르르 내려지은 집
   오팔사십 남은 몇 많은 방들은
   우리청년 가르치는 스승 아니면
   운수결초 우리 동창 있는 곳이라

3. 지붕위에 지저귀는 참새의 무리
   우리청년 더운 가슴 노래하는 듯

이곳에서 저리로 저서 이리로
무리지어 날아다님 곱기도 하다

4. 둥지안에 누어자는 고운 새끼를
　　먹일것 찾노라고 해가 맞도록
　　골몰하게 다니는 늙은 비들기
　　훨훨훨 날아와서 뻑뻑 구루루

5. 퉁하자 떠오른다 풋뽈이로다
　　나는듯이 달려나감 웅장도 하다
　　총알같이 다니는건 뻬쓰뽈인데
　　신출귀몰 슬겁고도 용감하구나

6. 뜰가운데 쌓아놓은 丹心岡에는
　　조그맣기 주머구에 지지않으나
　　나무있고 물도 있고 꽃도 또 피어
　　다른 이의 가진 것을 다 갖추었네

7. 구름 뚫고 우뚝 선건 白頭松인데
　　조는 마음 깨어주는 警醒鍾대요
　　뒷동산에 잎푸른 어린 솔들은
　　이어 나간 형님들의 기념수로다

8. 동리안에 깊게 판 우물로서는
　　그침 없이 단샘물을 내어 주는데
　　구슬같이 울려오는 맑은 노래는
　　주의 은혜 감사하는 아침 찬미라

9. 동녘들에 기심 노래 서산 초가는
   제석산의 비낀 볕에 울리어 오고
   고동띄고 고읍역에 닿는 기차는
   문명의 맑은 공기 실어 들이네

10. 간데마다 惡이어든 너머뜨리고
    善이어든 무엇이나 일으키면서
    바람부는 들에서나 물결에서나
    오직 우리 하나님께 영광 돌려라

11. 백두산서 자란 범은 白頭虎라고
    범중의 범으로 울리느니라
    우리들은 오산에서 자라났으니
    어디를 가든지 오산이어라

12. 아아 우리 오산은 어미학교요
    어미학교 오산은 이런 곳이라
    홍안의 기력 장한 2백건아야
    영원히 이 경개를 노래하여라.

　　1920년 9월 오산은 조만식 교장 아래 교직원과 학생이 한층 더 단
결되고 정돈이 되었다. 조 교장을 중심으로 오산은 인제 남강이 그
중심에 섰던 용광로를 다시 회복하였다. 오산은 1년 반 만에 폐허 위
에서 푸른 새싹이 올라와 아름찬 줄기로 벋어 나가기 시작하였다. 남
강이 있을 때와 지금과의 차는 그 때는 운영과 교육을 남강이 이끌었
고 지금은 운영은 젊은 청년 김기홍, 교육은 조 교장이 이것을 이끄
는 것이 다소 다를 뿐이었다. 학생들은 모든 일을 자치로 해갔다. 기
숙사 생활도 자치, 시험 보는 것도 자치, 동문회 회의도 자치, 학생들

의 풍기 단속도 자치로 해나갔다. 기숙사 규정도 자기들이 만들어 지켰고 시험도 선생이 문제만 내고 나가면 자기들끼리 써내어 가져다 바쳤다. 누구 하나 일부러 규정을 어기던가 학생의 품위를 떨어뜨리는 일을 하려고 하지 않았다. 동문회 회합에서는 순서 있고 화평한 속에서 회의를 진행했고 고집을 부리거나 문란하게 떠드는 학생이 없었다. 편을 갈라가지고 토론회를 할 때에도 서로 정연하게 이론으로 다투었고 결코 남을 헐거나 말의 책을 잡으려고 하지 않았다. 동문회를 시작하고 끝마치고 할 때는 자세를 바로 하고 동문회가를 불렀다. 동문회 안에 검사부가 있어 학생 사이에 비누나 치약이나 비단 조끼를 금했는데 만일 발각이 되면 으레 검사부원에게 공손히 내어 주고 조금도 불평을 말하지 않았다.

이 때의 오산은 예사로운 학교가 아니고 하나의 정다운 가정이었다. 선생과 학생이 한 자리에 모여서 이야기하고 토론하고 같이 놀고 하였다. 스승과 제자 사이를 어느 의미에서 언니와 동생이라고 하면 이 때처럼 가까운 사이는 없었다. 선생들은 학생들의 얼굴과 이름과 고향을 알았고 또 무엇이 장기인 것도 알았다. 저녁 길이나 운동장에서 만나면 마치 가까운 친구 사이인양 서로 정답게 이야기를 주고받으면서 오래 걸어갔다. 상급생과 하급생 사이에도 유난히 정이 두터웠다. 상급생들은 어디까지나 하급생들을 돕고 이끌고 가르쳐 주었다. 오산의 교문을 찾은 이들은 비록 반 년도 못 다니고 그만 두었어도 일생동안 그 시절의 일을 잊지 못 하였다. 학생들 사이를 한층 더 정답게 만든 것이 노래였다. 학생들은 오산이 노래의 동산인데 놀랐다. 저녁이 되면 푸른 마을에서 연기가 올라갔는데 이 연기와 함께 산언덕과 논길에서 학생들의 부르는 노래 소리가 저녁 하늘에 흘러 퍼졌다.

조 교장과 조 장로는 기숙사에 각각 방을 갖고 사감을 겸하고 있었는데 조 교장이 그만 둔 뒤에는 유영모 선생이 그 방에 있었다. 조 교장선생과 유영모 선생은 두 분 다 약간 앞을 숙이고 걷는 편이었는데 학생들의 얼굴과 이름을 잘 알고 있어 만나기만 하면 여러 가지 이야기를 물어보는 것이었다. 변봉현 선생은 야구 코치로 유명했고 염상섭 선생은 전형적인 서울 말씨에 검은 동정을 단 회색 두루마기를 입고 다녔다. 이상정 선생이라고 경상도분으로 역사를 가르쳤는데 얼굴이 잘 생기고 키가 크고 옷 모양을 보아서 학생들 사이에 멋쟁이 선생으로 알려졌다. 오산학교와 서울 경신학교 두 학교를 맡아 한 주일에 한번씩 오산과 서울을 오르내렸다. 방과 후에 교실에 학생들을 모아놓고 이 순신 장군 이야기를 했는데 그 이야기를 듣고 학생들이 모두 울었다.

교회는 불탄 뒤에 다시 짓지 못하고 얼마동안은 모안이에서 모였는데 羅富悅 목사도 교장을 내어놓았고 남강은 감옥에 들어가 있고 하여 학교와 교회는 어느 정도 떨어지는 것 같은 경향을 보였다.

학생으로는 1920년 가을 4학년에, 그전에 다니던 金量善과 평양에서 들어온 洪鍾仁이 아랫반에 알려졌고 그 아랫반 3학년에 전부터 다니던 康基鳳과 평고에서 들어온 蔡廷弼・玄仁圭와 신성학교에서 나온 李英學과 동문회장으로 동문회 회합을 사회하던 李勳哲이 여러 학생들의 주목을 끌었다. 또 그 아랫반 2학년에 평고에서 들어온 咸錫憲과 朴天圭 그리고 2학년에서 만주로 가버린 崔庸鍵이 다녔는데 혹은 성적 혹은 고집으로 선생과 학생들 사이에 알려졌다. 그 때 학생들 사이에는 3・1운동으로 하여 받은바 충격이 컸다. 어떤 학생은 공립을 그만두고 사립으로 오고 어떤 학생은 선교계통 학교를 그만두고 민족주의 학교로 오고 어떤 학생은 새로 기독교를 믿고 어떤 학생은 국내에서 다니던 학교를 그만두고 만주와 남경과 노령으로 가서 무관학교에 들어갔다. 오산은 어디까지나 국내의 진격 기지로 남아 있어 여러 모양의 경향에 흐르는 학생들을 받아드려 이것을 민족 간부로 재훈련시키는 데 힘과 정성을 기울였다.

2. 古堂 曺晚植

1914년 남강이 백오인사건으로 감옥에 있는 동안에 고당이 오산에 초빙되었다. 고당은 그 때 바로 明治大學 法科를 마치고 집에 돌아와 있을 때였다. 그는 그전부터 도산의 경륜과 사업에 큰 감화를 받아 민족운동과 교육에 헌신하기로 결심하였다. 도산이 일으킨 新民會의 내용을 잘 알았고 대성학교와 오산학교가 이 신민회의 표현 기관인 것도 알고 있었다. 그리고 그는 동경에서 유영모·김지환과 같이 있었기 때문에 이들을 통하여 오산학교에 대한 이야기를 자세히 들었다. 그 때 오산학교는 남강이 감옥에 있었고 춘원이 교장 대리로 학교를 이끌어 나갔다. 그러던 춘원이 학교와의 사이에 충절이 있어 시베리아로 가버렸다. 이 조그만 내부 풍파로 흔들린 학원에는 이것을 수습하고 이끌어 나갈 새로운 중심인물이 필요하였다. 교직원과 졸업생들이 여러 번 의논한 끝에 옥중에 있는 남강의 지시에 따라 평양에서 고당을 초빙하기로 하였다. 김지환과 정세윤이 평양으로 고당을 찾아 간곡한 청을 하여 허락을 받았다. 처음에 석 달만 있어 학교를 정리하기로 약속하고 온 것이 그 뒤 전후 세 차례 9년의 세월을 오산에서 보내게 되었다.

고당이 오산에 왔을 때 그의 나이 32세였다. 그는 루소마냥 소년시절에 무척 방탕했던 모양인데 크게 깨달은 바 있어 생애의 방향을 바꾸었다. 그는 학생 때부터 검소한 차림을 신조로 하여 대학을 나온 뒤에도 양복을 입거나 외국 제품을 쓰지 않았다. 오산에 올 때에도 머리는 박박 깎고 중절모자에 수목 두루마기를 입고 갓신을 신었다.

그는 법제경제와 세계지리를 가르쳤는데 이밖에 성경도 가르치고 과외로 영어 National Reader도 가르쳤다. 기숙사 방에서 기거하면서 사감일까지 겸하였다. 남강이 세워온 전통에 따라 그는 학생들과 생활을 같이 하였다. 고당은 오산에 오면서 학생들을 검소한 생활과 규율있는 생활에 이끌었다. 몸소 본을 보여 까까머리에 수목 두루마기를 입었다. 기숙사 시간을 엄하게 규제하여 자기 자신 이것을 지켰다.

아침 6시에 종이 울리면 일제히 기상하여 운동장에 모여 아침 체조를 하고 구보로 뒷산을 한바퀴 돌아 내려온다. 조반을 먹고 8시 반부터 공부를 시작하여 오후 4시에 일과가 끝난다. 4시에서 6시까지 쉬게 하고 저녁을 먹고 다시 종을 울려 복습을 하게 한다. 10시에 종이 나면 모두 소등하고 취침한다. 시간을 엄중히 지키게 하여 1분 1초도 어겨서는 안 되고 소등종이 나면 일제히 방의 불을 끄고 자리에 누워 자야 하였다. 고당은 소금으로 이를 닦고 칫솔과 치약을 쓰지 않았다. 비누도 팥비누를 풀어서 쓰고 가게에서 파는 비누를 사용하지 않았다. 얼마 뒤에 학생들이 스스로 여기에 따라갔다. 고당은 자기가 하는 일이라도 이것을 학생들에게 명령하는 일이 없었다. 고당이 처음에 올 때는 중절모자를 썼는데 얼마 뒤 까까머리에 망건을 받쳐 갓을 썼다. 여름 방학에 금강산에 가다가 개성에 들러 개성 사람들의 모양을 보고 작정했노라고 하면서 강도 시간에 들어와서 중절모자를 찢어버렸다. 중절모자가 그 때까지는 외래품인 까닭이었다.

남강은 1907년 오산학교를 세운 때부터 선생과 학생이 같이 기거하고 같이 일하는 전통을 세웠다. 고당은 이 전통을 한층 더 튼튼하게 만들었다. 아침 6시에 학생들과 함께 일어나 아침 체조를 같이 하고 학생들 틈에 끼어 구보도 같이 하였다. 그 때 오산학교에는 사환이 없고 청소를 위시하여 난로 피기 장작 패기 같은 일은 선생과 학생들이 맡아서 하였다. 고당은 여러 번 선생과 학생들을 데리고 제석산에 가서 오리나무를 베어 같이 날러왔다. 겨울에 눈 오는 날 아침이면 고당은 맨 먼저 교정에 나와 선생과 학생들의 다닐 길을 내고 운동장의 눈을 쓸었다. 그는 학생들에게 학과를 가르치고 생활을 지도하고 같이 장작을 패고 눈을 쓴 것뿐이 아니었다. 그는 기도회를 주관하여 기도를 올리고 성경을 읽고 설교를 하였다. 그는 언제나 민족을 위하여 간구하는 기도를 올렸고 경건한 설교로 듣는 사람의 가슴에 맑은 물결을 불러 일으켰다. 고당이 오산에 온지 1년이 못 넘어 오산은 놀랍게 변모되었다. 교직원과 졸업생은 다시 단결을 찾았고 학생들 사이에는 검소한 기풍이 번져나가고 학교와 교회에는 새로운 신앙이 불타올랐다.

고당은 1914년 봄에 교감으로 왔다가 한 학기 뒤에 교장이 되었다. 1915년 2월 남강이 감옥에서 나와 학교에 돌아왔다. 남강은 고당의 노고를 치하하고 자기는 운영만 전담하고 교육은 고당에게 일임하기로 하였다. 남강이 고당을 동지로 얻은 것은 어느 의미에서 도산이 남강을 알게 된 것과 비슷하다. 두 경우가 다 민족의 영광을 바라는 정신과 이것을 교육에 의탁하자는 생각이 같았다. 도산과 남강이 폭이 넓은 신민회 일로 동지가 되었다고 하면 남강과 고당은 한 배를 타고 저어가는 오산학교 일로 같은 식구가 된 것이었다.

1915년에서 1919년에 이르는 5년 동안은 오산학교 교육의 황금 시대였다. 남강과 고당이 함께 학교에 있었고 그들의 정신과 인격이 한데 어울려 장엄한 빛을 발하면서 학생들을 이끌었다. 이 기간 동안에 나온 졸업생 중에 다음의 이름들이 보인다.

白麟濟・白鳳濟・金周恒・朱基瑢・朴東鎭・朱基徹・李宅鎬・
李約信・金東鎭・韓景職・林昌善・金恒福・金弘一・趙震錫……

한경직 목사는 조 교장에게서 사도행전을 배우던 생각이 아직도 생생하다고 하면서 그 때 당한 일을 이렇게 술회하였다.

그 때 나는 기숙사에 있었는데 2학년 때 일어난 일이었다. 교장 선생의 수목 두루마기는 그 때도 유명하였다. 교장 선생에게서 사도행전을 배우던 일이 아직도 생생하다. 한번은 이런 일이 있었다. 저녁 자습시간에 공부를 하다가 피곤하여 나도 모르게 하품을 길게 했다. 그랬더니 문에서 노크하는 소리가 들렸다. 실장인 4학년생이 문을 열고 보니 거기에 교장 선생이 서 계셨다. 교장 선생은

방안을 드려다 보면서 방금 긴 하품을 한 학생이 누구냐고 물었
다. 나는 겁을 집어먹으며 "제가 그랬읍니다"라고 대답하였다. 교
장 선생은 "아직도 어린 학생이 그렇게 긴 하품을 하면 남이 생각
할 때에 게름뱅이라고 할 터이니 이후에는 조심하도록 하라"고 타
일러 주었다. 나는 그 때 교장 선생님의 일러주신 말씀이 잊어지
지 않아 그 뒤로는 일평생을 두고 하품을 길게 하지 못하는 습성
이 생겼다.

고당은 1919년 2월 27일 오산에서 평양으로 나와 都仁權과 같이
상해로 가려다가 도중에서 붙잡혔다. 남강과의 약속을 지키기 위하여
상해로 향하여 떠났다가 江東 열패에서 붙잡혀 징역 1년의 언도를
받고 감옥에 갇혔다. 평양감옥에서 복역 중 1920년 1월 가출옥으로
풀리어 나왔다. 그는 서울에 올라가 남강을 면회하고 오산에 돌아와
동지들과 학교를 다시 열 것을 의논하였다. 그해 9월에 학교가 개교
된 뒤 고당은 다시 교장으로 옛집에 돌아왔다.

그는 역시 기숙사 방에서 학생들과 기거를 같이 하였다. 고당의 학
생을 이끄는 방침은 전과 다를 바 없었다. 그는 여전히 학생들에게
몸소 본을 뵈고 그들과 같이 일하고 학생 한 사람 한 사람의 얼굴과
이름과 가정을 알아 개성에 따르는 개별적인 지도를 하였다. 교직원
과 학생들은 3·1운동의 감격 속에서 배우고 가르쳤다. 1학년은 새로
들어온 학생들이었고 상급반에는 다니던 학생 외에 평고에서와 선천
신성학교에서 온 학생들이 많았다. 이영학·이홍정은 신성학교에서
왔고 홍종인과 함석헌은 평고에 다니다가 들어왔다. 고당은 학생들
앞에서 남강이 이 학교를 세웠다는 말과 선교 계통 학교나 공립학교
와 어떻게 다르다는 것을 말하였다. 학생들은 남강이 세운 학교에서
고당의 제자로 배우게 된 것을 자랑으로 생각하였다. 고당은 학생들
에게 검소한 생활을 권장하였다. 학생들도 고당을 따라 무명옷을 입
고 팟비누를 쓰고 소금으로 이를 닦았다. 오산에는 1년 반 만에 불탄

폐허 위에 다시 생명과 소망이 돌아왔다. 학교 앞 시내에서는 학생들이 아침 참새 소리를 들으면서 얼굴을 씻었고 뒷산과 마을길에서는 학생들의 부르는 노래 소리가 저녁 하늘에 울려 퍼졌다.

동경에서 동양대학을 마치고 나온 李相定 선생이 있었는데 그는 역사를 가르쳤다 얼굴이 잘 생기고 키가 크고 양복을 입고 맵시를 보았다. 한번은 조회시간에 고당이 학생들에게 예를 받은 뒤 이상정 선생님의 말씀이 있을 것이라고 소개하였다. 뒤에 섰다가 앞으로 나서더니 자기는 고당 선생을 모시고 있으면서도 지금까지 비단 옷을 입고 담배를 피고 했노라고 하였다. 두루마기를 벗고 안에 입었던 비단 조끼를 벗어 들고 학생들 보는 앞에서 찢었다. 조 교장을 모시고 있으면서 그의 인격과 지조에 감화되어 자기도 오늘부터 생활을 고치기로 결심했노라고 고백하였다.

고당은 학교 운영을 맡은 조형균·김기홍과 의논하고 불탄 자리에 임시 교사를 짓기로 하였다. 불탄 교실도 남강이 감옥에서 나온 뒤 선생과 학생과 교인들이 재목을 날라다가 지은 것이었다. 고당은 이 자리에 두 번째 학생들과 함께 교실을 지었다. 고당의 가슴에는 이 자리에 열 번이고 스무 번이고 교실을 짓고야 만다는 매운 결심이 솟아올랐다. 고당은 교직원과 학생들을 검소한 생활과 고상한 이상에 이끌었다. 그는 학생들에게 우리 민족의 나갈 길이 교육과 산업인데 이것을 일으키기 위해서는 우리들의 생활 자체가 검소하고 규율이 있어야 한다고 하였다. 그는 민족정신을 말로만 고취한 것이 아니고 그 자신의 생활과 신조로 이것을 학생들에게 불어 넣어 주었다. 고당은 이스라엘의 예언자 엘리아의 고고한 풍모가 있었고 그의 옷과 말과 기침과 걷는 걸음에서는 신을 공경하는 충성과 겨레를 사랑하는 지정이 이슬처럼 맺혀 흘렀다.

고당은 1921년 봄까지 있고 그 뒤는 교장을 사임하고 평양으로 나와 기독교 청년회 총무로 있으면서 숭실대학 강사를 겸하고 있었다. 그는 1921년에서 1924년까지 4년 동안 기독교 청년회 총무로 있으면서 吳胤善·金東元·金性業·金炳淵같은 인사들과 손을 잡고 물산 장려회, 관서 체육회를 조직하는 한편 산정현 교회 장로로 교계의 두터운 존경을 받았다.

1925년 고당은 남강의 간청으로 다시 오산학교의 교장이 되었다. 그 때 고당의 나이 44세였다. 동경에서 돌아와 32세 때부터 인연을 맺어 천 가지 만 가지 기억이 엉킨 오산학교에 인제 민족의 영수로서의 존경을 받으면서 40이 넘어 세 번째 교장으로 온 것이었다. 그의 이름은 물산장려운동과 관서 체육회와 민립대학 기성회로 하여 전국에 떨쳤다. 그는 여전히 정강이에 올라오는 수목 두루마기를 입고 까까머리에 말총모자를 썼다. 처음에 중절모자를 썼다가 이것을 찢어버리고 갓을 쓰고 다녔는데 중절모자를 우리 손으로 만들게 된 뒤로는 이 말총모자를 썼다. 저고리와 두루마기에는 고름을 달지 않고 단추를 달았다. 바지는 양복바지모양 아래불을 줄였다. 말총모자, 짧은 수목 두루마기, 죄총바지…… 이것이 고당의 모습이고 성미고 그의 신조였다. 1922년 3월 고당이 지도한 물산장려운동은 다른 하나의 독립 선언으로서 평양 성중을 무명옷으로 휩쓸었고 이것이 놀라운 형세로 전국에 번져 나갔다. 이 때부터 고당은 한국의 간디라는 말을 들었다.

그가 세 번째 오산학교 교장으로 왔을 때 오산은 여러 가지로 변하였다. 교실도 자기가 학생들을 데리고 지은 교실 말고 본교사가 지어졌고 운동장도 넓어졌다. 학교 마을에는 집이 많이 들어서 완연한 적은 도시를 이루었고 부근에는 새로 마을들이 많이 생겼다. 고당은 학생들에게 두터운 존경과 신뢰를 받았다. 그의 말이면 학생들은 동을 서라고 해도 듣고 쥐구멍으로 소를 끌라고 해도 끌 정도였다. 스승과 제자가 이 지상에 나타난 뒤 이렇게 심하게 제자들이 스승을 믿고 따른 일이 그렇게 없었을 것이다. 고당의 말 한마디 행동 하나는 그대로 학생들의 典範이 되었고 곧 그들 사이에 깊은 감명과 반향을 불러일으켰다.

　한번은 이런 일이 있었다. 학교에서는 봄과 가을에 대 운동회를 열었는데 청대와 홍대 사이에 최종 성적을 다투는 릴레이로 말썽이 생겼다. 청대편이 성적으로 이겼는데 홍대 편에서는 릴레이 때 떨어뜨린 바통을 그 편 선생이 주워 주었다고 하여 이의를 주장하였다. 시상식을 앞두고 양편 학생들은 들끓기 시작하였다. 고당은 그 사이 밖에 나갔다가 돌아와 이 광경을 보고 단에 올라서서 "학교에서는 청대의 승리로 결정지었으니 누구든지 이 이상 다른 이론을 부치지 말라"고 선포하고 내려섰다. 그렇게 들끓던 장내는 물을 끼얹은 듯이 조용해지고 기침소리 하나 들리지 않았다. 학생들은 교장 선생의 단안을 전폭적으로 신뢰하고 조용히 시상식에 옮아갔다. 그 사이의 시간은 10분도 넘지 못하였다. 고당의 말에는 설명이 필요치 않았다. 학생들은 고당의 말을 듣고는 곧 그 뜻을 알아내어 자기들의 태도를 결정하였다. 남강이 도와주어서 학교를 마치게 된 학생 중에 일본 가서 고학하겠다는 학생 하나가 있었다. 남강은 일본에서 공부한 청년들이 애국심도 신앙도 잊어버리고 돌아온다고 하면서 이것을 막았다. 학생이 풀기가 죽어서 교문으로 걸어 나갔는데 고당이 뒤로 따라 나가 "박군, 일본 공부 가고 싶거든 가봐……"라고 낮고 부드러운 목소리로 그의 계획에 찬동하였다. 그 학생은 고당의 이 목소리 하나로 일본에서 여러 가지 고난을 이기고 인격과 학문을 닦는데 전심하여 마침내 스승의 기대하는 인물이 되었다.

　오산은 그 때 학교 승격 문제로 여러 가지 곤경에 놓여 있었다. 일본 강점자들은 사립학교를 단속하기 위하여 교육법을 고쳐 高普로 승격하지 않는 학교는 무자격 학교로 만들어 학생들의 취직과 진학에 자격을 인정치 않는다고 하였다. 오산에서는 승격·비승격 두 가지 의견에 갈렸다. 저들의 하는 일이 속심이 드려다 뵈는 일이니 그 씌워주는 굴레를 받아 쓸 까닭이 없다는 것이 비승격을 주장하는 이들의 의견이었다. 그러나 한편 학교에 학생이 모여오지 않을 일을 생각하면 이 비승격은 곧 학교의 폐문을 의미하는 것이었다. 서울과 지

방에서는 많은 사립학교들이 승격하여 새로 인정을 받았다. 남아있는
학교는 선교계통의 숭실학교와 신성학교 그리고 민족주의 계통으로
일컬어지는 오산학교뿐이었다. 여러 가지 의논 끝에 남강의 생각에
따라 시세에 응하는 것같이 보이면서 나중을 기다리자는 방향으로
방침이 결정되었다. 고당도 남강의 방침에 반대하지 않았다. 1925년
승격 인가가 나기는 했으나 1928년 졸업생부터 자격을 인정했기 때
문에 1926년에 졸업할 졸업반은 무자격으로 나가는 수밖에 없었다.
고당은 이 무자격 졸업생들을 서울과 평양의 자격있는 학교에 편입
시키려고 여러 번 힘썼으나 마침내 효과를 거두지 못하였다. 고당은
이 때 졸업생들에게 자격만이 문제가 아니니 오산을 마치는 본뜻을
잊지 말라고 당부하였다. 이 때 나온 졸업생 중에 필자와 방종현이
일본 福岡 현립 중학 5학년에 편입하기로 되었는데 필자는 동경으로
바로 건너가 早稻田大學에 적을 두었고 방종현은 일본 중학에서 5년
을 마치고 경성제대에 들어 조선어 문학을 전공하였다.

그런데 평안북도 학무 당국에서는 승격을 조건으로 고당의 교장직
사퇴를 요구하였다. 이 소식이 전하자 1926년 봄에 7백여 명 학생이
일제히 동맹휴학에 들어가 도에서도 어쩔 수 없이 고당의 교장 유임
을 승낙하는 수밖에 없었다. 저들이 보기에 오산은 분명히 排日思想
의 소굴인데 남강은 운영 책임자인 재단 이사장이니 그대로 두어도
학생들에게 직접 영향을 끼치는 교장만은 민족주의와 기독교 신앙이
머리에서 발끝까지 밴 고당을 그냥 앉힐 수는 없다는 것이었다. 그러
나 남강은 민족 지도자의 경력과 위신으로 이것을 눌러 고당을 그대
로 교장으로 있게 하고 관청에 대한 교섭은 교장을 대신하여 자기가
다녔다. 졸업생들 중에는 남강이 관청에 다니기를 좋아한다고 평하기
도 했으나 실상은 고당을 감싸주어 얼마라도 더 길게 고당을 교장으
로 만류해 두자는 생각에서 나온 일이었다. 남강은 고당과 학교를 위
해서 자기는 당국의 말을 듣는 것 같이 꾸며 저들의 학교에 대한 화
살을 늦추게 하였다. 이 같은 남강과 고당의 연계로 남강은 관청 교

섭과 재단을 맡았고 고당은 교직원과 학생을 이끄는데 전념하여 가
장 간고한 시기에도 오산은 그 본래의 목적인 민족간부 양성에서 한
치라도 뒤로 물러선 일이 없었다.

生田평북지사는 승격 축하식에 자기가 직접 참석한다고 하였다. 이
때 남강은 고당의 고집을 알면서도 고당더러 식에만은 수목 두루마
기를 벗고 예복을 입으라고 하였다. 고당은 응낙하지 않았다. 남강은
나중에 자기 혼자 역에 마중을 나가면서 웃으면서 "고당은 벽창호야"
라고 하였다. "벽창호"라고 한 것은 몸집이 큰 황소로서 코가 세어
좀처럼 사람의 말을 듣지 않는다는 뜻이었다. 고당은 여전히 짧은 수
목 두루마기와 죄충바지로 학생들 앞에서 강강한 음성으로 그들을
가르쳤다.

고당은 1914년 평교사로 온 때부터 그 뒤 교장이 되어 전후 9년을
있으면서 십년이 하루같이 기숙사에서 기거 하였다. 그는 교장이면서
사감이면서 사환과 교목까지를 겸하였다. 그의 문하에서 朱基徹・韓
景職・咸錫憲같은 돈독한 牧者들이 나온 것이 결코 우연한 일이 아
니었다. 白麟濟가 독일로 유학을 가고 朱基瑢과 金恒福이 교육에 헌
신하기로 하고 金弘一이 황포 군관학교에 들어가고 洪鍾仁이 신문
기자가 되고 李采鎬와 林克濟가 理科系統에 진학하고 한 것이 고당
의 영향 아님이 없었다. 이 예언자를 겸한 교육자는 언제나 제자들에
게 경건한 신앙과 높은 이상과 민족을 위하여 바치는 헌신의 감정을
불어 넣었다. 스승의 고매한 모습과 맑은 목소리는 제자들을 게으른
잠에서 깨어 일으켜 그들의 혈관 속에 새로운 피를 부어넣어 주었다.

고당은 오산에 있으면서 보수를 받은 일이 없었다. 그러면서도 그
는 보수 받는 동지들에게 보수를 받지 않고 지나갈 수 있는 자기의
넉넉한 형편을 미안하게 생각하기까지 하였다.

1926년 가을 고당은 전후 9년에 걸친 오산생활을 그만두고 평양으
로 나왔다. 崇專 강사로 있으면서 숭덕학교 고등과를 숭인상업학교로
승격시켜 그 이사장이 되었다. 고당이 평양에 白善行 記念館과 仁貞

圖書館을 세운 것이 이 때의 일이었다. 도산이 구상한 태극서관의 사업의 일부가 실현된 것이었다. 고당은 점점 어두워 오는 시세를 걱정하면서 숭인상업학교를 다시 숭인전문학교로 만들 생각을 하였다. 고당 밑에서 오산을 마치고 早大를 나와 마산 호신학교 교장으로 있는 김항복이 고당에게 편지를 올렸더니 그 회답 허두에 이런 구절이 씌어 있었다.

回頭遙憶五山前後之事, 千思萬慮層生疊出……

고당은 32세에서 45세에 이르는 기간의 가장 꽃다운 시절 9년 동안을 오산에서 보냈다. 오산학교 교실과 기숙사 방과 교정과 용동에 건너다니던 길과 제석산 기슭에는 이 예언자의 발자국이 아니 난데가 없을 것이다. 거기서 감옥에서 나온 남강을 맞던 일과 학생을 가르치던 일과 학생과 같이 교사를 짓던 일과 나라 일을 걱정하던 일과 물산장려운동계획을 세우던 일과 검소한 생활을 장려하던 일과 학생들에게 성경을 가르치고 기도를 올리던 일과 겨울에 눈을 쓸고 장작을 패던 일과…… 머리를 돌이켜 오산을 생각할 때는 고당에게는 진실로 천 가지 생각 만 가지 기억이 구름같이 솟아오르고 빗발같이 서리는 것이었다.

고당은 일제 말기에 江西 班石에 은거하면서 일본 강점자들의 위협과 유혹을 끝내 물리쳤다. 해방된 뒤 그는 역시 짧은 수목 두루마기로 建準平南委員會 위원장과 朝鮮民主黨 당수에 추대되었다. 소련군 사령관이 贊託을 권할 때 "대포를 갖다대면 겁나할 줄 아느냐"라고 하고 자리를 차고 일어난 것은 유명한 이야기다. 최용건이 민족주의의 가면을 쓰고 옛 스승을 구렁텅이로 끌어넣으려고 했건만 종시 듣지 않았고 동지들이 이남으로 탈출할 준비를 마치고 고려 호텔에서 나가자고 할 때에도 이북은 내 조국이 아니냐고 하면서 완강히 이것을 물리쳤다. 고당의 이 같은 인격과 신조는 오산에 있는 동안에

서서히 굳어졌고 또 그것을 오산의 학생들에게 뿌리깊이 가꾸어 민
족의 정신의 위대한 유산을 만들었다.

3. 돌아온 教育者

1922년 7월 21일 남강은 48인 독립선언자의 최후의 一인으로 3년
형을 치르고 서울 마포감옥에서 나왔다. 계동 김성수 별제에서 2, 3
일 옥고에 지친 몸을 쉬고 곧 오산으로 내려왔다. 오산에서는 교직원
과 재학생 및 졸업생들이 역에까지 나와 남강을 맞았는데 이 돌아온
교육자에게는 학생들 앞에서 말하는 일이 허락되지 않았다. 1919년
2월 10일 김도태의 연락을 받고 서울에 올라간지 만 3년 5개월 만에
거듭되는 옥고를 치르고 인제 또 잠시 놓인 몸이 되어 학교에 돌아온
것이었다. 자기가 1915년 감옥에서 나와 지은 학교와 교회는 불타 없
어지고 자기 없을 때 새로 지은 교사가 푸른 소나무를 뒤에 지고 웅
장히 서있었다.

남강은 학교로 바로 들어와 유영모 교장을 위시한 교직원과 조형
균·김기홍 그밖에 재단 간부들과 만나 자기 없을 때의 학교에 대한
그들의 노고를 치하하였다. 특히 김기홍에 대하는 그 장한 결심과 고
마운 뜻이 민족교육의 역사에 영원히 기록될 것이라고 하였다. 조형
균 장로의 안내로 학교를 돌아보았는데 불타 없어진 교사와 교회를
생각하면서 잠시 슬픈 감회에 잠겨있었다. 그러나 새로 웅장한 교사
가 섰고 운동장이 넓어지고 하여 경의재 건물과 합하여 푸른 산을 등
지고 벌어진 광경을 볼 때 여전히 민족간부를 양성하는 곳으로서 당
당한 진격 기지가 되는 것이었다. 고당이 지었다는 임시 교사 앞에서
옛 동지들을 생각했고 교회가 섰던 자리에서 믿음의 형제자매를 기
억하였다. 다시 교장실에 돌아와 유 교장과 조형균 장로로부터 학교
와 재단에 대한 자세한 이야기를 들었다.

학교에서 용동에 건너왔는데 부인은 작년 여름에 세상을 떠났고

둘째 딸 淑卿은 무척 숙성해서 어른이 다 되었다. 3년 5개월 만에 돌아온 사랑방이 자기가 거처하지 않던 방만 같고 뜰에 있는 꽃마저 낯설고 동리아이들은 몰라 볼 정도로 자라났다. 남강에게는 떠났던 가정에서 풍겨 오르는 외로움이 한때 그를 휩쓸었다. 그러나 이 외로움이 그를 학교에 대한 생각으로부터 떠나게 만들지는 못하였다.

남강은 저녁에 용동 집에서 유영모·박기선·김이열·조형균·김기홍·조시연·승계련과 마주 앉아 학교에 대한 자세한 이야기를 듣고 앞으로 한층 더 발전시킬 일에 대하여 의논하였다. 그는 감옥에서 생각하던 이상으로 학교가 견실해졌고 교장 선생을 중심으로 민족을 건지려는 소원 아래 교직원과 학생이 단결된 것을 다시없이 기쁘게 생각하였다. 그러나 자기가 보는 오산은 자기가 만들려는 오산과는 아직도 거리가 멀었다. 그는 오산이 한반도를 비취는 등대가 되기 위해서는 그 모습이 좀더 우렁차고 그 기세가 좀더 씩씩해야 할 것이라고 생각하였다.

남강은 옥에서 쇠약해진 몸을 잠시 쉬기 위하여 해운대로 내려가기로 하였다. 백오인사건 때와는 달라 몸이 현저히 쇠하여 소화가 나쁘고 숨이 차고 잠이 잘 들리지 않았다. 가족이 누가 하나 따라가 있겠다는 것을 그만 두라고 하고 내려갈 때만 졸업생을 데리고 내려갔다.

그는 해운대 조용한 방에서 피곤한 몸과 마음을 쉬면서 마루에 놓인 등의자에 앉아 멀리 동과 남으로 바다를 바라보았다. 흰 구름과 푸른 하늘을 격하여 아득한 저 쪽에 대마도가 아련하게 보였다. 남강은 등의자에 앉아 여러 가지 생각이 꼬리에 꼬리를 무는 것을 보았다. 신라 천년의 융창도 눈앞에 벌어지고 임진왜란 때 忠武公의 분전도 눈앞에 벌어지고 갑진년 전쟁에 싸우는 두 나라의 함대가 서로 부딪치는 광경도 눈앞에 벌어졌다. 다시 그의 뒤에는 울면서 쫓겨나는 흰옷 입은 백성들의 호곡하는 소리가 들렸다. 남강은 해운대에서 두 주일을 겨우 머문 뒤 졸업생들이 와있는 昌原과, 馬山으로 그들을 만나러 갔다. 창원에 와 있던 嚴珍昇은 고향에 돌아갔고 마산에는 호신학교에 金恒福이 있다고 하여 거기로 찾아가 그립던 제자를 남쪽 항구에서 만났다. 남강은 오산에서 기른 제자들이 전국에 흩어져 모교에서 배운 매운 뜻을 그대로 품고 교육에 종사하는 것이 다시없이 기뻤다. 그는 김항복을 만나 남쪽에 내려와 있는 졸업생들의 근황을 들었고 그들이 모교와의 긴밀한 유대 아래서 출격부대의 역할을 하는 것을 대견하게 생각하였다. 남강은 해운대에 돌아왔다가도 줄곧 거기 있은 것이 아니고 생각만 나면 창원·마산·진주·순천으로 졸업생들을 찾아 그들을 위로하고 격려하였다. 이렇게 하면서 겨우 해운대에서 두 달을 보냈는데 그는 자기와 같은 성격 갖고는 이런데서 조용히 쉴 수 없음을 알았다. 그의 몸과 마음은, 쉬고 있는 자리에서도 부단히 어떤 일을 찾고 있었다. 그해 10월에 남강은 다시 향리 오산에 돌아왔다.

해운대에서 돌아와서도 남강의 건강은 별로 좋아지지 않았다. 그는 평양에 나가 기홀병원에서 치료도 받고 쉬기도 하고 했는데 그와 많은 인연을 가진 평양이 인제는 그의 병들고 피곤한 몸을 쉬는 장소가 되기까지 하였다. 그 때 기홀병원에 간호부장으로 독실한 기독교 신자인 장선경이라는 여성이 있었는데 그 지성어린 간호로 남강의 건강이 다소 회복되는 기미를 보였다.

1922년 가을에 유영모 선생이 교장을 그만두고 서울로 올라가고 그 뒤를 이어 李龜河 교장이 왔다. 이구하 교장 역시 1년 좀 뒤에 사정으로 그만 두었는데 그 뒤 1925년 조만식 선생이 평양에서 다시 교장으로 들어올 때까지 김이열 선생이 교장 대리로 있었다.

남강은 1922년 12월에서 이듬해 2월에 걸쳐 잠깐 日本視察을 다녀왔고 1924년 5월부터는 얼마동안 東亞日報社長의 직에 있었다. 그러나 이 사이에도 그의 생각은 오산학교의 발전과 민족교육에서 떠나지 않았다. 그는 오산학교를 발전시키고 오산 일대를 大理想鄕을 만들기 위하여 우선 튼튼한 재단을 만드는 일이 필요하다고 생각하였다. 그는 정신교육과 아울러 기술교육이 필요하다는 생각이 났다. 그렇게 하기 위해서는 오산을 단순한 修道院이 아니고 근대적 시설을 갖춘 학원으로 만들어야 한다고 하였다. 그는 해운대에서 쉴 때와 일본시찰을 하면서도 눈에 떠오른 것은 근대적 시설을 갖춘 학원으로서 그 옆에 演習林과 附設工場을 갖고 있는 광경이었다. 그는 인제 자기 나이 60고개에 올라선 지금 40세 때 평양에서 도산과 만나 이야기하던 대성학교와 청년학우회와 마산동 자기회사와 태극서관을 여기 오산에 두고 이것으로써 민족전도 대업의 기초를 닦는 큰 공장이 되게 하자는 것이었다.

이 같은 꿈과 계획을 안고 남강은 宣川으로 吳致殷을 찾았다. 오치은은 吳朔州의 아들로서 철산으로부터 宣川에 집을 옮겨 큰 집을 짓고 많은 돈을 가지고 있었다. 도산이 평양에 대성학교를 세울 때에도 많은 돈을 대었는데 평소부터 민족 운동에 두터운 뜻을 가지고 있었다. 오치은은 재산을 근대적 산업 자본으로 바꾸려고 애를 썼다. 그가 경영한 宣川電氣株式會社는 한국인 소유의 최초의 화력발전소였다. 한일합병 후 한국의 이 젊은 실업가의 꿈은 여지없이 깨어졌다. 그는 李甲·柳東悅·安昌浩·盧伯麟등 독립지사들에게 수만금을 대어 주었고 동생 翊殷을 시켜 상해 임시정부로 자금을 보낸 일도 있었다. 그는 한편 고구려의 옛 강토인 만주 벌판에 한인들의 망명촌을 만들 계획을 세워 打孤山지방에 수천만평 땅을 사서 한국 이민들로 개간을 시작하였다. 그랬는데 일제의 힘이 張作霖에게 작용하여 나라 잃은 젊은 실업가의 꿈은 이번도 역시 그만 깨어지고 말았다. 남강은 젊어서 吳朔州의 돈으로 장사를 했고 또 청일 전쟁 후로는 한층 더 두터운 신뢰를 받았다. 때문에 그 아들 오치은은 남강을 형님으로 모셨다. 남강은 3·1운동 후 감옥에서 나와 선천에 들어가기만 하면 으레 오치은 사랑에 유숙하면서 거기서 손님들과 만났다. 그는 한번은 오치은과 같이 자면서 지금이야 말로 교육이 필요하다는 것과 오산학교를 확장하고 오산 일대를 대이상향을 만들 계획을 이야기하였다. 남강의 말을 듣고 오치은은 오산학교 제단의 이사가 되어 남강의 사업을 돕기를 약속하였다.

남강은 감옥에서 나온 뒤 처음으로 부풀은 희망을 안고 선천에서 학교로 돌아왔다. 얼마 쉰 뒤 그는 博川의 李鏡麟, 義州의 韓正奎를 찾아가 역시 재단이사의 승낙을 받았다. 이렇게 하여 남강이 젊어서 구상하던 關西財閥이 인제 교육재단으로 이루어지려고 하고 있었다.

한번은 이런 일이 있었다. 선천 오치은 사랑에서 사람들과 같이 이야기하고 있는데 거기서 삼십 리가량 떨어진 곳에 있는 부호 田鳳顯이 사람을 보내어 만나자고하였다. 남강이 찾아가 만났더니 田鳳顯 노인은 남강이 독립선언 사건으로 고생한 것을 치하하면서 자기도 남강이 하는 오산학교를 위해서 돕겠다는 의사를 표시하였다.

남강은 빛나는 수확을 가지고 오산에 돌아와 동지들과 의논하고 곧 건설에 착수하였다. 그 때 남강이 작정한 몇 가지는 아래와 같다.

1. 재단법인을 만들 것.
2. 제2교사를 새로 지을 것.
3. 덕과 학문이 높은 선생님을 초빙할 것.
4. 운동장과 학교 농장을 확장하고 연습림을 둘 것.
5. 병원과 교원 사택과 목욕탕을 지을 것.
6. 동민과 학생들을 위하여 협동조합을 설치할 것.
7. 절골에 뽕나무를 심고 직조공장을 설치할 것.

이 같은 계획 아래 그는 우선 2와 5에 착수하였다. 오산에는 울리는 마치 소리로 새로운 희망이 올라왔다. 남강은 오산을 본격적인 교육 기관으로 만들고 학교를 중심으로 여기에 이상촌을 세울 계획이었다. 그리고 어디는 학교 건물, 어디는 농장, 어디는 병원, 어디는 교원 사택, 어디는 새 마을, 어디는 공장, 이 모양으로 종합적인 건설을 위한 계획이 진행되었다. 이 종합 건설 계획의 제1단계로, 제2교사와 병원과 교원사택이 세워지기로 되었다. 지금까지의 校舍와는 달

리 이번에 짓는 집은 아래는 돌을 다듬어서 쌓고 벽은 붉은 벽돌로
쌓아올리고 위에다 남빛 나는 다이아를 적당한 간격을 두고 붙였다.
1924년 봄에 아담하고 품위있는 벽돌집 교사가 제1교사 뒤에 세워졌
다. 인제 7·8백 명을 수용할 교실로서는 이 두 교사로 넉넉하였다.
학생들의 집회를 위한 중강당도 따로 지어졌는데 학생들의 검도와
유도 도장으로 겸용하기 위하여 밑에는 일본 다다미를 깔았다. 경의
재 자리와 그 앞에 운동장은 부속 소학교에서 쓰고 중학교는 큰 교사
로 옮기고 운동장도 따로 쓰게 하였다. 병원과 교원 사택과 목욕탕도
예정대로 낙성되어 갔는데 오산에 벽돌 양옥이 병원이나 주택으로
지어진 것은 이번이 처음이었다. 인근에서는 사람들이 이 새로 지은
양옥 주택을 구경하려고 오기까지 하였다. 남강이 감옥에서 나온 지
2년이 못 넘어 오산은 놀랍게 변모되었다. 학교 부근에는 학교 마을
이 생기고 새로 병원을 지은 데는 병원 마을, 사택을 지은 데는 사택
마을이 생겼다. 남강은 그러면서도 여기가 소연한 저자가 되기를 원
치 않았다. 그는 집을 짓는 데도 마을 전체의 품위를 높이는데 힘썼
고 오산에 이사 오는 사람들 중에도 그 사람의 경력과 지조를 골라
말하자면 계획적인 이주를 장려하였다.

남강은 선생을 모셔오는 데도 손수 자기가 다녔다. 어디 훌륭한 선
생이 있다고 하면 그는 서울이고 시골이고 가리지 않고 직접 갔다.
남강의 간청과 성의에 움직여 비록 오산이 시골이고 그밖에 여러 가
지 불편함이 있건만 선생으로 온 이들이 많았다. 그 때 남강이 데려
온 이들 중에 李允宰·林圭·高永植·鄭淳奎·陳演根·張子一 같은
이들이 있었다.

남강은 이번에 감옥에서 나온 뒤로는 그전마냥 종을 쳐서 학생을
모으거나 또 자주 학생 앞에 나서거나 하는 일이 적어졌다. 그러나
출타했다가 돌아오면 여전히 먼저 학교로 건너와 학교를 돌아보고
학생들의 변소간을 들어가 보고 하였다. 아침 조회 때에는 교장이 먼
저 인사를 받은 뒤 단에 올라서서 여러 가지로 학생들의 마음을 깨우

쳤다. 남강의 고고한 모습과 맑고 강한 목소리가 인상적이었다. 남강
의 이야기는 극히 평범한 데서 시작하여 더러 유머를 섞어가면서 흘
러 내렸는데 듣는 사람에게 깊은 교훈과 잊어지지 않는 감명을 주었
다. 학생들은 시간이 가는 줄 모르고 듣고 섰다가 선생이 단에서 내
려설 때에야 자세를 바로 하고 줄을 지어 교실로 들어갔다. 한번은
조회시간에 동리 아이 하나가 조회 보는 뒤로 소를 몰고 지나갔다.
남강은 이것을 보고

> 『조선 소는 소도 저렇게 파랬다. 산과 들이 여위었으니 소인들
> 살질 수 있느냐.』

라고 하면서 탄식하였다. 이 말을 들으면서 선생과 학생들은 지나가
는 수척한 소를 지켜보고 서 있었다. 그러자 선생들 중에 몸이 뚱뚱
한 노학근 선생이 서 있었다. 남강은 노 선생을 돌아보면서 "노 선생
은 본래부터 몸이 뚱뚱한 분이라"고 해서 모두 노선생을 쳐다보면서
웃은 일이 있었다. "조선 소는 소도 파랬다." 이 말이 그 때 들은 사
람들의 가슴속에서 오래도록 지워지지 않았다. 남강의 말은 이 말에
서 보는 대로 입에서 나오는 말이 아니고 몸에서 나오는 말로 그의
인격의 깊은 곳에서 흘러나오는 강직한 목소리였다.

남강은 3·1운동 때의 감옥에서 나온 뒤부터는 양복을 많이 입었
다. 양복이 몸에 맞고 걷기가 편하고 보기에 단정하고 하여 그랬는지
모른다. 어디 출타하지 않고 학교에만 있을 때는 대개로 한복 두루마
기를 입고 다녔다. 남강은 몸에 비하여 키가 호리호리 하고 체구가
결곡하였다. 이목이 준수하고 눈에서는 맑은 빛이 났다. 얼굴이 갸름
하고 자세가 바르고 어깨 모양이 예뻤는데 두루마기를 입고 섰을 때
는 귀골의 풍이 있었다. 백오인사건 후의 남강의 차림은 한복에 토시
를 끼고 옥색 두루마기를 입고 모자는 중절모, 신은 경제화, 머리는
삭발을 하였다. 지금은 출타할 때 양복을 입는 것과 머리를 기르고

안경을 쓴 것과 구두를 신은 것이 달랐다. 그 때나 지금이나 두루마기 옆구멍에 손을 끼는 일이 없고 말을 타는 일이 없이 걸어 다녔다.

남강은 젊은 학생들을 무척 좋아하였다. 그는 이사장실로 학생들을 불러 여러 가지 이야기를 하고 그들의 사정을 묻고 하였다. 학생들과 이야기할 때는 그는 상대편의 의견을 존중하여 동지로서 대했고 결코 지도자로서 군림하려고 하지 않았다. 학생들은 이사장실에서 남강과 마주 앉아 그의 이야기를 듣는 것이 무척 보람을 느끼는 장면이라고 하였다. 그는 학생들에게 다짜고짜로 설교하려고하지 않았다. 먼저 예사로운 이야기로 시작하여 상대편이 마음 문을 열고 생각하게 된 때를 기다려 비로소 그 사람에게 하려던 말을 하는 것이었다. 그것도 극히 부드러운 표현으로 암시에 그치는 것이요, 명령이나 설교로 상대편을 거북하게 만드는 것이 아니었다. 상대편을 잘 알 때는 들어서자마자 호되게 나무라는 때로 있다. 남강이 학생을 대하는 것은 병에 따라 약을 주는 것과 같은 것으로서 그 사람에 따르고 그 때, 그 자리, 그 사정에 따라 달라지는 것이 그의 타고난 작풍이었다. 그는 동문회에 들어가 학생들의 회의하는 광경을 보기를 좋아했고 용동 집으로 학생들을 불러 젊은이들의 의견을 듣는 것을 낙으로 알았다. 그의 얼굴에서 때로는 예언자의 날카로움을 발견할 수 있었는데 그러면서도 남강에게는 젊은이들에 대한 부드러움과 사랑과 아낌이 그의 전신에서 흘러 내렸다.

일본 강점자들은 사립 중학교를 고등보통학교로 승격시킨다고 하여 새로 인가를 받아야 한다는 방침을 세웠다. 고등보통학교로 간판을 바꾸어 걸지 않은 학교는 무자격 학교로 격을 낮추어 상급학교 진학 그밖에 여러 가지에 가혹한 제한을 가하였다. 오산은 그 당시 재단이나 시설로 보아 승격 기준을 훨씬 넘어섰다. 그런데 학교의 간부들 사이에는 의견의 차가 있었다. 적이 지금 식민지 정책을 강행하는 마당에 자진해서까지 저들의 씌우는 굴레를 쓸 것이 아니라는 것이 한쪽 의견이고, 적의 채찍을 맞아가면서도 오래 참고 견디어 후진을 가르치는 것이 민족을 위하여 이롭다는 것이 다른 한쪽의 의견이었다. 이 의견은 양쪽이 서로 대립되어 오래도록 귀결이 나지 않았다. 남강도 이 문제를 가지고 여러 가지로 생각해 보았으나 좀처럼 좋은 생각이 나지 않았다. 남강은 합방을 전후하여 많은 애국자와 지사들이 큰 뜻을 품고 해외로 나가던 일을 생각하였다. 그러나 그 뒤 해외가 실효가 적음이 증명되었다. 밖이 아니고 안이다. 안을 지키고 안에서 싸우는 일이 필요하다. 그런데 교육을 빼어놓고 안에서 할 일이 무엇이냐. 안에서 싸우기 위해서는 적의 채찍 아래서 이 채찍을 꺾을 힘을 길러야 한다. 이렇게 생각하고 남강은 적과 타협하는 것같이 보이면서 적과 싸우는 길을 취하였다. 남강이 일부청년들로부터 타협적이라고 하여 비난을 받기 시작한 것이 이 승격 문제에서부터였다. 남강은 학교 승격문제로 몇 번 도청에 드나든 일이 있었다. 졸업생 중에서는 승격이 못되면 못되었지 왜 깨끗한 어른이 관청에 다니느냐고 하였다. 이 말이 남강의 귀에 들어갔을 때, 그는 "이 늙은 이승훈이가 무엇이 대견하냐"고 하면서 생각을 바꾸려 하지 않았다.

남강이 고보 승격 문제로 평북 도청에서 生田이라는 일본사람 지사를 만난 일이 있었다. 生田은 남강의 풍모와 태도에 놀라면서도 시험으로 남강이 오산학교를 세운 목적을 물어 보았다. 남강은 즉석에서 한국 사람을 만드는 것이 자기가 학교를 세운 목적이라고 대답하였다. 生田지사는 깜짝 놀라 선생은 일본의 뜻을 잘 아실 터인데 그렇게 생각하면 곤란하지 않느냐고 하였다. 남강은 生田을 정면으로 보면서 西力東漸의 현황을 말하고 한국 사람이 한국사람 구실을 못하면 일본이 장차 누구로 더불어 이 사나운 물결을 물리칠 것이냐고 하였다. 生田은 이 말을 듣고 자리에서 일어나 절하고 자기의 짧은 생각을 사과하면서 남강에게 잘 부탁한다고 하였다.

오산학교는 감옥에서 나와 돌아온 교육자의 진력에 의하여 1926년 8월 재단법인 인가를 받았고 그해 12월에 고등보통학교로 승격되었다. 아닌 게 아니라, 그 때 오산이 승격되지 않았으면 그 명맥을 보존

하기 어려웠을 것이고 그대로 마쳤다고 하면 대성학교마냥 자랑스러
운 기념물로 남기는 했을지언정 살아있는 푸른 장미 넝쿨로 뻗어 내
리지는 못했을 것이다.

　남강이 감옥에 들어갔다가 나온 것이 직접 간접으로 오산학교에는
여러 가지 힘이 되었다. 그는 독립선언 운동으로 하여 최린·송진
우·최남선·현상윤·오세창·권동진·함태영·오화영·박희도·이
갑성과 한층 더 가까운 사이가 되었다. 동아일보 사장을 지내고 난
뒤부터는 동아일보와 중앙학교가 오산학교의 자매기관이 되다시피
했고 천도교에서 경영하는 "開闢"잡지도 여러 가지로 오산학교를 도
왔다. 그는 서울에 올라오면 계동 金性洙 별제에서 유했는데 거기서
그는 나이 많은 이로서는 이상재·유근, 젊은이로서는 송진우·현상
윤·장덕수 같은 이들과 만나 교육과 산업을 통해 나라를 일으킬 일
을 의논하였다.

　남강은 김성수에게 도산과 같이 신민회 운동을 일으키던 일을 자
세히 이야기하였다. 나라를 일으키는 길은 교육과 산업 두 가지밖에
없는데 밖에 나가서는 이 일이 어렵고 그런대로 안에서 해야 한다고
하였다. 그는 여기에 대하여 이런 방안을 이야기하였다. 하나는 교육
기관이 단결하는 일이고 하나는 민족자본이 형성되는 일이다. 적이
우리나라 안에서 권력을 잡고 있고 저이들의 정책대로 교육과 산업
을 끌고 나가는 때 여기 맞서기 위해서는 굳은 단결이 있을 뿐이다.
교육에 있어서의 단결의 첫 단계는 오산학교와 중앙학교가 자매관계
를 맺는 일이다. 이 첫 번 단계가 성공되면 이것을 전 사립학교에 맺
게 하여 눈에 뵈지 않는 정신의 거미줄을 전토에 둘러쳐야 한다고 하
였다. 산업에 있어서도 단순히 물산장려운동에만 그칠 것이 아니라
우선 호남재벌이나 영남재벌에 의하여 회사와 공장을 세우고 이것을
확대시켜 민족자본 형성에 나가야한다는 것이었다.

　남강의 이 같은 제안에 의하여 오산학교와 중앙학교는 자매학교가
되었다. 선생과 학생도 서로 교류되고 간부와 간부의 연석회의도 가

졌는데 이것이 민족광복을 위한 최초의 학원연합이었다. 무슨 규약이 있는 것도 아니고 역원이 있는 것도 아니었으나 정신과 정신의 강한 밧줄이 두 학원을 하나로 묶었다. 도산과 남강이 본래 이 같은 정신 아래 학교를 세웠는데 대성학교가 폐교된 뒤 오산학교만 남아 험난한 길을 걸어왔다. 남강은 독립선언 관계로 송진우·김성수를 만나 그들을 깊이 알게 된 뒤로부터 김성수와 그의 동지인 송진우·현상윤·장덕수·최두선이 신민회 운동을 이어받을 수 있다고 생각하여 오산학교와 중앙학교의 연계를 맺기로 한 것이었다.

1922년 남강이 감옥에서 나와 학교를 이끌고 나가면서 세 번 학생들의 동맹휴학에 만났다. 첫 번은 1923년 교장을 배척해서 일으킨 맹휴고 둘째 번은 1925년 조만식 교장 유임운동에 관련된 맹휴, 셋째 광주 학생 사건과 관련된 맹휴였다. 이 세 번 맹휴는 실상 일제에 반항한 것이고 학교에 반항한 것이 아니었다. 셋째 번 맹휴 때는 학생들이 정주읍에까지 몰려 들어갔기 때문에 남강은 버선발로 눈길을 걸어 학생들을 따라 정주에까지 간 일이 있었다. 남강은 학생간부들을 집으로 불러 그들의 의견을 자세히 듣고 학교로서 고칠 것은 즉석에서 고치면서 학생들의 고칠 것도 일러주어 그들에게 올바른 방향을 지시해 주는 일을 잊지 않았다. 그 때 학생들은 학교에 항거하는 것이 그대로 일제에 항거하는 것으로 알아 매사에 말썽을 부렸다. 실상 학생들 뒤에는 민족주의자와 사회주의자들이 있었다. 선생과 학생 사이는 점점 멀어가고 선생과 선생들 사이도 전과 같은 단합이 없이 적은 일로도 서로 다투었다. 남강은 이것이 결코 건전한 풍조가 못된다고 하였다. 민족을 편들어 적에게 항거하는 것은 좋거니와 단순히 상대편을 미워하는 감정에 이끌림은 적지 않은 화를 뒤에 남기는 일이 되기 때문이었다.

4. 綜合 敎育計劃의 構想

1919년 독립선언 운동이 있은 뒤 적은 武斷政治를 약간 늦구어 齋藤의 이른 바 문화정치로 바꾸었다. 1920년 4월에 민간 신문으로 朝鮮·東亞·時代의 세 신문이 간행되었고 청년 자제들 사이에는 향학열이 놀랍게 올라갔다. 남강은 감옥에 있으면서 적과 싸우는 우리 자신의 주도 세력이 약하다는 것을 알았다. 감옥에서 나와 보니, 민중의 열은 놀랍게 팽배되었는데 이것을 묶어세우고 이끌고 나갈 중심 세력이 형성되지 못하였다. 남강은 감옥에서 나와 민족간부 양성의 필요를 뼈저리게 느끼고 온갖 정성을 오산학교에 기울였다. 그런데 1907년 학교를 세우던 당시와는 달라서 단순한 중학기관만 가지고는 이 일을 해내기가 어려웠다. 남강은 오산에 소학교에서 대학에 이르는 체계적인 교육기관을 둘 생각을 하였다.

남강이 감옥에서 나오면서 재단법인을 만들고 학교를 승격시키고 한 것은 단순히 중등기관으로서 발전시키기 위한 것은 아니었다. 오산소학교도 이것을 확장하여 정규의 소학교를 만들었다. 한편 여자중학교를 세울 것도 생각하여 그 자리로 제석산 밑 절골을 선정하였다. 남강은 제석산과 연향산과 사인산의 안 기슭으로 돌아가면서 유치원에서 대학에 이르는 체계적인 교육기관을 설치하고 여기에 학교의 부설 농장과 공장을 두어 새로운 교육도시를 일으키기로 하였다. 남강은 이 계획을 더러 동지들에게 의논해 보았으나 어렵다는 비관론들뿐이었다. 그러나 그는 끝까지 이 꿈을 버리지 않았고 반드시 이루어진다는 신념 아래 하나하나 실천에 옮겼다. 우선 재단을 조성할 생각으로 宣川으로 吳致殷을 찾았고 여기에 韓正奎·田鳳顯·李鏡麟을 가하여 대 오산건설의 재정 기초를 닦아 놓았다. 남강은 다시 그 당시 금광왕으로 이름을 떨친 崔昌學을 찾아 자기의 뜻한 바를 이야기하였다. 최창학은 남강과 두 번 만나고 세 번 만나고 한 뒤에 남강의 열과 정성에 움직여 여기에 찬동하고 재단 이사되기를 승낙하였다. 이렇게 하여 남강을 이사장으로 하고 남강의 주장하던 관서재벌의 하나의 형태인 가장 튼튼한 교육재단이 이루어진 것이었다.

1926년 여름에 남강에게는 이 일에 대하여 한층 더 용기를 주는 두 가지 소식이 전해졌다. 그 하나는 그동안 도에 신청했던 안주의 갈판 300정보가 학교 명의로 개간 인가가 난 일이고 다른 하나는 강계에서 뗏목을 해가지고 내려온 청년이 남강을 찾아와 자기 재산을 바치기로 통고 한 일이었다. 남강은 감옥에서 나와 곧 안주에 있는 미간지에 착안하여 이것을 학교 명의로 신청을 내려고 했는데 학교에서는 비용만 버리는 일이니 그만 두라고 하였다. 남강은 끝내 서류를 만들어 내게 하고 평남 지사를 만나 오산에 농과대학 둘 계획을 이야기하고 안주 미간지 개간을 학교에 맡길 것을 의논하였다. 그 당시 일본 강점자들은 토지 개간이 시급했고 또 농과대학을 세운다는 말에 이것을 오산학교에 인가한 것이었다. 강계에서는 청년 하나가 뗏목을 해 싣고 압록강에 띄워 신의주에 내려오던 도중 뗏목 떼가 터져 절반남아 잃어버려 큰 손해를 보게 되었다. 이 청년은 이 일로 여러 날 동안 실망 속에 있다가 하루는 신문에 남강이 세운 오산학교를 확장시키는데 관서 인사들이 궐기한다는 기사를 읽고 자기도 재산을 바치기로 결심하고 남강을 찾은 것이었다.

이 두 가지 일은 남강에게 큰 희망을 주었다. 대 오산 건설을 위하여 하늘이 자기를 돕는다고 생각하였다. 인제 남은 일은 농과대학을 세우는 일이었다. 남강은 여러 사람에게 물어 가지고 평양으로 李勳求 博士를 찾았다. 이훈구 박사는 미국에서 농학을 연구하고 숭실전문학교 교장으로 있던 때였다. 남강은 이훈구 박사로부터 농과대학을 둠으로써 우리에게 어떤 이익이 있는 것과 또 학교 인가를 맡는 데도 이 실과계통이 법문계통보다 수월하다는 이야기를 들었다. 한 가지 문제는 남강이 主宰하는 오산에 농과대학을 두게 할 것인가가 문제였다. 그 때 남강은 이훈구 박사에게 농과대학이 우리에게 유익만하면 길이 있을 것이라고 하였다. 이훈구 박사는 이 말의 뜻을 캐어묻지 못하고 자리에서 일어섰다. 남강의 이 "길이 있다"는 말은 자기를 버린다는 뜻이었다. 적의 채찍 아래서 그것을 맞아가면서 인재를 기르는 데는 자기의 명예를 바치는 희생이 필요하였다.

남강은 금광왕 최창학을 민족과 교육에 관심을 갖게 하기 위하여 기회 있을 때마다 여러 가지 이야기를 해주었다. 자기가 평양에서 도산을 만나던 일과 오산학교를 세우고 자기회사를 경영하던 일과 안악 사건과 백오인사건으로 고생하던 일과 3·1운동을 추진하고 감옥에 갇혔던 일과 그리고 돈은 결국 바로 쓰기 위해서 벌어야 한다는 것과…… 남강은 최창학의 태도가 좀처럼 변하지 않으면서도 어느 정도 움직이는 것을 보았다. 그는 도산이 신민회를 만든 뒤로는 지금 김성수를 중심으로 뜻있는 젊은이들이 모였으니 그들과 가깝게 지내라는 말을 여러 번 하였다.

하루는 남강이 최창학더러 지갑에 돈을 좀 넣으라고 하더니 차에 타고 동대문 밖으로 나가자고 하였다. 어느 조그만 골목에 차를 세우고 내려서 따라 오라고 하였다. 남강은 쓸어져가는 초가집 문을 두드려 주인을 찾으니 그 안에서 60이 가까워 뵈는 늙은 부인이 해어진 옷을 입고 나왔다. 남강은 방에 들어가 부인 앞에 엎드려 인사를 드리고 얼마나 고생이 많았느냐고 하면서 눈물이 비 오듯 쏟아졌다. 최창학은 영문을 모르고 서 있었다. 남강은 눈물을 거두고 최창학더러 이 부인이 양기탁 선생의 부인이니 인사드리라고 하였다. 남강은 최창학더러 아까 넣은 돈을 부인에게 드리라고 하고 돌아서 오면서 차중에서 양기탁 선생에 대한 자세한 이야기와 그 부인이 지금 이렇게 고생한다는 것과 이러고서야 이 백성이 어떻게 흥하겠느냐 라고 하면서 독립지사와 그 가족을 잊어버리는 민중의 완명함을 책하는 것이었다.

남강이 오산학교를 高普로 승격시키기에 힘쓴 것은 단순히 고보 문제뿐은 아니었다. 남강의 생각에는 오산을 고보로 승격시키거나 말거나 일제의 간섭은 한층 더 심할 것이고 승격을 거부하고 정면으로 맞설 때 자기의 종합 교육 계획에 중대한 좌절이 가져올 것이 예견되었다. 남강의 보는 바로는 아무리 식민지 교육을 시킨다고 해도 저들이 우리를 정신까지 물들이기는 어려운 일이고 교육기관의 불이 꺼진 어둠의 시기를 생각하면 적이 끄는 정책 아래 설망정 사학을 계속하는 것이 민족을 위해서 이로운 일이라고 생각되었다.

오산이 고보로 승격된 뒤 남강은 별로 학교에 있지 않았다. 고보 승격을 처음부터 반대하던 이들은 고보로 승격 된 뒤 남강이 교육에 실망한 때문이라고 하였다. 그러나 남강은 단순히 고보로 승격된 뒤의 교육에 실망한 때문은 아니었다. 고보로 승격이 되거나 무자격 학교로 남아 있거나 적의 감시와 간섭 아래 있는 것은 마찬가지였다. 남강은 중등교육 자체에 커다란 회의를 품고 어떻게든지 학원교육에 새로운 기풍이 불어 넣어지지 않는 한, 사립이고 공립이고를 막론하고 민족을 이롭게 하는 교육이 되기 어렵다는 것이 그의 확신이었다.

그러자 마침 덴마크 敎育思潮가 우리에게 들어왔다. 덴마크에서 그룬트비히(Grundtvig)에 의한 國民高等學校 교육이 나라를 일으켰다는 소문이 우리의 귀를 흔들었다. 신문과 잡지에는 그룬트비히의 사업이 소개되고 직접 덴마크를 다녀온 사람들에 의하여 새로운 교육의 성과가 보고 되었다. 남강은 그 때 우리의 실업교육이 그 식민지주의가 병이고 그 실업치중이 병이 아니라고 하였다. 도산도 국내에 있을 때 주장했거니와 우리에게는 정신과 함께 기술이 필요하다. 남녀노소가 一人一技를 습득하여 부지런히 일하고 물건을 만드는 일이 소중하다. 남강은 입으로만 떠드는 사람을 싫어하였다. 얼굴이 희고 손이 해말쑥한 사람은 교육을 올바로 받은 사람은 못된다. 소학교에서부터 대학에 이르기까지 實科主義가 존중되어야 한다. 남강의 이 같은 실과주의 교육은 올바른 정신이 여기에 뒷받침하는 한, 일제하에서도 전연 성과를 거두지 못할 것이 아니었다. 남강은 이 덴마크 敎育思潮를 알기 위하여 여러 사람을 만났고 또 그들의 이야기를 들었다. 한번은 종로 기독청년회관에서 미국에서 돌아온 李大偉 박사를 만나 덴마크

교육 이야기가 나와 이 교육이 현 시점에서 어떻게 우리에게 필요하
다는 말을 들었다. 남강은 이 대위 박사에게 1년만이라도 오산에 내
려와 있기를 간청했으나 여러 가지 사정으로 이 일이 이루어지지 못
하고 말았다. 정말 교육의 이야기를 들은 뒤부터 남강의 가슴에는 민
족광복에 대한 희망이 한층 더 부풀어 올랐다.

　남강의 눈앞에는 땅이 각박하고 기후가 찬 북쪽의 조그만 나라
가 나타났다. 이 나라는 다른 나라와의 전쟁으로 국토는 줄어들고
국민경제는 파탄에 빠져 다시 소생하기 어려운 데까지 이르렀다.
사람들은 가난과 패전과 실망 속에 굴러 떨어졌다. 그 때 그룬트
비히라는 예언자가 나타나 민족중흥의 길을 교육에 의탁하는 운동
을 일으켰다. 여기에 호응하여 부지런하고 강건한 국민을 만드는
교육이 전국에 번져나갔다. 한사람의 예언자를 따라 백성들이 게
으른 잠에서 깨어 일어났다. 그의 목소리는 북쪽 나라의 구석구석
에 울렸다. 이 예언자의 목소리로 새로운 광명이 그들 사이에 왔
다. 사람들은 서로 돕고 산에는 나무가 울창하고 들에는 논밭과
목장이 뻗어 나갔다. 그들 사이에는 가는 곳마다 곡식과 과일과
버터와 계란이 산더미처럼 쌓였다.……

　남강은 생각하기를 우리도 이 같은 이적을 이루지 못할 바 아니라
고 하였다. 비록 남에게 눌리어 있기는 하나 그 인품과 일하는 작풍
에 있어서 누르는 자보다 앞서야 한다는 것이 남강의 흔들리지 않는
신조였다. 그는 우리 교육이 인제 정말의 "농민고등학교" 교육을 본
따 크게 꺾어 돌릴 때가 돌아 왔다고 생각하였다.
　그러던 차에 信川 王在德 女史가 가재를 던져 信川 農民學校를 세
운다는 소식이 전하였다. 남강이 이 소식을 듣고 신천에 나가 직접
왕재덕 여사를 만나고 이 사업의 추진 인물인 安定根·金善亮 두 사
람과도 만났다. 안정근은 안중근 의사의 친동생으로 전부터 잘 알았
고 김선양은 金庸濟의 아들로 친자식처럼 귀해하는 사이였다. 남강은

그들과 만나 왕재덕 여사의 뜻과 농민학교의 방향에 대하여 자세한 이야기를 들었다. 남강이 왕재덕 여사가 세우는 신천 농민학교에 지극한 관심을 가졌던 것은 왕재덕 여사를 만나려 일곱 번씩이나 신천에 나왔고 손수 30여 통이나 편지를 학교로 써 보낸 것으로 보아 알 수 있다. 사람들은 남강이 신천에 자주 나가고 농민학교 이야기를 여러 번 하는 것이 승격된 오산에 대한 실망 때문이라고 하였다. 그러나 남강이 오산을 승격시키는데 힘쓴 것은 그 진의는 농과대학 설치를 위한 재단 조성과 당국에 대한 사전 配慮 때문이었다.

김선양의 전하는 바에 의하면 그 때의 남강은 덴마크敎育에 거의 취해 있었다고 한다. 그는 2주일이 멀다 해서 트렁크에 모기장까지 넣어가지고 신천에 나왔는데 농민학교 관계자들을 만나서는 인제 우리에게 광명이 왔다는 말을 몇 번이고 되풀이했다고 한다. 남강은 신천 농민학교의 설립을 남의 일로 생각지 않았다. 신천 농민학교가 바로 남강의 대 오산 건설의 길잡이가 되는 것이었고 이 학교에 대한 민간과 당국의 반영이 그대로 자기가 세우려는 농과대학의 운명에 직결되는 것이었다.

1926년 6월, 6·10만세 사건이 일어났다. 이 사건이 서울과 지방에 파급되어 남녀 학생들이 도처에서 동맹휴학을 일으켰다. 이 사건으로 전국이 들끓었고 모처럼 올라왔던 사학확장 운동도 안과 밖으로 장애에 부딪쳤다. 이 같은 정세 아래 남강은 농과대학 설립을 중심으로 하는 종합 교육 계획을 뒤로 미루는 수밖에 없었다. 그는 농과대학 설립의 전제로 중학교 과목에 농업과목을 많이 넣게 하고 학교 농장을 늘렸다. 학생들은 농업 실습이 많아졌다는 구실로 그밖에 불평 몇 가지를 내세워 동맹휴학을 일으켰다. 남강은 학생들의 요구를 들어 곧 맹휴를 해결하기는 했으나 농과와 노작에 치중하는 방침을 바꾸려고는 하지 않았다. 남강은 오산과 신천 농민학교와도 자매관계를 맺었다. 졸업생들에게도 상급학교에 가는 학생에게는 농과대학을 권장하여 졸업하고 나온 뒤 모교에서 써주기를 약속까지 하였다.

남강은 제석산과 연향산이 앞으로 학교의 演習林이 되고 안주의 매립된 개간지가 학교의 臨海農場이 될 것을 생각하였다. 고읍과 운전벌에는 학교 재단이 경영하는 織造工場과 製絲工場을 두고 오산 일대를 새로운 敎育都市로 만들 것을 생각하였다. 이 같은 새 교육도시는 농촌과 도시가 연결된 田園都市로서 학교와 교회와 도서관이 도시 중앙에 있고 공장이 교외에 위치하고 그 사이가 푸른 마을로 메워져야 하였다.

남강은 이 계획이 여러 가지 제약 아래 늦어질 것을 생각하여 우선 실시 될 수 있는 유치원과 여학교 설치를 추진하는 한편 장차 교육도시의 시민이 될 사람들의 단련과 훈련을 위하여 협동조합을 설치하였다.

남강의 종합 교육 계획은 교육계획과 산업계획을 연결한 새 국가의 설계도 였다. 그의 생각에는 지금 비록 우리가 적의 지배 아래 있으나 神의 公義는 이 사태를 바꾸고야 말 것이고 우리의 노력에 따라 겨레의 영광이 반드시 오고야 말 것이라고 하였다. 그가 느끼기에는 겨레를 비취고 동방을 비칠 새로운 횃불이 오산에서 먼저 올 것같이 보였다. 한편 서울이나 신천이나 그밖에 다른 곳에서 먼저 올지도 모른다. 이 같은 겨레의 영광을 상망할 때 오산학교의 기와 한장 운동장의 풀 한대가 빛을 발하는 것같이 느껴졌다. 그의 종합교육계획은 그의 생전에는 종당 실현을 보지 못하고 말았다. 그러나 이 계획은 겨레의 운명을 올바로 걱정하는 사람들의 가슴속에는 영원히 살아 있어야 할 계획이었다.

1945년 8월 고난의 민족에게는 마땅히 와야 할 날이 왔다. 한반도 삼천리에는 골짝마다 푸른 희망이 솟아올랐다. 오산에는 인제 남강의 후계자들에 의하여 남강이 원하던 종합 교육 계획이 실현되고 웅장한 교육도시가 일으켜지는 것같이 보였다. 그런데 이 희망은 잠깐 사이였고 북녘에는 다시 캄캄한 어둠이 내렸다. 1947년 오산 여자중학교가 설치되고 뒤이어 대학의 간판이 오산학교 정문에 걸리기는 하였다. 그러나 이것은 민족의 소원과는 거리가 먼 공산당의 앞잡이를 만들자는 것이요 참된 민족간부의 양성을 위한 것이 아니었다. 남강의 종합 교육 계획과 교육도시 건설은 다시 눈보라 속에 묻히고 만 것이었다.

Ⅷ. 出獄後의 領袖

1. 國內鬪爭의 戰略

남강은 1918년 겨울과 이듬해 봄에 걸쳐 크나큰 희망 속에서 독립 운동을 추진시켰다. 1922년 7월 감옥에서 나와 보니 그동안 여러 가지로 사태가 바뀌었다. 1919년 4월 상해에 臨時政府가 조직되었고 국내와 해외에서 꾸준히 침략자에 대한 항쟁이 계속되기는 하였다. 그러나 눈앞에 독립의 기회를 보던 민중들은 일이 어려운 고비에 들어서자 부풀어 올랐던 정열이 식기 시작하였다. 독립단원의 던지는 폭탄에 快哉를 부르기는 했으나 계속하여 다시 일어나 만세를 부르려고는 하지 않았다. 남강은 처음에 자기들의 독립선언으로 쉽사리 독립이 오지 않을 것을 알았다. 그러나 민족 대표 33인이 이 일로 쓰러지면 이것이 도리어 커다란 자극이 되어 한없이 계속되는 불길이 연달아 일어날 것으로 생각하였다.

그런데 예상과는 달리 최고 3년형을 받고 나중 사람으로 남아 있다가 나오고 보니 죽을 자리를 찾고도 죽지 못하고 나오는 것이 슬프기조차 하였다. 남강은 33인 민족 대표가 선언서에 서명할 때의 결심과 감격을 생각하였다. 그 때 자기들은 죽기를 원했고 살아서 나오기를 원치 않았다. 그러던 것이 3년의 형을 마치고 娑婆에 나오니 손병희는 병으로 벌써 세상을 떠났고 동지들은 산산이 헤어졌다.

남강은 옥고에 시달린 몸을 쉬기 위하여 해운대에 내려갔다. 해운대에서 얼마 있는 동안에 그는 일생에 처음으로 쉬는 시간을 가졌다. 아침이면 몸을 물에 담그고 밤이면 파도소리를 들으면서 침대에 누워 있었다. 어려서부터 새벽길과 밤길을 걸어 다니던 다리는 인제 조용히 쉬고 있었다. 그러나 그의 정신은 고요한 靜寂속에서도 좀처럼 쉬려고 하지 않았다. 그는 아침이면 신문을 가져오라고 하여 조선일보와 동아일보를 자세히 읽었다. 활자 사이로 올라오는 기사 한 줄 한 줄이 겨레의 운명에 대한 여러 가지 소식을 전해 주는 것으로 보였다. 저녁이면 그는 성경을 읽고 기도를 올리고 하였다.

며칠이 지난 뒤 서울에서 졸업생 김도태와 김지환이 내려 왔다. 김도태로부터 국내 국외의 정세에 대하여 자세한 이야기를 들었다. 국내의 형편과 상해를 위시한 해외의 형편과 그리고 중국·애란·인도에서 일어나고 있는 각 민족 해방 운동의 현세와……

일본 강점자들은 무단정치를 소위 문화정치로 바꾸기는 하였다. 그러나 그렇다고 해서 박해가 늦추어진 것이 아니다. 이 때문에 도리어 적과 우리와의 사이에는 무력을 넘어선 투쟁이 전개되고 있다. 상해에는 임시정부와 議政院이 있으나 해외에 있는 독립운동 영수들 사이의 완전한 합작이 이루어지지 않았다. 3·1운동은 독립에 대한 불길을 2천만의 가슴 속에 불러 일으켰는데 일본의 총칼에 의하여 이 불길은 만주와 상해와 노령과 미주에 번져 나갔다. 한 민족의 3·1운동은 중국과 애란과 인도의 해방운동에 새로운 불꽃을 전하여 중국의 5·4운동, 애란의 독립 선언, 간디의 비복종 운동 같은 운동들이 줄기차게 불타오르게 하였다.

……해운대 호텔의 남강의 거실에는 밤이 늦도록 불이 켜져 있었고, 노인과 젊은이의 낮은 목소리가 번갈아 들렸다. 이튿날 남강은 졸업생들을 서울로 올려 보내고 새로운 정세 아래서 적과 싸울 방략을 생각하셨다.

남강의 생각에는 일은 적은 일이나 큰일이나 자기가 만드는 것이고 남이 가져다주는 것이 못된다. 곡식이 땅에서 올라오는 것을 보아도 비나 이슬이나 태양광선이 이것을 도와는 줄지언정 大地를 들치고 올라오는 것은 결국 제가 올라오는 것이다. 알맹이가 부실할 때는 알맞는 날씨가 계속되어도 종당 올라오지 못하고 올라온 뒤에도 고난을 뚫고 나갈 용기와 아름참이 있어야 대지 위에서 번창할 수 있는 것이다. 남강은 이 간단한 진리를 여러 번 되새겨 보았다. 그는 스스로 물어 보았다.

우리에게 튼튼한 알맹이가 있느냐. 제힘으로 무거운 땅을 들치고 올라올 알맹이가 있느냐. 이것이 없이는 비와 이슬과 태양광선을 바라는 일은 헛된 수고가 될 것이다. 그런데 사람들은 沛然作雨하여 기름진 비가 내려숫기만 바라는 것이 아니냐. 파리 강화회의는 어느 의미에서 우리에게 이 반가운 비가 되려고 하였다. 그러나 이 비는 구라파에만 내려 뿌리다가 그치고 말았다.

남강은 적에 대한 무력항쟁을 생각해 보았다. 해외에 군관학교를 세우고 독립군을 훈련시키는 일은 필요하다. 그리고 大獨立軍을 조직하여 본토 광복에 대비하는 일이 긴요하다. 그러나 이 같은 해외 투쟁은 언제나 국내 투쟁에 연결되어야 한다. 국내에 있는 백성이 어둡고 무기력하고 덕스럽지 못할 때 단순한 무력 항쟁만 갖고 침략자를 쓰러뜨리기란 어려울 것이다. 남강은 세계 대세의 轉機를 보는 일이나 무력 항쟁에 기대를 거는 일이 광복사업에 긴요하지 않다고는 생각지 않았다. 그러나 역시 결정적인 싸움은 국내 투쟁이었다. 국내에서 민중을 어떻게 조직하고 깨우치고 이끄는가가 적과의 싸움을 승리에로 이끄는 첩경이라고 생각되었다. 남강은 1907년 평양에서 도산과 만나 학교를 세우기로 한 일과 신민회 운동을 통하여 민족정신과 개화주의를 널리 민중 사이에 펴기로 한 것을 다시 상기하였다.

남강은 1907년을 전후하여 신민회 당시 많은 인재들이 국내에 있던 일을 생각하였다. 安昌浩・李甲・梁起鐸・盧伯麟・李東寧・李始榮・李東輝・安泰國・崔光玉・金九・申采浩・李鍾浩・李剛・曹成煥・柳東作・柳東悅・李德煥・全德基・金東元・金弘叙・林蚩正・金志侃…… 그런데 이 중의 많은 사람들이 합방하기 직전 해외로 망명해 나갔고 남은 이들은 그 뒤 그들의 뒤를 따랐다. 자기는 오산에서

나라밖으로 나가는 지사들을 눈물로 보냈는데 무관학교 사건과 백오
인사건으로 신민회의 국내 조직망이 파괴되고 말았다. 독립선언서에
서명한 민족 대표들은 이를테면 신민회를 대신한 새로운 지도세력이
었다. 그런데 48인 옥사가 일어나 감옥에 갔었다가 나온 뒤로는 이
세력마저 용기를 잃었다. 남강은 새로운 지도세력이 시급히 형성되어
야 한다고 생각하였다. 이 새로 형성된 지도세력 아래 교육과 산업을
일으켜 민족의 역량을 기를 때에 뿐 외세나 해외 투쟁이 우리에게 이
로울 것이라고 생각하였다. 남강이 해운대에서 구상한 국내 투쟁에
관한 방략은 이러하였다.

1. 독립협회의 정신을 이어받는 새로운 지도세력을 형성한다. 그
   런데 이 새로운 세력은 연합된 세력이 되어야 한다. 그러면서
   도 이 세력은 신민회 조직에서 보는 비밀 결사가 되어도 안 된
   다. 어떤 비밀 조직을 가지고 회원을 구할 것이 아니고 마음과
   마음이 서로 전하여 조직 아닌 조직이 되어야 한다.
2. 전국에 사립 남녀 중학교를 많이 세우고 전문학교도 여러 곳을
   경영해야 한다. 해외의 大獨立軍에 해당하는 것이 국내에서는
   교육 기관이니 각지에 새로운 학교를 많이 일으켜 이것으로써
   민족의 背樑을 짜 나아가도록 해야 한다.
3. 동아일보와 조선일보는 민간 신문의 본령에 비추어 민중을 깨
   우치고 묶어세우는데 전력을 다하고 각 지방에 지국을 두어 민
   중의 눈이 되고 귀가 된다. 이 일 외에 각 신문사에서는 태극
   서관의 사업인 도서간행 사업과 도서관 사업을 겸해야 한다.
4. 민중에게 강건한 기상을 불러일으키기 위하여 각종 체육과 운
   동경기를 장려하는 것이 필요하다. 특히 각종 체육 대회를 통
   하여 질서 있는 행사를 집행하는 것만으로도 민중의 사기와 훈
   련이 크게 기여함이 됨을 알아야 한다.
5. 재산을 가진 사람들은 힘을 합하여 공장과 회사를 경영해야 한
   다. 처음에는 학교의 실습 공장으로 시작하여 학교와 언론기관

의 지원을 받도록 한다. 개성 사람의 하는 일을 본받아 자기
고장에 외국 사람의 상권이 들어오는 것을 막는다.

6. 민족진영에서 사회주의자들과 합작하여 침략자에 대한 공동전
선을 펴는 일은 필요하다. 그러나 민족을 경천히 여기거나 지
나친 파괴행동을 따라가서는 안 된다. 사회주의는 소련에서도
시험 중에 있다고 하거니와 백성이 새 백성이 되기 전에 참된
해결이 있기 어렵다는 것을 명심해야 한다.

7. 교육과 산업과 언론은 비록 그 하는 일이 서로 다를망정 민족의
광복을 목표로 하는 것은 하나다. 먼저 교육 상호 간의 연합이
이루어지고 산업 상호 간, 언론 상호 간의 연합이 이루어져 이
것이 거미줄처럼 뻗어 나가야 한다. 2천만의 공고한 단결과 그
꺾이지 않는 용기만이 민족의 영광을 보장하는 방파제가 된다.

이 같은 생각을 가지고 남강은 가까운데 와 있는 졸업생들을 만나
기 위하여 마산 호신학교 교장으로 있는 金恒福을 찾아 갔다. 김항복
은 1917년 오산을 나와 동경 早稻田大學을 마치고 여기 교장으로 와
있었다. 김항복은 오산에 있을 때 남강이 있는 용동에서 아침저녁 남
강을 모시고 다녔고 동경에서 나온 뒤 조만식 선생의 소개로 숭실전
문에 잠깐 강사로 있다가 선교회서 마산에 중학교를 세우게 되어 그
교장으로 와 있는 것이었다. 오산 졸업생 李約信도 호신학교에 같이
있었는데 남강은 이들을 만나기 위하여 일부러 온 것이었다. 남강은
檜原洞에 있는 교장사택에서 묵으면서 낮이면 마산에 있는 학교와
교회를 돌아보고 저녁이면 자기가 길러낸 졸업생을 상대로 여러 가
지 이야기를 하였다. 남강은 먼저 학교의 형편과 여러 가지 사정을
물었다. 그리고 자기가 독립선언 계획으로 여러 사람을 만나던 일과
재판을 받고 감옥에 있던 일을 자세히 이야기 하였다.

그는 자기가 1907년 평양에서 도산과 만난 것이 일생의 轉機가 되
었다는 것과 오산학교를 세우고 자기 회사 사장이 되었던 때가 가장
보람을 느꼈다는 것과 1911년 2월 수색에서 일본 헌병에게 붙들려

들어간 후 전후 9년 옥중에 있으면서 그 안에서 머리가 세었다는 것
과 그밖에 자기 일생을 회고하는 많은 이야기를 하였다. 그러나 그는
말끝에라도 실망을 섞는 이야기는 하지 않았고 어려운 일을 당해서
는 굽히지 말고 대줄기 같이 뻗어 나가야 한다고 하였다.

남강은 일전에 서울에서 졸업생 김도태와 김지환이 내려와서 서로
나라 일을 의논했다는 말도 하였다. 그리고 자기가 생각한 국내 투쟁
의 방략에 대해서도 이야기하였다. 그는 한 조목 한 조목 그 줄거리
를 이야기 하고 두 사람에게 의견을 물었다. 두 사람은 스승의 방안
에 찬동했는데 새로운 지도 세력의 형성이 어렵다는 것과 침략자의
발악이 한층 심해질 때의 대안이 어둡다고 하였다.

남강은 독립선언 사건으로 여러 사람을 알게 되었다고 하였다. 최
린과 만나면서 천도교의 중심인물들과도 가까워졌고 송진우를 통하
여 김성수와 그 동지들이 있다는 것도 알게 되었다고 하였다.

남강은 창원 · 진주 · 순천에 있는 졸업생들을 돌아보고 돌아오는 길
에 다시 마산에 들려 김항복 교장에게서 3, 4일 더 묵었다. 그는 아침이
면 지난밤에 이런 생각을 했노라고 하면서 장차 할 일에 대한 여러 가
지 계획을 이야기 하였다. 그 계획 속에는 오산학교를 종합 교육 기관
으로 만들 계획도 있었고 이상향 건설에 대한 계획도 있었고 나라를 부
강한 나라로 만들 계획도 있었다. 오산 어디에는 중학교, 어디에는 여
학교, 어디에는 대학, 그리고 어디에는 학교 연습림과 부설 공장……
이 오산을 새로운 오산으로 계획하는 것 마냥 국토도 새로운 국토 계획
이 필요하다고 하였다. 국토의 남부는 주로 농업 지대, 북부는 주로 공
업 지대, 서울과 평양 외에 새로운 도시는 어디에 두고 서남 해안과 동
해안에 돌아가면서 항만은 어디에 만들고, 금강산 · 설악산 · 지리산 ·
한라산은 국립공원으로 어떻게 개발하고……제석산 아래 기획하기로
한 이상향 설계가 새로운 국토 계획으로 먼저 나가는 모양이었다. 남강
은 호신학교 뒷산에 올라 서 마산의 해안선을 가리키면서 장차 여기가
동양의 유수한 항만 도시가 될 것이라고 하였다.

남강은 해운대로 돌아가 얼마 쉬고 오산 향제로 돌아왔다. 그는 자기와 같은 성격 갖고는 이런데서 오래 쉴 수 없음을 느꼈다. 오산에 돌아와 다시 선생과 학생들을 만나고 학생들 사이에 끼어 용동길을 걷고 할 때 몸에서 새로운 용기가 솟아오르는 것을 느꼈다. 그는 해운대에서 구상한 국내 투쟁의 방략을 우선 오산에서 실행해 보리라고 하였다. 종합 교육 기관을 두고, 부속 공장을 두고, 중앙 학교·동아일보와 자매 관계를 맺고, 동회와 협동조합을 통하여 동민을 훈련시키고…… 남강은 해운대에서 돌아와 잠시도 쉬지 않았다. 그는 열흘이 멀다하여 서울과 평양을 다녀왔다. 사람들은 그가 옥고에 지친 몸을 좀 더 조용히 쉬어야 할 것이라고 하였다. 그러나 남강은 그대로 있지 못하는 병에나 걸린 사람마냥 스스로 일을 만들고 그 속에 자기를 던지고 하였다. 서울에 올라가면 김성수를 부르고 평양에 나가면 김 동원과 만났다. 그가 이런 이들과 만나서 하는 말은 언제나 교육에 대한 이야기와 나라 일에 대한 의논이었다. 그는 사람들 앞에서 여러 번 김성수의 인품과 지조를 칭찬한 일이 있었다. 그의 눈앞에는 오산과 평양과 서울의 線이 나타났고 이 선 위에는 각각 조만식과 김 동원과 김성수의 얼굴이 어렴풋이 떠올랐다. 남강이 역에서 내려 저녁길을 걸어 들어오는 데 오산과 평양과 서울이 각각 세 개의 헤어진 點으로 나타났다. 이 세 점이 어떤 때는 한 직선이 되기도 하고 어떤 때는 한 데 합친 커다란 점이 되기도 하였다. 다시 이 직선과 점이 합쳤는데 이 합친 직선과 점에서 놀라운 불꽃이 올라가 이 불길이 어두운 밤하늘을 비치는 것이었다.

2. 日本視察 東亞日報社長

1922년 12월 남강은 일본 시찰의 길에 올랐다. 그는 해운대에서 한 생각에 따라 새로운 투쟁을 벌리기 위하여 일본의 실력을 보기로 하였다. 통역으로 柳東悅의 자제 柳容鐸을 데리고 떠났다. 남강이 남의 나라를 보기 위하여 밖에 나가기는 이것이 처음이었다. 부산에서 연락선 昌慶丸에 갈아타고 일본 下關에 내려 기차를 타니 기차가 줄곧 바닷가를 달려 大阪을 지나 東京에 닿았다. 남강은 연락선이 부산 앞바다를 빠져나가 물결을 헤치고 앞으로 나갈 때 여러 가지 감회가 솟아올랐다. 병자수호조약 이후로만 해도 허다한 충절이 얼키고 설켜 나라가 무너지고 말았다. 여러 번 나라를 붙들려고 했으나 종당 이루지 못하고 이제 나라 잃은 백성으로 적의 국토에 표랑하는 신세가 되었다. 남강의 눈에 비친 일본의 山水는 아담하기는 했으나 雄大한 自然美가 없고 만들어 놓은 인조 동산을 보는 느낌을 주었다. 저들이 자랑하는 富士山도 부채를 펴서 거꾸로 세운 것 같은 단조함을 면치 못하였다. 면적에 비하여 인구가 많은 탓이라서 손바닥만 한 땅도 그대로 두지 않고 말끔하게 일러 논이나 밭을 만들었다. 일본의 철도 연변의 도시와 푸른 산은 우리와 비길 바 아니었다. 그러나 연기로 그을은 초라한 집이라든가 도로에 향한 전면만을 단장하고 옆과 후면은 마구 쌓아 올린 건물이라든가 저들의 비치는 힘을 보이는 것이었다.

남강은 동경에 체재하면서 관립으로는 東京帝國大學과 東京高等師範學校, 사립으로는 早稻田大學을 위시하여 慶應義塾・明治大學・日本女子大學 그밖에 많은 각급 학교들을 돌아보았다. 학교 중에서 남강의 주목을 끈 것은 成城學園과 玉川學園이었다. 이 두 학원은 문부성의 정식 규정을 떠나 무척 자유롭게 가르치는 학원으로서 자기가 세운 오산학교와 여러 가지 면에서 공통된 데가 많았다.

그런데 동경에 있는 오산 졸업생들이 모여 선생을 중심으로 이야기를 듣는 집회를 가졌다. 거기에는 李慶鶴・林昌文・玄相冕・金漢奎・曹成龍・劉應河・玄仁圭・白昌浩 등이 모였다. 남강은 졸업생들을 만나 하나하나 그 다니는 대학과 공부하는 학과를 물었다. 졸업생들은 오산에서 기숙사에 있던 일과 단심강에 둘러서서 남강의 이야기를 듣던 일과 조련 시간에 맨발로 눈 위를 달리던 일을 회상하였

다. 졸업생 하나는 그 때 오산에서 배운 학과 수준이 결코 낮은 것이
아니었다고 하면서 오산에서 춘원에게 배운 수학이나 慶應義塾에서
林鶴一에게 배운 수학이나 별로 다를 바 없다고 하였다. 남강은 졸업
생들에게 일본이 비록 우리보다 앞섰으나 우리도 잘 하면 일본을 넘
어설 수 있고 일본은 교만과 경박한 외래 풍조 때문에 도리어 어려운
고비에 서 있다고 하였다. 그는 졸업생 하나하나의 손을 잡고 나라
잃은 백성으로서 적의 首都에 와서 부지런히 학과 덕을 닦아 겨레를
이끄는 좋은 인재가 되라고 부탁 하였다. 남강이 동경을 떠날 때는
在東京 基督敎 靑年會 총무로 있는 白南薰과 학우회장인 閔泰瑗의
발기로 神田에 있는 多加羅亭에서 대 환영회가 열렸는데 여기서도
남강은 졸업생들에게 부탁한 것과 같은 말을 하여 그들에게 많은 감
명을 주었다.

남강은 東京을 떠나 橫濱·大阪·京都·神戶·日光·橫須賀·廣
島·福岡 그밖에 몇 군데 농촌도 돌아보았다. 자연의 경색이며, 도시
의 발전상, 교통의 편이, 군비의 확충, 농지 정리, 무성한 산림, 항만
의 정비, 공업의 발달이 눈에 띄었다. 그런데 여러 곳을 돌면서 남강
은 특히 도시와 농촌의 교육 시설을 눈여겨보았다. 아닌 게 아니라,
저들의 교육 시설은 우리와는 비교가 안 될 정도로 발달하였다. 그런
데 남강에게는 두 가지가 눈에 거슬렸다. 하나는 군인들이 긴 군도를
차고 뽐내면서 걸어 다니는 것과 다른 하나는 한길 옆 나무에 헝겊을
동여매고 신짝을 걸고 한 풍습이었다. 남강은 이 군도 자루와 미신이
앞으로 일본을 쓰러트리는 날이 올 것이라고 생각하였다. 남강은 大
阪과 廣島에서도 주로 교육 기관을 돌아보았다. 그런데 이 두 곳에
있는 한인 부락도 돌아보았는데 그들의 생활형편과 교육 수준은 말
이 아니었다. 大阪과 神戶에는 공장 굴뚝이 삼밭의 삼대처럼 올라갔
는데 굴뚝에서 올라오는 연기들이 도성 일대를 어둡게 만들었다. 그
러나 자세히 보면 적은 이미 어려운 고비에 들어서고 있었다. 이 어
려운 고비란 다음과 같다.

제1차 대전 직후이고 대전 중 일본이 연합국 측의 물자 수송을 담당했기 때문에 일본에는 놀라울 정도의 好景氣가 왔다. 이 통에 일본 상인들 사이에는 벼락부자라는 말로 "나리낑"이란 말이 생길 정도였는데 이 경기로 하여 그들의 사회에는 사치와 유락의 풍이 성하였다. 거리에는 전등이 휘황하게 켜져 있고 밤거리에는 퇴폐적인 유행가와 술 먹고 싸우는 주정군의 행패 소리가 높았다. 東京과 大阪에 큰 건물들이 올라가기는 했는데 한편 도시의 일정한 구역과 교외에는 사창굴과 빈민굴이 놀랍게 번져 나갔다. 이 같은 빈부의 차가 현격한 틈을 타서 社會主義 물결이 놀랍게 밀어 올랐다. 사회주의자·공산주의자·무정부주의자가 노동자와 지식층을 휩쓸어 社會黨·共産黨의 선동이 도처에 벌어져 이 물결이 장차 입을 벌리고 일본의 上下를 삼킬 날이 머지않아 보였다.

남강은 日光과 松島 같은 데도 가 보았다. 크고 작은 많은 여관이 있고 자연을 모방하여 묘한 시설을 하느라고 했으나 규모가 작고 지나치게 인공적이었다.

남강이 보기에 일본은 西歐의 文物을 받아들이면서 무던히 서둘은 흔적이 보였다. 문물과 제도에 모방이 많은 것이라든가, 皇帝信仰이 그대로 남아 있는 것이라든가, 임시로 지은 假建物이 많은 것이라든가, 원시적인 풍습이 빛깔만 바꾼 것이라든가……어떤 서양 사람이 서구의 문명을 벽돌집이라고 하면 인도의 경우는 마구간이고 일본의 경우는 약한 가건물이 된다고 하였다. 일본의 신문명은 확실히 벽돌집이 못되고 나무판자로 지은 약한 가건물이었다. 약하고 기울어지고 밑둥이 썩고…… 남강은 일본의 약한 가건물과 우리의 초가집을 비교해 보았다. 초가집을 벽돌집으로 고칠 때는 이것을 헐고 그 자리에 벽돌로 쌓아 올려야 하고 임시로 약한 가건물을 지을 것이 아니라고 하였다. 그러면서도 남강은 이 일본의 模倣主義 文明에서 두 가지 일어날 요소를 보았다. 하나는 신지식을 배우려는 새 시대의 정열이고 하나는 물건을 아끼고 공경하는 옛 심정이었다. 새것을 찾는 정열과 물건을 아끼는 심정과—이 두 가지가 우리에게 필요하다. 이 두 가지는 특히 산업을 일으키는 데 필요한 요소가 된다. 우리들은 지나치게 옛 방식만 존중하고 한편 물건을 경천히 여겨 이것을 고맙게 생각하려고 하지 않는다.

남강은 일본 시찰을 마치고 廣島를 마지막 보고 下關에서 연락선을 타고 부산에 내렸다. 일본의 푸른 산과 우리의 벗은 산을 비교할 때 두 지역에는 심한 차가 났다. 그러나 이것은 산의 탓이 아니고 사람의 탓이었다. 사람이 잘하기만 하면 메마른 산은 10년 안에 푸르고 기름진 언덕이 될 수 있다. 남강은 해운대에서 쉬려던 계획을 바꾸어 학교로 직행하였다. 차가 아직 눈이 덮인 산과 들을 바라보면서 대구와 대전과 서울을 지날 때 그는 자기가 감옥에서 고생하던 일을 생각하였다. 서울역을 떠난 차는 새벽에 대동강 철교를 건너가고 있었다. 검푸른 새벽하늘에 모란봉이 아름다운 자태를 들어내고 있었다. 그는 학교에 돌아와 학생들을 모아 놓고 일본의 장점과 약점을 이야기 하고 우리도 힘쓰면 일본을 넘어 설 수 있다고 하였다. 일본의 장점은 백성들이 새것을 배우기에 열중하는 일이고 저들의 약점은 조그만 성공에도 도취하여 허영과 외식에 굴러 떨어진 일이었다. 모든 일은 심은 대로 거두는 법이니 우리도 인제부터 부지런히 심으면 풍성한 수확을 거둘 날이 온다는 것이 남강의 결론이었다. 일본 시찰에서 돌아온 후 남강에게는 한층 더 일에 전심하는 경향이 있었는데 이것은 대이상향에 의하여 이 땅에 빛을 오게 하려는 그의 결심 때문이었다.

1924년 5월 남강은 동아일보 사장에 추대되었다. 동아일보는 3·1운동이 있은 이듬해인 1920년 4월에 민족진영의 신문으로 창간되었다. 金性洙가 그의 동지 宋鎭禹와 함께 경영했는데 初代 社長에 朴泳孝를 앉히고 편집 고문으로 梁起鐸과 柳槿의 지도를 받았다. 송진우는 남강과 독립선언 운동을 최초로 계획 했고 48인 옥사로 같이 감옥에 있어 2년 6개월의 형을 치르고 나왔다. 양기탁과 유근은 남강의 신민회 때부터의 가까운 동지였다. 주간에는 張德秀였고 편집 각부에는

金東成・韓基岳・邊鳳現・金泰登・廉尙爕・柳光烈・金炯元・李瑞求 같은 이들이 있었는데 邊鳳現・金泰登・廉尙爕은 오산학교에서 교편을 잡은 일들이 있었다.

동아일보는 창간 당초부터 民族主義를 표방하여 총독 정치를 정면으로 비판했는데 이 때문에 여러 번 정간 처분을 받았다. 1920년에서 1924년에 이르는 사이는 동아일보로서 초창기의 고난과 시련에 부딪친 시기였다. 이 동안에 초대 사장 박영효의 뒤를 이어 김성수가 사장이 되었다가 다시 송진우가 김성수에 바뀌었다. 같은 민간 신문으로 허가된 朝鮮日報와 時事新聞이 발간 당초 친일계통의 기관지라고 하여 동아일보만이 놀라운 인기를 차지하게 되어 민중의 기대는 동아일보에 기울어졌다. 동아일보는 3・1독립선언의 영향으로 각지에서 일어난 독립 운동의 모습을 샅샅이 보도하였다. 독립 선언, 48인 공판에 관한 보도에는 전 지면을 여기에 제공했고 그밖에 姜宇奎사건, 애국부인회 사건을 위시하여 허다한 독립 운동 사건을 자세히 보도하였다. 1920년 일군이 渾春에 있는 우리 농민을 무차별 학살한 渾春事件이 일어났는데 동아일보에서는 張德俊이 특파되었다가 종시 돌아오지 못하였다. 이 훈춘 사건으로 하여 총독 통치 아래 최초의 순직 기자를 내었다. 1923년 서울에 조선 물산 장려회가 조직되고 기독교 청년회관에서 남강을 위시하여 兪星濬・徐泰麟・李鍾鱗・朴勝彬 여러 연사들의 강연회가 있고 이어 악대를 선두로 선전 행렬에 들어갔다. 동아일보는 이 광경도 상세히 보도하였다. 이밖에 민립대학 운동, 토산장려, 미 의원시찰단 내한, 서재필 박사의 근황, 독립단의 교전과 행적 등 자세하게 보도하고 또 논평을 가하였다.

남강은 1924년 5월 민족진영의 신문으로서의 전통을 가진 동아일보의 제4대 사장이 되었다. 1924년은 동아일보로서 여러 가지로 어려운 해였다. 편집국장 李相協이 퇴사하자 뒤를 이어 金晩炯・柳光烈 등 많은 기자들이 나가게 되어 편집진에 한때 공백을 가져 왔다. 이 위에 國民協會를 위시한 친일 각파들이 일어나 민족주의 신문 동아일보의 筆鋒을 꺾으려고 대어 들었다. 한편 사회주의자들의 공격과 비매동맹까지 받게 되어 어려운 처지에 서 있게 되었다. 동아일보는 굽히지 않고 친일 각파를 계속 공격하고 당국의 언론 탄압에 맞서게 되어 이 때문에 1924년 1월에서 6월에 이르는 사이에 15회의 압수를 당하였다.

이 같은 어려운 때에 남강이 민족진영의 지도자로 동아일보사의 사장이 된 것이었다. 남강은 그의 고고한 지조와 민중에 대한 신망으로 동아일보를 이끌어 나갔다. 그 때는 동아일보 사옥이 화동에 있었는데 남강은 사장실에서 밤을 밝혀가면서 간부들과 더불어 사세를 떨칠 의논을 하였다.

남강은 신문사의 일과 재단은 金性洙, 편집은 薛義植에게 맡기고 사회의 전면에 나서서 민립대학 기성회와 물산장려운동을 통한 민족의 국내 투쟁을 지도하였다. 그가 늘 있는 곳이 신문사 외에는 종로 기독청년회관과 수표동 조선 교육협회관이었고, 만난 이들은 李商在·兪鎭泰·崔麟·李敦化·朴熙道·李甲成·崔斗善·安在鴻이었다. 민립대학 기성회와 물산 장려회의 중앙위원으로 있으면서 서울과 지방에서 많은 강연을 하였다. 특히 민립대학 지방 순회강연으로는 평안북도를 담당하여 선천을 위시하여 여러 고을을 돌면서 교육심을 불러 일으켰다. 남강이 동아일보 사장으로 있은 것은 평양을 위시하여 평안 남북도와 황해도에 민족주의 신문의 세력을 펴는 데 큰 힘이 되었다.

남강은 동아일보사장으로 있으면서 오산학교와 동아일보의 유대를 한층 더 굳게 하였다. 이 두 기관은 그 당시 이름을 학교 또는 신문사로 불렀을 뿐이요, 민족의 정신 아래 겨레의 광복을 위해서 싸우는 것은 마찬가지였다. 신민회의 표현기관으로 대성·오산 두 학교와 태극서관과 평양 자기 회사가 설치되었다가 많은 풍파 끝에 오산학교만이 남았는데 이제 오산학교가 민족주의 신문 동아일보와 연계를 가진 것은 국내의 민족 운동을 위하여 크게 다행스러운 일이었다.

동아일보의 여러 지방 지국 중에 평양 지국은 동아일보 제2본사 같은 느낌을 주었다. 金性業이 지국장으로 있었고 曹晚植·吳胤善·金東元·金炳淵 같은 쟁쟁한 민족주의 지도자들이 있어 흔들리지 않는 堡壘를 이루고 있었다. 조만식이 그 회장으로 있는 關西體育會와 物産獎勵會는 언제나 동아일보 지국 후원 아래 많은 집회를 가졌는데 그 주최하는 행사와 미치는 영향에 있어서 서울의 경우를 넘어서기까지 하였다. 남강은 여러 번 평양에 내려가 조만식·김동원 그밖의 동지들을 만나 국내외의 여러 가지 정세를 검토하고 국내 투쟁을 벌릴 방략을 의논하였다. 물산장려운동은 실상 조만식의 주창으로 평양에서 일어나 이것이 전국에 번져나갔다. 1923년 조만식이 주도하는 물산 장려회는 각 학교와 교회가 연합하여 일제히 무명옷을 입고 "내살림 내것으로"라는 구호 아래 대대적인 선전 행렬을 벌렸다. 이 행렬이 아마 1919년 3·1만세 이후의 최대의 동원이었을 것이다. 평양의 영향으로 서울에서도 물산 장려회가 조직되어 전국이 여기에 따랐다. 남강과 남강이 이끄는 동아일보는 선두에 서서 이 운동을 지휘하였다.

남강이 동아일보사장으로 있은 1924년은 국내와 해외에서 여러 가지 일이 일어났다. 金祉燮의 二重橋 폭탄 사건을 위시하여 허다한 독립군 사건, 독립 운동사건이 있었고, 對日抗爭의 一環으로 각지에서 학생들의 맹휴와 노동자들의 파업이 연달아 일어났다. 사회주의 사조가 정식으로 머리를 들어 火曜會·北風會·서울靑年會 같은 청년 단체가 부산스럽게 움직였고 靑年聯合會에서 갈려 나온 노동 총동맹과 청년 총동맹은 무산 계급 운동을 정면으로 벌리고 있었다. 한편 민족주의 진영에서는 이 같은 움직임을 조심스럽게 지켜보면서 민족의 교육과 산업을 일으키기 위한 민립대학 기성회와 물산 장려운동에 전력을 기울였다. 상해 임시 정부에서는 改閣이 있어 총리로 있던 盧伯麟이 군무총장이 되고 李東寧이 새로 총리가 되었다. 이승만 박사는 영국과 독일을 방문중에 있었다. 중국에서는 孫文이 5월에 서거

했고 인도에서는 간디가 불복종 운동을 지도했고 구주에서는 국제
연맹 총회가 시끄러웠고 혁명 노서아에서는 트로츠키가 추방되었고
미국에서는 윌슨 대통령이 2월 3일 세상을 떠났고 5월 排日法案이
상하 양원을 통과하였다.

이 같은 내외의 격동 속에서 남강은 민족주의 신문을 용하게 이끌
어 그 기울어진 형세를 다시 돌려 이것을 튼튼한 기반 위에 놓았다.
남강은 신문사 사장실에 조용히 앉아 있는 것이 아니고 민족의 영수
로서 선두에 나서서 민중의 목탁인 신문을 몸소 이끌고 채찍질 하였
다. 불과 1년도 못 넘는 기간이었으나 동아일보는 남강의 열과 투지
가 그 지면에 배어 독립신문과 대한매일신보의 전통을 이어 받아 끝
까지 그 지조를 굽히지 않고 싸워 내려왔다.

3. 民立大學 期成會

1919년 3·1운동이 있은 뒤 그 때 우리 사회에는 교육에 대한 열
이 놀랍게 올라 왔다. 1919년 직후의 상황은 이것을 1907년 전후의
상황에 비할 수 있을 것이다. 그 때에는 安昌浩·李東輝·盧伯麟·李
鍾浩 같은 지사들에 의하여 많은 사립학교들이 세워졌는데 이번에도
나라를 사랑하는 인사들에 의하여 사학 기관들이 확충되고 또 새로
세워지고 하였다. 그 때나 이 때나 교육에 의하여 민족전도 대업의
기초를 닦아야 한다는 데 이르러서는 지도자나 민중이 그 보는 바를
같이 하였다. 조금 다른 것은 첫 번 경우에는 西北學會, 畿湖學會, 關
東學會, 矯南·湖南學會 같은 학회들이 각각 자기 지방에 학교를 세
웠으나 나중 경우에는 서울에 "조선 교육협회"가 있어 이것이 전국의
사학 기관을 지도해 나갔다. 조선 교육 협회가 이를테면 민족진영 교
육의 참모 본부 또는 심의원 같은 것이었다. 조선 교육협회는 月南
李商在翁이 회장이었고 수표다리 곁에 협회 회관이 있었다. 여기에는
전국의 저명한 교육자들이 위원으로 있었는데 이상재 회장과 남강과

兪鎭泰 세 사람이 이 협회를 이끌었다.

남강이 서울에 올라오면 숙사에서 나와 줄곧 있는 곳이 수표교 교육 회관이었다. 거기에는 언제나 월남과 남강과 白隱(유진태의 호) 세 원로가 있었고 서울과 지방의 각계 인사들이 모여서 교육에 의한 민족 갱생책을 논하고 있었다. 적의 箝制 아래서 정치 활동이 허락되지 않았기 때문에 우리가 할 수 있는 일은 교육뿐이었고 또 교육의 명의 아래 인재들이 모이는 일이었다.

그런데 교육 협회의 간부들 사이에는 이번 기회에 민립대학 설립 운동을 일으켜야 한다고 주장하는 이들이 있었다. 남강은 이 주장에 찬동하여 즉각 중앙 위원회에 부치기로 했는데 거기서 의결을 보아 이 운동이 실천 단계에 들어가게 되었다. 민립대학 설립 운동을 일으켜야 한다는 데는 몇 가지 이유가 있었다. 그 첫째는 우리의 교육 수준이 국내에 대학을 가질 정도에 미쳤다는 것이고, 그 둘째는 우리의 民力이 이것을 지탱할 수 있다는 것이고, 그 셋째는 대학 교육을 통하여 우리 자신의 손으로 지도적 인재를 길러내자는 것이었다. 남강은 여기에 가장 소중한 이유 하나를 첨가시켰다. 민립대학 설립 운동을 일으킴으로 하여 민족정신을 높이고 민족의 단결을 공고히 하고 새로운 희망과 긍지를 주는 것이 큰 수확이 된다는 것이었다. 1922년 11월 민립대학 기성회 준비회가 조직되었고 동아일보에는 민립대학 설립에 관한 사설이 게재되었다 이 소식이 신문에 발표되자 전국적인 반향을 불러일으켜 지방에는 郡部로 지부가 조직되고 발기인 명단을 보내어 온 것이 1,100명이 넘었다. 민립대학 설립 운동에는 다음과 같은 내력이 있었다.

1906년 이후 정부가 일본 정부로부터 빚으로 갖다 쓴 돈이 13,000환이 넘었다. 1909년 국채보상 운동이 大邱와 東萊에서 시작하여 전국에 미쳤고 서울에는 국채보상 기성회가 조직되었다. 모금 방법으로 금주 단연 운동에까지 번져나가 경향 각지에서 혹

은 돈 혹은 금부치가 답지하여 한달도 못되어 모인 돈이 수백만
환에 달하였다. 이 국채보상 운동은 그 때 전국을 휩쓴 애국 운동
으로서 민족의식을 높혀 일본의 야망을 분쇄하려는 경종이었다.
그런데 1910년 합방이 강행되고 보니 국채보상 운동은 자연 가라
앉을 수밖에 없었다.

한번은 尹致昊・劉元杓・南宮檍・朴殷植・盧伯麟・梁起鐸이 한
자리에 모여 국채보상으로 모인 돈에 대하여 의논했는데 이 돈을
다시 돌려주거나 하지 말고 민간에서 경영하는 민립대학을 설립하
는데 쓰기로 결정을 보았다. 이렇게 하여 그 때 벌써 민립대학 기
성회가 조직 되었고 대학 설립에 대한 일체의 회무를 洪性傶・曺
晩植 두 사람에게 맡겼다. 이들은 전국에서 모인 돈 600만환을 기
금으로 하여 寺內 총독 때 대학 설립 인가 신청을 했으나 퇴각 당
하였다. 그 뒤 3・1운동이 있은 이듬해인 1920년 재등 총독 때
두 번째 대학 설립 인가를 신청했는데 한일 양측 민간인의 합동으
로 설립하자는 재등의 주장때문에 그 신청을 철회하고 말았다.

1923년 4월 민립대학 기성회 총회에서 발표된 명단은 다음과 같다.

〔中央部執行委員〕
李商在・李昇薫・曺炳漢・金 鐸・高元勳・姜仁澤・韓龍雲・崔 麟
韓仁鳳・金漢昇・吳達世・柳寅植・曺晩植・李春世・兪星濬・高龍煥
宋鎭禹・鄭魯湜・金祐鉉・白南震・兪鎭泰・李甲成・南宮薫・南洪允
姜栢淳・朱 翼・洪性傶・玄相允・金貞植・許 憲
〔監査委員〕
李達元・林蚩正・龐寅赫・金潤煥・金完鎭・李鳳夏・金敎英
〔會金保管委員〕
張斗鉉・李河用・金一善・金炳魯・柳養浩・金性洙・金潤秀

제1회 중앙 집행위원회에서는 다시 위원장과 상무위원을 다음과
같이 선출하였다.

委 員 長……李商在
常務委員……兪星濬・李昇薰・韓龍雲・兪鎭泰・高龍煥・洪性偰
姜仁澤・韓仁鳳

　그 때 민립대학 기성회 총회에서 의결을 본 사업 계획에 의하면 제
1기, 제2기, 제3기에 나누어 제1기에는 法科・文科・經濟科・理科를
두게 되었고, 제2기에는 工科, 제3기에는 醫科와 農科를 두게 되어
있었다. 그 때 발표된 민립대학 발기 취지서는 다음과 같다.

民立大學 發起 趣旨書

　吾人의 運命을 如何히 開拓할까. 政治냐 外交냐 産業이냐. 勿論
此等事가 모두다 必要하도다. 그러나 그 基礎가 되고 要件이 되며
가장 急務가 되고 가장 先決의 必要가 있으며 가장 힘있고 가장
必要한 手段은 敎育이 아니기 不能하도다. 何故오하면 알고야 動
할 것이요 알고야 일 할 것이며 안 以後에야 政治나 外交도 可히
써 發達케 할 것이다. 아지 못하고 어찌 事業이 作爲와 成功을 期
待하리요. 更言하면 政治나 外交도 敎育을 待하여서 비로소 그 效
能을 盡할 것이요 産業도 敎育을 待하여서 비로소 그 作興을 期할
것이니 敎育은 吾人의 進路를 開拓함에 在하여 唯一한 方便이요
手段임이 明瞭하도다. 그런데 敎育에도 階段과 種類가 有하여 民
衆의 普遍的 知識은 此를 普通敎育으로써 能히 授與할 수 있으나
그러나 深遠한 知識과 蘊奧한 學理는 此를 高等敎育에 期치 아니
하면 不可할 것은 說明할 必要도 없거니와 社會最高의 批判을 求
하며 有能有爲의 人物을 養成하려면 最高學府의 存在가 가장 必要
하도다. 그뿐만 아니라, 大學은 人類의 進化에 實로 莫大한 關係가
有하나니 文化의 發達과 生活의 向上은 大學을 待하여 비로소 企
圖할 수 있고, 獲得할 수 있도다. 試觀하라. 저 歐美의 文化와 歐
美人의 生活도 그 發達과 向上의 原動力은 全혀 大學에 係在 하나
니 噫라 저들의 光明과 저들의 運命은 眞實로 12, 13世紀頃에 巴

里大學을 爲始하여 伊英獨 諸國에 勃然히 成立된 各處의 大學設立
으로부터 빛나고 開拓되었다 할 수 있도다. 換言하면 文藝復興도
大學에서 勃興되고 宗敎改革도 大學에서 생기고 英佛의 政治革命
도 大學에서 釀出하였고 産業革命도 大學에서 催促하였으며 交通
도 法律도 醫藥도 商工業도 모두 다 大學에서 鑄한 것이로다. 그
러므로 今에 吾人 朝鮮人도 世界의 一隅에서 文化民族의 一員으로
他人과 肩을 幷하여 吾人의 生存을 維持하며 文化의 創造와 向上
을 企圖하려면 大學의 設立을 捨하고는 更히 他道가 無하도다.

　그런데 挽近數 3年以來로 各地에 向學熱이 鬱然히 勃興되어 學
校의 設立과 敎育의 施設이 頗히 可觀할 것이 多함은 이 實로 吾
人의 高貴한 自覺으로서 出來한 것이다. 一體로 서로 慶賀할 일이
나 그러나 遺憾되는 것은 우리에게 아직도 大學이 無한 일이라.
勿論 官立大學도 不遠에 開校될 터인즉 大學이 全無한 것은 아니
나, 그러나 半島文運의 將來는 決코 一個의 大學으로 滿足할 바
아니요 또한 그처럼 重大한 事業을 우리 民衆이 直接으로 營爲하
는 것은 차라리 우리의 義務라 할 수 있도다. 그러므로 吾儕는 玆
에 感한 바 有하여 敢히 萬天下同胞에게 向하여 民立大學의 設立
을 提唱하노니 姉妹兄弟는 來하며 贊하여 進하여 成하라.

(1923. 3. 30 東亞日報)

　남강은 민립대학 운동의 선두에 나서서 이 운동을 지휘하였다. 이
운동은 조선 교육 협회가 중심이 되었고 회관 안에 기성회 사무소를
두었는데 월남과 남강과 백은 세 원로는 이 일에 온갖 정성을 기울였
다. 남강은 회장인 월남을 도와 중앙 집행위원회와 상무위원회를 이
끌어 나갔는데 남강의 열성은 독립선언 때 마냥 이번에도 여러 사람
속에서 유달리 빼어났다. 그는 서울과 지방에서 여러 번 민립대학 기
성을 호소하는 강연을 했는데 그의 말 속에는 민족에 대한 충성이 이
슬처럼 흘러 내렸다. 남강은 민립대학 기성을 자기 자신 확신했고 이
운동을 위해서 전국을 돌아 다녔다. 민립대학 기성 운동은 그의 생각

대로 단순한 대학설치 운동을 넘어서서 민족정신을 높이고 민족에게
희망과 긍지를 주는 한 개의 정신 운동으로 벌어 나갔다. 민립대학
기성 운동은 평양에서도 열렸다. 평양에서는 曺晚植·金東元·鄭世
胤·金得洙·朴經錫이 발기인 대표로 선정되었다. 중앙위원들이 지방
순회를 담당할 때 조만식은 평남, 남강은 평북을 담당하였다. 남강은
박천에서 시작하여 선천, 철산, 용천, 의주에서 강계, 초산에 이르기
까지 한 고을 한 고을을 두루 다녔다. 그는 각 고을의 유지들과 만나
직접 이야기 했고 또 사람들을 학교와 교회에 모아 놓고 강연도 하였
다. 남강은 이 민립대학의 성패가 우리 민족의 운명을 좌우하고 민족
갱생을 위한 시금석이 된다고 하였다.

　민립대학 운동은 그 모인 기금뿐이 아니고 민족의 각성을 높이고
그 단결을 촉구하는 데도 많은 성과를 거두었다. 전국 각 고을 마다
민립대학 지부가 생겨 방대한 조직이 형성되었고 이것이 다시 도지
부를 통하여 중앙에 결속되는 데 미쳐 민립대학 기성회의 명의를 빌
은 민족단일전선이 결정된 것이었다. 어느 한 지방치고 이 민립대학
기성 운동에 빠진 데라고는 없고 심지어는 만주의 봉천과 만보산 그
리고 멀리 하와이에서까지 명단을 보내 왔다. 경기도 안성에 있는 李
貞道女史는 매일 조석마다 밥 짓는 쌀에서 식구 한 사람에 한 술씩의
쌀을 모아 기부하기까지 하여 일반을 감격시켰다.

　남강이 민립대학 기성에 헌신한 것은 그가 독립선언 운동에 헌신
한 것을 방불케 하였다. 민족대표 33인 대신 중앙 집행위원 30인이
있었고 孫秉熙 위치에 李商在, 崔麟이나 咸台永 위치에 兪鎭泰가 있
었다. 장소는 학교의 사택이나 개인의 집이 아니고 수표교에 있는 교
육협회 회관이었다. 獨立宣言書에 해당한 것이 民立大學 發起趣旨書
였고 대 시위 행렬에 해당한 것이 중앙위원의 지방 순회였다. 민족의
광복을 위하여 2천만이 하나로 일어난 데 있어서는 3·1운동이나 민
립대학 기성 운동이나 다를 바 없었다. 이 두 운동에서 남강이 주도
적인 역할을 하였다. 3·1운동 때에는 조만식더러 33인에 들지 말고

따로 제2차 독립선언 운동을 일으키라고 했는데 이번은 조만식과 손을 잡고 이 운동을 이끌었다.

일본 강점자들은 이 민립대학 운동에 놀라 京城帝國大學의 설치를 서둘렀다. 1923년 5월 경성제국대학령을 공포하고 1924년에 2년제 예과, 1926년에 法文學部와 醫學部를 개설하였다.

1924년 4월 수표교 교육회관에 월남과 남강과 백은 세 분이 앉아 있었고 그밖에 다른 중앙위원들도 모여 있었다. 일인들의 여러 가지 방해와 관립대학이 세워진 관계로 하여 이 운동이 종당 이루어지지 못할 것이 내다 보였다. 남강은 월남을 쳐다보면서 "보기 싫으니, 그놈의 간판을 떼어 버립시다"라고 하였다. 월남은 묵묵히 앉았다가 "간판이라도 두고 봅시다"라고 대답하였다. 좌중에는 무거운 침묵이 흘렀다. 이 일이 있은 뒤 남강은 이 민립대학 운동으로 한 때 미루었던 오산에 농과대학을 둘 계획을 다시 골똘하게 생각하였다.

4. 大理想鄕

1907년 남강이 평양에서 도산을 만나고 들어와 용동에 강명의숙을 세우고 동리 청년들과 같이 길을 쓸고 우물을 치고 했는데 이것이 이를테면 남강의 이상향 운동의 시초였다. 그러나 실상 이 새 마을에 대한 생각은 멀리 남강이 어려서 임박천 집 사환으로 있으면서 공장에 심부름을 다닐 때부터 싹이 텄다. 승일 소년은 그 때 유기 공장에서 사람들이 햇볕도 변변히 못 보고 새까만 옷을 걸치고 귀신 모양이 되어 일하는 것을 보았다. 열한 살 난 소년은 이 광경을 보고 좀 더 깨끗한 곳에서 즐겁게 일 할 수 없을까 하고 생각하였다. 그 뒤 남강은 나이 들어 여러 곳으로 돌아 다녔고 나중에는 큰 무역상이 되기까지 했는데 그가 보기에는 나라 전체가 이 어두운 공장이었고 백성이 그대로 유기공장 속에서 햇볕을 못 보고 일하는 가난한 품팔이꾼들이었다.

남강은 용동에 밝고 평화롭고 부지런한 새 향촌을 일으키기로 결심하였다. 그는 용동에 강명의숙을 세우면서 이 새 운동을 일으켜 청년들에게 각각 자기 집 안팎을 정돈할 것과 동리 길과 도랑을 깨끗이 할 것과 공동으로 우물을 칠 것과 노름을 하지 말 것과 일찍 자고 일찍 일어날 것을 권장하였다. 두 달이 못 넘어 용동은 놀랍게 새 마을이 되었다. 청년들이 남강을 따라 머리를 깎고 저녁이면 한 자리에 모여 남강의 이야기를 듣고 싸우고 다투는 일이 없어지고 모두들 부지런해졌다. 어린이와 부인들의 옷이 한결 단정해졌고 깨끗하게 쓴 담 밑에는 봉선화와 백일홍과 냉초꽃이 피기까지 하였다. 그는 학교 일로 동분서주하면서도 동리 청년들과 같이 길을 쓸고 그들과 만나고 마을을 돌아보고 하는 일을 잊지 않았다.

남강이 교육자가 된 것은 용동에 새 향촌을 일으키는 데서부터 시작되었다. 1899년 남강이 36세 때 청정으로부터 용동에 집을 옮겼다. 제석산을 등진 아담한 자리에 자기 집과 자기 백씨 집을 짓고 담을 두르고 우물을 파고 길을 고치고 하여 새 동리를 만들었다. 그가 용동에 집을 옮긴 것은 어려운 가문이 한데 모여 의좋게 한 종문을 만들자는 데 그 뜻이 있었다. 그는 여기에 여주 이씨의 문중을 만들고 남에게 모범이 되는 깨끗하고 화목하는 동리를 만들자는 것이었다. 이 같은 생각에서 이 동리의 공유 농지를 만들어 빈부의 차를 없애게 하고 글방을 두어 자제들에게 글과 예절을 가르치게 하였다.

그 뒤 도산을 만나 민족 운동과 개화주의에 헌신하기로 결심한 뒤 그에게는 용동을 새 향촌으로 만드는 일이 한층 더 긴중하게 생각되었다. 새 나라는 새 백성이 일으키는 것인데 사람이 바뀌기 위해서는 마을이 바뀌어야 하는 것이었다. 남강이 오산학교를 세워 온갖 정력을 여기에 부었거니와 이것도 결국 새로운 인재를 양성하여 방방곡곡에 새 향촌을 일으키는 것이 그 목적이었다. 그의 일생의 사업은 민족운동과 개화주의에 이끌렸는데 이 두 가지 운동은 한가지로 나라를 새로운 터전위에 놓으려는 원대한 이상주의의 표현이었다.

그런데 남강의 이상향은 다른 사람들의 경우의 이상향과는 달랐다. 유토피아라고 하면 우리들은 영국사람 토머스・모아(More, Thomas)를 생각하게 되는데 그의 「유토피아」나 캄파넬라(Companella)의 「태양의 도성」이나 카베(Cabet)의 「이카리아 旅行記」가 이상향을 그린 것으로 유명하다. 영국사람 로버트・오웬(Owen, Robert)과 불란서 사람 샤르르・푸리에(Furier, Charls)가 理想家 社會主義者로 유명하여 각각 이상촌 건설에 몰두하였다. 그러나 오웬의 뉴하모니平等村이나 푸리에의 파란스테르 역시 꾸며진 이상촌이요 현실 속에서 자라난 이상촌이 아니었다.

남강의 이상향은 종이위에 컴퍼스와 연필로 그려 놓은 이상촌이 아니었다. 그의 이상향은 현실 속에서 자라난 이상향으로서 제1단계가 여주 이씨의 모범촌, 제2단계가 용동만을 생각한 小理想村, 제3단계가 한국 전체를 생각한 大理想村이었다. 남강이 생각한 이상향은 중국 사람들이 생각한 武陵桃園과 같은 것도 아니었다. 저들의 무릉도원은 멀리 인간 세상에서 떠난 한적한 곳이었거니와 남강의 경우는 땀 흘리고 일하는 동리로서 노동의 기쁨이 이 새 향촌의 가장 큰 기쁨이 되는 것이었다.

남강의 이상향의 특징은 자연이나 시설의 아름다움에 있는 것이 아니고 그 속에서 사는 사람의 씩씩함에 있었다. 깨끗하고 부지런하고 서로 돕고……이것이 남강이 원하는 이상향의 기풍이었다. 이 기풍이 용동의 기풍이 되고 자기가 세운 학교와 교회의 기풍이 되어 소나무 냄새를 풍기는 맑은 공기가 되어 방방곡곡에 번져 나가기를 원하였다. 그는 백성 한 사람 한 사람이 덕스럽고 밝고 힘 있는 사람이 되기를 바랬다. 남강의 이상향은 栗谷의 鄕約과 통하는 바가 있었다. 깨끗하고 부지런하고 서로 돕는 향풍이 있는 곳은 어디나 이상향이 될 수 있는 것이다. 비록 조그만 마을이고 넉넉지 못한 촌중이라고 해도 그 속에서 사는 사람들 사이에 강건한 기풍만이 흘러넘친다고 하면 거기는 넉넉히 기와골이 연닿아 있는 도성을 넘어설 수 있는 것이다. 다른 사람들의 이상향이 종이 위에 그려 놓은 설계도인 데 반하여 남강의 이상향은 현실 속에서 자라 올라온 푸른 산줄기였다. 저기에는 자연의 경치와 시설의 완비함이 있거니와 여기에는 사람의 씩씩함과 생활의 협동이 있었다. 저기에는 제도와 시설이 소중했고 여기에는 사람들의 심정과 그 살아가는 작풍이 소중하였다. 저기는 사람들이 만들어 놓은 인조 공원이고 여기는 산이 솟아 있고 들이 열리고 파도가 몰아치는 생명어린 자연의 경관이었다.

남강이 신민회 사건(안악사건과 백오인사건)으로 감옥에 가기 전 그는 용동에 동회를 만들어 각자가 자기 생활을 고쳐 가도록 하였다. 동회를 自勉會라고 했는데 남자 한사람과 여자 한 사람의 간사를 두어 한 달씩 돌아가면서 연락책임을 맡게 하였다. 한 주일에 한 번씩 간부들이 저녁에 모여 여러 가지 일을 의논하고 결정을 지어 작정된 일은 실행에 옮겼다. 위선 모이는 시간을 엄수하고 모여서 자기 의견을 발표하고 남의 말을 듣는 태도부터 훈련하기로 하였다. 동회에서 작정된 일은 다음과 같다—

아침에 일찍 일어나 자기 집과 동리 길을 쓸 것과 이부자리를 내어 말릴 것과 부엌을 정돈하고 변소에 회를 뿌리고 뜰에 황토를 깔 것과 동리 우물을 칠 것과 술과 담배를 금하고 교회에 나갈 것과 닭을 칠 것과 집집마다 가마니틀과 베틀을 놓을 것과 만든 물건을 공동으로 내다 팔 것과 별로 볼일 없이 마을을 다니지 말 것과 밭갈이나 추수 같은 큰일은 서로 품을 모아서 할 것과 옷을 깨끗이 빨아 입고 걸음을 단정히 걷는 것 같은 일들이었다. 용동에 사는 이들은 대개가 같은 여주 이씨 문중이고 또 교인들이므로 작정한 일을 열심히 지켜 나갔다. 겨울에는 야학도 열어 저녁마다 여기서 글도 배우고 노래도 부르고 이야기도 들었다.

남강은 학교와 동회를 한 가지로 소중히 여겼는데 그 사이에는 경중이 없었다. 그는 학교 일과 동회 일을 하나로 생각하여 이 일이 나라를 일으키는 기본 작업이 된다고 하였다. 학교 속에 있는 기숙사는 동회의 작품을 거기 옮긴 것이었고 동회 속에서 서로 배우고 가르치는 것은 학교의 교육을 여기에 연장시킨 것이었다. 만일 More의 유토피아를 제도의 유토피아라고 하고 중국 사람들의 武陵桃園을 경치의 유토피아라고 하면 남강의 이상향은 교육의 유토피아라고 할 수 있었다. 남강의 유토피아는 스스로의 결심과 헌신에 의하여 게으른 자가 부지런한 자로 어두운 자가 밝은 자로 덕스럽지 못하던 자가 덕스러운 자로 바뀌는 푸른 산기슭이었다.

춘원은 남강 밑에 오산학교 선생으로 있으면서 남강을 도와 용동동회 일을 보던 일을 다음과 같이 술회하였다.

……그뿐 아니라, 나는 N교주와 고향인 Y라는 동네의 동회에 회장이 되고 남녀 야학교의 교장이 되어 집도 Y동네로 옮겼다. 나는 가정생활로도 동네의 모범이 되리라 하고 닭을 치고, 방이며 부엌이며 마당을 아침마다 손수 깨끗이 치우고 새벽 일찍 일어나 동네 길을 쓸고, 학교에 건너와 학교의 청결을 몸소 하였다. 특별히 부엌과 뒷간의 청결을 위하여서 동회에서 많이 권면하였고, 또 이불과 베개를 깨끗이 할 것을 장려하였다. 동회를 세우기는 N노인이어니와, 이러한 여러 가지 실행에는 내 힘도 없지 아니하였다.

내가 몸소 행하는 정성은 동회의 인정하고 신임하는 바가 되어서 회원들은 기쁘게 내 충고를 들었다. 얼마 지난 뒤에는 나는 회원들의 만장일치의 결의로 청결 심사원이 되어서 토요일마다 집집으로 순회하면서 방과 부엌과 뒷간과 금침까지도 모두 검사하는 권한을 받았다. 부뚜막은 일주일에 한번씩 새로 「흙칠」을 하여야 하고, 뜰에는 황토를 깔아야 하고, 이불과 욧잇과 베갯잇에는 때가 묻으면 안 되고, 또 가마솥과 기명은 어른어른하게 닦이지 아니하면 아니되고, 담이나 영이나 바자나 다 개축하게 아니하면 아니되었다.

「이것이 더럽습니다.」하든가, 「여기를 좀 고치시오.」하면 부인네들은 다 기쁘게 내 말을 들었다.

나는 이밖에 회원 전체를 통하여 남자는 매일 짚세기 한 켤레,

여자는 끼니때마다 매 식구에 쌀 한 숟가락씩을 모아서 한 달에
한번 동회 모이는 날에 회에 바치되, 저마다 제 구좌로 하여 저금
해 두었다가 그 돈이 백원이 차거든 찾아갈 수 있고, 그 동안에는
저리로 대부하는 제도를 세웠다. 이 제도에 대하여서는 처음에는
이론도 있었으나 결국 그대로 시행하여 불과 반년에 오백여원 자
금이 모였다.

동네 전체가 예수교인인 것과 또 이 동회로 하여 Y동네는 이웃
다른 동네와는 딴판인 동네가 되었다. 술과 노름이 없는 것은 물론
이거니와, 어느 동네에서나 흔히 보는 이웃끼리의 싸움도 없었고,
집들, 옷들도 다 깨끗하게 되어서 헌병이 청결 검사도 아니 들어오
게 되었다. Y동네에는 실로 경찰이 올 필요가 없었던 것이다.

남강이 사람들 앞에 나선 것은 용동 글방에서 사람들에게 밖에서
들은 일을 이야기 하던 때부터였다. 그는 서울과 평양을 돌아오면 저
녁에 글방에 동리 사람들을 모아 놓고 조정의 소식과 세상 형편을 전
하였다. 이야기 끝에 남강은 깨끗하고 부지런한 동리를 만들어야 한
다는 것과 이렇게 하기 위하여 합심해야 할 것을 말하였다. 그런데가
용동에 여주 이씨의 새로운 종문을 만들려고 한 것은 처음에는 정주
의 다른 대성가문을 따라 가려는 생각에서 나온 일인지 모른다. 그러
나 그는 줄기와 집을 내려짓고 협막 사람들을 두고 호령호령 하면서
살기를 원치 않았다. 그는 낡은 양반이나 혼자만 잘 살려는 부자에게
는 그만 진절머리가 났다. 그 자신 빈한한 속에서 몸을 일으켜서 그
렇기도 하려니와 어려서 들은 홍경래 이야기와 유기 공장 직공들의
비참한 광경과 몸소 겪은 정주 지방 사회의 계급제도가 그에게 깊은
영향을 끼쳤다. 그에게는 서로 보살펴 주고 부족한대로 서로 나누어
갖는 인정 두터운 마을이 원이었다. 뒤에 학교와 교회를 세우고 학생
들과 교인들 앞에서 많은 이야기를 했는데 이 이야기들은 실상 용동
의 자제들에게 하던 이야기를 더 보탠 것이었다. 남강은 그렇게 학교
에만 있다가도 집에 건너 오기만하면 저녁상을 물리고는 동리 청년

들을 모아 동회의 일을 물어 보았다. 그들의 이야기를 듣고는 거처를 깨끗이 할 것과 서로 다투지 말 것과 공유 농지를 잘 다룰 것과 부업에 힘쓸 것과 어린이들에게 모범을 뵐 것과 그밖에 여러 가지 일에 대한 자세한 이야기를 하였다. 그는 여러 사람과 같이 이야기 하는 분위기를 자연스럽고도 부드럽게 이끌고 나갔고 예사로운 제안이요 권장이건만 그의 말에는 듣는 사람을 움직이는 힘이 들어 있었다.

남강의 이상향을 위한 노력에서 보면 오산학교 창설에서 3·1운동에 이르는 기간은 어느 의미에서 小理想鄕 시대라고 할 수 있을 것이다. 이 기간 동안은 용동을 모범적인 향촌으로 만드는 데뿐 노력이 집중 되었다. 춘원의 술회는 이 기간의 일이었다. 집을 깨끗이 하고, 일찍 자고 일찍 일어나고, 공유 농지를 갖고, 부업에 힘쓰고, 교회와 야학에 나가고, 술과 담배를 끊고, 공동으로 하는 일에 솔선하고, 저축에 힘쓰고……그런데 3·1운동 후 감옥에서 나온 뒤부터는 그 구상과 노력이 그전과는 같지 않은 면모를 보였다. 이 기간의 경우를 앞의 것과 구별하기 위하여 大理想鄕 시대라고 부를 수 있을 것이다. 남강의 이 소이상향과 대이상향은 하나는 용동만을 생각했고 하나는 나라 전체를 생각한데 그 특징이 있다고 할 수 있다. 李采鎬는 졸업반 때 남강의 이상향 계획을 듣고 이공 계통을 공부하였는데 이 大理想鄕에 관련하여 남강의 사업을 다음과 같이 요약하였다.

남강의 한 일은, ① 교회로 민중의 무지를 깨치고, (2) 학교로 교육을 일으키고, ③ 산업으로 나라를 근대화하는 데 있었는데, 이 세 가지는 다 남강의 대이상향 실현의 세 가지 요소 또는 단계가 된다.

남강이 1922년 7월 감옥에서 나왔을 때는 오산은 놀랍게 변모하였다. 그가 1915년 감옥에서 나와 학생들과 같이 지은 본교사는 교회와 함께 불타 버렸고 자기가 없는 동안 새로 크고 웅장한 교사가 세워졌다. 운동장도 넓어지고 학교 부근에 집들도 늘었다. 졸업생이 경영하

는 큰 상점도 있고 용동에는 전에 여학교 자리에 새로 학교 병원이
생겼다. 소학교와 중학교에는 학생들이 흘러 넘쳤고 교회에는 신자들
이 늘어 그 규모가 선천에 있는 북 예배당이나 남 예배당을 따라갈
정도였다.

그런데 한 가지는 남강이 감옥에 있으면서부터 자기가 나와서는
이 모범 향촌의 범위를 넓히려고 생각했는지도 모른다. 남강은 감옥
에서 나와 잠깐 해운대에서 쉬고 돌아와서는 재단 조성을 위해서 줄
곧 선천 오치은 사랑에 들어가 있었다. 吳致殷・李鏡麟・韓正奎・田
鳳顯을 이사로 맞아 들여 신 재단의 윤곽이 서자 그는 곧 건설에 착
수하였다. 중학교의 제2교사와 임시 강당을 새로 짓고 소학교도 헐어
서 다시 지었다. 오산에는 붉은 벽돌로 지은 중학교와 소학교 교사가
새로 생겼다. 학교병원과 공동 목욕탕과 교원 사택도 역시 붉은 벽돌
로 양식으로 지었다. 운동장도 넓히고 실습 농장도 마련하였다. 오산
에는 학교 마을과 병원 마을과 사택 마을이 새로 생겼다. 용동까지
합하면 학교를 남과 동으로 둘러싸고 네 마을이 생겼고 여기서 좀 떨
어져 제석산 기슭에 있는 큰 절골과 안 전골까지 합하면 여섯 마을이
고 서쪽으로 좀 더 떨어진 당사니까지 합하면 일곱 마을이 되었다.
이것은 마치 新羅의 여섯 마을이나 로마의 일곱 언덕을 상기시켰다.
남강은 인제 용동만을 모범 향촌으로 만들려던 생각을 넘어서는 것
같이 보였다. 기숙사는 소학교를 짓노라고 일부는 헐고 일부만 남겨
조형균 장로가 거처하는 기성회 방과 손님 접대하는 방으로 쓰게 하
고 학생들의 기숙은 그만두게 하였다. 오산의 여러 마을이 그대로 기
숙사가 된 것이었다. 남강은 학교와 병원과 교회와 오산의 마을들을
묶어 한 큰 가정을 만들고 이것을 새로운 이상향으로 이끌어 갈 생각
을 하였다.

남강은 오산의 학생과 주민들을 생각하여 협동조합을 두었다. 이
협동조합은 쌀과 옷감을 위시하여 생활필수품과 학생들의 쓰는 학용
품을 취급하였다. 오산의 주민들과 교원들을 이 협동조합에 들게 하

고 상무이사와 평의원회를 두어 이것을 운영하도록 하였다. 학생들의 학비는 부형으로부터 직접 학교로 보내오고 학교에서는 이 돈을 맡아 두는데 담임선생의 승인 아래 학생이 갖고 있는 금전 출납부에 쓸 용도가 기입되면 이것을 갖고 조합에 가서 물건을 산다. 현금은 월말에 학교와 조합과 조합원인 주민 사이에 계산된다.

학교의 학생과 주민들이 늘어가는 데 따라 다른 지방에서 오산으로 이주해 오는 이들이 많았다. 남강은 이 새로 늘어가는 마을의 향풍을 위하여 될 수 있는 대로 생각이 바르고 지조가 곧은 인사들과 민족 운동자들의 가족이 이주해 오는 것을 권장하였다. 한 때 오산은 민족 운동자들의 가족이 사는 곳, 학교는 그들의 자녀가 다니는 학교 같은 인상을 주었다. 한편 교회를 통한 전도와 동회의 모임과 야학을 통하여 주민들의 정신과 생활을 맑히기에 힘썼다. 학교가 주최하는 강연회와 음악회나 교회에서 하는 부흥 사경회가 있을 때는 동리의 주민들을 같이 참석케 하여 한 가족으로 듣고 즐기고 하게 하였다. 그는 이밖에 협동조합을 통하여 오산 주민들의 자치 훈련과 협동의 풍을 쌓게 하기에 힘썼다. 협동조합 간부 회의나 총회는 단순히 회원들의 낸 돈과 그것으로 하는 사업에 대한 의논만을 하는 것이 아니었다. 학교와 교회를 포함하여 어떻게 하면 새로운 이상적인 향촌으로 이것을 이끌어 갈 것이냐에 대한 대 협의회였다. 남강은 여기에서 회원들이 자기 의견을 발표하고 여러 사람들과 같이 회의하는 작풍부터 지도하였다. 남강은 이 협동조합회의를 오산 여러 마을의 동회의 연합 회의로 생각하였다. 도산이 1899년에 미국에 건너가 샌프란시스코(桑港) 교외에서 거둔 효과를 남강은 3·1운동 후 새로 생긴 오산의 여러 마을에서 거둔 것이었다.

오산은 남강과 남강이 이끄는 학교와 교회를 통하여 완전한 한 큰 가정이 되었다. 오산에 사는 주민들은 남강을 우리 선생이라고 부르고 학교를 우리 학교라고 부르고 학생들을 우리 학생이라고 불렀다. 그들은 집에 학생들을 기숙시켰는데 학교의 정신과 방침에 따라 부형으로서 학생들을 보살펴 준다는 생각이었고 학생을 두고 그들에게서 대가를 받는 일로 생각지 않았다. 주민과 주민 사이, 주민과 학생 사이에는 한 가지 소망 아래 같은 마을 같은 지붕 밑에 있다는 가족 의식이 그들의 사이를 맑게 흘렀다. 학생들은 옆집 어린애들을 목마로 태우거나 손목을 잡고 다녔고 목욕탕에서는 아저씨와 노인들의 등을 밀어 드렸다. 오산을 다닌 학생이나 거기 살던 사람들은 아직도 북쪽 제석산 밑에 벌어졌던 이 아름다운 이상향을 잊지 못하고 있는 것이다.

이상향은 시설이 완비되고 경치가 아름다워서만 이상향이 되는 것은 아니다 비록 나무 아랠망정 가족 사이에 사랑이 있을 때 거기가 정다운 집이 되는 것 마냥 맑은 공기가 있고 푸른 언덕이 있고 서로 돕고 보살펴 주는 정성이 있을 때 거기가 娑婆를 넘어서는 이상향이 될 수 있는 것이다.

남강은 종합교육계획을 구상하여 여기에 여학교와 농과대학을 둘 생각을 하면서 제석산과 연향산과 사인산 사이의 넓은 터전을 교육도시로 만들 생각을 하였다. 학교를 중심으로 푸른 수풀 사이에 깨끗한 마을과 교회와 병원과 공회당과 도서관을 두고 제석산과 연향산을 연습림으로 만들고 고읍과 운전 사이의 벌에 직조 공장과 제지 공장을 둘 것을 구상하였다. 남강은 이 대 이상향 건설에 가장 필요한 것이 인재라고 생각하였다. 그는 그동안 자기가 오산학교에서 기른 졸업생들을 혹은 교원으로 혹은 의사로 혹은 교회의 청년회 간부로 불러 모을 생각을 갖고 당국에 대하여는 학교를 자격있는 학교로 승격시킨다는 명목 아래 조심스럽게 이 일을 진행시켰다. 이 대 이상향 건설 초기에, 미처 후계자를 모아놓기 전에 이 일의 지도자가 세상을 떠나는데 미처 장한 이상은 또 한번 꿈이 되는 수밖에 없었다. 한반도의 북쪽에서 줄기차게 뻗어 내리려던 푸른 산맥은 창공에 아련한 선만을 그어보고 그만 땅속에 주저앉고 말았다.

5. 時代思潮의 變遷

1919년 3·1운동의 영향으로 1919에서 1923년까지는 민족주의 사조가 놀랍게 밀어 올랐다. 동아일보를 위시하여 민간 신문들이 이 정신을 고취했고 오산학교와 중앙학교, 그밖에 선교계 사립학교들까지 한결같이 민족주의 진영을 구성하였다. 평양에서는 대성학교 부흥 운동이 일어났고 민족주의의 산업적 표현으로서 물산장려운동과 금주 금연 운동이 전국을 휩쓸었다. 해외로부터는 국내에 있는 동포들에게 상해 임시정부의 활동과 靑山里戰役소문과 대 독립당과 광복군에 대한 일이 혹은 입으로 혹은 숨은 보도로 전해졌다.

그런데 1924년에 접어들면서 정황은 다소 바뀌기 시작하였다. 이 해에 들어서면서 사회주의가 민족주의에 대신하여 머리를 들었다. 이러한 현상은 1919년 민족 운동자들이 주동이 되어 일으킨 독립 선언 운동이 조국의 광복을 가져오지 못한 데 대한 실망으로서 국제 사회주의 세력과 합작하여 목적을 달성하려는 민족 운동의 새로운 양상이기도 하였다. 한편 일본에서는 제1차 대전 후 물가 폭등과 더불어 각지에 "쌀 소동 사건"이 일어났고 大杉 榮의 주도하는 무정부주의 운동으로 하여 사회주의 풍조가 밀어 올랐는데 여기에 노서아 十月 革命에 자극을 받은 공산주의마저 세력을 떨쳐 제국주의 일본은 이 거센 풍파 속에 위태롭게 깜박거리게 되었다.

1922년 1월 金奎植 박사가 모스코에서 열린 극동 무산자 대회에 한인 대표로 참석했는데 그해 10월에 金九·呂運亨 등 몇 사람이, 상해 佛租界에서 韓國勞兵會를 조직하였다. 이에 앞서 국내에서는 朴重華·兪鎭熙등이 이끄는 조선노동공제회가 사회주의를 표방하고 나섰고 잡지 [新生活誌]가 사회주의 계몽 논문을 실었다. 1923년 조선청년연합회가 분리되어 청년총동맹과 노농총동맹이 되었고 그 뒤 노농총동맹은 다시 갈려 노동총동맹과 농민총동맹이 되어 본격적인 무산계급 운동을 벌렸다. 사회주의 청년 단체로서는 火曜會·北風會·서울청년회들이 있어 학생과 청년들을 많이 여기에 이끌어 부쳤다. 1923년 일본의 관동 대진재와 함께 무정부주의자 朴烈사건이 신문에 보도되면서부터 청년들 사이에는 사회주의 사조에 대한 동경이 올라왔는데 1925년 조선 공산당·고려공산청년회·黑旗聯盟·프롤레타리아예술가동맹 같은 단체들이 조직되는 데 미쳐 사회주의는 민족주의를 물리치고 학생과 지식층과 노동자들 사이에 주도 세력으로 번져 나갔다.

남강이 이끄는 오산학교의 재학생과 졸업생에게도 이 영향이 아니 미칠 수가 없었다. 그 때 동아일보나 조선일보는 민간 二大 신문으로 마주 서 필진과 재력으로 서로 싸웠는데 그 전통과 경향에 따라 동아일보는 민족주의, 조선일보는 사회주의를 대표하는 것으로 세인들의 평을 받게 되었다. 양 사의 인물 구성으로 보면 조선일보측이 사장 方應謨를 위시하여 많은 서북 출신들이 모였는데 남강이 여전히 동아일보와 가깝다는 이유로 남강을 낡은 계열에 편든다고 비난하는 청년들이 많았다. 졸업생들 중에서도 남강이 학교에서 물러앉아야 한다고 말하는 이들이 늘어만 갔다. 그 때에도 좌익에서는 헐뜯는 것이 장기라서 남강에 대한 여러 가지 이야기를 지어내어 이것을 퍼트렸다. 그러나 남강은 여기에는 아랑곳없이 한결같이 오산학교의 재정 기초를 닦고 장차 농과 대학을 세우고 동아일보와의 유대 아래 민족정신과 개화주의를 고취하는 일에 꾸준히 힘을 기울였다.

한번은 곽산에 있는 유명한 공산주의 청년 朴均이 찾아 왔다. 박균은 어려서 일본에 고학하려 들어갔다가 일본 공산당에 들어 그 머리와 역량이 인정되어 쟁쟁한 공산주의자로 행세할 때였다. 그는 남강을 찾아 보고 처음에는 공손히 인사를 드리고 나서 일본의 현황과 세계정세를 말하고 우리가 독립을 쟁취하기 위해서는 일본 공산당과 손을 잡아야 한다고 하나하나 이치를 따져가면서 정연하게 설명하였다. 남강은 이 이야기를 듣고 나서 박균을 정면으로 쳐다보면서 이렇게 말하였다.

일본은 일찍 일본이 한국을 도와 한국의 독립을 보전케 하겠다고 한 적이 있었다. 그런데 한국의 독립은 한국사람 자신의 힘으로 이루어져야 할 것이요 남의 부축을 받을 것이 못 된다. 이 밖에서 우리를 돕겠다는 힘이 번번이 우리를 위태롭게 한 것을 알아야 한다. 일본 공산당이 우리를 돕겠다는 것은 좋은 일이다. 그런데 저들이 우리를 돕는 길은 저들의 군벌을 거꾸러트리는 일이다 공산당의 하는 일은 내가 알기로는 남을 돕는 데 있는 것이 아니고 자기들의 세력을 펴는 데 있다. 또 우리들이 남과 함께 일을 하기 위해서는 저들과 맞설 수 있는 힘이 있어야 한다. 나는 한인 공산주의자들의 힘을 모르거니와 섣불리 저들과 손을 잡는다고 하다가 또 하나의 一進會가 될까 두렵노라. 우리의 할 일은 민족의 역량을 기르는 일이요 남과 연결하여 남의 힘을 불러들이는 일이 아니다. 나는 종자가 땅 속에 들어가 무거운 흙을 들치고 올라올 때 자기 힘으로 들치는 것이고 남에게 캐물어 올라오는 것을 본 일이 없다.……

동경에 있는 정주 출신 학생들이 定遠學生會란 것을 만들었다. 한 번은 이 정원학생회 대표들이 찾아와서 민족주의는 이미 낡았다느니 선언서에 서명했던 이들은 일선에서 물러나야 한다느니 하는 말을 하였다. 남강은 이것이 자기에 대한 화살인 것을 알면서도 민족이 소중하다는 것과 민족이 없어지는 사회는 좀처럼 오지 않을 것이라는 말로 그들을 타일렀다. 그 바로 얼마 뒤에 동경에서 나온 무정부주의자라는 청년들이 찾아와서 역시 이 늙은 지도자에게 신사상에 대한 강설을 한 일이 있었다. 남강은 그들의 이야기를 다 듣고 나더니 "나는 민족주의자요, 나는 학교를 하는데 학교 이외의 이야기는 잘 모르오."라고 하여 돌려보냈다.

남강에게는 이른바 신사조의 경향이 걱정이 되었다. 민족주의건 사회주의건 자기들이 옳다고 믿는 것을 주장하는 것은 좋거니와 자기 스스로의 경험 속에서 올라온 것이 아니고, 남의 말만 듣고 우하고 몰리는 것이라든가 또 입으로는 큰 소리를 하면서 생활이 거기에 따라가지 못하는 것이 탈이었다. 특히 사회주의를 주장하는 청년들 사이의 무신의, 권모에 흐르는 기풍은 이 사조가 결코 민중 속에 뿌리를 내리지 못할 것을 보이는 조짐이었다.

남강의 사랑방에는 오래간만에 나이든 졸업생 몇 사람과 안악에서 들어온 김선양이 앉아 있었다. 여러 가지 이야기가 나왔다가 새로운 지도 세력이 될만한 인물에 대한 말이 나왔다. 그 때 남강은 이런 말을 하였다.

『독립협회 다음을 신민회가 이었고 신민회 다음을 48인이 이었는데 이 48인은 좀 엉성해. 감옥에서 나와서 산산이 흩어진 걸 보아도 알 수 있거든……그런데 사람은 김성수가 믿을만해. 이 사람은 신의가 있고 주위에 똑똑한 동지들을 가지고 있고, 아마 앞으로 국내에서 민중의 신임을 받고 일할 수 있는 사람은 내가 알기로는 김성수와 조만식 두 사람일꺼야……』

이 때 김선양이 "춘원과 서춘은 어떻습니까"하고 물었다.

『춘원과 서춘 둘 다 재주는 있는데 춘원은 의리보다는 정에 약하고 서춘은 패기는 있는데 뒤에서 누가 거들어 주어야 하거든……지금의 소위 좌익 인사나 청년들은 술책은 많은데 신의가 없는 게 걱정이야. 하기는 신의가 없는 것이 그들의 신의일지는 모르거니와……』

민족주의자와 사회주의자가 분열하기 시작한 것은 1922년 4월 청년 연합회에서 金思國·金翰·朴一秉이 반기를 들고 나선 때부터였다. 그 뒤 전국 각지에서는 이 시대사조에 돛을 단 듯이 사회주의 색채를 띤 청년 단체들이 계속 나타났다. 당시 집회와 결사의 자유가 없었던 때에 이처럼 사회주의 단체가 번창한 것은 재등의 이른바 문화정책에도 기인했다고 보겠으나 한편 민족의 분열과 대립을 꾀한 강점자들의 표면 방임주의를 가장한 교활한 고등 정책이기도 하였다.

1926년 가을부터 민족진영과 좌익 진영 양 진영의 합동에 대한 기운이 조성되어 民族單一 戰線 新幹會와 그 자매단체인 槿友會의 결성을 보았다. 그 동안 민족진영과 좌익진영이 서로 패가 갈라져서 싸웠는데 양 진영에서는 공동의 적 일본을 두고 그래서 될 수 없다는 것을 깨닫고 대동단결하여 적 일본을 상대로 합법적인 투쟁을 하자는 운동이 대두하게 되었다. 이렇게 하여 "古木에 新幹이 발생하였다"는 뜻으로 新幹會가 조직되었다. 신간회는 1927년 2월 종로 청년회관에서 창립총회를 열고 회장에 李商在, 부회장에 洪命熹를 선출했는데 발기인과 강령은 다음과 같다

발 기 인

金明東・金俊淵・金 鐸・權東鎭・鄭在龍・李錫薰・李甲成・鄭泰奭
李昇馥・李 淨・文一平・朴東完・白寬洙・申錫雨・申采浩・安在鴻
張志映・曺晩植・崔善益・崔元淳・朴東弘・河載革・韓基岳・韓龍雲
韓偉健・洪命熹・洪性熹

강 령

1. 우리는 정치적・경제적 각성을 촉구함.
2. 우리는 단결을 공고히 함.
3. 우리는 기회주의를 일체 부인함.

신간회는 전면적 정치 운동을 목표로 민족주의자와 사회주의자 내지는 공산주의자가 대동단결하여 조직한 것으로서 1931년 당국의 탄압과 사상적 좌우충돌로 드디어 해산되기까지 강렬한 대일 투쟁을 계속하였다. 이 동안에 많은 폭력에 의한 항일 운동이 일어났고 민족진영 좌익 진영에 걸쳐 수많은 검거 사건으로 다수의 희생자를 내었다.
남강은 신간회 운동에 대하여 두 가지 의견을 가졌다. 하나는 정치운동보다 교육운동이 긴요하다는 것과 하나는 양 진영의 합작이 오래가기 어렵다는 것이었다. 홍명희 교장이 학교를 비우고 신간회를

만드노라고 서울에 올라와 있었는데 남강은 학교 교장으로 있으면서
아무 말 없이 서울에 올라와 있는 사람이 나라 일을 할 수 있느냐고
하였다. 1927년부터 남강은 주로 학교에 있어 여학교와 농과대학을
두는 데 열중했고 한편 信川 王在德 여사의 농민학교에 관심을 가져
자주 신천에 내왕하였다. 그는 세상이 무어라고 떠들고 간에 교육과
산업을 연결하는 새로운 교육운동이 아니고는 나라를 구할 길이 없
다고 굳게 믿어 이 일에서 물러서려고 하지 않았다. 민족주의가 퇴조
한 것같이 보인 데는 몇 가지 이유가 있었다. 첫째는 독립에 대한 꿈
이 깨어지고 실망이 그 뒤를 휩쓴 일이고, 둘째는 사회주의 사조가
놀랍게 밀려오는 일이고, 셋째는 독립선언 운동에 참획했던 몇 사람
들이 탈락하여 혹은 중추원 참의 혹은 총독부 촉탁이 된 일이었다.
그 위에 동아일보만이 민족주의 신문으로 남아 있었고 조선일보나
[신천지]·[신생활]·[개벽]·[조선지광]같은 잡지들이 대개로 사회주
의 경향에 흐른 것도 다른 하나의 이유가 된 것이다. 이 같은 정황
속에서 남강뿐이 아니고 좌익 진영으로부터 민족주의자로 지목되는
이들은 사회주의에 경도하는 청년층에서 좋게 말할 리가 없었다.

　남강이 동아일보 사장으로 있은 1924년에서 그가 세상을 떠난
1930년에 이르는 사이는 아닌 게 아니라 사회주의가 고조에 달한 시
대였다. 이 기간에 많은 좌익 단체들이 조직되었고 그 운동도 치열하
였다. 　新人同盟·無産者同志會·新興靑年同盟·新思潮硏究會·土曜
會·女子苦學生相助會·高麗共産黨·社會主義者同盟·朝鮮勞動敎育
會·京城勞動靑年會·朝鮮無産靑年會·前進會·京城學生聯盟·朝鮮
勞動黨·서울靑年會·解放運動社·서울印刷職工同盟·朝鮮學生科學
硏究會·火曜會·朝鮮共産黨·高麗共産靑年會·ML派朝鮮共産黨……
남강은 3·1운동의 주도자요 동아일보와 가깝고 기독교 신자임으로
해서 좌익 진영으로부터 여러 가지 말을 남길 수밖에 없었다. 사회주
의를 편드는 학생이나 지식층에서는 남강이 학교 일에서 손을 떼고
물러앉아야 한다고 하였다.

　남강이 좌익으로부터 민족주의자로 지목되기는 했으나 남강 자신
이 자기를 두드러지게 민족주의자로 부른 일은 별로 없었다. 남강은
민족을 사랑했고 자나 깨나 민족의 광복을 잊은 적이 없었다. 그러나
그는 내 민족이 제일이라던가 민족을 가장 높다고 생각한 것은 아니
었다. 그는 지상에 있는 여러 겨레들이 각각 자기 빛을 발하면서 하
나인 가족으로 살아가기를 원하였다. 그가 한반도를 위하여 몸을 바
친 이유는 한반도가 남에게 눌리어 있고 그 백성들이 울면서 쫓겨나
기 때문이었다.

　남강의 민족에 대한 생각은 이스라엘 예언자들의 자기 동족에 대
한 생각과 비슷하였다. 남강은 민족에 대하여 세 가지를 생각하였다.
첫째는 가난과 곤욕에서 벗어나야 한다는 것 과, 둘째는 그 성격과
습성에 있어서 거듭나야 한다는 것과, 셋째는 이 지상에 있는 여러
겨레들이 하나인 聖家族을 이루어야 한다는 것이었다. 남강의 민족에
대한 생각은 이것을 민족주의라고 부르는 것보다는 차라리 인도주의
라고 부를 수 있을 것이다. 그의 머리에는 언제나 굶주리고 헐벗은
가난한 백성들이 있었고 왕궁에서 쫓겨나는 왕자나 궁녀가 있은 것
이 아니었다. 그는 일본 정부와 그 국가 정책을 단죄했고 일본 사람
개인을 미워한 것이 아니었다. 한편 남강이 가장 옳지 못하다고 생각
한 것이 눌리는 일이었다. 그는 개인과 개인 사이와 한가지로 겨레와
겨레 사이에도 평등이 보장되어야 한다고 하였다. 그는 심지어 풀이
돌에 눌리어 있거나 독수리가 참새를 움키는 것도 자연의 올바른 모
습이 못된다고 하였다. 남강의 민족주의는 이를테면 민족연합주의였
다. 남강은 동양의 세 나라, 한국과 중국과 일본이 각각 평등한 자리
에서 서로 돕고 일으켜 동방의 영광을 회복하기를 원하였다. 그런데
역사의 이 같은 새로운 꿈은 남강에 의하면 단순한 무력주의나 좌익
에서 표방하는 계급투쟁에 의해서 이루어질 것이 아니고 올바른 교
육과 산업에 의하여 개인이나 민족의 품위가 높아지는데 있어서 뿐
성취될 수 있는 것이었다.

남강의 晚年은 어느 의미에서 고독한 기간이었다. 이 고독을 어느
정도 메운 것이 1924년에 있은 기홀병원에서 알게 된 張善慶 여사와
의 재혼이었다. 동지와 제자들 중에 남강의 재혼을 말리는 이들이 더
러 있었으나 그는 그의 만년의 정신의 반려로 이 기독교 여신도와 결
혼하였다. 새로운 시대사조인 사회주의 풍조가 밀어 올랐기 때문에
남강은 이 조수에 밀리는 것같이 보였다. 그리고 한편 일본이 식민지
정책을 강화하기 때문에 민족주의 학원으로 알려진 오산 학교는 저
들이 보기에 언젠가는 특별한 조치를 해야 할 것으로 생각되었다. 민
족 광복의 희망은 멀어가고, 민족진영과 좌익진영 사이에는 심한 구
열이 생기고, 적은 자기들의 침략 정책을 강화하고, 사람들은 남강을
의아해하는 눈으로 쳐다보고……남강에 대한 민중의 인기는 남강이
오산 학교를 세우던 때나 민족운동을 지도하고 감옥에 들어가고 하
던 때와는 달랐다. 사람들은 남강은 인제 일선에서 물러나 고요하게
여생을 보낼 때가 되었다고 하였다. 감옥에서 나온 후 일본 시찰, 동
아일보 사장, 재단법인 조성, 민립대학 운동으로 바빴기 때문에 남강
은 교회와도 멀어가는 것 같아 보였다. 이 때의 남강은 이미 놀랍던
명성이 그에게서 떠났고 고독과 오해와 노령이 그를 감쌌다. 만일 뜻
이 약하든가 조금이라도 감상적인 성격이었다고 하면 남강은 이 때
모든 일을 던져버리고 조용히 용동 집에 은거하여 체념과 자한 속에
서 그의 여생을 마쳤을 것이다. 그러나 남강은 시대가 자기를 버린다
고 하여 자기가 시대를 버릴 것이 아니라고 하였다. 민족에 대한 사
랑과 민족 광복의 확신과 "교육에 의해서 뿐"이라는 그의 신념은 그
의 쇠해가는 육체 속에 한층 더 불타오르는 불꽃을 일으켰다.

남강의 일생의 사업은 민족전도대업의 기초를 닦는 민족운동과 개
화주의였다. 그는 이 일을 위하여 오산학교를 세웠고 신민회 운동에
참획했고 백오인사건·독립선언 사건으로 감옥에 들어갔고 동아일보
사장이 되고 민립대학을 추진했고 종합교육 계획과 이상향 건설에
정성을 바쳤다. 그의 민족주의는 책으로 읽은 민족주의가 아니고 역

사의 음성으로서 생활을 통해 얻은 경건한 감정이요 신념이었다. 남강의 민족주의는 민족주의면서 인도주의요 평등주의였다. 그의 민족주의는 피히테나 마치니의 심정보다는 페스탈로치의 인도주의나 링컨의 노예해방의 정신에 가까웠다. 그가 바람에 불리고 물결에 휩쓸리는 민족주의 풍조와 사회주의 풍조를 넘어서서 눈보라 속에서 흔들리지 않는 산맥으로 남아 있은 것이 이 때문이었다.

Ⅸ. 新教 信仰

1. 福 音

1910년 8월 明治政府는 예정대로 합방을 발표하였다. 남강은 앞으로의 일이 걱정되었다. 인제 나라가 망했으니 이 나라 없는 백성을 묶어세우는 데는 그들이 거기에 돌아가 의지할 수 있는 새로운 정신이 필요하였다. 남강은 자기가 도산과 함께 신민회를 일으키면서 지사들과 사귀던 일을 생각하였다. 그들 중에는 기독교 신자가 많았는데 서울 상동 교회의 全德基 목사, 상동 청년회 간부 李東寧, 평양의 李德煥 장로, 의주의 崔光玉 교장 같은 이들이 모두 독실한 신자였다. 그들을 만나려 교회로 갔는데 어떤 때는 교회의 모임이 끝날 때까지 뒤에 앉아 있기도 하였다. 그 때부터도 예수교는 장차 앞으로 새로운 세력으로 뻗어나가고 그 세우는 학교와 병원과 청년회 활동에 의하여 많은 공헌이 있을 것으로 보여졌다. 남강에게는 지금 나라 잃은 백성을 이끌고 나갈 새로운 정신이 기독교 정신이 될지도 모른다고 생각되었다. 그가 보기에는 유교나 불교로서는 민중의 새로운 감정과 기상을 불러일으키는 일이 어렵다고 생각되기 때문이었다.

남강은 여러 가지 산란한 심정 속에서 합방된 해 9월 평양에 나갔다. 산정현 예배당에서 저녁에 한석진 목사의 특별 설교가 있다고 하여 뒤에 가 앉았는데 예상보다는 사람이 모인 수가 적었다. "십자가의 고난"이라는 제목의 설교였는데 그 말 한마디 한마디가 괴로워하는 남강의 심령에 놀라운 감명을 주었다. 남강은 이날 저녁에 들은 설교를 기회로 예수를 믿기로 작정하였다. 그는 몇 해 전 평양에서

나라에 헌신하기로 맹세했는데 이제 또 같은 평양에서 교회에 헌신
하기로 결심한 것이었다.

남강은 어려서 임박천 집 방사환으로 있으면서 천주학에 대한 이
야기를 들었다. 이 천주학은 양고자들의 도로서 나라에서는 굳게 금
하고 또 한번 여기 들어가면 좀처럼 나오지 못한다고 하였다. 그 뒤
황해도 행상을 나가 다닐 때에도 천주학 또는 예수교에 대한 이야기
를 들었고 청일전쟁 뒤 평양에 나가 있을 때는 서양 선교사가 지나가
는 것을 직접 보기도 하였다. 그런데 그 때 남강에게는 이 같은 西學
은 우리에게는 이롭지 않은 것이고 우리 선인들의 가르침을 버리고
남의 도를 숭상하는 것은 옳지 않다고 생각하였다. 남강은 경서를 숭
상하는 선비들의 거만하고 도도한 태도가 마음에 거슬렸으나 부모를
공경하고 동기가 서로 우애해야 한다는 가르침은 옳은 것으로 생각
되었다. 여기에 비하여 절에 가서 재를 올린다든가 동학하는 사람들
의 주문을 외우는 것 같은 것은 하늘을 올바로 섬기는 일이 못되었
다. 선교사들이 전하는 예수교란 것도 이것과 유사한 비밀 사연이 있
는 것으로서 결국 저들의 장사 길을 펴는 사업밖에 더 안 된다고 생
각되었다.

그러던 남강이 예수를 믿게 되었다. 이것은 남강의 일생의 커다란
전환이 아닐 수 없었다. 남강은 1882년 한미 수호조약이 맺어진 것과
1885년 이후 우리 조정에서 선교 사업을 허락한 것도 알고 있었다.
그리고 이것도 뒤에 안 일이거니와 아펜젤러(Appenzeller)와 언더우
드(Underwood)가 서울에서 교육사업과 의료사업을 시작했다는 것과
馬布三悅(Dr. S. A. Moffette)이 평양에서 선교사업에 종사한다는 것
도 들었다. 남강이 1907년 평양에서 도산을 만나 머리를 깎고 새 결
심을 했을 때에도 그는 나라를 위해서 목숨을 바치기로 한 것이고 아
직 예수교 신앙에 들어가기로 한 것은 아니었다. 도산도 남강에게 나
라를 구원하기 위해서는 교육과 산업이 필요하다고 했고 남강더러
예수를 믿으라고 권하지는 않았다. 남강은 평양에서 새 결심을 가지

고 돌아와 강명의숙과 오산 학교를 세우고 동리를 새 동리로 만들기에 힘썼다. 남강은 학교를 세우면서 지금까지 자기를 중심으로 하던 생활을 버렸다. 그는 어려서 가난 속에서 자라나면서 양반이 되기를 원했는데 나라가 전체로 양반이 되기 전에 자기 혼자만 양반이 될 수는 없었다. 평양에서 돌아와 새 결심 새 희망 속에서 나라에 자기 몸을 바쳤을 때 그는 어느 의미에서 신앙에 가까운 생활에 들어선 것이었다.

남강은 그 가정이나 경력으로 보나 쉽사리 그리스도의 복음에 돌아올 수 있는 환경 속에 있었다. 그는 한학공부를 많이 해서 유교에 젖은 것도 아니고 명문거족에 속하여 보수주의 전통 속에 깊이 묻혀 있는 것도 아니었다. 그는 어려서부터 장사 길에 나서서 가진 신고를 맛보면서 자유로운 공기 속에서 여러 사람을 만나고 여러 고장을 편력하였다. 그러면서도 그가 그리스도의 복음에 일찍 접하지 못한 것은 어려서는 생계에 골몰했고 자라서는 바깥 세력을 지나치게 경계해왔기 때문일 것이다.

남강은 1907년 경의재 자리에 오산학교를 세우고 서울에서 여준 선생을 모셔 왔는데 그 때에도 예수를 믿지 않았다. 그랬는데 아버지가 서울 蓮洞교회 장로로 있는 유영모 선생이 와서 학생들에게 성경을 가르치고 교내에서 집회를 가진 때로부터 처음으로 교실에서 찬송가 소리가 들렸다. 여기에 앞서 모안이와 양지 마을에 처소가 생기게 되니 교회의 조그만 씨가 오산학교 근처에도 떨어지기 시작하였다.

남강은 평양에서 한석진 목사의 설교를 듣고 돌아와 교직원과 학생들을 모아놓고 예수를 믿기로 작정했다는 이야기를 하고 학교에서 집회를 갖기로 하였다. 이 때부터 학교는 조그만 교회를 겸하게 되어 신앙을 가진 교직원과 학생 그밖에 교인들이 모여 목사 없는 집회를 이끌어 나갔다. 그리스도의 복음은 마침내 민족의 학원인 오산학교에 전해졌다. 선비들이 모여 경서를 읽던 경의재 자리에서는 아침저녁으로 찬송가 소리가 울려 나왔다. 나라 잃은 백성으로서 마음 둘 곳이

없었던 스승과 제자들은 새로운 신앙에 돌아와 울면서 기도를 올렸
고 목이 메어 주를 찾았다. 학교의 교실 한 구석에서 시작한 조그만
모임이었건만 그들의 모임은 날로 불어 경건한 신앙의 불꽃이 불타
오르기 시작하였다.

그리스도의 복음이 한반도에 전한 것은 멀리 17세기, 宣祖中葉의
일로서 중국을 내왕하던 사신에 의하여 西學에 대한 지식이 전해졌
다. 천주교에 관한 서적이 처음으로 소개된 것은 명나라에 와 있던
이태리 선교사 利瑪竇(Materio Ricci)의 저서인 天主實義를 해설한
芝峰類說을 통해서다. 仁祖때에는 北京에 머물러 있던 昭顯世子가 선
교사 아담·셸(Adam Schall)과 친교를 맺어 西學과 天主敎에 대한
지식을 배웠고 귀국할 때는 천주교에 관한 서적과 天主像 一幅을 가
지고 돌아왔다.

천주교는 당시 유교 일색이었던 때에도 동조자를 얻어 肅宗初에는
교세가 자못 떨쳤다고 하며 英·正 양조 때에는 특히 황해·강원·
경기 등지에 성하여 신주를 없애고 제사를 그만두는 일이 적지 않게
일어났다. 특히 정치적으로 불우했던 南人들 사이에는 새로운 지식을
구하는 경향과 함께 천주교로 개종하는 사람이 생기게 되었다. 정부
는 이 번져나가는 異敎를 탄압하는 방침을 세우게 되어 두 번에 걸친
獄事가 일어났는데 正宗 15년에 士人 權尙然·尹致忠 등이 사형을
당하고 신도들이 화를 입었으며 純祖元年에는 李家煥·丁若銓·黃嗣
永·周永謨 등이 처형되고 많은 교도가 화를 입었다.

1835년에는 최초의 서양인 선교사로 모방 불란서 神父(P.
Maubant)가 변장하고 압록강을 건너 들어왔고 그 뒤 한국 주재 주교
로 임명된 암베르(Imbert) 신부가 샤스땅(Chastan) 신부와 함께 서울
에 잠입하게 되자 교세는 활기를 띠게 되어 憲宗元年에 6천밖에 안
되던 교도수가 9천을 산하게 되었다.

기독교 신교가 우리에게 전한 것은 1832년의 일이었다. 이해에 東
印度會社가 中國 北方으로 배를 보내어 통상 여부를 조사케 했는데

이 배에 구츨라프(Charlss Gulzlaff)라는 독일인 선교사가 타고 있었다. 이 배가 중국 북방 연안의 항해를 마치고 황해도 장연군 장산곶에 가까운 한 섬에 와 있다가 다시 남쪽으로 내려가 충청도 서해안에 닻을 내리게 되었다. 여기서 그들은 얼마 머물러 있었는데 그동안에 선교사 구츨라프는 성경과 신교의 교리에 대한 서적을 지방 사람들에게 나누어 주었다. 그 뒤 1865년에 토머스(Robet T. Thomas) 선교사가 중국 북방을 거처 우리나라에 왔는데 두 달 남아 머물러 있으면서 한국말을 배우고 종교 서적을 퍼뜨렸다. 그해 12월에 중국으로 돌아갔는데 그 이듬해 7월 그는 다시 쉐만호 승객의 일원이 되어 평양 대동강에 들어왔다가 관군과의 충돌로 배는 불살러지고 선원들이 잡히어 죽는 바람에 붙들려 강 언덕까지 끌려올라가 순교 당하였다.

1884년 한 미 수호조약이 체결된 뒤 감리교 선교부와 장로교 선교부에서는 각각 선교사를 파견하기로 하여 1885년에 언더우드(H. G. Underwood)와 아펜젤러(H. G. Appenzeller)와 스크랜턴 의사(Dr. Willian B. Scranton) 부부와 스크랜턴(Mrs. Mary F. Scranton) 부인이 제물포를 거처 서울에 들어왔다.

평양에는 1893년 모펫 목사(Dr. S. A. Mofftte－馬布三悅)가 북 장로회 선교회로부터 파송되어 토머스 선교사가 순교당한 땅에 오게 되었다. 언더우드와 아펜젤러는 서울에서 주로 교육 사업과 의료 사업에 힘써 학교와 병원을 세웠고, 馬布三悅은 평양에서 선교 사업에 주력하여 교회를 일으키고 신학교를 세웠다. 평양을 중심으로 한 관서 일대에는 북 장로파의 영향아래 많은 장로교 교회들이 생겼는데 정주 교회도 이 북 장로파 계통으로 세워진 것이었다.

남강이 1907년 평양에서 도산을 만나고 들어와 오산학교를 세울 때는 평양과 선천에는 이미 교회들이 섰고 교회 계통의 학교와 병원도 서고 하여 새로운 신앙이 개화주의와 함께 민중 사이에 벌어 나가던 때였다. 평양의 장대재와 남산재 두 예배당과 선천의 북 예배당이 유명하였다. 이 같은 교회들은 천명이 넘는 남녀 교도들을 가지고 있었고 청년회와 소년회가 있어 개화 운동의 앞장을 섰다. 거기에 학교와 병원들이 설치 되었는데 학교로는 평양의 숭실학교·광성학교·숭덕학교·숭의여학교·정의여학교와 선천의 신성학교·보성여학교, 병원으로는 평양의 기홀병원과 선천의 미동병원이 널리 알려졌다. 이렇게 하여 1910년대에는 평양과 선천은 한국의 예루살렘으로서의 명성이 높았다.

남강은 평양에서 장사할 때 선교사들에 대한 여러 가지 이야기를 들었고 또 교회와 학교 옆을 지나다니기도 하였다. 그러나 그는 막상 자기 자신이 예수를 믿을 것이냐에 대하여는 깊이 생각해본 일이 없었다. 평양에서 도산을 만나고 도산과 함께 신민회를 일으키면서 신민회 동지로 기독교 신자들을 알게 되었는데 이 사람들은 모두 태도가 경건하고 지조가 높고 행함이 깨끗하였다. 만일 그 열매로써 그 나무를 알 수 있다고 하면 그들이 믿는 기독교란 것은 확실히 사람의 마음을 맑히고 깨우치는 힘이 들어있는 종교라고 생각되었다.

남강은 평양에서 한석진 목사의 설교를 듣고 돌아와 정주 교회에 몇 번 참석했고 학교 교실에서 조그만 집회를 가졌는데 이 집회를 통하여 그는 그 자신의 마음속에 어떤 변화가 일어나는 것을 느꼈다. 이스라엘 사람들이 애급에 가서 많은 고생을 했다는 것과 모세에게 이끌려 거기서 나왔다는 것과 예수가 마구간에서 낳다는 것과 갈릴리 해변가에서 사람들을 가르치고 병을 고쳐 주었다는 것과 나중에 십자가에 달렸다는 것과……이 이야기들이 처음에는 잘 알 수 없으면서도 차츰 어떤 감명을 가져오기 시작하였다. 더욱이 그 부르는 찬송가와 올리는 기도는 거친 마음을 한없이 맑혀 주는 것이었다. 남강은 이 조그만 신앙의 집회가 자기에게 다시없는 힘이 되고 위로가 됨을 알았다. 이 집회에서는 돌려가면서 성경 구절을 읽었는데 남강의 차례가 돌아와 그는 아래의 구절을 읽었다.

『수고하고 무거운 짐 진 자들은 다 내게로 오라. 내가 너희를 쉬게 하리라.

나는 마음이 온유하고 겸손하니, 나의 멍에를 메고 내게 배우라.

그러면 너의 마음이 쉼을 얻으리니,

이는 내 멍에는 쉽고 내 짐은 가벼움이라 하시니라.』

(마태 11. 28-30)

남강은 집에 돌아와서도 이 구절을 다시 읽어 보았다. 그는 이 구절의 뜻을 자세히 알 길이 없었으나 주에게 돌아가기만 하면 크나큰 위로를 얻을 것만 같았다. 그는 자기가 지금까지 힘에 비치는 짐을 졌는데 주에게 나감으로 하여 더 무거운 짐을 감당할 수 있을 것으로 느꼈다.

학생들 중에는 이미 두터운 신앙에 들어간 학생들이 있었다. 그들은 학교에서 모이는 집회 외에 아침 일찍 뒷산에 올라가 이슬 위에 꿇어 앉아 기도를 올렸다. 학교에서 모이는 집회에는 학생들의 수효가 차츰 늘어갔다. 학생들 중에서 양지 마을 처소와 모안이 처소에 다니던 학생들도 학교 집회에 모였다. 한 달이 지난 뒤부터는 학교의 집회는 완연한 하나의 교회를 이루었다. 그 경건함과 그 불타오르는 신앙과 그 서로 돕는 사랑과……이 때의 학교의 집회는 예루살렘 교회와 중세기의 프란체스칸·승단(Franzecan Order)을 연결한 것 같은 것이었다. 얼마 뒤에는 마을의 남녀들까지 학교의 집회에 참석하였다. 이 집회에는 유영모 선생의 힘이 컸다. 그는 서울서 경신학교를 마치고 1909년 19세 때 교원으로 왔는데 부친이 연동교회 장로여서 어려서부터 신앙에 돌아갔다. 그는 오산에 내려와서 자기보다 나이 위인 학생들에게 기독교를 전하여 불과 한 주일 후에는 반대하던 학생들도 같이 머리를 숙이고 기도를 올렸다. 유영모 선생과 학생으로는 김지환·박현환이 이 집회를 이끌어 나갔다. 학교의 집회에서뿐 찬송가 소리가 들린 것이 아니고 아침저녁으로 뒷산과 언덕길에서는 주를 찬양하는 소리가 끊이지 않았다. 제석산 중턱에 제석사라는 조그만 절이 있었는데 일요일에 학생들이 제석산에 올라가면서 부르는 찬송가 소리는 유난히 이 제석사 골짝에 울려 퍼졌다.

1910년 10월 남강은 교회를 짓기로 결정하고 재목을 사 들이기 시작하였다. 남강이 경의재를 수리하고 학교를 연 후 새로 큰 건물을 짓는 것은 이것이 처음이었다. 교인과 학생들이 재목을 운반하고 돌을 날라 오고 하였다. 큰일만 목수의 손을 빌고 터를 닦고 벽을 바르고 하는 일은 자기들이 하였다. 재목 하나 돌 하나에 교인과 학생들의 손이 아니 닿은 것이 없었다. 이렇게 하여 시작한지 두 달 안에 수수하고 아담한 교회당이 완성되었다. 자기들이 지은 교당 안에 앉아 집회를 가질 때 그들의 가슴에는 벅찬 기쁨과 고마움이 올라왔다. 그들에게는 이 조그만 교회당이 다시없는 자기들의 영혼의 보금자리였다. 이 속에서 성가를 부르고 이 속에서 울고 이 속에서 기도 올리고……비록 나라는 잃었건만 자기들로부터 이 교회당마저 빼앗을 자는 있을 수 없었다.

이 새 건물은 다른 곳의 본을 받아 남반과 여반이 갈라서 앉을 수 있도록 기억자로 꺾어서 지었다. 새 건물은 예배당과 학생들의 모이는 강당을 겸하였다. 학생들의 집회는 교회당을 지은 뒤부터는 정식 예배의 성격을 띠게 되었는데 정주 고을 교회를 맡아보는 정기정 목사가 고을 교회와 오산 교회와 서면 교회를 겸하여 보았다. 주일에 보는 예배에는 양지 마을과 모안이 신도들이 모여 왔다. 신리에서는 이종성 교장댁 식구들이 다녔고 모안이에서는 金三汝·康亨默·金順西 같은 이들이 여기에 나와 초창기의 교회를 이끌어 나갔다. 오산에는 교육의 불길에 뒤이어 신앙의 불길이 올라갔다. 그런데 이 두 가지 불길은 한 가지로 남강이 가져왔다. 그 결심한 땅으로 보면 평양에서 가져왔다고 할 수 있으나 그 불꽃이 올라간 자리에서 보면 남강 자신의 가슴이 높은 곳으로부터 이것을 받아 내렸다고 할 수 있다. 그 높은 곳이 교육의 경우는 민족이고 신앙의 경우는 그리스도의 성령이었다. 그 때 학생들은 새로운 신앙의 불길 속에서 아침저녁으로 다음의 성가를 즐겨 불렀다.

  1. 이 몸의 소망 무엔가
     우리 주 예수 뿐일세
     우리 주 예수 밖에는
     믿을 이 아주 없도다
     굳건한 반석이시니
     그 위에 내가 서리라
     그 위에 내가 서리라

  2. 무섭게 바람부는 밤
     물결이 높이 설렐 때
     우리 주 크신 은혜에
     소망의 닻을 주리라

  3. 세상에 믿던 모든 것
     끊어질 그날 되어도
     구주의 언약 ale사와
     내 소망 더욱 크리라

  4. 바라던 천국 올라가
     하나님 전에 뵈올 때
     구주의 의를 힘 입어
     어엿이 앞에 서리라
                    (313장)

1. 하나님의 진리 등대
   길이 길이 빛나니
   우리 앞에 비칠 등대
   각각 제 빛 발하네
   우리 적은 불을 켜서
   험한 바다 비치세
   물에 빠져 헤매는 이
   건저 내세 살리세

2. 죄의 밤은 깊어가고
   성난 물결 설렌다
   어디 불빛 없는가고
   찾는 무리 많고나

3. 주의 불을 돋우어라
   풍과 속에 빠져서
   빛을 찾아 헤매는 이
   생명선에 건져라

(454장)

2. 平壤 神學校

1915년 2월 남강은 감옥에서 나와 학교에 돌아왔다. 학교와 교회에서는 그를 위하여 특별 예배를 모였다. 남강은 그다음 주일 정기정 목사로부터 세례를 받고 그리스도의 종이 된 데 감격하여,

浴恩新僕獻身外

라는 구절로 자기의 믿음을 맹세하였다. 교회를 위해서 일하기 위해서는 교리와 성경을 알아야겠다는 생각에서 그해 봄에 52세 때 평양 신학교에 입학하였다.

평양 신학교는 1901년 馬布三悅 목사가 창설하고 교장으로 있었는데 1907년 제1회 졸업생을 내어 1915년까지 8회의 졸업생을 내었다. 예수교 장로파 계통에 속하는 신학교로서 감리교 신학교보다 4년이나 앞선다. 학교는 서문밖에 있었고 기숙사는 청산학교 자리에 있었다. 수업연한은 5개년이었고 조사·영수·장로를 위시한 현직 교역자들을 교육시키는 기관이었는데 일년 내내 공부하는 것이 아니고 3월에서 시작하여 3개월 반이 공부하는 기간이었다. 교과목은 新舊約·敎會史·要理問答·說敎學·敎會法등이었는데 이밖에 간단한 한국역사와 서양역사도 가르쳤다. 남강이 들어갔을 때는 학생수는 70명 정도였고 3학급(학년) 편제로 1학년만 30명이 있었다. 초대교장 馬布三悅 박사의 뒤를 이어 2대가 羅富悅 목사(Slacy L. Robert), 3대가 감부열 목사(Archilor Campbell)였다. 초기의 교수로는 서양인으로 왕길지 교수(G. Engel), 이눌서 교수 (W. D. Reynords), 엄아력 교수 (A. F. Robb), 관악련 교수(Charles A. Clark)가 있었고 한국인으로는 남궁 벽 교수와 이성휘 교수가 있었다.

제1회 졸업생으로 나온 이가 길선주·한석진·양전백·이기풍·방기창·송린서 같은 이들이었고, 정기정은 2회, 김민철은 6회 함태영은 16회였다. 남강이 그대로 졸업했다고 하면 11회나 12회였을 것이다.

남강은 평양에서 한석진 목사의 설교를 듣고 예수를 믿기로 작성했는데 돌아와 손수 교회당을 지은 뒤 40일이 못 넘어 붙들려 들어가 제주도에 유배되었다가 이어서 백오인사건으로 5년이 넘는 옥고를 당하였다. 서울 구치감에 구금되었을 때는 선천에서 윤산온이 올라와 찾아 주었고 대구 감옥에 있을 때는 라부열 목사가 찾아와서 성경과 천로역정을 들여보내 주었다. 그 때는 감옥에서 혼자 성경을 읽었다. 모르는 구절 의심나는 구절을 그대로 두고 읽어가는 수밖에 없

었다. 그 때는 성경을 들고 있고 성경 구절을 읽는 것뿐으로서도 큰
위로가 되었다. 그랬는데 인제 옥에서 놓인 몸이 되어 정결한 곳에 와
서 성도들과 함께 성경을 읽고 성가를 부르고 성경의 모르는 구절을
묻고 토론할 수 있게 되었다. 남강은 신학교 기숙사에서 자다가도 자
기가 감방에서 자던 생각이 났다. 그는 감방에서 성경을 읽던 일과 새
벽빛이 창살로 들어올 때 일어나 앉아 기도 올리던 일을 생각하였다.

　신학교에 들어온 지가 한학기가 넘었다. 이 짧은 기간 동안에 오랜
역사를 가진 종교를 그 흘러내린 줄기마저 알 길이 없었다. 그러나
이 종교가 유교나 불교마냥 상류 계급의 종교가 아니고 눌리는 자의
종교 가난한 자의 종교인데 마음이 끌렸다. 그에게는 이스라엘의 당
한 고난이 우리 겨레의 당한 고난을 방불케 한다고 생각되었다. 저기
에도 왕조와 분쟁이 있었고 여기에도 왕조의 분쟁이 있었다. 저기에
도 바빌로니아 포수가 있었고 여기에도 바빌로니아 포수가 있었다.
저기도 귀족과 부자들의 전횡이 있었고 여기도 귀족과 부자들의 전
횡이 있었다. 저기도 백성들의 완명함이 있었고 여기도 백성들의 완
명함이 있었다. 그런데 저기에 있는 것 한 가지가 여기에 없었다. 저
기에는 왕조와 백성들의 불의를 날카롭게 고발한 예언자들이 있었는
데 여기에는 이 자기 스스로를 채찍질하는 통회의 목소리가 없었다.
남강은 신학교에 들어와 모세의 율법과 함께 이스라엘 예언자들의
목소리가 좀더 알고 싶었다. 그는 구약 시간에 신명기와 이사야에 관
한 이야기를 자세히 들었다. 남강의 생각은 신약보다도 구약으로 달
렸다. 창세기에 보인 천지를 창조한 창조에 관한 설화부터가 장엄하
거니와 지극히 높은 이의 주위에는 무서운 구름이 둘려 있는 것만 같
고 그 음성이 모세와 예언자들을 통하여 들려오는 것만 같았다. 그리
고 시나이산과 홍해 바다 위에 어두운 구름에 쌓인 높은 그림자가 드
리우는 것으로 생각되었다.

　남강은 신학교 재학 시 장로가 아니고 영수였는데 "감사합니다"라
는 말을 많이 썼기 때문에 "감사 선생"으로 통하였다. 그는 무슨 일

에나 누구에게나 "감사합니다"라고 하였다. 그리스도 안에 있는 자는 새로 창조된 자라는 말이 성경에 보였거니와 그리스도 품에 돌아와 그의 새 종이 된 남강에게는 풀 한포기 나뭇잎 하나도 모두 새 빛을 발하는 것 같이 보였다. 그는 공중에 날아가는 새도 아버지 뜻이 아니고는 땅에 떨어지지 못한다는 말도 알 수 있는 것만 같고 자기가 감옥에 들어가기 전 학교에서 학생들과 같이 읽은 "무거운 짐을 진자는 다 내게로 오라. 내 짐은 가볍고 내 멍에는 부드럽다"는 구절도 인제 그 뜻이 분명해지는 것 같았다.

그가 신학교에 있으면서 많이 쓴 말은 다음의 말들이었다. "감사합니다"·"하면된다"·"해서 안 되는 일이 없다"……재학 중 신학교 학생들이 남강에게 강연을 청했는데 그는 학생들의 청에 응하곤 하였다. 한번은 精神不二라는 제목으로 이야기했는데 이 제목의 설명을 듣고 학생들이 박수를 치며 찬의를 보냈다. 진남포 등지의 교회와 학교에서도 남강을 모셔 갔다. 그는 다녀와서 마치 오산학교 학생들에게 자기가 서울이나 기차 안에서 보고 들을 것을 이야기 하던 것 마냥 거기서 있은 자세한 이야기를 들려주었다. 그 때 남강의 이야기는 교회를 이끌고 민중을 지도하는 사람으로서 크게 참고가 될 이야기들이었다.

남강은 신학교에 있으면서 구약을 통하여 義를 배웠다. 기독교는 義의 宗敎, 여호와는 義의 神이라는 생각이 났다. 남강에게는 여호와의 세계의 창조와 지배와 심판이 모두 그의 義에 이끌리는 것으로 생각되었다. 하늘과 땅을 지으심도 義, 만물을 만드심도 義, 나중으로 사람을 만들어 만물 위에 두심도 義, 아담과 해와를 동산에서 쫓아내심도 義, 노아 홍수도 義, 소돔과 고모라의 멸망도 義, 바로왕 때 내린 재앙도 義, 이스라엘을 애급에서 이끌어 내심도 義, 예언자를 보내심도 義, 나중에 죽은 자와 산자를 심판하려 오심도 義로서, 만물은 이 여호와의 義에서 좇아왔고 義로 말미암고 義속에 있다가 義에 돌아가는 것이었다. 남강은 다시 생각하였다. 모세의 율법이 義였다. 예언자의 행함과 가르침이 義였다. 거짓은 義가 못된다. 도적질은 義가 못된다. 간음은 義가 못된다. 이웃을 괴롭힘은 義가 못된다. 자기를 높이고 자기만 잘 살려는 것은 義가 못된다. 義속에서 살리라, 義속에서 살리라.─ 그는 이런 생각을 하면서 학생들과 같이 강의를 듣고 토론하고 방에 돌아와 성경을 읽고 기도를 올리고 하였다.

남강은 신학교에 있으면서 같이 있는 학생들에게 많은 영향을 끼쳤다. 남강이 있을 때 咸台永은 한반 아래 있는데 남강이 가장 가깝게 지난 것이 咸台永으로서 이것이 인연이 되어 나중에 3·1운동도 같이 추진했고 일생을 통하여 변하지 않는 신앙 및 민족운동의 동지가 되었다. 그 때 남강과 한방에 있었고 또 친한 사이가 白永燁 조사였는데 백 조사는 25, 6세였고 남강은 갑절이나 존장인 52세였다. 한번은 학교로 안태국·장도빈·옥관빈·김지환이 남강을 찾아와서 용돈 쓰라고 얼마 드리고 갔는데 남강은 그것으로 기숙사생들에게 고깃국을 끓여 나누어 먹게 하였다.

남강은 신학교에 있으면서 거기서 공부하는 이들이 이 나라의 정신계의 지도자가 될 것을 믿어 한 사람 한 사람을 대견히 대하였다. 그는 그들에게 지도자로서의 품격을 갖출 것을 기회 있을 때 마다 부드럽게 당부하였다. 한번은 같이 있는 백 조사를 불러내어 산보를 가자고 하더니 나가서 얼마 같이 다니다가 조용히 이야기를 시작하여 백 조사에게는 자기가 보기에 이런 장점이 있다고 하여 먼저 장점을 말하고 나중으로 단점으로 생각되기 쉬운 것 몇 가지를 부쳤다.

백영엽 목사는 그 때 자기가 평양 신학교에서 남강과 같이 있던 일을 아래와 같이 술회하였다.─

　　한번은 남강이 역시 산보를 나가자고 하여 따라 나갔는데 소나무 사이로 다니면서 나무 이야기와 새 이야기를 하더니 바위 위에 앉아 쉬자고 하였다. 내가 자기 옆에 앉기를 기다려 잠간 말이 없다가,
　　『백 조사, 품격이 누(추)하면 안 돼. 물질의 소소한 데 조금이라

도 쏠리면 안 돼…』

라고 하였다. 그는 조금 뒤에 나무 위에 앉은 새를 보라고 하면서
다른 말로 옮겼다. 남강의 가르치는 말은 한번에 여러 가지가 아
니고 한 가지씩으로서 그것도 길게 장황하게 늘어놓지 않고 간명
하고 암시적인 것이 특징이었다. 또 한번은 산보를 나가자고 하여
같이 다리고 다니다가 이런 말도 하였다.

　『우리 집에 하루는 학생이 찾아왔는데, 가난한 학생이 되어 신
(메투리)이 다 떨어진 것을 신고 왔거든. 나하고 방에서 이야기
하는 동안에 내 안(아내)에서 자기 신을 그 신과 바꾸어놓아 새것
을 신고 가게 했다고 그 말을 듣고 내가 아내더러 참 잘 했다고,
좋은 일을 했다고 칭찬해 주었거든.……』

　그 때 신학교에 다니던 다른 사람들도 남강에게서 들은 이야기가
오래가도록 잊어지지 않는다고 하였다. 특히 그의 이야기가 인상적인
것은, 하나는 그 장소가 혹은 언덕 위 혹은 소나무 아래서 들었기 때
문이고, 하나는 결론을 내리지 않고 듣는 이에게 맡겨 주었기 때문이
라고 하였다. 남강은 신학교에서 직접 선교사들에게 배우면서 그들의
좋은 점을 많이 알았다. 그러나 그는 덮어놓고 그들을 따라가는 것이
아니어서 배울 것은 배우고 버릴 것은 아낌없이 이것을 버렸다.

　남강은 그에게 매어달리는 학교 일 때문에 평양 신학교를 종시 마
치지 못하였다. 남강이 평양 신학교를 도중에 그만둔 데는 羅富悅 목
사의 영향도 있었다. 라부열 목사는 한때 오산학교 교장으로도 있어
학교 형편을 잘 알았는데, 남강은 나중에 목회를 할 것도 아니고 그
보다도 교육이 더 시급하니 신학교를 꼭 마칠 것까지는 없다고 하였
다. 남강은 라부열 목사의 말에 따라 1916년 가을부터 신학교에 나가
기를 그만 두었다. 그러나 그가 세 학기 넘어 거기서 배우는 동안 그
는 성경과 교리와 교회사에 대하여 여러 가지를 배웠다. 또 거기서
안 서양인 선교사들과 신학교 졸업생들과는 두터운 연계를 가지게
되어 이것이 그를 교계의 중앙 무대에 서게 한 기연이 되었다. 그가

뒤에 장로에 장립되고 오산교회를 꾸려나갔고 노회의 중심인물이 되어 교계를 이끌어 나갔는데 평양 신학교에서 기독교의 신앙과 지식을 닦은 것이 그의 교회 활동에 큰 힘이 된 것이었다.

　남강이 평양신학교에 있으면서 많이 읽고 부르고 한 성경 구절과 성가 는 다음의 구절들이었다. 그가 신학교에 있으면서 성경 중에서 영향을 받은 것은 구약으로는 창세기·출애굽기·신명기·시편·이사야·예레미야였고 신약으로는 복음서를 위시하여 사도행전·로마인서·고린도전후서·갈라디아서였다. 특히 남강이 애독한 성구와 즐겨 부른 성가는 다음의 구절들이었다.

*

　너는 네 형제를 마음으로 미워하지 말며, 이웃을 인하여 죄를 당치 않도록 그를 반드시 책선하라.

　원수를 갚지 말며 동포를 원망하지 말며 이웃 사랑하기를 네 몸과 같이 하라(레위기 19, 17~18)

　너는 네 마음을 다하고 성품을 다하고 힘을 다하여 여호와를 사랑하라.(신명기 6, 5)

　예물을 제단 앞에 두고 먼저 가서 형제와 화목하고 그 후에 와서 예물을 드리라.(마태복음 5, 24)

　빛이 어두움에 비취되 어두움이 빛을 깨닫지 못하더라.(요한복음 1, 5)

　육신의 생각은 하나님과 원수가 되나니 이는 하나님의 법에 굴복치 아니할 뿐 아니라 할 수도 없음이라.(로마인서 8, 7)

　밤이 깊고 낮이 가까왔으니 그러므로 우리가 어두움의 일을 벗고 빛의 갑옷을 입자.

　낮에와 같이 단정히 행하고 방탕과 술 취하지 말며 음란과 호색하지 말며 쟁투와 시기하지 말고,

　오직 주 예수 그리스도로 옷 입고 정욕을 위하여 육신의 일을 도모하지 말라.(로마인서 13, 12~14)

그런즉 누구든지 그리스도 안에 있으면 새로운 피조물이라, 이전 것은 지나갔으니 보라 새것이 되었도다.(고린도후서 5, 17)

그런즉 이제는 내가 산 것이 아니요 오직 내 안에 그리스도께서 사신 것이라.(갈라디아 3, 20)

누구든지 하나님을 사랑하노라 하고 그 형제를 미워하면 이는 거짓말 하는 자니, 보는 바 그 형제를 사랑치 아니하는 자가 보지 못하는바 하나님을 사랑할 수가 없느니라.(요한1서 4, 20)

*

1. 내 선한 목자 저 방초 동산에
   그 양을 치는 곳 참 편한데
   나 어찌 떠나서 양 떼를 버리고
   위험한 곳으로 나갔던고

2. 내 선한 목자 길 잃은 주의 양
   끝까지 찾도록 힘쓰소서
   택하신 모든 양 문 앞에 모여서
   다 들어가기 전 날 끄소서

3. 내 선한 목자 날 인도하시고
   주 따라가는 법 늘 가르쳐
   또 다시 죄악을 범하지 않도록
   주 은혜 가운데 날 두소서

(244장)

1. 내 주여 뜻대로 행하시옵소서
   온 몸과 온 영혼 다 주께 드리니
   이 세상 고락간 주 인도하시고
   날 주관하셔서 뜻대로 합소서

2. 내 주여 뜻대로 행하시옵소서
　　큰 근심 중에도 낙심케 맙소서
　　주 세상 계실 때 늘 슬퍼하셨네
　　날 주관하서서 뜻대로 합소서

3. 내 주여 뜻대로 행하시옵소서
　　내 모든 일들을 다 주께 고하고
　　저 천당 먼 길로 향하여 가리니
　　살든지 죽든지 뜻대로 합소서

(291장)

1. 어둔 밤 쉬 되리니 네 직분 지켜서
　　찬 이슬 맺힐 때에 즉시 일어나
　　해돋는 아침될 때 힘써서 일하라
　　일할 수 없는 밤이 속히 오리다

2. 어둔 밤 쉬 되리니 네 직분 지켜서
　　일할 때 일하면서 놀지 말아라
　　낮에는 골몰하나 쉴 때도 오겠네
　　일할 수 없는 밤이 속히 오리라

3. 어둔밤 쉬 되리니 네 직분 지켜서
　　지는 해 빛긴 볕에 힘써 일하고
　　그 빛이 진하여서 어둡게 되어도
　　할수만 있는대로 속히 일하라

(460장)

3. 敎會와 長老

1910년 남강은 평양에서 한석진 목사의 설교를 듣고 예수를 믿기로 작정하였다. 학교에 들어와 학교에서 모이는 예배에 참석했는데 그해 가을에 학교에 붙여서 교회당을 지었다. 오산은 새로운 교육의 발상지면서 아울러 새로운 신앙의 발상지가 되었다. 그해 12월 남강은 학교의 교육 주지를 기독교 정신으로 바꾸어 교회 학교를 만들고 羅富悅 목사를 설립자 겸 교장으로 맞아들였다.

오산에서는 교육과 신앙의 두 불길이 민족에 대한 헌신의 정신 아래 한 불길로 어리어 불타올랐다. 모세가 이스라엘을 애급에서 인도해내던 것 마냥 남강은 나라 잃은 백성을 적의 아가리에서 이끌어내기 위하여 자나 깨나 생각이 학교와 교회에 있었다. 1910년은 나라 잃은 해로서 가슴이 처절하기 한이 없었는데 이제 남강이 복음의 불길을 오산에 옮겨놓음으로 하여 교직원과 학생과 교인들은 하나인 가족이 되어 정성들여 새로운 제단을 쌓아 올렸다. 1907년 새로운 교육의 등대이던 오산은 이제 새로운 신앙의 등대가 되었다. 주일이면 신리와 모안이와 용동에서 신도들이 단정한 옷차림으로 모여 들었고 아침과 저녁에는 뒷산에서 학생들의 부르는 찬송가가 산골짝에 울려 퍼졌다.

1911년 2월 남강은 무관 학교 사건으로 붙잡혀 들어가 제주도에 유배되었다가 다시 백오인사건으로 10년 형의 언도를 받고 대구 감옥과 경성 감옥에서 복역하였다.

남강이 감옥에 있는 동안에 학교와 교회는 그 어진 목자를 잃었다. 그러나 그들은 낙심하지 않고 이 유서 깊은 땅에 떨어진 복음의 씨를 소중하게 가꾸어 신도가 날로 늘었다. 목사는 정기정 목사가 정주고을과 오산과 서면 세 교회를 맡아 보았는데 교우로서는 金三汝 영수, 康亨默 집사, 金順西 장로의 힘이 컸다. 그리고 오산학교의 교직원과 학생들이 교회의 기둥이 되었다. 선생으로서는 유영모 선생이 처음으

로 학생들에게 성경을 가르쳐 주었는데 춘원이 오면서 학생들에게
톨스토이의 간이 성서를 읽으라고 했고 춘원 자신이 모안이 처소에
가서 설교까지 하였다. 남강이 학교의 교육 취지를 기독교 정신으로
바꾸고 라부열 목사를 교장으로 맞은 뒤부터는 완연한 기독교 학교
가 되어 교직원이나 학생이 모두 신앙을 고백하지 않고는 여기에 들
어오지 못하였다. 춘원의 문학주의로 한때 학생들이 교회에서 떠나는
경향을 보였다. 이 때문에 춘원은 결국 학교를 떠나게 되었는데 춘원
이 시베리아로 간 후 평양에서 조만식 선생이 들어와 학교의 정신의
기둥이 되었다. 이 규율 있는 기독교 신자가 옴으로 하여 낭만주의에
기울어졌던 학생들의 풍기가 바로 잡히면서 경건한 교회 신앙이 다
시 회복되었다.

1915년 2월 남강이 감옥에서 풀리어 학교에 돌아왔다. 그는 학교
와 교회를 이제 5년 만에 다시 대하는 것이었다. 자기가 제1회 졸업
생만을 내고 감옥에 들어갔는데 그 사이에 2·3·4·5회의 졸업생까
지 나가고 지금 있는 재학생은 자기가 없을 때 들어온 학생들이었다.
교회는 목사와 장로들의 노력으로 자리가 잡혀 교인들도 2백이 넘었
고 청년회와 부인회도 체제가 잡혔다. 남강은 감옥에서 나와 학교와
교회에 헌신 할 수 있는 것이 다시없이 기뻤다. 그는 여기서 당신의
뜻을 받드는 나라의 동량을 길러냄으로 하여 민족의 영광을 목전에
바라볼 수 있다고 생각되었다.

1915년 봄에 52세의 기독교 신자로 평양 신학교에 입학했는데 신
학교에 있으면 오산이 생각나고 오산에 들어오면 신학교가 생각나고
하여 두 곳을 번갈아 다니면서 배우고 가르치고 하였다. 남강은 우선
전임 목사로 崔聖柱목사를 모셔왔다. 최성주 목사는 평양 신학교 3회
졸업생으로 졸업 후 만주에 가서 선교하고 있었다. 최성주 목사가 온
뒤로 교세는 한층 더 떨쳐 신도가 늘고 청년회와 부인회 활동이 한층
더 활기를 띄었다. 하기 학교도 하고 했는데 학교 강당에까지 사람들
이 흘러 넘쳤다. 남강은 교회의 살림을 맡아 이름난 분들을 모셔다가

이야기도 듣게 하고 교회를 새로 단장하고 경내를 아름답게 가꾸어 깨끗하고 품위 있는 교회를 만들었다.

1915년에서 3·1운동이 일어난 1919까지가 남강의 신앙의 가장 불타오른 기간이었다. 그는 1916년 가을에 장로에 장립되었는데 오산학교를 세울 때 마냥 그는 교회에 전 심력을 부었다. 인제 그에게는 학교가 교회였고 교회가 학교였다. 교회의 종각이 그대로 학교의 종각이 되기도 했는데 이 종소리는 남강에게 한없이 정답고 고상하게 들렸다. 그는 교회의 시무 장로로 자기가 세운 교회를 이끌었다. 그는 학교를 민족운동의 간부 양성 기관으로 생각했던 것마냥 교회도 새 사람 새 백성을 만드는 모범적인 정신의 가정으로 생각하였다. 주일 예배와 삼일 예배를 경건하게 보도록 했고 제직회를 위시하여 모든 집회를 시간을 지키게 하였다. 예배는 믿음을 제일로 했고 각종 집회는 민주주의 방식을 채택하게 하였다. 그리고 신자들 사이의 지나친 광신적 경향을 경계했고 언제나 미신과 봉건 유습을 타파하는 개화주의에 이끌었다. 남강은 학교도 하나의 교회로 생각했고 교회도 넓은 의미의 학교로 생각하였다. 교회는 학교보다도 더 깨끗하고 조용하고 질서가 있어야 한다고 하였다. 앉기를 줄을 지어 바로 앉으라 했고 연보 거두는 채도 바로 들고 바로 돌려야 한다고 하였다. 찬송과 기도와 설교에서부터 광고에 이르기까지 그 태도와 말과 내용이 부드럽고 근엄하고 정성스러워야 한다고 하였다. 학교가 그런 것마냥 교회도 남강의 참과 정성이 구석구석에 비취어 있었다.

선천이나 평양에서 가끔 저명한 목사들이 와서 설교를 하였다. 그런데 그들은 남강의 이끄는 오산교회의 깨끗함과 신도들의 단정한 자세에 놀랐다. 그 당시 촌에 있는 교회들은 대개로 불결하고 떠들었고 성시에 있는 큰 교회들도 모이는 사람이 많을 뿐 웅성웅성하고 질서가 없었다. 그런데 오산교회만은 그렇지가 않아 깨끗하고 조용하고 사람들의 태도가 단정하고 그 지키는 시간이 정확하였다. 그들은 여기서만 볼 수 있는 이 놀라운 분위기를 은혜를 받아서 그렇다고 했는

데 은혜를 받을 수 있도록 남강이 이것을 고심해서 이끈 것은 미처
생각지 못하였다.

남강은 학교를 해나가던 방식대로 교회를 이끌었다. 학교를 해나가
던 방식이란 그 일에 마음을 다하고 정성을 다하고 힘을 다하는 일이
다. 남강이 시무장로가 되어 안으로 교회를 이끌고 밖으로 교회를 대
표하면서부터 그는 이 교회를 한국에서 가장 모범적인 교회로 만들
기에 힘썼다.

그런데 남강의 이끄는 오산교회의 이 같은 밖의 아름다움은 결국
남강 자신의 안의 신앙의 견실함에서 나온 것이었다. 남강은 평양신
학교에서 들어온 뒤 날로 두터운 신앙에 돌아갔는데 그는 十字架와
十字架의 사랑과 여호와의 은총과 주께서 결국 이 지상에 사랑의 질
서를 가져오기 위해서 오셨던 것을 알게 되었다. 그리고 그는 성경에
보인 最後審判의 가르침을 굳게 믿는 한편 사람은 그 한 일에 대하여
이 지상에서도 보응을 받는 것이라고 생각하였다. 한번은 이런 일이
있었다. 3·1운동으로 감옥에 들어갔다가 나온 때의 일이었는데 볼
일로 안악에 나갔다가 金善亮을 만나 춘원이 병으로 燃燈寺에 와 있
다는 말을 듣고 같이 가기로 하였다. 마침 장마 때였는데 연등사에
가서 춘원을 만나고 걸어서 돌아오면서 이렇게 물었다.

> 『자네, 춘원이 왜 폐를 앓는지 아나, 죄가 있어 앓는 거야, 죄
> 값은 꼭 받게 되거든 춘원이 앓는 것은 연애 소설을 많이 쓴 죄
> 야, 그 좋은 재주를 가지고 나라에 유익한 글은 쓰지 않고.
> 　내가 감옥에 간 것도 남들은 애국운동으로 갔다고 하나, 그런게
> 아니고 죄 값이야. 젊어서 처녀들을 버려주었거든. 그 죄로 감옥에
> 들어왔다고 생각하고 감옥에서 나오니 어떻게 마음이 시원한지 몰
> 라. 춘원도 죄 때문이야.……』

남강은 교회를 대표해서 가끔 선천에서 열리는 노회에 참석하였다.

평북의 수많은 교회의 대표자들이 여기에 참석했는데 남강은 언제나 노회의 중요한 결정에 참여했고 또 이것을 이끌어 나갔다. 그 때 노회에 참석했던 목사 한분은 나중에 술회하기를 그 당시의 노회에는 초기의 교계라서 허다한 문제가 산적해 있었는데 이 같은 문제들을 윤산온과 남강과 한석진 목사 세 분이 맡아 처리해 나갔다고 하였다. 구제금이나 교육사업 보조를 위해서는 남강은 언제나 다른 교회보다 많은 돈을 모아 가지고 가서 이것을 노회에 내어 놓았다. 남강은 평북노회를 대표하여 평양과 서울에서 열리는 장로교 총회에도 참석했는데 역시 주도적 인물로 총회의 의사를 이끌어 나갔다. 이 같은 회합들을 통하여 남강은 기독교의 많은 지도자들과 사귀었고 두터운 교의를 맺었는데 이것이 인연이 되어 나중에 3·1운동 때 전 기독교를 대표하는 지도자가 되었다.

　남강이 기독교를 통하여 관서 사람들의 숭앙을 받게 된 데는 그의 인격도 인격이려니와 그 당시의 평안도의 정신적 풍토에도 관련이 있다. 청천강 이북은 여러 번 병화에 휩쓸렸고 李朝로부터 경원된 지역이기도 하여 유교나 불교가 남쪽처럼 성한 것이 아니었는데 그 때문에 도리어 진취와 개척에 나아가는 서민적 기풍이 흘러 넘쳤다. 거기에 그리스도의 복음도 천주교나 감리교보다는 일찍부터 장로교가 전했는데 1893년 선교사 馬布三悅이 말을 타고 평양에 와 연광정에서 포장을 치고 전도를 시작한 뒤로부터 장로교와 개화주의가 놀랍게 번져나갔다. 이 같은 새로운 정신적 풍토 속에서 민족운동자요 교육자인 남강이 교계의 지도적 인물로 등장한 데 그의 떨치는 명성이 있었다.

　1919년 3·1운동으로 감옥에 붙잡혀 들어가 한때 사형설까지 전하다가 明治政府의 정책 전환으로 보안법 위반으로 다스려서 3년 형을 받고 1922년 7월 경성 감옥에서 나왔다. 감옥에 있으면서 남강의 신앙은 한층 더 두터워졌다. 그는 이번 형기 중에는 감옥에서 구약을 20번이나 읽었다고 했는데 창세기·출애굽기·레위기·신명기·시

편·이사야·예레미야의 여러 편들이 깊은 감명을 주었다. 그의 신앙
은 어두운 감방 속에서 민족의 고난의 짐을 지면서 정련된 강철 같이
굳어졌다. 감옥에서 아침이나 저녁으로 생각한 것이 학교와 교회였는
데 1922년 옥에서 나오자 그는 학교와 교회의 불탄 자리를 돌아보고
잠시 감회에 잠겨 있었다. 3·1운동으로 자기들의 어진 봉사자를 잃
은 교인들은 목자 잃은 양떼마냥 모안이와 당사니 처소에서 모이다
가 나중에는 용동에 옮겨 자기들끼리 조그만 교회를 마련하기는 했
는데 이 비좁은 장소가지고 넘치는 신도들을 수용할 수가 없었다. 남
강이 들어가 있는 동안에 박기선·조형균의 진력과 졸업생들의 힘으
로 젊은 독지가 김기홍이 남강의 정신을 이어받아 1년 만에 다시 학
교를 열었고 불탄 교사 대신 그보다 몇 배나 되는 새로운 본교사를
지었다. 남강은 감옥에서 교회가 불탔다는 소식을 듣고 용동에 건너
다 지어야겠다는 생각을 했는데 일본 시찰을 다녀와 1923년 봄에 기
공하여 가을에 완성하였다. 경의재 옆에 지었던 교회마냥 남강은 이
두 번째 세우는 제단도 교인들과 함께 손수 재목과 돌을 날라다가 지
었다. 돌 하나 기왓장 하나에는 교인들의 손길이 닿지 않은 것이 없
었다. 남강은 잠에서 깨어 일어난 야곱이 하던 대로 돌을 모아다가
정성들여 새 제단을 쌓아 올린 것이었다.

　남강은 1923년 桂利泳 목사를 새로 지은 교회의 목사로 맞아왔다.
계이영 목사는 평양 신학교 제6회 졸업생으로서 만주에 가 있었고
정주에는 덕달이 교회에서 5년이나 목회를 하였다. 계이영 목사가 교
회의 목사로 왔고 남강이 이번도 시무장로로 있었고 조형균 장로도
오산교회에 나왔고 그밖에 많은 교인들과 청년들이 남강을 도왔다.
남강이 지도하는 제직회는 교회 운영의 중추였고 청년회와 부인전도
회는 많은 사업을 계획하여 실천에 옮겼다. 하기 학교도 성황을 이루
어 다른 교회에서도 많은 사람들이 참가하여 소학교까지 빌어서 사
용하였다. 대사경회도 열렸는데 강사로는 서울이나 평양에서 저명한
목사를 초청했고 이밖에 여러 가지 강연회도 열어 명사들의 내왕이

그치지 않았다.

선천은 거리가 가깝기도 하여 김석창 목사를 위시하여 남북 예배당에 있는 목사들과 여자로는 김신일·김신행 두 권사가 여러 번 나왔다. 성경학교 교장 고빙톤 부인도 강기일 여선생을 통역으로 다리고 가끔 나와서 부인들을 모아놓고 이야기를 하였다. 오산은 남강이 세운 학교와 교회로 하여 그 이름이 널리 전국에 들렸다. 뜻있는 이들은 이 오산에 이주하여 민족정신과 그리스도의 복음이 두터운 곳에서 자녀를 길러야 한다고들 하였다.

남강은 오산에 복음의 불길을 옮겨왔고 손수 교회를 일으켰고 두 번씩이나 교회를 지었고 시무장로로 교회를 이끌어 나갔고 안과 밖으로 교회를 대표하여 노회와 장로교 총회에 참석하였다. 그런데 남강의 신앙에는 두 가지 특징이 있었다. 하나는 민족의 광복과 연결된 신앙이었고 하나는 교육과 연결된 신앙이었다. 그의 교육이 단순한 지식이나 기술의 전수에 있지 않았던 것 마냥 그의 신앙도 그대로 이적이나 구하고 천당이나 찾는 것은 아니었다. 기독교 신앙을 통하여 민족의 품격을 높이고 백성을 무지와 미신에서 이끌어 내어 부지런하고 덕스러운 자로 만들자는 것이 그의 소원이었다.

남강은 용동을 남에게 본을 뵈는 이상촌을 만들려고 했고 또 자면회를 지도했기 때문에 젊은 여성들이 사치와 허식에 흐르는 것이 걱정되었다. 하루는 여회석 앞줄에 새 옷을 차려 입고 앉은 집안 조카들을 보고,

"옷 갈아입고 예배당 왔다고 천당 갈 줄 아나. 송철네 애나 좀 봐 줘라"라고 소리를 쳤다. "송철"네는 동리에서 가장 가난한 집으로 그 위에 눈까지 멀어 그 집 애들은 큰 애나 작은 애나 구질구질한 차림새였기 때문에 그렇게 말한 것이었다.

남강의 생각에는 민족도 개인과 마찬가지로 각각 그 짐을 지는 자였다. 개인이 신의 영광을 드러내기 위하여 창조된 것 마냥 민족도 신의 영광을 드러내기 위하여 창조된 것이었다. 그런데 신에 의하여

창조된 만물은 하나하나가 그 자신의 아름다운 빛을 놓고 있다. 풀대
가 다른 풀대에 눌려서 안 되거니와 민족도 다른 민족에 눌려서는 안
된다. 한민족이 다른 민족의 箝制 아래 있는 것처럼 심중한 죄악이
없는 것이다. 누르는 자는 남을 누름으로 하여 그 자신을 썩게 만들
고 눌리는 자는 남에게 눌림으로 하여 그 본래의 성정을 갈기갈기 찢
어 버린다. 남강에 의하면 이 같은 사태는 神의 公義에 어긋난다. 그
러므로 우리 경우에 신의 명령을 올바로 받드는 일은 민족의 광복을
위하여 헌신하는 일 외에 다른 길이 없는 것이다.

그런데 우리에게는 한 가지 크나큰 걱정이 있다. 그것은 우리 겨레
의 성품이 신에 의하여 창조된 모습에서 멀리 떠난 일이다. 이것을
회복하지 못하고 민족의 광복을 성취하기란 어려울 것이다. 인자하고
씩씩하고 고상함이 우리 선인들의 성정이었는데 인제는 이 본래의
기상이 이지러지고 무너져 심한 어둠 속에 굴러 떨어졌다. 교만과 허
영과 가난과 사대주의와 선비들의 싸움과 미신과 양반의 행패와 백
성의 무기력과…… 남강은 청일·노일 두 전쟁이 우리나라 안에서
싸우는 것을 보았고 5백년 넘은 사직이 쓸어져 넘어오는 담벼락마냥
무너져 넘어가는 것을 보았다. 이것은 멀고 긴 안목에서 보면 우리
스스로가 불러온 응보라고도 할 수 있을 것이다. 한국 교회는 이 백
성의 어둠을 깨치는 데 앞장을 서야 한다. 먼저 있었던 종교들마냥
교리나 의식이나 제사에만 치중하여 사람들을 새로운 미신으로 이끌
어 넣는 것은 올바른 신앙이 될 수 없는 것이었다.

남강의 교회 신앙은 이 같은 광복 노선과 교육 노선에서 끝내 떠난
적이 없었다. 그는 민족의 광복에 힘쓰고 백성을 무지와 미신에서 이
끌어내는 것이 그대로 하나님의 뜻이 된다고 하였다. 그는 3·1운동
이후 일반의 광복에 대한 정열이 점점 식어지면서 교회에서도 민족
의 사업은 세상일이고 영혼의 사업이 긴중하다고 하여 민족에서 떠
날 때 남강은 교회에 대하여 실망을 느끼기조차 하였다. 그리고 교회
가 많이 생기고 신도의 수효가 늘어가는 것은 좋거니와 그 모임이 형

식에 흘러 교역자들이 신도들의 마음을 충분히 붙잡지 못하는 것을
보면서 여러 번 이것을 개탄하였다. 남강이 만년에 교육 도시를 중심
으로 하는 大理想鄕을 구상했는데 이 이상향은 교육과 산업이 연결
된 전원도시면서 아울러 자기가 일으켰던 질박한 초창기의 교회가
그 정신적인 분위기를 이끌어 나가야 한다고 생각하였다.

4. 聖書 朝鮮誌

1922년 남강이 감옥에서 나온 뒤 그는 별로 학교에 있지 못하였다.
1923년 봄 일본 시찰을 마치고 돌아와 그 이듬해 1924년에는 동아일
보 사장이 되었고 그 뒤로는 민립대학 기성회와 물산장려운동을 일
선에 나서서 지도하였다. 감옥에서 나와 몸을 별로 쉴 사이도 없이 6
년 동안이나 그는 잠시도 따뜻한 자리에 앉아본 일이 없었다. 그러던
남강이 1926년 가을부터는 완연히 학교에 내려와 있으면서 종합 교
육계획의 설계와 대이상향 건설에 전념하였다. 그가 학교에 내려와
있을 때 사회주의 풍조가 우리 사회에 놀랍게 밀어 올렸는데 남강은
이 신식 풍조를 조심스럽게 지켜보면서 노사 관계에 불을 지르고 계
급투쟁으로 몰아넣는 것이 민족을 위하여 종당 이로울 바 못된다고
하였다. 그는 교육에 의하여 올바른 인재를 길러내는 일 외에 민족
전도대업의 기초를 닦는 길이 있을 수 없다는 1907년의 그의 신념을
그대로 끌고 나갔다.

그런데 남강에게는 한 가지 걱정이 생겼다. 그것은 적의 박해가 한
층 더 심하기도 하려니와 여기에 抗하여 일어나는 청년들의 기백이
견정치 못한 일이었다. 날이 가면 갈수록 합방전후의 끓어오르던 애
국심이나 3·1운동 당시의 민족의 정열이 식어가기만 하는 것으로
보였다. 학교와 사회에는 휘주근한 풍이 늘어갔다. 교회도 설교나 행
사가 형식에만 흐를 뿐 불꽃을 올리던 신앙이 자취를 감추었다. 이것
은 남강이 보기에 적의 강압 때문만이 아니었다. 독립선언 대표자 중

의 몇 사람의 훼절자 때문만도 아니었다. 민족주의를 누르고 사회주의 풍조가 올라온 때문만도 아니었다. 남강은 이것이 우리들의, 민족을 위한 결심과 헌신이 부족한 데서 오는 것이라고 단정하였다. 그런데 이 결심과 헌신이 흔들리는 것은 결국 올바른 신앙에 뿌리를 내리지 못한 때문이라고 하였다. 아무리 적에게 폭탄을 던지고 독립을 위하여 三寸舌을 휘둘러도 이것이 단순한 復讐心이나 감추인 이기적인 동기에 이끌리는 한, 참된 헌신이 되기란 어려운 것이었다.

남강은 신앙에 밑받침을 받은 애국심이 긴중하다고 생각하면서 교회에도 나가보고 젊은이들도 대해 보았다. 그러나 그들 사이에는 여전히 자기를 의로운 자로 일컫는 풍습만이 있고 세상을 건지기 위하여 자기를 바치려는 경건한 신앙이 올라오지 못하고 있었다. 그가 1910년 예수교 신앙에 돌아가 새로 교회를 지을 때에는 이 맑고 푸른 신앙이 젊은이들 사이에 있었다. 한번은 정주고을에서 좌익 경향을 가진 천도교 청년 김공열이 나와서 남강에게 지금 우리의 문제는 빈창자에 빵이 들어가야 할 문제라고 대어든 일이 있었다. 그 때 남강은 청년을 똑바로 쳐다보면서 "우리는 지금 빵에 주려있거니와 그보다도 하나님의 말씀에 주려있다"고 대답하였다. 남강은 서울에서 내려와 용동 교회에 나가면서 감옥에서 얻어진 맑은 신앙에 되돌아간 것이었다.

1928년 봄에 咸錫憲이 동경 고등사범학교를 마치고 남강이 불러 모교에 교사로 왔다. 그는 기독교 가정에 자라나 어려서부터 독실한 신자였는데 3·1만세 때 평양고보를 그만두고 오산에 옮겨 남강이 감옥에서 나온 이듬해인 1923년 봄에 학교를 마치고 동경에 건너갔다. 동경에 있는 동안 정상훈·김교신·양인성과 가깝게 사귀었는데 그들은 뒤에, 內村鑑三의 사랑하는 제자로 內村의 동경 집회에 참석하였다. 함석헌은 內村으로부터 깊은 신뢰를 받아 내촌은 집회 때 "한국에 咸군과 같은 청년이 있는 한, 그 나라는 망하지 않을 것이라"고 하였다. 內村의 이 한국인 제자들은 동경에 있으면서부터 신앙

잡지 "聖書朝鮮"을 내기로 하여 明治學院을 마친 정상훈이 그 책임자가 되어 년 4회 발간하였다. 그러다가 이들이 학업을 마치고 고국에 돌아와 학교에서 교편을 잡으면서 이 조그만 신앙 운동은 동경으로부터 국내에 옮겨졌다.

이들의 신앙 운동은 나중에 無教會派로 불리어졌는데 咸錫憲은 이 냄새를 풍기지 않기 위하여 모교의 교사로 오면서 오산 교회에 나가 청년반을 맡아 지도하였다. 처음에는 남강이나 다른 교직원이나 함석헌이 內村의 영향을 받은 일을 잘 모르고 있었는데 차츰 무교회과라는 소문이 나고 또 "성서조선"을 통하여 기성 교회에 맞서게 되어 그들의 노선이 들어나기 시작하였다. 聖書朝鮮誌는 고국에 나와서부터는 월간이 되었고 청년층으로부터 새로운 독자도 얻어 그 형세를 떨쳤다. 성서 조선지의 동인들은 각각 그 있는 학교에서 학생과 동료들에게 새로운 福音主義 신앙을 전하였다. 咸錫憲은 오산에서, 楊仁性은 선천 신성학교에서, 金教臣은 처음에는 송도고보, 나중에는 양정학교에서 각각 같은 일을 시작하였다. 교회에 적을 두는 일 외에 신앙에 나갈 수 있는 길이 막힌 줄로 알았던 당시의 청년들 사이에는 이들의 새로운 신앙 운동은 빛나는 성과를 거두었다. 성서조선지의 동인들이 주재하는 작은 집회는 그 옆에 있는 큰 교회의 골치덩어리가 되었다. 그들은 차츰 똑똑한 학생들과 교회 청년들을 자기들에게 이끌어 붙쳤고 성서 조선지와 內村鑑三全集이 교회에서 떨어져 나온 청년들 사이에 읽혀지기 시작하였다.

김교신이 송도고보에서 집회를 가질 때 빠지지 않고 나오는 학생들이 있었는데 그중에 柳達永이 있었다. 양인성・함석헌도 각각 자기가 가르치는 학생들 중에서 똑똑한 학생들을 집으로 불러 모았는데 이것을 그들을 똑똑한 학생을 도둑질 한다고 하였다. 함석헌 밑에는 용동 교회에서 떨어져 나온 청년으로서 이찬갑・최태사・노정희 같은 이들이 있었고 학생으로서는 申翔哲・玄玉元・劉孝元이 가까이 따랐는데 현옥원은 북해도 제대 농과를 나왔고 유효원은 경성 제대 의학부에 다니다가 병으로 그만두고 뒤에 월남하여 부산에서 文鮮明을 만나 지금 統一敎會란 것을 해나가고 있다. 서울에서 모이는 성서 조선 집회에 柳永模 선생을 같이 나오게 한 것도 함석헌이었다고 한다. 양인성도 선천에서 집회를 갖고 똑똑한 학생들과 교회에 회의를 갖는 청년들을 이끌어 나갔다.

김교신이 성서 조선지를 맡아 동인지를 그만두고 자기 전담으로 간행하였다. 한번은 남강이 서울을 다녀오더니 함석헌을 불러 자기도 성서 조선지를 읽어 보았노라고 하면서 신앙의 개혁을 위하여 그 방향이 옳다고 하였다.

『지금 우리에게 필요한 것이 신앙의 개혁이거든, 교회는 사람의 마음을 깨우쳐야 하는데 요새 교회는 그렇지가 못해……』

그 때 서울에서 趙炳玉이 信友會를 조직하여 교회 혁신 운동을 일으키려고 했는데 이 일에 대하여 남강은 조병옥의 하는 일이 올바른 성과를 올리기 어려울 것이라고 하였다.

남강은 함석헌 보고 김교신을 만나고 싶다고 했는데 이 연락이 올라가기 전에 남강이 서대문에 있는 성서조선사로 김교신을 찾아갔다가 김은 만나지 못하고 정상훈만 만나고 돌아왔다. 그 뒤 며칠 지나 김교신과 정상훈이 남강을 안국동 숙사로 찾아뵙고 교회와 나라 일에 대한 이야기를 듣고 돌아온 일이 있었다.

남강은 이 성서조선지 동인들이 일으키는 신앙개혁 운동에 많은 관심을 가진 모양이었다. 그는 자기가 세운 오산 교회가 자기에게서 점점 떠나는 것을 보면서 한편 서운하게 생각했으나 자기편으로부터 발을 끊으려고는 하지 않았다. 일요일이면 여전히 교회에 나가 예배에 참석했고 새벽이면 종소리를 들으며 자리에서 일어나 앉았다. 그러나 그는 밀어 오는 신앙의 물결 속에 있으면서 도리어 신앙에 목마른 자가 되어 사람들의 가슴에서 꺼져가는 신앙에 다시 불 부칠 자를 기다리는 것이었다.

咸錫憲은 교회의 청년반 지도를 그만 두고 정식으로 교회와 손을 끊고 자기 집에서 조그만 집회를 가졌다. 그가 서재로 쓰는 조그만 방에 학생들과 교회에서 나온 청년들이 둘러앉았다. 李贊甲·盧正熙·崔泰士·申翔哲·玄玉元·劉孝元·金翰……반주도 없는 찬송가를 부르고 기도를 올린 뒤에 성서를 읽고 앉아서 성서의 말씀을 해설하였다. 예배가 아니고 일종 성서 연구반 같은 모임이었다. 그러나 이 소박한 모임의 순서와 가정적 분위기와 지도하는 자의 성서 강해가 그들에게 잊어지지 않는 인상을 주었다. 그들은 한 주일을 멀다고 생각 하면서 이 집회를 손꼽아 기다렸다. 이 집회에 모이는 이들은 가톨릭 교회가 생기기 전 질박하고 불타오르는 초대 신도들의 모임에 돌아간 것이었다. 거기에는 사랑이 있고 봉사가 있고 경건한 신앙이 있고 고난의 부담이 있고 성령을 통한 사귐이 있었다. 1907년 오산학교의 창립으로 창공에 높이 광망을 올린 오산에 인제 민족정신과 신앙이 한가지로 사라지려는 때 이 이단자로 불리어지는 조그만 집회에 의하여 새로운 불꽃이 불타올랐다.

남강은 이 집회에 참석하여 학생들과 같이 찬송가를 부르고 기도를 올리고 성경 말씀을 들었다. 그는 함석헌보고 교직원도 모두 이 집회에 참석케 하라고 하였다.

『선생들 다 나와서 듣게 하자. 옳은 말은 여러 사람이 들어야 해…』

남강의 명령으로 교직원들 여러 사람이 이 집회에 한 번인가 두 번인가 나온 일이 있었다. 그러나 신앙에 대한 깊은 관심에서 떠나있던 사람들은 이 집회에서 무엇 크게 얻을 것이 있다고 생각지 않았다. 이적을 찾는 유대사람과 지혜를 구하는 희랍사람들의 후예인 그들은 이 집회에 계속해 나오기가 견디기 어려웠다. 한때의 구경꾼들이 물러간 뒤 이 집회는 여전히 적은 인수의 사람들만이 모였다. 학생들 외의 어른으로는 주재하는 함과 남강과 재천(林基璿 선생의 호) 셋뿐이었다. 학생들이 오지 않을 때는 함과 남강과 재천 셋이 앉아 있었다.

그 때 사회주의 경향을 가진 청년을 좌파라고 하면 함석헌의 집회에 나오는 신앙 청년들은 어느 의미에서 우파라고 할 수 있었다. 남강은 좌파와 우파로부터 공동의 비난 대상이 되었다. 좌파나 우파나 남강이 오산학교에서 손을 떼고 물러앉아야 한다고 보는 데 이르러서는 다를 바 없었다. 하나는 남강을 낡았다는 것이고 하나는 깨끗한 남강이 더럽혀진다는 것이었다. 이 신앙청년의 전위가 이찬갑이었고 그는 남강의 종손자였는데 남강이 학교승격 문제로 도청에 다니는 것과 또 끊었던 술과 담배를 다시 한다고 하여 신앙적인 태도가 못된다고 직접 대어든 일이 있었다. 남강은 이 손자의 공격에,

"너만 예수 믿니, 나도 예수 믿는다"고 하면서 오산학교는 자기가 민족을 위하여 헌신하는 교회인데 다른 교회에서 떠날지언정 이 교회에서는 물러날 수가 없다고 하였다.

남강은 성서조선에 실린 김교신의 글과 함석헌의 글을 읽어 보았다. 그는 그들의 글에서 풍기는 한국 냄새와 소박한 복음 신앙을 높이 평가 하였다. 그는 교회에서 목사들이 목소리조차 선교사를 흉내내는 것과 성가신 의식과 교파 사이의 싸움이 빨리 고쳐져야 한다고 하였다. 남강은 학교와 한가지로 교회도 그 수효가 많아지면 그 값이 떨어진다고 생각하였다. 초대 선교사들이 나귀에 성경과 빵을 싣고 강계와 초산 산골짜기로 다니면서 고난과 박해 속에서 복음을 전할 때에는 생생한 생명이 있었다. 그런데 그 뒤 20년 30년이 넘어 푸른 수풀 사이로 선교사들의 양옥이 뵈고 넓고 탄탄한 신작로 위로 전도하는 이들의 깨끗한 자가용차가 달리면서부터 신앙은 도리어 맥박을 잃었다.

남강은 자기가 처음으로 예수를 믿으면서 학생들과 함께 교회당을 짓던 일과 겨울에 눈이 올 때 모안이에서 교인들이 와서 교회와 학교

의 눈을 쓸던 일을 생각하였다. 그리고 그 어려운 속에서도 서로 돕고 걱정하고 산에 올라가 이슬 위에 꿇어 앉아 기도 드리던 일을 생각 하였다. 그리고 또 감옥에 있으면서 같은 신자들 사이에 지극한 사랑과 아낌이 있던 것을 생각하였다. 신앙은 고난 속에서 올라오고 그리스도의 복음은 박해의 피를 먹고 번져나간 것이었다. 그런데 이 민족에게 고난이 거치지 못했는데 교회에서 신앙이 떠난 것은 무엇 때문이뇨. 남강은 성서조선지 한 권을 등불 아래서 여러 번 읽으면서 이 한 가지 생각에 잠겨있었다. 그는 이 신앙조차 미끄러짐은 우리 민족성의 견정치 못한 때문이라고 단정하였다. 민족은 교육으로 높여야하고 교육은 신앙으로 맑혀야 하겠는데 인제 다시 신앙은 올바른 교육에 의하여 이것을 부스러지는 껍질로부터 구원해내어야 하였다.

남강에게는 기성 교회와 **YMCA** 운동 같은 것이 인제 그 할일과 시기가 지난 것으로 생각되었다. 그리고 한편 사립학교도 그 할일과 시기가 지난 것으로 생각되었다. 민족의 운명은 밖에서 내려누르는 멍에도 멍에려니와 우리들 자신의 혼의 무기력 혼의 태만 때문에 이제 파멸의 직전에 서 있는 것이다. 이 파멸에서 벗어나기 위해서는 독립군도 필요하고 폭탄 투척도 필요하고 외교 사절도 필요하고 좌익과의 연합전선도 필요한 것이다. 그러나 우리들 자신의 안의 혼이 청등하지 못하고 밖에 힘에 의한 민족의 광복을 기다리는 것은 연기가 무지개가 되고 단풍잎이 별이 되기를 바라는 것 마냥 무모하고 또 어리석은 일이다.

남강은 잘만 하면 이 조그만 聖書朝鮮에서 새로운 빛이 올라올 것 같이 생각되었다. 그는 적이 한국을 병탐한지 **20**년 인제 그 쌓인 힘을 몰아 大陸을 침공할 것이 눈에 보이는 것 같았다. 우리에게는 그동안 교육사업과 교회신앙과 개화운동과 그리고 독립선언이 있었다. 이 위대한 3월 1일을 넘어서서는 새로운 민간 언론과 私學의 융창과 민립대학 기성회와 물산장려운동과 체육대회와 허다한 좌익 단체와 그 운동들이 있었다. 그러나 이것들은 한가지로 아취를 만들고 기를 세우고 코스를 그린 것이고 실상 뛰어본 것이 못된다. 신호소리를 듣고 앞으로 뛰어나가기 위해서는 팔다리 속에 깃들여있는 안의 힘이 필요하다. 이 힘이 남강에 의하면 올바른 신앙이었다. 높은 원에 이끌려 자기를 바치는 흔들리지 않는 결심과 헌신이었다. 남강은 도산과 그 동지들이 세운 신민회의 푸른 소망을 감옥에서 나와 仁村과 그 동지들에게 걸어본 적이 있었다. 인제 무거운 납덩이 빛 아래 눌린 1929년의 조국을 바라보면서 그는 이것을 들치고 올라올 푸른 싹을 성서조선지 동인들의 신앙 운동에 걸어 보기로 하였다.

성서조선지 1930년 6월호 城西通信欄에는 다음의 기사가 실렸다.

城 西 通 信

○ 去年 晚秋의 하로 夕陽이 聖書朝鮮社에는 意外의 珍客이 내방하였었다.

서대문의 공덕리라하면 황해도 친구들이 모여서 누룩덩이나 만드는 곳인 줄로 세상이 알고 있는 곳으로 남강 이승훈 선생이 來駕하셨으니 어찌 진객이 아닐 수 있으며 오신 손님은 칠십장노요 맞는 주인은 志未立한 청년이니 어찌 惶悚친들 안았으랴.

정兄이 홀로(유·김은 부재中) 접대하는 동안에 동으로 뵈는 경성감옥은 선생의 일생에 기념할 장소였든 것. 신우회의 용두사미를 痛惜하는 등 두어 談片을 남기시고 歸市하셨다.

○ 其後 數日을 지난 1929년 11월 10일(일요일) 오후 6시를 기하여 우리는 정·유 양 형과 함께 안국동 모여관에 남강선생을 尋訪하였다. 환가

返禮의 意味라기보다도 鬱積하였던 舊懷를 풀어버리고 말았다.

선생은 우리를 최종전차로써 還家케 하였다. 內金剛에 旬日을 보내다가 外金剛을 향할 때에 嶺上에서 동해의 청풍을 한입에다 삼킨 것 같은 가슴을 가지고 누룩 만드는 공덕리로 돌아왔다.

내가 남강선생을 뵈옵기는 이것이 처음이었다. 嗚呼라, 또한 마지막 대면이 될 줄이야……

X. 臨終 前後

1. 銅像 建立

　1924년은 남강이 나던 甲子년으로서 61년 전 갑자년이 다시 돌아왔다. 남강의 난 날이 음력으로는 2월 18일이지마는 양력으로는 3월 25일이었다. 이날을 기념하기 위하여 교직원과 졸업생들이 발기하여 간소한 壽宴을 차렸다. 1864년에서 60년 동안은 우리나라에서 다사다난한 기간이었다. 허다한 일이 이 사이에 일어나 西力東漸의 사나운 비바람이 隱者의 나라를 휘몰아쳐 그 바람에 비치면서 청일·노일 두 차례의 전쟁을 겪고 1910년 마침내 종묘와 사직을 남에게 빼앗기고 말았다.

　그런데 이날 이름은 수연으로 모였으나 여기 모인 사람들은 과거를 회고하면서 깊은 감회에 잠겨 있었다. 1907년 남강이 평양에서 도산을 만나고 들어와 강명의숙과 오산학교를 세우던 일을 생각하고 그 뒤 연달아 일어난 크고 적은 일을 생각할 때 그들의 가슴에는 일만 가지 회포가 서리는 것이었다. 이날 모임에서 申禹澈·金智煥 등 졸업생들의 발기로 남강의 略傳을 편찬하기로 하였다. 남강의 약전과 각계 인사들의 남강관을 모아 이름을 [六十一之南岡]이라고 하여 서울 한성도서주식회사에 부탁하여 3,000부를 찍었다. 그런데 이 약전이 출판되자마자 당국의 기휘에 저촉된다고 하여 고스란히 압수되어 버렸다. 일제 아래서 남강의 전기가 간행된다는 것은 일제의 죄악사를 폭로하는 결과가 되기 때문이었다.

　1928년 졸업생들이 모교에 모여 은사 남강 선생의 동상 건립에 대한 의논을 하였다. 전기로 남강의 사적을 일일이 기록하여 반포할 수는 없으나 동상을 세워 그 공적을 기념하는 일은 할 수 있고 또 해야 할 일이라고 생각하였다. 졸업생들 사이에 먼저 이 의논이 있었는데 일반 사회에서도 호응하여 자진하여 기금을 보내오는 이들이 많았다. 처음에 총독부 당국에서는 독립운동자의 동상을 세운다고 하여 난색을 보였는데 교육자의 동상으로 자기가 세운 학교의 교정에 세운다는 명목아래 겨우 승낙되었다. 김지환을 대표로 하는 추진위원회가 조직되어 舊王室 美術製作所에 부탁하여 모형을 만들고 그 뒤 실제의 제작에 착수하야 2년이 걸려 완성되었다. 동상의 모양은 胸像이 아니고 全身 立像으로 하기로 했는데 한복을 입은 것으로 하려다가 남강 자신의 의견으로 양복을 입은 형상으로 작정하였다. 나중으로 그 섰는 모양인데 역시 남강의 의견에 따라 한 발을 내 디디고 앞으로 걸어가는 행상을 택하였다. 1929년 11월 서울로부터 오산에 운반되어 열다섯 자가 넘는 화강암 대위에 세워졌고 이듬해 5월 3일 그 제막식이 거행되었다.

　남강의 동상은 교육자의 동상으로 그가 세운 학교 교정에 세워졌거니와 세우고 보니 단순한 교육자의 동상이 아니었다. 경의재의 푸른 뒷산을 뒤에 지고 남으로 향하여 의연히 서있는 모습은 고구려 7백년의 전통을 뒤에 하고 일본의 남으로부터의 침공을 후려치는 민족 재흥의 용강한 기상이었다. 더욱이 5척 7촌의 남강의 체구에는 민족의 광복을 위하여 싸운 오산학교의 창립과 신민회 사업과 백오인 사건과 3·1독립선언과의 허다한 고난과 감투의 정신이 어리어있는 것이 아니냐. 5월 3일 제막식에서 어린 손자의 손으로 제막식 끈이 글러지면서 웅장한 동상이 푸른 하늘 아래 들어날 때 모인 사람들은 자기도 모르게 환호의 소리를 올렸다.

　식장에는 내빈, 교직원, 졸업생, 재학생들이 질서있게 자리 잡고 앉았고 경호로는 少年軍 세 小隊가 단정한 제복에 커다란 모자들을 쓰고 둘러서 있었다.

서울에서는 이 식전에 참석하기 위하여 安在鴻·崔斗善 그밖에 많은 명사들이 내려왔다. 동상 건립위원회 대표의 사회로 주악이 있고 개회사에 이어 제막이 있은 후 경과보고와 약력보고가 있고 축사에 들어가 安在鴻이 단에 올라 웅장한 목소리로 고구려 패망에서부터 이야기를 시작했는데 임석 경찰의 중지로 단을 내려오고 崔斗善이 올라가 남강의 공적을 찬양하는 간곡한 축사를 하였다. 讚歌로는 축가 대신 동문회가가 불려졌는데,

　　세상을 맑힐 샘물 한줄기
　　다섯뫼 동산에 흘러나네
　　이물을 마시려 모인 우리
　　사랑의 참바로 얽혔도다

라는 첫 구절이 흘러나올 때 졸업생과 재학생들은 감격에 눌리어 흐느껴 울었다. 나중으로 답사가 있었는데 가족 대표 대신 남강 자신이 동상 아래 만든 단에 올라섰다. 위에는 구리로 만든 동상이 서 있고 아래 단 위에 남강이 서 있었다. 남강의 높고 강강한 목소리로 인사말이 울려 나왔는데 멀리 뒤에 있는 사람들에게는 흡사 위에 있는 동상에서 강강한 목소리가 울려나오는 것 같았다.

　　나 같은 별로 한 일도 없는 사람을 위하여 이렇게 동상을 세워주고 제막식까지 성대하게 해 주니 무엇이라 감사의 말씀을 드릴지 모른다.
　　나는 어려서 빈천한 가정에 태어나 글도 변변히 못 읽고 여러 가지 고생을 했는데 오늘 이 같은 영광을 받게 되는 것은 내게는 너무나 넘치는 일이다. 내가 민족이나 사회를 위해서 조금이라도 한 일이 있다고 하면 그것은 백성 된 도리에서고 특별한 일을 한 것이 못된다. 나는 하나님을 믿는 것을 가장 큰 영광으로 생각한다. 내가 후진이나 동포를 위하여 한 일이 있다고 하면 그것은 내

가 한 것이 아니고 하나님이 내게 그렇게 시킨 것이다. 만일 사람이 자기 자신의 영혼에 상처를 입었으면 저런 동상은 몇 백 개를 세워도 참된 영생이 못될 것이다.

사람들은 식이 끝나고 학교의 교실과 뜰과 학교가 발생한 경의재를 돌아보았다. 3·1운동 때 그전 있던 교실과 교회당은 불타 없어지고 그 뒤 새로 제1교사와 제2교사가 생겼고 경의재 서쪽의 기숙사들은 헐어버리고 그 자리에 소학교를 지어 옛 모습이 많이 달라졌다. 경의재 서쪽에 있던 변소만은 남강이 손수 치고 한 유서있는 변소라고 하여 자리를 옮기지 않고 그 자리에 헐어지었다. 졸업생들은 '단심강' 자리와 자기들이 들어있던 기숙사 자리와 나갈 때 한 기념식수들을 돌아보면서 옛날을 그리워하였다. 그들에게는 뒷산의 나무 하나 운동장의 돌 하나가 한없는 그리움을 자아내었다. 동상 뒤에 있는 낡은 교사는 3·1운동 이듬해 조만식 교장이 다시 교장으로 와서 학생들과 같이 재목과 돌을 날러 다가 지은 집이었다. 그 앞에 동상이 서고 보니 인제 이 동상은 모교의 은사면서 아울러 민족의 領袖인 스승의 모습을 영원히 전하는 귀한 기념상이었다.

교직원과 학생들은 제막식이 있은 이튿날도 또 그 이튿날도 이 동상 자리에서 떠날 줄을 모르고 빙빙 돌면서 동상의 모습을 쳐다보고 손으로 돌을 쓸어보고 물러서서 푸른 하늘 빛 아래 서있는 그 전경을 바라보았다. 아테네와 로마에는 이 같은 像이 많이 서있다고 한다. 불란서 파리에도 여러 모양의 동상과 대리석상이 서 있다고 한다. 그러나 1930년 오산학교 교정에 세워진 남강의 상처럼 정신적인 강한 인상을 주는 상이란 없을 것이다.

남강의 동상은 세 가지 면에서 가장 우렁찬 정신의 像이 된다. 남강이 아름다운 국토 東半島에 낳다는 것과, 민족의 고난의 짐을 한 몸에 졌다는 것과, 남강의 정신이 참과 獻身으로 일관되었다는 것과…… 이 세 가지가 남강의 동상이 지닌 불멸의 특징이 되는 것이다. 남강의 동상이 세워진 뒤 많은 사람들이 이 동상 앞에 와서 모자를 벗고 머리를 숙이고 섰는 것이 보였다. 이것은 단순히 동상 앞에 머리를 숙이는 것이 아니고 남강에 의하여 대표된 민족의 고난 앞에 머리를 숙인 것이었다. 졸업생이나 재학생들도 근심이 있고 어려운 일이 있고 할 때는 낮이고 밤이고 남강의 동상 있는 데 왔다. 그들은 동상 앞에 앉았고 동상 돌에 기대고 하면 모든 시름과 울연한 생각이 사라지고 맑고 푸른 물결이 가슴속에 일어나는 것이었다. 그랬는데 **1942년 12월** 어느 눈 오는 날 저녁 일본 강점자들은 헌병을 시켜 남강의 동상을 태평양 전쟁의 전쟁 물자로 쓴다고 하면서 대를 부수고 떼어내려 아무렇게나 차에 싣고 그 위에 뵈지 않게 썩은 집을 덮고 끌고 가 버렸다. 저들은 손으로 만든 동상을 헐어갈 수는 있었거니와 손으로 만들지 않은 동상을 우리에게서 빼앗아 갈 수는 없었다.

銅 像 文(글 · 李光洙)

쓰어 붙이는 말

  남강 이승훈(南岡李昇薰)선생은 서력 1864 갑자년 3월이 25일에 평안도 정주 본집에서 여주 이석주(驪州李碩柱)씨 둘째 아들로 나니 모친은 홍주 김씨라 어려서부터 밝고 참되니 사람들의 믿음을 받다. 중년에 무역상으로 이름이 높아진 것도 이 갸륵한 인격이 신용의 밑천이 된 것이다. 1907 정미년 유월에 평양에서 도산 안창호(島山安昌浩)선생과 만나 뜻이 서로 맞아 신민회에 들고 일변 향지에 오산학교(五山學校)를 세우고 일변 마산동에 자기 회사를 세우니, 모두 나라 일이라 이로부터 선생이 국가적 생활이 시작되다. 1919 기미년 삼십삼인의 하나로 옥에 들어간 것까지 옥에 가기가 세 번이요, 있기가 전후 아홉해 선생의 백발이 옥중에서 난 것이다. 예수교에 도타운 신앙을 가지어 오래 장로로 있었고 오늘은 가장 사랑하는 아들 재단법인 오산고등보통학교 이사장이다. 선생의 품에 자라난 오산학원 동창들이 선생의 은혜를 기념할

까 하고 힘을 모도아 이에 선생의 동상을 세우니 서력 1929년 己
巳년 11월 30일이라.

2. 臨 終

남강은 1864년 3월 25일에 나서 1930년 5월 9일 67세로 세상을
떠났다. 그의 일생은 우리나라로서 가장 다난한 시기로서 이 고난의
겨레가 져야 하는 무거운 짐을 그로 하여금 지게하기 위하여 하늘은
그를 우리들 사이에 보내었는지 모른다. 그런데 남강은 하늘이 보낸
東半島의 어린 양으로 그 괴로운 짐을 지고 험한 등성이 몇 개를 넘
은 뒤 이제 그 혼이 육신으로부터 해방되는 시간을 맞았다.

남강은 몸에 비하여 키가 호리호리하고 체구가 결곡하였다. 얼굴이
갸름하고 자세가 바르고 어깨 모양이 예뻤는데 두루마기를 입고 섰
을 때는 귀골의 풍이 있었다. 그의 천성이 대줄기 같이 바른 것 마냥
몸자세도 발랐는데 이것은 어려서부터 바로 앉고 바로 서고 바로 걸
은 탓인지도 모른다. 남강은 타고난 성품으로 몸을 바로 가지고 말을
바로 하고 생각을 바로 하였다. 그에게는 무엇에나 비뚤어진 것이 질
색이었다. 이 바른 자세가 그의 건강에 크게 작용했을 것이다. 그의
건강은 그의 얼굴이나 음성마냥 강강하다는 말로 표시할 수 있을 것
이다. 그는 병으로는 신석증이 있어 수술한 일이 있었다고 했는데
1922년 59세 때 감옥에서 나온 뒤로 평양 기홀병원에 나가 있은 일
이 많았다.

그런데 남강의 이 강강한 건강이 다소 이지러진 것이 9년의 옥고
때문이었다. 감옥 속에 있으면서 그의 정신은 한없이 강강해졌거니와
그의 건강은 비좁은 공간과 탁한 공기와 거친 식사와 어두운 광선 때
문에 자연 해를 받을 수밖에 없었다. 도산이 상해에서 붙들려 나와 3
년이 넘는 옥고로 몸이 병주머니가 되었다고 하거니와 남강이 심한
고문과 오랜 옥고를 거치면서도 불치의 병에 걸리지 않은 것은 순연

히 그의 강진한 정신과 체구 때문이었을 것이다. 그러나 오랜 옥중 생활은 그의 전신을 서서히 침식하여 60이 넘자 그의 건강은 알아보게 떨어졌다.

1926년 서울에서 내려와 학교에 있으면서부터 남강은 며칠에 한번 씩 자리에 누워 쉬어야 했고 의사들로부터 정양하라는 권고를 받았다. 그러나 그의 성미로는 버럭 버럭 앓는 병이 아닌 바에 방에 누어 있어 주사를 맞거나 한약이나 대려 마시고 있을 수가 없었다. 그는 남들이 건강에 대하여 물으면 도리어 괜찮다고 하면서 짐짓 불편한 기색을 숨기기까지 하였다. 평양에서 맞아 온 장선경 여사의 자상한 보살핌으로 1929년부터는 그의 건강이 완연히 좋아져서 목소리에 한결 기운이 있어 보였다. 그는 늦게까지 학교에 있다가 집에 건너가서는 더러 가슴이 답답하고 숨이 막힌다고 하였다. 그럴 때는 곁에 있는 장 여사의 간단한 보혈 주사로 쉽사리 내려가고 다시 원기를 회복하여 이야기하는 소리가 밖에까지 들렸다.

1930년 5월 3일 동상 제막식이 있기 바로 며칠 전이었다. 申禹澈·金智煥 그밖에 졸업생들의 방문을 받아 여러 가지 이야기를 하고 그들을 돌려보냈는데 그날 저녁 기분이 좀 언짢다고 하여 가벼운 치료를 받고 조용히 누어 있은 일이 있었다. 제막식 날로 예정한 5월 3일이 닥쳐왔다. 서울에서 동아일보사를 대표하여 金鐵中, 그리고 安在鴻·崔斗善이 각각 기관을 대표하여 내려왔다. 평양에서도 金東元 그 밖의 사람들이 들어왔다. 남강은 그들을 맞아 반갑게 이야기하고 식이 있는 날에는 식장에 나가 오랜 시간을 보냈다. 그날 저녁 가족들이 걱정을 했으나 아무렇지도 않았고 도리어 손님들과 이야기까지 하였다.

5월 3일 동상 제막식이 있었는데 그날이 토요일이고 이튿날 4일이 일요일이었다. 남강은 일요일을 집에서 조용히 쉬었다. 저녁에는 정신이 쇄락하여 뜰에 내려가 거닐기까지 했고, 그 다음 날인 5일 월요일에는 아침을 마치고 전에 하던 대로 학교에 건너가 이사장실에서

직원을 불러 보고를 듣기까지 하였다. 6일, 7일도 별일 없이 예사롭
게 지내고 8일 목요일이 되었다. 남강은 아침을 마치고 학교로 건너
왔다. 목요일에는 체조 조회라고 하여 교장이 인사를 받고 체조 선생
이 올라서서 학생들을 체조 대형으로 벌려 세우고 상의를 벗기고 체
조를 시켰다. 5학년 학생으로서 머리를 깎지 않고 길게 기른 학생들
이 더러 있었다. 체조가 끝난 뒤 체조 선생은 학생들을 다시 조례대
앞에 모여 세웠다. 남강이 조례대에 올라서서 학생들에게 일반 풍조
에 따라가지 말 것을 부탁하였다. 머리 기른 큰 학생들을 쳐다보면서
"길고 짧은 것보다도 한번 작정했으면 그것을 지켜야한다"고 하였다.
그는 머리 깎는 말을 하다가 다시는 여기 대하여 이야기하지 않을 테
니 깎든지 안 깎든지 학생들이 생각하여 하라는 말을 하였다.

교직원이나 학생들은 남강의 이 말이 학생에 대한 마지막 말이 되
리라는 것을 생각한 사람은 없었다. 그들은 예사롭게 조회를 마치고
양쪽 끝줄에서부터 계단을 올라가 교실로 들어갔다. 남강은 운동장에
남아있어 학생들의 마지막 사람이 교실에 들어가는 것을 바라보고야
계단을 올라왔다. 남강은 하루를 학교에 있어 간부들을 모아 학교 살
림과 학생지도 방침을 의논하고 늦게까지 학교에 남아 있어 교실들
을 돌아보고 길이 어두어서야 용동 집에 건너왔다.

남강은 학교에서 건너와 저녁을 마치고 얼마동안 만나지 못한 자면
회원들을 불러 열시가 넘도록 그들과 같이 있으면서 여러 가지 일을
지시하였다. 그들에게 동리의 공동 경작으로 뽕나무 밭을 사들일 계
획을 이야기하면서 앞으로 절골에 製絲 공장을 두게 된다고 하였다.

남강은 회원들을 돌려보내고 11시경 자리에 누었는데 자정 때 쯤
협심증을 발하여 병세가 갑자기 위중해 올라왔다. 학교병원에서 졸업
생이요 의사인 林昌燾 의사가 들어와 주사를 놓았으나 좀처럼 숙이
지 않았다. 조금 정신이 들었을 때 남강은 옆집에 있는 재천을 불러
오라고 하였다. 재천이 들어서자 환자는 이 40년래의 친구의 손을 잡
고 숨이 좀 내려가기를 기다려 자기가 이번엔 회복되기 어렵다는 것

과 죽은 뒤에 유해는 땅에 묻지 말고 일본 시찰에서 돌아와 이야기하
던 대로 학생들이 만질 수 있는 생리학 표본을 만들어 학교에 걸어두
도록 하라는 부탁을 하였다. 재천은 이 부탁을 들으면서 이 병은 내
려가기만 하면 그만이니 걱정 말고 진정하라고 하면서 숨결이 평안
해지는 것을 보고 안심하고 집으로 돌아갔다. 그랬는데 새벽 3시가
넘어 다시 기별이 와서 내려가 보니 환자는 이미 의식을 잃었고 곁에
있는 의사는 희망이 없다고 선고를 내렸다. 이 때가 바로 5월 9일 새
벽 4시였다. 동반도를 사나운 비바람 속에서 지켜오던 하늘의 백양
성좌에서는 커다란 별 하나가 땅에 떨어졌다.

　남강은 생전에 죽음에 대하여 이런 말을 하였다.

　　백오인사건으로 감옥에 들어갔다가 나온 뒤였다. 자기는 그저
썩어지지는 않을 것 같노라고, 초목과 같이 썩지는 않을 것이라고
하였다.

　　『……달래강에 물이 나서 사람들이 못 건너갔는데 건너편 성황
당에서 빛이 물에 비취어서야 건너갔다. 지금 와서 생각하니 그날
저녁에 있던 사람은 다 그냥 죽었다. 나는 그저 썩지는 않을 것
같다. 李完用 죽은 것을 사람들이 이완용 卒이라고 했는데 나 죽
은 뒤에는 卒이라고는 않을 것이다.』

　　선우 혁이 상해에서 독립운동 연락차로 나와 찾아왔을 때 그 전
하는 소식을 듣고 무릎을 치면서 자기가 臥席終身할 줄 알았는데
인제 죽을 자리와 시기를 얻었노라고 하였다.

　　평양 기홀병원에서 목사들과 만나 3·1운동 일으킬 의논을 하는
데 목사들이 자기들은 종교인이니 빼어달라고 하였다. 남강이 책
상을 치면서,

　　『나라 없는 놈이 어떻게 천당엔 가 이 백성이 모두 지옥에 있는
데 당신들만 천당에서 내려다보면서 앉아 있을 수가 있느냐.』

　　독립선언서 서명 순서로 방안이 떠들썩하였다. 남강이 밖에 나
갔다 들어와 이 말을 듣더니,

『이거 무슨 순선 줄 알아. 죽는 순서야 죽는 순서 아무를 먼저 쓰면 어때, 의암의 이름을 먼저 써.』

『삼일운동으로 감옥에 있는 때인데 사형설이 돌아갈 때에도 조금도 슬퍼하는 기색이 없이 도리어 나라에 헌신함이 약한 것을 한탄하였다. 손으로 한편 손 식지를 때려 피가 흐르게 하면서,

『이것이 썩을 손까락 아니야. 그런데 이것이 아까워서 못 바치니, 어떻게 하나……』 라고 하였다.

그러던 남강이 이제 마지막 숨을 쉬고 고요히 누어있다.

그는 교육과 산업에 의하여 민족의 영광을 회복하려던 일을 마치지 못하였다. 그는 오산학교 일을 다 한 것이 아니었다. 그는 신민회 산업을 국내에서 혼자 맡아 했는데 그 첫 번 뜻을 다 펴지 못하였다. 그는 그의 대이상향 건설을 웅대한 구상만 남겼다. 그는 교육을 위한 이상은 오산 학교를 통하여 어느 정도 펴보았으나 그의 산업을 위한 민족자본의 형성은 전연 이루어보지 못하였다. 그의 민족 운동과 개화주의는 많은 씨를 뿌렸건만 그 열매는 거두지 못하였다. 그의 신앙 개혁 운동은 수평선 위에 조그만 미광을 바라보았을 뿐 그 놀라운 照光을 보지 못하였다.

남강이 세상을 떠난 것은 겨레가 異民族 箝制에서 풀리기 15년 전이었다. 남강이 세상을 떠난 것은 도산이 세상을 떠나기 8년 전, 李甲이 세상을 떠난 지 13년 뒤였다. 그리고 栗谷이 세상을 떠난 지 346년, 忠武公이 세상을 떠난 지 332년, 李儁이 세상을 떠난 지 23년, 徐載弼이 세상을 떠나기 21년 전, 金九가 세상을 떠나기 19년 전, 페스탈로치가 세상을 떠난 지 103년, 마치니가 세상을 떠난 지 58년, 孫文이 세상을 떠난 지 5년, 간디가 세상을 떠나기 18년 전이었다.

남강이 학교를 사랑한 것은 민족을 사랑하기 때문이었다. 그리고 민족을 사랑한 것은 이 땅과 백성이 불쌍하기 때문이었다. 남강은 겨레의 영광을 회복하는 일이 하늘의 公義가 된다고 생각하였다. 그가

학교를 위하여 재산을 바치고 수고를 바치고 명예를 바치고 목숨을 바친 것은 그것이 하늘의 명령이기 때문이었다. 그는 이제 그 뼈다귀마저 그가 세운 사랑하는 학교를 통하여 조국에 바쳤다. 남강은 학교와 조국을 위하여 그의 바칠 수 있는 모든 것을 바쳤다. 그의 고난어린 일생이 그대로 역사 위에 솟아오른 헌신의 상이었거니와 그의 임종은 이 헌신의 상 위에 세워지는 빛나는 면류관이 되었다.

3. 社會 葬儀

1930년 5월 9일 남강은 그 고난 어린 생애를 마쳤다. 동상 제막식이 있은 바로 한 주일 뒤였다. 이 슬픈 訃報가 세상에 전하자 각계 인사들은 소스라쳐 놀라났다. 월남이 1927년 3월 세상을 떠났는데 이제 또 남강이 거연히 가버렸다. 한국 사회는 불과 3년 안에 민족진영의 상징인 두 지도자를 한꺼번에 잃고 말았다. 학교의 교직원과 학생들은 물론이려니와 동상 제막식에 참석했던 사회 인사들과 졸업생들은 목숨의 무상함에 한 번 더 놀라났다.

남강은 여러 면으로 보아 더 살아있어야 할 것이었다. 그의 나이에 기대되는 활동도 활동이려니와 아무 일을 안 하고 그대로 있었다고 해도 그는 살아 있어야 하였다. 그의 경력으로나 품격으로나 민족에 대한 지정으로나 남강이 있는 것은 마치 낮은 丘陵이 연달아 나간위에 높은 산이 솟아 있는 것 마냥 그 있는 일 자체로서 민족의 위의와 영광을 더하는 것이었다. 생전에 남강에 대하여 이렇고 저렇고 하던 사람들도 남강의 서거를 아까워하였다. 사람의 값은 그가 죽은 뒤에야 올바로 매길 수 있다고 하거니와 남강의 부보를 듣고 슬퍼하는 민중의 마음으로 미루어 보아 남강은 분명히 전체 민중의 숭앙의 표적임을 알 수 있었다.

서울과 평양에서는 거의 동시에 남강의 장의를 사회장으로 하는 의논이 발의되었다. 바로 3년 전 1927년 월남의 경우에 사회장을 지낸 바 있었는데 남강의 민족에 끼친 업적과 그 사랑으로 하여 국민장에 해당하는 사회장으로 하는 것이 남강에 대한 이 백성의 도리가 된다고 하였다. 사회 각계의 지도인사들로 남강사회장 장의위원회가 구성되었는데 동아일보를 위시한 언론 기관, 조선교육협회, 중앙기독교청년회, 조선체육회, 조선물산장려회, 그밖에 각계의 사회단체로부터 대표들을 보냈다. 중앙위원회의 위원장으로는 尹致昊, 지방위원회의 위원장으로는 평양에는 曺晩植, 정주에는 玄相允이 각각 위원장이 되어 위원 명단을 발표하고 일시는 5월 17일 10시, 장소는 오산학교 교정으로 하여 이것을 각 신문에 발표하였다.

1930년 5월 17일 오산학교 교정에는 아침부터 수많은 사람이 모여들어 사람과 만장으로 물결을 이루었다. 운동장 중앙에 식장이 마련되었는데 들어오는 정문에는 교기를 위에 검은 헝겊을 매어서 세웠고 식장은 검은 줄과 흰 줄이 건너간 휘장으로 둘렀다. 예정된 시간이 되어 용동에서 靈柩가 학생들의 손에 이끌리어 식장에 도착되어 단상에 안치되었다. 남강은 바로 한주일 전에 이 운동장의 계단을 올라가, 동상이 선 앞에서 감격에 어린 답사를 하였다. 그리고 이 운동장과 그 주변에는 1907년 그가 오산학교를 여기에 세운 때부터 그의 발이 수많은 발자국을 여기에 내었다. 그리고 또 용동에서 학교에 건너오는 길은 그가 여름이나 겨울이나 한결같이 걸어 다녔고 합방 전후에는 눈물을 비 오듯 흘리면서 다니던 길이었다.

영결식장 중앙의 영구를 안치한 단 앞에 유가족이 영궤를 모시고 섰고 옆에 장의위원석, 교직원석, 졸업생석, 학생석, 교회신우들의 석, 일반석의 標識가 보였다. 영구는 흰 꽃으로 덮이었고 그 앞에는 각 기관에서 보내온 화환들이 놓여 있었다. 서울과 평양을 위시하여 각계에서 보내온 여러 빛깔 여러 기리의 만장들은 대에 매어 학생들이 줄을 지어 경건하게 들고 서 있었다. 만장을 들고 선 학생 하나가 몹시 울고 있었는데 조회시간에 남강으로부터 머리를 깎으라고 책망을 들은 학생인 듯 하였다. 경호는 한주일전 동상 제막식 때 나왔던 소년군들이 맡고 있었는데 그들의 제복과 모자가 한층 어둡고 슬프게 보였다.

식이 시작하기 조금 앞서 장의위원을 위시하여 모인 사람들이 자리에 나와 서고 주위에는 원근에서 모인 남녀노소 무려 수만 명이 여러 겹 둘러섰다. 예정된 시간이 되자 현상윤의 사회로 식이 시작되었다. 먼저 일동의 묵도가 있고 위원장의 개식사, 약력 보고, 각계의 조사, 조가, 폐식사, 각계 대표의 분향의 순서로 식이 끝났다. 식이 진행 되는 중 회중 사이에서는 줄곧 흐느껴 우는 소리가 들렸다. 남강의 사회장의는 남강을 보내는 영결식이거니와 한편 침통·긴장 그리고 숙연한 가운데 집행된 민족의 大示威였다. 남강을 위하여 뿌리는 회장자들의 눈물은 남강을 위하여 뿌리는 눈물이면서 그대로 민족의 고난을 위하여 뿌리는 눈물이기도 하였다.

남강의 사회장의는 일정하에서 가장 질서 정연하게 거행된 민족정신의 제전이었다. 바로 며칠 전 동상 제막식에 보였던 安在鴻·崔斗善 같은 이들의 얼굴이 다시 보이는가 하면 崔 麟·宋鎭禹의 침통해하는 얼굴도 보였다. 남강과는 일생동안 끊을 수 없는 연계를 가졌고 또 오산학교의 진정한 어머니라고 할 수 있는 曺晚植 전 교장이 그 성자다운 간소한 차림, 그 예언자다운 날카로운 목소리로 한마디 한마디 뼈에 사모치는 애조사 속에서 말이 "남강은 그 죽은 뼈다귀까지를 민족에 바쳤다"라는 구절에 이르자 청중들은 잠깐 동안 숙연한 가운데 머물다가 갑자기 슬픈 곡성이 터졌다. 흐느껴 우는 소리, 발 구르는 소리, 땅을 치는 소리, 주저앉아 몸부림하며 우는 소리, 식장은 눈물바다, 울음바다로 화하고 말았다. 장의식장에 들어와 끼인 정사복 경찰과 홍분된 군중과의 사이에는 금방 어떤 걷잡을 수 없는 사태가 일어날 것만 같았다. 그러나 식은 이 긴박과 홍분과 침통과 호곡 속에서 순서 있게 진행되어 남강의 영구는 거의 만장과 조기에 묻히다시피 하여 교정의 정문을 나와 장차 영구를 서울로 옮길 고읍역으로 향하였다. 학생들이 든 만장이 석양볕을 받으면서 바람에 날렸다.

영구의 뒤를 따르는 사람들의 행렬은 학교에서 역까지 길게 벋었다. 그 수많은 사람들의 가슴속에는 오직 한 가지 생각 한 가지 슬픔 한 가지 감정이 안개같이 서리어 올라왔다. 회장자들은 고읍역에까지 따라 나와 역에서 기다려 영구가 차에 옮겨 실려 떠나는 것을 보고 각각 흩어져 돌아갔는데 그들의 머리에는 이 사회장의 식전에 참석했던 인상이 오래 잊어지지 않았다.

사회장의 위원회 간부들을 위시하여 상주, 오산학교 직원과 학생 대표, 그밖에 고인의 가까운 친지와 각 단체 대표들은 남강의 영구를 호위하고 서울에까지 올라왔다. 남강의 영구를 실은 차가 남강이 평소에 다니던 연선의 여러 역을 지나 평양역에 닿았다. 평양은 남강이 장사로 이름을 떨치던 곳이고 도산을 만난 곳이고 산정현 예배당에서 설교를 듣고 예수를 믿기로 작정한 곳이고 태극서관과 마산동 자기회사 일을 주관하던 곳이고 평양 신학교에 다니던 곳이었다. 남강의 영구를 실은 차는 그 이튿날 이른 아침에 남강이 1911년 2월 차안에서 검거되던 수색을 지나 아침 6시에 서울역에 닿았다. 남강의 영구는 그 오려던 목적지인 서울에 옮겨졌다. 남강의 뼈는 이제 그 마지막 봉사를 기다리면서 여기에 옮겨진 것이었다. 1919년 2월 27일 3·1운동을 계획하면서 모였던 한강 인도교 아래는 바로 여기서 내다보이는 앞이고 백오인사건과 독립선언으로 복역한 마포감옥은 바른편 손에 있었다. 기관차 뒤에 연결된 영구차는 흰 기를 날리면서 역 구내로 들어왔다. 차가 플랫폼에 닿자 역에 영조 나온 인사들은 영구에 향하여 일제히 머리를 숙였다. 이른 아침이었고 안개가 걷히지 않았는데 역 내의에는 사회장의 중앙위원들과 각계의 인사와 학생대표들로 차있었다. 만일 경찰이 영조 나오는 사람의 수를 제한하지 않았다고 하면 서울 장안의 한층 더 많은 사람들이 대학 병원으로 향하는 남강의 영구를 마지막으로 바라보기 위하여 역에 모였을 것이다. 남강의 유해가 서울로 옮겨진 것은 그의 유언대로 이것을 해골 철제하기 위함이었다. 영구는 다시 자동차에 실리어 대학병원으로 옮겨졌는데, 거기서 그 때의 경성제국대학 의학부 해부학 교실 今村 주임교수의 執刀 아래 해부 철제하기로 되어 있었기 때문이었다.

남강의 사회장의는 회장자들에게 커다란 교훈을 주었다. 남강의 일생은 그대로 고난 어린 헌신의 일생이었는데 사람들은 그의 일생을 회상하면서 남강이 자기들 사이에 있었음을 높은 자랑으로 생각하였다. 그는 그 죽는 마지막 순간까지 자기를 아낌없이 조국에 바쳤다. 남강을 사회장으로 보낸 것은 그의 두터운 은고를 입은 이 백성의 마땅한 도리였거니와 그들은 한편 그렇게 함으로 하여 자기 동포를 끝까지 가르치려는 남강의 뜻을 펴드린 것이었다.

그런데 그 뒤 대학 병원에서 해부를 마치고 철제에 들어가려고 할 때 돌연히 총독부 당국의 지시라고 하여 표본으로 만드는 것을 못하게 하고 返骨되어 이 기름을 뺀 뼈를 곱게 나무함에 넣고 다시 기리 한 자, 높이 두 자 두 치의 유리함에 넣어 같은 해 10월 다시 향리인 오산으로 내려왔다. 학교에서는 다시 예를 갖추어 이 반골 된 영령을 봉영하여 학교에서 서쪽으로 좀 떨어진 아늑한 자리에 남향으로 안장하고 그 이듬해 10월에, 吳世昌이 篆書를 쓰고 鄭寅普가 지은 비문을 새긴 묘비를 세웠다.

적이 남강의 유골의 해골 철제를 금한 데는 여러 가지 이유가 있었을 것이다. 그 중에서 가장 큰 이유는 남강이 무섭기 때문이었다. 그들은 산 남강도 무서워했거니와 산 남강보다 한층 더 무서운 것이 죽은 남강이었다. 죽은 남강을 무서워한 것은 남강의 몸이 죽었고 그 정신이 죽지 않은 증좌였다.

1985년 봄, 도산이 대전 감옥에서 나와 오산에 들어와 평양에서 갖고 들어온 나무로 남강 묘에 기념식수를 하였다. 1938년 3월 도산도 세상을 떠났다. 남강과 도산을 그리워하는 사람들이 일제 아래서 남강 묘지에 찾아와 겨레의 두 은인을 회상하였다.

1942년 일본이 태평양 전쟁을 시작한 이듬해 적의 야만적인 한민족 말살정책이 그 최후 발악의 고비에 들어서면서 그해 8월 13일 오산학교 직원 20여명과 졸업생 재학생 6, 70명을 일제히 검거하여 가두고 고문하고 죽이고 한 일이 있었다. 그 때 일본 경찰은 남강의 남긴 정신을 뿌리째 뽑아 없앤다고 하여 먼저 남강의 동상을 떼어가고 뒤이어 묘비의 글자를 쪼아버렸다가 나중에는 이 글자 없는 비가 더 위험하다고 하여 이것을 땅에 묻어버렸다. 해방된 해 10월 3일 남강의 묘 앞에 많은 사람들이 모여 해방 봉고제가 있었는데 그 때 이 글자 메인 묘비가 땅속에서 파내어져 섰던 자리에 다시 세워졌다. 남강의 묘 앞에는 이 글자 없는 비석과 그리고 도산이 옥에서 나와 오산에 와서 남강의 묘를 찾고 기념으로 심은 소나무 두 그루가 있을 따름이고 학교 교정에 세웠던 남강의 동상은 돌대만 남은 채 동상은 잃어버리고 말았다.

南岡先生 墓碑　(葬之明年十月立)

　庚午三月五日定州五山校范南岡李公銅像成校公所立也越五日公早至校循視堂宇者久之夜丑時疾作暝于寅赴發邦人士女議所以飾其終事京城平壤定州爲三部皆主尹致昊將選日時舉囊于五山之麓而公臨沒曰吾自矢隕軀邦族今已矣卽死可載入京解取骨綴之　資諸生究明人關節係絡之微　庶不爲無益與其安臥厚壤而負此心也至是孤宅魯宅鎬兄子子卿旣故人朴基璿等泣以告衆衆不敢違奉枢奠諸校四方至者以序入焚香蕭揖旣引衆又以序從至驛哭泣之聲益哀車抵京吊者闐咽驛舍如發時旣解綴且始而旋格於禁竟以十月復返于定州盛以琉璃缸徑一尺高信之加二寸而用木函函之卒葬五山城峴東負乾原而衆以基璿狀屬寅普爲銘公諱寅煥　字昇薰以字行本驪州人先流寓宣川父徒定州碩柱母金氏公幼給事納淸市號質直不欺旣長假貸營賈貲大起光武年丁未公年四十四以事至平壤聞上內禪爲泣下卽日斷髮益交結安昌浩李甲等諸名士而修里塾課新藝且請邑諸儒基鄕財立校五山旣而諸儒異言還其財一取辦於已附設小學二敎男女之幼者庚戌國變是時甲昌浩皆出域外公留治校辛亥南滿洲武官學校獄起坐繫論流濟州島數月尹致昊等逮辭連公再繫濟州驗治

壬子移訊京城在獄讀新約書百過公之宗基督敎始此獄屢移輾轉至大邱復至京甲寅始得釋而己未宣言之役基督敎公實聯之事發又就獄自辛亥前後凡三繫五山校幾廢者數用公公誠結人之心繼者恒自力如公時以故校得不廢而公先以興學耗家貲幾盡至是往來約束助資齎公所拮据又獨多家遂破獄中繼續舊約書又且數十過獄將蔽讞言當死同繫者恟懼公夷然若無聞也又四年而出年五十九矣公興學聞於內外崎嶇狴犴年且老名益高然生平意氣奘駔至誠憤發不能一日自休方其自獄出也或謂公宜稍自愛避事 公笑曰是衰皺者而可自愛耶 自是益奔走謀所以固校財且日夜聚諸生里人陳說激昂公所識書惟新舊約少將賈販不矜體貌當其情烈辯激脫上衣攘腕語俚陋往往無次自他人言之無所奇而出公口中人之沁聞者或至流涕五山校生出至他所望其色已有異於 衆者其感之如此然世風漫變騖新者益厭公所言而公奔走不休事期庇衆不期名由是謗稍不起頃之衆鳩財缸銅以象公旣沒而哀動遠邇則其至誠終有以孚之也當其命負於志志絀於年而思皐如之息悱然不得於其心臨歿之言雖過而不可以爲繼千秋以下君子可以見其哀焉悲夫公居家孝友甚修子卿嘗謂叔父生平未嘗知兄子與己子殊也

銘曰 維公之初負販自致山河嬰懷天臨其志鼓鐘有桴不桴以手爰聚爰厲爰示之軌二十年間且生且死孤耿莫聊名爲公祉白髮鬖鬖士女所依無爾謂塋我安其疲城山之墟有掩其蛻刊石載詞以永泣涕

東萊鄭寅普撰
完山李範世書
海州吳世昌篆

年　譜

$$\left(\begin{array}{l} \text{※8P 記事는 該年度의 情況} \\ \text{※年齡은 曆年齡임} \end{array} \right)$$

1864年 甲子 (1歳)	3月 25日(陽) 平安北道 定州邑內 李碩柱의 二男으로 出生, 生後 8個月 母親 別世 東學敎祖 崔濟愚 處刑, 第一 인터내셔널 런던에 設立, 美 쉐만號 事件(66年), 丙寅洋擾(66年), 日本 王政復古(67年)
1869年 己巳 (6歳)	納清亭으로 移居, 漢文書堂에서 修學 수에즈運河 開通, 辛未洋擾(71年), 東京·橫濱間 鐵道開通(72年)
1873年 癸酉 (10歳)	父親 別世
1874年 甲戌 (11歳)	林逸權 商店의 使喚으로 있음 江華沿岸 砲臺完成, 大小砲 新造, 韓日修好條規調印(76년)
1877年 丁丑 (14歳)	林逸權 商店의 收金員이 됨 日本 代理公使 花房義質 來鮮
1878年 戊寅 (15歳)	結婚, 自立 生活 哲宗妃 昇遐, 大久保利通 暗殺
1879年 己卯 (16歳)	黃海道 安岳·鳳山 等地로 行商 繼續 仁川·富平·砲臺 完成, 元山 開港 議定, 修信使 金弘集을 日本 에 派遣(80年), 仁川 開港을 決定(80年), 朴定陽·魚允中 等 十 餘名의 視察團을 日本에 派遣(81年), 韓美·韓英·韓獨修好條約 (82年), 壬午軍亂(82年), 濟物浦條約(82年), 修信使 朴泳孝를 日 本에 派遣(82年), 太極旗를 國旗로 制定(83年), 閔泳翊을 美國에 派遣(83年), 漢城旬報 發刊(83年), 칼·마르크스 歿(83年)
1884年 甲申 (21歳)	黃海道에서 商業 繼續 甲申政變, 英國 巨文島 占領(85年), 淸·佛開戰, 淸·日 天津條 約(85年), 梨花學堂 創設(86年)

1887年 丁亥 (24歲)	淸亭市에서 商店 經營, 27歲까지 繼續 韓佛條約 批准, 駐日公使 閔泳駿·駐美公使 朴定陽 任命, 經學院 設置, 鍊武公院 創設, 京城·釜山間 電線架設(88年), 咸昌亂民 事件, 韓·墺條約(91年), 英·淸 西藏條約(91年)
1894年 甲午 (31歲)	淸·日戰爭으로 商店 문을 닫고 德川 山峽으로 避亂 東學亂, 淸·日戰爭
1895年 乙未 (32歲)	德川 山峽으로부터 돌아와 鐵山 吳씨네 後援으로 商業을 繼續 漢城 師範學校 官制 發布, 斷髮令 公布, 兪吉濬「西遊見聞」出刊, 徐載弼「獨立新聞」創刊(96年), 美·西戰爭(98年)
1899년 己亥 (36歲)	淸亭으로부터 龍洞으로 移居, 書塾 開設, 昇薦齋 後援 京城 電車 開通, 馬山·群山·城津 三港을 開港, 京城醫學校 創 立, 商工學校 設立, 鐵道院 設置(1900年), 漢江橋 竣工(1900年), 京仁鐵道 開通(1900年)
1901年 辛丑 (38歲)	宣川 吳熙淳의 後援으로 事業 擴張, 向後 5年間 貿易商 繼續
1902年 壬寅 (39歲)	日本 領事館과의 爭訴 英·日同盟 締結, 시베리아 鐵道完成, 露·日戰爭(04年)
1905年 乙巳 (42歲)	對滿洲貿易으로 營口와 大連에 감 乙巳保護條約
1905年 丙午 (43歲)	商界로부터 隱退, 龍洞 書塾에서 經書를 읽음 李甲 西友學會 組織, 孫秉熙 東學을 고쳐 天道敎를 세움
1907年 丁未 (44歲)	平壤에서 島山과 만난後 生活의 轉廻를 가져옴. 講明義塾과 五 山學校 設立, 新民會 加入 海牙 密使事件, 丁未七條約, 高宗讓位 軍隊解散
1908年 戊申 (45歲)	鄕校財産을 學校를 全擔 經營 私立學校令 公布, 崔南善 主宰로「少年」誌 發刊, 東洋拓殖會社 設 立
1909年 己酉 (46歲)	平壤에 磁器會社를 發起, 社長 就任. 隆熙皇帝 西巡 定州驛에서 謁見 安重根 義士 하르빈驛에서 伊藤博文 暗殺
1910年 庚戌 (47歲)	基督敎 信仰에 돌아가 敎會를 짓고 敎育主旨를 基督敎 精神으 로 바꿈, 羅富悅 牧師가 設立者 겸 校長이 됨 日本이 韓國을 合倂, 京畿·黃海·江原 等 各地에서 義兵과 日 軍 交戰

1911年 辛亥 (48歲)	武官學校事件으로 被檢 濟州島에 流配, 百五人事件으로 다시 서울에 移送
	鴨綠江 鐵橋 完成, 辛亥革命
1912年 壬子 (49歲)	十年懲役 言渡를 받고 大邱 監獄에서 服役, 이듬해 京城監獄으 로 옮김, 獄中에서 新約聖書 百讀
	島山 興士團을 組織(13年), 愛蘭 自治法案 英下院 通過(13年), 第一次大戰 勃發(14年)
1915年 乙卯 (52歲)	京城監獄으로부터 假出獄, 洗禮를 받고 平壤神學校에 入校
1916年 丙辰 (53歲)	校舍 新築, 長老에 장립
	波蘭 獨立을 宣言
1918年 戊午 (55歲)	東京과 上海로부터 獨立運動의 連絡이 있음
	東三省의 獨立運動者 呂準 등 39人 獨立宣言書를 發表, 世界大 戰 終戰
1919年 己未 (56歲)	三·一運動 推進, 日 憲兵이 學校와 敎會 燒却
	上海臨時政府 樹立, 파리平和會議에 金奎植 派遣, 愛蘭 共和國 獨立宣言, 國際聯盟 創立
1920年 庚申 (57歲)	京城覆審法院에서 三年 懲役 言渡를 받고 服役. 趙衡均에게 學 校復興을 付託, 金起鴻과 그의 同志 趙始淵·承啓璉의 努力에 의하여 開校
	東亞日報·朝鮮日報·「開闢」誌 發刊, 靑山里戰役
1921年 辛酉 (58歲)	獄中에서 宗敎書籍 耽讀, 夫人 李氏 別世
	高麗革命軍官學校 設立, 黑河事變, 워싱톤 軍縮會議
1922年 壬戌 (59歲)	假出獄, 龍洞에 「自勉會」 創立, 共同耕作制度 實施, 12月 日本視察
	서울 靑年會, 雜誌 「新天地」·「新生活」·「朝鮮之光」 發刊
1923年 癸亥 (60歲)	朝鮮敎育協會 幹部, 民立大學 期成 推進
	朝鮮靑年黨大會, 關東大震災
1924年 甲子 (61歲)	東亞日報社長 就任, 張善慶女史와 結婚, 「六十一之南岡」 發刊
	朝鮮靑年總同盟 成立
1925年 乙丑 (62歲)	財團法人 完成, 理事長에 就任
	第一次 共産黨事件, 廣東 國民政府 成立
1926年 丙寅 (63歲)	高等普通學校로 昇格, 丁抹敎育에 關心을 가져 信川 農民學校 에 자주 나감
	梁起鐸 等 吉林에서 高麗革命黨 組織, 京城帝國大學 開設, 六十萬歲 事件, 第二次 共産黨事件, 新幹會 組織(27年), 光州學生事件(29年)

1930年 庚午 (67歲)	5月 3日 卒業生의 發起로 銅像建立. 同月 8日 밤 12時 狹心症 發病, 遺言을 남기고 이튿날 새벽 4時 逝去. 同月 17日 社會葬 擧行, 遺骸는 서울로 移送, 同年 10月 返骨되어 五山 城峴東에 安葬. 墓碑建立(31年), 日 憲兵 銅像 撤去 墓碑 埋沒 (42年)

● 저자 ●

김기석(金基錫)　· 1905년 평북 용천(龍川)에서 출생
　　　　　　　　· 오산중학교 졸업
　　　　　　　　· 일본 早稻田(와세다)대 고등사범학부 영문학과 졸업
　　　　　　　　· 일본 동북대 철학과 졸업
　　　　　　　　· 정주중학교 교장
　　　　　　　　· 서울대 사대학장
　　　　　　　　· 한국교육학회 초대회장
　　　　　　　　· 학술원 회원
　　　　　　　　· 단국대 총장
　　　　　　　　· 경남대 총장
　　　　　　　　· 동방아카데미 원장

남강 이승훈

● 초판 발행　2005년 8월 31일
● 초판 인쇄　2005년 8월 31일

● 지 은 이　김기석
● 펴 낸 이　채종준
● 펴 낸 곳　한국학술정보㈜
　　　　　　경기도 파주시 교하읍 문발리
　　　　　　파주출판문화정보산업단지 526-2
　　　　　　전화　031) 908-3181(대표) · 팩스　031) 908-3189
　　　　　　홈페이지　http://www.kstudy.com
　　　　　　e-mail(e-Book사업부)　ebook@kstudy.com
● 등　　록　제일산-115호(2000. 6. 19)
● 가　　격　33,000원

ISBN　　89-534-2578-6 93810　(Paper Book)
　　　　　89-534-2579-4 98810　(e-Book)